MARIE GRAẞHOFF

Hard Liquor – Der Geschmack der Nacht

Weitere Titel der Autorin:

Die Neon-Birds-Trilogie
Neon Birds
Cyber Trips
Beta Hearts

Andere Bücher
Der dunkle Schwarm

Titel auch als Hörbuch erhältlich

Über die Autorin:

Marie Graßhoff, geboren 1990 in Halberstadt im Harz, studierte in Mainz Buchwissenschaft und Linguistik. Anschließend arbeitete sie einige Jahre als Social-Media-Managerin bei einer großen Agentur. Mittlerweile ist sie als freiberufliche Autorin und Grafikdesignerin tätig und lebt in Leipzig.

MARIE GRAßHOFF

HARD LIQUOR

DER GESCHMACK DER NACHT

Roman

lübbe

Dieser Titel ist auch als Hörbuch und E-Book erschienen

Die Bastei Lübbe AG verfolgt eine nachhaltige Buchproduktion. Wir verwenden Papiere aus nachhaltiger Forstwirtschaft und verzichten darauf, Bücher einzeln in Folie zu verpacken. Wir stellen unsere Bücher in Deutschland und Europa (EU) her und arbeiten mit den Druckereien kontinuierlich an einer positiven Ökobilanz.

MIX
Papier | Fördert gute Waldnutzung
FSC® C014496

Originalausgabe

Dieses Buch wurde vermittelt von der Literaturagentur erzähl:perspektive, München (www.erzaehlperspektive.de).

Textredaktion: Klaudia Szabo, Leipzig
Umschlaggestaltung: Alexander Kopainski
unter Verwendung von Illustrationen von
© Shutterstock: Globe Textures | Nimaxs | Wacomka | Angelatriks
Satz: hanseatenSatz-bremen, Bremen
Gesetzt aus der Minion Pro
Druck und Verarbeitung: GGP Media GmbH, Pößneck
Printed in Germany
ISBN 978-3-404-18510-8

8 7 6 5 4

Sie finden uns im Internet unter: luebbe.de
Bitte beachten Sie auch: lesejury.de

Für Reshi, Elodin und Eivor

INHALTSWARNUNG

Dieses Buch enthält explizite Darstellungen von Gewalt, Gewalt gegenüber Frauen, selbstverletzendem Verhalten, suizidalem Gedankengut und Alkoholkonsum.

Ihr entscheidet selbst, wie ihr damit umgeht. Sind diese Themen für euch schwierig oder besonders emotional aufgeladen, passt auf euch auf.

TYCHOS PLAYLIST

SOHN – Hard Liquor
Rangleklods – Dry Me Out
Apashe – Majesty
Ben Khan – Drive (Part 1)
Raveyards – The Pack
Sevdaliza – Marilyn Monroe
Breton – Got Well Soon
Mura Masa, Bonzai – What if I go?
Alby Daniels – This Dawn
Son Lux – Labor
Twenty One Pilots – Jumpsuit
Panama – It's Not Over
TOKiMONSTA, Anderson .Paak, KRANE – Put It Down
BANKS – Warm Water (Snakehips Remix)
Rob Bailey & The Hustle Standard – Try 'n Hold Me Back
Hælos – Dust
Modeselektor, Thom Yorke – The White Flash
Flume, kai – Never be like you
Rangleklods – Broke
Passion Pit – Constant Conversations
Haywyre – Sculpted

KAPITEL 1

WAS ICH IN DER NACHT SEHE

Diese Welt fürchtet mich nicht. Zwischen acht Milliarden Seelen gehen selbst Bestien in der Masse unter. Würden die Menschen sehen, wer ich wirklich bin, wäre New York ein Schlachtfeld, in dessen Rauchfahnen ich triumphierend auf den Leichen meiner Feinde stehe. Würden sie sehen, wer ich wirklich bin, würden sie Krieg gegen mich führen. Sie alle gegen mich allein.

Und sie würden verlieren.

Aber sie sehen mich nicht wirklich. Sie sehen eine junge Studentin in zerrissenen Strumpfhosen und einer viel zu dünnen Jacke, die ihre Schlüssel umklammernd durch die Upper West Side taumelt. Im Scheinwerferlicht der vorbeifahrenden Autos ist das Blut, das von meinen aufgeplatzten Fingerknöcheln in den Matsch fällt, kaum zu erkennen. Ich wickle die Ärmel meines Oberteils trotzdem enger um meine Hände, weil ich keine Spuren hinterlassen will.

Wenn ich morgen aufwache, werde ich froh sein, unsichtbar geblieben zu sein. Ich weiß es, ich habe es im Lauf der Zeit gelernt.

Es ist endlos anstrengend, mich Schritt für Schritt an der zweiundneunzigsten Straße entlang auf mein Wohnhaus zuzuschieben. Die Autos schlittern langsam durch den Schnee über die Kreuzung, als ich den Fußgängerweg am Broadway überquere. Ich sehe mich nicht nach ihnen um.

Nur noch ein Block.

Meine Beine fühlen sich tonnenschwer an, so sehr muss ich sie davon überzeugen, mich nur voranzutragen. Ich würde viel lieber rennen. Viel lieber auf etwas einschlagen, egal was. Viel lieber Verletzungen spüren, egal ob berstende Knochen unter meinen Fäusten oder meine eigenen, unter einem Aufprall von Körper auf Körper erschütternd.

Fast hoffe ich, dass eine der verlorenen Personen, die mir über den Weg laufen, sich herausnimmt, ein Wort zu mir zu sagen. Ein einfaches »Hey, Schätzchen« würde mir als Rechtfertigung reichen, mich selbst zu vergessen.

Aber mich spricht niemand an. Natürlich nicht. Selbst in der U-Bahn hat mich niemand eines zweiten Blickes gewürdigt.

Das Geräusch entfernter Sirenen erregt als gebürtige New Yorkerin meine Aufmerksamkeit nicht, aber es verschafft mir trotzdem ein kribbelndes Gefühl der Aufregung, mir vorzustellen, wohin die Polizei- und Krankenwagen wohl unterwegs sind. Mein alkoholgeschwängerter Atem wirft heiße Wolken in die Luft. Ich stelle mir vor, dass er das auch tun würde, wenn es nicht so klirrend kalt wäre. Das angestrengte Heben und Senken meiner Brust ist weniger Atmen als vielmehr etwas, das herauszubrechen droht. Wie ein Schrei, den ich nicht über meine Lippen lassen kann.

Ich versuche, mein Tempo zu beschleunigen, als mir klar wird, dass ich die Kontrolle wieder verliere. Aber meine Sicht ist zu verwischt, und mein Gleichgewichtssinn reißt mich ständig in die eine oder andere Richtung, sodass ich dem kaum entgegensteuern kann. Der Gestank der dampfenden Abflüsse und der vom Schnee bedeckten Müllbeutel, die an den Seiten der Gebäude aufeinandergestapelt sind, steigert die Übelkeit, die wie ein Kloß in meiner Kehle sitzt. Ich nehme sogar noch den metallisch dreckigen Geruch der U-Bahn wahr, der tief in meine Kleidung eingedrungen ist.

Um den Brechreiz zu unterdrücken, hebe ich meine Hand und presse die blutigen Fingerkuppen auf meine Lippen. Die rote Flüssigkeit ist noch warm.

Als ich das Blut rieche, spüre ich den Puls des Krieges durch meine Adern rauschen. Ich liebe es, wie mein Herzschlag sich beschleunigt, wie mein Atem heiß in der Nachtluft vibriert. Ich liebe die Erinnerung an Verzweiflung in fremden Augen und ehrliche Schreie aus erschütterten Kehlen. Ich kann die Vibrationen der Erde noch auf meiner Haut spüren, kurz bevor der Asphalt unter meinen Knöcheln zerbarst.

Ich brauche mehr davon. Ich brauche mehr. Jetzt.

Sobald sich dieser Gedanke manifestiert, reiße ich meine Hand fort und balle sie zur Faust.

So sehr bin ich auf meine Innenwelt konzentriert, dass ich fast an der Eingangstür des alten Hotels vorbeilaufe, in dem ich wohne. Als ich es realisiere, bleibe ich stehen und schaue die drei vereisten Treppenstufen an.

Die Menschen sehen mich nicht wirklich. Sie sehen eine knapp bekleidete Studentin, die so betrunken ist, dass sie dreimal auf die Fresse fällt, während sie versucht, ihre Haustür zu erreichen.

Ich kralle mich an das eiserne Geländer und schlittere mit meinen glatten Sohlen über die oberste Stufe, bis ich genügend Halt gefunden habe, um meinen Schlüssel ins Schloss zu rammen. Ich lasse mich gegen die Tür fallen, doch bevor ich einen Schritt in das Gebäude machen kann, fährt ein eiskalter Schauer über meinen Rücken, und ich erstarre.

Es kribbelt in meinem Nacken, und eine Hand an der alten Türklinke haltend wende ich mich um. Da ist etwas in der Dunkelheit zwischen den Gebäuden. Ich sehe es nicht, aber ich weiß es. Ein unbestimmtes Dunkel, verschmolzen mit der Schwärze der Nacht.

Für einige Sekunden starre ich in die Gasse zwischen den hohen Gebäuden. Dann löse ich mich von dem Anblick und trete endlich in den Flur.

Durchatmen. Das muss Einbildung gewesen sein, auch wenn die Härchen in meinem Nacken noch aufgerichtet sind.

Die Tür fliegt laut knarzend hinter mir ins Schloss, und das unangenehme Prickeln auf meiner Haut verschwindet sofort. Das flackernde Deckenlicht in der ehemaligen Empfangshalle brennt Tag und Nacht. Die Motten an den kühlweißen Neonröhren überleben hier sogar den Winter. Der Seitengang, der zum Fahrstuhl führt, dreht sich um sich selbst. Ich drücke auf den Knopf und schlafe fast im Stehen ein, während ich mich frage, ob ich über die Treppen nicht schneller im sechzehnten Stock gewesen wäre.

Als die Türen, von denen die mintfarbene Lackierung abblättert, sich endlich öffnen, kippe ich nach vorn und stütze mich am kühlen Metall ab. Die Innenwände des alten Aufzugs sind mit so viel Schmutz verkrustet, dass ein paar Blutspuren vermutlich gar nicht auffallen. Auch nicht auf dem feuchten Boden, wo sich Eisbrocken, Schlamm und Steine vermischen.

Der muffige Geruch des alten Teppichs schlägt mir entgegen, als ich nach einer weiteren Ewigkeit hinaustrete. Mich durch den Flur nach vorn schiebend, strenge ich mich an, nicht umzufallen, weil der ranzige Teppich so verlockend weich aussieht, und mich gleichzeitig nicht zu übergeben, weil irgendein abstoßend herzhafter Geruch aus einer Wohnung dringt. Nur noch ein paar Schritte.

Nur noch ein paar …

Ich kippe ein Stück nach vorn, kann mich aber an meinem Türrahmen abfangen. Beim ersten Versuch, das Schloss mit dem Schlüssel zu treffen, versage ich kläglich.

Warum fühle ich mich so beobachtet? Es interessiert sowieso niemanden, was ich treibe. Und es ist auch nicht das erste Mal, dass ich so nach Hause komme.

Als ich nach etlichen Versuchen endlich das Klicken vernehme und den Schlüssel herumdrehe, stolpere ich erleichtert nach vorn. Dieser Druck, der sich in meiner Brust gestaut hat, ist noch immer so deutlich zu spüren, dass er mich zu zerbrechen droht. Aber jetzt habe ihn nicht nur in mir, sondern auch in dieser Wohnung eingeschlossen.

Die alte Holztür fällt hinter mir ins Schloss. Ich fummle die rostige Sicherheitskette angestrengt in den Riegel und taste nach dem Lichtschalter. Nachdem die kühle Deckenlampe angesprungen ist, wanke ich zu meiner kleinen Kochecke. Im Schrank unter der Spüle steht ein Glas mit Scherben, aus dem ich, eine Hand an der Anrichte festgeklammert, eine herausziehe.

Ich halte die linke Hand über das Waschbecken, setze die Scherbe in der Innenfläche an und drücke zu. Der Schmerz durchfährt mich vom Scheitel bis in die Sohle, als ich das Glas über die weiche, helle Haut ziehe.

Nicht zu tief, nicht zu tief, ich muss die Hand noch benutzen! Aber Himmel, der Schmerz fühlt sich so gut an, dass meine Knie weich werden und ich ein Stück am Küchenschrank hinabsinke, mich gerade so an der Anrichte halten kann, während das Blut den Abfluss hinunterrinnt.

Als die erste Welle vorüber ist, lasse ich die Scherbe fallen. Sie hat an einigen Stellen meine Finger der rechten Hand verletzt. Ich habe es gar nicht bemerkt.

Es gelingt mir, mich wieder aufrechter hinzustellen, um dem Blut zuzusehen, das in die Spüle läuft. Tropfen für Tropfen, nahezu meditativ. Und es riecht so gut.

Langsam führe ich die Hand an mein Gesicht, schließe die Augen und fahre mir von der Stirn bis ans Kinn. Die Feuchtigkeit auf meiner brennenden Haut fühlt sich nach Geborgenheit an. Ich spüre die Vergangenheit darin. All die Gewalt, die Zerstörung, den Sex, die Musik.

Ich starre eine Weile in das alte Waschbecken, bevor meine Knie endgültig nachgeben und ich mich mit letzter Kraft umdrehe, um mich an die kleine Küchenzeile zu lehnen.

Die Hand auszuwählen war keine gute Idee. Wie rechtfertige ich das morgen vor Logan? Er wird mir nicht glauben, dass es schon wieder ein Missgeschick in der Bar war.

Und wie bin ich eigentlich nach Hause gekommen? War ich nicht gerade noch in Harlem? Was habe ich getan? Ist jemand ums Leben gekommen?

Ich schaue auf meine Finger hinab und denke für einige Sekunden darüber nach. Nein. Nein, ich glaube nicht. Daran würde ich mich erinnern.

Aber ich erinnere mich an … Erde. Rohrleitungen. Autosirenen. Ich werde es morgen in den Nachrichten sehen.

Mein Herzschlag beruhigt sich langsam, als würde die

Dunkelheit mit meinem Blut aus meinem Körper fließen. Sie macht Platz für klarere Gedanken. Den Gedanken, dass ich es vermutlich nicht mal mehr schaffe, aufzustehen, um mich ins Bett zu legen, obwohl es nur wenige Schritte dorthin sind. Den Gedanken, dass ich auf Logans Nachrichten antworten sollte, wenn ich vermeiden möchte, dass er hier morgen auf der Schwelle steht.

Und den Gedanken, den ich eigentlich in der hintersten Ecke meines Bewusstseins verschließen wollte. Dass ich mir wünsche, jemand wäre hier.

Jemand könnte …

Wie von allein gleitet mein Blick von meinen Handflächen zum Tisch in der anderen Ecke meiner winzigen Wohnung. Hinter einem halbleeren Pizzakarton steht ein gerahmtes Foto. Ein kleines Mädchen sitzt auf dem Schoß seines Vaters. Gemeinsam mit seiner Mutter und Großmutter grinst es in die Kamera. Die Erwachsenen halten das Kind so fest im Arm, als könnte ihre Bindung niemals zerstört werden. Als würden sie für immer da sein, um es zu beschützen.

Ich schließe die Augen, habe nicht einmal die Energie, um aufzustehen und das Bild umzudrehen. Nachts ist es so viel schmerzvoller, an meine Eltern zu denken, als am Tag.

Was ist aus mir geworden? Ich denke nicht, dass meine Familie gewollt hätte, dass es so weit kommt. Dass sie gutheißen würde, was ich tue und wer ich bin.

Andererseits ist sie nicht mehr hier.

Ich bin allein.

Mein Atem beschleunigt sich wieder, aber nun fühlt es sich an wie eine Last, die auf meine Lunge drückt. Ich kann nicht mehr atmen, so sehr versuche ich, gegen den

Kloß in meinem Hals anzukämpfen. Wenn ich mich jetzt verliere … wenn ich jetzt das Haus verlasse, um der Welt zu zeigen, was ich wirklich bin, wäre das wirklich so schrecklich, wie ich befürchte? Es gäbe kein Zurück, aber vielleicht brauche ich genau das: keinen Ausweg mehr. Ein finaler Ausbruch aus diesem Gefängnis, das ich selbst geschaffen habe.

Darauf läuft es doch sowieso hinaus, oder? Ich werde es nicht ewig in mir behalten können. Das ist keine Frage danach, ob es passiert, sondern wann.

Also … warum nicht jetzt? Ich … ich würde so gern einfach loslassen.

Einem Impuls folgend taste ich mit zitternden Fingern nach meinem Handy und ziehe es aus der kleinen Tasche, die um meinen Körper geschlungen ist. Mir ist nicht danach, aber im Laufe der Jahre habe ich diese Bewegung nahezu automatisiert. Als wäre sie etwas, das mein Körper automatisch ausführt, wenn es zu eskalieren droht.

Die Panzerglasfolie ist von oben bis unten zersplittert, doch davon abgesehen scheint es noch zu funktionieren. Unter den Splittern zeigt mir der Startscreen Dutzende verpasster Nachrichten an. Ich kneife die Augen zusammen, um zumindest grob zu erkennen, wovon sie handeln. Anfragen für Lerngruppen, Partys, unwichtig … und Logan.

Logan, 12:58: Hey, wie geht's dir?

Logan, 01:04: Wie war deine Schicht?

Darauf kann ich morgen antworten. Ich schiebe die Nachrichten weg und klicke in die Favoritenliste in meinen Kontakten. Nur ein einziger Name ist dort eingespeichert:

Dr. Ethan Williams.

Ich klicke und hoffe, dass ich getroffen habe, als die verschwommene Anrufoberfläche sich öffnet. Ein Freizeichen. Meine Hände beben, und meine Arme fühlen sich plötzlich so schwer an, dass es mir kaum gelingt, das kleine Gerät an mein Ohr zu heben. Der Schmerz in meiner Hand ist auch nicht stark genug, um mir beim Fokussieren zu helfen.

Noch ein Freizeichen. Ich halte es nicht mehr aus. Ich halte es nicht mehr aus!

Ein weiteres Freizeichen, dann endlich aufgeregtes Keuchen. Ethans Stimme klingt endlos weit weg. Als stamme sie aus einer Welt, zu der ich gar nicht mehr gehöre.

»Tycho? Geht es dir gut?«

»Ich …« Mein Blick fällt auf die Spitzen meiner Haare. Auf die hellblonden Strähnen ist Blut getropft.

»Tycho?« Die Stimme kommt etwas näher.

»Ja, ich … Was?«

»Geht es dir gut? Warum hast du angerufen?« Er klingt noch außer Atem, dabei sollte er diese Anrufe mitten in der Nacht gewohnt sein. »Hattest du wieder eine Panikattacke?«

Ich spüre das Blut warm von meiner Handfläche aus über meine Finger rinnen. Es tropft an meinem Handy hinab in meinen Schoß und meine Haare. Sobald ich mich beruhigt habe, muss ich die Wunde versorgen. Aber noch tut der Schmerz zu gut.

»Was ist passiert?«

»Ich …« Ich atme tief durch und schließe die Augen. Mein Atem riecht nach Whiskey. Seine Stimme beruhigt mich, auch wenn ich ihm nicht die Wahrheit sagen kann. »Ich habe wieder an meine Eltern gedacht«, bringe ich über die Lippen.

»Wie fühlst du dich?«

Ich sinke ein Stück weiter hinab. Dieser alte, plattgetretene Teppich ist so weich, wie es ein Bett nicht sein könnte. »Nicht gut«, murmele ich.

»Wo bist du gerade?«

»In meiner Wohnung.«

»Bist du schon die ganze Nacht zu Hause?«

»Ich komme gerade von der Arbeit.«

»Und auf dem Weg hast du an deine Eltern gedacht?«

Ich zögere, bevor ich mir ein »Ja« abringe. Ich sinke weiter hinunter und stütze mich auf meinem Unterarm ab. Bevor ich einschlafe, sollte ich mich nach Pflastern umsehen. Aber nun, da der Knoten in meiner Brust sich langsam löst, bin ich auf einen Schlag so endlos müde, dass ich nicht weiß, ob ich es noch schaffe.

»Warum rufst du an?«

»Ich musste eine Stimme hören.« Ich atme angestrengt, als mein Kopf endlich den Boden berührt. »Ich glaube, ich verliere den Verstand.«

Ethan sagt etwas, aber ich kann es nicht mehr hören.

KAPITEL 2

WIE MICH DER MORGEN EMPFÄNGT

»Guten Morgen, New York! Es ist der fünfte Januar, der Schneesturm hält sich schon seit zwei geschlagenen Wochen, und es ist keine Besserung in Sicht.«

»Es gibt aber wie immer etwas, das die Gemüter warm hält, Ash.«

»Du sagst es, Janey. Das Internet feiert nach wie vor die unbekannte Rächerin, der der Name Captain Wodka verliehen wurde. Gibt's heute was Neues?«

»Bisher noch nicht, Ash, aber für alle Neugierigen da draußen haben wir der Captain-Wodka-Seite auf unserer Website ein großes Makeover verpasst. Neben vielen Themen, die im Zusammenhang mit ihr besprochen wurden, gibt's jetzt auch eine Auflistung der hundertfünfzig spannendsten Fälle, die ihr zugeschrieben werden! Und alle bisherigen Phantombilder, inklusive des aktuellen. Obwohl noch nicht klar ist, ob es endlich passt.«

»Ja, sie scheint sehr gut darin zu sein, ihre Identität zu verschleiern. Einige Opfer sprechen davon, dass sie eine Wolfsschädelmaske trug. Unheimlich.«

»Und cool!«

»Was der heutige Tag wohl bringt? Mal sehen. Captain, wenn du da draußen bist: Meld dich bei uns. Wir von der Morning Show bei NYC Fresh würden dich gern mal interviewen. Also ruf uns an!«

»Bevor wir zu einem unserer absoluten Lieblingshits übergehen, liest euch Janey noch unsere liebsten Tweets zu unserer liebsten Heldin vor. Janey?«

»Yeah! Laura schreibt: ›#CaptainWodka, wenn du das liest: Ich liebe dich. Danke, dass du für Sicherheit sorgst!‹

Alex schreibt: ›Einmal mit #CaptainWodka einen trinken gehen. Neues Lebensziel.‹

Da kann ich mich nur anschließen!

Und Bibi schreibt: ›Man kann ja viel sagen, aber betrunken Bösewichte verkloppen hat einfach Style. Keep up the good work, gurl!‹«

»Da schließen wir uns an. Und pass auf deine Leber auf, Captain. Ihr da draußen natürlich auch. Wir nutzen wie immer die Chance, euch darauf hinzuweisen, dass Alkohol ein gefährliches Rauschmittel ist. Alkoholkonsum ist darüber hinaus die dritthäufigste Todesursache in Amerika. Hilfestellungen zur Suchtberatung findet ihr auf der Captain-Wodka-Seite auf unserer Website. Passt auf euch und eure Liebsten auf!«

»Und jetzt nur für euch: Midnight Drunk von Beyond Sanity.«

Ein Ruck geht durch meinen Körper. Ich verstehe nicht sofort, warum, und erst nach ein paar Sekunden wird mir klar, wo ich mich befinde. Der Teppich unter mir ist hart, voller Blut und …

Einen Moment. Hat es gerade geklopft? Bin ich deswegen aufgewacht?

Ich schiebe mich auf die Unterarme und blinzle gegen das viel zu grelle Licht an, das die Morgensonne durch die Fenster schickt. Meine Güte, es kann kaum früher als neun Uhr sein. Soll ich das Klopfen ignorieren?

Ich schaue auf meine Hände hinab. Ich kann mich nicht daran erinnern, den Schnitt verarztet zu haben, aber offensichtlich habe ich ihn mit Wundverschlussstreifen behandelt. Wie auch immer ich das geschafft habe.

Ich überlege gerade, mich zurück auf den Boden zu legen, um noch ein paar Stunden zu schlafen, da klopft es wieder. »Guten Morgen, Sonnenschein.«

Jeder Zentimeter meines Körpers schmerzt, aber Logans Stimme lässt mein Herz einen Satz machen. Erst weil ich froh bin, sie zu hören – dann weil ich realisiere, dass er auf keinen Fall das Chaos der letzten Nacht hier sehen darf.

»Tycho, bist du wach?«

»Bin ich!«, ringe ich mir ab. Mein Hals ist so trocken, dass jedes Wort schmerzt.

Ein Schlüssel im Schloss ist zu hören, aber ich habe die Sicherheitskette angelegt, also kann Logan die Tür nur einen kleinen Spaltbreit öffnen.

»Du hast mich wieder ausgeschlossen?« Ein kleines Lachen folgt seinen Worten, weil er nicht glaubt, dass ich ihn wirklich aussperren würde. Ich antworte nicht, bin viel zu sehr damit beschäftigt, mich auf die wackeligen Beine zu hieven und das getrocknete Blut von meinem Gesicht, aus der Spüle und von meinen Händen zu waschen. Die Scherbe werfe ich, blutig, wie sie ist, in das Glas unter der Spüle zurück.

»Tycho?«

»Ich mach gleich auf!« Ich greife nach einem Küchentuch und versuche, den Boden sauber zu reiben, aber das Blut ist längst geronnen. Sieht man bei der dunkelvioletten Farbe des Teppichs überhaupt, dass das Blut ist?

Nein. Nein, es fällt zwischen den anderen Flecken, die meine Vormieter hinterlassen haben, sicherlich gar nicht so sehr auf.

Eilig blicke ich an mir hinab. Zerrissene Strumpfhose, aufgeschürfte Knie, das Shirt und die Arme voll von getrocknetem Schneematsch.

»Ist alles gut bei dir?« Ich sehe immer wieder zur Tür, um sicherzugehen, dass Logan durch den Spalt nicht zu weit in die Wohnung schauen kann. »Ich hab in den Nachrichten was von einer Gasexplosion in Harlem gestern Nacht gelesen.«

Ich erstarre mitten im Versuch, mich aus meiner Kleidung zu winden. Ein Gasleck? Ist es das, was ich angestellt habe?

»Du hattest doch gestern Schicht im DUST. Hast du was mitbekommen?«

Ich schlucke schwer, um mich zu sammeln. Meine Gedanken sind überall, aber ich muss mich zusammenreißen, sonst fällt es auf!

»Was?«, tue ich unschuldig und fahre fort, mich meiner nach Alkohol stinkenden Kleidung zu entledigen. Mein Top bleibt an der Kette hängen, die Logan mir vor Ewigkeiten geschenkt hat. »Nein, nichts mitbekommen.« Ich falle zweimal zur Seite um und stütze mich an meinem Tisch ab, dann kicke ich die Sachen gemeinsam mit dem Küchentuch in mein winziges Bad.

»Soll ich wieder gehen?«

»N-nein, nicht gehen!«, rufe ich hektisch. »Ich ziehe mir nur noch was an!«

Ein rascher Blick in den fleckigen Spiegel zeigt mir, dass das Blut sich in meinen hellen Augenbrauen festgesetzt hat. Ich beuge mich über das rosafarbene Waschbecken, um mein Gesicht noch einmal zu säubern. Ich sehe praktisch vor mir, wie Logan die Augen verdreht, als ich es unsanft mit einem Handtuch trocken reibe und das Shirt ergreife, das ich irgendwann über den alten Heizkörper geworfen haben. Ich ziehe es hinab, um meinen Slip zu verbergen, dann schlittere ich auf die Tür zu.

Das war ein wenig zu schnell. Ich schlucke schwer, um die Übelkeit zu bekämpfen, dann löse ich endlich die Kette, öffne die Tür und schaue in Logans Gesicht hinauf. Seine kastanienbraunen Haare fallen ihm so tief in die Stirn, dass ich seine blauen Augen kaum sehe. Kleine Schneeflocken haben sich in den Locken und dem Kunstfell seiner Jacke verfangen, einige sind schon halb geschmolzen.

Es schneit also wieder? Ich habe gar nicht aus dem Fenster gesehen.

Logan streicht sich die Haare aus dem blassen Gesicht und offenbart die vor Kälte roten Wangen. »Hi!«

»Sorry, dass es kurz gedauert hat«, keuche ich und trete zur Seite, um ihn hereinzulassen. Wir haben uns seit einigen Tagen nicht mehr gesehen, und seine Gesichtsbehaarung ist ein bisschen dichter geworden als sein üblicher Dreitagebart. Es lässt ihn weicher aussehen. Noch netter als gewöhnlich.

Logan geht nicht an mir vorbei, sondern mustert mich mit einem irritierten Lächeln. »Wolltest du dir nicht etwas anziehen?« Er wirft einen untersuchenden Blick auf mein langes Shirt.

»Ich dachte, es reicht aus, wenn ich nicht komplett nackt bin.« Ich funkle ihn an, und er lacht, noch während sein Blick an mir vorbei- und in den Raum hineinhuscht. Ich drehe mich nicht einmal um, um zu prüfen, was er wohl sieht. Stattdessen verselbstständigen sich meine Hände, um nach einem der Kaffeebecher zu greifen, die er bei sich hat. Die Pappe ist noch heiß.

»Dein Shirt riecht nach Alkohol«, stellt er fest, als er sich endlich an mir vorbei in die Wohnung schiebt und ich die Tür schließen kann, um den kühlen Zug aus dem Flur auszuschließen. Durch die undichten Fenster kommt schon genügend Kälte herein.

»Nicht nur das.« Ich muss meine Zähne putzen, aber bevor ich wieder ins Bad verschwinde, folge ich seinem Blick in jeden Winkel der Wohnung, um zu schauen, ob ich bei meiner Putzaktion alles erwischt habe.

»Wilde Nacht?«, will Logan wissen, als sein Blick nahezu träumerisch an der kalten Pizza auf dem Tisch hängen bleibt.

»Ja. Aber nicht, was du denkst.« Das Desinfektionsspray und die Pflaster liegen noch auf dem Küchenschrank. Logan wendet sich im selben Moment dorthin um wie ich.

Er fragt nicht einmal, was passiert ist, sondern dreht sich sofort zu mir, um meinen Körper von oben bis unten zu mustern. »Was …« Er stöhnt und greift nach meiner verletzten Hand. Die Wundverschlussstreifen sind natürlich voll mit Blut. Ich habe nicht einmal gehofft, das verbergen zu können. »Was ist passiert?«

»Nur ein kleiner Unfall in der Bar.« Ich tue so locker wie möglich. »Hab ein Glas zerbrochen.« Der Schmerz hinter meiner Stirn hämmert so intensiv, dass ich nicht weiß, ob meine Lüge überzeugend ist.

»Schon wieder?« Ich ziehe meine Hand fort, und er

schüttelt mit hochgezogenen Augenbrauen den Kopf. »Und was ist mit dem Rest?« Er deutet auf meine Fingerknöchel und Knie, die inzwischen nicht nur aufgeschürft, sondern auch blau und rot unterlaufen sind.

Ich folge seinem Blick. »Hingefallen«, tue ich es ab. »Es war rutschig auf dem Heimweg. Ich hatte High Heels an.«

Der Blick, mit dem er mich bedenkt, ist eine Mischung aus Unglauben und ein wenig Abschätzung. Als wolle er mich fragen, wann ich endlich beginne, auf mich aufzupassen. Ich weiß es, weil wir dieses Thema schon ein paarmal hatten.

Nachdem wir einander eine Weile in die Augen gesehen haben, sagt er allerdings lediglich: »Du bist zu tollpatschig.«

Vielleicht weil er weiß, dass es nichts bringt, darüber zu reden. Weil er weiß, dass ich etwas zu verbergen habe, immerhin ist er nicht naiv. Lügen ist in diesem Fall zwar besser als die Wahrheit – aber ich hasse es trotzdem, nicht aufrichtig ihm gegenüber sein zu können.

»Ich arbeite da erst seit ein paar Monaten«, sage ich leise und bewege die Muskeln in meinem Gesicht zu einem Ausdruck, der hoffentlich einem entschuldigenden Lächeln gleichkommt. »Ich übe noch.«

»Klar.« Sein Tonfall signalisiert seine Skepsis überdeutlich. »Vielleicht ziehst du dir in Zukunft einfach mal sicheres Schuhwerk an?«

»Das wär wohl 'ne Idee«, gestehe ich ein, und er scheint es nicht weiter kommentieren zu wollen. Dafür bin ich ihm dankbar, weil ich noch zu geistig umnachtet bin, um mir auch nur halbwegs ausgeklügelte Lügen einfallen zu lassen.

Ich schleppe mich mit so viel Würde, wie mir geblieben ist, in mein Bad, während Logan sich auf mein Bett fallen lässt und sich ein Stück Pizza schnappt. Ich stelle meinen Kaffee auf dem Waschbecken ab und greife nach meiner Zahnbürste. Das flackernde Licht über dem Spiegel beleuchtet die schweinchenfarbenen Fliesen, in die alles hier drin gekleidet ist.

»Tut's weh?«, will er mit halbvollem Mund wissen. Durch den Spiegel sehe ich ihn. Er gibt sich offensichtlich Mühe, unbeschwert zu klingen. Seine Augen sagen etwas anderes.

»Geht schon.« Ich schiebe mir die Zahnbürste in den Mund und hoffe, dass der frische Minzgeschmack mich ein wenig wacher macht. »Frühstückst du heute nicht mit deiner Familie? Ist doch Samstag, oder?«

»Dad ist arbeiten, Mom und Grandma sind shoppen. Steht wohl bald irgendein Fest an.«

Ich nicke verstehend, auch wenn er es nicht sieht.

»Sollen wir trotzdem zu mir gehen?« Er sieht gedankenverloren aus dem Fenster. »Wenn sie wieder da sind, kann Mom sich mal deine Hand ansehen.«

»Ich hab heute nichts mehr vor.« Nicht, dass ich zu etwas in der Lage wäre. Vermutlich schlafe ich sofort ein, wenn irgendeiner meiner Körperteile eine Couch berührt.

Sobald ich meinen Mund ausgespült habe, fühle ich mich Millionen Mal besser. Noch immer nicht gut, aber das ist was anderes. »Ich dusche schnell«, füge ich hinzu.

Er grummelt zustimmend, mit seinem kalten Frühstück beschäftigt. Als ich die Tür zum Bad schließe, hoffe ich, dass ich nicht in Ohnmacht falle.

Grelles Sonnenlicht flutet die winterlichen Straßen der Upper West Side, während wir uns an der Fünfundneunzigsten entlang in Richtung Central Park bewegen. Der kühle Schein spiegelt sich in Fenstern und den schmutzigen Windschutzscheiben. Er wirft lange Schatten auf die schmalen Straßen und auf die vereisten Wege.

Hinauszugehen war ein Fehler. Es fühlt sich alles noch zu frisch an. Als würde ich der Welt meine Verletzlichkeit auf einem Silbertablett präsentieren. Als würde das Licht nicht nur die Welt, sondern auch meine Schwäche überdeutlich beleuchten. Ohne den Schleier aus Dunkelheit zwischen mir und allem anderen fühle ich mich sogar in meine dicke Winterkleidung gehüllt nackt. Das Glitzern des pulvrigen Schnees, der von den kahlen Bäumen auf uns herabrieselt, erscheint mir weniger magisch als verräterisch.

»Soll ich dich huckepack nehmen?«, fragt Logan, vermutlich, um mich aus meinen skeptischen Beobachtungen zu reißen.

Ich lache krächzend und ziehe den Mantel enger um meinen Körper. »Wir sind nicht mehr sechs.«

»Leider.«

Die Sonnenbrille auf meiner Nase schützt nicht nur meine Augen, sondern vor allem meinen Kopf, der nicht mehr weit davon entfernt ist, in tausend Teile zu zerbersten. Die Abgase von der Straße und die Dämpfe aus den Abflüssen steigern meine Übelkeit.

Dass ich mich überhaupt auf den Beinen halten kann, grenzt an ein Wunder. Genauso, dass ich den Kaffee bei mir behalte. Das muss eine Form von Körpergedächtnis sein. Positive Assoziationen oder so.

Logan wohnt nur wenige Blocks entfernt, also werde ich es wohl ertragen. Und seine Mutter ist Krankenschwester und hat die guten Schmerzmittel da, deshalb lohnt sich der Weg doppelt.

»Hast du die Aufgaben für Montag schon erledigt?«

Wir haben Aufgaben? Wenn Logan nicht wäre, würde ich Sachen wie Lernen, Hausarbeiten und all den Kram sicherlich vergessen. Viel mehr noch: Wenn Logan nicht wäre, würde ich vermutlich gar nicht studieren.

Altertumswissenschaften erinnern mich zwar an meine Großmutter und an meine Eltern – daran, wie sie mir jeden Abend vor dem Schlafengehen Geschichten über die griechisch-römische Antike und die Götter dieser Kulturen erzählt haben. Aber meine mangelnden Ambitionen sind offensichtlich.

»Welcher Kurs noch mal?«

»Griechisch zwei.«

»Das wollte ich morgen machen«, seufze ich mit einem Blick auf meine Stiefel. Wenn Logan nicht wäre – und wenn meine Eltern mir kein Geld für ein Studium hinterlassen hätten, das ich nicht für etwas anderes ausgeben wollte –, hätte ich mich nie dafür angemeldet.

»Lass uns zusammen dran arbeiten, dann geht's sicher schneller«, schlägt er vor. Ich nicke mit so viel Eifer, wie ich aufbringen kann. Ich muss mich zusammenreißen, aber noch bin ich zu müde, um die Maske der Motivation aufzusetzen.

Das Klimpern der Schlüssel in Logans Hand löst eine gewisse Entspannung in mir aus. Unsere Familien haben nah beieinandergewohnt, solange ich mich erinnern kann, deswegen ist sein Zuhause eine Art Erweiterung von meinem. Das Haus seiner Familie kenne ich so viel länger als die Wohnung, in der ich jetzt lebe.

Er geht die wenigen Stufen zu der dunklen Tür in der hellen Wand hinauf. Allein die Fassade ist edel, mit den verschlungenen Verzierungen rund um den Tür- und die dunklen Fensterrahmen herum.

Logans Familie hat dieses Haus schon gekauft, als wir beide noch klein waren. Es sieht von außen zwar recht schmal im Vergleich zu den danebenliegenden aus, aber auf den fünf Stockwerken befinden sich neun Schlafzimmer, sechs Bäder und eine Terrasse für jede Person in diesem Haushalt. Von der Dachterrasse aus hat man einen guten Blick auf den Central Park direkt hinter der Straße.

Ich habe nie aus Logans Eltern herausbekommen, wie viele Millionen Dollar sie für dieses Stadthaus hingelegt haben, aber … vielleicht will ich es auch gar nicht wissen. Höchstwahrscheinlich wäre es desillusionierend.

Wir treten durch die kleine Eingangshalle in den hellen unteren Wohnbereich mit den hohen Decken, den gemütlichen Couches, dem Kamin und den Durchgängen zu Küche und Esszimmer. Durch die bodentiefe Fensterwand erhasche ich einen Blick auf den vollkommen verschneiten Garten, den Logans Großmutter in den Frühlings- und Sommermonaten akribisch pflegt.

»Ich schlage vor, du setzt dich auf die Couch und ich mach dir einen Tee«, sagt er, schließt die Tür hinter sich, streift seine Schuhe ab, und wir beginnen, unsere Jacken auszuziehen. Ein Fauchen reißt mich aus der Ruhe, die langsam in meinem Inneren einkehrt.

Ich drehe mich um und schaue dem weißen Kater in die Augen, der mit gesträubtem Fell einige Schritte von mir entfernt steht und bedrohlich knurrt. »Hey, Buddy«, murmele ich ihm zu, was ihn nur noch wütender zu machen scheint. Aufgeregt fuchtelt Logan mit den Händen, um ihn aus seinem Fokus zu reißen, während ich leise lache.

Diese Art von Begrüßung bin ich seit Jahren gewohnt. Ich vermute, dass Tiere etwas in mir erkennen, was Menschen nicht sehen. Zum Glück können sie nicht sprechen.

Während Buddy irritiert die Treppe hinaufläuft, schiebe ich mich auf eine der hellen Couches zu und lasse mich fallen. Der Stoff ist so weich, und ich hatte recht: Ich werde mich nicht dagegen wehren können, hier einzuschlafen. Meine Augen sind noch ganz schwer. Aber das kalte Wasser unter der Dusche und die frische Luft haben mich so weit belebt, dass es mir wohl gelingen wird, mich noch ein wenig wach zu halten. Zumindest lang genug, um die Medikamente einzuwerfen und ein paar Sätze mit Logan zu wechseln.

Ich beobachte ruhig, wie er den großen Fernseher einschaltet, um dann zur anliegenden Küchenzeile zu tänzeln und den Tee vorzubereiten. Mein Blick schweift über die vertraute Umgebung: die dicken Teppiche auf dem dunklen Parkettboden, die kunstvoll verschlungenen Lampen an den stuckverzierten Wänden und die gerahmten Familienstammbäume an den Wänden. Im Kamin brennt kein Feuer, aber es riecht noch nach warmem Holz und Asche. Durch die Fensterwand, die zu der breiten Terrasse hinausführt, fällt das warme Licht des Morgens auf die Mischung aus modernen Möbeln und den antiken Einrichtungseinflüssen, die Logans Großmutter in dieses Haus bringt.

Das Aufeinandertreffen der Generationen habe ich an diesem Haus schon immer geliebt.

»Willst du was Bestimmtes schauen?«, rufe ich Logan zu. Ich ziehe die Blümchendecke von der anderen Seite des Sofas zu mir und betrachte Logans Rücken durch den Zugang zur halboffenen Küche.

»Nö. Schalt ruhig was an, was du gut findest.«

»Hm.« Unsicher greife ich nach der Fernbedienung. Er weiß, dass ich nicht wirklich etwas gut finde. Filme, Serien, Bücher. Das alles erscheint mir langweilig. Ich unterhalte mich lieber mit Menschen über ihre Gedanken, Geschichten, Gefühle.

Aber vielleicht …

Ja, vielleicht die Nachrichten.

Ich zappe durch die Fernsehprogramme, bis ich an einem Nachrichtensender ankomme. Mein Blick ist noch zu verschwommen, um das Logo auszumachen, aber mein Herz macht einen kleinen Hüpfer, als ich die Straße erkenne, in der ich mich gestern herumgetrieben habe.

»In der vergangenen Nacht wurde ein Straßenzug in Harlem, nahe der St. Paul's Church, komplett verwüstet«, sagt der Nachrichtensprecher, ein fast kahler weißer Mann. Bilder einer aufgebrochenen Straße aus unterschiedlichen Perspektiven werden gezeigt.

»Ah, das meinte ich vorhin«, ruft Logan aus der Küche.

Gut, jetzt habe ich eine Entschuldigung dafür, die Nachrichten laufen zu lassen, ohne dass es eigenartig erscheint.

Ich kneife die Augen ein wenig zusammen, um deutlicher sehen zu können. Der Riss im Asphalt reicht bis tief in die Erde hinein, legt Rohre frei und hat einige parkende Autos halb in seinen Abgrund gerissen.

Das ist also passiert. Meine Erinnerungen an gestern Nacht sind verschwommen. In ihnen sieht es nicht halb so schlimm aus.

Verdammt, das ist viel zu schlimm. Ich darf nie wieder derart die Kontrolle verlieren.

Ich sinke weiter in der hellen, weichen Couch ein, ziehe mir die Decke über die Beine und bis an die Brust. Ein Zittern ergreift meine Finger, aber in meinem Kopf herrscht so ein Chaos, dass ich nicht genau weiß, woher es rührt.

»Anwohner sprechen von einem Erdbeben. Es gab drei

Schwerverletzte. Die Männer befinden sich derzeit im Krankenhaus, schweben allerdings nicht in Lebensgefahr. Weitere Einzelheiten gaben bisher weder Vertreter der Polizei noch der Feuerwehr bekannt.«

»*In einem Sonderbericht direkt von der Unfallstelle sind unsere Kollegen bereits vor Ort*«, schaltet sich eine Sprecherin mit dunkler Haut und deutlich jugendlicherem Aussehen ein. »*Mehr dazu im Anschluss.*«

Mein Blick ist starr auf den Bildschirm gerichtet, und ich presse die Lippen aufeinander, um nicht erleichtert aufzuatmen. Nach dem ersten Schock über die Verwüstung, die ich angerichtet zu haben scheine, beruhigt mich vor allem der Umstand, dass sie ein Erdbeben und wirklich nicht mich dahinter vermuten.

Ich muss nur noch ruhiger atmen.

Logan kommt aus der Küche und drückt mir zwei Tabletten und eine Flasche Wasser in die Hände. Ich versuche, den Schmerz, der mich von meiner rechten Handfläche aus durchzuckt, zu verbergen. Die Schmerzmittel werden hoffentlich doppelt helfen – meiner Hand und meinem Kopf.

»*Weitere Nachrichten des Tages*«, fährt der Mann in monotoner Stimme fort. Logan schaut ebenfalls gespannt zum Fernseher und lässt sich auf den Sessel neben mir fallen. »*Die Vorfälle, bei denen Männer in New York des Nachts krankenhausreif geschlagen werden, häufen sich. Laut Ermittlungen sind viele der Opfer in der Vergangenheit durch übergriffiges Verhalten bei der Polizei bekannt gewesen. Die Personen unterschiedlicher Altersstufen trugen zwar nie lebensgefährliche Verletzungen davon, mussten aber allesamt mehrere Tage Krankenhausaufenthalt auf sich nehmen.*«

»*In sozialen Netzwerken wird spekuliert, dass ein unbekannter Rächer umherzieht und Selbstjustiz übt*«, wirft die

Frau ein und schaut erst in die Kamera und dann ihren Kollegen an.

»Die Menschen in den sozialen Medien sehnen sich ja nach solchen Figuren, die die Straßen durchstreifen und es mit üblen Kerlen aufnehmen«, spottet er und zuckt mit den Schultern. *»Diese Vermutungen sind ausschließlich spekulativer Natur.«*

»Alle Opfer gaben an, von einer jungen Frau Anfang zwanzig angegriffen worden zu sein, die stark alkoholisiert war. Es ist von übermenschlichen Kräften die Rede. Online gibt es sogar einen Namen für die Unbekannte: Captain Wodka.«

»Ja«, sagt ihr Kollege. Sein Tonfall klingt sarkastisch, aber der Ausdruck auf seinem Gesicht ist bitterernst. *»Vermutlich würde jeder Mann, der von einer jungen Frau verprügelt wird, behaupten, sie hätte unnatürliche Kräfte.«*

Sie wirft ihm einen kritischen Blick zu, dann geht er bereits zum Wetter über. Ich senke meinen Blick auf die Decke vor mir und denke erst jetzt daran, die Tabletten zu nehmen. Alles weitere Gesagte geht vollkommen im Strudel unter.

Das mit der Straße war wirklich ich? So schlimm war es noch nie und … Ich sehe auf meine Hände hinab, habe gar nicht bemerkt, dass sie zu zittern begonnen haben.

Ich wusste nicht, dass ich zu so etwas in der Lage bin.

Auf einmal wird mir noch übler. Ich glaube, ich muss mich übergeben, also presse ich die tauben Fingerkuppen auf meine Lippen.

Das hat ganz andere Dimensionen als die kleinen Streifzüge, die ich bisher unternommen habe. Ich habe wirklich die Kontrolle verloren. Jemand hätte ums Leben kommen können.

Die Stimmen der Nachrichtensprecher verschwimmen in einem Rauschen, das sich auf meine Ohren, meine Gedanken legt.

»Was meinst du, was das war?«, fragt Logan.

Ich brauche kurz, um mich aus meiner Starre zu lösen, und als ich aufschaue, liegt sein Blick ganz ruhig auf mir. Wie lang sieht er mich schon so an? Sein Gesichtsausdruck wirkt so weich, und ich weiß, dass er diese Sache über mich nicht wissen kann – viele Hinweise, die bisher über Captain Wodka zusammengetragen wurden, treffen nicht auf mich zu. Höchstwahrscheinlich, weil ein Großteil der Menschen, die ich mir vorgeknöpft habe, ebenfalls betrunken war. Oder weil sie danach eine Gehirnerschütterung hatten.

Also warum schaut Logan mich so an, während er das fragt?

»Woher soll ich das wissen?«, frage ich unschuldig lächelnd. Das Rauschen verschwindet langsam, aber es fällt mir noch schwer, meine Züge zu kontrollieren. Er muss sehen, wie unehrlich mein Lächeln ist.

Manchmal stelle ich mir vor, wie es wäre, wenn ich es ihm einfach sagen würde. Wenn ich einfach sagen würde: *»Hey, weißt du was? Das war ich. Kannst du mir helfen?«* Aber solange die Chance größer ist, dass ich damit eher etwas zerstöre als etwas rette, lasse ich es. Ich kann natürlich nicht sicher sein, dass er mich aus seinem Leben verbannen würde, wenn er erführe, dass ich die unbekannte Rächerin bin. Vermutlich nicht, dazu kennen wir uns zu lang. Aber sein Bild von mir würde sich definitiv ändern, und das kann ich nicht zulassen.

Logan lacht und macht eine wegwerfende Geste. »Keine Ahnung. Ist schon komisch.«

»Total«, pflichte ich ihm schnell bei. »Wie läuft es eigentlich bei der Wohnungssuche?«, schiebe ich hastig nach, um das Thema zu beenden. Ich bin nach wie vor zu verkatert, um intelligent von meinen nächtlichen Ausflügen abzulenken.

Dieses Thema scheint wiederum ihm nicht zu gefallen. Er verzieht den Mund, wendet den Blick ab und lässt ein langes Seufzen entweichen. Hätte ich es nicht ansprechen sollen?

»Ich hab ehrlich gesagt nicht mehr geschaut.« Er presst die Lippen aufeinander, und ich richte mich ein Stück aus meiner eingesunkenen Position auf.

»Wegen deiner Familie?«, frage ich vorsichtig nach. Wenn er nicht drüber reden will, würde er es sagen. Aber so, wie er herumdruckst, scheint er nicht ganz abgeneigt zu sein.

Er wendet sich wieder zu mir herum und blinzelt mich vielsagend an. »Sie verstehen nicht, warum ich … ein bisschen Abstand brauche. Immerhin gehört das ganze obere Stockwerk mir.«

»Dasselbe Argument wie vor einem halben Jahr also.«

Er nickt. Plötzlich macht er einen viel nachdenklicheren Eindruck. »Ich meine, ich …« Er vollführt eine wegwerfende Geste und seufzt noch mal. »Ist ja nicht so, dass ich nicht trotzdem durch den Vordereingang müsste, wenn ich mal jemanden mit nach Hause bringen will.«

Das tut ein bisschen weh, aber ich lasse es mir nicht anmerken. Immerhin geht's jetzt nicht um mich.

»Du hast auch dein Recht auf Privatsphäre«, pflichte ich ihm bei. »Und ich meine, was erwarten sie? Du kannst nicht für immer bei deinen Eltern wohnen.«

»Doch, das erwarten sie«, stöhnt er. »Meine Eltern haben immer bei meinen Großeltern gewohnt. Und meine Großeltern immer bei meinen Urgroßeltern.« Diese Geschichte ist bereits ein alter Hut.

Ich liebe Logans Eltern und seine Großmutter. Sie sind für mich fast meine eigene Familie, aber in dieser Sache hat er recht. »Das waren andere Zeiten«, sage ich also.

Er reibt sich mit den Fingerspitzen über die geschlossenen Lider. »Ich weiß.« Er blinzelt mich an, als würde er mit seinem Blick noch etwas anderes sagen wollen, das ich nicht bestimmen kann. »Aber Traditionen bedeuten ihnen alles und … Ich weiß nicht, ob ich derjenige sein kann, der mit ihnen bricht. Ich liebe meine Familie.«

»Das weiß ich.« Ich würde gern meine Hand ausstrecken, um ihn beruhigend zu berühren, aber dazu bin ich wieder zu weit eingesunken. »Und das wissen sie auch. Sie müssen verstehen, dass du deine Freiheit brauchst.« Ich versuche, die Stimmung mit einem Lächeln aufzuhellen. »Ich würde dir ja anbieten, bei mir zu wohnen. Aber meine Wohnung eignet sich nicht gerade für eine WG.« Er wirft mir einen schelmischen Blick zu, und ich sinke lachend tiefer in die Couch ein. »Aber ehrlich«, füge ich an. »Sprich noch mal mit ihnen.«

»Mache ich«, seufzt er. Es klingt nicht überzeugend, doch er greift bereits nach dem Buch auf dem Couchtisch neben ihm, also ist das Thema für ihn wohl erst mal beendet. »Und du schlaf am besten ein bisschen.«

Der große Mahagonitisch im Esszimmer von Logans Familie birgt endlos viele Erinnerungen für mich. Er erinnert mich an all die gemütlichen Stunden des Essens, der Spiele und Gespräche. Manchmal erinnert er mich sogar an meine Eltern und daran, wie unsere beiden Familien früher oft gemeinsam hier saßen und Zeit miteinander verbracht haben. Nicht immer, dafür ist es schon zu lang her. Aber tatsächlich macht es mir dieser Ort etwas leichter, mich zu beruhigen. Mich von dem zu lösen, was mir Sorgen bereitet.

Selbst wenn ich vollkommen verkatert über griechischen Texten sitze.

Durch die hohen Fenster dringt das warme Licht der frühen Nachmittagssonne herein, und durch die geschlossene Tür zur Küche ist das Brutzeln von Gemüse in der Pfanne und das Klappern von Töpfen zu hören. Durch die wenigen Extrastunden Schlaf belebt mich der Geruch, der von dort aus hereindringt, tatsächlich ein wenig, anstatt erneute Übelkeit auszulösen.

»Das Wort kenne ich, glaube ich, nicht«, murmelt Logan und zieht seinen Übersetzer zu sich heran, alles unter den aufmerksamen Blicken seiner Großmutter. Es ist schon fast eine Stunde vergangen, seitdem sie uns genötigt hat, unsere Uni-Aufgaben nicht weiter aufzuschieben, sondern sie einfach hinter uns zu bringen.

Mein Blick ist starr auf den Absatz gerichtet, den wir gerade durchgehen. Den Kugelschreiber in meiner Hand zu halten schmerzt ziemlich, aber ich versuche, es mir nicht anmerken zu lassen. Nachdem sich Logans Mutter meine Wunde angesehen und sie neu versorgt hat, fühlt es sich allerdings schon ein wenig besser an.

Ich schaue müde von Logan zu seiner Großmutter. Sie sieht mit ihrem lockeren, geblümten Cardigan und dem modernen goldenen Schmuck an Fingern und Hals nicht nur deutlich modebewusster aus als ich in meiner Collegejacke, sondern sicherlich auch fünfzig Jahre jünger.

Logan versucht sich erneut an der Übersetzung, und

ich sammle alle Gehirnzellen, die noch eingeschaltet sind, um seinem Gedankengang zu folgen.

»Genau, aber du musst den richtigen Fall beachten«, sagt Oma Iota und deutet mit ihrem faltigen und mit etlichen Ringen geschmückten Finger auf ein Wort. Ich wünschte, diese Sprache würde mich genauso sehr begeistern wie die beiden. Manchmal färbt ein bisschen davon auf mich ab, wenn Logans Großmutter über ihre Reisen durch Europa und den Rest der Welt spricht. An Tagen wie heute packt es mich leider gar nicht.

»Tycho, hast du das auch verstanden, Liebes?« Ich sehe in ihr breit lächelndes Gesicht und kann nicht anders, als ihr Lächeln zu erwidern. Mit dem dicken weißen Pferdeschwanz, der von dunkelgrauen Strähnen durchzogen ist, sieht sie einfach so charismatisch aus.

»Ja, ich …« Ich fahre mir mit den Händen über das Gesicht und blinzle einige Male. »Ich bin nur ein bisschen müde, aber ich schau mir das nachher auch noch mal in Ruhe an.« Das muss ich wirklich, wenn ich mich übermorgen im Kurs nicht blamieren will.

»Na gut, aber mach langsam, ja?« Logans Großmutter gibt sich sehr mitfühlend, aber ihr ist natürlich bewusst, dass ich so fertig bin, weil ich einen Kater habe. Ich weiß nicht, warum ich mir wünsche, dass sie nicht solche Rücksicht auf mich nehmen würde, als sie mit Logan zum nächsten Paragrafen übergeht. Vielleicht, weil ich das Mitleid nicht will. Oder vielleicht, weil ich nicht möchte, dass sie denkt, ich würde es eigentlich nicht können.

Es ist mehr als offensichtlich, dass mich das Fach nicht sonderlich interessiert. Wie eigentlich das ganze Studium. Ich hatte gehofft, dass Altertumswissenschaften und die griechisch-römische Antike mich genauso sehr faszinieren würden wie meine Eltern und meine Großmutter. Schon in den ersten zwei Semestern ist mir klargeworden, dass dem nicht so ist – und ich habe nur weitergemacht, weil ich nicht weiß, was ich sonst machen soll. Und weil ich bei Logan sein möchte.

Aber obwohl ich wenig Interesse für die Fächer übrighabe, möchte ich gut darin sein. Wenigstens ein bisschen besser als durchschnittlich, das reicht mir schon.

Ich schaffe es tatsächlich, mich so weit zusammenzureißen, dass ich ein paar Sätze korrekt übersetze, bis das Klingeln des Haustelefons uns unterbricht. Logans Großmutter richtet sich überraschend flink auf, um zu der kleinen Kommode zu treten, auf der zwischen vielen gerahmten Fotos der Familie die Ladestation für das kabellose Telefon steht.

Nach einem raschen Blick auf das Display weist sie uns mit einem klimpernden Winken ihrer Hand darauf hin, dass sie geht und wir allein weitermachen sollen.

Ich warte, bis sie, einen fröhlichen Gruß auf den Lippen, den Raum verlassen hat, dann senke ich endlich den Kopf auf die Tischplatte. Er schmerzt nicht mehr, aber ich würde so gern hundert Stunden durchschlafen.

Logan lacht leise und klopft mir sacht auf den Rücken. »Geht's?«

»Ja«, nuschele ich.

»Ich würde dich ja gern bemitleiden, aber du hast dir das selbst eingebrockt«, stichelt er.

»Ich weiß.«

»Wie geht das eigentlich? Betrinkst du dich während deiner Schichten in der Bar oder danach?« Sein Tonfall hat sich ein wenig verändert, ist angespannter. Das passiert nur, wenn er irgendetwas Wichtiges ansprechen will.

Ich stöhne, weil ich nicht weiß, ob ich nach der Griechisch-Lehrstunde geistig bereit für wichtige Gespräche bin.

»Danach.« Ich raffe mich auf, streiche die Haare vermutlich höchst unelegant aus meinem Gesicht und stütze mein Kinn auf die Hände. »Aber nicht dort.«

»Aha.« Das klingt so trocken.

Ich kneife meine Augen irritiert zusammen und versuche, in seinem Gesicht zu erkennen, was er eigentlich von mir wissen will.

»Hast du morgen wieder 'ne Schicht in der Bar?«, wechselt er allerdings das Thema.

Ich entspanne mich ein wenig. »Nein, erst Montag.« Ich überlege, ob ich ihm die nächste Information mitteile, aber er wird es sowieso erfahren. Und vermutlich macht er sich gar nichts daraus. »Ich geh morgen mit Neil feiern.«

»Feiern.« Logan zieht die Augenbrauen lächelnd hoch und betont das Wort, als sei es zweideutig. Eigentlich ist es das in diesem Fall auch.

Ich bin froh, dass er sich auf den Themenwechsel einlässt und nicht weiter nachhakt. Er macht sich Sorgen darum, dass ich mich so oft betrinke und mit Verletzungen nach Hause komme. Aber er scheint in letzter Zeit besorgter darüber als sonst.

»Willst du mitkommen?« Ich frage ihn oft, obwohl ich seine Antwort ohnehin kenne. Die meisten Leute, mit denen ich mich treffe, können ihn nicht sonderlich gut leiden; warum auch immer. Aber das ist mir egal. Und ihm auch.

Trotzdem lehnt er jedes Mal ab. »Ich bin zu alt für den Scheiß«, reagiert er wie erwartet.

Ich verdrehe amüsiert die Augen, auch wenn's in meinem Kopf ziept. Er kommt nur nicht mit, weil er lieber daheim herumsitzt. Ich kenne alle seine Ausreden. »Du bist einundzwanzig Jahre alt! Und nur zwei Wochen älter als ich.« Dieses Spiel spielen wir sehr oft. Irgendwann wird er mich schon in einige Clubs begleiten. Es würde ihm sicher auch gefallen, die ganze Nacht durchzutanzen, er weiß es nur noch nicht.

»Zwei Wochen machen einen erheblichen Unterschied«, entscheidet er sich für seine Standardantwort.

»Tu doch nicht so. Du bist schon alt geboren worden.«

Er bricht in lautes Lachen aus und sieht tatsächlich ein wenig getroffen aus. »Was soll das denn heißen?«

»Du hast selbst auf dem Spielplatz immer den Überwacher gespielt!«

»Daran erinnere ich mich nicht.«

»Du erinnerst dich nicht daran, wie du mit dem Lineal die Kanten meiner Pyramide überprüft hast?«

Als er die Arme vor der Brust verschränkt und eine Schnute zieht, sieht er so knabenhaft aus, wie ich ihn von damals in Erinnerung habe. »Nein. Und *außerdem*«, fährt er lauter werdend fort, als ich ihn schon fragen will, ob ich die Fotos heraussuchen soll, »bin nicht ich derjenige, der den ganzen Vormittag halb tot in geblümten Steppdecken auf der Couch gelegen hat.«

Wir halten einige Sekunden lang den Augenkontakt, dann können wir gleichzeitig das Grinsen nicht mehr zurückhalten. Locker zieht er seinen Text wieder zu sich heran. Überaus unmotiviert will ich mich auch dem letzten Abschnitt widmen, aber ein Blinken meines Handys zieht meine Aufmerksamkeit auf sich.

Ich werfe einen Blick auf den Sperrscreen. Selbst nüchtern ist es schwer, etwas durch das zerbrochene Glas hindurch zu lesen.

Dr. Williams. Ich weiß nicht mehr, wie lang ich gestern mit ihm gesprochen habe oder wie das Gespräch geendet hat. Ein wenig Aufregung macht sich in mir breit, als ich kurz befürchte, mehr gesagt zu haben, als ich eigentlich wollte. Aber seine Nachricht ist nur eine Frage danach, wie es mir geht und ob wir später noch mal sprechen wollen.

Logan sieht es auch.

»Dr. Williams«, liest er den Namen vor, sieht aber weiter das Handy und nicht mich an. »Hast du bald wieder eine Sitzung?«

Ich nehme das kleine Gerät und drehe es um, lege es mit dem Bildschirm auf den Tisch. »Eigentlich stehen zurzeit keine mehr an.« Ich hatte schon genug und denke nicht, dass es ein Weiterkommen in der Therapie gibt, solange ich nicht über das eigentliche Problem in meinem Leben sprechen kann.

Ich schaue Logan an, und er sieht nur langsam zu mir auf, legt die Stirn in Falten. Wieder dieser zögerliche Ausdruck in seinen Zügen. »Bist du sicher, dass der Kerl dir noch helfen kann?«

»Was meinst du?«, hake ich sacht nach. Automatisch setze ich mich etwas aufrechter hin, und meine Gedanken klaren ein Stück auf, als mein Puls sich beschleunigt. So eine Anmerkung hat er noch nie gebracht.

»Ich meine, ich ...« Er sieht mir immer noch nicht in die Augen. »Ach, ich weiß nicht, ob wir das jetzt besprechen sollten.«

Ich will aber auch nicht, dass das zwischen uns steht. »Sag ruhig, was du denkst.« Ich versuche, so wenig defensiv wie möglich zu klingen, aber ich bin unsicher, ob es mir gelingt. Ich bin einfach keine gute Schauspielerin.

Unsicher fährt er sich mit den Fingern durch die Locken. »Deine Eltern sind seit dreizehn Jahren tot. Deine Großmutter seit sieben Jahren. Und es geht dir … immer noch nicht besser, habe ich den Eindruck.«

Um zurückzuhalten, was ich dazu sagen will, beiße ich mir auf die Unterlippe. Ich weiß natürlich, dass das alles lang her ist. Aber ich habe mich auch damit abgefunden, dass das ein Teil meines Lebens ist. Welche Veränderung erwartet er denn von mir, um meinen Zustand als *gut* wahrzunehmen? Er kann mich immerhin schlecht an meinem achtjährigen Ich messen. Vor diesen ganzen Geschehnissen.

Aber vielleicht will er das auch gar nicht sagen. »Was meinst du?«, frage ich also.

Er schluckt schwer, als wollte er nicht aussprechen, was er denkt. »Ich will echt nichts Falsches sagen.«

Ich schürze provokant die Lippen und stupse seinen Arm an, um ihn wieder locker zu machen. »Ich will's wissen. Geht's ums Feiern? Oder den Sex?«

Sein Lachen wirkt tatsächlich ein wenig erleichtert. »Himmel, nein. Du kannst so viel Sex haben, wie du willst.« Sobald er das ausgesprochen hat, zieht er neckend die Augenbrauen hoch. Schon klar, ich hatte mein Aufklärungsgespräch über Verhütung und alles Weitere mit ihm und seinen Eltern. »Aber ich denke nicht, dass es gesund ist, wie viel du trinkst. Und dass das mit deinen … Problemen zusammenhängen könnte.«

Meinen Problemen. »Ist es denn so viel?« Ich kenne einige Leute, die öfter feiern gehen als ich und jedes Wochenende verkatert sind. Eigentlich ist es nichts Besonderes, vor allem nicht in unserem Freundeskreis. »Ich denke nicht, dass ich mehr trinke als Neil, Teddy, Ariel oder Matilda.«

»Nein, es …« Er blinzelt betrübt. »Es geht ja nicht um die Menge, sondern um die Auswirkung, die es auf dein Leben hat.« Er macht eine Geste, die irgendwie auf meinen ganzen Körper deutet. »Ich meine, diese Verletzungen …« Er seufzt noch einmal. »Ich mach mir einfach Sorgen um dich. Ich will nur, dass es dir gut geht.«

Nachdenklich lege ich die Stirn in Falten und lasse das wirken. Er macht sich tatsächlich Sorgen um mich. Und verdammt, ja, ich habe es übertrieben. Die Wunde in der Hand ist vermutlich der ausschlaggebende Punkt.

Ich sehe hinab und betrachte meine aufgeschürften Knöchel. Ich muss irgendetwas tun, um diese Verletzungen zu verhindern oder zu verbergen, wenn ich will, dass Logan sieht, dass es mir gut geht.

Es … es geht mir ja eigentlich gut. Ich habe nicht alles unter Kontrolle, aber das hat niemand.

»Danke«, murmele ich also. »Ich sollte wirklich mal mit Dr. Williams darüber reden.«

Logan nickt vorsichtig und reibt die Hände aneinander. »Ich will auch nicht komisch sein«, sagt er dann unangenehm berührt lachend.

Ich frage mich, ob er mit seinen Eltern über mich geredet hat. »Bist du nicht. Aber du musst dir wirklich weniger Sorgen um mich machen.« Ich grinse. »Das lässt dich noch älter wirken.«

Lachend verdreht Logan die Augen. »Nicht das wieder, bitte.«

»Komm jetzt«, sage ich und deute auf die Bücher, deutlich motivierter als vorher, weil sie mir als Ausrede dienen, dieses Thema zu beenden. »Ich will fertig sein, wenn es Essen gibt.«

KAPITEL 3

WANN KÄLTE IN MICH EINDRINGT

Es dauert ungefähr sechs Minuten, bis das Gehirn beginnt, auf Alkohol zu reagieren. Bei mir geht das schneller.

Ich bin nicht schneller betrunken, aber ich spüre die Wärme schneller. Die pulsierende Hitze unter der Haut, das Kribbeln in meinen Gliedern, das berauschende Gefühl, die Kontrolle abzugeben. An irgendetwas Animalischeres, manchmal Dunkleres als mein eigenes Ich.

Heute spüre ich die Düsternis nicht. Es ist, als halte die Musik, die betäubend laut durch den Club wummert, sie in Schach. Die verschwitzte Masse an Menschen zuckt ekstatisch zum Sound der Elektrosongs. Ich gehe im Vibrieren der Menge, im Dunst aus Schweiß und im Bass der Musik unter.

Neil tanzt ganz dicht hinter mir. Zwischen all den Menschen ist sein Körper nicht der einzige, den ich berühre, aber derjenige, den ich am deutlichsten spüre. Seine Hände halten meine Hüfte, führen sie, um meine Bewegungen seinen anzugleichen.

Ich werfe einen Blick über meine Schulter, um im zuckenden Neon der Lichtshow zu ihm aufzuschauen. Seine

Haut ist von einer schimmernden Schweißschicht überzogen, ebenso wie meine. Der stechende Blick hinter seiner Brille trifft meinen, und das Lächeln, das sich auf dem Gesicht mit den hohen Wangenknochen abzeichnet, wirkt schelmisch.

Ich werfe ihm ein Lächeln zu, und im Rhythmus des Songs presst er mich an sich, schlingt seinen Arm um meine Taille.

Wie lang tanzen wir schon? Es müssen ein paar Stunden sein, aber im fensterlosen Untergrund vergeht die Zeit sowieso anders.

Der Song geht flüssig in den nächsten über. Der DJ hat nicht den besten Geschmack, aber wenn so viel Alkohol geflossen ist, ist es mir für gewöhnlich egal, wie peinlich die Musikauswahl teilweise ist. Meine Bewegungen verlangsame ich passend zum Beat.

In der sich bewegenden Masse aus Menschen sind wir nur ein kleiner Teil von etwas Größerem. Ich liebe das Gefühl der vollkommenen Unsichtbarkeit, das sich in mir ausgebreitet hat.

Ich lehne mich ein Stück zurück und schiebe meinen Hintern an Neils Schoß.

Er greift meine Hüfte ein wenig fester und zieht mich enger an sich, sodass ich seine verschwitzte Brust in meinem Rücken beben spüre. Ich muss mich trotz der High Heels auf die Zehenspitzen stellen, als er sich zu mir herabbeugt und ich sein raues Kinn an meiner Wange kratzen spüre.

»Sollen wir zu mir fahren?« Sein Atem ist heiß, aber ich höre das amüsierte Lächeln in seiner Stimme. Mir grinsend auf die Unterlippe beißend, bewege ich meine Hüfte etwas herausfordernder, noch immer eng an ihn gepresst.

Er scheint den Hinweis zu verstehen. Natürlich fahren wir zu ihm. Vielleicht noch nicht jetzt, aber bald. Wir haben das schon oft genug gemacht, um zu wissen, worin es endet.

Er lockert den festen Griff seiner Hände ein wenig und lässt sie langsam an meinem Körper hinaufgleiten. Ich schmunzle, als sie meine Brüste erreichen und er sie sacht berührt. Unauffällig, fast als sei es ein Versehen, streichen seine Finger über sie. Der dünne Stoff meines Tops ist kaum ein Hindernis für seine Berührungen.

Ich lasse ein Seufzen von meinen Lippen, das nicht einmal bis an meine eigenen Ohren dringt. Ich denke nicht, dass wir jemandem auffallen, aber selbst wenn, ist es mir gerade egal. Ich schiebe meine Hände hinter meinen Körper, um spielerisch an seinem Hosenbund zu zupfen.

Neil ist mutig. Eine Hand noch immer über meinen Oberkörper geschlungen, gleitet die andere sacht zu meinem Rock, schiebt sich ein Stück zwischen meine Beine. Ich grinse überrascht, als mir klar wird, wie dringlich es ihm ist.

Das Wummern der Musik, deren Bass ich bis in mein Innerstes spüre, ist wie eine eigene Berührung. Das Zucken der Lichter dürfte nicht allzu viel Aufschluss darüber geben, was wir hier tun. Obwohl es durchaus etwas Spannendes hat, mir vorzustellen, es wäre so.

Ich lehne meinen Hinterkopf an Neils Schlüsselbein. Mein ganzer Körper ist heiß, aber zwischen meinen Schenkeln macht sich eine andere Art von Wärme breit. Eine aufregendere Art.

Neils Bart berührt wieder meine Wange. »Ich meine es ernst«, raunt seine dunkle Stimme an meinem Ohr. Er drückt meinen Unterleib weiter an seinen, und ich spüre die leichte Wölbung in seiner Jeans. »Wir sollten zu einem von uns fahren. Jetzt.«

Ich löse seine Hände von meiner Mitte und wende mich um, sodass wir einander ansehen. Seine Augen leuchten förmlich, als er mich anschaut. Er sieht so anders aus als in den gemeinsamen Vorlesungen. Wenn wir uns außerhalb der Universität treffen, verliert er diesen unschuldigen Zug, den er sonst ausstrahlt.

Es scheint Neil schwerzufallen, sich noch im Takt der Musik zu bewegen, während ich mit einem Arm seinen Körper umschließe und mit der anderen Hand über seine Jeans streiche.

»Ich weiß nicht, ob ich noch so lang warten kann«, säusle ich spielerisch an seinem Ohr. Von hier aus brauchen wir mit der U-Bahn mindestens eine Stunde zu einem unserer Appartements. Und bis dahin ist die Aufregung bestimmt schon verflogen. Bisher waren wir meistens auf privaten Partys von Freunden unterwegs, von denen aus der Weg nach Hause nicht so weit war. Hier in Lower Manhattan treiben wir uns zum ersten Mal gemeinsam herum.

Er lacht und schiebt ein Knie sacht zwischen meine Beine. Ich versuche, mich nicht allzu offensichtlich daran zu reiben.

»Hier?«, fragt er mit einer Mischung aus Amüsement und Verwirrung auf den Zügen.

Unbekümmert fahre ich mir mit der Zunge über die Lippen und ziehe die Augenbrauen hoch, um zu signalisieren, dass es für mich okay wäre. Und so wie er sich benimmt, hält er es sicher auch nicht mehr lang aus.

Neil sieht mich einfach von oben bis unten an, also gehe ich von seiner Zustimmung aus, greife nach seiner Hand und setze mich durch die im Rausch zuckende

Menge in Bewegung, um mich auf den Rand der Tanzfläche zuzuschieben. So viele Körperteile berühren mich, ohne dass sich jemand darum schert. Einige Male stolpere ich über leere Gläser oder Jacken, die achtlos auf den Boden geworfen wurden, aber entweder falle ich gegen andere Menschen, oder Neil hält mich fest.

Als wir an der schwarz gestrichenen Wand ankommen, greift Neil nach meiner Hüfte und hilft mir, mich dagegenzulehnen. Er verliert keine Sekunde, bevor er sich wieder an mich schmiegt. Ich lege meine Hände um ihn, während er mich so intensiv mustert, wie es in diesem Licht möglich ist.

»Geht's? Brauchst du frische Luft?«

Wie süß, dass er fragt. Aber nein. »Schon okay.«

»Ich will's nicht auf dem Klo machen«, murmelt er und mustert mich, als fiele es ihm schwer, mir nicht das Shirt vom Oberkörper zu reißen. Er vergräbt sein Gesicht an meinem Hals und drückt ein paar Küsse auf die heiße Haut, bevor er mich wieder ansieht. »Ich hab ein paar Artikel darüber gelesen, wie unhygienisch das …«

Lachend streiche ich über seinen Arm, dann deute ich mit dem Kopf auf den hinteren Teil des Clubs und setze mich wieder in Bewegung. An einer dunklen Treppe stehen etliche Menschen in einer Schlange zu den Toiletten im unteren Stockwerk. Viele halten sich am Geländer fest, die meisten lachen ausgelassen. Die Stufen sind nur indirekt beleuchtet, was sicherlich stylisch aussieht, aber für betrunkene Gehirne zusätzliche Verwirrung sein kann.

»Da oben«, rufe ich Neil über den Krach hinweg zu. Wir schieben uns durch die wartenden Menschen hindurch auf die Treppe zu, die nach oben führt. Ich habe vorhin ein Schild gesehen: Dort befindet sich anscheinend ein VIP-Bereich, vom Rest des Clubs nur mit einer symbolischen Absperrung in Form eines roten Bandes abgetrennt, das niemand überwacht.

Ich sehe mich nicht einmal um, bevor ich – Neil noch immer an der Hand haltend – darüber hinwegsteige. Je weniger Aufsehen wir erwecken, umso natürlicher wirkt es, wenn wir hochgehen.

Neil scheint das nicht so zu sehen, denn sein Griff um meine Hand verfestigt sich, und er schaut sich nervös in alle Richtungen um. Ich ziehe ihn mit, bis wir vor den Blicken aller anderen verborgen sind.

Die Treppe endet in einem kleinen, dunklen Zwischenraum, von dem mehrere Türen abführen. Auf jeder sind »Nur für Personal«- oder »Betreten verboten«-Schilder angebracht. Aber weiter müssen wir gar nicht gehen.

Ein Blick zu Neil genügt, und er presst mich eng an die Wand hinter mir.

»Sicher, dass uns hier niemand entdeckt?«, murmelt er. Die Musik aus den Lautsprechern dringt bis zu uns herauf, aber sein Gesicht ist meinem so nah, dass ich ihn trotzdem verstehe.

Verspielt funkle ich ihn an. »Nein.« Aber das macht ja den Spaß aus.

Ich lege meine Hände in seinen Nacken und will ihn zu mir ziehen, aber er scheint noch Zweifel zu haben.

»Du bist echt betrunken«, gibt er zu bedenken, während er bereits eins meiner Beine anhebt und meinen Fuß auf einen niedrigen Tisch neben uns stellt. Dann schiebt er sich sacht zwischen meine Beine. Ich erkenne eine Form von Dringlichkeit in seinen Augen, aber er gibt sich wirklich Mühe, sich noch ein wenig zurückzuhalten.

»Du bist auch nicht mehr nüchtern«, sage ich. Meine

Knie zittern vor Aufregung. So wie er seine Jeans an meine Schenkel reibt, würde es mir vermutlich schon ausreichen. Der raue Stoff trifft meine Körpermitte genau an der richtigen Stelle.

»Ist das echt okay?«

»Ich hab auf dem Weg hierher eine personalisierte Einverständniserklärung auf meinem Handy verfasst, falls ich sie dir zeigen soll.«

Neils Lächeln lässt mich noch etwas schwächer werden. »Heirate mich«, stöhnt er, und wir kichern beide, dann schiebt er sich endlich enger an mich, und ich öffne ungeduldig den Reißverschluss seiner Hose. Flink zieht er ein Kondom aus seiner hinteren Tasche, reißt es auf, und ich winde es ihm aus der Hand, um es ihm rasch überzustreifen.

Er hält den Augenkontakt zu mir, während er meinen Slip beiseiteschiebt und in mich eindringt. Ich strenge mich an, das Gleichgewicht zu halten, während seine Stöße mich gegen die raue Wand drücken. Sie sind nicht so vorsichtig und forschend wie sonst. Der raue Stoff seiner Jeans reibt an meinen Schenkeln.

Ich nehme eine seiner Hände und führe sie zwischen meine Beine, damit er mich mit dem Daumen massieren kann. Entweder ich bin so betrunken, dass es mir außergewöhnlich gut vorkommt, oder er hat das geübt. Die Hitze, die sich von meiner Körpermitte aus in mir ausbreitet, ist anders als zuvor. Vibrierender, prickelnder.

Nach Halt suchend lege ich meine Hände in seinen Nacken, während Neil mit seiner freien Hand mein Shirt aus meinem Rock zupft und es mir über die Brüste streift. Sanft, aber bestimmt berührt er sie. »Ich werd nicht lang durchhalten«, keucht er. So nachdrücklich, wie er sich in mir bewegt, glaube ich das sofort.

»Vermutlich länger als ich«, ächze ich. Meine Schenkel beben, und ich liebe die kleinen Geräusche, die er von sich gibt, während er immer energischer zustößt.

Seine Hand gleitet von meinen Brüsten hinauf zu meinem Nacken, dann an meinen Hinterkopf, wo er mir fest ins Haar greift. Er dreht meinen Kopf ein Stück nach oben und bringt mich dazu, ihm wieder in die Augen zu sehen. Sein Blick ist so intensiv, dass meine Knie schwach werden, aber er drückt mich so forsch an die Wand, dass ich Halt habe. Mit unseren Unterleibern fest aneinandergepresst, streifen meine Brüste den rauen, feuchten Stoff seines Hemdes.

In dem Moment, in dem unsere Lippen sich berühren, beginnt mein Bauch zu kribbeln, und ich spüre, wie die Spannung in mir sich bis zur Unerträglichkeit aufbaut. Ich liebe es, wie er seine Zunge in meinen Mund schiebt – und plötzlich kann ich nicht mehr an mich halten. Ich stöhne in seinen Mund, und ein Zucken durchfährt mich vom Scheitel bis in die Zehenspitzen. Er rückt nicht einen Zentimeter von mir ab, während ich komme.

Danach fällt es mir schwerer, mich noch auf den Beinen zu halten, obwohl ich nach wie vor versuche, mich in seinem Takt zu bewegen, während seine Bewegungen schneller und bestimmter werden. Es kann kaum mehr als eine Minute vergangen sein, als er noch einige wilde Stöße ausübt, bevor ein Beben durch seinen ganzen Körper geht und er zitternd seinen Kopf an meinem Schlüsselbein vergräbt.

Ich spüre seinen schweren Atem durch unsere Bäuche, die sich noch immer berühren, während wir verschlungen einige Momente dort stehen. Ich halte mich an ihm fest, die raue Wand im Rücken, als er sich ein Stück zurückzieht und ich mein Bein von dem kleinen Tisch nehme. Ich bin unsicher, ob das schon genug war, und öffne gerade die Lippen, um Neil mitzuteilen, dass es gern noch weitergehen kann, als ein Ruf mich zusammenfahren lässt.

»Was zur Hölle?«

Neil flucht, macht einen Satz von mir fort und wendet sich von dem Security-Kerl am Treppenaufgang neben uns ab. Verdammt, wie lang steht er dort schon?

Ich bin für eine Sekunde wie erstarrt, dann fällt mir ein, dass ich mein Shirt herunterziehen sollte. Ich richte meine Unterwäsche, während der Kerl uns noch immer mit großen Augen anstarrt.

Ich ringe mir ein Lächeln ab, weil ich so erschrocken bin, dass ich nicht weiß, wie ich reagieren soll. Ich würde gern in Lachen ausbrechen, um die Angespanntheit dieser Situation zu durchbrechen, aber gleichzeitig sieht der Kerl so streng aus, dass ich befürchte, uns könnte irgendeine Form der Strafe erwarten. Also provoziere ich ihn lieber nicht. Obwohl es einen kleinen Teil in mir gibt, der gern sehen würde, was passiert, wenn ich es darauf ankommen ließe.

»Raus hier!«, bellt er allerdings nur, als Neil sich umwendet. Er hat seinen Penis weggesteckt. Ich habe keine Ahnung, was er mit dem Kondom gemacht hat.

»Mitkommen!«, ruft der Kerl. Seine Stimme ist so laut, dass ich seine Worte selbst über die Musik hinweg höre.

Neil und ich werfen einander einen vielsagenden Blick zu, dann folgen wir ihm.

»Lasst euch hier nicht wieder blicken, klar?«

Ich ziehe den Mantel enger um meinen Körper und nicke angestrengt. Die Nacht ist so dunkel, dass der langsam fallende Schnee nur im kühlen Licht der Laternen zu sehen ist. Die dicken Flocken schlucken so viel von dem Schein, dass die Gassen unnatürlich düster erscheinen.

»Ihr könnt ja gern euren Spaß haben, aber sucht euch dafür geeignetere Orte aus«, grollt der bullige Security-Mann.

Neil und ich werfen einander einen verschämten und gleichzeitig belustigten Blick zu. Er ist derjenige, der sich offenbar besser zusammenreißen kann, sich dem Kerl zuwendet und nickt. »Klar.«

Die Anspannung fällt erst von mir ab, als er sich endlich abwendet. Wir sehen ihm nach, wie er gemächlich – fast als würde er durch sein langsames Tempo seine Überlegenheit demonstrieren wollen – durch die schwere Hintertür wieder im Club verschwindet.

Sobald sie laut hinter ihm ins Schloss gefallen ist, brechen wir gleichzeitig in schallendes Gelächter aus. Meine Augen tränen, und ich halte meinen Bauch, taumle ein Stück zurück. »Verdammt, war das peinlich«, keuche ich. Mein Körper ist noch ganz warm, und ich schwitze unter meinem Mantel.

Neil seinerseits hat die Hand auf den Mund gepresst, im vergeblichen Versuch, sich zu zügeln. »Wir haben uns echt gehen lassen.«

Ich verberge das Gesicht theatralisch beschämt in den Händen, obwohl ich nicht einmal bereue, dass wir das getan haben. Es hat sich so gut angefühlt. Gerade weil es verboten ist.

Aber diese Rückkehr in die Realität ist echt brutal.

Ich lache, bis mir die Luft ausgeht, wische mir den Schweiß von der Stirn und genieße lächelnd die eiskalte Luft und das warme Gefühl, das mich noch immer gefangen nimmt. Wir treten ein paar Schritte von der Tür des Clubs weg. Auf der Straße ist noch einiges los. Viele junge Leute sammeln sich vor den erhellten Eingängen der Clubs, Bars und Pubs, um am Einlass anzustehen oder weil sie frische Luft brauchen.

Ihre Stimmen dringen nur dumpf bis an meine Ohren, in denen noch immer der Bass der Musik nachhallt. Niemand schenkt uns Beachtung.

Neils Seufzen erschafft eine große Wolke vor seinem Mund. Er zieht eine Schachtel Zigaretten aus seiner Jackentasche und zündet sich locker eine an, dann hält er mir das Schächtelchen auch hin. Ich rauche eigentlich nicht, aber ziehe trotzdem eine heraus. Tut vielleicht ganz gut, um etwas Klarheit in meinen Kopf zu bringen. Trotz der frischen Luft spüre ich den Alkohol noch immer durch meine Adern rauschen.

Der erste Zug kribbelt in meiner Lunge, und ich erwidere Neils forschenden Blick. Erst nach einigen Momenten schleicht sich abermals ein breites Lächeln auf seine Lippen.

»Das war gut«, sagt er.

Ich nicke heftig. »Ich weiß trotzdem nicht, ob wir das wiederholen sollten.«

»Es gibt noch mehr Clubs, aus denen wir rausfliegen können.« Er sieht sich demonstrativ in der Straße um, und ich folge seinem Blick. So viele Menschen, trotz des Wetters. In beiden Richtungen sind die Wolkenkratzer zu sehen, in denen immer Lichter brennen.

»Das geht dann vielleicht nicht mehr so glimpflich aus«, sage ich lachend und spüre, wie das Nikotin langsam gegen das taumelnde Gefühl der Betrunkenheit ankämpft. Ich erwähne lieber nicht, dass Logans Worte von gestern mich durchaus zum Nachdenken gebracht haben. Neil kann ihn ohnehin nicht leiden.

Neil zieht überrascht die Augenbrauen in die Höhe. »Du bist doch sonst nicht so vorsichtig.«

Ich lache laut. »Und *du* bist sonst der Oberstreber!« Wenn unsere Mitstudierenden ihn so erleben würden, würden sie ihren Augen nicht trauen.

»Schon klar, war nur Spaß.«

Die Stille, die danach eintritt, ist ein bisschen unangenehm, aber der fallende Schnee und die Geräusche der Straße lenken meine Aufmerksamkeit schnell um. Mit geschickten Fingern knöpft Neil seine Jacke zu, als suche er ebenfalls nach etwas, womit er sich beschäftigen kann.

»Also.« Er fährt sich mit der Zunge über die Lippen und tritt einen Schritt näher an mich heran. Sein Lächeln ist irgendwie süß und ehrlich. »Wir machen das ja jetzt schon eine Weile.«

Mein Herz macht einen Hüpfer. Ich hoffe, dass das nicht dorthin führt, wohin ich denke. »Sonst nicht auf *diese* Weise, aber ja«, stimme ich ihm schmunzelnd zu.

»Ich weiß, dass wir uns darauf geeinigt haben, dass das alles nicht exklusiv ist und so«, murmelt er und hält den Augenkontakt. »Aber weißt du, ich … würd's auch okay finden, wenn da mehr draus werden würde.« Er sieht mich so verständnisvoll an, dass ich sicher bin, er erwartet nicht einmal eine positive Antwort. Oder überhaupt eine Antwort.

Trotzdem löst seine Aussage ein unangenehmes Ziepen in meiner Brustgegend aus. Es geht also doch in diese Richtung.

Mein Körper ist noch ganz warm von unserem Tanz. Ich will ihm nicht wehtun. Und mir auch nicht.

»Ich …« Ich stocke.

Seinem Blick nach zu urteilen, weiß er schon, was ich sagen will.

»Du weißt, dass ich nicht wirklich beziehungsfähig bin«, versuche ich mich vorsichtig herauszuwinden. Es ist nicht mal eine Ausrede. Es fällt mir schon schwer genug, mein Geheimnis vor Logan zu verbergen. Bei zwei oder mehr Menschen, die mir nahestehen, würde der Aufwand zu groß werden.

Neil zieht an seiner Zigarette. »Ach, das redest du dir nur ein.« Er deutet in einer unbestimmten Geste auf mich. »Du bist nett, lustig …« Er nickt bestimmend. »Und *wunderschön!*« Er betont das Wort über, sodass wir beide lachen, aber ich mag nicht, in welche Richtung sich das entwickelt. Er soll aufhören zu reden, aber sein Gesichtsausdruck nimmt schon wieder so weiche Züge an. »Ich mag dich echt gern.«

Befangen presse ich die Lippen aufeinander, weil ich nicht weiß, was ich erwidern soll. Ich mag ihn auch. Sehr sogar, aber … Ich mag ihn auch nicht mehr als andere Menschen. Vielleicht mag ich auch nur die Vorstellung einer Beziehung. Mit irgendjemandem, nicht mit ihm im Speziellen.

Und ihm vorzuspielen, er als Person wäre etwas Besonderes für mich, wäre unfair. Nicht nur, weil ich ihn ständig über meine wahre Natur belügen müsste. Warum tut es dann so weh?

»Ich mag dich auch.« Ich versuche mich an dem entschuldigendsten Lächeln, das ich aufbringen kann.

»Aber du willst deine Freiheit behalten«, sagt er ruhig. Er wirkt nicht traurig, aber es könnte auch nur eine Maske sein.

Meine Freiheit behalten. Nein, eigentlich nicht. Ich liebe die Vorstellung, mein Leben mit jemandem zu teilen. Aber ich denke nicht, dass ich jemals auf diese Weise werde leben können, also muss ich mich mit diesem Zustand zufriedengeben. »Vermutlich ja«, stimme ich ihm also zu. Es tut fast physisch weh, das aussprechen zu müssen.

»Das ist okay.« Er nimmt einen letzten Zug seiner Zigarette und wirft den Stummel auf einen der mit Schnee bedeckten Mülleimer.

»Ich will nicht, dass du denkst, ich würde dich nur ausnutzen«, stelle ich klar. Ich will ihn wirklich nicht verletzen. Was kann ich sagen, um es für uns beide besser zu machen? Gibt es überhaupt etwas? »Ich will wirklich nur … 'ne gute Zeit haben.« Nicht gelogen, aber auch nicht die ganze Wahrheit.

»Schon klar.« Er sagt das, als würde er mich kennen.

Meine Zigarette ist schon aus, aber ich halte den Stummel noch zwischen meinen Fingern. Inzwischen werden sie kalt.

»Aber ich denke …«, sagt er nach einigen Momenten des unangenehmen Schweigens, »… dass ich in dem Fall lieber weiterziehen sollte.«

Ein Kribbeln fährt durch meinen Körper. Als würde er erst jetzt bemerken, wie kalt es eigentlich ist. Es fällt mir so schwer, einen schelmischen Ausdruck auf meine Lippen zu zwingen. »Aw, du machst Schluss mit mir?« Ich stupse ihn vorsichtig an, um zu signalisieren, dass das in Ordnung ist.

»Du kommst eh irgendwann mit Logan zusammen«, versucht er die Situation aufzulockern und grinst seine Schuhe an. Es muss sich furchtbar für ihn anfühlen, auch wenn ich keine Anzeichen davon in seinem Gesicht erkenne. Ich weiß nicht genau, was er für mich empfindet. Wenn er sich eine Beziehung vorstellen kann, dann ist es sicherlich mehr.

»Ich glaube nicht«, murmele ich. Über Logan will ich gerade nicht reden. »Tut mir echt leid.« Jetzt wende ich meinen Blick auch ab.

Was für eine ärgerliche Situation. Ich hatte eigentlich gehofft, dass das anders ausgehen würde. Dass wir noch zu einem von uns fahren und dort weiterfeiern.

Doch es war wohl nur eine Frage der Zeit. Das ist es immer. Ich werde ihn ständig an der Uni sehen, ihn eine Weile lang in den Kursen anschmachten, unserer gemeinsamen Zeit nachtrauern – und trotzdem mein Leben weiterführen.

Ich hab das schon zu oft erlebt. Es tut eine ganze Weile weh. Aber es geht weiter.

»Zu welcher Bahn musst du? Komm, ich bring dich noch.«

Ich schüttle den Kopf. »Ich schaff das schon.« Jetzt meine Gedanken schweifen zu lassen fühlt sich gleichzeitig befreiend und fürchterlich an. Bis zu meiner Wohnung sind es von hier aus sicher fünf Meilen, aber vielleicht hilft es mir, zu laufen. So oder so möchte ich lieber allein sein, die Dunkelheit noch ein wenig kosten. Plötzlich habe ich wieder den Wunsch, in sie einzutauchen. »Ich muss zur vierten. Das ist nicht so weit.«

»Na gut.« Er lächelt wieder, doch auf einmal kommt es mir kühl zwischen uns vor. Ich erkenne die Enttäuschung hinter seinem freundlichen Gesicht. So gern würde ich ihn noch einmal küssen oder umarmen, um nur noch kurz – vielleicht noch eine Minute – vergessen zu können, wie einsam sich das alles anfühlt.

Aber wenn er weiterziehen will, dann muss das okay sein.

»Dann sehen wir uns morgen an der Uni«, sagt er und tritt einen Schritt von mir zurück. Der Schnee knirscht unter seinen Füßen. Ich habe meinen Blick auf sie gerichtet, weil ich ihn eigentlich nicht mehr ansehen möchte.

»Ja, dann bis morgen.«

KAPITEL 4

WARUM DUNKELHEIT WARM IST

In der Finsternis fühle ich mich wohler als im Tageslicht. Sie fühlt sich auf beruhigende Weise natürlich an. Wie ein Versteck für diese dunkle Seite an mir.

Ich frage mich, warum ich sie gerade nicht so intensiv spüre. So viel Alkohol, wie durch meine Adern strömt, sollte sie eigentlich übermächtig sein.

Die Wege zwischen den alten Backsteingebäuden von Lower Manhattan sind nur spärlich beleuchtet. Außerhalb der Gegenden, in denen das Nachtleben stattfindet, ist um diese Uhrzeit nichts mehr los. Nicht einmal Autos befinden sich auf den ruhigen Straßen, weil die Stadt es nicht schafft, die schmalen Fahrbahnen von den Schneemassen zu befreien.

Ich sehe auf meine Hände hinab, balle die Hand mit der Verletzung einige Male zur Faust und entspanne sie wieder. Vielleicht reicht der Schmerz noch aus, um die Dunkelheit unter Kontrolle zu halten. Eigentlich finde ich das nicht gut. Wenn ich mich jetzt in dem Strudel aus Blut und Nacht verlieren könnte, müsste ich mich wenigstens nicht mehr mit den Unzulänglichkeiten meines Lebens auseinandersetzen.

Damit, dass Neil zwar sagt, er würde mich mögen, mich aber gar nicht mögen kann, weil er nicht weiß, wer ich wirklich bin. Damit, dass ich Menschen liebe, doch viel mehr als sie noch das Konzept einer Beziehung. Die Vorstellung eines normalen Lebens. Ein Leben, in dem ich irgendjemand anderes bin – und nicht ich.

Warum macht mich etwas so unglücklich, von dem ich weiß, dass ich es nicht ändern kann? Gefühle sind einfach scheiße.

Ich mache mir nicht die Mühe, die Tränen von meinen Wangen zu wischen. Eigentlich fühlt es sich sogar ganz gut an, sie fließen zu lassen.

Ich habe mich vor etwa zwanzig Minuten von Neil verabschiedet und halte mich absichtlich in den dunkleren Gassen, abseits der eigentlichen Wege. Ich bin nicht unbedingt auf Stress aus und weiß nicht, ob ich den ganzen Weg nach Hause laufe oder doch irgendwann in die Bahn steige. Aber hier fühlt es sich einfach nach zu Hause an.

Den Blick auf meine Füße gerichtet, spüre ich mein Handy in der Tasche vibrieren und ziehe es heraus, ohne darüber nachzudenken. Der zerbrochene Screen zeigt Logans Namen an. Ich weiß nicht, ob ich mich gerade bereit fühle, ihm zu schreiben.

Logan: Hey, wie geht es dir? Alles gut?

Ich sehe die Nachricht einige Sekunden lang an, dann beginne ich, mit kalten Fingern zu tippen.

Tycho: Alles gut! Bin gerade auf dem Heimweg. Captain Wodka sorgt für Sicherheit auf den Straßen. Mach dir keine Sorgen.

Tycho: Warum bist du überhaupt noch wach? Hattest du ein Date? ;)

Es tut ein bisschen weh, das zu schreiben, aber ich sende es trotzdem ab.

Logan: Ich hab mir extra 'nen Wecker gestellt, um dir das zu schreiben!

Tycho: Als ob.

Logan: Schaffst du es nach Hause? Soll ich dich irgendwo einsammeln? Nicht, dass du wieder fällst.

Tycho: Nicht nötig, bin gleich in der Wohnung. Warte noch auf die Bahn. Wir sehen uns morgen auf dem Campus.

Logan: Okay, aber ruf an, wenn du was brauchst. Bis morgen.

Ich lächle, obwohl mir seine Worte ein wenig Schwere ins Herz legen. Wenn ich wenigstens ihm erzählen könnte, wer ich wirklich bin. Aber ich habe schon oft genug darüber nachgedacht. Er würde es nicht verstehen.

Was normal wäre, schätze ich. Niemand würde das.

Ich weiß nicht, wie lang ich unterwegs bin, als ein Schrei meine Aufmerksamkeit erregt. Schreie sind in New York nichts Besonderes, eigentlich hört man sie an jeder Ecke. Aber ich habe im Laufe meines Lebens gelernt, die eine von der anderen Art zu unterscheiden.

Mein Herz macht einen Hüpfer, als würde mein Körper schon vor meinem Gehirn begreifen, was gleich passiert. Ohne stehen zu bleiben, lasse ich meinen Blick an den backsteinernen Hauswänden entlanggleiten, um nach der Gasse zu suchen, aus deren Richtung die Geräusche kommen. Um mich herum ist kein Mensch zu sehen. Erst als der tiefe Schrei erneut erklingt, kann ich den ungefähren Ursprung ausmachen.

Meine Füße tragen mich wie von allein in die entsprechende Richtung. Das Geräusch meiner Absätze hallt von den hohen Wänden wider, als ich mein Tempo beschleunige, das taube Gefühl in meinem Inneren von einer Flut aus Aufregung und Erregung fortgespült wird.

Ich streife mir die Heels von den Füßen, nehme sie in die Hand und mache barfuß einige Sätze auf eine Seitengasse zu, aus der Rufe dringen. Die Kälte an meinen Füßen ist kaum mehr als ein hintergründiges Kribbeln in meinen sprudelnden Gedanken. Ich wische die Tränen fort, die noch warm auf meinen Wangen kribbeln. Eine schwarze Mascara-Spur bleibt an meinem Handrücken zurück.

»Nein, bitte!« Eine Männerstimme, gefolgt von einem abfälligen Lachen aus mehreren Mündern. Ich spüre, wie ein Teil von mir die Feindseligkeit, die ich bisher nur höre, spiegelt. Sie resoniert in mir und wächst zu etwas Größerem. Etwas, das sich warm von meinem Inneren bis in meine Haut hinein ausbreitet.

Ich muss darauf achten, nicht ganz fortgetragen zu werden. Mich nicht vollständig zu verlieren, auch wenn alles in mir sich wünscht, ich würde einfach loslassen. Das habe ich erst einmal getan, und es hat eine Mauer in mir eingerissen, deren Wiederaufbau mich Jahre gekostet hat.

Durchatmen. Ich weiß noch gar nicht, ob das hier überhaupt ein Vorfall von Relevanz ist.

Bevor ich in die schmale Straße einbiege, drücke ich mich an die eiskalte Mauer und spähe um die Ecke. Lediglich auf meiner Seite steht eine Laterne mit kühlem Licht, die Männer erreicht es allerdings nicht. Ich sehe ihre Silhouetten nur schemenhaft im Licht des Mondes. Drei Männer, die auf einen am Boden Liegenden eintreten.

Das könnte schwierig werden. Mit mehr als zwei Gegnern wird es immer chaotisch.

»Hört auf, bitte!« Der Mann am Boden hält die Hände schützend über seinen Kopf, kann seine Angreifer aber nicht abwehren. Ich vermute, dass es ein Obdachloser sein könnte, aber sicher bin ich mir nicht.

Das ist eindeutig eine Situation von Relevanz. »Hey!«, schreie ich also in die Dunkelheit hinein und mache einen Satz nach vorn. Mehr als zwei Gegner hin oder her. Ich lasse die Schuhe fallen und balle die Hände zu Fäusten.

Die drei Kerle wirbeln herum, als ich weiter nach vorn trete, aber außerhalb des Lichtkegels der Straßenlaterne bleibe. Ich habe die blöde Wolfsschädelmaske nicht dabei und hoffe, sie können sich morgen nicht mehr an mein Gesicht erinnern.

An den hohen Backsteingebäuden gibt es auf dieser Seite nur Feuerleitern und einige zugenagelte Fenster, sodass uns zumindest von dort aus niemand beobachten sollte.

Meine Gedanken sind einigermaßen unter Kontrolle, während ich zusehe, wie die drei Männer ein wenig näher treten, und ich versuche, die Gefahr einzuschätzen, die von ihnen ausgeht.

Sie tragen Anzüge, auf den ersten Blick sauber geschnitten. Alle sind maximal fünfundzwanzig Jahre alt. Vielleicht Studierende oder junge Businessmenschen. Keiner scheint eine Waffe zu besitzen.

»Was machst du hier, Blondie?«, ruft mir einer entgegen. Er ist eindeutig betrunken. Pluspunkt für mich.

»Hast du dich verlaufen?«, will sein Freund laut wissen.

Die Menschen sehen mich nicht wirklich. Sie sehen eine junge Frau, die so betrunken ist, dass sie kaum aufrecht stehen kann.

»Geht von dem Mann weg!«, sage ich mit tiefer Stimme. Diese Kerle haben keine Chance verdient, sich zurückzuziehen, aber ich ringe mir dieses Zugeständnis trotzdem ab – insgeheim hoffend, dass sie mir durch ihre Ablehnung einen Grund bieten, sie final fertigzumachen.

»Komm du lieber mal her«, sagt der Erste wieder. Ich muss sein Gesicht nicht sehen, um den abstoßenden Ausdruck darauf zu erahnen. »Wir können uns doch ein wenig vergnügen.«

»Mit Schurken wie euch vergnüge ich mich nicht!«

Die drei brechen in schallendes Gelächter aus. »Schurken? Bist du aus einem Comic?«

Ich stutze und werde kurz aus meinem Fokus gerissen. Ist das ein komisches Wort? Meine Großmutter hat das immer gesagt.

Egal.

Ich gehe einen Schritt auf die Männer zu, und tatsächlich bewegen sie sich nun ganz von dem Obdachlosen weg.

»Habt ihr noch nicht von Captain Wodka gehört? Die streift nachts durch New York und macht Typen wie euch fertig.« Das auszusprechen bereitet mir ein kribbelndes Gefühl der Überlegenheit.

Der Kerl, der mir am nächsten ist, lacht. Als er in den Lichtkegel der Laterne tritt, sehe ich sein blondes Haar. Er ist der Größte von ihnen. »Das waren doch alles Loser.«

Ich setze ein süßes Lächeln auf die Lippen, um die Wut, die in mir aufflackert, zu kanalisieren.

»Na komm schon!«, ruft der neben ihm. Er ist kleiner

als die anderen, aber immer noch deutlich größer als ich. »Lass uns Spaß haben.«

Das werden wir.

Ich bleibe stehen, aber sie treten weiter auf mich zu, bis sie nur noch wenige Schritte von mir trennen. Der dritte hält sich eher im Hintergrund, als würde er die Aktion noch durchdenken, dabei ist er der muskulöseste.

Ein Blick zu dem Mann am Boden hinter ihnen zeigt mir, dass er keine Anstalten macht, zu fliehen. Ist er verletzt?

Für einen winzigen Moment wird mir klar, dass dies das erste Mal ist, dass ich jemand anderen als mich rette. Aber mir oder anderen zu helfen ist sowieso nicht der Grund, aus dem mir diese Unternehmungen Freude bereiten.

Während ich dort stehe, spüre ich, wie mein Atem heißer wird, bis er deutliche Wolken vor meinem Mund erzeugt und auf meiner eigenen Haut brennt. Meine Gegenüber scheinen es nicht zu bemerken, aber ich habe das Gefühl, mein Körper wäre inzwischen so siedend, dass er den Schnee um mich herum schmelzen müsste.

»Na los, kommt schon«, fordere ich sie auf. Noch während ich spreche, macht der Große einen Satz nach vorn und greift nach meinem Handgelenk. Fehler! Die andere Hand bereits zur Faust geballt, hole ich aus.

In Filmen sind Kampfszenen immer mit einem Soundtrack hinterlegt. Je nach Stimmung erklingen dunkle oder actiongeladene Töne im Hintergrund. Das stört mich jedes Mal.

Im echten Leben hört man das Keuchen seiner Gegner, noch bevor der erste Schlag trifft. Man hört das Knacken von Knochen und das Brechen von Kiefern. Man hört den dumpfen, unverwechselbaren Klang, wenn ein Körper am Boden aufschlägt und die Luft aus der Lunge weicht.

Seine Freunde scheinen zunächst nicht zu begreifen, was geschehen ist, als der Kerl einen Meter von mir entfernt zu Boden geht. Erst nach einigen Sekunden schreien sie auf und stürzen gemeinsam auf mich zu.

Ich will ein Stück zurückweichen, aber die Straße unter meinen Füßen ist so glatt, dass ich ausrutsche und der kleinere von beiden die Chance bekommt, mich am Oberarm zu packen. Er greift so fest zu, dass Schmerz durch meinen Körper zuckt. Aber das ist nicht das, worauf ich meine Aufmerksamkeit lenke.

Es ist das Messer, das er gezogen hat.

Verdammt, damit habe ich nicht gerechnet. Ich muss meine freie Hand nutzen, um die Waffe abzuwehren, die er auf meinen Bauch zurasen lässt. Mit der flachen Hand schlage ich gegen seine, und obwohl er irritiert von der Wucht scheint, lässt er mich nicht los. Sein Griff wird noch fester. Ich spüre, wie meine Hand taub wird.

Ich drehe den Arm, den er gepackt hält, um den Kerl loszuwerden, aber der andere nutzt die Chance sofort und greift in meine offenen Haare, vermutlich im Versuch, mich zu fixieren. Ein Grollen entweicht meiner Kehle, als er meinen Kopf mit einem schmerzhaften Ruck nach hinten reißt. Noch bevor ich mich ihm entwinden kann, fasst er mit der anderen Hand nach meinem freien Arm, und sein Kumpel packt mich abermals grob, lässt das Messer auf mich zurasen.

Einen Moment bevor es meinen Bauchraum trifft, hebe ich ein Bein, um ihn mit einem Tritt in den Magen von mir zu stoßen. Er fällt nicht, keucht aber zumindest auf und lässt mich los. Mist, das war verdammt knapp!

Komm schon. Kontrolle! Ich trete noch einmal nach ihm, dieses Mal heftiger, sodass er tatsächlich einige Meter zurückgestoßen wird. Ein schmerzerfülltes Stöhnen verlässt seine Kehle.

Das wollte ich hören!

Ich schlage nach dem Muskelprotz, der noch immer meine Haare hält und nun mit seiner freien Hand nach meiner Kehle greift. Es fühlt sich gut an, wie einige seiner Rippen unter meiner geballten Faust brechen. Einen Schmerzensschrei auf den Lippen, lässt er los.

Ich will ihm nachsetzen, als ein Gedanke durch meinen Kopf schießt, ich für einen Moment innehalte und mich zu dem Kerl mit dem Messer umdrehe. Er liegt vollkommen regungslos da.

Habe ich ihn getötet? Meine Sicht ist zu verschwommen, und ich erkenne nicht, ob er noch atmet.

Der Moment, in dem ich überlege, ob ich seinen Puls checken oder erst einmal die anderen beiden ruhigstellen soll, ist zu lang. Ich wirble zu dem Schatten herum, der aus der Dunkelheit zwischen zwei Mülltonnen auf mich zuspringt, aber in der nächsten Sekunde hat der Muskelprotz sich schon von hinten auf mich gestürzt und versucht, mich von den Beinen zu zerren.

Ich reiße den Arm nach oben, um mich vor dem zu schützen, was auch immer da kommt. Der Blonde muss sich in meinem toten Winkel aufgerappelt und aus einer Ecke eine Metallstange geschnappt haben. Er lässt sie mit voller Wucht auf mich herabkrachen. Stechender Schmerz durchzuckt mich, als das kühle Metall direkt auf meinen Unterarmknochen schlägt.

Er lässt etwas in mir erwachen, das ich bisher zu verbergen versucht habe. Er klärt meinen Verstand auf eine besondere Weise.

Noch bevor der Blonde wieder ausholt, bereite ich

mich darauf vor, nach der Metallstange zu greifen. Dass der Muskelprotz mit aller Macht versucht, mich zu Boden zu ringen, hält mich nicht davon ab. Sobald das kühle Metall meine Handfläche berührt, schließe ich die Finger darum und entwende dem Kerl die Stange mit einem kräftigen Ruck. Ich wirble halb herum und schlage in die Richtung des Muskelprotzes. Der lässt tatsächlich los und weicht nach hinten aus, sodass ich wieder einen richtigen Atemzug tun kann. Gleichzeitig halte ich den Blonden mit der Stange auf Abstand, während ich mich taumelnd aufrichte.

Die beiden haben endlich begriffen, womit sie es zu tun haben, oder? Haben sie endlich begriffen, dass ich ihnen überlegen bin? Auf dem Gesicht des Blonden spiegelt sich etwas, das ich als Angst interpretieren könnte. Wenigstens Respekt. Und es erfüllt mich mit einem Selbstbewusstsein, das mich kribbelnd einnimmt.

Der Muskelprotz weicht nach hinten zurück, hat offensichtlich zu wenig Orientierung, um zu begreifen, dass sich dort direkt die Wand befindet. Ich setze ihm nach, balle die linke Hand und hole aus. Jetzt bin ich dran!

Als meine Faust auf ihn niedergeht, denke ich erst, dass er überraschend schnell ausgewichen ist – bis mir klar wird, dass er im Schnee gestolpert ist und zur Seite fällt. Ich kann den Schlag nicht mehr anhalten, also kracht er ungebremst in die Backsteinwand. Staub rieselt auf uns herab, und ein Riss breitet sich am Gebäude aus, zieht sich langsam nach oben.

Da hatte er wohl Glück. Wenn ich ihn damit getroffen hätte, wäre sein Kopf explodiert. Für einen kurzen Moment wünscht sich ein Teil von mir, es wäre so. Dann mahne ich mich innerlich, die verdammte Kontrolle zu behalten. Wenn es noch mal Tote gibt, komme ich nicht mehr so glimpflich davon.

Während ich mich noch fangen muss, versucht der Kerl sich aufzurappeln. Obwohl er jetzt überhaupt nicht mehr so motiviert wirkt, nachdem er gesehen hat, was mein Schlag angerichtet hat. Der Blonde und er werfen einander einen Blick zu, weichen vor mir zurück. Forschend schaue ich zu ihrem am Boden liegenden Freund. Er bewegt sich immer noch nicht.

Ich darf mich davon nicht ablenken lassen, sonst kommen sie davon. »Was denn?«, rufe ich also. Ich hole abermals zu einem Schlag auf den Muskelprotz aus. Ich taumle allerdings an derselben glatten Stelle, wegen der er gestürzt ist, und er kann ausweichen. Der Schlag geht auf die dicke Eisscholle am Boden nieder, und ich schaffe es nicht gleich, mich wieder aufzurichten.

Die jungen Männer nutzen den Moment und stürmen los.

»Hey«, schreie ich ihnen nach. »Was denn? Angst vor einem kleinen Mädchen?« Ich rapple mich auf und hechte ihnen nach. Der Blonde ist so betrunken, dass ich ihn nach wenigen Metern eingeholt habe, seinen Arm packe und ihn zu mir herumreiße. Mit beiden Händen greife ich nach seinem Kragen, ziehe mein Knie hoch und ramme es ihm in den Bauch. Nach Atem ringend geht er in die Knie, was eine wundervolle Position ist, um ihm einen finalen Tritt an den Schädel zu versetzen.

Kontrolle. KONTROLLE!

Es darf nicht zu hart sein.

Als er nach hinten umfällt, blutet seine Nase, aber er atmet noch. Ohne den kleinen Sieg zu feiern, schaue ich auf.

Der Muskelprotz ist bereits zum Ende der Gasse gelaufen, um sich aus dem Staub zu machen.

»Hey, Süßer, warte doch!«, rufe ich ihm lachend zu, bevor ich hinterhersprinte. Zum Glück ist er derart besoffen, dass ich ihn innerhalb weniger Sekunden einhole. Ich springe vor, um ihn mit mir zu Boden zu reißen.

»Nein, bitte!«, ruft er, als ich mich auf seinen Rücken setze, meinen Arm um seinen Hals lege und zudrücke.

»Wo willst du denn hin, Kleiner?« Ich lehne mich vor und drücke meine Lippen an sein Ohr, während er röchelnd versucht, nach Luft zu ringen. »Ich dachte, wir wollten uns ein wenig vergnügen?«

Kontrolle, sonst reiße ich ihm den Kopf ab. Ah, ich würde so gern! Es gibt zu wenig Blut hier, ich vermisse es regelrecht. Ich vermisse das Gefühl, den Geruch, einfach alles. Es kostet mich mehr Energie, den Kerl nicht umzubringen, als diesen Kampf zu bestreiten.

Ich warte, bis er sich nicht mehr regt, dann lasse ich locker. Er atmet noch, aber er sollte zumindest eine Weile bewusstlos bleiben.

Einige Sekunden hocke ich über ihm und atme schwer. Noch spüre ich die Schmerzen nicht, die die Verletzungen vermutlich später in mir auslösen werden. Ich weiß nicht, ob es der Alkohol oder das Adrenalin ist. Alles, was ich weiß, ist, dass ich mich zumindest ein wenig gut fühle. Nicht ganz. Wie nach Sex ohne Orgasmus. Es ist okay, aber …

Ich vermisse den Geruch von Blut. Nur mein eigenes an meinen aufgeplatzten Knöcheln ist zu sehen. Es ist nicht viel. Es ist nicht genug.

Erst jetzt bemerke ich, wie schnell mein Herz schlägt. Mein Blickfeld ist ein Tunnel, meine Hände zittern gierig, als wäre der Kampf für sie noch nicht vorbei.

Menschen sind so zerbrechlich. Manchmal frage ich mich, wie sie überhaupt leben können. Ich habe Kontrolle gelernt, aber es macht keinen Spaß, mich zurückzuhalten.

Ich will loslassen.

Mein Puls pocht schneller, als ich mir vorstelle, den drei Bewusstlosen die Gedärme aus den Bäuchen zu reißen und darin zu baden. Das könnte sich gut anfühlen. Wenn ich nur …

Eine Regung am Rande meines Blickfeldes reißt mich aus meinem Strudel. Ich erschrecke regelrecht, bis mir klar wird, dass es der Mann ist, den die drei sich vorgeknöpft haben. Ist er während des ganzen Kampfes nicht auf die Idee gekommen, zu fliehen? Hat er alles beobachtet?

Egal, warum er geblieben ist, seine Anwesenheit beruhigt mich ein wenig. Kontrolle von außen ist stärker als meine eigene.

Ich rappele mich schwankend auf. Wenn die Dunkelheit schwindet, kehrt das betäubende Gefühl zurück, das die Drinks in mir hinterlassen haben. Ich mustere meinen Arm im fahlen Licht der Laterne. Die Stelle, an der die Metallstange mich getroffen hat, ist rot und geschwollen. Nicht gebrochen, aber ich werde morgen einen Pulli anziehen müssen.

Sonst sieht es ganz gut aus. Bis auf den Schlamm an meinem weißen Top und dem Mantel. Der zweite, der in die Wäsche muss. Jetzt habe ich keinen Ersatz mehr.

Ich rolle mit den Schultern und sehe zurück zu den anderen beiden reglosen Körpern. Die Kälte an meinen nackten Füßen dringt erst jetzt an meinen Verstand, als ich mich zu ihnen hinüberschiebe und überprüfe, ob der Kleine mit dem Messer noch lebt. Über ihm stehend, erschrecke ich kurz, als er mich tatsächlich ansieht. Er ist zu sich gekommen, aber schaut nur zu mir auf. Seine Nase ist gebrochen und sein Kiefer sicherlich auch. Es gibt nicht viel Blut.

Das Messer liegt außerhalb seiner Reichweite. Trotzdem bücke ich mich, um es aufzuheben und vor seinen Augen in mehrere Einzelteile zu zerbrechen, als sei es dünn wie ein Streichholz. Ich werfe die Metallsplitter an den Rand der Gasse, dann rücke ich näher an ihn heran, greife in seine Hosentasche und taste nach seinem Portemonnaie und dem Handy.

Langsam ziehe ich das Geld aus seiner Brieftasche und lege das Handy auf seine Brust.

»Kannst du reden?«, frage ich sicherheitshalber. Je nachdem, wie hart es seinen Kiefer erwischt hat, funktioniert das eventuell nicht mehr.

»Ja«, keucht er allerdings, was ich mit einem zufriedenen Nicken quittiere.

»Du wartest noch fünf Minuten, dann rufst du einen Krankenwagen für dich und deine Freunde.«

Er nickt schweigend.

»Wenn du es wagst, ein Phantombild von mir anfertigen zu lassen, komme ich zu dir nach Hause. Ich weiß, wo du wohnst.« Ich wedle mit seiner Brieftasche vor seinen Augen herum. Nicht, dass ich vorhabe, ihn wirklich aufzusuchen, aber die Drohung reicht meistens aus. Nicht immer, aber oft.

Abermals nickt er, dann stehe ich auf und gehe zu den anderen beiden, um ihren Puls zu überprüfen und ihnen ebenfalls Geld abzunehmen. Es kommen ein paar hundert Dollar zusammen. Auf dem Weg sammle ich meine Schuhe ein, dann trete ich langsam auf den Obdachlosen zu, der regungslos zwischen ein paar Tüten und Decken auf dem Boden sitzt. Fürchtet er sich? In der Dunkelheit kann ich seine Gesichtszüge kaum erkennen.

Er sagt nichts, sondern observiert mich nur aufmerksam, als ich mich zu ihm hocke.

»Geht es Ihnen gut?«, frage ich vorsichtig. Zumindest so vorsichtig, wie ich kann. Meine Fingerknöchel schmerzen inzwischen ein wenig. Es fühlt sich gut an.

»Warum bist du so stark?«, stammelt er, ohne meine Frage zu beantworten.

Ich lächle breit und gebe ihm das Geld, das ich seinen Angreifern abgenommen habe. Er scheint zumindest im Gesicht und an den Händen keine Verletzungen zu haben, aber der Rest seines Körpers ist in dicke Jacken gehüllt, also kann ich seinen Zustand nicht genau einschätzen.

»Sie sollten lieber gehen, falls die Kerle wieder zu Bewusstsein kommen«, übergehe ich seine Frage.

Er nickt irritiert und beginnt sich aufzurappeln.

»Haben Sie einen Ort, an dem Sie schlafen können?« Es ist viel zu kalt, um draußen zu übernachten. Meine Klamotten sind ihm sicher zu klein. »Soll ich jemanden für Sie anrufen?« Ich habe ein paar Notfallnummern auf dem Handy gespeichert.

Er schüttelt den Kopf und weicht ein Stück vor mir zurück, bevor er beginnt, seine Sachen zu packen. Ich will auch nicht aufdringlich sein.

»D-Danke«, stammelt er, und ich runzle nachdenklich die Stirn.

Ein Danke habe ich nicht verdient. Eigentlich tat das ganz gut, auch wenn es ein bisschen zu schnell ging. Wie alles heute.

»Passen Sie auf sich auf«, sage ich und wende mich zum Gehen. All die Spannung ist noch nicht von mir abgefallen. Irgendetwas in mir verlangt nach mehr, schreit nach einer Fortsetzung. Etwas in mir verlangt danach, auf die offene Straße zu laufen und der Stadt zu zeigen, wer ich bin.

Ich muss hier weg.

Rasch streife ich die Schuhe über meine Füße und bewege mich so schnell wie möglich auf den Weg zu, von dem ich gekommen bin.

Doch ein Gefühl lässt mich noch einmal innehalten und mich umdrehen. Der Obdachlose ist aus seiner Ecke verschwunden. Aber ein Schauer fährt über meine Haut, als ich in eine Seitengasse schaue und dasselbe Gefühl mich ergreift wie in der Nacht vor zwei Tagen. Als wäre dort etwas in der vollkommenen Dunkelheit. Etwas, das mich beobachtet.

Ich weiß nicht, ob dort tatsächlich eine Silhouette ist oder ob ich sie mir nur einbilde. Hat uns jemand beobachtet? Meine Sicht ist so verschwommen, dass ich mir nicht sicher bin.

Ich presse die Lippen aufeinander und schüttle den Kopf, kämpfe das ungute Gefühl herunter.

Das muss Einbildung gewesen sein.

KAPITEL 5

WER MICH BESCHÜTZT

Ich bin sechs Jahre alt.

Es ist Frühling.

Die Vormittagssonne scheint auf den Central Park herab, in dem sich Hunde, Kinder, Eltern und junge Leute auf Wiesen und unter Bäumen tummeln. Ein paar befreundete Familien haben sich auf Picknickdecken in einen Kreis gesetzt, und die Kinder spielen zwischen ihnen.

Aber da bin ich nicht.

Einige Jungs und Mädchen haben mich mit zum Spielen unter einen großen Baum genommen, etwas abgelegen vom Rest des Spielplatzes. Meine Eltern unterhalten sich mit Logans, deswegen sehen sie nicht, dass die Kinder mich schubsen, warten, bis ich aufstehe, um mich dann wieder zu Boden zu werfen.

Ich weiß nicht, warum. Sie lachen, als würde dieses Spiel besonders viel Spaß machen, aber ich finde es nicht lustig. Meine Hände sind aufgeschrammt, weil unter dem Baum kein Gras wächst, sondern kleine Wurzeln und Steine den Boden durchziehen. An einer Stelle bluten sie sogar schon. Mein Kleid ist ganz staubig.

»Bitte hört auf«, sage ich noch einmal. Der Junge, der mich zu Boden stößt, heißt Daniel. In der Schule ist er eigentlich ganz nett zu mir.

Dieses Mal bleibe ich am Boden knien. Meine Tränen fallen in den Staub. Ich werfe einen Blick zu meinen Eltern hinüber, aber sie sind so vertieft in ihr Gespräch. Soll ich rufen? Während ich noch darüber nachdenke, greift ein Junge, den ich nicht kenne, in meine Haare und zieht mich hoch. Es tut weh, aber aus irgendeinem Grund kann ich nicht schreien. Ein Mädchen zerrt an meinem Kleid, und ich kneife die Augen zusammen, versuche, meine Haare aus dem Griff zu befreien.

»Bitte hört auf«, sage ich unterdrückt. Ich verstehe es nicht. Ich habe gar nichts zu ihnen gesagt. Ich habe auch nichts getan, um sie zu ärgern. Habe ich etwas falsch gemacht?

»Hört auf!« Ich erkenne Logans Stimme sofort und öffne die verweinten Augen. Er ist vom Spielplatz rübergekommen und hält einige Steine in der Hand. Sie sind nicht groß, aber er hält sie wie mächtige Waffen. »Weg von ihr!« Er schreit richtig.

»Sag ich doch!«, ruft Daniel und lacht. Die anderen stimmen ein, als hätte er etwas besonders Witziges gesagt. »Sobald Tycho weint, kommt Logan angelaufen.«

Endlich lassen sie mich los, aber sie gehen nicht von mir weg.

»Bist du ihr Windhund, Logan?«, fragt eins der Mädchen.

Das scheint ihm gar nicht zu gefallen, und ohne noch etwas zu sagen, beginnt er, die Steine zu werfen. Die Kinder schreien und streben auseinander, lassen mich endlich allein.

Diese Rufe haben wohl ausgereicht, um die Aufmerksamkeit der Eltern zu erregen, denn inzwischen haben sie sich aufgerichtet und laufen auf uns zu. Logan, die Steine fest mit einer Faust umklammert, nähert sich mir. Er legt mir die andere Hand auf den Rücken, als würde er mir schweigend zeigen wollen, dass er mich beschützt.

Ich wische mir die Tränen weg, als meine Mutter auf mich zustürzt. Ihr helles, blumiges Kleid weht um ihre Knöchel, und ihre schulterlangen Haare fliegen in mein Gesicht, als sie mich auf ihren Arm hebt.

Dad tritt auf uns zu und streicht mir mit besorgtem Blick die Tränen von den staubigen Wangen. Es ist so warm, dass ihm einige hellblonde Strähnen an der schwitzigen Stirn kleben.

»Tycho, alles in Ordnung?«, fragt er. Ich klammere mich an meine Mutter. Ihr dunkles Haar riecht so gut nach ihrem Blütenshampoo. »Was ist passiert?«

»Logan hat uns mit Steinen beworfen!«, ruft Daniel, und Logans Mutter sieht ihren Sohn streng an.

»Ist das wahr?«

»Er hat mir nur geholfen!«, stelle ich laut klar. Die Eltern sehen zwischen uns allen hin und her.

Logan scheint überhaupt nicht beeindruckt von den strengen Blicken zu sein. Er reckt das Kinn vor und schürzt stur die Lippen. Seine braunen Haare schimmern im Licht, das durch die Blätter des Baumes fällt.

Seine Mutter geht auf ihn zu und umfasst sein Handgelenk, sodass er die Steine fallen lässt. »Warum hast du uns nicht Bescheid gesagt?«, fragt sie ihn, während meine Mutter fragt, was sie mit mir gemacht haben.

Eins der Mädchen, die mich angegriffen haben, weint inzwischen. Es weiß wahrscheinlich selbst nicht, warum.

Ich werfe ihm einen bösen Blick zu, weil ich mich jetzt etwas mutiger fühle. »Sie haben mich geschubst«, sage ich leise. »Und mich an den Haaren gezogen.«

»Warum?«, fragt Daniels Mutter.

»Welcher Grund wäre denn dafür eine Rechtfertigung?«, wirft Logans Mutter ihr entgegen. Dann dreht sie sich wieder zu Logan um. »Gewalt ist *niemals* eine Lösung!«, sagt sie ihm und sieht ihn intensiv an. »Das habe ich dir schon so oft gesagt!« Er sieht sie an, als würde er nicht hören wollen, was sie zu sagen hat. Ich erkenne, wie schwer es ihm fällt, zu nicken.

»Ich will nach Hause«, sage ich. Ich möchte nicht, dass meine Eltern sich mit den anderen streiten.

Mom und Dad werfen Logans Eltern einen Blick zu, dann nicken sie alle.

Es ist später Nachmittag.

Auf dem Weg zu ihrem Haus hat Logan ziemlichen Ärger von seinen Eltern bekommen, aber ich habe neben ihm auf dem Rücksitz gesessen und dankbar seine Hand gehalten.

Inzwischen ist alles wieder gut. Unsere Eltern und Großmütter genießen den Tag auf der großen Dachterrasse. Zwischen den vielen Pflanzen fühlt es sich ein wenig an wie in der Natur. Die ersten Insekten schwirren bereits umher. Auf dem Holztisch stehen Getränke, Brote und Saucen, und die Kohle auf dem Grill beginnt langsam zu kokeln.

Mir tut nichts mehr weh, aber Logan sieht mich noch immer manchmal an, als sei ich aus Glas. Als müsste er mich beschützen, obwohl wir in Sicherheit sind. Seitdem wir im Park waren, hat er kaum mehr als zehn Wörter mit mir gesprochen, aber ich denke nicht, dass er mich ignoriert. Vielmehr wirkt es, als würde er sehr intensiv über etwas nachdenken.

Ich sitze neben meiner Mutter am Tisch, schaukle mit den Beinen und schweife in meinen Gedanken umher. Was die Erwachsenen erzählen, interessiert mich eigentlich nicht. Ich frage mich vielmehr, wie es sein wird, wenn ich übermorgen zur Schule gehe und die anderen Kinder wiedersehe.

Werden sie sich erneut so verhalten? Oder werden sie auf einmal wieder normal zu mir sein? Beides wäre komisch. Und ich weiß noch immer nicht, was ich eigentlich falsch gemacht habe.

Ich bemerke, dass Logan seinen Kopf hebt und mich direkt ansieht. Er ruckt mit dem Kopf zur anderen Ecke der Dachterrasse hin, zu ein paar großen Blumentöpfen, hinter denen wir manchmal spielen.

Rasch schiebe ich mich von meinem Stuhl, schaue zu meiner Mom, um ihr ein Lächeln zu schenken, und sie sieht Logan und mir zufrieden nach, als wir uns in unsere Ecke verziehen.

Worüber er wohl die ganze Zeit nachgedacht hat? Wird er es mir jetzt sagen? Oder hat er nur keine Lust mehr, nachzudenken?

Logan setzt sich im Schneidersitz in die kleine Ecke hinter den Töpfen, sodass die Erwachsenen uns nicht mehr sehen können. Er bedeutet mir, dasselbe zu tun, und ich ziehe mein Kleid über die Knie und sehe ihn gespannt an. Was hat er vor?

»Also ich weiß, die anderen machen sich darüber lustig«, beginnt er, ohne seinen Blick von mir abzuwenden. »Aber ich werde wirklich immer kommen, wenn etwas nicht in Ordnung ist.«

Darüber hat er also die ganze Zeit nachgedacht? »Du kannst ja nicht immer da sein«, sage ich leise und senke den Kopf. »Das musst du auch nicht.« Das nächste Mal muss ich mich verteidigen. »Sie haben mich nur angegriffen, weil sie dich ärgern wollten, oder?« Oder wollten sie uns beide ärgern? Ich war ihnen zumindest egal.

»Ich weiß es nicht. Aber vielleicht schon. Die mögen mich nicht.« Er malt mit dem Finger auf dem Holz unter uns herum.

»Warum nicht?«

Logan zuckt mit den Schultern und schielt zu seinen Eltern hinüber. »Vielleicht weil die Lehrerin meinen komischen Namen verraten hat.«

»Lambda«, murmele ich, dann lache ich leise. »Der ist auch wirklich komisch.«

»Tycho ist auch nicht besser«, spielt er sich beleidigt auf. Er lacht, also macht er vielleicht auch nur Spaß. »Außerdem heiße ich gar nicht richtig so. Das hat meine Oma ihr gesagt, weil sie darauf besteht, aber eigentlich …« Er seufzt. »Meine Familie ist komisch«, setzt er dann leiser an und lehnt sich ein Stück zu mir vor, als würde er über ein Geheimnis sprechen wollen. »Die Kinder bekommen immer Namen aus dem griechischen Alphabet.«

»Was bedeutet das?«

»Na ja, ich heiße Lambda. Das ist der elfte Buchstabe. Mein Papa heißt Kappa, das ist der zehnte. Meine Oma heißt Iota, das ist der neunte. Meine Uroma hieß Theta und so weiter.«

»Hab ich noch nie gehört«, sage ich. Komisches Alphabet. »Warum?«

Er zuckt mit den Schultern. »Vielleicht finden sie es

lustig.« Er schaut grimmig. »Papa sagt, wenn ich ein Kind bekomme, muss ich es My nennen.«

Ich breche in prustendes Gelächter aus. »Egal, ob Mädchen oder Junge?«

Er nickt theatralisch. »Ich will gar keine Kinder!« Das hat er etwas zu laut gesagt, denn die Erwachsenen drehen sich fragend zu uns um, und wir ducken uns kichernd, bis sie wieder wegsehen.

»Also«, setzt Logan leiser an. »Wir müssen auf jeden Fall zusammenhalten!« Er schiebt das Kinn vor und verschränkt die Arme vor der Brust. So sieht er wieder genauso aus wie vorhin. Es gibt nichts, wovor er Angst hat, glaube ich. »Ich werde schon dafür sorgen, dass sie dich in Zukunft in Ruhe lassen.«

Das bringt mich doch zum Kichern. »Du bist doof«, sage ich, aber er weiß, dass ich es nicht so meine. Dass ich eigentlich *Danke* sagen will, aber nicht richtig weiß, wie.

»Also abgemacht?«, will er wissen.

»Abgemacht.«

Er schürzt die Lippen und nickt selbstbewusst. »Gut. Dann brauchen wir ein Freundschaftszeichen.«

Ich lache wieder. »Was?«

»Na, ein Zeichen für unsere Freundschaft. So was hat man doch, oder?«

Ich weiß nichts davon, aber nicke einfach mal vorsichtig.

»Ich hab schon eine Idee!« Er zieht einen Stift und eine Serviette aus der Hosentasche und legt sie zwischen uns auf die Steinfliesen. Er beginnt, mit dem blauen Filzstift auf das zerknitterte Papier zu malen. Es ist ein Kelch mit zwei Seiten; einem Becher oben und einem unten. In den oberen Becher malt er ein Zeichen wie eine auf der Seite liegende Acht. In den unteren Kelch zeichnet er einen verschlungenen Wirbel.

Mit großen Augen folge ich den Bewegungen seiner Hand. »Hast du dir das ausgedacht?«

»Das habe ich mal im Arbeitszimmer meiner Oma gesehen«, sagt er, konzentriert die Linien nachzeichnend. »Ist doch schön, oder?«

Ich nicke vorsichtig.

»Das ist ab jetzt unser Freundschaftszeichen. Okay?«

»Okay.«

Logan greift nach meiner Hand und malt es in die Innenfläche. Die weiche Spitze des Stiftes kitzelt, und ich betrachte, wie die Tinte in die dünnen Linien meiner Haut hineinläuft.

»Und irgendwann heiraten wir, und du kannst das auf einem Ring tragen«, sagt er. Sein Kopf wird ganz rot, und er lacht wie über einen Witz. Ich lache auch, aber eigentlich mag ich die Idee.

»Komm, wir gehen wieder zurück«, sagt er und lässt meine Hand eilig los, steht so schnell auf, dass ich kaum hinterherkomme.

Unsere Familien haben begonnen, mehr Essen aus der Küche auf die Dachterrasse zu holen. Ich laufe zum Tisch und greife nach meinem Glas mit Traubensaft. Doch sobald ich es an meine Lippen setze, lässt der Schrei meiner Mutter mich zusammenzucken, und noch bevor ich verstehe, was passiert, stürzt sie auf mich zu und schlägt mir das Getränk aus der Hand.

Das Glas zerbricht auf dem Boden und tränkt die dunklen Dielen der Terrasse rot. Ich sehe erst jetzt, dass es nicht meins war, sondern das meiner Mutter. Das hat eine andere Musterung.

Vor Schreck erstarrt, sehe ich zu ihr hoch, aber sie hat einen genauso erschrockenen Ausdruck auf den Augen. Mein Blick wandert zu meinem Vater weiter, der mit einem Salat in der Hand in der Tür steht, blass wie ein Geist.

Ich weiß nicht, was ich falsch gemacht habe.

Es ist Abend, und das Licht in meinem Zimmer ist warm. Wärmer als die kühle Frühlingsluft, sobald die Sonne untergegangen war, weswegen wir nicht lang auf der Dachterrasse bleiben konnten.

Logan und ich wollten uns noch nicht voneinander trennen, also ist er zu mir gekommen, damit wir mit unseren selbstgebastelten Karten spielen können. Wir sind seit einigen Wochen dabei, die Regeln für das Spiel zu erfinden. Immer wenn uns eine neue einfällt, muss Dad sie auf die Tafel an meiner Wand schreiben.

Heute hatten wir allerdings keinen großen Durchbruch.

Ich unterdrücke ein Gähnen. Ich bin müde von diesem Tag, aber ich will noch nicht, dass Logan geht.

Er denkt schon eine ganze Weile über seinen Zug nach, also schaue ich mich im Raum um. Die Lichterkette in der Deckenburg, die wir mit meinen Eltern gebaut haben, macht so eine gemütliche Stimmung. Die Sterne an meinen Wänden haben sich den Tag über mit Licht aufgeladen, das sie jetzt ausstrahlen. Es ist fast ein bisschen, wie in einer warmen Nacht unter dem freien Himmel zu sitzen.

Mein Blick wandert zu dem Zeichen, das Logan auf meine Hand gemalt hat. Es ist schon ziemlich verblasst, aber ich denke, dass ich es inzwischen oft genug angeschaut habe, um es mir ganz eingeprägt zu haben. Ich halte mich daran fest, um zu vergessen, wie seltsam die Situation mit dem Getränk vorhin war.

Nachdem alle wie eingefroren waren, haben meine Eltern gelacht. Ich habe auch gelacht, aber ich habe nicht verstanden, was lustig war. Meine Mutter wollte wohl nur nicht, dass ich etwas von ihrem Getränk trinke, aber die Angst in ihrem Gesicht und die Blässe auf Papas erklärt es nicht.

»Ich hab Durst«, sagt Logan, und ich rapple mich sofort vom Boden auf. Ist das nur eine Ausrede, weil er nicht weiß, wie er weiterspielen soll? Er ist ein richtiger Stratege, sagt mein Dad.

»Du musst aber mitkommen, wenn ich dir was hole«, sage ich und deute auf das Kartenspiel, das zwischen uns auf dem Boden ausgebreitet liegt. »Sonst schummelst du!«

Logan gibt ein empörtes Geräusch von sich, steht aber trotzdem auf. Ich weiß zwar nicht, ob er schon mal gemogelt hat, doch Gewinnen ist mir zu wichtig, als es zu riskieren. Laut der Tafel an meiner Wand ist gerade Gleichstand. Ich muss mich anstrengen.

Ich gehe zur Tür, und Logan folgt mir zur Treppe, die nur vom Licht aus der Küche unten erhellt wird. Als ich flüsternde Stimmen vernehme, bleibe ich wie angewurzelt stehen, drehe mich zu Logan um und presse grinsend meinen Finger auf die Lippen. Er lacht leise, dann drückt er sich auch die Finger auf den Mund, und wir schleichen auf Zehenspitzen näher an die Treppe heran.

Meine Eltern flüstern mit meiner Oma, aber ich muss noch zwei Stufen hinabsteigen, bevor ich genaue Worte hören kann. Ich verkneife mir das Lachen, als ich mich am Treppengeländer festhalte und meinen Hals ein bisschen weiter nach vorn recke. Logan kichert ganz leise, und ich stupse ihn an, damit er ruhig ist.

»Ich meine nur«, sagt Grandma gerade, »dass ich

denke, ihr müsst euch keine Sorgen um sie machen. Aber etwas an ihr ist anders.«

Von wem reden sie?

»Da ist etwas in ihr, das das Auge nicht sieht. Ich denke, andere Kinder spüren das. Und Tiere auch.«

Meine Haut wird auf einmal ganz warm. Reden sie etwa über mich und die Kinder im Park vorhin? Etwas an mir ist anders?

Ich schiebe meinen Kopf weiter nach vorn und wage es nicht, mich zu bewegen, aus Angst, etwas zu verpassen.

»Das ist doch egal«, sagt Dad. »Wir lieben sie. Sie ist ein normales, fröhliches Kind. Und genau so wird sie auch aufwachsen.«

Meine Finger zittern. Sie reden also wirklich über mich.

Ich bin ein normales Kind? Warum muss Dad das betonen? Warum sollte jemand etwas anderes denken?

»Ich bin sicher, dass ihr das gut macht«, sagt meine Oma. »Aber … ich kann mir nicht helfen. Ich liebe sie, und sie ist so ein gutes Kind. Doch da ist etwas Dunkles an ihr. Eine finstere Aura, die mir manchmal eine Gänsehaut bereitet.«

Es ist meine Mutter, die nach einigen Sekunden antwortet. »Ich weiß«, sagt sie noch leiser als zuvor. »Ich weiß es schon, seit sie geboren wurde.«

Danach schweigen alle angespannt. Ich zittere, und es gelingt mir nur langsam, meinen Kopf zu drehen und Logan anzusehen. Er schaut mich ebenfalls besorgt an, allerdings nicht, als hätte er Angst vor mir. Er legt seine Hand auf meinen Arm, vielleicht, um mich zu beruhigen. Aber ich kann mich einfach nicht bewegen.

KAPITEL 6

WO MEIN PLATZ NICHT IST

»Guten Morgen, New York! Es ist der siebte Januar, und New York liegt im Schnee. Hier sind Janey und Ash von der NYC Fresh Morning Show für euch, wie immer mit den freshesten Hits des Tages!«

»Janey, wie sieht's aus? Gibt's was Neues von unserer liebsten Superheldin?«

»Heute gibt's noch nichts Neues von Captain Wodka, Ash, aber man munkelt, dass was in Harlem vorgefallen ist. Hoffentlich erreichen uns im Laufe des Tages neue Infos.«

»Die Internetforen brennen ja gerade. Jemand hat eine anonyme Website errichtet, auf der Verbrechen und Verbrecher von jedem Mitbürger gemeldet werden können.«

»War so was nicht schon mal online?«

»Ja, aber die Polizei hat die Seite schnell runtergenommen. Mal schauen, wie lang diese hält.«

»Wir haben natürlich auch wieder unseren liebsten Tweet zu unserer liebsten Superheldin!

Lizzy schreibt: ›Ich bin ja nicht pro Selbstjustiz, aber wenn #CaptainWodka sich meinen gewalttätigen Exfreund vorknöpfen würde, fände ich das okay.‹

Lizzy, wir hoffen, du bist in Sicherheit. Vielleicht gerät Captain Wodka ja wirklich mal an deinen übergriffigen Exfreund, aber es gibt auch andere Methoden, mit häuslicher Gewalt umzugehen. Also falls ihr oder jemand, den ihr kennt, Opfer häuslicher Gewalt seid, dann schaut unter dem Stichwort ›Captain Wodka‹ auf unserer Website vorbei. Dort haben wir innerhalb der letzten Wochen nicht nur Tipps von Experten gesammelt, sondern auch viele Links und Telefonnummern von Hotlines, an die ihr euch wenden könnt, wenn ihr euch nicht sicher fühlt.«

»Ich drücke dir natürlich die Daumen, dass es dir jetzt gut geht, Lizzy. Und euch da draußen auch!

Und jetzt haben wir für euch wieder die freshesten Hits von heute!«

Im Vorlesungsraum riecht es nach feuchter Kleidung, Tafelkreide und altem Holz. Die kühle Deckenbeleuchtung des fensterlosen Raums lässt meine Augen müde werden. Ich spüre praktisch die Ringe, die sich darunter gebildet haben.

Unsere Dozentin steht an der Tafel und weist auf unterschiedliche Phänomene der lateinischen Grammatik hin, und ich strenge mich an, die letzten Minuten der Vorlesung durchzuhalten. Die Nacht gestern war verrückt, auf so vielen verschiedenen Ebenen. Ich bin stolz auf mich, weil ich Griechisch und Klassische Mythen überstanden habe. Aber lang kann ich meine Konzentration nicht mehr aufrechterhalten.

Zum Glück ist das der letzte Kurs für heute.

Den Blick auf die Tafel gerichtet, lehne ich mich auf dem Holzstuhl leicht zur Seite, um mein Handy aus der Tasche zu ziehen. Die Nachwirkungen der letzten Nacht sind in jeder Bewegung zu spüren. Meine Glieder fühlen sich endlos schwer an, und vermutlich halten mich nur die sechs Espresso, die ich schon intus habe, irgendwie am Laufen.

Die Prellung an meinem Arm schmerzt, aber die Jahreszeit ist günstig. Durch den langen Rollkragenpulli sieht es niemand. Solange ich darauf achte, mich nicht zu steif zu bewegen, sollte es niemandem auffallen.

Unter dem beschmierten Tisch werfe ich einen Blick auf mein Handy. Einige Nachrichten von Bekannten, aber nichts Aufsehenerregendes. Ich scrolle ein Stück nach unten, bis ich eine Nachricht von Logan von vor einer halben Stunde entdecke. Ich muss dringend die Folie wechseln, wenn ich wieder etwas lesen will, ohne meine Augen zusammenkneifen zu müssen wie eine alte Frau.

Logan: Ich hol dich nach dem Kurs ab.

Logan: Grandma hat gekocht.

Logan: Latein zwei ist doch dein letzter Kurs für heute, oder?

Ich lächle und beginne zu tippen. Meine Finger sehen schlimmer aus als gestern; sie haben nicht nur Schürfwunden überall, sondern sind teils auch blau und rot. Die langen Ärmel des Pullis werden mir helfen, auch das zu verbergen. Langsam habe ich keine Ausreden mehr.

Tycho: Ja, ist es. Zum Glück!

Tycho: Danke fürs Abholen.

Er schreibt ein knappes Okay zurück, dann wechsle ich in die Nachrichten-App. Die Suche nach »Captain Wodka« und den Straßen, in denen ich mich gestern herumgetrieben habe, hat den ganzen Tag über keine nennenswerten Treffer ergeben, aber ich will lieber auf Nummer sicher gehen.

Nichts. Alles gut.

Ich spüre die Erleichterung, aber weiß genauso gut, dass im Laufe der nächsten paar Tage jederzeit Neuigkeiten auftauchen könnten. Also bleibt trotzdem eine gewisse Anspannung zurück.

Nachdenklich schaue wieder auf und atme kurz durch.

Ich wünschte, jemand würde mir sagen, dass ich aufhören muss, mich in diese Situationen zu bringen, weil ich irgendwann nicht mehr so glimpflich davonkomme. Es mir immer wieder selbst zu sagen ist so ermüdend.

Der letzte, frische Schnitt, den ich mir zugefügt habe, schmerzt, als ich mich rege, um mein Handy fortzuschieben. Er sticht an meinem Oberschenkel, aber ich bin froh darüber, dass ich die Kontrolle hatte, ihn dieses Mal an einer weniger prominenten Stelle zu setzen. Er ist auch längst nicht so tief. In ein paar Tagen sollte er hoffentlich einigermaßen verheilt sein. Und bis dahin hält der Schmerz mich vielleicht von weiteren Dummheiten ab.

Er erdet mich. Aber bei einem Zucken, das durch mein Bein geht, denke ich lächerlicherweise darüber nach, dass ich nie mit Logan werde schlafen können, ohne dass er all die Narben sieht, von denen er nichts weiß.

Ein Stöhnen unterdrückend, fahre ich mir mit den Fingern über die Nasenwurzel, um diesen Schwachsinn aus meinem Gehirn zu vertreiben. Es ist so leicht, sich in der Vorstellung zu verlieren, irgendwann könnte ich dieses idealisierte Leben mit ihm führen. Vielleicht, weil er schon jetzt mein Zuhause verkörpert.

Wie unsinnig.

Ich überlege, mein Handy wieder rauszuholen, um Dr. Williams zu schreiben, dass ich mich gern mit ihm unterhalten würde, aber Logan hat vermutlich recht. Die Gespräche mit Ethan helfen mir im Grunde schon lang nicht mehr, also warum sollten sie das jetzt tun? Ich muss allein mit dem ganzen Mist klarkommen, obwohl ich nicht genau weiß, wie.

Als mein Blick durch die Reihen meiner etwa sechzig Mitstudierenden schweift, die großteils überaus konzentriert den Worten der Dozentin lauschen, fühle ich mich so distanziert von allen. Als wäre ich umgeben von einer Blase, die mich von den Menschen trennt. Dabei kenne ich die meisten persönlich.

Ich will es mir nicht eingestehen, aber vermutlich ist es wahr: Ich bin hier fehl am Platz. Wie eine Betrügerin, weil es mir vollkommen an Begeisterung für all meine Fächer mangelt. Altertumswissenschaften studiert man nicht, um am Ende das große Geld zu machen, und auch nicht, weil man nicht weiß, was man sonst machen soll. Man studiert es, weil man ehrliche Begeisterung für diese Welt hat.

Außer, man ist ich.

Mein Blick bleibt an Neil einige Plätze entfernt von mir hängen. Mit seiner Brille und dem strengen Blick würde man nicht erwarten, was er nachts so treibt.

Ein unangenehmer Schauer fährt durch meinen Magen und meine Brustgegend. Es ist so unsinnig, traurig zu sein, weil er sich nicht mehr mit mir treffen will. Mir war gestern Abend schon klar, dass es mir so gehen würde, aber besser macht es das leider nicht. Wenn die logische Seite meines Verstandes mal die Emotionen übertrumpfen würde; das wäre nett.

Neil und ich waren nicht zusammen und hatten beide währenddessen andere Partner. Und er – wie eigentlich alle, mit denen ich bisher geschlafen habe – steht für mich eher für ein Konzept von Geborgenheit als für Verliebtsein. Oder Liebe. Es ist nur das »Was wäre, wenn?«, das wehtut. Was wäre, wenn ich es einfach mal versuche? Wenn ich ihm oder jemand anderem gestatte, ein größerer Teil meines Lebens zu werden?

Ihn ansehend, spiele ich das Szenario in meinem Kopf durch wie schon Hunderte Male zuvor. Wenn ich eine Beziehung mit jemandem führen würde, müsste ich erst einmal all die Narben an meinem Körper erklären. Und all die Verletzungen, mit denen ich immer nach Hause komme. Logan nimmt mir die Ausreden kaum mehr ab, und vor ihm kann ich viele Wunden sogar noch mit Kleidung verbergen.

Bei jemandem, mit dem ich ständig in einem Bett schlafen würde, ginge das wohl nicht. Das würde es wiederum immens erschweren, meine nächtlichen Aktivitäten geheim zu halten.

Das Logischste wäre, mit dem Trinken aufzuhören. Aber das habe ich schon mehrere Male versucht, es kommt einfach nicht infrage. Die Dunkelheit, mit der der Alkohol mich umfängt, ist meistens alles, was mich vom Verzweifeln abhält. Sie spendet mir Trost, wenn niemand anderes es kann. Ich bin nichts, wenn ich sie loslasse.

Das bedeutet, nach einiger Zeit des Lügens würde entweder ich Schluss machen müssen, weil ich es nicht mehr ertragen würde, jemanden zu belügen, den ich mag. Oder es würde mit mir Schluss gemacht werden, aus genau demselben Grund.

So oder so, es würde in Schmerzen enden, sowohl bei Neil als auch bei jemand anderem. Es würde …

Bevor ich mich weiter in diesem Strudel verlieren kann, ertönt das Klingeln der Glocke, und ich atme regelrecht erleichtert auf. Die Dozentin beendet noch ihren Satz und gibt uns ein paar Übersetzungstexte als Übungsaufgaben für daheim, dann machen sich alle daran, ihre Sachen zu packen.

Ich schnappe meinen Mantel und meine Tasche und versuche, nicht allzu hastig aufzustehen und trotzdem so schnell wie möglich aus dem Vorlesungsraum zu kommen. Ich will nicht nur Logan sehen, inzwischen hab ich auch wirklich Hunger.

»Hey, Tycho.« Ich bin erst wenige Schritte gegangen, als eine Stimme mich innehalten lässt. Ich wende mich um.

Matilda. Verdammt, die Sache mit ihr ging nicht so gut aus wie mit Neil.

»Hey«, grüße ich sie mit einem ungeschickten Lächeln. »Wie geht's dir?«

»Gut.« Sie sagt es, aber es wirkt nicht so, als meinte sie es auch. Ihre roten Locken hüpfen über ihre blassen Schultern, als sie ihren Kopf schüttelt. »Du hast dich letztens gar nicht mehr gemeldet. Ist alles in Ordnung bei dir?«

Ich nicke unangenehm berührt. »Ja, ich … hatte einfach viel zu tun.«

»Mit Logan, hm?«

Ich runzle die Stirn. Was soll das denn bedeuten? »Auch mit anderen Sachen. Warum?«

Sie sieht sich um, die große Tasche vor der Brust festhaltend, und verzieht den Mund. »Ich würde lieber mit dir abhängen, als irgendein Name auf deiner Liste zu sein.«

»Was meinst du?«

Sie zuckt mit den Schultern. »Ich … ich würd echt gern ein bisschen mehr Zeit mit dir verbringen.«

Mit mir? Warum? Ich denke nicht, dass ich ein sonderlich guter Gesprächspartner bin. Ich kann mich weder über unser Studium noch über Kunst oder Medien oder sonst etwas unterhalten. Ich kann ganz gut feiern gehen, aber das macht mich nicht sonderlich interessant.

»Wir können … uns gern öfter auch einfach so treffen«, biete ich herumdrucksend an, weiß aber nicht richtig, wie ich mich verhalten soll.

Logan sagt, die Leute mögen mich, weil ich durch meine Vergangenheit mysteriös wirke, die irgendwie ein offenes Geheimnis ist. Wahrscheinlich lässt mich das tiefgründiger erscheinen, als ich eigentlich bin.

Menschen.

»Tycho!« Logans Stimme lässt mich aufatmen, bevor ich ihn überhaupt sehe. Matilda entdeckt ihn noch vor mir und geht ein Stück zurück.

»Na gut, dann schreibe ich dir noch mal«, sagt sie streng, und ich bemühe mich, abermals zu lächeln.

Als Logan neben mich tritt, hat Matilda sich schon abgewandt.

»Hey, alles okay?« Logan sieht wohl, dass ich noch ein wenig durch den Wind bin. »War sie gemein zu dir?«, fragt er spielerisch, wie früher immer, als wir noch klein waren. Er trägt einen dicken Mantel, und Schnee hat sich in seinen Haaren verfangen. Seine Wangen sind ganz rot von der Kälte.

Hatte er nicht auch gerade einen Kurs im Hauptgebäude? Vielleicht ist er ausgefallen.

»Nein, war sie nicht«, antworte ich gedehnt und ziehe mir meine Jacke über, während alle anderen an uns vorbeiströmen. Eher andersherum, schätze ich. Wenn auch unbeabsichtigt.

»Sag nur Bescheid, ich bekämpfe sie alle.« Er grinst unschuldig, und ich schüttle amüsiert den Kopf.

»Halt dich zurück, Windhund.« Ich grinse und setze mich in Bewegung. Mit dem Strom an Studierenden, die aus ihren Vorlesungssälen kommen, bewegen wir uns durch die breiten Flure auf die Ausgänge zu.

»Du kannst mich nicht aufhalten«, scherzt er weiter. »Wie damals, weißt du noch?«

»Ich kann jemandem deinen wahren Namen verraten, wenn du dich nicht benimmst, *Lambda* Glover.« Ich blinzle zu ihm auf, um zu schauen, wie er reagiert. Logan versucht eindeutig, ernst zu bleiben, obwohl es ihm schwerzufallen scheint. Am Ende grunzt er leise und legt den Kopf zur Seite. »Das steht nicht in meiner Geburtsurkunde.«

»Aber deine Omi nennt dich so«, wispere ich.

Er stöhnt theatralisch. »Na gut, du hast mich in der Hand.«

Wir lachen beide.

»Du siehst übrigens scheiße aus«, sagt er, ohne mich anzusehen. Ich ziehe die Augenbrauen hoch, dann breche ich erneut in Gelächter aus.

»Danke, du auch«, gebe ich so süß wie möglich zurück.

»Ich dachte, du wolltest Pause machen.« Dass er mich nicht ansieht, während er das sagt, heißt nur, dass er es ernst meint.

Ich weiß nicht, was ich antworten soll, weil ihn jede Antwort enttäuschen würde.

»Hast du heute Schicht in der Bar?«, schwenkt er allerdings um, sobald er bemerkt, dass ich nicht drüber reden will.

»Ja«, antworte ich etwas leiser. »Warum?«

Er zuckt mit den Schultern. »Ach, dann weiß ich, dass ich mir was anderes zu tun suchen muss.«

KAPITEL 7

WANN DIE SONNE AUFGEHT

Die Sonne ist bereits untergegangen, als ich mich, in meinen warmen Mantel gehüllt, auf dem Weg von der U-Bahn zur Bar befinde. Es fühlt sich jedes Mal eigenartig an, die mehrspurigen Straßen entlangzugehen, die Menschen anzusehen und in der Menge unterzutauchen. Als wäre ich eine von ihnen.

Es hat aufgehört zu schneien, aber es ist noch immer viel zu kalt, als dass der Schnee zu tauen beginnen würde. In Bergen häuft er sich auf den breiten Gehwegen, so hoch, dass er die Schilder der meisten Geschäfte verdeckt. Laut Wetterbericht bleibt das wohl noch einige Wochen lang so.

Ich störe mich nicht am Schnee, auch wenn er über so viele Wochen hinweg ungewöhnlich ist. Was mich stört, ist, dass er den Schmutz der Stadt auf Dauer so sichtbar macht. Der Matsch, der sich an den Rändern der Straßen sammelt, lässt alles noch chaotischer aussehen. Und im ganzen Weiß ist der Dreck der Gossen, über den man sonst hinwegschauen kann, so störend offensichtlich.

Ich beschleunige erwartungsvoll mein Tempo, als am Ende der Straße das altmodische Neonschild mit den blauen Lettern in Sicht kommt. Das dunkle Backsteingebäude, in dem sich das *DUST* befindet, liegt an der 145sten in Harlem. Durch die originalen kleinkacheligen Fabrikfenster und die mit Flyern behängte Tür ist das warme Licht zu erkennen, das die Innenräume erfüllt.

Von außen sieht der Laden heruntergekommen aus, aber seit der Neueröffnung vor ein paar Wochen kommen deutlich mehr Kunden, weil ein paar Food-Blogger unseren Drinks überragende Bewertungen dagelassen haben.

Food-Blogger für Bars wäre vielleicht auch ein Job für mich. Deutlich passender als Altertumswissenschaftler auf jeden Fall.

Ich betrete die ehemalige Fabrikhalle nicht durch den Haupteingang, sondern gehe durch eine Seitenstraße zum Hintereingang. Ich atme auf, als ich die schwere Tür hinter mir schließe. Im Barraum selbst wird es im Laufe des Abends immer heißer werden, aber noch genieße ich die Wärme, die meinen Körper umfängt.

Mit raschen Bewegungen streife ich meinen frisch gewaschenen Mantel von meinen Schultern und hänge ihn auf, dann gehe ich über den ausgetretenen Teppich zu einem der Vorratsräume.

»Guten Abend«, rufe ich und schaue mich nach meiner schwarzen Schürze mit dem goldenen Aufdruck um. Auf etlichen Regalen stapeln sich hier Kisten mit Getränken und Snacks. Nur die frischen Zutaten bewahren wir in einem Extraraum neben der Küche auf.

Über einigen Holzkisten steht ein kleines Fenster offen, das neben der nackten Glühbirne die einzige Lichtquelle im Raum ist. Und erst nach einigen Momenten entdecke ich Kuro, der auf einer der hinteren Kisten Platz genommen und sich eine Zigarette angezündet hat. Seine Ärmel sind hochgekrempelt, sodass ich auf seiner hellen Haut die Tattoos an seinen Armen sehe.

»Tycho!«, grüßt er mit einem Grinsen. »Ich hatte mich schon gewundert, warum es plötzlich *eiskalt* geworden ist.«

Ich verdrehe die Augen, kann das Lächeln aber nicht unterdrücken. »Lässt du das mit den Witzen auch eines Tages mal?«

Schelmisch kneift er die Augen zusammen. »Wenn irgendwann ein Neuling kommt, der *noch* mehr Eis als du in seine Drinks gibt, Eisprinzessin, denke ich drüber nach.«

»Na, von mir aus.« Ich habe endlich meine Schürze hinter einer der Kisten entdeckt. »Meine Drinks sind viel besser als deine, und das kannst du mir nicht wegnehmen.«

Kuro schnaubt abfällig und verschluckt sich dabei an dem Rauch, den er gerade eingeatmet hat. Seine pastellpinken Haare fallen ihm in die Stirn, als er hustet. »Wir müssen wieder ein Battle veranstalten«, keucht er dann und blinzelt mit seinen dunkelbraunen Augen zu mir herauf. »Ich hole mir den Titel zurück!«

»Von mir aus gern sofort.« Wir grinsen einander an, dann werfe ich meine Tasche in eine Ecke, binde mir die Schürze mit einigen geübten Handgriffen um und stecke mein Namensschild an. In Kombination mit dem weißen Hemd und der schwarzen Hose fühle ich mich hier deutlich seriöser als zu jedem anderen Zeitpunkt meines Lebens. »Hatte dir Smith nicht verboten, hier zu rauchen?«

»Siehst du sie hier irgendwo?« Mit einem Zwinkern nimmt Kuro einen weiteren Zug und mustert mich knapp. Dabei fällt sein Blick wohl unweigerlich auf die Schürfwunden an meinen Händen. Er ruckt mit dem Kopf in

Richtung der leichten Verletzungen. »Haben die Jungs an der Uni sich wieder um dich geprügelt, und du musstest dazwischengehen?« Diese Ausrede habe ich tatsächlich mal benutzt.

»Nein«, wehre ich ab und fixiere ihn. »Diesmal waren es Mädchen.« Ich lächele, so breit ich kann, während er langsam den Kopf schüttelt.

»Werden wir je eine richtige Unterhaltung führen können?«

Ich zucke mit den Schultern und wende mich der Tür zu, die uns vom Hauptraum trennt, froh darüber, dass er nicht nachfragt. »Willst du das denn?«

»Na ja. Wäre wohl ziemlich langweilig«, seufzt er.

Ich stelle mich vor den Spiegel an der Wand und richte meine Haare. Es sind noch zwanzig Minuten, bis meine Schicht offiziell beginnt.

»Ist Mr Yoshida heute wieder da?« Ich weiß gar nicht, warum ich frage: Der Kerl ist immer hier, wenn ich da bin. Und vermutlich auch an jedem anderen Tag, dabei kann er nicht mehr als ein paar Jahre älter sein als ich. Seit der Neueröffnung kommt er jeden Tag.

»Klar, sitzt schon an seinem Stammplatz.«

»Dann weiß ich ja, auf welche Drinks ich mich vorbereiten kann.«

Das *DUST* macht seinem Namen alle Ehre. Die Bar in der ehemaligen Fabrikhalle war lange ein Anlaufpunkt für Männer mittleren Alters, die in der schmutzigen Einrichtung ein Zuhause gefunden hatten. Von denen kommen seit der Neueröffnung nicht mehr so viele, aber einige ihrer Gesichter erkenne ich noch zwischen den Studierenden, Geschäftsleuten, Künstlern und … gibt es eigentlich noch Hipster? Ich glaube, ich sehe sie in der Menge nicht mehr.

»Kommst du hier klar?«, fragt Kuro, als er endlich aus dem Hinterzimmer tritt und seine Kleidung richtet. Ich bin dabei, hinter der langen Theke Gläser abzuwaschen, während die anderen mit Bedienen beschäftigt sind.

Ich schaue mich kurz in dem großen Raum mit den verschieden eingerichteten Sitzecken um. Durch die großen Industrielampen und etlichen Pflanzen, die von der Decke hängen, ist es manchmal schwer, den Überblick zu bewahren.

»Sieht gut aus«, stelle ich allerdings fest. »Die anderen benötigen wohl mehr Hilfe.«

»Geht klar. Aber schrei, wenn du was brauchst.«

Ich weise ihn nicht darauf hin, dass ich kein absoluter Neuling mehr bin, sondern nehme sein Angebot dankend an. Heute ist ein ruhiger Abend, aber man weiß trotzdem nie, was einen erwartet. Bisher gab es immer Überraschungen.

Unser Stammkunde Mr Yoshida sitzt in seiner Ecke und arbeitet an seinem MacBook, bestellt höchstwahrscheinlich dieselbe Abfolge an Drinks wie immer. Er ist schon bei Nummer drei. Alle lieben ihn, weil er nie mit einer Rechnung unter hundert Dollar rausgeht. Ich bin vor allem fasziniert. Der Kerl ist definitiv unter dreißig, eher fünfundzwanzig. Ich frage mich, wie er sich seine Exzesse hier leisten kann.

Andererseits arbeite ich hier und bekomme superviele Drinks kostenlos. Wer ist also das Genie, er oder ich?

Ich lächle nur für mich und beginne damit, die Drinks für die nächste Bestellung vorzubereiten, die mir eine Kollegin über das Tablet durchgibt.

Der Abend erscheint mir angenehm ereignislos. Zumindest, bis eine gutaussehende junge Frau hereinkommt und so zielbewusst auf die Bar zusteuert, dass ich zunächst denke, sie wolle nur eine Frage stellen. Ich bereite mich innerlich schon darauf vor, ihr den Weg zur Toilette zu beschreiben, als sie sich mit einem Seufzen auf den Hocker hievt und mich mit einem leidenden Blick anschaut.

Ich ziehe die Augenbrauen nach oben und mustere sie mit einem fragenden Lächeln. Dunkelgrüne Haare, dunklere Haut, vermutlich lateinamerikanischer Abstammung – ohne zu viel in ihr Aussehen hineininterpretieren zu wollen.

»Harter Tag?«, frage ich, was ihr ein Lachen entlockt. Sie setzt sich etwas entspannter hin, streift ihren Mantel ab und hängt ihn über die Stuhllehne. Ihr schwarzer Cardigan ist offensichtlich nicht dazu gedacht, ihren tiefen Ausschnitt zu verdecken.

Ich versuche, nicht allzu offensichtlich hinzuschauen.

»Das kannst du laut sagen«, sagt sie und zieht mit zwei Fingern die Karte zu sich heran.

»Wie kann ich dir darüber hinweghelfen?«, frage ich grinsend, und sie grinst zurück, blinzelt dann einige Male und verzieht den Mund zu einem herausfordernden Ausdruck.

»Überrasch mich.«

Ich sehe sie noch einmal genau an und versuche einzuschätzen, was ihr wohl gefallen würde. Die Leute gehen davon aus, Bartender könnten ihnen an der Nasenspitze ansehen, was ihnen gefällt, aber tatsächlich sind wir weniger Hellseher, als man im Allgemeinen denkt.

»Oder nein«, fügt sie dann an. »Gib mir das, was du wählen würdest.«

Ich lache und schüttle den Kopf. »Oh, ich weiß nicht. Ich hab ’nen speziellen Geschmack.«

»Ich auch«, kontert sie. Sie hat etwas Herausforderndes an sich. Irgendwie mag ich das.

»Also es gibt einen Drink, den ich entwickelt habe«, gestehe ich. »Aber wenn ein Gast den bestellt, raten die Kollegen meistens davon ab. Ich und die Chefin sind, glaube ich, die Einzigen, die ihn mögen.«

Noch während ich rede, sehe ich an ihrem Gesicht, dass ihr das egal ist.

»Gib ihn mir«, beharrt sie.

Ich sehe sie an, dann lächle ich amüsiert und beginne, die Zutaten zusammenzusuchen. »Wie du willst«, sage ich und versuche nicht einmal, zu verbergen, wie gut mir diese Art gefällt. Sie weiß, was sie will, also soll sie es auch bekommen. Ich würde sie gern darauf hinweisen, dass sie auch bezahlen muss, wenn ihr der Drink nicht schmeckt. Aber sie sieht so modebewusst und frisch aus, dass sie eine Bloggerin sein könnte. Wenn ich unfreundlich rüberkomme, gibt sie uns vielleicht eine schlechte Bewertung. Also gehe ich einfach davon aus, dass sie sich des Risikos bewusst ist.

»Was verschlägt dich zu uns?«, will ich wissen, während ich ein wenig Eis in das tiefe Glas gebe. Nur nicht zu viel. »Ich habe dich hier noch nie gesehen.«

Sie zuckt mit den Schultern. Der Hauch Make-up, den sie trägt, lässt sie wirklich gut aussehen. »Ich war in der Nähe und brauchte ’nen Drink. Und ihr habt echt gute Bewertungen.«

Danke, Food-Blogger.

»Und was verschlägt *dich* hierher?«, will sie wissen.

Ich blinzle einige Male und gebe Bourbon und weitere

Zutaten in das Glas. Das hat mich noch nie jemand gefragt. Sie will also reden. Das finde ich gut.

»Ich studiere Altertumswissenschaften und dachte, ich baue mir schon jetzt ein zweites Standbein auf«, scherze ich. Eigentlich meine ich es aber auch ein bisschen ernst.

»Altertumswissenschaften«, wiederholt sie und gibt sich offensichtlich Mühe, interessiert auszusehen, auch wenn ich an dem kleinen Runzeln ihrer Stirn erkenne, dass sie es eigenartig findet. »Wie kommt man denn dazu?«

»Meine Eltern und Großeltern waren total in diesem Thema drin«, sage ich. Die meisten geben sich mit dieser halbgaren Erklärung zufrieden.

Sie allerdings nicht. »Klingt nicht gerade so, als würde es *dich* interessieren.«

Ich zucke mit den Schultern. Ich habe keinen wirklichen Grund zu lügen, also sage ich: »Na ja. Irgendwas muss man ja machen.«

Das scheint einen Punkt bei ihr zu treffen, denn sie lehnt sich seufzend vor und stützt ihr Kinn auf die Hände. »Wohl wahr.«

Ich dekoriere das eiskalte Glas mit einer getrockneten Orange und einem schwarzen Zahnstocher. »Was machst du denn?«

Sie sieht mich nicht an, als sie darüber nachzudenken scheint, was sie antworten soll. »Dies und das.«

Sie hätte genauso gut nichts sagen können. Aber es geht mich ja auch nichts an.

»Ich hab nicht studiert oder so«, fährt sie allerdings fort. »Ich wandere von einem Job zum nächsten.«

»Hm.« Klingt ähnlich verloren wie ich.

Ich schaue mich kurz in der Bar um, ob einer meiner

Kollegen Unterstützung braucht, aber alle Gäste scheinen bedient zu sein. Ich schiebe der jungen Frau also ihren Drink über die Theke und beobachte gespannt ihre Reaktion, als sie das kühle Glas in ihre Finger schließt.

Der Drink hat eine tiefgrüne Farbe, fast wie ihr Haar. Nahezu sacht setzt sie ihre vollen Lippen an das Glas und nimmt einen winzigen Schluck, den sie sich quälend langsam auf der Zunge zergehen lässt.

»Fantastisch«, flüstert sie dann und sieht mich überrascht an. »Das ist mein neuer Liebling.«

Ich bin so irritiert, dass mir die Wärme in die Wangen steigt. Meint sie das ernst, oder will sie sich an mich ranmachen? Nicht, dass mir das nicht schmeicheln würde.

»Das ist eine Old-Fashioned-Variante«, erkläre ich, um das Gespräch am Laufen zu halten. Sie ist bis auf mich und die Chefin die Einzige, die diesen Drink mag. Mit so jemandem muss ich mich ausführlicher unterhalten.

Sie nimmt noch einen winzigen Schluck und fährt sich genüsslich mit der Zunge über die Lippen. »Perfekt«, murmelt sie. »Wie ist dein Name?«, will sie dann wissen.

»Tycho«, sage ich, kann ein zufriedenes Lächeln nicht verbergen. »Und deiner?«

»Grayson. Aber du kannst mich Ray nennen.«

»Schön, dich kennenzulernen, Ray.« Ich stütze mich etwas entspannter auf die Theke zwischen uns.

»Kann man dich auch privat beschäftigen?« Als sie das fragt, liegt ein Funkeln in ihren Augen.

Beschäftigen? Bilde ich mir das ein, oder bedeutet der Ausdruck auf ihrem Gesicht tatsächlich etwas sehr Zweideutiges? Ich versuche, erst einmal unschuldig zu spielen. »Du meinst für Geburtstage und so?«

»Ich meine für nach deiner Schicht.«

Ich ziehe anerkennend die Augenbrauen hoch. Mit so viel Direktheit habe ich auch wieder nicht gerechnet. »Ähm.« Ich sehe mich um, ob Kollegen in der Nähe sind, die das Gespräch hören.

Kuro ist an der anderen Seite des Raumes und bedient Mr Yoshida. Er sieht wie immer ab und an zu mir herüber, um zu schauen, ob ich klarkomme, aber er kann uns auf keinen Fall verstehen.

»Also«, sage ich gedehnt und schaue Ray noch einmal von oben bis unten an. Ich interpretiere das nicht falsch, oder? Immerhin könnte sie mich auch tatsächlich als Bartender auf irgendeine Party mitnehmen wollen. Dass der verschmitzte Ausdruck auf ihrem Gesicht sich intensiviert, als ich antworte, bestärkt mich allerdings in meiner Vermutung. »Ich habe noch nichts vor«, antworte ich endlich.

Sofort breitet sich ein Grinsen auf ihren Zügen aus.

»Ich habe aber gerade erst angefangen zu arbeiten.«

»Wie lang musst du noch?« Erneut nimmt sie einen großen Schluck. Wenn sie weiter so schnell trinkt, muss ich gleich den nächsten mixen.

»Bis drei.«

Ray wirft einen Blick auf ihre breite Armbanduhr, dann schürzt sie die Lippen und nickt zufrieden. »Das ist doch perfekt«, murmelt sie. Endlich schaut sie wieder zu mir auf. »Dann können wir uns ja danach vor der Bar treffen.«

Mache ich das wirklich? Ich kann es mir bis dahin noch immer anders überlegen, aber die Vorstellung allein lässt mein Herz ein bisschen höherschlagen. Sie hat so eine aufregende Ausstrahlung. Und ich mag ihre Art. Ich würde gern sagen, dass ich so etwas eigentlich nicht mache, aber das wäre gelogen.

»Okay«, antworte ich also einfach. Dann deute ich auf

den Cocktail in ihren Händen. »War der denn das entscheidende Kriterium für dich, oder …?«

Sie lacht auf, dann schüttelt sie den Kopf. »Du bist mir gleich aufgefallen, als ich reinkam«, gesteht sie. Dann hebt sie das Glas in ihren Händen leicht an. »Aber der ist auch schon definitiv ein Pluspunkt.«

Ich grinse, weil Menschen, die sowohl mich als auch meine Drinks gut finden, selten sind.

Die Glocke an der Tür klingelt, als drei neue Gäste hereinkommen und zielgenau auf die Bar zusteuern. Ray sieht zu ihnen hinüber, dann wieder zu mir. Ein verspieltes Lächeln auf den Zügen, stützt sie das Kinn auf die Hand. »Ich freu mich«, murmelt sie mit etwas tieferer Stimme, dann zieht sie ihr Handy heraus, als ich die neuen Gäste begrüße.

KAPITEL 8

WIE DUNKELGRÜN SCHMECKT

Ray küsst mich mit einer Selbstverständlichkeit, als hätte sie es schon tausendmal getan. Ihre Lippen und Zunge schmecken so intensiv nach rauchigem Whiskey, dass ich das Gefühl habe, nicht nur sie, sondern auch den Drink zu kosten.

Sobald die Tür meines Appartements hinter uns ins Schloss gefallen ist, drückt sie mich an die Wand. Wir machen uns nicht die Mühe, die Lampe anzuschalten, aber durch die Fenster scheint das warme Licht der Stadt, das es nie richtig Nacht werden lässt.

Das dunkle Grün von Rays Haaren, die mir in Locken ins Gesicht fallen, schimmert darin, als wir uns kurz voneinander lösen, um unsere Schuhe auszuziehen. Wir streifen uns gegenseitig die Jacken und Mäntel ab, ohne voneinander zurückzuweichen.

Meine Haut ist warm, obwohl es draußen eiskalt ist. Mein rascher Herzschlag lässt das Blut so schnell durch meine Adern pulsieren, dass ich zittere. Mein Atem ist so heiß wie ihrer auf meiner Haut.

Sobald mein Mantel zu Boden gefallen ist, drückt Ray

sich wieder an mich und gräbt ihre Fingernägel sacht in die Haut an meinem Nacken, um mich abermals an sich zu ziehen. Ihre Küsse und Berührungen sind nicht grob, aber es liegt etwas Forderndes, Bestimmendes in ihnen, das ich mag. Ihre Finger gleiten von meinem Nacken zu meiner Hüfte. Ich spüre, wie ihre Brust sich heftig hebt und senkt.

Ich bin so überwältigt von der Dringlichkeit in ihren Bewegungen, dass mir erst nach einiger Zeit klar wird, dass ich auch etwas mit meinen Händen anstellen sollte. Etwas ungeschickt lege ich meine Arme um Graysons Hals und schließe die Augen, als ihre Lippen sich langsam von meinem Mund lösen und sie sie über mein Kinn zu meinem Hals hinabwandern lässt.

»Du bist einfach so schön«, haucht Ray. Ihre Küsse benetzen die weiche Haut über meinem Schlüsselbein.

Ob sie das immer noch sagen wird, wenn sie all meine blauen Flecken und Narben sieht? Vielleicht kann ich ja ein paar Kleidungsstücke anlassen, damit sie nicht allzu offensichtlich werden.

Ich denke zu viel nach.

Ray hat einiges getrunken, aber ich bin nüchtern. Das passiert nicht oft, wenn ich Sex habe. Für gewöhnlich schüchtert mich das ein, weil ich weiß, dass ich in normalem Zustand nicht wirklich in der Lage bin, mich zu wehren, falls etwas passiert, das ich nicht möchte.

Aber bei Ray rechne ich nicht damit, so sacht, wie sie mich berührt. Und die Sorge löst sich vollends in Wohlgefallen auf, als sie beginnt, meine Bluse aufzuknöpfen, und ihre Finger über meinen BH streifen. Ich spüre, wie meine Haut noch heißer wird und mein Puls sich deutlich beschleunigt.

Graysons lockige Haare streifen meine Wange, kitzeln an meinen Schultern. Sie streicht mit ihren Fingern über meinen Bauch, meine Haut, bis hinauf zu der Kette, die Logan mir vor Jahren geschenkt hat. Unser »Freundschaftssymbol« hängt als kleiner goldener Anhänger daran.

Ich frage mich, was sie in ihr sieht, aber sie lässt mir keine Zeit, darüber nachzudenken.

Beinahe neckend lässt sie ihre geschlossenen Lippen meine streifen, während sie die Bluse von meinen Schultern schiebt und sie zu Boden fällt. Ich öffne den Mund, um sie wieder zu schmecken, als sie sich schon an meinem BH-Verschluss zu schaffen macht und ich das Kleidungsstück einige Sekunden später zur Bluse fallen lasse.

Als Ray mich wieder an sich zieht, spüre ich die Berührung ihres Körpers viel deutlicher. Sie bewegt die Hände weiter nach unten, bis sie meine Brüste erreicht. Gleichzeitig fahre ich mit meinen Fingern an ihren Armen entlang, streife ihren Cardigan ab. Die Haut unter meinen Fingerkuppen ist so fest, dass ich mich kurz von ihrem Kuss löse, um sie anzusehen.

»Wow, hast du Muskeln«, stelle ich überrascht fest. Sie sind nicht sehnig oder offensichtlich, aber deutlich zu spüren.

»Ich hab 'ne Weile im Fitnessstudio gearbeitet«, seufzt sie lächelnd und sucht sofort wieder nach meinen Lippen.

Ich würde gern ein bisschen mehr über sie erfahren, aber vielleicht können wir auch danach reden. Es wird mir allerdings lästig, zu stehen, also greife ich nach ihrer Hand und bewege mich auf das Bett zu.

Ich nehme mir vor, das Licht auszulassen, sodass Ray

den Schnitt an meinem Oberschenkel nicht sieht, der sich neben ein paar weiteren Narben einreiht. Sie scheint zum Glück auch nicht darüber nachzudenken. An den Schultern drückt sie mich bestimmt in die Laken, dann schiebt sie sich über mich. Im schummrigen Licht kniet sie einige Sekunden lang über mir und schaut einfach nur auf mich herab. Ihre Augen funkeln aufgeregt, und schwer atmend greife ich nach ihrem Top, um es aus ihrer Jeans zu zupfen.

Ray beugt sich wieder zu mir herab und küsst dieses Mal meine Brüste. Sie berührt einen meiner Nippel erst vorsichtig mit ihrer Zunge, dann saugt sie ihn zwischen ihre Lippen. Mit ihren Fingern spielt sie an dem anderen.

»Oh Mann«, flüstere ich genießend, als die Wärme in meinem Körper sich deutlich auf meinen Schoß konzentriert. Ich beiße mir auf die Lippen, dann unterbreche ich Ray, um mich auf meine Unterarme zu stützen und mich aufzusetzen. Ich nehme den Saum ihres Tops zwischen die Finger und streife es nach oben.

Überraschend greift sie allerdings nach meinen Händen, um mich aufzuhalten. Ich lasse es ohne Widerstand geschehen, schaue ihr aber forschend in die dunklen Augen, um zu ergründen, woher diese Entscheidung kommt. Will sie anders weitermachen?

»Ich …«, sagt sie, schiebt meine Hände fort und richtet sich auf, um langsam von mir herunterzuklettern. »Ich will das doch nicht.«

Ich brauche einige Sekunden, um mich zu fangen, in denen ich zusehe, wie sie sich auf den Schreibtischstuhl neben mir fallen lässt und mich nachdenklich anschaut.

»O-okay.« Es wird eine Weile dauern, bis mein Puls wieder runtergefahren ist. Einige Sekunden sitze ich erstarrt da und überlege, wie es weitergehen soll – was ich sagen soll.

Was hat das zu bedeuten? Sie war sich doch so sicher, als sie die Bar betreten hat. Und sie hat stundenlang auf mich gewartet.

»Ähm«, sage ich gedehnt und richte mich langsam auf, um auf die Wohnungstür zuzugehen und meinen BH und meine Bluse aufzulesen. »Hab ich irgendetwas Falsches gesagt oder … getan?«

»Nein, ich hab's mir einfach anders überlegt«, antwortet sie. Auf einmal ist ein dunkler Unterton in ihrer Stimme. »Tut mir leid.«

»Kein Grund, sich zu entschuldigen«, sage ich leise und ziehe meinen BH über. Ich kann nicht wirklich abstreiten, dass ich enttäuscht bin. Aber ich kenne sie ja überhaupt nicht. Wer weiß, was sie dazu gebracht hat, aufhören zu wollen. »Also wenn du einfach 'nen Ort zum Schlafen brauchst, kannst du das sagen«, biete ich vorsichtig an. Vielleicht will sie nur irgendwo unterkommen.

Ich streife die Bluse über, lasse sie aber offen, als ich wieder auf Ray zutrete.

Sie lacht und fährt sich mit den Fingern über das Gesicht. »Nein, ich hab 'ne Wohnung. Ich kann mit der Bahn nach Hause fahren, ist nicht weit.«

Nicht weit. Das ist in dieser Stadt ja relativ.

Etwas verloren stehe ich an der Tür und schaue sie an. Langsam beruhigt sich mein Körper wieder, doch es wird noch ein wenig Zeit brauchen, um ihn gänzlich davon zu überzeugen, dass heute nichts mehr läuft. Meine Haut vermisst die Berührungen noch, aber ich reiße mich zusammen. Ich möchte auch nicht, dass sie ein schlechtes Gewissen bekommt.

Ray ordnet ihre Haare und wirft mir einen entschuldigenden Blick zu. Ich kann mich endlich dazu bewegen, die kleine Lampe auf dem Küchenschrank einzuschalten.

»Willst du ’nen Drink?«, frage ich, um die angespannte Stimmung wieder aufzulockern. So etwas ist mir noch nie passiert, aber irgendwie finde ich es amüsant.

»Ich würde ’nen Kaffee nehmen, falls du welchen hast.«

Gedankenverloren nicke ich vor mich hin, froh darüber, meinen Fingern etwas zu tun geben zu können. Ich bereite die Maschine vor, und Ray steht wieder auf, tritt langsam näher an mich heran.

Auf einmal wirkt sie ganz anders. Irgendwie geschlagen. »Tut mir leid«, wiederholt sie leise. Ich wende mich zu ihr um, in der Hoffnung, sie gibt mir ein wenig mehr Kontext.

»Ich … hatte einen echt beschissenen Tag auf der Arbeit, und … ich brauchte einfach Ablenkung.«

Als der Kaffee aus der günstigen Pad-Maschine in die beiden Tassen rinnt, lehne ich mich an den Schrank und mustere sie interessiert.

»Das ist eigentlich gar nicht meine Art«, erklärt sie und schaut sich verloren in der Wohnung um. »Ich will da niemanden mit reinziehen.«

Wie nett. Ich wünschte, ich könnte auch so vorsichtig mit den Gefühlen der Menschen um mich herum umgehen. Aber dann würde ich überhaupt keine Nähe mehr bekommen.

»Schon okay«, sage ich gedehnt, atme noch einmal tief durch. Ich überlege, ob ich darauf hinweisen soll, dass es in Ordnung für mich wäre, *hineingezogen* zu werden, wenn das bedeutet, dass wir weitermachen können.

Aber irgendwie hat sich ihre ganze Ausstrahlung auf einen Schlag verändert. Das Herausfordernde, Spielerische, das sie am Anfang an den Tag gelegt hat, ist verschwunden. Sie wirkt jetzt viel ruhiger, fast schüchtern. Und ich bin sicher, dass da nichts mehr passieren wird, selbst wenn ich ihr anbiete, mich als Ablenkung zu benutzen. »Du musst dich nicht rechtfertigen«, versichere ich ihr also und setze ein Lächeln auf, damit sie sich wieder entspannt. »Ich hab das auch schon gemacht.«

»Beruhigend«, murmelt sie und lächelt zum Glück. Sie stellt sich etwas lockerer hin und schaut sich in meiner winzigen Wohnung um. »Lebst du hier allein?«

Ich lache amüsiert, nehme eine Tasse Kaffee von der Ablage und reiche sie ihr. »Denkst du, hier wäre noch Platz für eine zweite Person?«

Sie zuckt mit den Schultern und riecht an dem heißen Getränk. »Ich hab kleinere Appartements gesehen, in denen mehr Menschen gelebt haben.«

Auch wieder wahr. Ich kann mir das nur leisten, weil meine Eltern und Großeltern mir all ihr Erspartes hinterlassen haben. Und weil Logans Eltern eine mietpreisgebundene Wohnung für mich auftreiben konnten.

»Wo kommst du denn ursprünglich her?«, will sie wissen. Vermutlich nur, um das unangenehme Schweigen zu durchbrechen.

»Von hier«, sage ich lächelnd und mache eine unbestimmte Bewegung auf alles. »Also nicht aus dieser Wohnung, aber aus New York.«

»Warum wohnst du nicht bei deiner Familie?«, will sie weiter wissen, bevor ich die Frage erwidern kann. Sie wirft einen Blick auf das Foto, das auf dem Tisch steht.

»Ähm«, mache ich gedehnt, etwas überrumpelt von der Frage. Das wurde sehr schnell sehr persönlich.

Ich denke kurz darüber nach, mir einfach eine Ausrede einfallen zu lassen, weil wir uns vermutlich sowieso nicht so schnell wiedersehen. Aber ich bin so schlecht im Lügen und noch zu sehr durch den Wind dafür. »Meine Familie lebt nicht mehr«, antworte ich also wahrheitsgemäß und verziehe den Mund entschuldigend, weil ich weiß, wie Menschen reagieren, wenn man ein solches Thema aufbringt.

Überrascht sieht sie zu mir herüber. »Oh, das tut mir so leid«, sagt sie wie erwartet, auch wenn ihre Sorge tatsächlich ehrlich auf mich wirkt. Die meisten sind einfach peinlich berührt, wenn man mit dieser Information um die Ecke kommt. »Sorry für die unsensible Frage«, entschuldigt sie sich und presst die vollen Lippen aufeinander.

»Schon okay«, wische ich das Thema schnell vom Tisch und ringe mir ein Lächeln ab. »Sie sind bei einem Autounfall ums Leben gekommen. Ist schon dreizehn Jahre her.« Ich mag es nicht, zu lügen, aber noch weniger mag ich es, diese Frage ehrlich zu beantworten. Die Blicke sind immer gleich, und ich hasse es. »Aber ich komm klar«, schließe ich, damit sie nicht noch mehr Fragen stellt oder darüber lamentiert, wie leid ihr das tut und wie stark ich bin. Was Menschen eben sagen, wenn sie so etwas erfahren. »Woher kommst du denn?«, schwenke ich schnell um.

»Auch aus New York.« Sie sieht mich nicht an, als sie antwortet. Ihr Blick streift immer wieder durch meine Wohnung, während sie an ihrer Kaffeetasse nippt. Dabei gibt es hier gar nichts Spannendes zu sehen. Selbst hinter den Fenstern liegt nur das Wohnhaus auf der anderen Seite der Straße, das die Sicht auf alles andere versperrt.

Vermutlich will sie nur meinem Blick ausweichen.

Ich überlege, was ich sagen kann, um auf irgendein unschuldiges Thema umzulenken, damit wir nicht in dieser Stimmung auseinandergehen.

»Und warum …« Ich zögere kurz, entscheide mich dann aber doch dazu, die Frage zu stellen. »Warum hast du vorhin gerade mich ausgesucht?« Ich setze einen spielerischen Gesichtsausdruck auf, um sie zum Lächeln zu bringen.

Es funktioniert. Offensichtlich amüsiert zuckt sie mit den Schultern. »Du siehst süß aus.«

»Du auch«, gebe ich schelmisch zurück. »Warum warst du dir so sicher, dass ich auch auf Frauen stehe?«

»War ich nicht. War wohl ein Glückstreffer.«

Ich grinse in meine Kaffeetasse. »Allerdings.«

»*Auch* auf Frauen?«, will sie wissen. Ich spüre, wie sie mich genau beobachtet, als könnte sie anhand meiner Körpersprache mehr über mich herausfinden.

»Willst du mein Label wissen?«, frage ich nach, bevor ich zu viel hineininterpretiere. Ich hab kein Problem damit, über meine Sexualität zu sprechen, aber Menschen reagieren unterschiedlich darauf. Deswegen bin ich vorsichtig.

»Nur aus Interesse«, sagt sie sofort und winkt ab. »Eigentlich ist es mir egal, ich …« Sie schüttelt den Kopf, aber ich beginne einfach, zu sprechen, damit sie sich nicht rechtfertigen muss.

»Keine Ahnung«, sage ich mit einem Schulterzucken. »Ich dachte lange, ich wäre lesbisch, doch das hat sich als falsch herausgestellt.« Sie stimmt mit in mein leises Lachen ein. »Im Grunde finde ich alle Menschen gut. Also bin ich wohl pan, omni oder etwas in der Richtung.« Nachdenklich schaue ich sie an. »Ich hab das alles noch nicht so richtig raus.«

»Cool«, entgegnet sie mit einem Lächeln.

»Und du?«

»Ich stehe wirklich exklusiv auf Frauen«, offenbart sie grinsend, dann wird ihr Blick nachdenklich. »Eigentlich mache ich so etwas gar nicht.«

Ich bin mir unsicher, ob ich das glauben kann, so selbstsicher, wie sie sich an der Bar an mich rangemacht hat. Nicht, dass mir das nicht gefallen hätte. Aber die Vorstellung, dass sie das erste Mal so eine Aktion durchgezogen hat, erscheint mir unrealistisch. Ich hatte schon einige One-Night-Stands, und nicht mal ich kann Menschen mit so viel Selbstbewusstsein aufreißen.

Andererseits wirkt sie jetzt so viel schüchterner als vorher. Als wäre sie aus einem Rausch gefallen, als ich versucht habe, ihr das Top auszuziehen. Hätte sie weitergemacht, wenn ich mich einfach nicht bewegt hätte?

»Ich hatte auch noch nie was mit einem Kunden aus der Bar«, sage ich, damit sie sich etwas entspannt.

Und tatsächlich lässt sie das lächeln. Mit einem Seufzen fährt sie sich durch die Haare und schaut in ihre Tasse.

Jetzt, da die Aufregung in meinem Körper sich wieder etwas gelegt hat, finde ich die Situation eigentlich ganz nett. Es ist angenehm, mit jemandem zu sprechen, den ich vermutlich nie wiedersehen werde. Ich muss nicht so sehr darauf achten, was ich sage, für welche Ausreden ich mich entscheide, wen sie kennt und mit wem sie über mich reden könnte.

Ich denke gerade darüber nach, wie das hier wohl endet – ob sie bei mir übernachten will, weil sie eventuell doch keine Wohnung hat, oder wann sie wieder geht –, da stellt Ray die leere Kaffeetasse auf die Arbeitsfläche der Küche und bewegt sich auf die Wohnungstür zu. Dort greift sie ihren Mantel vom Boden und streift ihn sich gemächlich über.

»Ich will dich nicht länger vom Schlafen abhalten. Du hast morgen sicher Uni, oder?«

»Erst nachmittags.« Sonst könnte ich die Nachtschichten nicht so einfach übernehmen.

Als sie sich angezogen und ihre Kleidung und Haare gerichtet hat, dreht sie sich zu mir um und schaut mich noch einmal von oben bis unten an. »Wollen wir Nummern austauschen?«

Ich schlucke angestrengt und erwidere ihren Blick. »Ich weiß nicht genau.«

»Ich meine nur, falls wir uns noch mal treffen wollen.«

Was soll ich antworten? Ich würde gern einfach ablehnen. Das sollte eine einmalige Sache sein und nicht mehr. Ich will keine Dates oder ein langes, kompliziertes Kennenlernen. Aber ich will sie auch nicht vor den Kopf stoßen. Meine Oma hat mich einfach zu freundlich erzogen.

»Na gut«, murmele ich also, und sie zieht ihr Handy aus der Jackentasche. iPhone der neusten Generation. Ich bin ein wenig neidisch.

Ich gebe ihr die Nummer durch, und während sie sie eintippt, lenke ich so deutlich ein, wie es mir die Höflichkeit erlaubt. »Ich habe aber kein Interesse an einer Beziehung oder so.«

Ray grinst mysteriös und bewegt sich auf den Ausgang zu. »Ich auch nicht. Gute Nacht.«

»Gute Nacht«, flüstere ich irritiert, dann verschwindet sie durch die Tür.

KAPITEL 9

WER MICH VERLÄSST

Ich bin acht Jahre alt und liege seit einigen Stunden wach im Bett. Ich kann nicht schlafen, weil ich wie immer über einige Dinge nachdenke. Mein Blick ist auf die leuchtenden Sterne an der Decke gerichtet, aber was ich vor meinem inneren Auge sehe, geht weit über sie hinaus.

Im Dunkeln fühle ich mich besonders wohl. Ich sehe die Bilder vergangener Tage vor meinen Augen. Die Gesichter von Menschen. Meiner Eltern, meiner Großmutter, Logans und das meiner Klassenkameraden.

In der Schule läuft es inzwischen ganz gut, aber ich fürchte mich trotzdem jeden Tag davor, dass ich anders bin. Nicht, weil ich mich anders fühle. Ich weiß ja nicht, wie andere Menschen sich fühlen. Aber weil ich glaube, dass sie mich anders ansehen, wenn sie denken, ich bemerke es nicht.

Vielleicht bilde ich mir das aber auch nur ein.

Ich zucke zusammen, als etwas in der Küche klimpert und klirrt. Wie Töpfe, die aufeinanderschlagen, und Gläser, die zerbrechen. Es ist so laut, dass ich mich aufrichte und die Beine aus dem Bett schiebe.

Ist Oma hingefallen? Meine Eltern haben es bestimmt auch gehört, aber ich wälze mich trotzdem aus dem Bett und stolpere im Licht der Sterne auf meine Zimmertür zu. Das Nachthemd umweht meine Knöchel, als ich sie öffne.

»Grandma?«, rufe ich die Treppe hinab. Durch einen Ritz zwischen der doppelten Küchentür dringt Licht, der Rest des Hauses ist dunkel. »Alles in Ordnung?«

Nichts als schweres Atmen ist zu hören. Als meine Füße mich die Treppe hinabtragen, kommt noch etwas wie ein Gurgeln hinzu, aber dann ist alles still.

»Oma, geht es dir gut?« Noch als ich die Frage wiederhole, fällt mir ein, dass Grandma gar nicht daheim ist. Sie wollte sich mit einer Freundin treffen. »Mama? Papa?«

Eilig steuere ich auf die Küche zu. Warum antwortet niemand? Als ich die beiden Holztüren aufschiebe, ist der Boden von einer roten Flüssigkeit getränkt. Wie die Fliesen der Dachterrasse damals, als ich Mamas Getränk habe fallen lassen.

Aber diese Flüssigkeit ist dicker.

Ich weiß nicht, warum ich mich nicht traue, meinen Blick von den Fliesen zu meinen Füßen zu lösen. Ich bin wie erstarrt.

Ich weiß, dass das Blut ist.

Es gelingt mir nur zitternd, meinen Kopf ein Stück anzuheben. Fünf fremde Personen in schwarzen Masken sehen auf die regungslosen Körper meiner Eltern hinab. Ihre Augen sind noch offen, aber ihre Kehlen wurden aufgeschnitten.

Und ich verstehe es nicht.

Ich verstehe es nicht.

Ich sehe von den Fremden zu meinen Eltern. Sie bewegen sich nicht mehr, und da ist so viel Blut. Es erreicht meine Füße, aber ich kann mich nicht bewegen. Keinen Schritt zurückmachen, als die Flüssigkeit meine nackten Sohlen benetzt.

Sie müssen tot sein.

Es gelingt mir nicht einmal, mich zu rühren, als die Fremden sich nach einigen Sekunden in Bewegung setzen. An ihrer Statur und ihren Augen erkenne ich, dass es Männer sind. Ich fühle keine Angst, als sie sich auf mich zubewegen. Es ist, als hätte ich meinen Körper verlassen.

Aber sie gehen an mir vorbei, als wäre ich überhaupt nicht da. Sie verlassen unser Haus durch die Vordertür, in aller Ruhe und ohne ein Wort zu sagen.

Und ich kann meinen Blick nicht abwenden.

In meinem Inneren herrscht eine seltsame Stille, als ich auf meine Eltern hinabschaue. Eine Ruhe, so tief wie der Blick aufs offene Meer.

Doch je länger ich schaue, umso deutlicher spüre ich, wie etwas in mir erwacht. Etwas Warmes und Dunkles, das sich von meiner Stirn aus in meinem Kopf, meinem Bauch, meinen Armen und Beinen ausbreitet, bis in die Spitzen meiner Zehen und Finger hinein. Wie eine winzige, schwarze Sonne, die mich von innen heraus verbrennt.

KAPITEL 10

WAS ANGST VERURSACHT

»Guten Morgen, New York! Es ist der achte Januar, und hier sind Janey und Ash von der NYC Fresh Morning Show für euch, wie immer mit den freshesten Hits des Tages!«

»Ja! Eigentlich sollten wir an dieser Stelle über das Wetter reden, aber weißt du was, Ash?«

»Du hast keinen Bock, über das Wetter zu reden.«

»Exakt. Ich schätze, das hat niemand.«

»Und ich schätze, es hat auch niemand Bock zuzuhören.«

»In der Tat. Deswegen hier zum Wetter: Schnee, Kälte, kein Ende in Sicht, fertig.«

»Danke.«

»Reden wir lieber wieder über unsere liebste Superheldin, Captain Wodka.«

»Gibt's da was Neues?«

»Nein, tatsächlich gibt's aktuell keine neuen Fälle, die auf sie zurückzuführen sind – zumindest keine Berichte aus glaubwürdigen Quellen –, aber wir arbeiten natürlich jeden Tag daran, auf unserer Website immer die neusten Informationen rund um das Thema für euch zu haben.«

»Und ich muss auch dazusagen, all die Rückmeldungen, die wir dort inzwischen täglich bekommen – das ist wirklich überwältigend. Danke fürs Teilen und auch so vielen Menschen für ihre Mitarbeit an den Themen, die wir dort behandeln.«

»Da kann ich mich nur anschließen.«

»Gestern hatten wir in unserer Show Vaughn Moss zu Gast, einen ehemaligen US-Marine, der uns und unseren Zuhörern einige Fragen zu Gewalt auf den Straßen beantwortet hat. Ihr könnt die Aufzeichnung natürlich wie immer auf unserer Website unter Captain Wodka finden!«

»Magst du noch mal kurz zusammenfassen, worum es ging?«

»Na klar. Alles lieber, als übers Wetter zu reden.«

»Stimmt!«

»Die am häufigsten in Zusammenhang mit Captain Wodka gestellte Frage unserer Zuhörer ist natürlich, wie man sich als gewöhnliche Person verhalten sollte, wird man direkt oder indirekt mit Gewalt im öffentlichen Umfeld konfrontiert. Dabei hat Vaughn Moss diverse Hotlines erwähnt, bei denen man sich sofort melden kann, wenn man sich unsicher fühlt. Wenn ihr Gewalt auf offener Straße erlebt oder beobachtet, ruft die Polizei. Seid ihr mittendrin, versucht zu deeskalieren, euch aus der Situation zu ziehen oder vorsichtig zu verschwinden. Haltet so viel Abstand, wie ihr könnt. Vermeidung oder Deeskalation von gefährlichen Situationen kann auch durch Bewusstmachung seiner Möglichkeiten und Umgebungen geschehen.

Vaughn Moss betont, dass Selbstverteidigung zu beherrschen sehr wichtig ist und auch das Selbstbewusstsein deutlich stärken kann – aber bitte seid trotzdem nicht leichtsinnig und lasst euch auch nicht von den Berichten über

Captain Wodka und Nachahmungstätern beeinflussen. Gewalt ist immer der letzte Ausweg, und es auf eine körperliche Auseinandersetzung ankommen zu lassen sollte die allerletzte Lösung sein, auf die ihr zurückgreift.«

»Da schließe ich mich an. Ich liebe Captain Wodka und die Geschichten, die sich um sie drehen, aber ich bitte euch, euch weiterhin vorsichtig zu verhalten.«

»Genau! Wie gesagt, schaut gern auf unserer Website vorbei. Und wenn ihr Fragen und Gedanken habt, dann schreibt sie uns gern über unsere kostenlose NYC-Fresh-App! Wir freuen uns auf euch.«

»Und nun wieder zu den freshesten Hits des Tages!«

Logan sagt immer, früher war ich anders, aber ich erinnere mich nicht mehr daran, wie ich gewesen sein soll. Ich denke darüber nach, als wir am Esstisch seiner Familie sitzen und alle mit leeren Tellern vor sich entspannten Beschäftigungen nachgehen.

Dass Ray mich gestern Nacht nach meinen Eltern gefragt hat, hängt mir irgendwie nach. Ich weiß, dass das lächerlich ist. Es ist dreizehn Jahre her, und ich bin seitdem in Therapie. Die Menschen erwarten, dass man irgendwann wieder okay ist. Und ich weiß nicht, warum ich es nicht bin. Ob ich es jemals sein kann.

Ich hasse es, dass das alles jedes Mal wieder in mir aufgewühlt wird, wenn das Thema aufkommt. Es sollte doch inzwischen wirklich gut sein.

Logans Vater bringt uns Kaffee in kleinen Tassen. Mit seiner schwarzen Stoffhose, dem ordentlichen Hemd und den frisch gestylten dunklen Haaren sieht er zu geschäftig für ein gemütliches Beisammensitzen aus. Allerdings glaube ich nicht, dass ich ihn je in entspannter Kleidung gesehen habe. Hemd und Hose sind für ihn schon Freizeit-Look.

Er stellt den Kaffee auf einem Tablett mit Milch, Zucker und winzigen Löffeln auf den Tisch. Dann beginnt er, die leeren Teller einzusammeln, um sie in die Küche zu tragen.

Ich bedanke mich leise, habe aber inzwischen aufgehört, meine Hilfe anzubieten. Er nimmt sie sowieso nicht an. Er behauptet, alle anderen würden es eh nicht richtig machen, und ich lasse ihm das Spülen gern, wenn es ihm Spaß macht.

Logans Großmutter – wie immer behängt mit Schmuck und in ein dünnes, flatterndes Cape gehüllt – hat ihre goldene Brille auf der Nase und schreibt an einem Plan für dieses Sternenfest, das in zehn Tagen stattfinden soll.

Logans Mutter hat die Füße auf dem Stuhl neben ihr hochgelegt und arbeitet an einem Kreuzworträtsel. Ihr hellbraunes Haar fällt ihr locker über die Schultern, glänzend wie immer. Sie strahlt diese zeitlose, ruhige Eleganz aus, die ich schon immer an ihr bewundert habe.

Logan selbst zieht nach einigen Minuten am Handy einen seiner geliebten Lebensratgeber zu sich heran. Heute liest er: *Wie du dein Leben auf die Reihe bekommst – in 10 einfachen Schritten.*

Ich mustere grinsend das Cover mit dem Menschen, der der Sonne zugewandt die Arme zum blauen Himmel ausstreckt.

»Hat dir der vorherige noch nicht den Sinn des Lebens offenbaren können?«, frage ich sarkastisch.

Er seufzt theatralisch. »Leider nicht. Aber die Dinger sind so viel unterhaltsamer als Belletristik.«

Ich dachte lang, dass er sie liest, weil er mich dabei

unterstützen will, mein Leben wieder hinzubekommen. Vielleicht war das auch der initiale Anreiz, immerhin hat er schon immer Sachbücher gelesen. Aber ich glaube, inzwischen findet er es wirklich nur noch lustig.

»Dein wievielter ist das jetzt?«

Er sieht den Umschlag von allen Seiten an. »Keine Ahnung. Der fünfhundertste vielleicht.«

Ich ziehe kopfschüttelnd die Augenbrauen in die Höhe. »Dass es überhaupt so viele gibt. Was haben all diese Menschen zu sagen?«

Er zuckt mit den Schultern. »Jeder will nur glücklich sein. Jeder entwickelt sein eigenes Geheimrezept, um es anderen zu verkaufen.«

»Wenn du irgendwann genug gelesen hast, findest du vielleicht den kleinsten gemeinsamen Nenner.«

Er lacht laut. »Na, darauf hoffe ich!« Er schlägt das Buch auf, aber bevor er beginnen kann zu lesen, frage ich rasch: »Hast du heute Abend Lust, ins Kino zu gehen?«

Logan sieht von mir zu seiner Großmutter uns gegenüber.

Diese schaut über die Ränder ihrer Brille hinweg streng zu ihm hinüber. »Du hast versprochen, bei den Vorbereitungen der Halle für das Fest zu helfen«, sagt sie trocken.

Die Lippen aufeinandergepresst, wirft er mir einen entschuldigenden Blick zu und zuckt mit den Schultern. »Sorry. Morgen oder so gern.«

Ein wenig enttäuscht nicke ich, aber mir wird schon etwas anderes einfallen, das ich unternehmen kann. Ich nutze allerdings die Chance, dass seine Grandma aufgesehen hat, um ein wenig mehr herauszufinden. »Was ist eigentlich dieses Sternenfest?« Ich weiß, dass die Splitter-

Religion, der Logans Familie angehört, viele Feste feiert, die sich auf Ereignisse in der Natur beziehen. Ich habe mich oft mit ihnen darüber unterhalten, aber richtig durchdrungen habe ich den Glauben nie. Vielleicht ist die Vorstellung von irgendetwas Übergeordnetem auch zu abstrakt für mich.

Von einem Sternenfest haben sie allerdings nie gesprochen, soweit ich mich erinnern kann.

»Oh, habe ich dir das noch nicht erklärt, Liebes?« Sie lächelt so ehrlich, dass ich denke, sie freut sich wirklich über meine Nachfrage.

»Bisher nicht.« Ich stütze das Kinn auf die Hände, um zu signalisieren, dass ich zuhöre.

»Zum Sternenfest feiern wir die Ankunft eines Kometen in einer erdnahen Umlaufbahn. Er kommt nur einmal pro Generation an der Erde vorbei. Es ist also etwas ganz Besonderes.« Sie und Logan schauen einander an, als würde noch mehr dahinterstecken. Ich sehe zwischen den beiden hin und her.

»Möchtest du etwas dazu sagen, Logan?«, fragt sie ihn. Ich erkenne genau, dass er sich ein Augenrollen verkneifen muss.

»Nein, nichts«, grummelt er und starrt so auffällig in sein Buch, dass klar ist, er wird kein Teil dieses Gespräches sein.

»Nun ja. Zur Feier bereiten wir auf jeden Fall eine große Halle vor, die wir gemietet haben. Dort gibt es Essen, Getränke und besondere Feiertagsroben.«

Wie von allein zeichnet sich ein Lächeln auf meinem Gesicht ab. »Roben? Klingt aufregend.«

»Möchtest du gern mitkommen?«

Sofort hebe ich die Hände. »Nein, nein, das wollte ich

damit nicht sagen. Ich meine nur …« Es klingt spannend, aber bei meinen neugierigen Nachfragen fühlt sie sich bestimmt verpflichtet, mich einzuladen.

»Ich meine es ernst«, beharrt sie lächelnd. »Es würden sich sicher alle freuen, wenn du mitkommst.«

Sogar Logans Mutter schaut von ihrem Rätsel auf und nickt zustimmend.

»Du musst dir auch keine Sorgen machen, dass wir dich assimilieren wollen.« Logans Großmutter lacht, und ich stimme unangenehm berührt mit ein, dann zucke ich mit den Schultern.

»Also ja, klar«, sage ich dann gedehnt. Kostenlose Getränke und Mahlzeiten kommen mir immer gelegen. »Muss ich irgendwas mitbringen oder … beachten?«

»Ach was, Liebes.« Sie schaut wieder auf ihre Liste hinab. »Du kommst vorher einfach her, und wir nehmen dich mit.«

»Brauche ich auch so eine Feiertagsrobe?«

»Du kannst eine von mir anziehen«, bietet Logans Mutter sofort an, und ich nicke, fühle mich tatsächlich ein wenig aufgeregt.

Logans Grandma bemerkt es sofort. »Wir feiern nur ein wenig. Wie normale Menschen. Keine Rituale oder so.« Sie zwinkert mir zu, und ich winke unangenehm berührt ab.

»Ach was. Darum mache ich mir keine Sorgen.«

Damit ist das Gespräch wohl beendet, denn alle widmen sich wieder ihren Beschäftigungen. Aus der Küche ist noch immer das Klappern von Geschirr zu hören.

Weil ich nichts anderes zu tun habe und auch noch nicht gehen will, ziehe ich mein Handy aus der Hosentasche und scrolle durch die Nachrichten auf dem Startbildschirm. Gerade will ich anfangen, einige zu beantworten, als ganz oben eine neue auftaucht – und ich innehalte.

Ray: Hey! Lust, dich heute Abend zu treffen?

Ich schaue die Nachricht eine ganze Weile lang an, absolut irritiert davon, dass sie sich jetzt schon meldet. Dass sie sich überhaupt meldet, nachdem sie gestern Nacht so überstürzt aus meiner Wohnung verschwunden ist.

Hat sie es sich so schnell anders überlegt? Hat sie einfach Langeweile oder keine Freunde?

Ich weiß nicht, was ich davon halten soll. Eigentlich will ich keine neuen Freunde. Das ist anstrengend, und früher oder später verschwinden sie sowieso wieder aus meinem Leben.

Andererseits habe ich heute noch nichts anderes zu tun.

Mist. Ich würde gern mit Logan über sie sprechen, aber ich weiß, er fände es nicht gut, dass ich jemand Fremden mit nach Hause genommen habe. Er macht sich dann nur unnötige Sorgen.

Ich starre die Nachricht an und frage mich, ob ich einfach zusagen soll. Der einzige Kurs für heute ist durch, und sonst laufe ich vielleicht Gefahr, allein herumzusitzen. Und Ray war interessant. Nicht mal sonderlich nett oder spannend, immerhin weiß ich so gut wie nichts über sie. Sie schien einfach nur interessant.

Ich überlege kurz, dann beginne ich zu tippen.

Tycho: Okay, meinetwegen. Schwebt dir etwas Besonderes vor?

Ray antwortet sofort und nennt mir Ort und Zeit. »Bring Hunger mit«, schreibt sie.

Ich verziehe gespannt den Mund und antworte mit einem knappen »Okay«, dann lege ich das Handy mit dem Display voran auf den Tisch und sehe es an.

Ist das klug? Oder wird das wieder mit Schmerzen enden? Endet es damit, dass ich sie zu mögen beginne und dann Schluss machen muss, weil ich sie über das belügen müsste, was ich wirklich bin?

Ich wünschte, ich wüsste es.

Der Pizzaladen, in den Ray mich eingeladen hat, hat einen so unscheinbaren Eingang, dass ich erst dreimal an der Tür vorbeigehe, bis ich sie überhaupt wahrnehme. Zwischen Fahrrädern und schwarzen Zäunen eingekeilt, fällt die drei Stufen tiefer liegende Tür nicht auf. Vor allem nicht, weil sie kein Schild besitzt, sondern nur einen von Hand geschriebenen Zettel an dem schweren Metall, der den Ort als *Roy's Pizza Palace* ausweist.

Ich lächle, als ich meine Hand auf die lockere Klinke lege und mir sicher bin, dass ich keinen Palast betreten werde. Aber die heruntergekommensten Schuppen sind ja manchmal die besten.

Von innen sieht der Laden nicht wirklich besser aus. Zwischen den weißen Fliesen, den dunklen Fugen und den Stühlen und Tischen, die aussehen, als hätte man sie vom Sperrmüll zusammengesucht, erkenne ich Ray mit ihren dunkelgrünen Haaren sofort. Es herrscht überraschend viel Betrieb, also brauche ich eine Weile, bis ich mich zwischen den ausgelassen essenden Gästen hindurch auf sie zugeschoben habe.

»Hallo«, grüße ich vorsichtig, ziehe meinen Mantel aus

und hänge ihn über die Stuhllehne. Durch die Fenster im oberen Bereich des kleinen Restaurants fallen die letzten Strahlen der untergehenden Sonne ein. Auf meinem Platz steht bereits eine Cola mit viel Eis bereit.

Ray beobachtet mich erst genau, bevor sie ebenfalls grüßt. Da ist schon wieder dieses Forschende in ihrem Blick. Jetzt kommt es mir nicht mehr so spannend vor. Ich fühle mich eher unbehaglich. Vor allem, weil ich das Gefühl habe, sie kennt mich so viel besser als ich sie.

Zumindest weiß sie, wo ich arbeite, was ich studiere, wo ich wohne und dass ich keine Familie mehr habe, was so ziemlich die wichtigsten Informationen sind.

»Schön, dass du Zeit hattest«, sagt sie und deutet auf die Theke, über der ein Schild mit den fünf Auswahlmöglichkeiten hängt. Vier Sorten Pizza und Schokokuchen. Ich blinzle einige Male, um sicherzugehen, dass ich mich nicht verlesen habe. »Ich hab schon mal für dich bestellt. Es dauert hier immer ’ne Weile.«

Ich schaue von ihr zu der analogen Uhr an der Wand dahinter. Ich bin zehn Minuten zu früh. Wie lang ist sie schon hier?

»Okay?«, sage ich unsicher. »Aber ich esse kein Fleisch.«

»Ich hab die vegetarische Variante für uns beide bestellt«, sagt sie sofort, und ich lege nickend die Finger zusammen.

Soll ich sie gleich darauf ansprechen, dass ich das alles komisch finde, oder warten, bis es an der Zeit ist? Gibt es eine richtige Zeit dafür?

»Tut mir total leid, dass ich so komisch bin«, setzt Ray dann allerdings sofort an.

Damit hat sich dieses Problem wohl erledigt. Ich bin erleichtert, dass wir nicht noch ewig peinlichen Small Talk führen müssen, bis wir auf die eigentliche Sache zu sprechen kommen.

Aufmerksam schaue ich sie an und entscheide, nichts zu sagen oder zu fragen, hoffe, dass sie sich weiter erklärt.

Ray schaut nachdenklich auf den Tisch zwischen uns und fährt sich mit den Fingern durch die Haare. Ihre Strickjacke hat dieselbe dunkle Farbe wie ihre Augen.

»Ich weiß, dass das super eigenartig wirken muss, aber ich …« Sie presst die Lippen aufeinander und lehnt sich ein Stück zu mir vor. »Ich weiß nicht, ob du gleich gehst, wenn ich dir das sage.«

Solche Sätze sind immer ein Grund zur Besorgnis. Ich habe meine Handtasche noch auf dem Schoß und mache mich innerlich bereit, gleich wieder aufzustehen und den Laden zu verlassen. Weiß sie irgendetwas über mich? Über mein Geheimnis? Ich habe schon darüber nachgedacht, aber eigentlich kann es nicht sein.

»Sag ruhig«, fordere ich sie unsicher auf, was nur dazu führt, dass sie den Kopf hin und her wiegt und ihre Locken über ihre Schultern tanzen.

»Ich … hab dich ehrlich gesagt schon länger beobachtet.«

Obwohl es hier warm von all den Menschen, den Heizungen und den Öfen ist, wird mir auf einmal ganz kalt. Ein Schauer überfährt mich von oben bis unten und erinnert mich an das Gefühl, das die Schwärze zwischen den Gassen in mir ausgelöst hat. Als ich mir so sicher war, beobachtet zu werden.

Weiß sie etwas über mich?

»In der Bar, meine ich«, erklärt sie, nachdem sie viel zu lang meine Reaktion abgewartet hat.

Verdammt, ich darf nicht zu erleichtert ausatmen, sonst

bemerkt sie sofort, dass ihr Geständnis eine Kleinigkeit für mich ist und ich noch viel mehr zu verbergen habe. Trotzdem entspanne ich mich innerlich ein wenig.

»Wie, beobachtet?«, frage ich knapp nach, um mich wieder zu fangen.

»Ich meine … ich war einfach ein paarmal bei euch. Ich saß meistens weiter hinten, und du bist mir gleich am ersten Tag aufgefallen. Da warst du noch neu.«

Sie war schon mehrere Male bei uns? Warum habe ich sie denn nie bemerkt?

»Und … ich weiß auch nicht. Ich fand dich so interessant, da hab ich dich auf Social Media gesucht. Dein Name ist ja ziemlich außergewöhnlich.«

»Ich bin nicht wirklich auf Social Media«, sage ich, und sie nickt.

»Das hab ich dann auch gesehen.« Sie gestikuliert unsicher, während sie spricht. »Ich dachte, ich suche dich bei Instagram oder Facebook und schreib dir 'ne Nachricht, ob du mal Lust hast, dich zu verabreden. Aber als ich dich nirgendwo gefunden habe, hab ich gestern einfach meinen Mut zusammengenommen, um dich anzusprechen.« Ihr Blick sagt deutlich, dass sie sich fühlt wie die dümmste Person der Welt, was mich tatsächlich ein wenig mehr entspannt.

Ich lockere meinen Griff um die Tasche und schüttle leise lachend den Kopf. »Du hast nicht gewirkt wie jemand, der seinen Mut zusammennehmen muss!«

Sie verbirgt das Gesicht in den Händen, und ich lehne mich ein Stück weiter zu ihr vor.

»Du hast mich gezwungen, dir einen Drink zu mixen, und mich dann zum Sex eingeladen, ohne mehr als zehn Sätze mit mir gewechselt zu haben.« Ich lache, einerseits aus Erleichterung, andererseits weil es tatsächlich sehr süß ist, wie sie sich schämt.

Ihre Wangen haben ein dunkles Rot angenommen, als sie mich ansieht. »Ich weiß«, sagt sie gedehnt, die Hände noch immer auf den Wangen liegend. Fast ein bisschen theatralisch. »Ich kann so was einfach nicht.«

Ich lehne mich in meinen Stuhl zurück, und ein ehrliches Lachen entweicht meinen Lippen. »Ich glaube, du kannst das besser, als du denkst.« Immerhin hat sie mich sofort rumbekommen.

»Total peinlich«, seufzt sie, scheint sich aber auch endlich zu entspannen.

Durch das Lachen ist die ernste Stimmung verflogen. Ich nehme meine Tasche von meinem Schoß und schiebe sie hinab, sodass sie zwischen meinen Füßen steht.

»Schon okay«, ringe ich mir ab und bin tatsächlich erleichtert darüber, dass sie keinem seltsamen Plan gefolgt ist, sondern vermutlich genauso verloren ist wie jeder andere Mensch. »Ich fand es spannend.«

»Hm.« Ray nimmt einen Schluck von ihrer Coke und lächelt vor sich hin. »Ich auch. Und ich hab nicht gelogen gestern Nacht. Ich hatte wirklich einen beschissenen Tag auf der Arbeit.«

»Ich glaube dir das ja.« Ich werfe einen Blick über die Schulter und passe genau den Moment ab, in dem ein junger Kellner mit zwei großen Tellern hinter der Theke hervorkommt und sich offensichtlich nach Ray umschaut. Sobald er sie sieht, quetscht er sich zwischen den anderen Gästen hindurch und grinst uns entgegen.

Der junge Mann trägt eine ordentliche, dunkle Uniform, und ich bin ein wenig überrascht davon, wie … frisch er aussieht. Irgendwie habe ich etwas anderes erwartet.

»Guten Appetit, Ladys«, säuselt er, dann schaue ich die drei dicken Stücke Käsepizza vor mir an. Sie dampfen noch, und ein würziger Geruch steigt mir in die Nase.

»Danke«, sage ich, aber er ist schon wieder zwischen den Stühlen und Tischen verschwunden. »Also …«, wende ich mich an Ray und überlege kurz, ob ich die Frage stellen soll. »Was genau fandest du an mir denn so interessant?«

Ray blinzelt mich an, als wüsste sie nicht, was sie darauf antworten soll.

»Ging's um mein Aussehen?«, hake ich nach und fächere ein wenig Luft auf die Pizza. Ich will sie nicht in eine Ecke drängen, ich bekomme nur selten die Gelegenheit, mich selbst aus so einer Außenperspektive zu betrachten.

Sofort schüttelt sie den Kopf. »Nein, ich …« Sie sieht mich an, scheint aber noch immer keine Antwort zu haben. »Keine Ahnung. Ich hab schon in so vielen Jobs gearbeitet. Irgendwie kenne ich Menschen einfach. Auch ohne mit ihnen sprechen zu müssen.«

Vorsichtig nehme ich mein Pizzastück zwischen die Finger und puste. »Ein Talent, das ich auch gern hätte.«

»Ich denke, du hast es.«

Nun ist es an mir, sie fragend anzuschauen.

»Na, du hast gleich erkannt, dass ich cool bin«, scherzt sie, und ich lache wieder, bevor ich den ersten Bissen der Pizza nehme.

Der Käse ist würzig und zerfließt mir praktisch auf der Zunge. Ich habe noch nicht einmal fertig gekaut, als ich die andere Hand auf meine Lippen presse und Ray mit großen Augen ansehe. »Oh mein Gott«, sage ich mit vollem Mund.

Sie kaut ebenfalls und nickt wissend. »Gern geschehen.«

Wir essen einige Momente lang schweigend, und ich gebe vor, die Karte zu lesen, um darüber nachzudenken, wie es von hier an weitergehen soll. Vielleicht denke ich zu viel nach? Vielleicht sollte ich es einfach auf mich zukommen lassen und schauen, wohin es sich entwickelt.

Aber kann ich das zulassen?

Ray nimmt mir die Entscheidung, was ich sagen soll, abermals ab. »Tut mir leid, dass ich gestern einfach abgehauen bin«, greift sie das Thema noch mal auf. »Ich hab dich total ausgehorcht, ohne irgendetwas von mir zu erzählen.«

Ich nicke, während ich noch immer auf meiner köstlichen Pizza kaue. Der Geschmack ist wirklich genial.

Nun ist es an Ray, meinen Blick vermeidend auf den Tisch zwischen uns zu schauen. »Ich war so getroffen, als du gesagt hast, dass deine Eltern gestorben sind.«

Oh nein, nicht das schon wieder.

»Ist okay«, setze ich zu meiner Standard-Ausrede an. »Das ist ja auch schon …«

»Nein, das meine ich nicht«, unterbricht sie mich mit Nachdruck und sieht zu mir auf.

Ich schlucke angestrengt, weil ihr Blick so intensiv auf mir ruht.

»Meine Eltern sind auch gestorben, als ich noch klein war. Aber irgendwie konnte ich das gestern nicht sagen.« Sie kaut auf ihrer Unterlippe herum. »Ich wollte nur, dass du weißt, dass ich da keine Sensation drin sehe, sondern … dass ich das verstehe.«

Irgendetwas in mir wird ganz ruhig, während sie spricht. Ich weiß nicht, wie ich reagieren soll. Bisher war ich nur auf der anderen Seite des Gesprächs, und ich will nicht beteuern, dass es mir leidtut, weil es mich so nervt, wenn andere das tun. »Danke, dass du mir das anvertraust«, sage ich also stattdessen. Ich weiß nicht, ob das eine gute Antwort ist, aber sie erscheint mir angemessen. »Wie geht es dir damit?«

»Ich komm klar«, murmelt sie. »Ist wirklich schon lang her. Aber ich fühle mich so ziellos seitdem.«

Ich lehne mich ein Stück in meinen Stuhl zurück. »Ich mich auch«, stimme ich leise zu. »Manchmal denke ich, dass es nur eine Ausrede ist, um faul zu sein.«

»Weil etwas, das so lang zurückliegt, das Leben nicht mehr so sehr beeinflussen sollte«, pflichtet sie mir nickend bei.

»Aber trotzdem ist es so.« Ich seufze und sehe sie einfach an. Ich glaube nicht, dass ich jemals mit jemandem auf diese Art geredet habe. Nicht einmal mit Logan, weil er sich immer nur Sorgen macht. Er mir sagt, dass er mir nicht helfen kann, aber mich unterstützt. Und ich liebe ihn dafür, aber er versteht es nicht. »Bist du bei deinen Großeltern aufgewachsen?«, frage ich sie. Ich komme mir neugierig vor, aber vermutlich bin ich das aus einem anderen Grund als andere Menschen, die diese Fragen stellen.

»Nicht bei Großeltern, aber bei Verwandten«, sagt Ray. »Und du?«

»Bei meiner Oma, bis ich fünfzehn war.« Ich bin dankbar, dass sie nicht weiterfragt. »Danach habe ich halb bei der Familie meines besten Freundes gelebt.«

»Sie haben dich aufgenommen?«

»Sozusagen. Ich hab noch meine eigene Wohnung, aber da bin ich kaum.«

»Ist bei mir ähnlich.«

Es fühlt sich friedlich und befreiend zugleich an, ihr nach diesem Geständnis in die Augen zu schauen.

Eine Weile sitzen wir so da, dann ruckt sie mit dem Kopf zur Tür. »Lass uns uns noch ein bisschen die Beine vertreten.«

Ich atme tief durch und streiche über meinen vollen Bauch. »Tut vielleicht ganz gut.«

»Ich hol uns noch ein Stück Schokokuchen zum Mitnehmen.«

Energisch schüttle ich den Kopf. »Auf keinen Fall.«

»Keine Widerrede.« Ihre Tasche umklammert, macht sie sich bereits auf den Weg.

»Was bekommst du?«, will ich rasch wissen, und sie dreht sich um, die Stirn in tiefe Falten gezogen.

»Du bist natürlich eingeladen«, sagt sie dann, als sei meine Frage das Seltsamste der Welt.

Ich habe noch den Geschmack des Schokokuchens auf der Zunge, als Ray und ich Seite an Seite über die von Laternen und Autoscheinwerfern erleuchteten Gehwege schlendern. Zu diesem Zeitpunkt wundert es mich gar nicht mehr, dass es wieder schneit. Die Hände tief in den Taschen meines Mantels vergraben, versuche ich noch immer, mich auf meinen Atem zu konzentrieren, weil mir vom ganzen Essen inzwischen etwas schlecht ist.

Aber das war es wohl wert.

Ich weiß nicht, wie lang wir schon unterwegs sind, aber es ist noch gar nicht so spät. Wir haben uns von unseren Familien erzählt und davon, was wir in unserem Leben schon getrieben haben. Im Vergleich zu Ray, die etwa jedes halbe Jahr von Job zu Job wechselt, kommt mir mein Leben ganz geordnet vor.

Danach haben wir uns über New York unterhalten.

Über unsere liebsten Bars, darüber, wo man das beste Essen bekommt. Unverfängliche Themen, die mir recht angenehm vorgekommen sind.

»Wollen wir noch was unternehmen?«, frage ich nach einer Weile freiheraus. Es macht Spaß, mit ihr zu reden. Nicht nur, weil sie mich auf einer anderen Ebene versteht als die meisten Menschen, sondern weil ich ihre Ausstrahlung nach wie vor mag. Die Seite, die sie bei unserem Kennenlernen in der Bar präsentiert hat, war cool, aber diese neuen, etwas weicheren Charakterzüge machen sie zu einem so interessanten Menschen.

»Was schwebt dir denn vor?«, will sie wissen.

»Keine Ahnung«, druckse ich herum. Ich weiß noch zu wenig über sie, um einen Vorschlag machen zu können, der ihr gefallen könnte. Einen, der sich nicht nach einem Date anfühlt.

Ich kann gar nicht genau sagen, was ich mir davon erhoffe, mehr Zeit mit ihr zu verbringen. Sex ist wohl erst mal vom Tisch, aber das ist in Ordnung. Freundschaftliche Sachen unternehme ich sonst aber nur mit Logan, deswegen bin ich darin kein Profi.

Ist es überhaupt klug, sie so weit in mein Leben zu lassen? Wenn wir jetzt, nach unserer Aussprache, noch mehr unternehmen, wird das sicher nicht unser letztes Treffen sein.

»Ich weiß es ehrlich gesagt nicht genau«, sage ich, um mich sofort aus dem Gedankenstrudel zu reißen. Es ist nett mit ihr, und eigentlich ist mir alles recht, solange ich noch nicht nach Hause in meine leere Wohnung zurückmuss. Das ist alles, was vorerst wichtig ist.

»Uns fällt sicher was ein. Aber ich muss definitiv noch ein paar Schritte gehen«, kichert Grayson.

»Ich auch«, pflichte ich ihr bei.

Während ich nachdenke, fasse ich einen dunkel gekleideten weißen Mann ins Auge, der uns auf dem Bürgersteig entgegenkommt und uns eigenartig anschaut. Ich bereue es ein wenig, nicht wenigstens einen kleinen Drink zu mir genommen zu haben, bevor ich das Haus verlassen habe. Nicht, dass ich vor Ray meine Kampfkünste zum Besten geben könnte, aber ich würde mich zumindest nicht so wehrlos fühlen.

Allein die Gewissheit, dass ich mich gegen zwielichtige Personen verteidigen könnte, wenn ich müsste, reicht oft schon aus.

Der Kerl geht allerdings an uns vorbei, ohne sich großartig zu regen. Erst, als er einige Schritte hinter uns ist, wendet er sich noch einmal pfeifend um.

Ray verdreht die Augen, und ich wende mich um, um zu schauen, ob er stehen geblieben ist.

Er geht weiter. Zum Glück.

»Fühlt sich irgendwie gut an, zu wissen, dass Captain Wodka nachts durch die Straßen streift und uns beschützt«, sagt Ray und stupst mich spielerisch an.

Ein unangenehm berührtes Lachen entweicht ohne mein Zutun meinen Lippen. Mist, ich bin einfach keine gute Schauspielerin, und der Kommentar kam zu unerwartet. »Ich weiß ja nicht«, sage ich gedehnt und scheue mich davor, zu begeistert zu wirken, weil ich befürchte, dass sie etwas hineininterpretieren könnte. Was Schwachsinn ist. Ich hab ja meine peinliche Maske.

»Findest du sie nicht cool?«, hakt sie sofort nach.

»Ich weiß nicht.« Ich schaue auf meine Turnschuhe hinab, die Hände tief in meinen Taschen vergraben. »Keine Ahnung, ob sie das macht, um cool zu sein. Vielleicht ist sie einfach nur krass in Karate und muss sich verteidigen oder so.« Karate zu können wäre wirklich krass.

»Ich denke, dass sie allein durch ihre Anwesenheit für Sicherheit sorgt«, fabuliert Ray weiter. »Und weil niemand weiß, wie sie aussieht, ist es sogar noch effektiver. Weil es jede Frau sein könnte.«

»Hm«, mache ich gedehnt.

»Ich wünschte, sie würde mal bei mir in der Gegend aufräumen.«

»Gibt es dort viele Verbrechen?«

»Na ja, wo nicht?«, grummelt sie. »Aber ich bin auch schon ein paarmal überfallen worden. Ging immer gut aus.« Sie hebt ihren Arm, um ihre Muskeln zu demonstrieren, selbst wenn man sie unter den Muskeln nicht sieht. »Aber das kann schnell ganz anders enden.«

Irgendwie bedrücken mich ihre Worte. Ich habe bisher vor allem gekämpft, um mich zu verteidigen oder meine Wut rauszulassen. Selten, um jemanden zu beschützen. Und nie, um ein Zeichen zu setzen. Ich weiß, dass die Helden in Filmen ihre Kräfte immer für das Gute einsetzen, aber ich weiß gar nicht, ob ich das könnte. Vor allem, weil das, was in mir lauert, nichts Gutes ist.

»Du kannst ja einen offenen Brief ins Internet schreiben«, schlage ich halb im Scherz vor.

»Du meinst, Captain Wodka liest Posts über sich selbst?« Sie lacht, als fände sie die Vorstellung witzig.

»Na ja, sie soll jung sein. Ich bin sogar sicher, dass sie das macht.«

»Kann schon sein.« Auf einmal wirkt Ray nachdenklich. Ist das ein emotionales Thema für sie?

Wenn ich nicht wüsste, dass ich die namenlose Rächerin bin, würde ich fast denken, sie könnte es sein.

»Hast du eigentlich schon die neusten Infos gehört?«

Ich schaue auf, vielleicht ein wenig zu ruckartig. Infos? Ich habe eine ganze Weile nicht mehr die Nachrichten gecheckt. Habe ich etwas verpasst?

»Ja, es wird wohl an einem neuen Phantombild gearbeitet. Bei einem Vorfall haben drei Kerle ihr Gesicht gesehen.«

»Was?« Das klingt viel zu schockiert, aber mir ist noch nie derart schnell in meinem Leben speiübel geworden. Obwohl es eiskalt ist, wird mir so plötzlich warm, dass ich bereits bemerke, wie sich Schweiß auf meiner Stirn bildet.

Die Kerle haben also trotz meiner Drohung mit der Polizei gesprochen? Sie waren nicht zu betrunken, um sich mein Gesicht einzuprägen? Bisher gab es natürlich viele falsche Hinweise, die nicht zu meiner Identifikation geführt haben, aber … aber vielleicht habe ich dieses Mal nicht so viel Glück. Ich kann nicht immer so viel Glück haben.

Verdammt, nein! Wenn dieses Phantombild veröffentlicht wird, bin ich geliefert.

»Hey, geht's dir gut?«, will Ray wissen.

Ich habe gar nicht bemerkt, dass ich langsamer geworden bin und mit weit aufgerissenen Augen den Boden angestarrt habe. Nein, nein, nein! Ich darf es mir nicht anmerken lassen, sonst weiß sie sofort, was los ist.

Ich fasse mir an den Bauch und bleibe stehen. Meine Kehle schnürt sich zu, und das Atmen fällt mir immer schwerer, als würde ich auf einen Widerstand stoßen.

Wenn das Phantombild veröffentlicht wird, sehen es alle. Meine Mitstudierenden, Logan, seine Eltern, einfach alle werden es entdecken – und sie werden mich erkennen.

Dann ist mein Leben vorbei.

Obwohl ich nur den Boden anschaue, wird mein Blickfeld dunkler und verschwimmt vor meinen Augen. Werde ich ohnmächtig? Bevor ich fallen kann, taumle ich zum nächsten Hauseingang und lasse mich auf die Treppenstufe sinken.

Ich muss mich zusammenreißen, verdammt, sonst weiß Ray doch sofort, was los ist. Aber ich kann mich nicht wehren.

»Tycho«, sagt sie und hockt sich vor mich. Beruhigend legt sie ihre Hand auf meinen Oberschenkel. »Was ist los?«

»Ich … ich weiß nicht, ich …« Mist.

»Soll ich einen Krankenwagen rufen?«

Ich würde gern energischer abwehren, aber ich kann mir nur ein schwaches »Nein« abringen. »Es ist nur … ich habe mich gerade an etwas erinnert.«

Ob sie mir das glaubt? Ich habe kaum Energie, mir Gedanken dazu zu machen, weil ich immer weiter in den Strudel falle. Die Schwärze nähert sich von den Rändern meines Blickfeldes.

Rays Druck auf meinen Oberschenkel verstärkt sich. »Hey, wo befindest du dich hier?«

»Was?«, ächze ich. Wenn ich mich übergebe, will ich sie ungern ankotzen, aber ich hab auch nicht die Kraft, sie wegzuschieben. Meine Arme und Beine fühlen sich ganz taub an.

»Wo bist du hier?«, wiederholt sie ruhig.

»Auf einem Gehweg«, stöhne ich. Ich weiß nicht, was das soll. Ich habe nicht die Orientierung verloren.

»Beschreib ihn mir. Was siehst du?«

»Warum?« Ich hab jetzt keine Zeit dafür. Ich weiß nicht, was ich tun soll. Ich glaube, ich werde ohnmächtig.

»Ich glaube, du hast eine Panikattacke. Das ist ein Trick, den mein Therapeut mir gezeigt hat.«

Ihr Therapeut? Ich atme so tief durch, wie mein Körper es mir erlaubt, und hebe den Kopf, um mich umzuschauen. »Straßenlaternen«, murmele ich, während ich meinen Kopf so wenig wie möglich bewege. Ich weiß nicht, ob das funktioniert. »Autos. Schnee. Ein geschlossenes Eiscafé. Feuerleitern.« Mein Sichtfeld klart ein wenig auf, als ich versuche, mich umzuschauen. »Einen schwarzen Zaun. Fahrräder. Einen rauchendenden Gully. Schmutzige Windschutzscheiben.« Ich schlucke angestrengt und bemerke, wie mein Herz sich mit jeder Information, die ich aufzähle, ein wenig mehr beruhigt. Irgendwie erdet mich Rays Berührung.

»Was riechst du?«

»Dein Parfüm«, murmele ich. Als ich versuche, mich auf die Gerüche um mich herum zu konzentrieren, beruhigt sich mein Atem ein kleines bisschen. »Den Pizzageruch aus meinem Mantel und meinen Haaren.«

»Geht's wieder?«, fragt sie, und ich schließe die Augen, warte noch einige Sekunden und nicke dann.

»Ja.« Es ist noch nicht gut, aber besser. Ich habe nicht mehr das Gefühl, zu ersticken.

»Was ist denn passiert?«, will sie leise wissen. »Habe ich etwas Falsches gesagt?«

»Nein, nein, das hatte nichts damit zu tun«, schnaufe ich, ohne sie anzusehen. »Ich hab nur an was gedacht.«

»Sicher, dass du keinen Arzt brauchst?«

Schweigend nicke ich. »Ja. Es geht schon.«

Ray gibt mir etwas Zeit und streicht sacht über mein Knie. »Soll ich dich nach Hause bringen?«, fragt sie dann leise.

Ich bin froh, dass sie nicht weiter nach dem Grund fragt. Kann sie sich denken, was es war? Ich hoffe nicht.

Zitternd versuche ich, mich aufzurappeln, aber Ray hält mich fest und drückt mich wieder auf die kalte Stufe hinab. Sie ist wirklich stark.

»Bleib noch kurz sitzen.«

»Geht schon«, versichere ich. »Ich komm allein nach Hause.«

»Unsinn.« Ich sehe sie nicht an, aber schon an ihrer Stimme erkenne ich, dass sie ungehalten ist. »Du ruhst dich noch kurz aus, und dann bring ich dich. Keine Widerrede.«

Ich glaube, ich bin dankbar für ihre milde Strenge.

KAPITEL 11

WONACH WÄRME SUCHT

Ich hatte gehofft, dass ich würde schlafen können, aber seitdem Ray gegangen ist, liege ich wach auf meiner Couch in der dunklen Wohnung und starre die Wand an. Das Licht der Laterne lässt den Raum kühl und leer aussehen. Die Digitaluhr zeigt Mitternacht an. Ich bin nicht müde.

Hätte ich sie doch nur gebeten, hierzubleiben. Sie hätte sich auf dem Laptop einen Film anschauen können. Dann wäre ich wenigstens nicht allein.

Wenn zumindest Logan daheim wäre. Dann könnte ich rübergehen und mich dort ablenken. Ich halte die Leere in meiner Wohnung nicht aus. Es fühlt sich an, als wäre ich nackt. Als wäre da keine Schutzmauer mehr zwischen meinen Gedanken und mir. Als würde alles auf mich einprasseln. Und ich denke an so viele Probleme, Ängste und Zweifel, dass ich gleichzeitig an nichts denke.

Das ist so lächerlich. Ich weiß, dass ich mich nicht so von anderen Menschen abhängig machen kann. Vor allem nicht von Logan. Ihm ist klar, dass er mein emotionaler Anker ist, und mir ist klar, wie sehr ihn das belastet. Ich kann meine emotionale Stabilität nicht von seiner Anoder Abwesenheit abhängig machen. Das ist unfair, weil er auch frei sein muss.

Er studiert nur zufällig dasselbe wie ich, und unsere Wege werden sich eventuell trennen, wenn wir das Studium hinter uns haben. Dann wandert er vielleicht nach Europa aus, promoviert, bekommt einen gut bezahlten Job als Professor und gründet eine Familie. So wie er es sich wünscht.

Ich weiß, dass er sagt, er wird mich nie alleinlassen. Aber ein Teil von mir hat diese Angst immer. Und ich habe das Gefühl, dass mein Leben vorbei sein wird, wenn es irgendwann so weit kommt. Wenn ich diese eine, letzte Person verliere, die mich versteht. Die mich noch von damals kennt. Damals, als alles okay war.

Mit jedem Tag, der vergeht, habe ich mehr und mehr das Gefühl, dass mein Leben ein Ablaufdatum hat, das nicht mehr in allzu weiter Ferne liegt.

Vielleicht ist schon morgen alles vorbei, wenn das neue Phantombild veröffentlicht wird. Vielleicht endet dann zumindest dieses halbwegs passable Leben, das ich so sehr zu erhalten versuche.

Als ich mich aufrichte, ist die Wange, auf der ich lag, warm. Meine Haare fallen mir zerzaust ins Gesicht, und ich wische die Tränen weg. Meine Wohnung wird nur vom Licht der Straßenlaterne vor dem Fenster erhellt.

Was tun normale Menschen, wenn sie allein sind? Wie kann es überhaupt jemand ertragen, allein zu sein?

Serien und Filme interessieren mich nicht, ebenso wenig wie Bücher oder Dokumentationen. Nicht, dass ich nicht versucht hätte, mir diese Hobbys anzueignen. Nicht, dass mein Therapeut mir nicht mehrere Male empfohlen hätte, genau das zu tun: Mittel und Wege zu finden, mich nicht so abhängig von der Anwesenheit anderer zu machen.

Aber warum sollte jemand nicht Menschen um sich haben wollen? Warum sollte es mein Ziel sein, besser allein sein zu können?

Ich verstehe es nicht.

Mein Handy liegt mit dem Display nach unten auf dem Couchtisch. Ich fühle mich nicht bereit, meine Hände danach auszustrecken. Neil kann ich nicht mehr schreiben. Die Sache mit Matilda ist auch gelaufen, und alle anderen wollen nur mit mir feiern.

Ich bin zu müde dafür. Nicht körperlich, aber emotional. Musik kann das Loch in mir nicht füllen.

Wie von allein gleitet mein Blick zu meinem Kühlschrank hinüber.

Ich bin allein. Ich habe nichts zu tun. Und morgen ist mein Leben, wie ich es kenne, vielleicht eh vorbei. Eigentlich habe ich gar keine Wahl.

Mühsam rapple ich mich auf und trete zu dem Gerät hinüber, setze mich auf die kalten Fliesen davor und öffne die Tür. Das Licht aus dem Inneren blendet mich, aber ich sehe trotzdem durch die Fächer.

Darin befinden sich kaum Nahrungsmittel, sondern ein offener Wein, einige Säfte und diverse härtere Sachen.

Ich denke daran, wie jämmerlich ich bin. Logan sagt, ich soll aufhören. Die Welt findet vielleicht heraus, wer ich bin, und hey – ich könnte ja auch aufhören. Es einfach nicht mehr machen, weil es alles schwerer macht.

Aber es macht auch vieles einfacher. Nächte wie diese. Es macht sie überhaupt irgendwie erträglich.

Ich starre die vollen Flachen an und wünsche mir, ich

könnte zumindest ehrlich darüber nachdenken. Es mir wirklich überlegen, das Risiko abwägen, die Konsequenzen einschätzen und absichtlich in Kauf nehmen. Doch meine Finger haben bereits nach der Wodkaflasche gegriffen, bevor ich es realisiere.

Allein das kalte Glas zu berühren fühlt sich nach Geborgenheit an. Wie eine kleine Umarmung, die Sicherheit verspricht.

Wenn mein Leben sich morgen sowieso von Grund auf ändert, warum soll ich mich jetzt noch an das bisschen Kontrolle klammern, das ich habe? Ich kann sie auch einfach abgeben. Das fühlt sich so gut an. Es fühlt sich so gut an, zu vergessen, wie allein ich mich fühle. Es fühlt sich so gut an, den Geist in Watte zu packen und den Körper machen zu lassen, was er will.

Und ich weiß ja, dass mein Leben ein Ablaufdatum hat. Es ist unvermeidlich, dass ich die Kontrolle verliere.

Warum soll ich mich wehren?

Als ich die Flasche aufdrehe und an meine Lippen setze, fühlt es sich an wie Sieg und Resignation gleichzeitig.

Ich taumle durch die Bronx, zwischen etlichen Baustellen, mehreren Brücken und niedrigen Gebäuden hindurch, die von kühlen Laternen erhellt werden. Ich bin so betrunken, dass ich kaum gerade stehen kann, aber Himmel, es fühlt sich so gut an. Der kühle Wind auf meiner brennenden Haut, die kleinen Schneeflocken, die auf meinen Händen prickeln, und das betäubende Rauschen der Hauptstraßen – es ist wie eine dunkle Musik.

Ich bin so voll von der Dunkelheit, dass ich zu bersten drohe. Wie eine schwarze Sonne wärmt und schützt sie mein Inneres; so heiß, dass ich denke, sie dringt aus meinen Poren. Gleichzeitig fühle ich mich behütet, stark und frei.

Ich fühle mich lebendig. Als könnte mir niemand mehr etwas anhaben. Unbesiegbar.

»Hey, setz doch das Ding ab, Süße!«, schreit mir jemand über die Straße zu. »Oder hast du was zu verbergen?« Ich bleibe stehen, um ihn ganz genau anzusehen. So genau, wie ich es in meinem Zustand noch kann. Aber er geht weiter, also mache ich mir nicht die Mühe, darauf einzugehen.

Ich tauche in eine engere Seitenstraße ein. Er meint die peinliche Wolfsschädelmaske von Halloween, die ich aufgesetzt habe. Bestimmt sehe ich aus wie ein Anime-Bösewicht, aber irgendwie muss ich meine Identität verschleiern.

Es ist so naiv, dass ich sie nicht immer dabeihabe. Dass ich sie vor allem das letzte Mal nicht dabeihatte. Aber das Ding ständig mit mir herumzutragen wäre wohl etwas zu auffällig, und, Himmel, jetzt kann ich sowieso nicht mehr ändern, was geschehen ist.

Leise lachend schlurfe ich weiter, nehme einen weiteren Schluck aus meiner inzwischen fast leeren Flasche und steuere auf die Straßen zu, von denen Ray mir erzählt hat. Bin ich überhaupt richtig?

Ich würde mein Handy rausholen, aber ich denke nicht, dass ich Google Maps noch bedienen kann. Ich finde schon jemanden, den ich aufmischen kann.

Ich werfe einen Blick auf einige Jugendliche auf einer Feuerleiter, aber sie ignorieren mich, also ziehe ich weiter. Meine Turnschuhe schlittern über die vereisten Wege, auf denen gar kein Winterdienst stattgefunden hat. Um diese Uhrzeit sind die Straßen hier recht leer. In dieser Gegend treibe ich mich eigentlich häufiger herum, also weiß ich gar nicht, warum Ray kritisiert hat, dass ich nicht öfter auftauche. Ich kann das ja nicht jeden Tag machen.

Bisher ist alles ruhig. Ein wenig enttäuschend. Da ist diese Energie in mir, die in meinen Fingerspitzen kribbelnd darauf wartet, befreit zu werden.

»Guten Abend.« Eine männliche Stimme hinter mir, und sofort schlägt mein Herz höher.

Lächelnd drehe ich mich um. »Hi«, sage ich. Wow, selbst das eine Wort klingt verschwommen. Ich erkenne meine eigene Stimme kaum. Ich muss wohl aufpassen, dass ich nicht wieder den Beton zum Bersten bringe.

»Wo geht's denn hin?« Der Mann ist in einen dunklen Mantel gehüllt. Bis auf ihn sehe ich niemanden. Sehr cool.

»Nach Hause«, lalle ich. Ich darf nicht zu vorschnell urteilen, vielleicht will er mir auch nur helfen. Die Leute erwarten Gerechtigkeit von Captain Wodka, keine Willkür.

Ich kichere leise, als mir klar wird, dass ich sogar Wodka dabeihabe. Was für ein witziger Zufall.

»Darf ich dich begleiten?«

Sehr unheimlich. Das ist gut.

»Nein danke«, sage ich und drehe mich um, gehe ein paar Schritte weiter, um zu sehen, ob er mir folgt.

»Du siehst ein bisschen verloren aus.« Das Geräusch seiner Schritte kommt rasch näher. Er folgt mir.

Seine Worte sind okay, aber sein Ton ist gruselig genug.

»Verschwinde«, rufe ich mehr schlecht als recht. Wenn er es tatsächlich tut, lasse ich ihn in Ruhe. Ich bin ganz stolz auf mich, dass ich noch so viel Kontrolle hab.

Sollte ich mehr trinken?

»Warte mal, Schätzchen«, säuselt er nun viel näher, und sobald ich seine Berührung an meinem Arm spüre, balle ich die Hand zur Faust und lange zu. Er lässt los und kann gerade noch zurückweichen. Das Eis unter unseren Füßen bringt uns allerdings beide zum Taumeln, und während ich nach dem Schlag ins Leere nach meinem Gleichgewicht suche, fällt er zu Boden, und die Mütze rutscht ihm in die Stirn.

Perfekte Voraussetzungen!

Ich lasse meine Flasche fallen, springe nach vorn, packe ihn am Kragen und hieve ihn mit Leichtigkeit wieder hoch, obwohl er ein ganzes Stück größer ist als ich. Als er meine Hände packen will, um sich zu befreien, lässt mich allerdings eine weitere Stimme innehalten.

»Keine Bewegung!«

Etwas in mir regt sich, als ich diese Worte höre. Ich weiß nicht, ob es Wut oder Angst ist.

Den Mann noch immer fest im Griff, wende ich meinen Kopf, um zu schauen, wer das gesagt hat. Meine Sicht ist so verschwommen, dass es eine Weile dauert, bis ich drei Personen in einigen Metern Entfernung ausmache. Erst als sie einige Schritte auf mich zukommen, erkenne ich, dass sie Pistolen auf mich gerichtet haben.

»Loslassen!«, ruft der eine. Seine Stimme kommt mir bekannt vor, aber ich weiß nicht, woher.

Das kann doch nicht wahr sein. Gerade, als es lustig wurde. Und auf Waffen bin ich wie immer nicht vorbereitet. Nicht, dass ich noch nie gegen jemand Bewaffneten gekämpft hätte. Aber ich kann getroffen werden wie jeder andere Mensch, und wie sollte ich so was Logan erklären?

Um die Lage besser einzuschätzen, lasse ich den Mann los, und er weicht sofort keuchend ein paar Schritte zurück, dann verschwindet er in die Nacht hinein.

Ich fixiere weiterhin die Fremden. Sie stehen an dem

Ende der Gasse, auf das ich zugesteuert habe. Von meiner Position aus ist es nicht allzu weit bis zur nächsten Hausecke. Werden sie schießen, wenn ich versuche zu fliehen?

Fliehen. Das hab noch nie getan.

Nein, es ist sicher klüger zu kämpfen. Egal, wer die sind.

»Hände auf den Kopf und auf die Knie!«, befiehlt einer lautstark. Ich kann ihn nicht erkennen, weil es einfach zu dunkel ist.

»Vergiss es«, spucke ich aus und balle die Hände zur Faust. Wenn ich den exakt richtigen Moment abpasse, sollte es mir gelingen, eine Kugel abzuwehren. Mehrere werden schwierig, aber in Animes geht das doch auch, mit Druckwellen aus Luft und …

Was denke ich gerade eigentlich?

Ich blinzle einige Male, und in einem winzigen Moment der Klarheit überkommt mich Angst, so intensiv, dass mein Blut zu gefrieren scheint. Ist das die Polizei? Bin ich jetzt schon geliefert? Ist dies das Ende?

Aber die Dunkelheit lässt keine Panik zu. Sie umschließt mein Herz wie eine Woge aus Sicherheit. Niemand kann mich besiegen. Und wenn es das Ende ist, dann lieber hier im Kampf als in irgendeiner Zelle, aus der ich nie wieder rauskomme.

»Hände auf den Kopf und auf die Knie!«, wiederholt der Mann. Woher kenne ich seine Stimme? Wenn er nur einen Schritt näher kommen würde, könnte ich sein Gesicht sehen.

Oder ich komme ihm näher.

Ich konzentriere mich, um ein wenig Klarheit in meine Gedanken zu bekommen, dann mache ich einen Satz zur Seite und stürze auf die drei zu.

Sie sind offensichtlich zu überrumpelt, um sofort zu reagieren, also springen sie auseinander. Ich kann den mittleren an der Jacke packen und näher zu mir heranziehen.

Er richtet seine Waffe auf mich, aber ich schlage sie ihm aus der Hand. Ihn noch immer festhaltend, hole ich mit geballter Faust aus, um ihm einen Schlag in die Magengrube zu geben. Er keucht auf und sinkt zusammen, aber ich lasse ihn noch nicht fallen, um erst zu sehen, was die anderen machen. Sie werden wohl nicht schießen, während ich ihn halte.

Ein menschlicher Schild, Tycho. Richtig superheldenmäßig.

Die anderen beiden müssen in einer Seitengasse verschwunden sein. Sehen kann ich sie immerhin nicht mehr.

Gerade, als ich den Kerl loslassen und genauer anschauen will, packt mich allerdings jemand grob von hinten. Ich muss loslassen und reiße meine Arme nach vorn, um zu verhindern, dass sie mir auf den Rücken gedreht werden. Aber wer auch immer mich angreift, ist verdammt stark.

Nicht stärker als ich, selbstverständlich. Aber ich will niemandem die Arme ausreißen.

Ich rucke etwas kräftiger nach vorn, um mich zu befreien, aber der Kerl vor mir war tatsächlich nicht bewusstlos. Ich bin zu betrunken, und er ist zu flink – und als ich versuche, mich auf seinen Schlag vorzubereiten, greift er nach meiner Maske und reißt sie mir vom Kopf.

Ich stolpere von den beiden weg und wende mich zu ihnen um. Wer um alles in der Welt …

Dann erkenne ich sie.

So viele Gefühle rauschen auf einmal durch meinen Kopf, dass ich erstarre. Die Wut verfliegt, die Aufregung, die Dunkelheit, einfach alles.

Die Person, die mich festhalten wollte, tritt mit strengem Blick einen Schritt auf mich zu, sodass sich das Licht der Straßenlaterne in ihren grünen Haaren fängt.

Es ist Ray.

Mein Inneres ist leer. Als würde mein Gehirn sich weigern zu denken. Wenn es wieder anfinge, würde es durchdrehen.

»Was … was hat das zu bedeuten?«, flüstere ich. Mein Atem geht schwer und riecht nach Wodka. Ich wünsche mir kurz, ich wäre nicht so betrunken, um diese Situation schneller begreifen zu können.

Ray hält keine Waffe in der Hand, und ich weiß, dass ich sie und ihren Kollegen überwältigen könnte, wenn ich wollte. Aber ich will nicht. Ich kann mich gar nicht bewegen.

Und ich verstehe es nicht.

Ich weiß nicht, ob es am Alkohol liegt oder daran, dass ich einfach zu betrunken bin, aber ich verstehe es einfach nicht.

Und Grayson steht nur da und sieht mich an. Wie soll ich ihren Blick interpretieren? Ist es Angst? Ärger? Wut? Und was trägt sie für Klamotten? Eine Schutzweste, Waffengürtel, mehrere Taschen für Kommunikationsgeräte. Sie sieht aus wie vom FBI.

»War das … eine Falle?« Schwer atmend trete ich einen Schritt zurück.

»Tycho. Wenn du dich beruhigst, können wir ganz in Ruhe miteinander reden.« Ihre Weste zeichnet sie nicht als Polizistin aus. Aber da ist ein weißes Logo mit einer Waage und einigen Buchstaben daneben, die ich nicht entziffern kann.

Beruhigen? Ich will mich nicht beruhigen, ich *kann*

gar nicht, dafür ist diese Überraschung zu groß. Wir haben doch gerade noch Pizza gegessen, und sie hat mir von ihrem Leben erzählt. Und davon, dass Captain Wodka in dieser Gegend mal nachschauen sollte.

Verdammt. Es *war* eine Falle.

Ein weiterer Schritt zurück. Noch hat sie ihre Waffe nicht gezogen. Wird sie auf mich schießen, wenn ich fliehe? Wohin soll ich überhaupt laufen? Wo soll ich mich verstecken? Sie weiß, wo ich wohne. Und wenn das alles ein abgekartetes Spiel ist, weiß sie noch viel mehr über mich.

Vielleicht kann ich zu Logan. Vielleicht muss er mich doch noch ein letztes Mal beschützen.

»Tycho, bitte«, sagt Grayson ruhig. Ihr Blick ist weich, soweit ich es erkennen kann. Besorgt, vor allem. »Wir wollen dir nicht wehtun, wir wollen nur mit dir sprechen.«

Noch ein Schritt zurück. Der Kerl neben ihr regt sich endlich wieder und richtet sich stöhnend auf.

»Hände hinter den Kopf«, grollt er, als ich noch immer nicht weiß, wie ich mich verhalten soll.

Es gelingt mir, meinen Blick von Ray zu ihm zu wenden. Ich kneife meine Augen ein wenig zusammen. »Mr Yoshida?«, murmele ich perplex. Unser Stammkunde aus der Bar? In derselben Ausrüstung wie Grayson?

Ich schüttle den Kopf, blinzle mit offenem Mund und kann nicht anders, als zu lachen.

Ich träume. Das kann nicht real sein. Vielleicht bin ich gerade an einer Alkoholvergiftung gestorben, und das sind die letzten eigenartigen Dinge, die ich sehe, bevor ich ins Licht gehe.

Es kann nicht wahr sein.

Langsam will ich mich umwenden, aber aus der Richtung, aus der ich kam, nähern sich weitere Menschen in schwerer Ausrüstung. Diese tragen Helme und haben größere Geschütze auf mich gerichtet.

»Wer seid ihr?«, rufe ich ihnen entgegen und wende mich wieder an Grayson, balle die Hand zur Faust. »Irgendeine FBI Special Force oder so?«

»Es tut mir ehrlich leid, Tycho«, flüstert sie. Jetzt nimmt der Ausdruck auf ihrem Gesicht klarere Formen an. Es ist Reue, oder? Meint sie es ernst? »Ich wollte nicht, dass es so weit kommt. Aber du bist außer Kontrolle. Bitte rede einfach mit uns.«

Ich will etwas erwidern, Fragen stellen, irgendetwas tun, aber bevor ich mich entscheiden kann, wie ich reagieren soll, fällt ein Schuss.

Ich spüre einen Schmerz an meinem Unterschenkel und sehe eine kleine Ampulle, die direkt durch meine Leggings geht.

Eine Betäubung?

»Grayson!«, stöhne ich und wirble herum, in der Hoffnung, noch davonzukommen. Aber sie haben mich umzingelt. Ich sitze fest wie ein Tier in der Ecke. »Was bedeutet das?«

»Hände hoch und auf die Knie!«, schreit Mr Yoshida erneut, dieses Mal wieder mit erhobener Waffe.

Grayson sieht ihn mahnend an, und ich glaube, sie sagen zu hören, dass das nicht mehr nötig wäre. Ich schwanke hin und her, mein Blickfeld getrübt von einem Schleier, der sich nur noch teilweise lichtet.

»Es tut mir so leid«, wiederholt Grayson leise und kommt einen Schritt auf mich zu, hält aber mehr als genug Abstand zu mir. »Ich wollte wirklich nicht, dass es so weit kommt.«

»Was habt ihr mit mir vor?« Müssen sie mir nicht meine Rechte vorlesen? Wer sind diese Menschen?

Ich falle auf die Knie, als meine Beine nachgeben, und stütze mich mit den Händen am Boden ab. Mit aller Macht versuche ich, eine klare Sicht zu bewahren, mich nach irgendetwas umzusehen, was mir hilft, mich zu verteidigen.

Aber die Ränder meines Sichtfeldes werden immer dunkler.

»Nein!«, bellt Yoshida. »Nicht näher ran. Sie ist noch gefährlich!«

Ich höre, dass Grayson etwas erwidert, aber ich verstehe es bereits nicht mehr.

Sie diskutieren laut miteinander, als alles um mich herum schwarz wird.

KAPITEL 12

WER EIN HUNGRIGES TIER IST

Ich bin acht Jahre alt und stehe zwischen vielen Menschen auf einem Friedhof.

Ich kann nicht weinen, als die Särge meiner Eltern nebeneinander in das Grab gelassen werden. Den Mann, der die Rede hält, kenne ich nicht.

Logan hält meine Hand, und Grandma hat ihre runzeligen Finger um meine Schultern gelegt. Ich spüre sie zittern. Sie strengt sich nur meinetwegen an, die Beherrschung zu behalten. Ich würde ihr gern sagen, dass sie das nicht muss, aber ich habe Angst, doch zu weinen, wenn ich meinen Mund öffne.

Und ich habe Angst, nie wieder aufhören zu können, wenn ich einmal anfange.

Ich bin vierzehn Jahre alt und bewege mich am Rande New Yorks ein heruntergekommenes Treppenhaus hinauf. Die Stufen knarzen unter meinen Schritten, und ich klammere mich am morschen Geländer fest, weil ich vor Trunkenheit kaum mehr klar sehen kann. Das muss ich auch gar nicht. Mein Plan liegt so deutlich vor meinem inneren

Auge, dass er sich wie in Dauerschleife immer und immer wieder abspielt, wie ein Mantra aus Blut und Schmerz.

Vier der fünf Männer, die meine Eltern umgebracht haben, befinden sich in einer Wohnung im dritten Stock. Vor sechs Jahren wurden sie aufgrund mangelnder Beweise vor Gericht laufen gelassen. Seit diesem Tag habe ich selten an etwas anderes gedacht als daran, was ich mit ihnen anstellen möchte.

Und jetzt, da ich endlich weiß, wo sie sich befinden …

Ich lege nicht einmal eine Pause ein, als ich vor ihrer Tür ankomme und Gelächter von innen vernehme. Die alte Holztür fliegt aus den Angeln, als ich dagegentrete. Die vier Männer sitzen an einem Tisch in einer schäbigen Wohnung. Erschrocken sehen sie zu mir auf.

Ich weiß nicht, ob sie mich erkennen, aber es ist mir egal, ob sie wissen, warum das geschieht. Was an diesem Tag vor sechs Jahren in mir erwacht ist, brennt nun anstelle meines Herzens in meiner Brust. Es ist groß und hungrig geworden.

Zu zerstören und zerstört zu werden ist für mich an diesem Punkt dasselbe. Ich sehne mich genauso sehr nach Schmerz wie nach Blut, das warm aus offenen Gedärmen über meine Arme läuft. Es ist mir egal, ob es ihres oder meines ist.

Die Gegenwehr der Männer ist schwächer als erhofft, als ich mich auf sie stürze und meine Finger tief in den Arm des Ersten kralle, den ich zu fassen bekomme. Jemand zerrt an meinen Haaren, als ich mit einem Ruck Fleisch von Knochen reiße und ein Schrei all meine Sinne überschattet. Ich spüre einen Schlag an meinem Kopf, doch er löst nicht mehr als ein dumpfes Kribbeln auf meiner Haut aus. Ich habe die letzten Jahre damit verbracht, dem Sturm an Klauen und Zähnen zu trotzen, der in meinem Inneren tobt. Keine Wunde, die sie mir zufügen, kann mich mehr verletzen als das Monster in mir selbst.

Und unter meinen Fingern brechen Knochen, bersten Schädel und platzt Haut – bis endlich wieder Ruhe einkehrt.

Das Blut, das aus den leblosen Körpern rinnt, sammelt sich in den Dielen und zieht bereits in das alte Holz ein. Ich lege mich zwischen die abgerissenen Gliedmaßen auf meinem selbstgeschaffenen Schlachtfeld und schließe die Augen. Die rote Flüssigkeit dringt tief in mein Haar.

Als ich wieder nach Hause komme, nimmt meine Großmutter mich in den Arm. Ich denke, sie weiß, was ich getan habe, denn zum ersten Mal seit Jahren spüre ich, wie ein ehrliches Lächeln auf meine Lippen tritt. Sie flüstert: »Ein hungriges Tier kennt keine Logik.«

Und ja, ich hatte Hunger gehabt. Dieses alles verzehrende Verlangen nach Rache. Ohne Beschönigung, ganz roh, hatte ich den Wunsch gehegt, das endlos klaffende Loch in mir zu füllen. Ohne Mitleid – und ohne Selbstachtung.

Ich weiß nur noch nicht, ob es mir gelungen ist.

Meine Großmutter sagt: »Vergiss nie, Tycho: Liebe siegt am Ende immer über Hass.«

Aber ich glaube nicht daran.

Ich glaube, manchmal muss man Feuer mit Feuer bekämpfen.

KAPITEL 13

WAS HILFLOSIGKEIT BEDEUTET

Lichter flackern vor meinem inneren Auge. Ich wache von einem Schmerz auf, der sich vom Scheitel bis in den Kiefer durch meinen kompletten Kopf frisst. Das ist nicht nur ein Kater. Die üblichen Schmerzen, die eintreten, wenn der Rausch vorbei ist, sind mir mehr als vertraut. Aber dieses Zerren und Reißen in meinem Kopf fühlt sich anders an. Stechender, schärfer.

Als ich die Augen aufschlage, weiß ich für lange Momente nicht, wo und wann ich mich befinde, ob ich überhaupt noch lebe. Die Flut aus Wut und Rache aus meiner Erinnerung erschüttert mich noch bis in den Kern hinein.

Doch als meine Augen sich allmählich an die Dunkelheit gewöhnen, beginne ich zu verstehen, was vor sich geht.

Grayson. In dieser Gasse. Sie hat mich in die Falle gelockt und gefangen genommen.

Der Raum, in dem ich mich befinde, ist ganz aus Stein und dunkelgrau gestrichen. Am anderen Ende befindet sich eine Tür mit einem Fenster, durch das Tageslicht eindringt. Eine kleinere Lampe daneben spendet warmes, indirektes Licht, das allerdings kaum ausreichend ist, um etwas zu erkennen. Groß daneben ist ein Spiegel angebracht. Höchstwahrscheinlich eine verspiegelte Fensterscheibe, um mich in dieser Zelle zu beobachten.

Verdammt, wo bin ich?

All meine Kraft zusammennehmend, richte ich mich auf. Meine Glieder schmerzen von dem harten Boden, auf dem ich geschlafen haben muss, und erst durch ein Klimpern wird mir klar, dass ich gefesselt bin. Meine Hände sind vor dem Körper mit metallenen Handschellen zusammengebunden, die wiederum mit einer stabilen Kette am Boden befestigt sind, gerade lang genug, dass ich mich aufstellen kann. Um die Tür und das Fenster am anderen Ende des Raumes zu erreichen, ist sie allerdings viel zu kurz.

Noch immer benebelt ziehe ich an den Handschellen, aber es tut sich nichts. Obwohl die Stelle, an der die Kette in den Boden reicht, aussieht, als könnte sich dort noch mehr befinden.

Ich ziehe noch einmal, dieses Mal kräftiger, aber erneut tut sich nichts. Ein kühler Schauer breitet sich auf meinem Rücken aus, als mir klar wird, dass ich vermutlich keinen Tropfen Alkohol mehr im Körper habe. Sonst wäre es selbst bei einer kleinen Menge nicht unmöglich, die Fesseln aus Metall zu zerbrechen oder die Ketten aus dem Boden zu reißen.

Verdammt. Jetzt darf ich nicht in Panik verfallen. Ich muss herausfinden, wo ich bin, damit ich mir einen Plan zurechtlegen kann, wie ich wieder hinauskomme.

Wie lang habe ich geschlafen?

Erneut sehe ich an mir hinab, um vielleicht Rückschlüsse ziehen zu können. Ich trage noch die Kleidung, die ich für meinen Streifzug angezogen hatte; einen simplen, schwarzen Hoodie und ebenso schwarze Leggings. Von meiner Tasche, meiner Maske oder meinem Mantel keine Spur.

Die Stelle, an der mein Unterschenkel von der Betäubungswaffe getroffen wurde, ist noch taub, aber der Rest meiner Gliedmaßen fühlt sich überraschend leicht an. Als ich mit der Hand über mein Bein fahre, fällt mir ein kleiner, roter Punkt an meinem Handrücken auf. Als ich ihn berühre, drückt und brennt er ein wenig. Wie ein blauer Fleck. Ist das die Einstichstelle für einen Tropf?

Was um alles in der Welt haben die mit mir gemacht?

So lang ich auch suche und alles abtaste, ich finde sonst nichts. Ich ziehe sogar meinen Pulli hoch, um meinen Bauch zu untersuchen, weil ich kurz befürchte, dass sie irgendetwas mit mir angestellt haben. Aber es ist nichts zu erkennen.

Mir fallen nicht einmal mehr neue blaue Flecken an meinem Körper auf. Aber der Kampf gestern war auch kurz.

Meine Augen erkennen im schummrigen Licht immer mehr, und als ich damit fertig bin, meinen Körper zu untersuchen, wende ich meinen Blick auf den Rest des Raumes. Einige Schritte von mir entfernt steht ein Glas Wasser. Höchstwahrscheinlich zumindest. Es ist so weit entfernt, dass ich es gerade noch erreichen sollte. Sonst gibt es keine Möbel.

Alles erscheint mir überaus sauber. Ich bin also hoffentlich nicht in irgendeinem Keller gefangen. Aber es sieht auch nicht aus wie in einem Gefängnis, und ich denke nicht, dass die Gefangennahme bei normalen Behörden so abläuft. Zumindest nicht, wenn man dem Glauben schenken kann, was man so in Filmen und Serien sieht. Für gewöhnlich haben Gefängnisinsassen wenigstens ein Bett, oder?

Einfach schweigend dasitzend, suche ich jeden Zentimeter des Raumes mit meinen Blicken ab. Aber keine Logos oder Aufschriften sind zu erkennen, auch nicht an den Handschellen oder der Kette.

Das Einzige, was ich von diesen Leuten gesehen habe, waren die seltsame Waage auf den Schutzwesten und die Buchstaben, die ich nicht habe lesen können. Nichts kam mir in irgendeiner Weise bekannt vor. Aber es hat auf gewisse Weise offiziell ausgesehen.

Und was hat Grayson mit der ganzen Sache zu tun? Obwohl, nein. Sie hat nicht nur etwas damit zu tun. Diese Sache muss der Grund sein, warum sie überhaupt Kontakt zu mir aufgenommen hat.

Das ergibt eigenartig viel Sinn, wenn man bedenkt, wie intelligent und subtil sie mich in die Falle gelockt hat. Hat sie sich nur an mich rangemacht, um meine Wohnung betreten zu können? Um zu schauen, wie ich lebe?

Obwohl sie in dieser Gasse gesagt hat, dass es ihr leidtut. Oder habe ich mir das eingebildet?

Und wie hängt Yoshida in dieser Sache drin? Sofern das denn sein echter Name ist. Er muss mich über Monate hinweg in der Bar beobachtet haben. Wenn die beiden im selben Team sind, warum war Grayson dann diejenige, die versucht hat, sich mein Vertrauen zu erschleichen?

Mist. Ich verstehe es nicht.

Der Raum gibt mir keinen Aufschluss.

Was soll ich tun? Soll ich rufen, damit jemand bemerkt, dass ich wach bin? So nüchtern, wie ich bin, muss ich eine

Ewigkeit geschlafen haben, vielleicht beobachten sie mich gerade nicht. Oder tun sie das?

Ich betrachte den Spiegel genau, in der Hoffnung, jemand sitzt dahinter und sieht, dass ich nicht gerade zufrieden bin. Aber nichts tut sich, auch nicht nach gefühlten Minuten. Ich hole bereits Luft, um endlich auf mich aufmerksam zu machen, als die Lampe am anderen Ende des Raums flackert. Und während dieses Flackerns – in dieser einen Millisekunde, in der das Licht aus ist – taucht eine Frau in der Mitte des Raumes auf.

Ich erschrecke so sehr, dass mein ganzer Körper zusammenzuckt und ich mich mit dem Rücken so weit in die Ecke des Raums hinter mir schiebe wie möglich.

War das eine optische Illusion? Ist der hintere Teil des Raumes gar nicht echt, sondern nur eine Leinwand? Spielt mir mein verfluchter Verstand einen Streich?

Mein Puls pocht so heftig durch meine Adern, dass mir ein wenig übel wird, während die Frau – sie kann nicht viel älter sein als ich – mich nur freundlich anlächelt. Ihre dunkelbraunen Haare fallen ihr weit über die Schultern. Im Kontrast zu ihrer dunklen Haut wirken ihre hellblauen Augen fast leuchtend, als sie näher auf mich zutritt.

Ihr beigefarbener Overall weist sie über einen Tag über der Brust als Hausmeisterin aus.

»Wer bist du?«, keuche ich, als ich mich wieder einigermaßen gefangen habe. Ihre Ausstrahlung ist so frisch und jugendlich, dass ich sie kaum als Gefahr wahrnehmen kann, obwohl ich weiß, dass ich vorsichtig sein muss. Und obwohl ich weiß, dass ich Grayson auch nie als Bedrohung eingestuft hätte und sie sich am Ende doch als eine herausgestellt hat.

»Wie bist du hier reingekommen?«, schiebe ich hinterher, nachdem die Frau sich zu mir gehockt hat und mich nach wie vor überaus interessiert mustert.

Was will sie von mir? Und verdammt, wie konnte sie auf einmal vor mir stehen?

»Ganz einfach«, spricht sie endlich und beugt sich ein Stück weiter zu mir vor. »Mein Name ist Amber. Schön, dich kennenzulernen, Tycho.« Sie achtet offenbar penibel darauf, nicht näher an mich heranzukommen, als ich sie mit meinen gefesselten Händen erreichen könnte.

»Woher kennst du meinen Namen?«

»Alle reden schon von dir.« Sie sagt das nicht, als wäre das eine Antwort auf meine Frage, sondern eine Fortsetzung ihres eigenen Dialogs.

»Wo sind wir hier?«

Sie schaut mich an, als hätte sie nicht ganz verstanden, was ich gesagt habe. »Na, in der Behörde.«

»Welche Behörde?« Ist sie tatsächlich verwundert, dass ich keine Ahnung habe?

Amber setzt sich in einer fließenden Bewegung auf den Boden und sieht mich so intensiv an, dass mir ein Schauer über den Körper fährt.

»Du siehst ganz anders aus, als ich dich mir vorgestellt habe«, übergeht sie mich mit einem Lächeln auf den Lippen, das ehrlich glücklich wirkt. »Ich meine das natürlich im positiven Sinne. Grayson und Haruo haben mich nie die Aufzeichnungen sehen lassen. Und ich dachte irgendwie, du wärst richtig groß mit schwarzen Haaren und so …« Sie macht eine Geste mit den Händen, die sie zombiemäßig und monströs aussehen lässt. »Böse halt.«

Was? »Du dachtest, ich wäre böse?« Also hat diese Behörde mich überwacht.

»Nein, ich dachte, du würdest böse *aussehen*. Aber du siehst total süß aus. Ganz anders als erwartet.«

»Okay?«

»Kannst du echt Menschen verprügeln, die doppelt so groß sind wie du?«

»Ich bin einen Meter fünfundsechzig. Ich denke nicht, dass es jemanden gibt, der doppelt so groß ist wie ich.« Aber wenn es so jemanden gäbe, könnte ich wohl auch denjenigen fertigmachen. Das stimmt schon.

Diese Behörde weiß also, wer ich bin.

»Schon klar, schon klar.« Sie nickt vor sich hin. »Und? Bist du aufgeregt?«

Was soll ich darauf antworten? »Kannst du mir sagen, was die mit mir vorhaben?« Wenn das hier eine Einrichtung ist, die von meinen Handlungen weiß, wird man mich höchstwahrscheinlich zur Rechenschaft ziehen. Verdammt, ich muss irgendwie …

Ein Rucken an der Tür und gedämpfte Stimmen dahinter lassen mich abermals zusammenfahren. Das weiße Licht, das durch die sich öffnende Tür einfällt, blendet mich so sehr, dass ich die gefesselten Hände vor die Augen halte. Als ich einige Sekunden später wieder aufsehe, stehen zwei Personen in der Tür – und die junge Frau vor mir ist verschwunden.

»Amber!«, ruft der eintretende Mann und stöhnt laut. Erst als er einen Schritt weiter in den Raum tritt, erkenne ich, dass es Mr Yoshida ist. Er trägt eine Anzughose, ein weißes Hemd, Hosenträger und mehrere Taschen für Munition an seinen Beinen. An seinem Waffengürtel ist definitiv ein Halfter mit Pistole befestigt.

Seine Ausstrahlung hat sich im Vergleich zu seinem Auftreten in der Bar um hundertachtzig Grad geändert.

Seine Ärmel sind hochgekrempelt, sodass sie die etlichen Tattoos auf seinen Armen offenbaren, die mir in der Bar schon aufgefallen sind. Sie haben so gut zu dem entspannten Hipster-Look gepasst. Ich hätte nie im Leben damit gerechnet, dass hinter einem scheinbar schüchternen Kerl jemand mit so bedrohlicher Aura stecken könnte. Der Typ ist offenbar ein Verkleidungskünstler.

Grayson tritt hinter ihm ein, die gleiche Kleidung wie er am Körper. Ich habe also nicht geträumt. Ich habe mir das nicht eingebildet. Oh Himmel.

»Wo sind wir hier?«, frage ich laut. Irgendeiner muss mir doch eine klare Antwort auf diese Frage geben.

Yoshida geht allerdings auch nicht darauf ein, sondern betätigt einen Schalter neben der Tür. Die Ketten an meinen Handschellen werden weiter in den Boden gezogen, um sie zu verkürzen.

»Hey«, rufe ich. Verdammt, warum reden die nicht mit mir? »Hört auf damit! Ich verdiene ein paar Antworten!«

»Du hast mir zwei Rippen gebrochen«, antwortet Yoshida trocken. »Du verdienst überhaupt nichts.«

Ich zerre an den Ketten, stemme mich mit meinem ganzen Gewicht gegen sie, bis ich denke, meine Hände reißen jeden Moment ab. Aber meine Versuche, mich zu wehren, bleiben erfolglos. Die Schellen sind einfach zu eng um meine Handgelenke geschlossen, nicht einmal, wenn ich mir den Daumen ausrenke, würden sie hindurchpassen.

Die Ketten werden in den Boden gezogen, bis meine Hände den dunklen Beton berühren und ich nur noch meine Beine bewegen kann.

»Wenn ihr mir sagt, was ihr von mir wollt, können wir doch reden!«, sage ich laut. »Ich bin sicher, dass …«

»Ihr könnt jetzt reinkommen«, unterbricht der Kerl

mich, als würde er mich überhaupt nicht hören. Und warum sagt Grayson nichts? Ich schaue sie hilfesuchend an, aber sie meidet meinen Blick absichtlich.

Zwei ältere Männer betreten den Raum, in weiße Kittel gekleidet wie Wissenschaftler oder Ärzte.

Sie haben beide Spritzen in der Hand und eine Ausrüstung, die aussieht wie zum Blutabnehmen.

Ich lehne mich so weit von ihnen weg, wie es mir möglich ist, aber ich habe wirklich nicht mehr viel Spielraum.

»Du solltest eigentlich noch schlafen«, sagt einer. Er hat dunkle Haut, weiße Haare und eine irgendwie weiche Ausstrahlung. Das Schild an seinem Kittel weist ihn als Dr. Norman aus. »Schade, dass du schon aufgewacht bist. Sonst würde dir der Stress erspart bleiben.«

»Ich bin doch kein Tier beim Tierarzt!«, werfe ich ihm entgegen. Er scheint ehrlich besorgt zu sein, aber genauso sieht er mich an: wie ein Tier.

Er hat das Zeug zum Blutabnehmen dabei. Der Kerl neben ihm – blasse Haut, durchtrainiert und mit endlos vielen Sommersprossen – sieht mich strenger an. Er hält nur eine Spritze in der Hand. Wollen sie mich wieder betäuben?

»Wenn du stillhältst, ist es ganz schnell vorbei.«

»Ich will aber nicht«, fauche ich. »Ich habe das Recht, mit einem Anwalt zu sprechen!« Ich habe keinen, aber es steht mir doch einer zu, oder?

»Hast du nicht«, sagt Yoshida, und der Kerl namens Dr. Norman nähert sich mir einen Schritt.

Es ist offensichtlich, dass er Angst vor mir hat. Gut so. Auch wenn ich ihm nichts entgegenzusetzen habe, befürchte ich.

»Wenn du dich näherst, mache ich dich fertig«, drohe

ich. Das war keine gute Idee, denn Yoshida zieht seine Waffe und richtet sie auf mich.

»Und wenn du dich bewegst, bist du tot.«

Ich und Grayson schauen gleichzeitig zu ihm. Er droht wirklich, mich zu *töten?* Verdammt, wo bin ich nur gelandet? Dass Grayson ihm einen mahnenden Blick zuwirft, offenbar ähnlich überrascht über seine Aussage wie ich, gibt mir zumindest ein wenig Hoffnung, dass er nur leere Drohungen ausspricht. Aber sie sagt nichts.

Warum sagt sie nichts? Ist sie ihm unterstellt? Kann sie ihn im Notfall aufhalten, wenn er Gewalt anwenden will? Oder lässt sie ihn einfach sein Ding machen? Gestern hat sie wenigstens noch gewirkt, als wollte sie mich verteidigen.

Der Kerl tritt noch einen Schritt auf mich zu.

Ich weiß nicht, was ich tun soll. Ich weiß nicht, was ich tun soll! Ich will mich nicht aufregen, aber ich bin geliefert. Ich bin gefangen, diese Leute können mit mir machen, was sie wollen, wer auch immer sie sind.

Mein Atem beschleunigt sich, und eine so tiefe Angst macht sich in mir breit, dass sich Schwärze von den Seiten vor mein Blickfeld schiebt. Ich schaue den Boden an und versuche, nicht den Verstand zu verlieren, meine Gedanken zu ordnen, irgendeinen Hoffnungsschimmer zu finden. Aber da ist nichts.

Ich kann mich nicht bewegen. In dieser Position kann ich nicht einmal meine Beine zur Verteidigung nutzen, höchstens ein Stück wegrücken. Was allerdings nicht viel bringt.

Da ist wieder dieser Druck auf meiner Lunge.

»Halt still«, bellt Yoshida. Ich sehe ihn nicht an, und ich kann nichts mehr erwidern. Ich will nicht!

»Denkst du nicht, dass das zu weit geht, Haruo?«, fragt Grayson. Ihre Stimme ist ganz weich und hat noch eine beruhigende Wirkung auf mich, obwohl ich weiß, dass sie zu denen gehört. Wer auch immer die sind.

Der Arzt kommt einen weiteren Schritt näher.

»Hey, ganz ruhig«, sagt er in seiner dunklen Stimme. »Wir nehmen dir nur Blut ab. Du musst keine Angst haben.«

»Ich hab keine Angst!«, schreie ich und wirble zu ihm herum. Er zuckt tatsächlich zusammen.

»Jetzt mach endlich, Norman«, befiehlt Yoshida laut, aber er scheint noch nicht gewillt zu sein, ihm zu gehorchen.

Ich sehe den Wissenschaftler an. Wenn er sich herabbeugt, kann ich ihn maximal beißen. Soll ich das versuchen?

Aber mit diesem Yoshida ist nicht zu spaßen. Vielleicht schießt er dann wirklich.

»Wir sollten sie betäuben«, sagt Dr. Norman schließlich, den Blick noch immer mit meinem verschränkt. »Ich denke nicht, dass es sicher ist, sich ihr zu nähern.«

Ich balle die gefesselten Hände so fest zu Fäusten, dass der Schorf an meinen Knöcheln reißt. »Ich bin kein Tier«, ächze ich. Ich spüre, wie ein wenig Blut aus den Wunden rinnt. Warum beruhigt mich der Schmerz nicht wie sonst immer?

Vielleicht, weil meine Sorgen für gewöhnlich in meinem Kopf sind und nicht mit einer Waffe auf mich zielen.

»Na gut«, gibt Yoshida nach einer Weile nach, und der andere Wissenschaftler setzt sich in Bewegung. Er hat ein viel forscheres Tempo drauf als sein Kollege, als er auf mich zukommt.

»Reiß dich zusammen. Wir wollen nicht wieder auf dich schießen müssen«, sagt er, bleibt einen Meter von mir entfernt stehen, nimmt die Kappe von der Spitze und prüft, dass Luft in der Kanüle ist.

»Ihr wollt nicht auf mich schießen?«, frage ich und schaue mit weit offenen Augen zu Yoshida hinüber. »Ich glaube, *er* möchte das sogar sehr gern!« Ich rucke mit dem Kopf in seine Richtung, und tatsächlich lacht er leise.

»Oh ja.«

Ich blinzle Yoshida entgeistert an und schüttle den Kopf. »Was stimmt nicht mit dir, Mann?« Er muss wirklich irgendein persönliches Problem mit mir haben. »Was macht ihr mit mir?«, frage ich also an den Wissenschaftler gewandt. Hat Yoshida Bestimmungsgewalt über ihn, oder ist er nur eine Art Security-Typ?

»Wir wollen dir nur Blut abnehmen«, wiederholt mein Gegenüber mit ruhiger Stimme und schaut mich überraschend geduldig an.

»Warum?«

»Wir wollen überprüfen, ob du noch Restalkohol im Körper hast.«

»Warum?«, wiederhole ich.

»Um zu sehen, ob du eine Gefahr für uns bist.«

»Wenn ihr einfach mit mir reden würdet, wäre ich gar keine Gefahr für euch.« Und wenn ich noch Alkohol im Blut hätte, hätte ich mich längst losgerissen.

»Darauf können wir uns leider nicht verlassen«, sagt der Kerl.

Resigniert lasse ich meine Arme locker und sehe wieder zu Boden.

»Wenn du kooperierst, wird dir nichts passieren«, meldet sich Grayson endlich zu Wort. Ich spüre einen Einstich an meiner Hand und Kühle, die sich von dort ausbreitet.

»Das verspreche ich dir«, fügt sie an.

Mit skeptischem Ausdruck sehe ich in ihr Gesicht. Es gibt keinen wirklichen Grund für mich, ihr zu vertrauen, aber sie scheint mir im Gegensatz zu Yoshida zumindest wohlgesinnt zu sein. Meint sie das ernst, oder ist das nur eine Art *Guter-Cop-böser-Cop*-Spiel? Könnte und würde sie Yoshida wirklich aufhalten, wenn er versucht, mir etwas anzutun? Oder soll mich ihr Verhalten nur in Sicherheit wiegen?

Ich weiß es einfach nicht, also reagiere ich nicht auf ihre Worte.

»Wenn sie schläft, bringen wir sie in den Glasraum«, sagt Yoshida. Ich habe nicht mehr die Kraft, danach zu fragen, was das sein soll.

Das Erste, was ich wahrnehme, ist das Klirren von Metallketten, sobald ich mich rege. Ich spüre ein Gewicht an meinen Händen, und mir wird klar, dass ich nach wie vor gefesselt bin. Aber etwas fühlt sich anders an. Ich sitze.

Als es mir endlich gelingt, meine schweren Lider zu heben, sehe ich in ein eigenartiges Dämmerlicht hinein. Ich hebe den Kopf.

Yoshida sitzt mir gegenüber, ein breiter Metalltisch zwischen uns. Meine Hände stecken in Handschellen, mit den Ketten an der Unterseite des Tisches befestigt. Ich sehe die dicken Ringe an, aus denen sie bestehen.

Bin ich immer noch eine sogenannte Gefahr für sie, oder sind sie nur übervorsichtig?

»Guten Morgen«, sagt mein Gegenüber und lehnt sich zurück. Vor ihm liegen ein paar Akten und ein Buch, das er zuschlägt. Ich bemerke Grayson erst, als sie sich in einer hinteren Ecke des großen Raums regt. Sie steht direkt neben der Tür.

Die Wände um mich herum sind von einem dunklen Grau, das keine Unebenheiten aufweist. Es sieht so glatt aus, dass es wirkt wie Kunststoff.

Ich drehe den Kopf in alle Richtungen, so weit es mir möglich ist, aber hier gibt es nichts. Nur die glatten Wände, die Tür, den Tisch und uns drei. Das Licht stammt von einer einzelnen Neonröhre, die an der Decke über uns angebracht ist. Es ist kalt und weiß.

»Sind wir in einem Sci-Fi-Thriller gelandet?«, frage ich und sehe mein Gegenüber wieder an.

Er trägt dieselbe Kleidung wie vorhin. Seine dunklen Haare fallen ihm locker in die Stirn, und in seinen Augen sehe ich keine Emotion. Die tätowierten Arme vor der Brust verschränkt, beobachtet er mich.

»Schlagfertig wie immer«, seufzt er. »Hast du noch irgendetwas Schnippisches zu sagen?«

Ich antworte nicht, sondern schaue zu Grayson hinüber, deren Blick weich auf mir liegt. Es steht in so starkem Kontrast zu der Feindseligkeit, die Yoshida ausstrahlt, aber vielleicht ist das auch nur das Psychospiel, das sie mit mir spielen wollen.

»Seid ihr die Polizei?«, will ich wissen. »Oder das FBI?«

»Tycho Jessica Crane …«

»Ich kenne meinen Namen.«

»Ich werde dir jetzt einige Fragen stellen.« Natürlich tut er so, als würde er nicht verstehen, was ich sage. Er sieht mich so intensiv an, dass es mir ein mulmiges Gefühl bereitet.

»Ich werde dir nichts sagen!«, beharre ich. »Ihr müsst

mich darüber informieren, was vor sich geht. Wo ich mich befinde. Ich habe ein Recht auf einen Anwalt!« Hätte ich nur mehr von diesen True-Crime-Dokus gesehen, die sich Logans Mutter immer anschaut. Dann hätte ich sicherlich eine Ahnung davon, auf was ich mich berufen und auf was ich bestehen kann.

»Du hast kein Recht auf einen Anwalt«, sagt Yoshida in einem Tonfall, als hätte er es schon Millionen Mal gesagt. »Du hast kein Recht auf einen Anruf oder auf irgendetwas anderes.

»W-was?«, unterbreche ich ihn und schüttle fassungslos den Kopf.

Er ignoriert mich und fährt fort: »Ich werde dir jetzt Fragen stellen, und du wirst darauf antworten. Dann sehen wir, wie wir weiter verfahren.«

»Ihr könnt mich hier nicht einfach festhalten!«, rufe ich und lehne mich ein Stück vor. Wie lang bin ich inzwischen eigentlich hier? Der nächste Tag muss schon angebrochen sein, und Logan hat keine Ahnung, wo ich bin! »Ich *habe* Rechte.«

»Hast du im Grunde genommen nicht.«

Frustriert zerre ich an den Ketten. Der Tisch bewegt sich nicht, aber er ist nur mit Schrauben und Winkeln am Boden befestigt. Und vielleicht sind die Ketten auch leichter von ihm zu lösen als die in der Zelle.

Wenn ich mich aufrichten könnte, könnte ich mich zumindest ein wenig wehren.

Ich denke nicht, dass ich eine Chance habe, zu entkommen, aber vielleicht kann ich wenigstens diesen Raum verlassen? Vielleicht finde ich mein Handy und kann jemanden anrufen oder jemandem meine Koordinaten schicken. Das würde schon ausreichen.

»Wer seid ihr?«, wiederhole ich meine Frage und zerre an meinen Ketten. Weder sie noch der Tisch regen sich in irgendeiner Weise. Ich reiße fester daran, schiebe an meinem Stuhl, aber auch er ist am Boden festgemacht. Mit den Lehnen rechts und links kann ich mich gar nicht davon wegbewegen.

Ich lasse einen wütenden Schrei los und reiße mit aller Wucht an meinen Fesseln, aber es tut sich nichts. Ich glaube, dass die Knochen in meinen Händen brechen, wenn ich weitermache, aber lieber das, als hier gefangen zu sein.

»Reg dich nicht auf«, sagt Yoshida tonlos, was mich nur noch wütender macht. »Wesen wie du haben kein *Recht* auf eine menschliche Behandlung. Ihr seid eine Gefahr für die Allgemeinheit, und die Welt gehört vor euch beschützt!«

»Wesen?«, frage ich und höre nicht auf, an den Ketten zu zerren. Mir wird ganz warm. Ich verstehe es nicht. Ich verstehe es einfach nicht und hoffe so sehr, dass da noch irgendetwas in mir ist. Etwas, das ich entfesseln kann, das mir hier heraushilft. Vielleicht ist diese Dunkelheit ja auch jetzt in mir, nur tiefer verborgen!

»Ja!« Nun wird er auch lauter. »Du weißt genau, wovon ich rede, also stell dich nicht dumm.«

»Ich habe keine Ahnung, wovon du redest!« Ich schreie so laut, dass meine Kehle wehtut. Tränen der Wut rinnen meine brennenden Wangen hinab, und der Schmerz in meinen Händen wird unerträglich.

Warum ist da nichts in mir? Nicht mal ein kleines bisschen? Warum bin ich so verdammt hilflos, jetzt, da es darauf ankommt?

»Lasst mich einfach gehen«, rufe ich etwas leiser. Meine

Stimme versagt, aber ich schreie noch einmal, in einem letzten, verzweifelten Versuch, mich loszureißen.

Nichts. Es bewegt sich nichts.

Ein jämmerliches Wimmern auf den Lippen, lasse ich los und lege meine Stirn auf die Tischplatte vor mir. »Ich will nur nach Hause.« Die Tränen benetzen das Metall, und ich will gar nicht weinen. Ich will nicht, aber ich habe keine Kontrolle mehr darüber.

Ich atme so schnell wie ein Tier, das weiß, dass es sterben muss. Und ich habe solche Angst, ohne zu wissen, wovor genau ich überhaupt Angst haben muss.

Ich weiß nicht, wie lang ich nur dort sitze, den Kopf auf der Tischplatte, und laut schluchze.

Ich habe noch nie so geweint. Aber einmal in meinem Leben habe ich mich so hilflos gefühlt. Damals in der Küche, als ich vor meinen toten Eltern stand und nichts mehr für sie tun konnte. Als ich einfach nur dastand und wusste, egal wie wütend ich bin, ich kann nichts tun.

Ich kann nichts tun.

Ich muss aufgeben.

»Hast du dich beruhigt?« Yoshida klingt absolut emotionslos.

Langsam gelingt es mir wieder, mich zusammenzureißen. Ich dachte, ich würde ohnmächtig werden, aber das Metall des Tisches kühlt meine Stirn. »Wo bin ich?«, frage ich leise, ohne meinen Kopf zu heben.

»Reißt du dich jetzt zusammen und redest mit mir wie ein normaler Mensch?«

»Wenn du nicht mehr mit mir sprichst, als wäre ich ein Tier …«, ächze ich. Ich richte mich langsam auf und kann die Hände gerade hoch genug heben, um mir die Tränen abzuwischen. Meine Handgelenke sind rot und vom Zerren an den Fesseln aufgeschürft. An einigen Stellen tritt Blut aus.

»Wir werden ein psychologisches Gutachten von dir anfertigen. Nach der Auswertung entscheiden wir, wie wir mit dir sprechen.« Seine Worte klingen gewöhnlich, aber sein Ton ist nach wie vor feindselig.

Wer ist dieses *Wir*? Ich sehe zu Grayson hinüber, und sie erwidert meinen Blick mit einer gewissen Angst in den Augen. Ich weiß nicht, ob vor mir oder um mich.

»Ich habe einen Therapeuten!«, sage ich und schöpfe ein wenig Hoffnung. »Könnte er das nicht erstellen?«

Das bringt Yoshida tatsächlich zum Lachen. »Nein.«

Ich bin nach wie vor damit beschäftigt, ruhiger zu atmen, aber es ist, als wollte mein Körper noch weinen, während meine Tränen bereits versiegt sind.

Yoshida zieht einige Dokumente zu sich heran. »Ich gehe davon aus, dass du dir denken kannst, weswegen wir dich gefangen genommen haben.«

Ich streite es nicht mal ab. Es muss irgendetwas mit meiner Kraft zu tun gehabt haben. Graysons Schwärmereien über Captain Wodka waren nur dazu da, mich in die richtige Richtung zu lenken.

»Ich werde dir trotzdem kurz erklären, wer wir sind. Danach stelle ich dir einige Fragen, die du wahrheitsgemäß beantworten solltest. Wir haben allerdings Mittel und Wege, um den Wahrheitsgehalt deiner Aussagen zu prüfen, also wissen wir so oder so, woran wir bei dir sind. Die Ehrlichkeit deiner Antworten wird uns allerdings Aufschluss über deinen Charakter geben.«

Jetzt blinzle ich doch zu ihm hinauf. Es klingt, als würde er den Text ablesen, aber er betet ihn einfach herunter, als hätte er ihn schon Millionen Mal gesagt.

»Wir sind das Department for Intelligent Extraterrestrial Targets. Kurz D.I.E.T.«

Diät? »Okay?«

»Kannst du dir jetzt mehr denken?«

Also sind sie wirklich irgendetwas Übernatürliches. Es fällt mir nicht schwer, das zu glauben. Beim FBI oder bei der Polizei sieht es anders aus. Und da tauchen keine Hausmeisterinnen aus dem Nichts in deiner Zelle auf.

Ich versuche, ruhig zu bleiben, um so viele Informationen wie möglich zu bekommen. »Extraterrestrial?«, wiederhole ich also. »Ich bin kein Alien.«

»Der Ursprung der Ziele, die wir untersuchen, ist unklar. Er liegt auf jeden Fall nicht auf unserem Planeten oder zumindest nicht in unserer Dimension. Also außerirdisch.«

Wie pragmatisch. »Der Ursprung?«, frage ich vorsichtig nach. Ich muss zumindest so tun, als würde ich mitarbeiten.

Er sieht mich an und blinzelt einige Male häufiger als vorher, als würde er ehrlich an meinem Verstand zweifeln. »Der Ursprung deiner Kräfte«, sagt er so langsam, wie man zu einem Kind sprechen würde. »Ich sag's noch mal: Tu nicht so, als wüsstest du nichts darüber. Das zieht hier nicht.«

Ich schlucke, obwohl mein Mund staubtrocken ist. Es fällt mir so schwer, meine Gedanken zu kontrollieren, wenn er so von oben herab zu mir spricht. Es macht mich irrational wütend, obwohl ich eigentlich gar keine Energie mehr habe.

»Das mit meinen *Kräften* ist mir klar. Aber woher sie kommen, weiß ich nicht«, sage ich.

An seinem unbeeindruckten Gesichtsausdruck sehe ich, dass er mir kein Wort glaubt.

»Es gibt … also andere wie mich?«

Er schüttelt den Kopf und vollführt eine ausladende Geste mit der Hand. »Wir sind damit beauftragt, *Personen* wie dich im Auge zu behalten.«

Er beantwortet meine Frage nicht direkt, aber die Antwort ist in sein Compliance-Gerede miteingeschlossen.

Die Erkenntnis trifft mich weniger hart als erwartet. Ich habe damit gerechnet, dass ich nicht die Einzige bin. Bei fast acht Milliarden Menschen ist niemand der Einzige von irgendetwas. Ich wusste es, wie die meisten Menschen wissen, dass es irgendwo im Universum noch Leben außer unseres gibt.

Aber ich kann noch nicht ganz verarbeiten, was diese Erkenntnis für mich bedeutet.

»Hörst du mir zu?«, fragt er streng nach, und ich beschließe, einfach artig zu nicken. Vielleicht verrät er mir ungewollt noch mehr Dinge, die ich wissen möchte.

»Wir sind uns bewusst, dass Personen wie du nicht immer in der Lage sind, sich wie gewöhnliche Menschen zu verhalten«, fährt er fort. »Aber die meisten gehen ihrem Alltag nach. Wir behalten die Aktivitäten von allen uns bekannten Zielen im Auge. Und wir greifen ein, wenn jemand auffällig wird oder dem Allgemeinwohl schadet.« Er zieht die Augenbrauen herausfordernd hoch. »Dir ist klar, dass das auf dich zutrifft, oder?«

Angespannt presse ich die Lippen aufeinander. »Diese Aussage finde ich diskutabel«, murmele ich.

»Grayson«, bellt er dann so plötzlich, dass ich zusammenzucke. »Mach mal die Lichter an.«

Ich schaue zu ihr hinüber und beobachte, wie sie einige Knöpfe an der Wand bedient. Mir wird klar, dass sie nicht einmal gelogen hat, als sie mir in dem Pizzaladen gestanden hat, dass sie mich beobachtet hat. Es war nur eine sehr … verzerrte Version der Wahrheit, die sie mir da präsentiert hat.

Während ich noch darüber nachdenke, beginnt der Raum sich zu verändern und zieht meine Aufmerksamkeit auf sich. Die dunklen Wände verlieren an Substanz, werden von Sekunde zu Sekunde heller und durchsichtiger. Nach und nach erkenne ich Menschen hinter ihnen, die ihre Köpfe recken und schauen. An allen Wänden stehen sie und gaffen; Wissenschaftler und Ärzte, Polizisten und Büroangestellte.

Sind das alles Mitglieder dieser angeblichen Behörde? Es müssen Dutzende sein. Und all diese Menschen sehen mich so intensiv an, als sei ich ein Ausstellungsobjekt in einem Käfig.

Für einige Momente erwidere ich ihre Blicke. Ich erkenne keine einzige Person und weiß nicht, ob mich das besorgen oder erleichtern soll.

»Lass dich von denen nicht stören.« Yoshida lächelt höhnisch. »Sie wollen einfach alle mal Captain Wodka bewundern.«

»Können sie uns hören?«

»Ja. Einige von ihnen überprüfen wie gesagt den Wahrheitsgehalt deiner Aussagen. Fahren wir also fort.«

Abermals schlucke ich angespannt. Wenn ich mich nur unsichtbar machen könnte. Und was wird Logan denken, wenn ich nicht an der Uni auftauche?

Aber nein, ich darf mich diesen Gedanken nicht hingeben. Wenn ich mich konzentriere, komme ich hier vielleicht doch noch raus.

»Ist dir bewusst, dass das, was du tust, gegen das Gesetz

verstößt?«, fragt Yoshida überraschend. Also ist er mit seiner Vorstellung der Behörde bereits fertig?

Na gut. Wenn sie jemanden haben, der weiß, dass ich lüge – und ich gehe einfach davon aus, dass es so ist –, bringt es auch nichts, es zu versuchen. »Dass es gegen das Gesetz verstößt, bedeutet nicht, dass es falsch ist«, antworte ich ehrlich und versuche all die Blicke, die auf mir liegen, zu ignorieren. »Ich habe nie jemanden angegriffen, der friedlich oder unschuldig war. Ich habe mich vor allem verteidigt.«

»Deine letzten Opfer hast du außerdem bestohlen.« Er muss nicht auf seine Unterlagen sehen, um das zu wissen. Offensichtlich hat er sich vorher sehr genau mit mir beschäftigt.

»Ich habe das Geld dem Obdachlosen gegeben, den sie zusammengeschlagen haben.«

»Und das macht den Diebstahl okay?«

Ich hebe die Schultern in einer irritierten Geste an. »Bei Robin Hood hat das niemanden gestört.« Aus dem Augenwinkel sehe ich einige der Angestellten lachen, aber ich versuche, ernst zu bleiben.

»Du siehst dich also als Robin Hood?«

»Nein.«

»Also hast du deine eigene Agenda?«

»Ich habe keine Agenda.« Ich wünschte, ich hätte eine.

»Denkst du, du bist die Erste deiner Art, die denkt, sie könnte eine Superheldin sein?«

Ich blinzle irritiert und muss mich wirklich beherrschen, nicht genervt aufzustöhnen. »Nein«, antworte ich mit Nachdruck. »Weil ich bisher gar nicht wusste, dass es Personen wie mich gibt!« Ich habe zum Glück nicht mehr die Energie, um laut zu werden.

»Diese Art von Selbstjustiz funktioniert in Comics und Serien, aber nicht in der wirklichen Welt«, fährt Yoshida unbeeindruckt fort. Ist der Kerl ein Roboter oder was? »Akte wie diese sind verboten.«

Ich runzle die Stirn und entscheide mich, seine Logik infrage zu stellen. Ich weiß, dass es nicht richtig ist, was ich gemacht habe, aber meine nächtlichen Streifzüge haben niemand Falschen getroffen. »Es ist also verboten, stärker zu sein als die Kerle, die mich nachts angreifen?«

»Natürlich nicht.« Er verdreht die Augen. »Tu nicht so, als wüsstest du nicht genau, worauf ich hinauswill. Du prügelst diese Menschen bewusstlos, aber dann verschwindest du und …«

»Aber ich …«

»Lass mich ausreden!« Er schlägt so urplötzlich auf den Tisch zwischen uns, dass ich abermals zusammenfahre. »Du bleibst danach nicht am Ort des Vorfalls und rufst Krankenwagen und Polizei, wie ein gewöhnlicher Bürger das tun würde. Zu verschwinden und sich damit aus der Verantwortung zu ziehen ist eine ganz andere Art von Vergehen. Es ist nicht verboten, sich zu verteidigen, aber du weißt genau, dass das etwas anderes ist. Und versuch gar nicht erst, mir weismachen zu wollen, dich würde es nicht nach mehr verlangen.«

Ich ziehe die Luft zwischen den Zähnen ein und lehne meinen Kopf zur Seite. »Ich war nie ein normaler Mensch, also weiß ich nicht, wie man sich wie einer verhält«, sage ich leise.

Ich habe das nicht unter Kontrolle. Wenn er mich wirklich so gut kennt, wie er denkt, weiß er das. Die Dunkelheit fühlt sich warm an. Wie etwas, das mich beschützt, in einer Welt, in der niemand anderes es kann. Logan beschützt mich auch auf seine Art und Weise, aber er ist nicht immer da. Auch wenn er es gern wäre.

Niemand ist immer da. Die Dunkelheit ist alles, was ich habe. Der einzige Trost, auf den ich jederzeit zugreifen kann.

Während Yoshida mich schweigend mustert, wird mir klar, dass ich gerade zum ersten Mal mit jemandem vollkommen offen rede.

Das allererste Mal in meinem Leben.

Impulsiv schiebe ich noch eine Frage hinterher: »Seid ihr auch wie ich?« Ich schaue von ihm zu Grayson und wieder zurück.

Beide wirken allerdings eher belustigt. Auch einige Mitarbeiter lächeln wie über ein Kind, das eine überaus alberne Frage gestellt hat.

»Nein«, sagt er, offensichtlich amüsiert. »Im Gegenteil. Wir sind hier, um Personen wie dich zu überwachen. Und im Notfall zu exekutieren, sofern es nötig sein sollte.«

Von einer auf die andere Sekunde wird mir eiskalt, dann wieder so heiß, dass meine Haut zu brennen scheint. »Exekutieren?«

»Allerdings«, antwortet er ruhig. »Bei einigen von euch ist das wirklich schwer, aber dafür sind wir ausgebildet.«

Ich schaue zu Grayson, die ihre Lippen fest aufeinandergepresst hat, als müsse sie sich zusammenreißen, nichts zu sagen.

Lügt der Kerl? Will er mir nur Angst machen, mich provozieren, noch mehr aus mehr herauskitzeln?

Ich schaue wieder zu ihm zurück, weil Grayson sich offensichtlich nicht einmischen wird, egal, was er sagt. Yoshidas Lächeln wirkt nicht überheblich, nur sehr selbstsicher. »Bei dir allerdings sollten keine weiteren Komplikationen auftreten, falls es so weit kommt.«

Mein Atem wird schwerer. Er hat also vorhin nicht übertrieben, als er sagte, dass er schießt, wenn es nötig ist.

»Warum wirft dich das so aus der Bahn?«, fragt er weiter. »Deine Reaktion überrascht mich. Hast du nicht schon einmal selbst Menschen getötet?«

Meine Kehle schnürt sich wieder zu. Was soll das für ein psychologisches Gutachten sein, bei dem ich wie auf dem Präsentierteller von Dutzenden Menschen beobachtet werde und der Kerl mir gegenüber eindeutig versucht, mich in die Ecke zu drängen?

Ich schaue auf meine übel zugerichteten Handgelenke hinab. Die roten Stellen werden schon dunkel, violett und blau. »Warum? Willst du herausfinden, ob ich ein Held oder ein Schurke bin?«, frage ich leise.

»Es gibt keine Helden.«

Ich atme tief durch und balle die Hände zu Fäusten, um sie dann wieder zu entspannen. Jede Bewegung schmerzt. »Wenn ihr mich beobachtet, dann wisst ihr, dass ich die Mörder meiner Eltern getötet habe.« Es ist das erste Mal, dass ich das ausspreche. Ich weiß nicht, ob ich mich befreit oder schlecht fühlen soll.

»Das wissen wir.« Yoshida wendet sich zu Grayson um, die bedrückt nickt, dann dreht er sich wieder zu mir. »Wie fühlst du dich deswegen?«

Ich sehe ihn an, weil ich nicht weiß, wie ich reagieren soll. Er will sicher hören, dass ich mich schlecht fühle. Dass ich es bereue. Dass ich es rückgängig machen würde, wenn ich könnte.

Aber das alles wären Lügen. Erkennt er das?

»Ich fühle mich nicht gut«, ringe ich mir dann ab.

Einige Wissenschaftler vor den Fenstern machen sich Notizen.

»Du würdest es also rückgängig machen, wenn du könntest?«

Ich lache leise. »Nein«, antworte ich so ehrlich, wie er es von mir verlangt. »Wenn ich die Möglichkeit hätte, etwas rückgängig zu machen, dann, dass sie meine Eltern töten.«

Er zieht die Augenbrauen hoch. Nur eine Sekunde, für ein kleines Stück. Als wäre er überrascht von meiner mehr als offensichtlichen Antwort.

»Spürst du Reue?«

»Ich bereue, dass mein Leben so einen Verlauf genommen hat.« Ich lasse mich nicht in die Richtung lenken, in der er mich haben will.

»Du siehst dich also als Opfer?«

Eine ganze Weile schaue ich ihn an. Inzwischen fühle ich mich wieder ganz gefasst. Nur unendlich erschöpft. »Ich sehe mich ungern als Opfer«, antworte ich. »Aber ich weiß, dass es Dinge gibt, die außerhalb meiner Kontrolle liegen.«

»Du hast deine Kräfte also nicht unter Kontrolle?«

Richten sie mich hin, wenn ich ihnen sage, dass es so ist? Oder bekomme ich mildernde Umstände, wenn sie erkennen, dass ich nicht immer ganz die Kontrolle über mich selbst habe?

»Das wisst ihr doch«, versuche ich, schwammig zu bleiben. Vermutlich keine gute Antwort, aber ich weiß nicht, welche andere ich geben soll.

»Denkst du, was du nachts in den Straßen tust, ist Gerechtigkeit?«, fragt er unberührt weiter. Verdammt, wenn dies ein Test ist, versage ich gerade.

»Ich denke nicht, dass es Gerechtigkeit gibt«, antworte

ich. Wieder ehrlich, aber vermutlich abermals nicht das, was er hören will.

Jemand klopft an die Scheibe, aber ohne sich zu der Frau umzudrehen, fragt Yoshida: »Kannst du das näher erläutern?«

Ich weiß nicht, ob ich geistig dazu in der Lage bin, über so ein Thema zu philosophieren. »Ich denke, was gerecht ist, bestimmt immer der Stärkste. Staat, Polizei und Gerichte können bestimmen, was gerecht ist und was nicht, weil sie die Macht haben, alle, die sich gegen ihre Form von Moral auflehnen, mit Gewalt niederzustrecken. Aber ein universelles Urteil ist das nie. Haftstrafen von Tätern sind für Opfer und Angehörige immer zu kurz. Für die Angehörigen der Täter immer zu lang. Gerechtigkeit ist persönliches Empfinden.«

»Handelst du nach *deinem* persönlichen Empfinden gerecht?«

Ich bin müde. »Ich habe es schon einmal gesagt, und ich wiederhole es«, sage ich erschöpft und leise. »Ich verteidige mich. Und im Falle des Obdachlosen auch Menschen, die sich nicht zur Wehr setzen können. Das hat nichts mit Gerechtigkeit zu tun.«

Yoshida sieht sich nach der Frau um, die ans Fenster geklopft hat, und sie nickt. Damit ist ihre Frage wohl beantwortet.

»Findet *ihr* gerecht, was ihr hier tut?« Es ist vielleicht unüberlegt, aber ich glaube nicht, dass ich noch etwas zu verlieren habe.

»Nach deiner Logik ist es das. Weil wir die Macht haben, dich festzuhalten, können wir es tun.«

»Wenn ihr euch an meine Logik haltet, bin ich aber wiederum unschuldig.«

»Du hältst dich für ganz schön gerissen, oder?«, fragt er, wieder mit diesem herausfordernden Unterton in der Stimme.

»Ja«, gebe ich zurück und lächle ausgelaugt.

»Unser Psychologe hat dich bisher als extrem unberechenbar eingeschätzt.«

Leicht schüttle ich den Kopf. »Ein Psychologe hat mich beobachtet?«

Er schüttelt den Kopf und schürzt die Lippen, schaut so tief in meine Augen, als würde ihn meine Reaktion außergewöhnlich interessieren. »Ja. Dr. Ethan Williams.«

Ich schlucke. Er will, dass ich wieder ausraste, oder? Der Kerl muss irgendein persönliches Problem mit mir oder »Menschen wie mir« haben, sonst würde er sich nicht so verhalten. Ich gebe ihm nicht die Reaktion, die er sich erhofft, und bleibe so ruhig, wie ich kann. In meinem Inneren sieht es anders aus. Mir wird heiß und kalt gleichzeitig.

Der Kerl hat mich also schon mein Leben lang für diese Behörde ausgehorcht? Würden sie mich anders beurteilen, wenn ich ihm die Wahrheit über mich gesagt hätte?

»Er gehört also auch zu euch«, flüstere ich resigniert. »Sonst noch jemand in meinem Leben, von dem ich wissen sollte? Logan? Seine Familie? Meine Mitstudierenden?«

Er lächelt. »Paranoid?«

Grayson im Hintergrund regt sich endlich. »Nein!«, ruft sie dazwischen. »Yoshida, Ethan und ich waren die Einzigen, die dich beobachtet haben.«

Ich weiß nicht, ob ich ihr dankbar sein soll, aber zu sehen, wie mein Gegenüber aus der Rolle fällt, gefällt mir.

»Ruhe dahinten«, ruft er und dreht sich mit genervtem Ausdruck auf dem Gesicht zu ihr um.

»Hör auf, sie zu foltern, und mach mit deinen beschissenen Fragen weiter, Haruo!«, erwidert sie streng.

Also hatte ich recht. Er legt es tatsächlich darauf an, mich zu provozieren. Es verwundert mich, dass niemand anderes interveniert, obwohl er so eindeutig von den Fragen abweicht, die er mir offensichtlich stellen soll. Haben die hier kein Protokoll für solche Situationen? Hat er keinen Vorgesetzten, der das überwacht?

Yoshida entscheidet sich dazu, nicht mit Grayson zu diskutieren, und dreht sich wieder zu mir um. Dieses Mal sieht er tatsächlich auf die Unterlagen vor ihm.

»Na gut, dann zum Abschluss noch ein paar einfache Fragen, die einfache Antworten erfordern. Also bitte nicht weiter um den heißen Brei herumreden.«

Mein Herz macht einen Hüpfer. Das ist schon der Abschluss? Wollen sie mich nur anhand dieses chaotischen Gesprächs beurteilen? Das wird nicht gut ausgehen.

»Hast du schon einmal von der Gruppe Universal Heritage gehört?«, betet Yoshida herunter.

Gut. So klar antworten wie möglich. »Nein.«

»Warst du schon einmal in einem Restaurant namens *Spicy Noodles*?«

»N-nicht, dass ich wüsste.«

»Ist dir eine Lieferkette namens *Very Happy Meat* bekannt?«

»Was? N-nein, ich bin Vegetarierin.«

Er lacht seinen Zettel an. »So bezeichnen sich die Leute, die da bestellen, teilweise auch.«

Ich sehe mich um, aber die anderen scheinen nicht so belustigt zu sein wie er.

»Kennst du einen Mann namens Hilarious R. Jones?«

Ich würde lachen, wenn ich nicht unter solchem Druck

stünde. »Es gibt jemanden, der Hilarious mit Vornamen heißt?«

»Seine Eltern hatten Spaß bei seiner Namensauswahl«, sagt er trocken. Forschend schaue ich ihn an und frage mich, ob das seine Art von Humor ist. Ich gebe mir nicht die Blöße, zu schmunzeln.

Für wenige Sekunden sieht Yoshida mich noch an. Ich habe keine Ahnung, worüber er nachdenkt, während er mich betrachtet.

»Tut es dir leid, dass du mir die Rippen gebrochen hast?«, fragt er dann. Ist das der einzige Grund, aus dem er so sauer ist?

Die Leute um uns herum regen sich, was wohl ein Zeichen dafür ist, dass er mit der Frage vom Plan abgewichen ist.

Ich entscheide mich auch in diesem Fall für die ehrliche Antwort, auch wenn mir dieses Zugeständnis etwas schwerfällt. »Ja«, ringe ich mir ab. »Ich wünschte, das alles wäre anders gelaufen.«

Er sieht mich an, als warte er, dass ich meinen Gedanken fortsetze, also tue ich genau das.

»Ich würde gern mehr darüber herausfinden, wer ich bin und wer ihr seid. Ich hätte es gut gefunden, wenn ihr normal Kontakt zu mir aufgenommen hättet. Dann könnten wir vielleicht etwas entspannter über das alles reden. Und ich hätte niemanden verletzen müssen.«

Er schürzt die Lippen, schiebt seine Dokumente auf dem Tisch zusammen und steht langsam auf. »Wir sind leider nicht dazu da, dich weiterzubilden oder dir den richtigen Weg zu weisen.« Er wendet mir bereits den Rücken zu.

»Ihr seid nur da, um zu richten?«

»Genau.«

Ich lehne mich in meinen Stuhl zurück und stöhne leise, als die Handschellen sich schmerzhaft fester um meine Gelenke schlingen.

»Na, dann habe ich wenigstens Klarheit«, murmele ich.

»Worüber denn?«, fragt er und wendet sich kurz vor der Tür noch einmal zu mir um.

»Darüber, ob ihr Helden oder Schurken seid.«

KAPITEL 14

WOHER ICH KOMME

Die Flachzangen aus der Behörde haben sich tatsächlich getraut, mich in meine triste Zelle zurückzubringen, ohne mich zu betäuben. Ich habe mir auf dem Weg hierher alles genau angesehen. All die Glaswände zu den offenen Büros, etliche Computer, Laptops, Tafeln, Dokumente und Akten. Eigentlich ein gewöhnliches Bürogebäude mit unterschiedlichen Bereichen; bis auf einige seltsame Zeichen und Symbole, die mir immer wieder aufgefallen sind und die ich nicht einordnen konnte.

Die Menschen hier beobachten mich genauso aufmerksam wie ich sie. Ich kann von keiner einzigen Person sagen, ob sie Freund oder Feind ist. Und selbst nach meiner genauen Inspektion habe ich keine Idee, wie ich hier rauskommen soll. Die Gänge, durch die sie mich geführt haben, waren so verschachtelt wie ein Labyrinth. Ich habe nicht die geringste Ahnung, in welcher Richtung der Ausgang liegt.

Inzwischen sitze ich regungslos in meiner Zelle und starre den Boden an, während ich vehement versuche, irgendeinen Ausweg aus dieser Situation zu finden. Dieser

Arzt, Dr. Norman, wirkte ganz nett. Nach dem Verhör hat er sich meine Handgelenke angesehen und sie mit Bandagen verarztet. So reibt das Metall zumindest nicht mehr auf der Haut.

Vielleicht sehe ich ihn noch mal und kann ihn überreden, mich rauszuschleusen. Und was ist mit dieser Amber? Ob sie noch mal auftaucht?

Der Becher mit Wasser, der neben mir steht, ist aus Plastik. Vermutlich, damit ich ihn nicht zerbrechen und als Waffe benutzen kann. Etwas zu essen habe ich bisher nicht bekommen. Und ich werde mir sicherlich nicht die Blöße geben zu fragen.

Ich denke gerade über Mittel und Wege nach, das Wasser oder den Becher einzusetzen – etwas anderes bleibt mir ja nicht –, als ein Schatten vor der Tür eine eintretende Person ankündigt.

Zu meiner Überraschung ist es Grayson. In ihrer Polizistenkleidung – oder was auch immer das ist – strahlt sie eine vollkommen andere Energie aus als in der Bar oder in dem Pizzaladen. Ihre Haare hat sie zu einem strengen Zopf gebunden. Das Einzige, das freundlich an ihr wirkt, ist ihr Gesichtsausdruck.

»Tycho«, sagt sie leise und schließt die schwere Tür hinter sich, um einige Schritte auf mich zuzutreten.

Mein Blick wandert wie von allein zu dem Spiegel hinter ihr an der Wand. Wird das ein weiteres Verhör? Ich sollte darauf achten, nichts Falsches zu sagen. Obwohl diese Leute vermutlich eh alles über mich wissen, also was kann ich schon noch falsch machen?

»Bekomme ich jetzt den guten Cop zu sprechen?«, will ich resigniert wissen. Ich wäre gern wütender auf sie, immerhin hat sie mich in diese ganze Situation gebracht.

Aber das Verhör hat mich so ausgelaugt. Ich bin einfach nur müde.

»Ich bin nur hier, um zu reden.« Ihre Körperhaltung wirkt entwaffnet, aber ich weiß, dass sie eine gute Schauspielerin ist.

Oder ich bin einfach leicht reinzulegen.

»Tycho, es tut mir wirklich sehr leid, dass ich dich in diese Situation gebracht habe«, sagt sie leise und tritt einen Schritt auf mich zu. Es wirkt, als würde sie es ehrlich meinen, aber ich habe keinen Grund, ihr zu vertrauen.

Ich beobachte jede ihrer Bewegungen aufmerksam, als sie sich mir gegenüber im Schneidersitz auf dem Boden niederlässt. Es ist relativ nah. Ich denke darüber nach, ob ich sie erreichen könnte, wenn ich meine Kraft zusammennehme.

Aber was würde es mir bringen?

»Was willst du?«, frage ich. Ich bin noch immer müde. Ich will noch immer weinen.

»Ich dachte, ich könnte dir ein paar Fragen beantworten. Das alles muss total überwältigend für dich sein, und ich … will dich einfach wissen lassen, dass ich auf deiner Seite bin.«

Jetzt auf einmal? Nach dieser physischen und psychischen Folter, bei der sie nur schweigend danebenstand, will sie mit mir reden? »Das hättest du viel früher machen können«, erwidere ich frustriert. »In der Bar. Oder bei mir zu Hause. Oder in dem Pizzaladen. Oder auf der Straße. Alles Gelegenheiten, mir zu sagen, wer du bist.« Und wer ich bin, vielleicht.

»Ich dachte, du würdest verschwinden, wenn ich dir das sage.« Sie redet so vorsichtig, dass es mich nervt.

»Euch ist klar, dass man nach mir suchen wird, oder?«

Ich klinge nicht halb so wütend, wie ich gern würde. Mir fehlt die Energie. »Für euch bin ich vielleicht nur irgendein Ding, aber da draußen bin ich ein normaler Mensch mit einem normalen Leben. Und wenn ich nicht zur Uni komme und Logan bemerkt, dass ich weg bin, werden er und seine Familie eine Vermisstenmeldung aufgeben.«

Sie seufzt und legt den Kopf schief. »Wir haben dein Handy und eine Nachricht an deine Freunde geschrieben, dass du spontan auf einem Ausflug mit Freunden bist. Und wir sind den meisten anderen Behörden hierarchisch übergeordnet. Also wird das nicht passieren.«

Das ist also wirklich eine offizielle Staatsbehörde? Oder wollen sie mich das nur glauben lassen?

»Logan wird niemals darauf reinfallen«, sage ich, aber sie reagiert gar nicht auf meine Worte.

»Ich möchte nicht, dass es dir schlecht geht«, fährt sie fort.

Ich verdrehe die Augen, auch wenn es in meinem Kopf schmerzt. »Du musst nicht so tun«, murmele ich. Diese *Guter-Cop-böser-Cop*-Masche kann sie sich sparen. »Du hast mich beobachtet und alles, was ich dir anvertraut habe, gegen mich verwendet.« Ich runzle die Stirn. »War überhaupt etwas wahr, was du zu mir gesagt hast?«

»Das meiste sogar.« Sie bemerkt, dass ich nicht auf ihre emotionale Art eingehe, also atmet sie durch und sieht mich ein wenig ernster an.

»Sind deine Eltern wirklich gestorben?«, will ich wissen.

»Ja.«

»Hast du nur so getan, als wolltest du mit mir schlafen, um in meine Wohnung zu kommen?«

Sie presst die Lippen zusammen und lässt sich mit dieser Antwort ein wenig zu viel Zeit für meinen Geschmack. »Nein«, entgegnet sie schließlich, verspürt aber offenbar nicht den Drang, sich weiter zu erklären.

»Woher weiß ich, dass du nicht nur lügst, um irgendetwas aus mir herauszubekommen?«

»Ich bin nicht hier, um dich zu befragen. Wir müssen nicht über dich reden.«

Ich sehe auf den Boden zu meinen Füßen und frage mich, wie ich mich überwinden kann, ihr die Fragen zu stellen, auf die ich die Antworten so gern wissen möchte. All die Fragen zu mir und dieser Behörde. Zu meinen Eltern und meinem Leben.

»Ich habe dich sehr lang beobachtet«, fügt sie nach einer Weile an. »Und ich glaube, dass wir uns in vielen Punkten ähneln. Ich möchte dir nur helfen.«

Ich lächle ironisch. Ich kann einfach nicht anders. »Bedeutet helfen für dich auch, mich umzubringen? Für den Kerl vorhin war das eindeutig die Lösung aller Probleme.«

Grayson stöhnt, als ich Yoshida erwähne. »Er ist zu weit gegangen. Lass dich von ihm nicht einschüchtern, hier sind nicht alle wie er. Und er ist nicht der Leiter der Behörde. Die Entscheidungen treffen ganz andere Leute.«

»Warum musste ich dann mit ihm reden?«

»Er ist der leitende Ermittler in deinem Fall.« Sie sieht mich an wie in dem Laden, kurz bevor sie mir ihr *großes Geheimnis* offenbart hat. »Aber er ist ein bisschen emotional.«

»Aggressiv«, korrigiere ich, und sie lacht. Sie versucht tatsächlich, sich beliebt zu machen.

»Also … du hast gesagt, dir ist wirklich nicht klar, was du bist?«

Ich weiß nicht, wie ich reagieren soll – ob ich überhaupt Antworten von ihr haben will. Nicht so. Nicht hier, in dieser Situation.

Mein Gehirn ist so leer und voll gleichzeitig. Ich würde mich gern einfach in Luft auflösen. Warum kann das nicht meine Fähigkeit sein?

»Willst du etwas darüber wissen?«, hakt sie nach, aber ich presse die Lippen aufeinander und schüttle den Kopf.

»Was bringt es mir zu wissen, wer ich bin, wenn ihr mich eh hinrichtet oder für immer einsperrt.« Ich stelle es nicht einmal als Frage. Es ist einfach eine Feststellung. Und ich bemerke, wie meine Kehle sich wieder zuschnürt.

»Ich will dir wirklich helfen«, sagt sie noch einmal. Dieses Mal wirkt sie nicht so vorsichtig wie am Anfang, sondern spricht die Worte klarer, deutlicher aus. Als würde sie zu einem normalen Menschen sprechen.

»Wenn es so ist, dann hol mich hier raus«, grummele ich, dann wende ich meinen Kopf ab.

Sie scheint das Zeichen zu verstehen, seufzt schwer und wartet einige Momente. Dann rappelt sie sich aus ihrem Schneidersitz auf.

Offenbar hat sie nicht mehr vor, etwas dazu zu sagen, denn ohne ein weiteres Wort zu verlieren oder sich zu mir umzuwenden, verlässt sie den Raum.

Ich wache auf, weil ich einen Luftzug spüre, der an meinen Haaren zupft. Noch bevor ich mich komplett orientieren kann, sehe ich eine schemenhafte Gestalt im Schein des Nachtlichts in meiner Zelle stehen. Mir ist sofort klar, dass es Amber sein muss.

Angespannt setze ich mich auf, während die junge Frau

auf mich zukommt. Ich habe nicht die geringste Ahnung, was sie von mir will. Ich weiß ja nicht einmal, wer oder was sie ist. Aber ich habe den Rest des Tages viel über diese erste Begegnung mit ihr nachgedacht, und von der Art her, wie sie aufgetaucht und wieder verschwunden ist, vermute ich, dass sie so sein muss wie ich.

Warum ist sie hier?

»Guten Abend«, murmelt sie mir zu, und ich versuche zu erkennen, was sie in ihren Händen hält und mir vorsichtig entgegenhält.

Zögerlich schließe ich meine Hände um den Stoff und schaue im Schatten des Nachtlichts darauf hinab. Eine Decke? »Womit habe ich das denn verdient?« Es muss noch Nacht sein, aber sicher bin ich mir in diesem dunklen Loch nicht.

Ist das der einzige Grund, aus dem sie hier ist? Ich muss sie definitiv dazu bringen, sich mit mir zu unterhalten. Immerhin wirkt sie wie ein relativ neutraler Teil dieser Behörde. Vielleicht bekomme ich mehr Informationen von ihr.

»Jeder hat eine Decke verdient«, sagt sie und zuckt mit den Schultern. »Aber die ist erst für später.«

»Und was ist jetzt?« Mein Herz schlägt etwas schneller, als sie mich mit einem Lächeln ansieht. Ich erkenne es, obwohl der Raum nur von dem kleinen Licht am anderen Ende erleuchtet wird.

Ihren Konversationen mit den anderen nach zu urteilen, ist sie keine der Agenten, die mich festgenommen haben. Und natürlich hätte das alles nur ein Schauspiel sein können, aber sie vermittelt ein ganz anderes Gefühl als Yoshida und Grayson.

»Ich dachte, ich geb dir mal 'ne Führung durchs Gebäude.« Amber bückt sich zu mir herab, die Unterarme auf die Oberschenkel gestützt.

Eine Führung durchs Gebäude? Ihr ist klar, dass ich in Ketten liege und mich höchstwahrscheinlich jemand hinter diesem Spiegel beobachtet, oder?

Ihr Tonfall ist neckisch, als sie fortfährt: »Kann ja nicht sein, dass eine Besucherin in meinem Gebäude keine Ahnung hat, wo genau sie sich befindet.«

In ihrem Gebäude? Weil sie die Hausmeisterin ist?

»Und wie hast du vor, meine Handschellen zu lösen?«, will ich wissen. Vielleicht will sie sich auch nur über mich und meine Situation lustig machen.

»Ich bin die Hausmeisterin«, säuselt sie. »Ich habe alle Schlüssel.«

Irgendetwas stimmt hier nicht. Sie ist anders als die anderen, aber ich bin nicht sicher, ob sie mir wirklich helfen will oder nicht. Andererseits ist vermutlich alles besser, als nur hier zu sitzen und mich meinem Schicksal zu ergeben. Also frage ich: »Kann ich dir vertrauen?«

»Ich weiß nicht, ob du das kannst.«

Wenigstens eine ehrliche Antwort.

»Bist du wie ich?«

Sie lacht leise. »Nein«, antwortet sie dann so gedehnt, als würde sie noch über die Antwort nachdenken müssen. »Wir sind sehr unterschiedlich.«

»Wie kommst du hier rein?«

»Ich bin die Hausmeisterin«, wiederholt sie, wieder dieses kindhafte fröhliche Kichern auf ihren Lippen. »Wäre ja schlimm, wenn ich nicht in alle Räume hineinkönnte.«

Sie macht sich eindeutig lustig über mich und meinen Versuch, sie verstehen zu wollen. Ich beschließe, dass mir das egal sein muss, wenn ich mehr Informationen haben will.

Sie streckt mir ihre Hand entgegen, aber ich zögere noch.

»Ist jemand in der Behörde unterwegs?«, will ich wissen, bevor ich mich ihr anschließe. »Ich möchte ungern erschossen werden.«

Wenn sie mich aus dieser Zelle rausbringt, komme ich vielleicht an mein Handy oder irgendeine andere Möglichkeit, Kontakt zur Außenwelt aufzunehmen.

»Nur die Nachtwachen hier im Flügel und ein paar Patrouillen. Aber an denen müssen wir nicht vorbei.« Amber streckt mir ihre Hand mit Nachdruck entgegen – und ich ergreife sie.

Ein Ruck geht durch meinen Körper, sobald ich ihre Haut berühre, und das Licht im Raum verändert sich, wird so hell, dass ich die Augen zusammenkneife. Sobald ich sie wieder öffne, wird mir klar, dass sich nicht das Licht verändert hat, sondern der Raum selbst.

Ich halte noch immer Ambers Hand und sitze in derselben Position am Boden. Aber um uns herum …

Um uns herum spannt sich eine riesige Kuppel mit einem Bildschirm, auf dem kreisrund Tausende Punkte auf einer gewaltigen Weltkarte markiert sind. Als befänden wir uns im Inneren eines leuchtenden Globus.

Ich lege den Kopf in den Nacken und sehe mich in alle Richtungen um, während Amber bereits aufsteht und sich einige Meter von mir entfernt, um sich umzuschauen.

Eine Gänsehaut überfährt mich von oben bis unten, und für einige Momente setzen meine Gedanken aus, weil so viele Fragen durch meinen Kopf schießen.

Wie um alles in der Welt hat sie das gemacht? Übelkeit

breitet sich in mir aus, aber ich ignoriere es, weil ich so viel wichtigere Dinge zu tun und zu fragen habe.

»Was ist das?«, entscheide ich mich anzusprechen, was ich sehe. Dieser Raum sieht aus wie aus einem der Science-Fiction-Filme, die Logans Vater so liebt. Und ich glaube, dass Amber mir sowieso keine Fragen zu sich selbst beantworten wird, also gehe ich einfach mit dem Fluss.

»Das sind alles Erben.«

»Erben von was?«, will ich wissen. Mein Herzschlag beschleunigt sich so sehr, dass meine Wangen vor Aufregung warm werden. Was passiert hier?

Fasziniert und gleichzeitig ein wenig ängstlich sehe ich mich um, noch immer eingefroren in meiner Position.

Mit einer gewissen Irritation auf den Zügen dreht sich Amber zu mir um und macht eine unbestimmte Geste mit den Händen. »Na, der Götter.«

»Was ...« Ich rappele mich auf, lege die Stirn in Falten und schüttle den Kopf, als die Erkenntnis mich langsam durchdringt. »Verarsch mich nicht«, sage ich trocken und ziehe meine Augenbrauen hoch. So wie das aussieht, stelle ich mir eher ein Wissenschaftsexperiment vor. Oder eine soziale Studie dazu, wie man Menschen in den Wahnsinn treibt. Auf keinen Fall steckt da irgendeine übernatürliche Sache dahinter.

Oder? Verdammt, ich kann es einfach nicht wissen.

Amber legt ihren Kopf schief und sieht mich streng an. »Warum glaubst du mir nicht? Was hätte ich für einen Grund, dich anzulügen?«

»Was hättest du für einen Grund, mir die Wahrheit zu sagen?« Ich lege die Stirn in Falten und weiß, dass ich nur diskutiere, weil ich das alles nicht verarbeiten kann.

»Na gut. Aber ich bin nicht hier, um dich zu überzeugen, sondern um dir was zu erzählen. Also tu doch einfach so, als würdest du mitspielen.«

Ich schlucke angestrengt und muss mir eingestehen, dass mir das tatsächlich hilft, meine Gedanken zu ordnen. Einfach mitspielen. Ja, das kann ich machen. Und dann später alle neuen Informationen abwägen. »Na gut«, sage ich also. »Ich bin also die Erbin von Göttern.«

Es fühlt sich lächerlich an, das auszusprechen. Aber ich bin gespannt, wie sie auf diese Information aufbauen will.

Amber nickt und betrachtet mich noch immer überaus neugierig. »Was denkst du über diese Neuigkeit?«

Ich versuche, meine Gefühle in Worte zu fassen, aber es gelingt mir nicht einmal, genau zu bestimmen, was ich denken sollte, wenn es denn wahr wäre. Ich habe mir im Laufe meines Lebens so viele Gedanken dazu gemacht, warum ich bin, wie ich bin. Seitdem ich das erste Mal mit zwölf an einem Glas Sekt genippt und danach einen Tisch zerstört habe. Götter und Ähnliches standen natürlich auf meiner Liste der Möglichkeiten, aber ich glaube eigentlich nicht an dieses Fantasy-Zeug. Wenn es etwas Übernatürliches wäre, hätte ich gedacht, dass es etwas ist, von dessen Existenz die Menschen noch nicht wussten. »Ich bin unsicher«, sage ich also. »Wenn du sagst Göttererben, meinst du dann so was wie bei Marvel?«

»Du meinst Thor?« Sie blinzelt einige Male irritiert. »Der ist kein Erbe, sondern selbst ein Gott.«

Ach so. »Ja, den Film hab ich nie gesehen«, gestehe ich gedehnt.

»Den *Film?*« Sie lacht schallend. »Du bist ja süß.« Sie dreht sich um, um Nordamerika anzuschauen. Ich sitze noch immer am Boden und versuche, den Gedanken, tatsächlich von irgendwelchen Göttern abzustammen, in meinem Kopf hin und her zu wälzen.

Meine Fähigkeiten fühlen sich nicht sonderlich mystisch an. Andererseits ist die Dunkelheit, die von mir Besitz ergreift, sobald ich Alkohol trinke, schon etwas, das ich nicht mit Wissenschaft rechtfertigen kann.

»Und es gibt mehr Menschen wie mich?«, frage ich und betrachte all die Punkte auf der riesigen Weltkarte.

»Tausende. Aber viele Erben haben gar keine Kräfte. Entweder sind diese zu schwach ausgeprägt, oder sie kommen nie mit ihrem Trigger in Berührung.«

»Muss ich nachfragen?«

Abermals lacht sie. »Na, der Trigger eben. Was dich mit deiner Energie verbindet. Bei dir ist es der Alkohol.«

»Okay?« Ich verstehe es noch nicht ganz, aber es ist auch noch zu weit weg für mich. Dass der Alkohol eindeutig die auslösende Kraft bei mir ist, weiß ich ja. Aber viel spannender ist die Erkenntnis, dass es dermaßen viele Menschen gibt, die mir ähnlich sind. Warum habe ich noch nie von einem gehört? Halten sie sich alle bedeckt?

»Bei anderen sind es natürlich andere Faktoren, die ihre Kräfte auslösen«, erklärt sie weiter. »Meistens Essen. Aber einige kommen nie mit ihnen in Berührung und leben ihr Leben wie … *normale* Menschen.«

Normale Menschen. Wie beneidenswert. Das bedeutet, wenn ich nie einen Schluck Alkohol getrunken hätte, wäre ich auch ein normaler Mensch? Bis auf den ganzen Mist eben, der mir passiert ist.

Das erscheint mir einerseits wie eine schönere Version der Realität. Eine, in der die Dunkelheit nicht hinter jeder Ecke lauert und mich in ihre Fänge zu locken versucht. Andererseits wäre ich dann auch so viel verletzlicher. Ich kann und will weder mit dieser noch ohne diese Fähigkeit leben. Es ist ein verdammtes Dilemma.

»Du stammst höchstwahrscheinlich von Bacchus ab. Dem römischen Gott des Weins, des Rausches, des Wahnsinns und der Ekstase.«

Ich ziehe die Augenbrauen in die Höhe. Das klingt schon nach mir. Tatsächlich habe ich das bereits gedacht, als ich das erste Mal von diesem Gott gehört habe. Aber dass ich von ihm abstammen soll – wie soll das überhaupt funktionieren? Ich würde gern beginnen, Fragen zum Stammbaum zu stellen, aber ich weiß gar nicht, wo ich anfangen soll.

Meine Gedanken fühlen sich so durcheinander an, dass ich mich noch immer nicht von der Stelle rühren kann. Als würden meine Gedanken meinen Körper lähmen. Für einen Moment frage ich mich, ob das ein wirrer Traum ist. Ob ich gleich auf dem harten Boden meiner Zelle aufwache. Oder in meinem Bett. Aber dafür scheint alles noch zu logisch und nachvollziehbar zu sein.

»Das Besondere ist, dass du wahrscheinlich das Erbgut eines weiteren Gottes in dir trägst«, fährt Amber fort, als ich zu tief in meinem Kopf bin, um eine Frage zu stellen.

»Welchen Gottes?«, will ich leise wissen. Ich spüre, dass meine Hände schwitzig werden, also reibe ich sie aneinander und fasse mir endlich ein Herz, um vom kühlen, dunklen Boden aufzustehen.

»Vermutlich ein unbekannter Kriegsgott einer vergessenen Religion. Wir können ihn noch nicht ganz einordnen.«

Wir. Also gehört sie doch direkter zu diesen Leuten dazu.

»Ein Kriegsgott«, wiederhole ich andächtig und muss mir eingestehen, dass es vielleicht doch nicht so schwachsinnig oder unglaubwürdig ist, was sie erzählt. Auf eine wirre Weise erklärt es sogar einiges. Es erklärt, warum ich so auf Blut reagiere. Warum ich von Schlachten träume, sobald ich betrunken die Augen schließe. Warum es mich so nach Schmerz und Zerstörung verlangt.

»Deswegen machen sich die Agents hier um dich auch solche Sorgen«, fährt Amber fort, noch immer verträumt auf die Karte schauend. »Mit Kriegsgöttern hat keiner gute Erfahrungen gemacht.«

Was meint sie damit? Ich versuche, geschichtliche Ereignisse und auch jetzige Geschehnisse in meinem Kopf hin und her zu wälzen und zu überprüfen, ob vielleicht Menschen wie ich darin involviert waren. Aber das ist etwas, das ich schon so oft getan habe und bei dem ich nie zu einer klaren Erkenntnis gekommen bin.

Wenn diese Behörde derart mächtig ist, haben sie sicher auch die Möglichkeit, solche Ereignisse zu verschleiern. Warum haben sie mich dann überhaupt so lang auf freiem Fuß gelassen?

Der Gedanke macht mir Angst. Nicht nur, dass sie Menschen wie mich offenbar genau beobachten, sondern auch, dass sie so viel Kontrolle zu haben scheinen. Ich weiß nicht, warum mir erst jetzt bewusst wird, dass ich aus dieser Situation vermutlich nicht herauskommen werde.

Mir wird schwindlig. Das alles ist zu viel.

Ich will Amber fragen, wie es für mich weitergehen wird, aber sie fährt fort.

»Wir wissen nicht genau, *was* diese Mächte sind. Und diese Götter – oder wie auch immer man sie bezeichnen möchte – kommen leider nicht zu uns, um es uns zu sagen. Also kann ich dir auch nicht viele Fragen dazu beantworten. Aber wenn du noch welche hast …«

Ich lausche in mich, doch die Fragen, vor denen ich

am meisten Angst habe, bereiten mir solche innerlichen Schmerzen, dass ich mich davor fürchte, sie auszusprechen. Aber ich darf jetzt nicht feige sein.

»Wenn ich von Göttern abstamme«, setze ich also zögerlich an, »dann habe ich diese Fähigkeit also … vererbt bekommen?«

»Ja.«

»Von meinen Eltern?«

Amber sieht mich an und hebt die Augenbrauen, als würde sie an meinem Verstand zweifeln. »Ja.«

Mein Herz sinkt ein wenig tiefer, als sie dieses eine Wort ausspricht, das meine Welt erschüttert. Sie wussten es also. Sie wussten es ganz genau.

Deswegen ist meine Mutter so nervös geworden, wenn ich in der Nähe von Alkohol war. Deswegen haben sie und Großmutter darüber gesprochen, dass ich anders bin. Deswegen haben sie so viel über die Antike und die griechischen und römischen Götter erzählt.

Warum haben sie nie mit mir darüber gesprochen? Als meine Eltern gestorben sind, war ich vielleicht noch zu klein, und mein Vater hat versucht, mich mit seinen Gutenachtgeschichten auf all das vorzubereiten. Darauf, was ich bin.

Was mich ausmacht.

Aber meine Grandma. Sie hätte mir davon erzählen können. Sie wusste doch, was ich getan habe. Dass ich selbst von meinen Fähigkeiten erfahren und gelernt habe, sie zu meinem Vorteil zu nutzen.

Warum hat sie es mir verschwiegen? Warum hat sie nicht ein einziges Mal mit mir darüber gesprochen?

Ich balle meine Hände zu Fäusten, um zu verbergen, dass sie zittern. Amber beobachtet mich, als versuche sie, meine Gedanken zu lesen, während ich mein gesamtes Leben infrage stelle.

»Dein Vater und deine Großmutter stammen von Bacchus ab«, erklärt sie. Sie muss sehen, in welchem Zustand ich mich befinde. Dass ich nicht in der Lage bin, etwas zu sagen oder zu fragen. Ich bin froh, dass sie trotzdem weiterspricht. So verliere ich mich nicht allzu schnell.

»Die Untersuchungen haben ergeben, dass deine Mutter und ihre Vorfahren nie besondere Kräfte oder Auffälligkeiten aufzuweisen hatten. Die Macht des Kriegsgottes ist also erst erwacht, als sie mit der anderen Kraft kombiniert wurde.«

»Wussten meine Eltern genau, was sie sind?«, bricht es aus mir hervor. Ich weiß, dass sie es gewusst haben müssen, aber ich … ich kann sie nicht mehr danach fragen. Ich will die Bestätigung!

»Das wissen wir nicht.«

Die Enttäuschung, die sich in mir breitmacht, ist überwältigend. Ich atme tief ein und sehe mich langsam um, weil ich wirklich befürchte, mich übergeben zu müssen. Ich weiß nicht, was ich denken soll. Ich weiß überhaupt nichts mehr.

»Gehörst du zu denen?«, frage ich nach einer Weile, um mich von all den Implikationen abzulenken, die ihre Erklärungen mit sich bringen.

»Ich gehöre zu niemandem«, antwortet sie tonlos.

»Warum zeigst du mir das alles?«

»Weil ich nicht denke, dass du böse bist.«

»Aber die anderen schon?« Ich weiß, dass ich auf dieser Führung eigentlich nach einem Weg suchen wollte, hier rauszukommen. Aber mein Kopf ist viel zu voll dafür.

Sie seufzt schwer. »Die anderen haben sehr … unterschiedliche Ansichten. Ich glaube, Grayson will dir echt nur helfen.«

Ich lege die Stirn in Falten und versuche, mich wieder auf das Hier und Jetzt zu konzentrieren. Wenn ich mich in Zweifeln und Trauer verliere, komme ich nicht weiter. »Hat sie dir gesagt, dass du das sagen sollst?«

»Oh nein.« Amber lacht wie über einen Witz, den ich kennen sollte. »Sie redet nicht mit mir.«

Was für eine eigenartige Behörde. Ich frage erst gar nicht danach, weil sie sich bisher so bedeckt zu sich selbst gehalten hat, dass ich nicht mit einer klaren Antwort rechne. »Kannst du mich hier rausbringen?«, will ich also stattdessen ganz direkt wissen.

Sie verzieht den Mund. »Leider nein. Auch wenn ich gern würde.«

Tatsächlich? Ihrem bedauernden Gesichtsausdruck nach zu urteilen, glaube ich nicht einmal, dass sie lügt.

»Du könntest mir einen Drink besorgen.«

Sie sieht zu mir herüber und wirkt von einem Moment auf den anderen viel ernster als vorher. »Dann schmeißen die mich raus.«

Neben all den wirbelnden Gefühlen in meinem Inneren kehrt nun auch die Angst zurück. Was habe ich überhaupt erwartet? »Du bringst mich also zurück in meine Zelle?«

»Das sollte nur ein kleiner Ausflug sein.«

Soll ich versuchen zu fliehen? Würde sie mich aufhalten? Ich kann diese Person überhaupt nicht einschätzen.

»Du würdest also zulassen, dass sie mich hinrichten?«

»Ich denke nicht, dass ich etwas dagegen unternehmen könnte.« Sie wiegt den Kopf hin und her. »Ich glaube aber auch nicht, dass sie das tun werden.«

»Haben sie schon andere hingerichtet?«

»Ja.«

Mir wird kalt und heiß gleichzeitig, und ich wünschte, ich wäre sitzen geblieben, weil ich das Gefühl habe, gleich umzukippen. Alles dreht sich. Ich fahre mit den Fingern durch meine Haare und schließe die Augen, um die Verzweiflung zu bekämpfen. Ich habe nichts, wogegen ich all die furchtbare Energie in mir richten kann. All die Angst, die Verzweiflung, die Hilflosigkeit. »Und denkst du, sie werden mich töten?«

Amber steht dort und sieht mich nur an. Mitleidig fast. »Wie gesagt«, flüstert sie. »Die haben hier echt ein Problem mit Kriegsgöttern.«

KAPITEL 15

WAS ICH BIN

Der Raum, in dem ich an den Stuhl gefesselt bin, ist lichtdurchflutet. Sie haben mich dieses Mal an Ober- und Unterarmen und an den Füßen gefesselt, darauf bedacht, meine Handgelenke nicht weiter zu schädigen. Dr. Norman hat sich noch einmal um die Versorgung meiner Wunden gekümmert, aber bei meinem kurzen Gespräch mit ihm habe ich wenig Neues herausgefunden.

Ich werde nicht schlau aus diesen Leuten. Und all die Dinge, die Amber mir gestern Nacht erzählt hat, wirbeln noch immer durch meinen Kopf, drehen sich im Kreis, um immer wieder bei der einen Frage zu enden: Wie konnte alles nur so weit kommen?

Und wie wird es weitergehen? Ich sehe einfach keinen Ausweg.

Die Psychologin, die mit mir sprechen will, sitzt über einige Dokumente gebeugt an einem Labortisch, mit dem Rücken zu mir. Ich finde es gut, dass sie nicht sofort mit dem Gespräch begonnen hat, denn so habe ich Gelegenheit, mich erst einmal in meiner neuen Umgebung umzusehen und mich einzufinden.

Durch Glaswände grenzt dieses helle Zimmer an einige andere Labors an. Dieses Mal stehen keine Schaulustigen an den Fenstern, obwohl ich viele Wissenschaftler sehe, die an Computern arbeiten, Proben analysieren oder Besprechungen führen. Keiner scheint sich sonderlich für mich zu interessieren, was mich zumindest etwas beruhigt.

Sofern *beruhigen* das richtige Wort ist. Ich habe die ganze Nacht nicht geschlafen. Nicht nur, weil ich auf dem harten Boden kaum zur Ruhe komme, sondern auch, weil sich ein Gefühl in mir breitgemacht hat, das viel mächtiger erscheint als Verzweiflung. Ich fühle mich taub. Und hilflos.

Diese Hilflosigkeit ist so allumfassend, dass ich glaube, ein Teil meines betrunkenen Ichs sei auf mich übergeschwappt. Diese wütende Seite an mir … Ich spüre sie im Hintergrund meiner Gedanken lauern. Und sie weiß, dass ich jetzt nichts mehr zu verlieren habe.

Während ich verzweifle, denke ich darüber nach, wie ich mir in einem unachtsamen Moment doch noch eine Waffe besorge. Ich will nicht unbedingt herausfinden, ob Yoshida so schießwütig ist, wie er vorgibt. Aber wenn das mein einziger Ausweg ist …

Ich werde nicht kampflos aufgeben.

Die Psychologin steht langsam von ihrem Drehhocker auf. Sie hat sich mir als Dr. Brown vorgestellt und strahlt eine gewisse Ruhe aus. Sie ist diejenige, die gestern bei Yoshidas Befragung ans Fenster geklopft hat.

Allerdings hat sie noch nicht durchblicken lassen, warum ich hier bin. Ich weiß also nicht, ob ich bereits eine Einschätzung erwarten kann oder ob sie weitere Fragen für mich hat.

Gemächlich tritt sie durch den Raum, eine Akte in der Hand, die sie überaus penibel studiert. Sie hat weiße Haut, ist mittleren Alters und hat ein freundliches Gesicht. Ihr brauner Pferdeschwanz fällt ihr lang über den Rücken und über den weißen Kittel. Die Falten an ihren Augen weisen darauf hin, dass sie oft lacht. Eigentlich sympathische Gesichtszüge, wenn es nicht unter diesen Umständen wäre.

Ich darf mich nicht davon täuschen lassen.

»Nachfahrin alter Götter also«, versuche ich, eine Konversation zu starten.

Sie schaut über ihre Brille mit dem durchsichtigen Gestell zu mir. »Hat dir das Amber erzählt?«

»Ja.« Das scheint also etwas Gewöhnliches zu sein. Wenn ich nur genau wüsste, wer oder was Amber ist, würde es mir vielleicht gelingen, sie doch noch auf meine Seite zu ziehen. Wenn sie mich zum Ausgang schleusen würde, wäre das schon ausreichend.

»Was denkst du darüber?«, will Dr. Brown wissen.

Ich zucke mit den Schultern. »Es ergibt Sinn«, spreche ich aus, worüber ich in den letzten Stunden gegrübelt habe.

Sie geht nicht weiter darauf ein und widmet sich wieder ihrer Akte. Ich recke den Kopf ein Stück, kann aber nicht ausmachen, was darauf zu sehen ist.

»Bist du hier, um ein Urteil über mich zu fällen?«, frage ich weiter, als ich langsam unruhiger werde. Ist das eine ihrer Methoden? Will sie mich nur auf die Folter spannen?

»Ich fälle keine Urteile«, korrigiert sie mich lächelnd. »Ich bin dazu da, einzuschätzen, ob du eine Gefahr für die Menschen da draußen darstellen könntest.«

Die Menschen da draußen. Wenn ich betrunken bin, bin ich tatsächlich sicher, dass ich eine Gefahr für sie alle bin. Oft will ich es dann sogar sein.

»Und das kannst du nach so einem kurzen Gespräch wie dem gestern beurteilen?«

Sie schmunzelt. »Dieses Gespräch war in der Tat überaus aussagekräftig.«

Ich blinzle in der Hoffnung, dass dem noch eine Erklärung folgt. Meint sie das wirklich so, oder ist es Ironie? Ich denke, dass es mehr über Yoshida ausgesagt hat als über mich. Aber die Menschen hier sehen das sicherlich anders.

»Dir ist vielleicht klar, dass Haruo vor allem versucht hat, dich zu provozieren, um zu testen, wie du unter Druck reagierst.« Als sie das sagt, schaut sie mich so forschend an, dass ich mich nackt fühle.

Ich presse die Lippen aufeinander und schließe die Augen. Das habe ich vermutet, aber die Bestätigung jagt mir genauso Angst ein, wie sie mich erleichtert. Erleichterung darüber, dass mir die Behörde vielleicht wirklich nicht so feindselig gegenübersteht, wie ich dachte. Angst, weil … »Wenn das der Test war, bin ich wohl durchgefallen, was?«, äußere ich meine Bedenken.

»Allerdings.« Sie sagt es so ruhig, als wäre das nicht weiter schlimm. Ich bin sicher, dass es das trotzdem ist.

»Ich glaube nicht, dass es viel über den Charakter eines Menschen aussagt, ihn in Todesangst zu bringen«, erwidere ich nachdenklich, weiche ihrem Blick aus. »Jeder würde zum Tier werden, wenn er oder sie so in die Ecke gedrängt wird.«

»Da irrst du dich«, entgegnet sie freundlich. »Und vergiss nicht, dass wir auch noch alle Gespräche mit Ethan dazuzählen können, die du geführt hast.«

Noch ein Stich in meinem Inneren. Ich wusste von Anfang an, dass ich Ethan nicht alles erzählen kann, was in meinem Leben schiefläuft. Trotzdem habe ich ihm immer vertraut. Seit meiner Jugend. »Ihr bezieht also Aufzeichnungen von Gesprächen mit ein, von denen ihr wusstet, dass ich in ihnen nie über meine wahren Probleme sprechen konnte?«

Die Art, wie sie mich ansieht, wirkt fast mütterlich. So voller Zuneigung, aber auch Mitleid, das sich in den Fältchen um ihre Augen zeigt. »Ja. Es lässt sich trotzdem sehr viel daraus ablesen.«

Es bringt wohl nichts, die Sinnhaftigkeit zu hinterfragen. Ich würde sie gern darauf ansprechen, dass das nicht gerade moralische Maßnahmen sind, aber das würde sie mir wohl als Provokation auslegen.

Stattdessen beschließe ich, weitere Fragen zu stellen, jetzt, da ich ihre Aufmerksamkeit habe. »Nehmt ihr jeden Erben fest?«

»Nein. Die meisten lassen wir in Ruhe. Amber hat dir sicher auch erzählt, dass viele nie ihre Fähigkeiten entdecken. Und einige, die es tun, sind überaus friedlich.«

Ich schürze die Lippen und nicke. Ich denke nicht, dass es mir gelingt, zu verbergen, wie ungehalten mich dieses Gespräch macht. Vielleicht habe ich tatsächlich ein Problem mit Wut, aber diese Behörde hat dafür andere. »Ich denke, viele würden sich auch ruhiger verhalten, wenn sie sich nicht so verloren fühlen würden«, wage ich es, meinen Gedanken auszusprechen.

»Was meinst du?«

Ich schaue auf den Boden vor mir und denke nach. »Wenn ich gewusst hätte, dass es euch gibt und um was es bei meinen Kräften geht, hätte ich vermutlich ein ruhigeres Leben führen können.«

»Denkst du das wirklich?«

Warum fragt sie das? Was für einen Grund gäbe es für

mich, darüber zu lügen? Ich schaue auf und sehe ihr mit festem Blick in die Augen. »Ich bin sogar sicher. Ich hätte jemandem all meine Fragen stellen können. Ich hätte mich an jemanden wenden können, wenn ich mich unsicher oder schlecht gefühlt habe.«

Und das habe ich oft. Sehr oft sogar.

Sie lächelt. »Wir sind aber kein Kindergarten. Wir sind ebenso wenig verpflichtet, Erben wie dich davon abzuhalten, Verbrechen zu begehen, wie das FBI verpflichtet ist, Therapiestunden für die gesamte Bevölkerung anzubieten, um zu verhindern, dass jemand ein Serienmörder wird.«

Natürlich hat sie eine Erwiderung parat. Sie sagt es allerdings nicht, als wäre sie vollkommen von diesem Standpunkt überzeugt. »Mir hätte es geholfen«, stelle ich trotzdem fest.

»Das Problem ist wohl, dass der Großteil der Behörde uns mehr als Eingreiftruppe denn als Unterstützungsnetzwerk sieht. Unsere Spezialisierung liegt tatsächlich auf der Unschädlichmachung von Götternachkommen. Die meisten werden hingerichtet, aber wir haben auch die Mittel, viele für immer einzusperren. Auch Erben mit deutlich ausgeprägteren Kräften als deinen.«

Als wüsste sie, wie ausgeprägt meine Kräfte sind. In jedem Kampf, den ich bisher betrunken ausgefochten habe, habe ich mich mehr als zurückgehalten. Ich weiß selbst nicht, wo meine Obergrenze liegt. Die Leute hier können es gar nicht wissen.

»Dann solltet ihr so ein Unterstützungsnetzwerk gründen. Oder denkst *du* wirklich, dass es sinnvoll ist, den Erben einen Richter vorzusetzen, aber niemanden, der ihnen helfen kann, es besser zu machen?«

Dr. Brown sieht mich an, dann lacht sie offen. »Finde

ich gut, dass du so eine klare Vision davon hast, was du von uns erwartest.« Warum klingt das wie ein stiller Vorwurf? »Hast du auch eine Vision davon, was du von dir selbst erwartest?«

Ich blinzle einige Male irritiert, weil ich keine klare Antwort darauf habe. Ich weiß gar nicht, was sie von mir hören will; ob es überhaupt etwas gibt, das zu sagen mir helfen könnte.

Was erwarte ich von mir? Stärker zu sein. Selbstbewusster und nicht so abhängig von anderen. Aber das ist sicher nicht das, was sie hören will. Sie will sicher hören, dass ich ein Mensch sein möchte, der nur die Welt verbessern will.

Aber das wäre gelogen.

Als ich nicht antworte, legt sie ihre Akte zur Seite, stellt sich vor mich und fährt fort. »Wir müssen noch einmal auf Universal Heritage zu sprechen kommen. Deswegen bist du heute eigentlich hier.«

»Ich habe schon gesagt, dass ich nicht weiß, was das ist.«

»Ja, und das war die Wahrheit. Das wissen wir.«

Ich würde gern erfahren, woher sie das so genau wissen. Yoshida sagte, dass es hier Menschen gibt, die meine Aussagen auf ihren Wahrheitsgehalt prüfen können. Sind sie auch Erben? Gibt es welche, die mit dieser Organisation zusammenarbeiten? Oder war das irgendeine technische Komponente an diesem Verhörraum?

»Wir beobachten die Aktivitäten vieler tausend Erben genau«, erklärt Dr. Brown ruhig, mustert mich dabei unentwegt. »Aber einige bekommen wir aus unterschiedlichen Gründen nie ganz zu fassen. Wir wissen, dass Universal Heritage – oder U.H.R. – existiert. Aber wir wissen nicht, wo sie sich befinden oder welche Schritte diese Gruppe plant. Ihre Aktivitäten sind allerdings in besonderer Weise für Erben gefährlich, die sehr starke Fähigkeiten besitzen. Deswegen weise ich dich darauf hin.«

»Du meinst, falls ich doch mal wieder auf freiem Fuß sein sollte?« Das soll keine Provokation sein, sondern nur ein Versuch, meine Chancen einzuschätzen.

»Genau. Noch ist kein Urteil gefällt.«

Es macht mich so wütend, wie diese Menschen über mich sprechen, als wäre ich irgendein Ding. Ich muss einige Male blinzeln, um mich zu beherrschen. Dass ich meine Hände zu Fäusten balle, kann ich allerdings nicht verhindern.

»Was macht dieses U.H.R. denn?«, frage ich, um davon abzulenken.

»Sie verpaaren Göttererben miteinander.«

Ich hebe die Augenbrauen und schüttle den Kopf. »Was?«

»Die Anhänger dieses Kults reisen durch die Welt, um die stärksten Fähigkeiten ausfindig zu machen und die Erben dieser Fähigkeiten in ihre Sekte aufzunehmen. Sie kreuzen ihre Blutlinien miteinander, höchstwahrscheinlich, um einen übermächtigen Erben zu erschaffen. Jemanden, der viele verschiedene Fähigkeiten in sich trägt.«

Ich muss mich ein wenig dazu durchringen, einen angewiderten Gesichtsausdruck aufzusetzen, weil die Idee mich fasziniert. Nicht, eine überlegene Blutlinie zu erzeugen, sondern dass es da draußen Menschen gibt, die so genau wissen, wer sie sind. Woher sie kommen.

Warum habe ich nie etwas von solchen Aktivitäten mitgekriegt? Das muss doch schier unmöglich zu verschleiern sein.

»Wie lang machen die das schon?«, will ich wissen.

»Seit etwa fünfhundert Jahren. Sie sind jetzt in der elften Generation.«

Ich überlege einige Sekunden lang, bevor ich die nächste Frage stelle. »Und denkt ihr, ich wäre für die interessant?« Rasch schüttle ich den Kopf. »Also könnten die eine Gefahr für mich sein?«

Dr. Brown zieht die Augenbrauen hoch. »Extrem sogar. Das Ausmaß deiner Kraft ist noch unbestimmt. Bisher kennen wir keine Obergrenzen. So etwas kommt sehr selten vor.« Sie deutet auf mich. »Außerdem hast du zwei Götter in dir. Das ist eine Kombination, die dich und deine Nachkommen sehr interessant für U.H.R. machen dürfte. Das ist ein weiterer Grund dafür, warum wir Bedenken haben, dich weiter auf freiem Fuß zu lassen.«

»Ich habe nicht vor, ein Monster-Baby zu bekommen«, sage ich lächelnd, aber sie wiegt den Kopf hin und her, als könnte ich mir da nicht so sicher sein.

Ich frage mich, was sie denkt, während sie mich anschaut. Dann wendet sie sich allerdings ab und geht wieder auf die Akte auf ihrem Schreibtisch zu.

»Ich sollte dir vielleicht auch sagen, dass Yoshida die Angriffe gegen dich nicht persönlich meint«, fährt sie fort, ohne mich anzusehen.

»Die fühlten sich aber persönlich an«, entgegne ich. Und selbst wenn er sie nicht so gemeint hat, ändert das nichts an seinen Handlungen.

»Seine Frau wurde von U.H.R. getötet. Das war erst vor zwei Jahren. Sie haben ihn mit seiner kleinen Tochter zurückgelassen.«

Er ist also Vater? Das passt nicht so recht zu dem Bild, das ich bisher von ihm hatte.

»Wir vermuten, weil er ihnen zu dicht auf den Fersen war. Viele andere Angehörige der Behörde sind vermutlich U.H.R. zum Opfer gefallen. Unter anderem auch Graysons Eltern.«

»Vermutlich?« Arbeitet sie bei der Behörde, weil ihre Eltern Agenten waren? Ich stelle die Frage nicht, weil ich will, dass sie weiterspricht.

»Wir wissen es nicht genau, aber wir vermuten es. Wir haben bisher so gut wie keine Informationen über Universal Heritage, obwohl wir ganze Teams haben, die sich nur der Suche nach ihnen widmen.«

Ich schlucke schwer und frage mich nach wie vor, warum sie mir das alles erzählt. Will sie meine Reaktion auf diese Kultsache überprüfen?

Wenn ich könnte, würde ich die Arme verschränken. Wie ich hier sitze, fühle ich mich so nackt.

Die Psychologin sieht mich noch einmal kurz und intensiv an, verlagert ihr Gewicht auf ein Bein und nickt schließlich. »Ich denke, das war es erst einmal für heute.«

Wirklich? Ich dachte, da würde noch irgendetwas kommen.

»Ich fände es nett, wenn wir uns in den kommenden Tagen noch ein wenig unterhalten könnten. Außerdem werden dir einige Agents die Behörde zeigen, um dich mit unserer Arbeit vertraut zu machen. Ist das okay für dich?«

»Ist es«, grummle ich. Warum sollten sie mir die Behörde zeigen? »Aber ich kann ja auch schlecht ›Nein‹ sagen.«

»Das könntest du«, erwidert sie lächelnd und betätigt einen Knopf an ihrem Schreibtisch, vermutlich, um den Agents mitzuteilen, dass sie fertig ist. »Aber so ist es für uns alle einfacher.«

»Was ist mit der Uni?«, will ich wissen. »Und mit meinen Freunden? Habt ihr wirklich behauptet, dass ich auf einem Ausflug bin?«

»Haben wir«, bestätigt sie knapp. »Mach dir keine Sorgen, die werden dich schon nicht vermissen.«

Wieder etwas, das eigentlich nett klingt, mir in Wirklichkeit aber Angst macht.

Niemand vermisst mich.

Nein, das glaube ich nicht. Logan muss erkennen, dass etwas nicht stimmt. Er weiß, dass ich nie gehen würde, ohne ihm vorher Bescheid zu sagen.

»Und das Phantombild, das von mir angefertigt werden sollte?«

Durch die Glaswand sehe ich, wie vier muskelbepackte Menschen sich durch die Gänge auf uns zubewegen.

»Wir haben die Anfertigung gestoppt.« Sie wirft den Neuankömmlingen einen Blick zu. »Außerdem unternehmen wir einiges an Anstrengungen, um die Verbreitung Captain Wodkas in den Medien einzuschränken. Damit mal ein wenig Ruhe einkehrt.«

Ich atme tief durch. Vielleicht ist das eine gute Idee. Vor allem für D.I.E.T., wenn sie mich langsam von der Bildfläche verschwinden lassen wollen.

Aber dass sie Logan und seine Familie davon abhalten können, eine großangelegte Suche nach mir zu starten, wage ich trotzdem zu bezweifeln.

KAPITEL 16

WAS ICH LERNEN SOLLTE

Ich hatte fest damit gerechnet, dass die Agents mich nach meinem Gespräch mit Dr. Brown wieder in meine Zelle zurückbringen würden. Zu meiner Überraschung haben sie mir allerdings neue Kleidung gegeben und mich – wenn auch nur kurz und unter Überwachung – duschen lassen. Zum ersten Mal seit meiner Festnahme fühle ich mich wie ein Mensch.

Während vier Agents mich durch die Gänge geleiten, mich fest an den Oberarmen haltend, die Hände natürlich wieder vor dem Körper gefesselt, genieße ich den süßlichen Geruch, den das Duschgel auf meiner Haut hinterlassen hat, den weichen Stoff des schwarzen Pullis mit dem D.I.E.T.-Logo auf der Brust und die frische Leggings, die sich an meine Beine schmiegt.

Obwohl ich endlos müde bin und mein Körper nach wie vor von den Nächten auf dem harten Boden schmerzt, koste ich das warme Licht des Morgens aus, das durch die alten Fabrikfenster in einem der Flure fällt.

»Wohin gehen wir?«, will ich wissen, nachdem wir schon fast zehn Minuten unterwegs sind. Dieses Gebäude ist riesig und wirkt bei jedem Weg hindurch, als würde man unterschiedlichste Häuser in unterschiedlichsten Stilen durchqueren. Von modernen Büros, die wie pseudohippe Werbeagenturen anmuten, über klassische, ranzige Cop-Reviere bis hin zu Labors und Forschungszentren ist hier alles zu sehen.

Ich kenne mich nicht aus, aber ich weiß, dass wir uns nicht auf dem Weg in die Zellen befinden.

Eine durchtrainierte Frau mit langem, dunkelrotem Haar und dunkler Haut antwortet. »Ich möchte dir das Einsatzteam vorstellen.«

Sie hat also in dieser Gruppe das Sagen.

»Mein Name ist Alivia«, erklärt sie, ohne mich anzusehen. »Ich bin zuständig für die Kommunikation der Einheit für den aktiven Kampf gegen Göttererben.«

Ich beobachte ihre Gesichtszüge aufmerksam, während sie spricht. Sie wirkt ganz entspannt und hat einen überraschend weichen Zug um den Mund.

»Warum soll ich dieses Einsatzteam denn kennenlernen?«, will ich wissen. Wollen sie mich einschüchtern, indem sie mir die Leute zeigen, die für gewöhnlich gegen Menschen wie mich kämpfen?

Sie zuckt mit den Schultern, als wäre das nicht so wichtig. Als hätten sie sich wenig dabei gedacht, dabei kann das nicht sein. Aber vielleicht erklären sie mir später mehr dazu.

»Sind Grayson und Haruo dabei?«, frage ich weiter.

»Sie sind Teil des Teams«, antwortet sie schwammig, dann tritt sie bereits auf eine Tür hinter einer Backsteinmauer zu.

Der Raum dahinter ist groß, gänzlich in Backsteinwände gekleidet, und durch die dreckigen Scheiben der großen Industriefenster fällt Licht herein. Der Blick hinaus ist so mit Schmutz verschleiert, dass ich kaum etwas anderes als schemenhafte Fabrikanlagen erkenne. Könnte Brooklyn sein, wenn wir uns nicht allzu weit entfernt haben. Aber je nachdem, wie lang ich am Anfang betäubt war, könnten wir uns natürlich auch überall anders in den Vereinigten Staaten befinden.

Die drei Agents lassen mich los und schließen die Tür hinter sich, als sie den Raum verlassen. Alivia geleitet mich zu einem einzelnen Stuhl mitten in diesem großen Raum, dann tritt sie auf zwei andere Personen zu, die sich meinem Stuhl gegenüber niedergelassen haben, und setzt sich zu ihnen. Uns trennen mehrere Meter voneinander.

Bis auf die vier Sitzgelegenheiten gibt es hier kaum etwas. Nur ein paar Sportmatten und Fitnessgeräte in den Ecken des Zimmers.

»Was soll ich hier?«, will ich wissen und mustere die drei. Ich bin sicher, dass ich sie alle in dem Glasraum während meiner Befragung gesehen habe. Sie haben als Gruppe eine sehr einprägsame Optik.

Nervös, weil ich vor diesen Menschen wie auf dem Präsentierteller sitze und sich niemand dazu berufen fühlt, meine Frage zu beantworten, rutsche ich auf meinem Stuhl hin und her und betrachte die drei Fremden genau. Sie scheinen alle in den Zwanzigern zu sein, vermutlich in Haruos Alter. Der junge Mann sieht aus wie von den Special Forces der Marines. Groß, weiß, unglaublich muskulös, Militär-Haarschnitt und stechend blaue Augen. Die Frau neben ihm hat extrem kurze, silbrig-weiße Haare, die zu ihrer blassen Haut passen. Sie trägt einen sauber sitzenden Anzug, der sie streng aussehen lässt. Und diese

Alivia hat im Vergleich zu den anderen beiden ein überraschend weiches Aussehen, obwohl sich deutliche Muskeln unter ihrer dunklen Haut abzeichnen.

Der Militärkerl richtet sich auf, tritt auf mich zu, und automatisch rutsche ich ein Stück zurück. Er reicht mir allerdings nur mit einem versöhnlichen Lächeln die Hand. »Erst mal sorry, dass sich unser Kollege so scheiße verhalten hat«, sagt er. Er macht einen überaus freundlichen Eindruck, aber er hat es mit seiner Ausstrahlung wohl auch nicht nötig, sich feindselig zu verhalten, um Dominanz zu beweisen.

Im Gegensatz zu diesem Yoshida.

Zögerlich ergreife ich seine große Hand, und er schüttelt meine mit einem viel zu festen Druck. Ich lasse mir nicht anmerken, dass der Schmerz der Wunde an meiner Handfläche mich durchzuckt.

»Wo ist der denn?«, will ich wissen.

Die Frau mit den weißen Haaren zieht die Augenbrauen in die Höhe und setzt ein schiefes Lächeln auf, als der Militärtyp sich wieder niederlässt. »Warum? Vermisst du ihn?«

»Sehnlichst«, säusle ich ironisch, achte aber darauf, amüsiert dreinzuschauen, um nicht provokativ zu wirken.

Sie lachen zum Glück alle entspannt. Solange ich noch nicht weiß, woran ich bei ihnen bin, lehne ich mich lieber nicht zu weit aus dem Fenster. Ich brauche nicht noch mehr Feinde.

Der junge Mann wendet sich zu seinen Kolleginnen um. »Ich würde sagen, wir stellen uns kurz vor, und dann beginnen wir mit der Führung?«

Führung? Also soll das die Einweisung in die Behörde werden, die Dr. Brown angekündigt hat? Ich sehe jeden

Einzelnen an und weiß nicht, ob ich bereit dafür bin. Irgendwie habe ich gehofft, Grayson wäre dabei.

»Klingt gut.« Die Frau mit den kurzgeschorenen Haaren nickt mir zu. »Mein Name ist Hunt. Zuständig für Strategie und Organisation bei Einsätzen, wenn es um deinesgleichen geht.«

Meinesgleichen. Es wird lang dauern, mich daran zu gewöhnen, dass ich von diesen Menschen einer Gruppe an Feinden zugeordnet werde, von deren Existenz ich bisher nicht einmal etwas wusste. »Hunt passt«, murmele ich, und die anderen lachen.

»Wenn du wüsstest, wie sehr«, sagt der Militärtyp, dann nickt er mir zu. »Ich bin Tate. Zuständig für Waffen und alles, was Wumms macht.« Er grinst verschmitzt, und ich bin überhaupt nicht beruhigt, wenn ich mir vorstelle, dass er vielleicht an etwas getüftelt hat, um gegen mich zu kämpfen.

»Wir haben ja schon kurz miteinander gesprochen«, sagt Alivia. Sie redet so leise, dass sie irgendwie reserviert erscheint. »Ich bin zwar auch hin und wieder im aktiven Einsatz, beschäftige mich aber vor allem mit der Vermittlung zwischen dem Einsatzteam und der Behörde. Und dem Einsatzteam und den örtlichen Behörden.«

Vermittlung und Kommunikation also. Mit ihr hätte ich lieber bei dem Verhör gesprochen als mit Yoshida.

»Gemeinsam mit Haruo und Grayson sind wir die Sondereinsatztruppe«, erklärt Tate, woraufhin ich sie alle noch mal intensiv mustere.

So junge Menschen sind die Sondereinsatztruppe? Andererseits wundert es mich nicht mal, nach allem, was ich hier erlebt habe. Wer weiß, über welche speziellen Fähigkeiten sie verfügen.

»Und ihr sollt mich durch die Behörde führen?«, frage ich. »Warum?«

Tate zieht die Augenbrauen in die Höhe. »Hast du nicht selbst zu Dr. Brown gesagt, dass du Hilfe gut fändest und nicht nur über dich gerichtet werden soll?« Er lächelt zufrieden.

Alivia schaltet sich etwas ernster ein: »Dr. Brown hat hervorgehoben, dass du ein gewisses Maß an Kooperationsbereitschaft durchblicken lässt. Wir wollen das hier nutzen, um deine Gefahrenstufe weiter einzuschätzen.«

Okay, das klingt überraschend ehrlich. Bedeutet, wenn ich mich gut anstelle, kann ich Pluspunkte sammeln. »Wo ist Grayson?«, stelle ich sofort die nächste Frage.

Dass sie Yoshida nicht unbedingt mit mir in einen Raum bringen wollten, kann ich verstehen. Aber die Behörde hat offenbar sehr viel darauf gesetzt, dass Grayson und ich eine persönliche Verbindung herstellen, also verstehe ich nicht, warum sie sie nicht dabeihaben wollen.

»Sie hat zu tun«, fertigt mich Tate knapp ab. »Du kommst zuerst mit mir mit. Dann übergebe ich dich den anderen beiden.«

Mir bleibt nichts anderes übrig, als zu nicken. Aber obwohl ich noch sehr unsicher bin, was ich von der Sache zu halten habe, kann ich nicht leugnen, eine gewisse Aufregung zu empfinden. Je mehr ich über diese Behörde erfahre, umso früher komme ich hier vielleicht wieder heraus.

Bei all den Spaziergängen durch das gewaltige Gebäude wird mir erst klar, wie schwach ich eigentlich bin. Ich bin müde, ebenso wie meine Beine und meine Augen. Es fällt mir schwer, mit Tate Schritt zu halten. Allerdings ist er zumindest freundlich genug, sein Tempo hin und wieder zu drosseln, während er mich durch all die Gänge und Büros führt.

Trotz meiner mangelnden Aufnahmefähigkeit versuche ich, mir jede Information einzuprägen, die er mir über D.I.E.T. mitteilt. Über die Polizeieinheiten, die eingesetzt werden, wenn angeblich übernatürliche Vorfälle gemeldet werden. Über die Ahnenforscher, die die Vererbung der Fähigkeiten über Generationen hinweg nachvollziehen. Über die Abteilung, die damit beschäftigt ist, die Aktivitäten der bekannten Erben zu verfolgen.

Nur auf meine Frage, wie viele Menschen in dieser Behörde in New York arbeiten, hat er sehr schwammig mit »sehr viele« geantwortet.

»Kommen die anderen beiden noch dazu?«, will ich wissen, während wir durch einen gläsernen Flur schlendern und ich die Agents in den Büros beobachte wie Tiere im Zoo. So ist der Spieß wohl umgedreht.

»Nein, die haben zu tun.« Tate zuckt mit den Schultern. »Sie haben zwar auch angeboten, die Führung zu leiten, aber ich bin der freundlichste von allen.« Wieder grinst er, aber ich denke eher, dass er auf mich aufpassen soll, weil er vermutlich keine Waffe braucht, um mich k. o. zu bekommen. Nicht, dass es in meinem Zustand viel dazu bräuchte.

»Und Grayson?« Ich weiß, dass ich das schon gefragt habe, aber mit der Ausrede, dass sie keine Zeit hätte, will ich mich nicht abspeisen lassen. Wenn sie diejenige war, die mit meiner Beobachtung beauftragt war, sollte ich wohl ihre oberste Priorität sein.

Tate sieht mich forschend an. Sein Blick gleitet unauffällig auf meine in Handschellen gelegten Hände, dann wieder zu meinem Gesicht.

»Ehrlich gesagt wussten wir nicht genau, wie du reagieren würdest. Immerhin verlief euer letztes Gespräch nicht so gut.«

Ich seufze und schaue ebenfalls auf meine Hände hinab. Die Handgelenke werden noch lang schmerzen. Ich versuche, sie so wenig wie möglich zu bewegen. »Es wäre besser verlaufen, wenn sie mich nicht belogen hätte«, murmele ich.

»Wärst du denn hierhergekommen, wenn sie dir die Wahrheit von Anfang an gesagt hätte?«

Ich weiche seinem Blick aus, denke aber ernsthaft über die Frage nach. Hätte sie es mir gleich in der Bar gesagt, wäre ich vermutlich in Panik verfallen und geflohen. Und in dem Pizzaladen auch. »Nein«, antworte ich also ehrlich. »Wäre ich nicht.«

»Dann verstehst du hoffentlich, warum sie sich so verhalten hat.« Er zuckt mit den Schultern und hebt die Augenbrauen. »Nicht, dass ich denke, du müsstest etwas verzeihen. Aber sie ist nicht anwesend, weil wir wissen, dass es schwierig zwischen euch ist. Damit nicht noch mal was passiert wie mit Haruo.«

Haruo. Ich hoffe, dass er nicht dabei ist, weil er Strafarbeiten machen muss, dafür, wie er mich behandelt hat.

»Der Gute ist etwas grob«, erklärt Tate überraschend, ohne meine Nachfrage. »Aber er hat ein gutes Herz.«

»Bestimmt«, sage ich gedehnt, glaube aber nicht eine Sekunde daran. »Wussten meine Eltern von dieser Behörde?«, frage ich direkt weiter, jetzt, da er anscheinend nicht mehr viel zu erklären hat. Die Frage brannte mir schon die ganze Zeit auf der Zunge. »Und wussten sie, woher sie stammen?« Dass meine Familie immer eine so große Faszination für die Antike hatte, lässt zumindest darauf schließen, dass sie es vermutet haben.

»Wir haben deine Eltern und Großeltern überwacht«, sagt er im Gehen. »Aber da sie sich sehr unauffällig verhalten haben, haben wir nie Kontakt zu ihnen aufnehmen müssen.«

Zumindest das passt zu dem Bild, das ich bisher von meiner Familie hatte. Friedlich und unaufgeregt.

»Also, mein Vater stammt von Bacchus ab?« Der römische Gott des Weines. Das ist schon ziemlich cool.

»Genau. Und deine Mutter von einem unbekannten Kriegsgott. Aber ihre Fähigkeiten sind nie zum Vorschein gekommen. Ihre Vorfahren aus älteren Zeiten waren wohl für ihre außergewöhnliche Stärke bekannt, aber viele Fähigkeiten werden über die Generationen hinweg schwächer. Die Nachfahren von Bacchus haben nur die zweifelhafte Fähigkeit, sehr schnell betrunken zu werden und viel zu vertragen.« Er deutet auf mich. »Die Mischung macht's bei dir.«

»Wusstet ihr vorher, dass das aus mir werden würde?«

»Wir haben gehofft, dass aus dir ein normales Kind wird«, sagt Tate, dann lacht er allerdings. »Also meine Vorgänger. Ich bin ja kaum älter als du.«

Ich nicke verstehend und sammle mich kurz, bevor ich die nächste Frage stelle. Die, die mir schon seit einer Weile auf der Seele brennt und die ich doch noch nicht zu fragen gewagt habe. »Habt ihr etwas mit dem Tod meiner Eltern zu tun?«

Auf einmal verlangsamt Tate sein Tempo und sieht mich perplex an. »Natürlich nicht«, sagt er. »Was sollten wir für einen Grund gehabt haben?«

Ich atme tief durch und bin ehrlich erleichtert über seine Reaktion. Entweder ist er ein besonders guter Lügner, oder er sagt die Wahrheit.

»Warum habt ihr ihnen nicht geholfen?« Wenn D.I.E.T. uns überwacht hat, hätten sie den Angriff sicher kommen sehen können. Hätten sie nicht eingreifen können?

Tates Blick wird auf einmal ernst. »Die Kerle, die den Mord begangen haben, waren uns unbekannt«, sagt er und sieht mit düsterem Blick geradeaus. »Wären sie Erben und auf unserem Radar gewesen, hätten wir ihre Aktivitäten natürlich verfolgen und intervenieren können. Aber für meine Vorgänger war das wohl genauso überraschend wie für euch.«

Ich schlucke schwer und atme tief durch. Also war zumindest dieser Vorfall genau das, was ich immer vermutet habe: ein sinnloser Akt der Gewalt. Ohne etwas Übernatürliches dahinter. Irgendwie beruhigt es mich, dass sich zumindest daran nichts geändert hat. Sonst müsste ich mein Weltbild noch deutlich mehr umformen.

»Tut mir total leid, dass du das durchmachen musstest«, sagt Tate, nachdem wir eine Weile geschwiegen haben.

Ich zucke mit den Schultern und versuche, es abzutun. »Ach, das ist ja schon eine Ewigkeit her.« Das macht es nicht wirklich besser, aber die Menschen erwarten es.

»Diese Orte und Namen, die Yoshida genannt hat. Sind das alles andere Göttererben?«, will ich wissen, um wieder von dem Thema abzukommen. Ich habe keine Lust, mir weitere Mitleidsbekundungen anzuhören. Vor allem, weil ich den Kerl gar nicht kenne. Außerdem habe ich vorerst genug Informationen zu verarbeiten.

»Du meinst bei der Befragung?«

Ich nicke.

»Ja, aber das waren nur eine Handvoll aus New York. Stichproben, praktisch.«

»Wie viele Erben gibt es denn in etwa?«

»Wir spüren jedes Jahr mehrere neue auf. Ein paar tausend sind es schon.«

Ein paar tausend. Alles Menschen, die sind wie ich. Hätte ich nur einen kennengelernt, als ich noch ein Kind war. Dann wäre mein Leben sicherlich anders verlaufen.

»Eher ein paar zehntausend!«, ruft eine Frau uns nach, die gerade vorüberkommt. »Wenn man bedenkt, wie viele allein in New York leben!«

Tate verdreht die Augen in einem spielerischen Flunkern in ihre Richtung, und sie wirft ihm einen frechen Luftkuss zu, bevor sie sich wieder umwendet.

Tate deutet auf den verglasten Bereich, an dem wir gerade vorbeigehen. Hinter den Wänden befinden sich Projektionen von Stammbäumen und viele Menschen an etlichen Schreibtischen, die meisten am Telefon.

»Hier wird auch Ahnenforschung betrieben«, erklärt Tate. An so einem Bereich sind wir schon einmal vorbeigekommen. Oder war es derselbe?

Ich habe vollkommen die Orientierung verloren. Unterwegs habe ich einige Male geschaut, ob ich vielleicht eine Eingangshalle entdecke oder einen Bereich, der aussieht, als würde es hinausgehen. Aber in diesem Labyrinth werde ich mich vermutlich nie zurechtfinden.

»Das ist so ziemlich unser größter Bereich«, sagt er. Also vielleicht doch ein anderer als vorhin. »Wir haben hier auch eine zentrale Sammelstelle für alle D.I.E.T.-Behörden der Welt. Die Ahnenforschung wird nicht nur digital betrieben, sondern viele unserer Agents sind auch ständig unterwegs, um Verbindungen in Kirchenbüchern und Archiven zu recherchieren.«

Ich nicke und denke, dass das sicher ein Job wäre, der meinen Eltern und meiner Großmutter gefallen hätte.

Wie anders mein Leben verlaufen wäre, wenn sie in Kontakt mit diesen Menschen gestanden hätten.

Ich frage mich noch immer, was sie wohl von mir halten. Einige werfen mir – auch aus diesen Büros – freundliche Blicke zu. Andere wirken eher skeptisch. Aber was hat das wirklich zu bedeuten? Warum machen sie sich die Mühe, mir alles zu zeigen? Das wirkt tatsächlich vertrauensvoll, aber … Ich weiß einfach nicht, wie es weitergehen soll.

»Worüber grübelst du?«, will Tate wissen.

Ich fahre mir mit der Zunge über die Lippen, entscheide aber, ehrlich zu antworten. Lügen bringt mir an diesem Punkt wohl auch nichts mehr. »Ich denke, wenn ihr mir das alles erzählt, ist die Chance wohl relativ gering, dass ich hier wieder rauskomme.« Als ich das ausspreche, fährt mir ein Schauer über den Körper.

Das kann nicht sein. Mein Leben war nicht perfekt, aber ich will keine Gefangene sein. Ich muss hier raus.

»Wie kommst du darauf?« Er wirkt tatsächlich irritiert von meiner Aussage, was mir zumindest ein wenig Hoffnung gibt.

»Na, würdet ihr mich wirklich einfach gehen lassen mit all dem Wissen?« Ich blinzle irritiert. »Habt ihr keine Angst, dass ich damit an die Presse herantrete?«

Er lächelt grimmig. »Wir sind den Regierungen aller Länder direkt unterstellt. Wenn etwas nicht verbreitet werden soll, können wir schon dafür sorgen.«

»Klar«, sage ich leise. Abgesehen davon, dass mir das

sowieso niemand glauben würde. Eine Behörde für Übernatürliches.

Ich würde ihn gern direkt fragen, wie es mit mir weitergehen soll, weil bisher alle nur so schwammige Antworten gegeben haben. Aber bei ihm ist es sicherlich auch nicht anders. Er wird sagen, dass wir warten müssen.

Auf was auch immer.

Ich muss mir etwas überlegen.

KAPITEL 17

WONACH FREIHEIT RUFT

Nach der Führung durch die Behörde und einem kleinen Mittagessen hat Tate mich in meine Zelle gebracht. Seitdem habe ich geschlafen, was mein Gefühl für Zeit vollkommen zerstört hat. Die dauerhafte Anspannung, dass jederzeit jemand hereinkommen und mir mitteilen könnte, dass sie entschieden haben, mich nie wieder freizulassen, macht mich ruhelos. Ich habe das Gefühl, den Verstand zu verlieren.

In dieser Nacht sitze ich die meiste Zeit wach auf einem neuen, behelfsmäßigen Bett und starre in die Dunkelheit. Ich weiß nicht, seit wie vielen Tagen ich bereits hier bin, weil ich nicht weiß, wie viele Stunden ich jeweils betäubt geschlafen habe.

Ich gebe mich der stillen Hoffnung hin, dass Amber auch heute Nacht auftauchen wird. Dass sie mir noch einmal eine nächtliche Führung anbietet. Dann kann ich vielleicht endlich Hilfe rufen oder irgendeinen Plan zur Flucht entwickeln. Selbst wenn mich die Verwirklichung einige Nächte kostet.

Es war unüberlegt, genau das nicht schon in der ersten

Nacht zu tun. Aber gestern war ich wegen all der neuen Informationen zu sehr durch den Wind.

Ich denke, jetzt bin ich aufnahmefähiger. Und das Gespräch mit der Psychologin war nicht nur erhellend, sondern auch in gewisser Weise beruhigend. Ich kann mir nicht ganz sicher sein, aber ihre Aussicht auf meine Zukunft klang deutlich positiver als das, was die anderen mir bisher prophezeit haben. Vielleicht wollen sie mir nur Angst machen? Wenn ja, steckt Amber mit dahinter?

Ist sie vielleicht Teil des Plans?

Egal, was sie ist, ich hoffe, sie kommt.

Ich sitze aufrecht an die Wand meiner Zelle gelehnt, bin allerdings mehrere Male eingenickt. Die Lampe auf der anderen Seite des Raumes leuchtet in einem dunklen Blau, was symbolisiert, dass Nacht ist. Ich hefte meinen Blick daran, um nicht ganz einzuschlafen und Amber nicht zu verpassen.

Gerade als ich doch darüber nachdenke, für diese Nacht aufzugeben, taucht die junge Frau in ihrem Hausmeister-Overall auf. Mitten im Raum, genau wie die Male zuvor.

Sie muss auch ein Erbe sein. Es gibt keine andere Erklärung dafür.

»Guten Abend«, sagt sie. Ich kann ihr Gesicht nicht ganz erkennen, weil das Licht in ihrem Rücken scheint, aber ihre Stimme ist ernster als zuvor.

»Hallo«, sage ich und passe mich an ihren leisen Tonfall an. »Machen wir wieder einen Ausflug?«

Sie schüttelt ihren Kopf, dann tritt sie auf mich zu. Selbst in der Dunkelheit erkenne ich, dass sie etwas in den

Händen trägt, und für eine Sekunde bekomme ich Angst, schiebe mich weiter gegen die Wand.

Dann sehe ich, dass es eine Flasche ist. Und meine Augen werden groß, als ich glaube zu verstehen.

»Wir müssen jetzt ganz vorsichtig sein«, flüstert Amber und bückt sich zu mir herab. So wie sie vor mir hockt, blockiert sie die Sicht vom Spiegel aus. Sacht drückt sie mir die Flasche entgegen und öffnet den Verschluss. Ihre Hände sind weich, als sie meine berühren.

Der scharfe Geruch des Getränks steigt mir sofort in die Nase. Das ist Wodka.

»Werden wir nicht beobachtet?«, flüstere ich noch leiser.

»Nein, ich hab nachgesehen«, antwortet sie. »Boone hat heute Schicht, der schläft gerade. Wie immer.«

Ich runzle die Stirn. Allein das kühle Glas zwischen meinen Händen gibt mir ein Gefühl von Kraft und Sicherheit. Mein Puls beschleunigt sich allein bei dem Gedanken, die Flasche an meine Lippen zu setzen.

»Warum?«, frage ich, bevor ich etwas überstürze.

»Weil ich dir helfen will.«

Ich halte mich zurück, sofort nach dem Getränk zu greifen, weil ich mir nicht vorstellen kann, dass sie sich einfach so dazu entscheiden sollte, mich rauszuholen. Die Behörde hat sich heute sehr offen und recht vertrauensvoll gezeigt. Vielleicht wollen sie hiermit testen, ob ich so friedlich bin, wie ich mich gebe.

Oder Amber will mir wirklich helfen, und es wäre die falsche Entscheidung, ihr Angebot abzulehnen. So eine Chance bekomme ich eventuell nicht noch mal.

»Ist das eine Falle?«, frage ich freiheraus, bevor ich zu lang grüble. Womöglich kann ich aus ihrer Reaktion ablesen, wie ich mich entscheiden soll.

»Nein«, sagt sie mit sicherer Stimme. »Ich mag dich und will dir helfen. Sie halten hier viele Erben zu Recht fest, aber du bist keine von ihnen.«

Ihr Konzept von Hilfe war bisher sehr undurchschaubar. Ich kenne sie nicht und kann nicht einschätzen, ob sie lügt. Aber Himmel … Mein Atem wird schon schneller.

Ich versuche, die Sache im Kopf durchzuspielen. Vielleicht ist es eine Falle. Aber selbst wenn, wäre es sehr unbedacht von ihnen, mir bereitwillig Alkohol zu geben. Sie wissen, welche Wirkung er auf mich hat, wenn auch nicht, zu welchem Ausmaß.

Selbst wenn sie mich testen wollen, stehen die Chancen gut, mich trotzdem mit Gewalt zu befreien. Eine ganze Flasche Wodka macht mich unbesiegbar.

»Ich würde dir die Türen ja öffnen, aber ich hab eine Vereinbarung mit den Agenten der Behörde«, sagt Amber, während ich noch nachdenke.

»Und diese Vereinbarung bezieht sich nicht darauf, Erben die Trigger für ihre Fähigkeiten zukommen zu lassen?«, will ich skeptisch wissen.

»Es gibt einige Lücken.« Sie hält mir die Flasche dringlicher entgegen. »Willst du nun oder nicht?«

Sie hat recht, ich muss eine Entscheidung treffen. Der Kerl, der mich überwacht, wird nicht ewig schlafen, und wenn es ein Zeitfenster hierfür gibt, schließt es sich sicher bald. Sofern sie denn einen Plan hat.

»Wie soll das ablaufen?«, will ich wissen.

»Du wirst dich vor allem freiboxen müssen, aber ich denke, das schaffst du schon.«

Ich ziehe die Augenbrauen hoch und schüttle den Kopf. »Okay?!«

»Also, wir sollten loslegen, bevor Boone aufwacht. Du reißt dich los und verlässt das Gebäude. Kannst du die Tür aufbrechen?«

Ich sehe auf die Flasche hinab. Das muss ein Liter sein, vielleicht sogar anderthalb. »Damit kann ich das Gebäude einreißen.« Es soll eigentlich ein Scherz sein, aber selbst in der Dunkelheit sehe ich, dass sie sich anspannt.

»Bitte nicht. Ich bin diejenige, die das wieder aufräumen muss.«

Ich räuspere mich. »Klar.« Ich nicke langsam vor mich hin und entscheide: Ich werde es tun. Amber wirkt tatsächlich, als wolle sie mir helfen. Und auch wenn ich das alles noch nicht verstehe, werde ich es versuchen. Ich werde es schaffen. »Da gibt's nur ein Problem: Ich hab keine Ahnung, wo ich langmuss.« Ich weiß nicht mal, in welchem Stockwerk wir uns befinden. »Und wenn du nicht willst, dass ich alle Wände über und unter mir einreiße, muss mir jemand den Weg zeigen.«

Amber wiegt den Kopf hin und her. »Ja, ich helfe dir. Mach nur nicht so viel kaputt. Ich kann die Kameras austricksen.«

Was kann sie eigentlich alles? Vielleicht kann ich später noch danach fragen. »Geht klar!«

»Okay, sobald du raus bist, läufst du nach rechts, auf die große Tür zum Zellenblock zu. Von da aus den Flur runter und links halten, dann kommst du ins Treppenhaus. Keine Ahnung, ob du da 'nen Superheldensprung runter machen kannst, aber auf jeden Fall musst du ins Erdgeschoss. Vom Treppenhaus aus kannst du die Eingangshalle schon sehen. Wir treffen uns an der Ecke, denn da ist einiges an Wachpersonal, und ich will nicht, dass die verletzt werden.«

»Ich hab nicht vor, jemanden zu verletzen.« Zumindest nicht mehr als nötig, um mich zu befreien.

»Vor dem Gebäude läufst du am besten in Richtung Hafen. Da solltest du dich hoffentlich verstecken können.«

Hafen? »In welchem Stadtteil befinden wir uns?«

»Brooklyn.« Sie sieht sich um, dann lehnt sie sich noch ein Stück weiter zu mir. »Bekommst du das hin?«

Ich schaue sie eine Weile ruhig atmend an und überlege abermals für einige Momente, ob ich das wirklich tun sollte. Ob es nicht die klügere Strategie wäre, mich mit der Behörde gut zu stellen. Wenn sie mir tatsächlich nur Angst machen wollten und daran interessiert sind, mir zu helfen, könnte diese Aktion ein Schuss in den Ofen sein, was meine zukünftige Sicherheit betrifft. Wenn sie allerdings vorhaben, mich für immer einzusperren, sollte dies meine einzige Chance sein.

»Okay«, antworte ich also entschieden. Ich muss zurück zu Logan. Ich muss hier raus. Es wird schon funktionieren.

»Bist du bereit?«

»Keine Ahnung. Aber es muss funktionieren.«

»Muss es wohl.« Amber zwinkert, dann fordert sie mich mit einem Nicken auf, zu trinken.

Ich setze die Flasche an meine Lippen und nehme den ersten, brennenden Schluck.

Sobald der Alkohol meine Kehle benetzt, fühle ich mich warm und sicher. Das letzte Mal haben sie mich bekommen, weil ich verwirrt und überwältigt war. Und überrascht. Das gelingt ihnen nicht noch einmal.

»Kannst du eigentlich ’ne Alkoholvergiftung bekommen?«, will Amber wissen, als ich leise keuchend absetze.

»Ja«, ächze ich. Am eigenen Leib getestet.

»Dann mach mal etwas langsamer.«

»Ich hab nicht vor, die ganze Flasche zu exen.« Das könnte tödlich enden, schätze ich. »Den Rest nehme ich mit.«

»Wie lang braucht das, um zu wirken?«

Ich nehme noch einen Schluck, und Himmel, es hat sich noch nie so befreiend angefühlt. Ich habe das Gefühl, Feuer auszuatmen. Ich spüre nahezu, wie sich die Hitze um mich herum staut.

Amber rückt ein Stück zurück, und ich zerre die Kette mit einem Ruck aus dem Boden. Die Glieder reißen und fallen klirrend herunter. Mit einem zweiten Ruck reiße ich die Kette zwischen meinen Handschellen auseinander und richte mich auf.

Was ist das für ein Gefühl, das mich durchströmt? Ich fühle mich … glücklich. Das ist das erste Mal, dass ich diese Kraft entfessele und weiß, was dahintersteckt.

Ich sehe auf meine Hände hinab, die eine noch immer um die Flasche geschlossen, die andere zur Faust geballt. Fast muss ich laut darüber lachen, dass sie mich so lang hier festgehalten haben; wie lächerlich es war, dass sie dachten, mich für immer einsperren zu können.

Amber geht weiter fort, als ich auf die Tür zutrete.

»Je weniger Geräusche du machst, umso besser«, weist sie mich an. Ich nehme noch einige Schlucke aus der Flasche, dann lege ich meine Hand flach auf die Tür und drücke dagegen. Ein Knarzen und Klicken erklingt, dann bricht das Metall der mehrfach gesicherten Schlösser, und die Tür schwingt vor mir auf.

Perfekt. Es wird schwer, mich zurückzuhalten. Es ist schon schwer, nicht so sehr zu lachen, dass die ganze Behörde mich hört.

Die Wände auf dem Korridor sind in demselben dunklen Grau gehalten wie die meiner Zelle. Nur eine dunkelgrüne Nachtbeleuchtung erhellt den tristen Gang vor mir. Es ist allerhöchste Zeit, dass ich hier rauskomme.

Eilig gehe ich an all den Türen mit den kleinen Fenstern vorbei und auf das Ende des Zellentraktes zu. Ich frage mich, ob in diesen Räumen ebenfalls Erben gefangen sind oder ob ich die Einzige war. Ich nehme mir allerdings nicht die Zeit, um nachzusehen, immerhin könnte dieser Boone jede Minute aufwachen.

»Ist dir egal, dass du Ärger bekommst?«, will ich von Amber wissen, die mir mit einigen Schritten Entfernung folgt.

»Ach, die haben mir die Sache am Times Square noch immer nicht verziehen. Ich kann nicht tiefer in meiner Würde hier fallen.«

Ich schaue mich knapp zu ihr um. »Die Sache am Times Square?«

Sie wirft mir ein schelmisches Zwinkern zu. »Erzähle ich dir ein anderes Mal.«

Na gut, wie sie will. Ich habe keine Zeit, diese geheimnistuerischen Spielchen mit ihr zu spielen.

Die Tür am Ende ist deutlich massiver als die zu meiner Einzelzelle. Mit einem einfachen Auflegen meiner Hand bekomme ich sie nicht dazu, sich zu öffnen. Ich nehme also abermals einen großen Schluck, balle die rechte Hand zur Faust und schlage mit aller Wucht gegen das Metall. Unter meinen Fingerknöcheln beult und verbiegt es sich, bis die Tür aus ihren Angeln fliegt und an die gegenüberliegende Seite des nächsten Raumes kracht.

Amber steht direkt neben der Aufprallstelle, die Arme

vor der Brust verschränkt. Sie muss sich mit ihrer Fähigkeit dorthin transportiert haben.

»War das nötig?«, fragt sie düster.

»Ja«, antworte ich knapp und gehe an ihr vorbei.

Dieser Bereich ist ein wenig offener, mit vielen Türen und einer größeren Lobby, die von ihm abzweigt. Auch hier ist alles nur in der grünen Notbeleuchtung gehalten, mit Fluchtwegschildern an einigen Ecken, die besonders hell in der Dunkelheit strahlen. Alles ist leer.

Nur eine Kamera zeigt eindeutig auf mich. Aber Amber hat gesagt, dass sie etwas mit den Bildern macht. Hat sie Dauerschleifen auf die Bildschirme gespielt wie in diesen Spionagefilmen?

Ich habe leider keine Ahnung davon, also versuche ich, das Gerät zu ignorieren, und steuere auf das ausgeschilderte Treppenhaus zu.

»Wenn ich die Geräusche nicht gedämpft hätte, hätten die dich hundertprozentig im ganzen Haus gehört«, sagt sie.

Ich bleibe stehen und wende mich zu ihr um, schüttle verständnislos den Kopf. »Du hast die Geräusche gedämpft?«

Sie stemmt die Hände in die Hüfte und zieht die Augenbrauen hoch, wie eine Mutter, die ihre Kinder zur Rechenschaft ziehen muss. »Ja.«

»Was um alles in der Welt ist deine Fähigkeit?«

»Hast du das noch immer nicht begriffen?«

Ich wende mich zum Weitergehen um und ziehe die Stirn kraus. Nein, habe ich nicht.

Amber taucht vor mir auf, mit dem Rücken an die Wand gelehnt, und beobachtet, wie ich die Tür zum Treppenhaus öffne und in den Aufgang trete. Sobald ich die ersten Stufen genommen habe, versetzt sie sich abermals vor mich.

»Also kein Superheldensprung, hm?«, will sie wissen.

Ich werfe im Gehen einen Blick am Geländer hinab. Es wäre genug Platz, um zu springen, aber bis unten sind es sicherlich zehn Stockwerke. So etwas habe ich noch nie versucht.

»Ich will nichts kaputtmachen«, tröste ich sie und eile die Stufen hinab, schnell, aber ohne zu rennen, um keine unnötigen Geräusche zu verursachen. »Nächstes Mal vielleicht.«

Amber seufzt enttäuscht und wartet auf einem der Zwischenstockwerke auf mich. Sie stellt sich mir in den Weg und spielt an der Tasche ihres Hausmeister-Jumpsuits herum. Ich werde bereits nervös, aber dann zieht sie eine dünne, goldene Kette heraus, an der ein mit einem winzigen Korken verschlossenes Glas befestigt ist. »Wenn du es hier rausschaffst und mal Hilfe brauchst: Nimm die hier und kau auf ihnen, okay?«

Ich halte mir die Kette mit dem Glas vor die Augen, betrachte die winzigen schwarzen Kugeln und runzle die Stirn. »Was ist das?«

»Die Samen einer seltenen Blume, die wir hier züchten.«

»Und was passiert, wenn ich das tue?«

Amber sieht mich einmal mehr an, als hätte ich den Verstand verloren. »Na, dann komme ich, um dir zu helfen.«

Mit einer Mischung aus Dankbarkeit und Irritation hänge ich mir die Kette um den Hals. »Na gut? Danke.« Nicht, dass ich hoffe, jemals wieder etwas mit diesen Leuten zu tun haben zu müssen.

Auf dem weiteren Weg hinab leere ich meine Flasche zur Hälfte, aber mehr lieber nicht. Ich will nicht im Krankenhaus landen oder kotzen. Solange meine Stärke ausreicht, um mich gegen die Wachen zu verteidigen und wieder nach Hause zu kommen, ist es in Ordnung.

Ich öffne die schwere Tür zum untersten Stockwerk sanfter als all die anderen. Nur einen Spaltbreit schiebe ich sie auf, quetsche mich hindurch und lasse sie wieder ins Schloss gleiten. Zu meinem persönlichen Stolz verursacht sie kein Geräusch.

Ich nehme mir nur wenige Momente Zeit, um mich in diesem Bereich umzusehen. Ich kann dieses Gebäude nicht einschätzen; die massiven Zellenblocks, die hochmodernen Büros, diese Cyber-Kuppel und jetzt das: ein großer, steinerner Eingangsbereich, der trotz seines industriellen Looks mit den Backsteinen und den hochliegenden Kachelfenstern etwas Erhabenes hat. Ein schmutziger roter Teppich führt durch eine riesige Eingangshalle. Von der hohen Wand hängen verschlungene Lampen bis hinab zu einigen Raumteilern, hinter denen sich Schreibtische und Metalldetektoren befinden. Vermutlich, um alles zu überprüfen, was Menschen in die Behörde bringen.

An eine Wand in meiner Nähe gedrückt steht Amber und bedeutet mir, zu ihr zu kommen. Ich schleiche auf sie zu und folge ihrer Aufforderung, einen Blick um die Ecke zu werfen, um einen Eindruck zu gewinnen, was mich erwartet.

Der Eingangsbereich besteht aus vier großen Türen in einer Backsteinwand. Drei bewaffnete Wachen stehen vor ihnen, plaudern aber gelassen miteinander. Sie wissen also noch nicht, dass ich frei bin.

Ich ziehe mich zurück, um kein unnötiges Risiko einzugehen, dann werfe ich abermals einen Blick in den Bereich. An einer Seitenwand sitzt ein weiterer Wachmann an einer Art Garderobe. Er liest in einer Zeitschrift.

»Hast du einen Überblick?«, fragt Amber so leise, dass ihre Stimme kaum bis an meine Ohren dringt.

»Ich denke schon«, antworte ich. Aber das, was ich gesehen habe, hat mir nicht wirklich gefallen. »Gibt es keinen anderen Ausgang? Hinten raus oder so?«

»Das *ist* der Hinterausgang«, wispert Amber. »An den anderen gibt's mindestens genauso viel Überwachung.«

»Und es hat noch niemand bemerkt, dass ich ausgebrochen bin?«

»Boone schläft ziemlich fest.« Sie hat ein Glitzern in ihren Augen, als sie das sagt. Hat sie ihm was in den Kaffee gegeben?

»Haben sie Betäubungsgewehre?«

»Und richtige.« Sie wiegt den Kopf hin und her. »Allerdings glaube ich nicht, dass sie damit auf dich schießen werden.«

Aber sie ist sich nicht sicher. Woher auch?

Ich atme tief durch. Mein Atem ist heiß, und wenn es nach mir ginge, würde ich da einfach durchstürmen und auf das Beste hoffen. Je länger ich darüber nachdenke, umso sicherer bin ich mir, dass das sogar der einzige Weg ist. »Und für diesen Teil des Weges hast du nicht zufälligerweise einen ausgefeilten Plan?«

»Leider nicht. Ich war mir ja nicht mal sicher, ob wir überhaupt so weit kommen.«

Ich kaue auf meiner Unterlippe. »Was hast du noch mal gesagt, was die Schäden am Gebäude angeht?« Noch während ich das frage, bücke ich mich und stelle die Flasche auf dem Boden ab. Dann balle ich beide Hände zu Fäusten.

»Was hast du vor?«

Ich spüre, wie sich die Energie in meinem Körper anstaut und nur darauf wartet, herausgelassen zu werden. Mir ist so warm.

»Hier rauskommen, ohne jemanden zu töten«, flüstere ich.

Ich strecke meinen Kopf noch einmal um die Ecke und betrachte die Wachen eine Weile. Sie scheinen sich nicht großartig vom Fleck zu bewegen, irgendeine Route zu haben oder dergleichen. Ich bezweifle auch, dass diese drei die Einzigen sind und in irgendeiner Form ablenkbar wären.

»Was befindet sich hinter den Türen?«, frage ich Amber und ziehe den Kopf zurück.

»Ein großer Parkplatz.«

»Belebte Gegend?«

»Abgelegenes Industrieviertel.«

Genau das, worauf ich gehofft habe. Trotzdem etwas zwielichtig.

»Gibt es irgendetwas unter dem Gebäude?«

Sie schaut mich schockiert an. »Warum?«, fragt sie gedehnt, aber ich mache mir nicht die Mühe, ihr zu antworten. In dem Moment, in dem die beiden äußeren Wachen sich ein Stück weiter zur inneren Tür hinbewegen, beschließe ich, meine Idee in die Tat umzusetzen. So sollte hoffentlich niemand ums Leben kommen.

Ich spanne mich an und mache einen großen Satz um die Ecke, sodass ich den Männern mit den Waffen gegenüberstehe. Sie bemerken mich sofort und nehmen verteidigende Positionen ein, aber ich bin schneller. Ich hole aus, und mit voller Wucht schlage ich auf den gefliesten Boden vor mir.

Ein Ruck geht durch meinen ganzen Körper, aber ich spüre nur einen hintergründigen Schmerz durch meine Faust fahren, als der Stein zu meinen Füßen und der Putz staubig von den Wänden bröckeln. Es splittern allerdings nur die Fliesen.

Ich ärgere mich darüber, es nur mit halber Kraft versucht zu haben, als der Mann hinter der Garderobe einen Alarm aktiviert, dessen Sirene mir durch Mark und Bein fährt.

»Keine Bewegung«, brüllt einer der Bewaffneten und zielt mit seinem Gewehr auf mich, aber ich bin bereits dabei, abermals auszuholen.

Noch bevor meine Faust auf dem Boden aufschlägt, weiß ich, dass es dieses Mal funktionieren wird. Die Hitze, die sich in meinem Inneren gestaut hat, entlädt sich in einer Druckwelle, die meinem Schlag voraus auf den Boden prallt und den Stein in tausend Stücke reißt.

Ich springe ein Stück zur Seite, noch während der klaffende Spalt sich in Richtung des Eingangs ausbreitet und die Männer auseinandertreibt. Das Mauerwerk bricht so weit ein, dass die Backsteine an den Türen auseinanderreißen und einen Ausgang freilegen, auch wenn es ein ziemlicher Trümmerhaufen ist. Aber damit kann ich arbeiten.

Es bleibt mir keine Zeit zu denken. Die Wachmänner werden nicht unter dem Schutt begraben, sind allerdings so erschrocken zur Seite gesprungen, dass zumindest einer seine Waffe verloren hat. Ich bleibe nicht stehen, sondern hechte in einer fließenden Bewegung auf ihn zu, noch bevor er sich wieder fangen kann. Mit einem Tritt zerbricht die Waffe in ihre Einzelteile, und ich erkenne, dass er etwas schreit, aber über den Alarm erreicht kein anderes Geräusch mehr meine Ohren.

Ich hoffe, dass er keine weitere Schusswaffe hat, hetze an ihm vorbei und verberge mich hinter den Trümmern, die die anderen beiden Kerle von mir trennen.

Es wird schwer, sie auf Trab zu halten, wenn ich sie nicht so schwer verletzen will, dass D.I.E.T. hiernach Jagd auf mich macht.

Mist, keine Zeit zum Denken! Ich überwinde den Trümmerhaufen und steuere auf den etwas Größeren zu, um ihn mit einem gezielten Schlag ins Gesicht gen Boden zu befördern.

Kontrolle! Wenn ich meine Kraft jetzt falsch moduliere und einen töte, werden diese Menschen mich bis an mein Lebensende verfolgen. Allerdings trägt der Kerl einen Helm, der ihn hoffentlich vor Schlimmerem bewahren sollte.

Der Schlag sitzt allerdings, und der Mann lebt definitiv noch, als er zu Boden geht. Ich setze ihm einen Schritt nach, hebe seine Waffe vom Boden auf und zerbreche sie mit beiden Händen in ihre Einzelteile, dann werfe ich eins auf den Kerl, der seine eigene Waffe gerade gepackt hat.

Er duckt sich wie erwartet, und ich nutze den Moment, um einen Ausfallschritt zu machen, aus seinem Schussfeld zu kommen und ihm in einer gleitenden Bewegung die Waffe aus der Hand zu schlagen. Ich packe ihn am Kragen und hebe ihn hoch. Zum Glück ist er nur wenig größer als ich.

Mein Herz pocht aufgeregt, aber nicht mehr vor Angst oder Zweifel. Das hier … das macht Spaß. Das macht so viel mehr Spaß, als irgendwelche Normalos zu verprügeln, die nach einem Schlag k. o. sind. Durch die schützende Ausrüstung kann ich diese Leute viel härter rannehmen.

»Leg doch den Scheiß weg!«, rufe ich lächelnd, hoffe,

ich bin ihm nah genug, dass er mich hört. Ich hole aus und werfe ihn an die Wand hinter ihm, zerbreche auch seine Waffe und gehe rasch auf ihn zu, um zu überprüfen, ob er noch lebt.

Er bleibt am Boden liegen, hebt nur schützend seine Arme, als ich auf ihn zutrete. Perfekt.

Ich wende mich um, aber in den wenigen Momenten, in denen ich durch die Eingangshalle gefegt bin, hat sich nichts getan. Es sind keine neuen Wachen aufgetaucht, und der Kerl hinter der Garderobe sitzt noch immer mit erschrockenem Gesicht und erhobenen Händen da. Nur Amber ist verschwunden.

Vermutlich darf sie nicht mit mir zusammen gesehen werden.

Ich atme kurz durch, dann steuere ich auf den Riss und den Trümmerhaufen zu, der einmal die Tür war. Ich hebe einige größere Steinbrocken an, die aus der Wand herausgebrochen sind, und werfe sie beiseite. Einige weitere rutschen krachend hinab und versperren mir den Weg. Mist! Immer fahriger greife ich nach Steinen und Brocken und schleudere sie fort, bis endlich ein Loch frei ist, groß genug, um mich hindurchzulassen.

Durch all den Staub und Schutt kämpfe ich mich nach draußen, bereit, von hier zu verschwinden. Doch als ich über einige letzte Steine hinabsteige und darauf konzentriert bin, mein Gleichgewicht zu finden, nähern sich aus der Dunkelheit des Parkplatzes weitere Bewaffnete.

Es sind fünf Menschen, vom Körperbau her am ehesten Männer, mit deutlich heftigerer Ausrüstung als die Wachen innen. Höchstwahrscheinlich eine Special Force.

»Keine Bewegung«, ruft einer. Seine Stimme wird durch so eine Art Lautsprecher verstärkt, der das Dröhnen des Alarms übertönt, das selbst hier draußen meine Knochen noch zum Vibrieren bringt.

Ihre Waffen müssen Betäubungswaffen sein, also werden die auf jeden Fall auf mich schießen. Ich versuche zunächst, mich friedlich zu zeigen, und hebe die Hände, während ich die Situation auskundschafte.

Im Licht, das einzig und allein von zwei Straßenlaternen rechts und links neben dem zerstörten Eingang ausgestrahlt wird, ist der nieselnde Schnee zu erkennen, den ich auch auf meiner Haut spüre. An meinen Händen wird aus Dreck und Schnee bereits Matsch.

In den Gebäuden um uns herum brennen keine Lichter. Alles, was ich im fahlen Schein der rötlichen Wolkendecke über uns sehe, sind alte Industriebauten. Hier sollte man sich gut austoben können, ohne dass jemand zu Schaden kommt oder etwas sieht.

»Runter da!«, weist mich der Kerl mit dem Stimmverstärker an. »Hände hinter den Kopf und unten auf die Knie!«

»Ist okay!«, rufe ich zurück. Es ist höchstwahrscheinlich das Beste, wenn ich mich erst mal von den letzten Steinen herunterkämpfe, um mehr Spielraum zu haben. Ich lasse meine Hände in der Luft, als ich langsam von meinem Haufen hinunterstolpere, einige Male fast ausrutsche, bis ich endlich festen Boden unter den Füßen habe.

»Auf die Knie«, bellt der Mann und kommt näher, fuchtelt grob mit seiner Waffe in meine Richtung.

Ich tue, was er anweist, und sehe zu ihm auf. Die Männer haben eine eindeutig dickere Ausrüstung als die drinnen, also sollten die einiges abkönnen.

Ich mache mich bereit, zum Gegenschlag zu starten, als ich eine Stimme hinter ihnen höre.

»Ich habe echt was anderes von dir erwartet!«

Die Agents bewegen sich keinen Millimeter, aber ich richte meine Aufmerksamkeit auf zwei Personen, die langsam in den Lichtkegel der Laternen treten. Es dauert kurz, bis ich sie in meiner Trunkenheit erkenne.

Dann fährt mir ein unangenehmer Schauer der Aufregung über den Körper. Es sind Tate und Hunt, beide in voller Einsatzkleidung.

Mist. Die waren deutlich schneller hier als erwartet. Wenn sie wirklich so stark sind, wie sie behaupten, werde ich größere Probleme im Kampf haben als gegen die normalen Agents.

»Wir können das friedlich klären!«, ruft Tate mir mit dunkler Stimme entgegen. In seiner dunklen Einsatzuniform sieht er noch beeindruckender aus als in Alltagskleidung. Und er hält eine Art Armbrust in der Hand, die mich nervös macht. Ich hätte mehr Fragen zu den Waffen stellen sollen, die sie bei ihren Kämpfen einsetzen.

»Wenn du dich ruhig wieder ins Gebäude begibst, müssen wir dir nicht wehtun!«, fügt Hunt an.

Ich muss jeden Muskel in meinem Gesicht kontrollieren, um nicht zu lächeln. Sie denken wirklich, dass sie eine Chance gegen mich haben. Da der erste Moment der Überraschung vorbei ist, freue ich mich nahezu darauf, ihnen zu zeigen, wozu ich wirklich imstande bin.

Der Kerl vor mir macht den Fehler, sich kurz zu Tate und Hunt umzuwenden, und sofort nutze ich die Chance. Ich greife einen der Backsteine zu meinen Füßen und schlage damit auf den Lauf der Waffe, die er mir entgegenhält. Er lässt sie nicht fallen, verliert aber das Gleichgewicht, woraufhin ich den Stein mit so viel Wucht wie nötig gegen seinen Kopf schmettere. Er fällt nach hinten um, und sein Visier splittert, aber ich schätze, dass seine massive Ausrüstung ihn vor schlimmeren Schäden bewahrt.

»Zieht euch sofort zurück!«, weist Hunt mit lauter Stimme die übrigen Agents an, während Tate einen Satz nach vorn macht und seine Waffe auf mich richtet. Noch befindet sich ein Agent zwischen uns, und ich entscheide, nicht darauf zu warten, dass er verschwindet, sondern ergreife einen weiteren Stein. Rasch richte ich mich auf und schmettere ihn gegen seinen Brustkorb, während ich seine Waffe aus seinen Händen reiße.

Das Ding ist überraschend schwer. Reflexartig hebe ich es als Schild, als ich sehe, dass Tate auf mich zielt, und tatsächlich wehre ich damit einen Angriff ab.

Erschrocken lasse ich die Waffe fallen, als sich dünne Fäden darum spannen, die elektrisch leuchten und knistern. Die blauen Blitze spinnen sich um das Plastik, als ich mich zu Boden fallen lasse, um einem weiteren Angriff sofort auszuweichen.

Schlechte Idee! Reißender Schmerz durchfährt meinen ganzen Körper, als ich mit dem Handgelenk auf einen Stein falle. Tränen steigen mir in die Augen, aber ich muss mich zusammenreißen und es ignorieren.

Ich springe in Deckung und werfe rasch einen Blick zurück, um zu sehen, was passiert. Die Agents, die mich ursprünglich festgesetzt hatten, haben sich zurückgezogen, während Tate seine Waffe nachlädt und Hunt eine Art Stab in der Hand hält. Ich kann nicht genau erkennen, was sie damit anstellt. Es bleibt mir aber auch keine Zeit zum Nachdenken, denn ich höre bereits, dass Tate sich mir über die Trümmer nähert. Ich muss etwas unternehmen. Wenn ich nicht angreife, komme ich hier nicht raus!

Ich springe auf, hechte auf ihn zu und greife nach seiner Waffe. Er versucht, sie auf meinen Bauch zu richten, aber ich drehe seine Arme herum, bis er einen wütenden Schrei ausstößt und sie fallen lässt.

Der kurze Moment des Siegs wird schnell unterbrochen, denn während meines Gerangels mit Tate habe ich nicht bemerkt, dass Hunt sich mir von hinten genähert hat. Ich spüre die Berührung des Stabs schmerzhaft in meinem Rücken, und als ich mich gerade zurückziehen möchte, fährt eine Art Schock durch meinen Körper.

Sie drückt den Stab weiter nach unten, und mit ihren Bewegungen zwingt sie mich in die Knie. Ein überwältigender Schmerz durchdringt mich von oben bis unten. Ist das Elektrizität? Irgendein Energiefeld?

Tate packt seine Waffe bereits wieder und richtet sie auf mich, aber nein! Es darf noch nicht vorbei sein. Mit zusammengebissenen Zähnen nehme ich meine Kraft zusammen, balle meine Faust und nutze meinen geringen Bewegungsspielraum, um auf die Trümmer vor mir zu schlagen. Es ist nicht sehr kräftig, aber durchbricht den Kontakt zwischen dem Stab und mir. Ich nutze die Sekunde, um mich taumelnd aufzurappeln und einige Schritte davonzustolpern.

Meine Glieder sind wie betäubt, und der Schlag war nicht einmal hart genug, um die beiden zu Fall zu bringen. Was sind das für Waffen und …

Verdammt, warum bewegen sie sich so schnell?

Noch während ich mich sammle, ist Tate bereits auf mich zugesprungen, um mich am Kragen zu packen. Ich will ihm ausweichen, aber ich bin durch den Angriff schon viel zu langsam geworden.

Bevor Hunt mit ihrem Stab wieder da ist, packe ich

seine Hände, und es gelingt mir mit aller Kraft, mich von ihm loszureißen. Ist das der Strom, der mich so geschwächt hat, oder irgendeine Kraft, die meine Fähigkeiten hemmt? Ich kann es nicht unterscheiden.

Tate stolpert einen Schritt zurück, was mir zumindest zeigt, dass ich noch immer stärker bin als ein normaler Mensch. Also bin ich ihnen noch nicht unterlegen.

Ich hebe rasch einen weiteren Backstein auf und werfe ihn auf ihn. Im Gegensatz zu seinen Kollegen macht Tate der Schlag aber gar nichts aus. Er hebt seine Waffe, und bevor ich ausweichen kann, feuert er aus nächster Nähe ab. Ich höre den Knall, viel lauter als der der Betäubungspistolen.

Der Schmerz, der mich durchreißt, ist so intensiv, dass ich ihn gar nicht lokalisieren kann. Ich falle auf Hände und Knie, als die elektrischen Bänder sich um mich schlingen und sich immer enger ziehen. Keuchend will ich meine Arme ausbreiten, um mich von ihnen zu befreien, aber sie sind einfach zu fest.

Und im nächsten Moment steht Hunt bereits neben ihm und richtet wieder ihren Stab auf mich, dieses Mal direkt auf mein Brustbein. Es zerreißt mich fast, als sie mich mit dem Ding trifft, und mir wird für einen Moment schwarz vor Augen.

Nein, nein, nein, das darf nicht passieren! Ich bin doch schon so weit gekommen. Ich bin fast entkommen!

Was sind das für Menschen?

Ich sacke immer weiter in mich zusammen und schaffe es nicht einmal mehr, etwas zu sagen.

»Je mehr du dich wehrst, umso schlimmer wird es!«, sagt Hunt laut. Ich spanne mich ein letztes Mal an, um meine verbliebenen Kräfte zu bündeln. Ich hab das Gefühl, dass der Schmerz, der mich durchdringt, mir alles genommen hat; die Wut, die Freude, den Kampfeswillen.

Verzweiflung macht sich breit, und als ich gerade – noch ein letztes Mal – versuchen möchte, mich zu wehren, vernehme ich, wie weitere Schritte sich nähern. Müde werfe ich einen Blick hinter die Trümmerhaufen.

Da sind Alivia und Haruo.

Und Grayson. In voller Einsatzkleidung. Der Blick auf ihrem Gesicht ist geprägt von Angst und Enttäuschung. Ich erkenne es sogar in der sich ausbreitenden Dunkelheit vor meinem Blickfeld.

Es ist das Letzte, das ich sehe.

KAPITEL 18

WELCHE REGELN AB JETZT GELTEN

Benommen blinzle ich in das viel zu helle Licht des Glasraums. Ich bin seit ein paar Stunden wach, aber es gelingt mir nach wie vor kaum, mich auf den Beinen zu halten oder zu kommunizieren. Die Uhren in den Büros, an denen sie mich vorbeigeführt haben, haben den frühen Nachmittag angezeigt. Ich weiß nach wie vor nicht genau, welchen Tag wir heute haben.

Seit meinem Fluchtversuch hat niemand ein Wort mit mir geredet. Amber ist nicht mehr aufgetaucht. Es wundert mich, dass sie sich jetzt im Raum befindet, ohne dass ihr jemand großartig Beachtung schenkt. Sie bedenkt alle mit so abweisenden Blicken, dass ich nach wie vor der Überzeugung bin, dass sie nicht mit ihnen zusammengearbeitet hat.

Erschöpft lehne ich mich in meinen Stuhl zurück und beobachte das Team, das am Eingang des Raums zusammengekommen ist. Die Glasscheiben sind verdunkelt, und vielleicht sammeln sich auch dieses Mal wieder Angestellte davor, aber ich habe das Gefühl, dass es nicht so ist.

Nicht, dass ich in diesem Zustand viel auf mein Gefühl geben kann.

Müde beobachte ich die Menschen, die sich weiter hinten leise unterhalten. Das ganze Einsatzteam ist da: Tate, Hunt, Alivia, Yoshida und Grayson. Keiner sieht mich an. Bei ihnen stehen Amber, Dr. Brown und ein älterer Mann mit grau meliertem Haar, dunkler Haut und charismatischer Ausstrahlung.

Er und Amber sehen einander eine Weile an, dann wendet er sich so plötzlich zu mir um, dass mir kälter wird.

Meine Haut ist von dem Kampf noch ganz empfindlich, also schmerzt es fast, als die Härchen an meinen Armen sich aufrichten. Ich habe trotz Tates Führung bisher nur einen sehr geringen Überblick, wie diese Behörde funktioniert. Aber der elegante Anzug und die Art des Mannes lassen mich vermuten, dass er der Direktor oder irgendein anderes hohes Tier sein muss.

Er sagt nichts zu mir. Und einige Sekunden später löst sich auch der Rest der Gruppe auf, und Tate kommt langsam auf mich zu. Grayson sieht besonders besorgt aus.

Warum muss ich mit Tate sprechen? Ich würde viel lieber mit ihr reden oder mit dem Direktor. Tate ist mir lieber als Yoshida, aber ich denke nicht, dass es eine gute Idee ist, mit jemandem verhandeln zu müssen, der letzte Nacht erst gegen mich gekämpft hat.

Sofern das überhaupt eine Verhandlung sein soll. Vielleicht teilen sie mir auch nur ihre Entscheidung mit, mich tatsächlich für immer hierzubehalten. Oder Schlimmeres. Ich rechne ehrlich gesagt damit.

Die Menschen außerhalb des Lichtkegels der Lampe ziehen Stühle aus den Ecken und setzen sich mit verschränkten Armen.

Hunt wirkt von allen am meisten gefasst. Und aus Haruos Zügen zu lesen ist unmöglich, weil er immer gleich unbeeindruckt aussieht. Wie konnte er in der Bar überhaupt die Fassade eines normalen Menschen aufsetzen, wenn er so einen düsteren Charakter hat?

»War ja 'ne aufregende Nacht gestern«, sagt Tate ruhig, als er den Stuhl mir gegenüber umdreht, sich darauf niederlässt und seine Unterarme auf die Lehne legt. Er schaut nicht wütend, sondern enttäuscht drein, was es irgendwie schlimmer macht. Ich habe nicht damit gerechnet, gegen ihn kämpfen zu müssen, nachdem er wirklich freundlich zu mir war. Und ich verstehe die Enttäuschung, die er empfinden muss.

Obwohl sie nicht so groß sein kann wie die, die ich darüber empfinde, es verdammt noch mal nicht rausgeschafft zu haben.

»Ja«, murmele ich betrübt. Ich will nur, dass sie mir sagen, welches Schicksal mich jetzt erwartet. Meine geistige Kapazität reicht nicht für lange Gespräche aus.

Was für eine unüberlegte Aktion das war. Damit habe ich mir wohl final jede Chance verbaut, hier jemals herauszukommen.

»War das ein Test?«, frage ich, als Tate für einige Sekunden nichts sagt, und schiele zu Amber hinüber.

»Wenn es einer gewesen wäre, hättest du ihn nicht bestanden.« Tate hat keine Unterlagen vor sich liegen. Er sieht mich nur an und faltet seine Hände vor dem Körper, ohne den Blick von mir abzuwenden.

»Das ist mir klar«, antworte ich leise.

»Warum hast du das getan?«, will er wissen, woraufhin ich ein perplexes Kopfschütteln nicht verbergen kann.

Meint er die Frage ernst? »Ihr habt mich entführt, mir

wehgetan, mich hungern lassen und mir damit gedroht, mich zu töten oder für immer in einer Zelle verrotten zu lassen.« Ist ihm nicht klar, dass diese Behörde kein besonders angenehmer Ort für mich ist? Begreift er es wirklich nicht?

Ich habe nicht einmal genug Energie, mich darüber aufzuregen.

Tate verdreht die Augen und wirft Haruo einen ernsten Blick zu, den ich als Mahnung für sein Fehlverhalten bei meinem Verhör deute. Dann schüttelt er den Kopf und sieht wieder zu mir.

»Dass Haruo übertrieben hat, haben wir dir bereits gesagt und uns dafür entschuldigt«, entgegnet Tate noch immer ruhig, aber etwas klarer. »Wir haben dich außerdem nicht *entführt*, sondern festgenommen. Dazu haben wir das Recht, immerhin hast du Straftaten begangen und bist seit Jahren polizeilich gesucht.« Er schürzt die Lippen und mustert mich mit gerunzelter Stirn. »Ich meine, dir ist schon klar, dass wir dich zu jedem beliebigen Zeitpunkt innerhalb der letzten Jahre hätten festsetzen können, oder?«

Ich beiße auf meine Unterlippe und weiche seinem Blick aus. Ich weiß, dass er recht hat, und ich komme mir naiv vor. Ich habe nur keinen anderen Weg gesehen.

»Der einzige Grund, warum wir die örtlichen Behörden nicht bei deiner Festnahme unterstützt haben, ist, dass wir Hoffnung hatten, du würdest dich ohne unsere Einmischung wieder unter Kontrolle bekommen und keinen größeren Schaden anrichten. Und wir haben länger gewartet, als wir eigentlich sollten.«

Ich atme schwer, sage aber nichts, weil ich weiß, dass er recht hat. Ich weiß es ja.

»*Außerdem*«, fährt er mit seiner Rede fort, »hat dir Ray

an dem Abend sogar angeboten, alles friedlich zu klären. Was du abgelehnt hast. Nicht wahr?«

Ich presse die Zähne fester aufeinander und versuche, nicht allzu trotzig auszusehen, als ich ihn anschaue. Ich denke nicht, dass es mir gelingt.

Als Nächstes deutet Tate auf meine Handgelenke und zieht die Augenbrauen hoch. »Das hast du dir selbst angetan. Und Nahrung haben wir dir am Anfang über den Tropf genügend zukommen lassen. Danach wollten wir kein Risiko eingehen, weil wir deine Trigger noch nicht vollumfassend kennen. Aber auch das hat sich ja erledigt, gestern in der Kantine.« Er zieht die Augenbrauen zusammen und lehnt sich zu mir vor. »Ich hab all deine Fragen beantwortet, und ich war scheißfreundlich zu dir. Also bitte erklär mir noch mal: Warum hast du unser Gebäude zerstört und unsere Agents angegriffen?«

Ich weiß nicht, was ich antworten soll, und diese ganze Situation frustriert mich so sehr, dass Tränen in meinen Augen kribbeln. Was mich nur noch wütender macht. »Ich habe einfach Angst«, flüstere ich am Ende ehrlich. »Und ich will nach Hause.« Ich blinzle angestrengt, damit er nicht sieht, wie schwer es mir fällt, nicht zu weinen.

Tate reibt seine Fingerspitzen aneinander und schürzt die Lippen. »Das hat Grayson auch gesagt.«

Überrascht schaue ich zu ihr hinüber, und unsere Blicke verhaken sich für einen langen Moment ineinander. Sie hat sich wirklich für mich eingesetzt? Die ganze Zeit habe ich darüber gegrübelt, ob sie mir nur etwas vorgespielt hat, um meine Sympathie zu gewinnen, aber wenn sie sich selbst in so einer Situation für mich ausgesprochen hat, meint sie es vermutlich wirklich ernst.

Warum? Wir kennen uns doch gar nicht gut genug,

und es gibt auch sonst nicht viele Dinge, die man an mir mögen könnte.

Tate lehnt sich zurück, und ich schaue wieder zu ihm.

»Die meisten von uns waren dagegen, dich wieder auf freien Fuß zu lassen, bevor du einen ordentlichen Entzug gemacht und dich selbst unter Kontrolle bekommen hättest.« Er schluckt schwer. »Aber Grayson hat appelliert, dich unter gewissen Auflagen gehen zu lassen, weil du dich ihrer Einschätzung nach in deiner gewohnten Umgebung schneller rehabilitieren könntest.«

Ich sehe wieder zu Grayson hinüber, die mich mit einem Ausdruck der Besorgnis mustert. Ich würde gern meine Dankbarkeit zum Ausdruck bringen, aber ich bin noch zu aufgewühlt und habe zu großes Chaos im Kopf, um das zustande zu bringen.

Die meisten sind dagegen, aber sie denken tatsächlich darüber nach, mich gehen zu lassen, weil Grayson das vorgeschlagen hat? Hat sie so viel Einfluss? Oder liegt es daran, dass sie so lange mit meiner Bewachung betraut war?

»Denkst du auch, dass das besser für dich wäre?«, reißt Tate mich aus meinen hektischen Überlegungen.

Ich richte meinen Blick auf meine vor mir festgeketteten Hände. »Welche Auflagen wären das denn?«, will ich leise wissen, um erst einmal die Situation auszuloten.

Er nickt, als wäre das Nachfragen die richtige Reaktion gewesen. »Kein einziger Schluck Alkohol«, sagt er streng.

Das kommt nicht sehr überraschend.

»Damit verbunden auch kein weiterer Auftritt als Captain Wodka oder irgendetwas dergleichen. Und …« Er lehnt sich vor, als wolle er meinen Blick einfangen, um sicherzugehen, dass ich ihn verstehe.

Ich schaue auf, um zumindest meinen Willen zu präsentieren, ihm zuzuhören. »Und?«, frage ich nach, als er kurz schweigt.

»Und kein Wort über das hier zu irgendjemandem.«

Ich atme tief ein und erwidere seinen Blick so fest und entschlossen wie möglich. »War es das?«, will ich wissen, und er nickt.

Und eigentlich will ich nur »Das schaffe ich!« sagen, aber ich will nicht zu vorschnell antworten. Ehrlich gesagt weiß ich nicht, ob ich es schaffe, nichts mehr zu trinken. Ich weiß nicht, wie ich mich sicher fühlen soll, wenn ich keine Möglichkeit habe, mich zu verteidigen. Und ich kann nicht Logan überall mit hinnehmen. Das kann ich ihm nicht antun.

»Darf ich weiter in der Bar arbeiten?«, will ich leise wissen. Ich kann noch nicht glauben, dass das passiert. Ich zerstöre diese Behörde, und sie gestehen sich ein, dass ich mich in meiner gewohnten Umgebung besser rehabilitieren kann?

Nicht, dass das falsch wäre. Ich kann es nur noch nicht fassen.

Tate nickt erneut. »Aber wie gesagt«, meint er. »Kein Schluck.«

Ich weiß nicht, ob oder wie ich das schaffe. Doch ich will nach Hause, zu Logan. Ich will unbedingt von hier weg. Also hole ich tief Luft und nicke dann endlich.

»Ich kann es versuchen«, sage ich mit so fester Stimme wie möglich. »Wenn ihr mich gehen lasst, tue ich alles in meiner Macht Stehende, um mich an diese Auflagen zu halten.«

Beobachtet uns wieder die Person, die den Wahrheitsgehalt meiner Aussagen überprüft? Dann sollte sie daran nichts Unwahres finden.

Sofort wendet Tate sich zu den anderen um, und alle werfen einander Blicke zu. Nur der Direktor – wenn er es denn ist – sieht mich mit intensivem Gesichtsausdruck an, als wolle er noch ein wenig in meinen Gedanken lesen. Vielleicht ist er derjenige mit dieser Wahrheitsfähigkeit. Für jemanden in seiner Position wohl sehr hilfreich.

»Wir werden uns noch einmal beraten und dir dann unsere Entscheidung mitteilen«, sagt Tate, nachdem er sich wieder zu mir umgewendet hat. »In Ordnung?«

»In Ordnung«, sage ich kleinlaut. Je unterwürfiger ich mich gebe, umso höher stehen die Chancen, dass sie mich freilassen. »Und das mit dem Gebäude und den Agents tut mir leid«, füge ich noch leiser an.

Tate nickt langsam. »Es geht allen gut.« Dann blinzelt er zu Amber hinüber. »Und das Gebäude ist ja sowieso Ambers Sache. Sie wird sich da allein drum kümmern dürfen, immerhin hat sie das verzapft.«

Ich nicke zögerlich, weil ich nicht genau weiß, welche Reaktion die angemessenste ist.

»Danke für deine Entschuldigung«, stöhnt Tate und richtet sich langsam auf. Er hat sicherlich auch nicht geschlafen.

Während alle anderen sich ebenfalls erheben, versuche ich noch einmal, einen Blick auf Ray zu erhaschen, die tatsächlich auch zu mir schaut. Sie scheint ein wenig erleichtert zu sein und ringt sich sogar ein Lächeln ab, auch wenn es noch unsicher wirkt.

Ich forme mit den Lippen das Wort »Danke«, was sie etwas breiter lächeln lässt.

KAPITEL 19

WIE LEER SICH FREIHEIT ANFÜHLT

Die Sonne geht gerade auf, als ich mich mit dem Einsatzteam und dem Direktor an den Trümmern des Eingangs versammelt habe, den Blick zu Boden richte und mir noch einmal die Bedingungen von Tate anhöre, unter denen sie mich gehen lassen.

Ich habe in meinem sporadischen Bett keine einzige Minute geschlafen. Obwohl inzwischen über vierundzwanzig Stunden vergangen sind, war ich eine so lange Zeit bewusstlos oder zumindest weggetreten, dass es sich viel kürzer anfühlt. Ich habe nicht nur mein Gefühl für Zeit, sondern auch für meinen Körper verloren. Für meine Gedanken. Alles fühlt sich taub an, von meinem Körper bis hin zu meinem Geist.

»Verstanden?«, sagt Tate, und ich reiße mich zusammen, um zu nicken. Ich kann nur daran denken, dass ich bald wieder zu Hause bin.

»Verstanden«, murmele ich.

Sie haben meine Kleidung gewaschen, und ich trage den lockeren Hoodie, den Mantel und die Leggings wieder am Körper. Die Sachen sind an einigen Stellen zerrissen, aber ich kann auch nicht in den D.I.E.T.-Klamotten bei Logan auftauchen. Es wird schwer genug sein, ihm zu erklären, wo ich so lang war. Dass ich spontan mit Freunden einen Ausflug unternommen habe, wird er mir auf keinen Fall glauben.

Nachdem Grayson mir den Mantel, meine Tasche und alle meine Habseligkeiten gegeben hatte, habe ich einen Zettel in meiner Tasche gespürt, den ich bisher noch nicht herauszunehmen gewagt habe. Ich bin fast sicher, dass er von ihr oder Amber sein muss.

»Wir werden dich genau im Auge behalten. Ein Fehltritt, und du bist schneller wieder hier, als du verstehen kannst. Klar?«

»Klar«, sage ich kleinlaut.

»Du weißt ja inzwischen, mit was du es zu tun hast«, fügt Hunt streng an. Heute trägt sie einen weißen Anzug, der sogar noch besser zu ihrer schnittigen Ausstrahlung passt. Obwohl sie deutlich schmaler und kleiner ist als Tate, schüchtert sie mich mehr ein als er.

»Wenn du Fragen oder Probleme hast, kannst du dich immer an mich wenden«, sagt Grayson.

Das ist der erste Satz, der so richtig meine Aufmerksamkeit erregt. Ich schaue zu ihr auf, sehe in ihr weiches Gesicht und nicke so dankbar wie möglich. Yoshida neben ihr wirft ihr einen eher ungehaltenen Blick zu. Aber wer weiß, vielleicht guckt er einfach immer so.

»Danke«, sage ich. Nicht, dass ich das Angebot annehmen würde. Vielleicht, um ihr noch einmal ein paar Fragen zu stellen. Aber eigentlich will ich mit diesen Leuten nichts mehr zu tun haben.

»Sicher, dass du es allein zur Bahn schaffst?«, will sie wissen, und erneut nicke ich. Ein wenig Schnee hat die

Trümmer bereits bedeckt, und das Licht der aufgehenden Sonne spiegelt sich auf dem vereisten Parkplatz zwischen den Fabrikgebäuden.

Sobald ich ihnen den Rücken zuwende, werde ich frei sein. Ich kann mir nichts Besseres vorstellen.

»Ich schaff das schon«, versichere ich also.

»Dann hoffentlich auf Nimmerwiedersehen«, sagt Yoshida und wendet sich um. »Ich besuch dich vielleicht mal wieder in der Bar.«

Tate und Hunt nicken mir beide zu und ziehen sich ebenfalls zurück, gefolgt von dem Direktor und Alivia. Nur Grayson bleibt noch einen Moment länger vor mir stehen, während die anderen sich auf den noch intakten Seiteneingang zubewegen.

»Ich habe dein Handy geladen«, sagt sie mit ernstem Blick und deutet auf meine Tasche. »Vielleicht kann dich jemand abholen kommen.«

»Schon okay«, sage ich. Obwohl sie diejenige ist, die mich überhaupt in die ganze Situation gebracht hat, kann ich ihr nicht böse sein. Nicht, wenn sie mich so entwaffnend anschaut und dafür gesorgt hat, dass ich hier herauskomme, nachdem ich mich selbst tiefer ins Schlamassel hineingeritten habe.

Ich würde gern noch etwas zu ihr sagen, aber ich weiß nicht, was.

»Bitte ruf mich mal an, ja?«, sagt sie stattdessen. »Muss auch nicht gleich sein. Aber vielleicht kann ich dir … bei irgendetwas helfen oder so.«

Die Hände tief in den Taschen meines Mantels verborgen, presse ich die Lippen aufeinander und nicke. Ein letztes Mal. Ich denke kurz, dass sie ihre Hand ausstrecken und meine schütteln will.

Aber sie lässt es sein. Also atme ich tief ein, werfe ihr ein mildes Lächeln zu und wende mich zum Gehen.

Tycho, es tut mir sehr leid, dass ich dich in diese Situation gebracht habe. Anfangs war dich zu überwachen nur ein Job wie jeder andere für mich. Aber im Laufe der Zeit wurde daraus mehr.

Meine Finger zittern, als ich die Straße entlanggehe und den Zettel, den Grayson in meine Jackentasche gesteckt hat, zum dritten Mal lese.

Ich denke, du bist ein guter Mensch, der einfach Hilfe braucht. Ich hatte gehofft, dir diese Hilfe bieten zu können, aber vielleicht bist du dafür noch nicht bereit, oder wir sind einfach nicht die Richtigen, um dir diese Unterstützung zukommen zu lassen.

Ich habe mich getäuscht und möchte mich ehrlich dafür entschuldigen, dass ich dich (und auch meine Kollegen) durch meine Fehleinschätzung in Gefahr gebracht habe.

Ich werde nicht mit deiner Überwachung betraut sein. Haruo hat mir (zu Recht) die Verantwortung entzogen, weil ich zugegebenermaßen voreingenommen bin. Wenn du zu irgendeinem Zeitpunkt Hilfe brauchst, kannst du dich trotzdem jederzeit bei mir melden. Die Handynummer, die du von mir hast, ist noch immer die richtige.

Ich wünsche dir von Herzen alles Gute

Ray

Ich falte den Zettel nach dem Lesen zusammen und schiebe ihn in die Tasche meines Mantels. Irgendwie beruhigen mich ihre Zeilen, aber wenn ich mich nicht langsam auf den Weg vor mir konzentriere, finde ich den U-Bahn-Eingang nicht.

Meine Beine sind so müde, dass sie mich nur langsam vorantragen, dabei würde ich am liebsten rennen. Aber ich habe das Gefühl, dass etwas ganz anderes meine Geschwindigkeit hemmt. Ich habe mein Handy bisher nicht eingeschaltet, weil ich Angst habe, erneut in die Welt einzutauchen, aus der ich komme.

Vielleicht, weil ich weiß, dass sie nie wieder dieselbe sein wird.

Aber das ändert ja nichts. Ich muss zurück in mein altes Leben. Sonst hätte ich genauso gut in der Behörde bleiben können.

Die Sonne steht noch nicht hoch genug, um mehr als die oberen Stockwerke der dunklen Gebäude um mich herum zu erreichen. Auf der Straße neben mir stauen sich die Autos an einer Kreuzung, und an den Rändern der Gehwege türmt sich schmutziger Schnee.

Eine Hand noch immer um das Papier in meiner Tasche gelegt, schalte ich das Handy ein. Von North Brooklyn aus sollte ich mit der U-Bahn in etwa einer Stunde daheim sein.

Eigentlich würde ich lieber zu Logan gehen, aber ich brauche Zeit, um mir eine gute Ausrede einfallen zu lassen. Am besten eine, die ihn nicht sauer auf mich macht und die ihn gleichzeitig nicht zu sehr in Sorge versetzt.

Kann ich so eine überhaupt finden?

Mein Handy blinkt auf. Der Startscreen leuchtet, und zum ersten Mal sehe ich das Datum. Sofort beschleunigt sich mein Puls. Fünfzehnter Januar. Ich war fünf Tage lang weg.

Einen Tag mehr, als ich vermutet habe. Verdammt.

Nach und nach kommen all die Nachrichten und verpassten Anrufe auf dem Gerät an. Es vibriert ununterbrochen in meiner Hand, während ich mich langsam über die vereisten Gehwege voranschiebe.

Die meisten Nachrichten sind von Logan. Natürlich. Ich überfliege sie nur, denn ich kann mir denken, was er geschrieben hat. Ob er und seine Familie bereits eine Vermisstenmeldung aufgegeben haben?

Ich habe in meiner Zelle darüber nachgedacht, welche Geschichte ich ihm dieses Mal auftischen könnte. Die Blessuren an meinen Handgelenken werde ich immerhin nicht lang vor ihm verbergen können. Ich habe überlegt, sie für mich zu nutzen und zu sagen, ich wäre irgendeinem BDSM-Kink nachgegangen. Aber Logans Familie hält mich schon jetzt für »zu umtriebig«, wie seine Oma es bezeichnen würde, und ich will kein vollkommen falsches Bild von mir erzeugen.

Die Kälte dringt bereits unter meinen Pulli und legt sich auf meine Haut, also schiebe ich meine Hände tief in die Taschen und ziehe den Kopf ein.

Ich kann nicht anders, als darüber nachzudenken, was die Behörde von mir erwartet, als ich mich an den Passanten vorbeischiebe.

Keinen Alkohol mehr trinken. Kann ich das überhaupt umsetzen? Ich kann darauf verzichten, mich in dunklen Ecken herumzutreiben, immer den direkten Weg zur Bahn nehmen, nicht mehr nachts rausziehen und nach Krawall suchen. Aber das bedeutet nicht, dass ich für immer sicher sein werde. Was ist, wenn ich irgendein Verbrechen beobachte oder selbst einem zum Opfer falle? Soll ich das einfach über mich ergehen lassen? Mich bestehlen lassen oder Schlimmeres?

Ich weiß, dass ich mich im nüchternen Zustand nicht wehren kann. Ich weiß nicht einmal, ob ich mich trauen würde, mich gegen jemanden zur Wehr zu setzen, der größer und muskulöser ist als ich. Vor allem, wenn der- oder diejenige bewaffnet ist.

Ich bemerke selbst, wie ich beginne, flacher zu atmen. Jetzt nicht aufregen, ich kann mir darüber noch in Ruhe Gedanken machen.

Und … wenn nicht?

Ich sehe von meinen Füßen auf und den Weg entlang, auf dem ich gehe. Dann schaue ich hinter mich und zur anderen Straßenseite. Es sind nicht viele Menschen unterwegs, aber mehr, als mir gerade lieb ist. Die meisten wirken, als wären sie auf dem Weg zur Arbeit oder zum Einkaufen. Doch das bedeutet nicht, dass keiner eine Gefahr für mich darstellt.

Woher weiß ich, dass ich sicher bin? Und Himmel, wenn ich mir vorstelle, nachts auch nur einen Schritt vor die Tür zu setzen … Soll es mir wirklich verboten sein, mich zu verteidigen?

Ich schlucke schwer und versuche, mich zu beruhigen. Die Angst lähmt meine Glieder immer mehr. Meine Beine fühlen sich so endlos schwer an, und nur mit Mühe schleppe ich mich voran. Ich weiß, dass ich aufhören muss, darüber nachzudenken, wie hilflos ich bin, aber ich kann nicht. Ich kann einfach nicht.

Was, wenn eine dieser Personen, die mir entgegenkommen, entscheidet, mich anzugreifen? Ich könnte mich gar nicht zur Wehr setzen. Genau wie vorgestern, als ich an diesen Tisch gefesselt war und nichts tun konnte als schreien und weinen.

Ich biege in eine etwas belebtere Straße ein, doch anstatt mich in der Menge unsichtbar und sicher zu fühlen wie bisher, verschlimmert sich die Angst. Mein Blickfeld verschwimmt, und ich versuche, mich daran zu erinnern, was Grayson mir gezeigt hat.

Was sehe ich?

Autos, Ampeln. Schmutzigen Schnee. Vereiste Treppenstufen, die zu Wohnhäusern führen. Balkone. Die Sonne, die über die Spitzen der Gebäude wandert. Einige Läden, die nach und nach öffnen. Ich rieche vor allem die Abgase der stehenden Autos.

Meine Finger zittern, und gerade habe ich das Gefühl, dass es ein wenig besser wird, als meine Schulter jemanden streift.

»Hey, guck doch, wohin du gehst!«

Ich zucke zusammen und schaue dem Mann im Anzug irritiert nach, aber er ist bereits weitergezogen. Als ich mich umdrehe, laufe ich allerdings fast in die nächste Person hinein, werde abermals angeschrien und bleibe erschrocken stehen. Ich versuche, mich zu beruhigen, aber ich glaube nicht, dass ich es zur U-Bahn schaffe.

Alles um mich herum kommt mir so unnatürlich laut vor; das Flüstern und Reden der Menschen, die Schreie und Rufe von weiter weg, die Sirenen im Hintergrund, das Hupen der Autos und das Schlittern der Reifen auf den eisigen Straßen.

Und mir ist schlecht. Ich weiß nicht, ob ich meine Hände auf die Augen, die Ohren oder den Mund pressen soll.

Das darf nicht wahr sein! Ich kann nicht schon wieder

eine Panikattacke haben. Nicht jetzt. Ich muss irgendwie nach Hause kommen.

Mir wird schwarz vor Augen, und ich verliere das Gleichgewicht. Ich bemerke nicht einmal den Aufprall, bis ich mich am Boden kniend wiederfinde. Die Menschen gehen an mir vorüber, als wäre nichts, und ich denke, ich bin ihnen dankbar. Ich muss mich einfach beruhigen. Ich muss mich einfach beruhigen!

Ich weiß nicht, wie lang ich dort knie, die Hände auf dem Boden, und so intensiv versuche, ruhig zu atmen, dass meine Atmung noch mehr außer Kontrolle gerät. Meine Hände schmerzen vom Eis und den kleinen Steinen unter mir, aber ich kann mich auch nicht davon wegbewegen.

Bitte nicht in Ohnmacht fallen.

Ein Schatten vor mir signalisiert, dass sich jemand zu mir herabbückt, und ich fahre zusammen und rücke ein Stück nach hinten.

»Hey, geh einfach weiter, John«, sagt eine Frauenstimme. »Die ist voll auf Droge.«

»Alles gut?«, fragt der Mann trotzdem. Ich kann nicht antworten, weil ich mich darauf konzentriere, mich nicht zu übergeben. »Soll ich einen Krankenwagen rufen?«

Ich hebe die Hand, um zu signalisieren, dass es schon okay ist. Mit einem »Na gut« steht er wieder auf und zieht weiter.

Ich muss weg. Wenn ich hier zusammenbreche, komme ich gar nicht mehr nach Hause. Die Zähne aufeinandergepresst nehme ich all meine Kraft zusammen, rapple mich auf, halte mich an einem Treppengeländer neben mir fest und stütze mich an der nächsten Hauswand ab. Mit einer Schulter an der schmutzigen Backsteinwand dauert es eine Ewigkeit, bis ich den Eingang eines Hotels erreiche, an dem ich auf meinem Weg vorbeigekommen bin. Ich werfe mich gegen die Tür und taumle in eine gemütliche, dunkle Lobby, in der sich nur eine Handvoll Gäste befinden. Ich steuere einen der breiten Ledersessel an und lasse mich darauf fallen.

Bin ich hier sicher?

Meinen Blick auf den niedrigen Tisch vor mir gerichtet, versuche ich mich abermals an der Methode, die Grayson mir gezeigt hat.

Was sehe ich?

Ich werfe einen Blick um mich herum, aber die drei Menschen, die in einiger Entfernung Platz genommen haben, schauen mich skeptisch an. Ein Angestellter hinter dem Tresen hat mich auch bemerkt und kommt auf mich zugeeilt.

»Alles in Ordnung bei Ihnen?«, fragt er. Zum Glück bin ich süß und trage saubere Klamotten, sodass er mich nicht sofort rauswirft. »Brauchen Sie Hilfe, Miss?«

»Ist nur der Kreislauf«, keuche ich. »Ich bezahle auch, ich … ich muss mich nur kurz ausruhen.«

Er nickt heftig. »Soll ich jemanden für Sie anrufen?«

Ich denke kurz über seine Frage nach, dann nicke ich sacht und ziehe mit zitternden Fingern mein Handy aus der Tasche. Ich entsperre es und weise ihn an, in die Kontaktliste zu klicken. Der junge Mann kniet sich neben mich.

»Okay«, bestätigt er.

»Rufen Sie Logan Glover an«, weise ich ihn weiter an und bin für einen kurzen Moment sehr froh darüber, meinen Kontakten keine peinlichen Namen mehr zu geben wie während der Schulzeit.

»Erledigt«, sagt er und gibt mir das Telefon. Ich nicke dankend und halte es an mein Ohr, schließe die Augen.

Es gibt nur ein Freizeichen, dann werde ich von einem Schrei begrüßt. »Tycho! Wo zur Hölle bist du? Geht es dir gut?«, ruft Logan in den Hörer.

Ich würde lächeln, wenn ich noch Kontrolle über meinen Körper besäße. Freude über die vertraute Stimme und Angst, weil ich noch keine Ausrede habe, wechseln sich in meinem Inneren ab.

Ich reiche dem Mann neben mir wieder das Handy. »Können Sie die Adresse durchgeben?«, bitte ich ihn, und er nimmt das Gerät rasch in die Hand, gibt erst seine eigenen Daten und dann die Adresse des Hotels durch.

Er reicht es mir zurück.

»Bleib, wo du bist!«, sagt Logan. »Wir holen dich, okay?«

»Okay«, seufze ich erleichtert.

»Geht es dir gut, Tycho?«

»Ja, alles gut«, versuche ich mir mit so viel Bestimmtheit wie möglich abzuringen. »Ich bin in Sicherheit.«

»Wir beeilen uns«, sagt er entschlossen. »Bis gleich.«

Der Minutenzeiger an der analogen Wanduhr ist fast einmal herumgewandert, als ich zum ersten Mal denke, dass es mir allmählich besser geht. Ich habe ihn beobachtet, und es hat mir Ruhe bereitet, zu sehen, wie er sich langsam weiterbewegt.

Der Angestellte des Hotels war wirklich überaus bemüht. Er hat mir Wasser gebracht, auch wenn ich noch nicht in der Lage war, es anzurühren, aus Angst, mich zu übergeben. Dann hat er einen seiner Kollegen angewiesen, etwas zu holen, womit ich meinen Kopf kühlen kann; am

Ende hat er eine dicke Decke gebracht, einen zweiten Sessel herangezogen und meine Füße darauf abgelegt.

Ich muss ihm dringend ein großes Trinkgeld geben, bevor ich abgeholt werde.

»Wie geht es Ihnen?«, fragt er nach, als ich mich langsam wieder beruhige.

Ich schaffe es dieses Mal wirklich, zu lächeln. »Wieder besser. Vielen Dank.« Ich hole tief Luft und kann tatsächlich einigermaßen durchatmen. »Ich hatte Stress in letzter Zeit und hab … auch einfach zu wenig gegessen. War nur ein kleiner Schwächeanfall.«

Und das ist nicht mal gelogen. Um genau zu sein, habe ich seit drei Tagen gar nichts mehr gegessen.

»Soll ich Ihnen eine Kleinigkeit vom Buffet holen?«, bietet er an, aber ich schüttle rasch den Kopf. Ich denke nicht, dass ich etwas zu mir nehmen kann.

»Vielen Dank, aber es geht schon.«

Als er sich abwendet, schaue ich ihm hinterher und versuche mich noch einmal an Graysons Methode der Panikbewältigung. Ich wage es nämlich noch nicht, auf mein Handy zu sehen. Ich befürchte, die Nachrichten zu lesen, die dort warten, oder durch unsinnige Posts auf Instagram zu scrollen könnte mich unnötig stressen.

Stattdessen schaue ich mir den Teppich der Lobby an, der mit seinen geometrischen Mustern aussieht, als wäre er vor vierzig Jahren schon nicht mehr modern gewesen. Die abgegriffenen Ledersessel sind ebenfalls uralt, aber verdammt bequem. Die mit Stuck verzierte Decke und die Wände wirken edel, aber nicht auf eine Art und Weise, als wäre dieser Ort jemals High Class gewesen.

Und wenn ich mich besonders mutig fühle, werfe ich sogar ab und an einen Blick zu den Fenstern und der verglasten Eingangstür, um die Menschen dort zu beobachten.

Ich werde erst richtig aus meiner Trance gerissen, als ich Logans Familie den Gehweg entlanghechten sehe. Sofort richte ich mich im Sessel auf, nehme meine Beine herunter und spanne mich an. Nicht zu schnell aufstehen, sonst wird mir wieder schwarz vor Augen.

Aber ich sitze aufrecht und schaue ihnen entgegen, als sie die Tür eilig öffnen und sich umsehen. Logan ist der Erste, der eintritt, und noch bevor seine Eltern hinter ihm hereingekommen sind, hat er mich entdeckt und läuft auf mich zu.

Ich habe es gerade mal geschafft, mich aufzurappeln, da ist er schon bei mir und schließt mich stürmisch in die Arme. Mein Gesicht geht in seinem Schal unter, als ich meine Arme ebenfalls um ihn lege und versuche, nicht zu weinen.

Er ist so warm. Und er riecht nach zu Hause.

Seine Eltern schließen zu uns auf, und Logan lässt von mir ab, weigert sich aber, seine Hand von meinem Rücken zu nehmen, als wolle er mich stützen. Ich akzeptiere die Hilfe dankend, als seine Mutter auf mich zukommt und meine Wangen in ihre Hände schließt.

»Geht es dir gut, Schatz?«, fragt sie mit einer tiefen Sorgenfalte zwischen den Brauen. »Du siehst ja schlimm aus.«

»Jetzt geht's mir gut«, murmele ich und lächle abermals. Ich möchte, dass wir gehen, bevor ich wirklich weinen muss, aber ich bin es ihnen nach meiner Abwesenheit wohl schuldig, einige Fragen zu beantworten.

»Ich hab die ganze Zeit versucht, dich zu erreichen«, sagt Logan und streicht mir über den Rücken.

»Ja, ähm … Mein Handy war aus.« Keine Lüge. »Ist es

okay, wenn ich … euch später sage, was los war? Ich brauche etwas Zeit.«

Die drei wechseln einen besorgten Blick, und ich strenge mich ehrlich an, so friedlich wie möglich dreinzuschauen. »Es war nichts Schlimmes, ich …« Ich schlucke schwer und sehe jeden einzeln an. »Ich war nur waghalsig. Aber es geht mir gut.«

Logans Mutter lächelt gütig, auch wenn ich an ihren traurigen Augen erkenne, dass sie nicht ganz zufrieden mit der Antwort ist. »Wir sind hier, um dich nach Hause zu bringen«, sagt sie. »Nicht, weil du Rechenschaft ablegen musst.«

Ich atme tief ein und denke nicht, dass ich es noch lang aushalte, ohne in Tränen auszubrechen. Meine Augenwinkel werden schon ganz feucht.

»Danke«, flüstere ich mit Kloß im Hals. Ich deute mit dem Daumen hinter mich auf den Portier. »Ich geb ihm noch schnell Trinkgeld, dann bin ich bereit.«

Bei der Geste rutscht allerdings mein Ärmel ein Stück nach unten und legt mein Handgelenk frei. Logans Mutter sieht es sofort und greift sacht nach meinem Unterarm.

»Bist du sicher, dass es dir gut geht?« Ich lasse es geschehen, als sie meinen Ärmel leicht hochschiebt und sich die Schwellungen und Blutergüsse genau anschaut. »Wenn du zu einem Arzt oder zur Polizei möchtest, können wir das alles mit dir machen«, sagt sie überaus ruhig. »Wir sind bei dir, okay?«

Ich kaue auf der Unterlippe und atme abermals gepresst aus. »Ich will einfach nur nach Hause.« Eine Träne läuft meine Wange hinab, als ich versuche zu lächeln. Rasch ziehe ich meinen Arm zurück, um sie fortzuwischen.

Logan scheint zu bemerken, dass ich wirklich nur gehen will. Er festigt seinen Griff an meiner Hüfte und fragt seine Eltern, ob sie sich um das Trinkgeld kümmern können. Nachdem sie einander abermals besorgte Blicke zugeworfen haben, setzen sie sich in Bewegung, und Logan stützt mich, als wir uns gemeinsam auf den Ausgang zuschieben.

»Danke«, flüstere ich ihm zu.

KAPITEL 20

WORAN MICH DECKEN ERINNERN

»Guten Morgen, New York! Es ist der dreizehnte Januar, und hier sind Janey und Ash von der NYC Fresh Morning Show für euch, wie immer mit den freshesten Hits des Tages!«

»Yeah! Heute ist ein wundervoller Tag, zwar klirrend kalt, aber die Sonne scheint, als würde es kein Morgen mehr geben. Das erhellt doch das Gemüt, oder?«

»Absolut. Aber weißt du, was mir die Laune ein bisschen verhagelt, Ash?«

»Was denn?«

»Wir haben schon so lang nichts mehr von Captain Wodka gehört. Ich meine, geht es ihr gut?«

»Stimmt! Ich habe alle ihre Hashtags abonniert, aber wir haben in den letzten Tagen keine Neuigkeiten mehr von ihr bekommen. Nachdem durchgesickert ist, dass es ein neues Phantombild geben soll, hat sie sich wohl zurückgezogen.«

»Meinst du, sie hat kalte Füße bekommen?«

»Vielleicht. Obwohl man ja nicht denkt, dass so jemand überhaupt in der Lage ist, Angst zu empfinden, oder?«

»Vielleicht ist sie inzwischen vorsichtiger in ihrer Vorgehensweise.«

»Das kann sein!«

»Und wie sieht's aus mit dem Phantombild? Würde mich ja schon interessieren, mit wem wir es nun zu tun haben.«

»Keine Ahnung. Nachdem ein Sprecher der Polizei verkündet hatte, dass wir auf jeden Fall ein neues Bild zu erwarten haben und sie – ich zitiere – ›auf Hochtouren daran arbeiten‹, möchte das NYPD zu dem Thema nun keine Stellung mehr beziehen.«

»Was steckt dahinter? Eine Verschwörung vielleicht?«

»Wer weiß! Vielleicht hat unsere liebste Rächerin sich gestellt und arbeitet jetzt im Verborgenen mit der Polizei zusammen.«

»Wie Batman?«

»Das wäre doch der Hammer, oder?«

»Auf jeden Fall! Und ehrlich gesagt finde ich es auch gut, dass bisher niemand so richtig weiß, wie Captain eigentlich aussieht. So viele Personen geben an, sie gesehen zu haben, aber die Beschreibungen könnten unterschiedlicher nicht sein. Einige behaupten, sie sei schwarz, andere sagen weiß, einige sagen südostasiatisch, einige wollen indigene Züge gesehen haben.«

»Ja, und die generellen Beschreibungen ihres Körpers variieren auch komplett. Von durchtrainiert bis übergewichtig, von jung bis alt, von kleinwüchsig bis riesig, von blonden Haaren bis neonpinken.«

»Haben manche nicht sogar behauptet, sie hätte im Rollstuhl gesessen?«

»Ich habe bei Twitter einige Behinderungen gelesen, die ihr zugeschrieben wurden.«

»Badass. *Aber was denkst du, wer sie ist?«*

»Na ja. Die Polizei hat durchaus eine grobe Vorstellung aus den Aussagen der Opfer zusammengestellt. Aber für die

Menschen da draußen ist Captain eher ein Symbol, schätze ich. Das macht vielleicht auch ihre größte Besonderheit aus. Dass sie alles sein könnte. Und jeder.«

»Wie Batman. Sag ich ja.«

»Was denkt ihr, wer Captain Wodka ist? Auf unserer Website haben wir etliche Informationen zusammengestellt, aber eure Überzeugungen interessieren uns. Also schreibt uns eine Nachricht in unserer kostenlosen NYC-Fresh-App oder ruft uns an! Wir freuen uns auf euch.«

»Und nun weiter mit den freshesten Hits der Woche!«

Die lange Autofahrt zu Logans Zuhause hat mich müde gemacht. Ich habe nicht erwartet, dass sie mich mit der Limousine und dem Fahrer abholen würden, habe mich aber auch nicht darüber beschwert, in dem großen Wagen eng an Logan gedrückt sitzen zu können. Während ich – endlich wieder mit einem Gefühl von Sicherheit – langsam weggenickt bin, haben Logans Eltern glücklicherweise den Großteil ihrer Zeit damit verbracht, über den Lautsprecher des Autos mit seiner Großmutter zu telefonieren. Sie müssen wohl noch immer hundert Dinge wegen des Sternenfestes vorbereiten.

Ich habe nicht genau vernommen, was alles ansteht, weil ich irgendwann eingeschlafen bin. Das konnte den Fliesenboden wenigstens ein bisschen wettmachen. Aber ich möchte eigentlich nur in ein Bett.

Im Haus von Logans Eltern ist es mollig warm, und der Schnee kommt mir von hier aus romantischer vor als sonst wo. Die Dachterrasse, die durch die großen Glastüren des Esszimmers zu sehen ist, ist bereits hüfthoch eingeschneit. Offensichtlich haben sie aufgegeben, sie freizuräumen, was ich nicht schlimm finde. Der Blick auf die eingeschneiten Tische und Stühle ist irgendwie schön.

Und dem Rieseln der Flocken zuzusehen hat in gewisser Weise eine meditative Wirkung auf mich. Ich beobachte sie, während Logans Mutter meine Handgelenke versorgt. Sein Vater sitzt neben ihr und mustert uns alle angespannt. Ich sehe, dass er etwas sagen will und sich noch zurückhält. Es wäre schön gewesen, wenn er sich schneller hätte zufriedenstellen lassen. Aber ich habe mir denken können, dass er so schnell nicht aufgeben würde.

Logans Hand auf meinem Rücken beruhigt mich allerdings. Er ist seit der Hotellobby nicht mehr von meiner Seite gewichen, und ich bin ihm so dankbar dafür.

Im Radio in der Küche wird über Captain Wodka gesprochen, aber das Phantombild hat es wohl wirklich nicht in die Nachrichten geschafft. Nach und nach komme ich wieder in dieser Welt an, auch wenn es noch eine Weile dauern wird, bis ich mich sicher fühle. Bis ich das Gefühl habe, nicht mehr beobachtet, verfolgt oder gesucht zu werden.

»Das könnte jetzt etwas brennen«, sagt Logans Mutter leise, bevor sie beginnt, die Wunden zu desinfizieren. Es ist beim letzten Kampf vor der Behörde einiges an Dreck hineingeraten.

Ich kneife die Augen zusammen, mache aber kein Geräusch, als das Desinfektionsmittel auf die Kratzer trifft. Eigentlich fühlt es sich sogar ganz gut an. Der Schmerz hilft mir, meine Gedanken aufzuräumen.

Logans Mutter wirkt überaus konzentriert, während sein Vater – wie immer in Hemd und Anzug – die Lippen schürzt und den Mund verzieht. Ganz als würde er an meiner Stelle leiden. Und als müsse er enorme Anstrengungen unternehmen, all die Worte bei sich zu behalten, die er gern sagen würde.

Worüber denkt er nach? Er ist sonst der Entspannteste in der Familie, und dass er sich so ernst verhält, macht mich etwas nervös. Hat er eine Vermutung, was mit mir passiert ist? Ich frage mich, was in seinem Kopf vorgeht.

Nachdem Logans Mutter fertig ist, legt sie mir neue Bandagen an. Während ich mich auf die Stimmen der Radiomoderatoren zu konzentrieren versuche, kann sie aber nach wie vor nicht loslassen und fragt: »Was hat man dir nur angetan?«

»Das …« Ich seufze. »Nicht das, was ihr denkt. Es war meine eigene Schuld.«

»In was bist du da verwickelt?«, schließt sich Logans Vater an und beugt sich über den Tisch hinweg ein Stück zu mir vor. »Du weißt, dass wir dir helfen können, entsprechende Schritte einzuleiten, wenn du irgendetwas zur Anzeige bringen möchtest, ja?«

»Ich bin in nichts verwickelt.« Ich blinzle langsam und presse die Lippen zusammen, lächle gepresst, um zu signalisieren, dass ich nicht darüber reden möchte. Wie kann ich sie davon überzeugen? Wäre mir doch nur etwas Gutes eingefallen, das ich als Ausrede präsentieren könnte.

Aber in diesen Sachen war ich nie sonderlich kreativ. »Das alles ist vorbei«, füge ich mit mehr Sicherheit in der Stimme an. »Es ist jetzt alles gut.«

Sichtbar skeptisch sehen Logans Eltern einander an, scheinen sich einfach nicht mit der Antwort zufriedenzugeben.

»Können wir kurz reden?«, fragt Logans Vater an seine Mutter gewandt.

»Kay, wir sollten jetzt …«

»Keine Widerrede.« Er ruckt mit dem Kopf in Richtung des Wohnzimmers und steht bereits auf.

Obwohl seine Stimme noch immer sanft klang, verwundern mich seine klaren Worte. Ich habe ihn selten so ernst gesehen, und tatsächlich bereitet mir sein Verhalten Sorge. Was denkt er, was mit mir passiert ist? Will er irgendwelche Schritte einleiten?

Ich schaue Logans Mutter nervös hinterher, als sie ihm langsam aus dem Raum folgt. Sie wirft noch einen Blick zu uns zurück, dann verschwinden beide durch die Tür zum Wohnzimmer und schließen sie hinter sich. Besprechen sie jetzt, wie sie mit mir verfahren sollen? Ich mache mir Sorgen wegen der möglichen Konsequenzen.

Gleichzeitig entspanne ich mich, sobald ich mit Logan allein bin. Ich kann ein erleichtertes Aufatmen nicht unterdrücken und bin so froh darüber, dass Logans Grandma gerade nicht daheim ist. Sie hätte sich höchstwahrscheinlich nicht mit den Antworten abspeisen lassen, die ich ihm und seinen Eltern aufgetischt habe. Und sie ist momentan so mit dem Sternenfest beschäftigt, dass ich auch später vielleicht ganz gut aus der Sache herauskomme.

Logan nimmt seine Hand von meinem Rücken und lehnt sich ein Stück weg. Jetzt, da seine Eltern gegangen sind, braucht er die Beschützerpose wohl nicht mehr.

»Sag mal«, wende ich mich unsicher an ihn. »Ist es okay, wenn ich heute Nacht hier schlafe?« Eigentlich kindisch, ich wohne immerhin nur ein paar Blocks entfernt. Aber ich würde mich einfach sicherer fühlen, vor allem, nachdem D.I.E.T. angekündigt hat, mich so intensiv zu überwachen. Ich weiß nicht, ob sie meine Wohnung inzwischen verwanzt haben, aber ich würde mich dort beobachtet fühlen.

Logan lächelt warm. »Du kannst so lang bleiben, wie du willst.«

Ich verkneife mir ein »Na dann für immer« und lächle stattdessen dankbar.

»Wollen wir noch ein paar Klamotten aus deiner Wohnung holen? Oder willst du lieber was von Mama und mir haben?«

Ich schaue ihn an, während ich darüber nachdenke. Aber worüber ich eigentlich nachdenken möchte, ist der Umstand, dass ich nun so viel mehr über meine Kraft weiß. Und dass ich gern mit ihm darüber reden würde. Jetzt, da ich weiß, was dahintersteckt, erscheint mir der Gedanke gar nicht mehr so abwegig. Vor allem, wenn D.I.E.T. mich sowieso zwingt, nichts mehr zu trinken.

»Ich nehm gern was von euch«, antworte ich, bevor ich zu weit in den Strudel abdrifte. Frische Kleidung wäre wirklich toll.

Logan trommelt auf den Tisch und nickt still vor sich hin. »Kannst dir gern was aus meinem Schrank holen.« Sein Blick wird noch einmal forschend. »Gehst du heute in die Uni?«

»Ich brauche ein paar Tage Pause«, antworte ich ehrlich. Ich könnte mich an Logan hängen wie eine Klette, aber das ist mir noch zu unsicher. Ich will nicht irgendwo stranden und vor allen anderen einen Nervenzusammenbruch haben.

»Auch in Ordnung«, sagt er ruhig. »Soll ich mit dir hierbleiben?«

Ich schüttle den Kopf. Solange die Tür abgeschlossen ist und ich mich oben in seinem Zimmer verstecken kann, wird es gut sein. »Nein, geh du ruhig. Deine Oma Iota kommt ja auch bald wieder, oder?«

»Sicher. Aber keine Ahnung, ob sie dich zwingen wird, ihr irgendetwas zu sagen.«

Lachend streiche ich mir über die Schläfen. »Selbst wenn«, murmele ich. »Bei ihr bin ich sicher.«

»Wohl wahr.« Er schaut erst zu der Tür, hinter der seine Eltern verschwunden sind, dann wieder zu mir. »Was sagst du zu Kaffee?«

Ich sehe ihn verwundert an, und mir wird klar, dass ich seit drei Tagen keinen mehr getrunken habe.

»Unbedingt.«

Meine Haut ist warm. Ich genieße das Gefühl, auch wenn ich es eigentlich mit etwas anderem verbinde. Sie ist ein wenig aufgeweicht von dem Bad, in dem ich mindestens eine Stunde lag. Ich habe zwar auf Zusätze verzichtet, um die Wunden und Kratzer an meinem Körper nicht zu verschmutzen, aber ich fühle mich trotzdem so viel frischer als vorher. Und der dunkle Raum beruhigt mich.

Die grauen Fliesen, die warme, indirekte Beleuchtung, die große Badewanne in der Ecke mit den vielen Kerzen, die seine Mutter angezündet hat. Das alles fühlt sich wärmer an als meine eigene Wohnung. Oder irgendetwas, das ich in den letzten Tagen gespürt habe.

Die vielen Pflanzen lassen diesen kleinen Raum am Ende des Flurs lebendig wirken. Der Spiegel über dem steinernen Waschbecken ist so groß, dass ich das ganze Bad hinter mir sehen kann, als ich mich davorstelle.

Mein eigenes Bild darin erschreckt mich nicht so wie erwartet. Trotzdem beeile ich mich, die Hose und den großen Pulli von Logan überzuziehen und mich dann in den Bademantel seiner Mutter zu hüllen. Ich fühle mich noch nicht bereit dazu, die Wunden und blauen Flecken genauer zu untersuchen. Jedes Mal, wenn ich meine Hände bewege, flammt der Schmerz, der durch meine Arme fährt, wie eine Erinnerung auf.

Der weiche Stoff der Kleidung legt sich sanft an meine Haut, und während ich sacht mit meinen Händen darüberstreiche, denke ich, dass ich das Bad eigentlich gar nicht verlassen will.

Ich weiß nicht genau, warum ich mich hier sicher fühle. Vielleicht, weil mich an diesem Ort niemand stören kann und ich trotzdem nicht mehr als eine Tür vom Rest der Familie entfernt bin. Nicht, dass ich überhaupt von ihnen getrennt sein möchte, aber ich befürchte, dass ich ihnen zur Last falle. Vor allem Logan. Er kann sich nicht immer um mich kümmern. Wie lang er dieses Spiel wohl noch mitspielen wird?

Andererseits: Wenn ich mich an die Regeln von D.I.E.T. halte, sind die Spiele eh vorbei. Und dann muss ich mir Gedanken machen, wie es mit meinem Leben weitergehen soll.

Ich seufze leise, greife nach meinem Handy und setze mich auf den kleinen Hocker neben der Badewanne, um die Zeit in dem warmen, von Dampf erfüllten Raum noch ein wenig auszudehnen. Meine Social-Media-Apps habe ich vorläufig gelöscht und alle Benachrichtigungen ausgestellt, nachdem ich im Laufe des Tages bemerkt habe, wie sehr mich das alles unter Druck gesetzt hat. Ich brauche einfach für einige Zeit meine Ruhe.

Trotzdem habe ich mich dabei erwischt, immer wieder auf das kleine Gerät zu schauen – in der Hoffnung, etwas von Grayson zu hören. Auch jetzt klicke ich auf ihren Kontakt, um zu sehen, ob sie etwas geschrieben hat und mir die Benachrichtigung nur nicht angezeigt wurde. Aber wie erwartet, ist da nichts.

Ich fahre mir mit den Fingerspitzen über die Lippen und denke darüber nach, ihr zu schreiben. Vielleicht will sie ihre Ruhe haben, aber Himmel, ich fühle mich ihr gegenüber inzwischen wirklich schlecht. Ich war furchtbar zu ihr, als ich betrunken war, dabei hat Ray ihr Leben und ihre Karriere aufs Spiel gesetzt, um mich da rauszukriegen.

Vielleicht hat sie einen Fehler begangen, indem sie mich dort reinbefördert hat; obwohl es natürlich auch ihr Job ist. Aber selbst wenn es so ist, hat sie ihn korrigiert. Ich weiß nicht, ob es überhaupt noch gerechtfertigt ist, ihr böse zu sein.

Ob ich ihr schreiben sollte, um zu fragen, wie es ihr geht? Aber womöglich muss sie auch erst mal einiges vor Ort ausbaden, also ist es eventuell einfacher für sie, wenn ich ihr Zeit gebe.

Ich nicke und entscheide, ihr vielleicht morgen eine Entschuldigung zu schicken.

Als ich endlich aus dem Bad trete, fühle ich mich warm und frisch. Während ich mich in den viel zu großen Hausschuhen durch den dunklen Flur bewege, denke ich darüber nach, wie ich einen neuen Psychologen bekomme, jetzt, da ich nicht mehr mit Ethan sprechen kann.

Ob ich überhaupt noch mal jemandem meine komplette Lebensgeschichte erzählen möchte – bis auf die gewissen Ausnahmen? Ich weiß nicht einmal, wovor genau ich mich fürchte. Ich fühle mich so verwundbar. Ich weiß nicht, ob ich ohne die Dunkelheit in mir leben kann. Ob ich ohne sie ein vollständiger Mensch bin. Ich kenne ein Leben ohne sie gar nicht mehr richtig.

Ich kaue auf meiner Unterlippe und schließe die Augen, bevor ich in das Zimmer trete, in dem ich übernachte. Ich muss aufhören, so viel zu grübeln, sonst kann ich mich niemals entspannen.

Ich öffne die Tür und stecke vorsichtig meinen Kopf hinein, weil ich von außen gesehen habe, dass Licht brennt. Mein Blick fällt sofort auf Logan, der, einen Ratgeber lesend, in einer großen Burg aus Decken sitzt. Ketten mit kleinen und großen Lichtern sind überall im Inneren angebracht.

Er schaut auf, als ich eintrete, wackelt aufgeregt mit den Augenbrauen. »Hey.« Er sieht sich demonstrativ in seiner Deckenburg um. »Cool, oder?«

Die ist wie die, die wir früher als Kinder gebaut haben. Sogar noch als Teenager, obwohl es mir zu der Zeit fast peinlich war.

Ich entspanne mich sofort, als ich Logans lächelndes Gesicht sehe, ziehe den Bademantel enger um mich und setze mich zu ihm auf die weiche Decke am Boden. Dampfender Kakao steht auf einem kleinen Tisch vor uns bereit.

»Das ist *so* süß«, sage ich und schüttle den Kopf. »Es ist fast ekelhaft.«

»Du liebst es, und du weißt es«, entgegnet er selbstsicher.

Ich lächle breit und nehme einen Schneidersitz ein. Er schiebt mir eine Decke rüber und klopft auf ein dickeres Kissen hinter mir, um mir zu bedeuten, dass ich mich anlehnen kann.

»Ja, das tue ich«, grummle ich. »Woher hast du die ganzen Decken?«

Er schlägt seinen Ratgeber zu und zuckt mit den Schultern. »Aus dem ganzen Haus zusammengesucht. Wir haben echt viele.« Er greift hinter sich. »Und guck mal, was ich beim Durchwühlen der Bettschubladen gefunden habe.«

Ich mache große Augen, als er stolz das Kartenspiel präsentiert, das wir zusammen entwickelt haben. Das ist Ewigkeiten her.

»Total cool, oder?«

»Wow, ich wusste gar nicht, dass du das noch hast«, sage ich und nehme die zerfledderten Papier- und Pappstücke entgegen. Auf einige sind Sonnen, Monde, Gesichter, Bäume und andere Motive gemalt. Einige kann ich gar nicht mehr erkennen.

»Dachtest du, dass ich es wegwerfen würde?«

Ich streiche über die selbstgezeichneten Bilder. »Ich kann mich gar nicht mehr an die Regeln erinnern.«

»Ich glaube ehrlich gesagt auch nicht, dass die Regeln einen Sinn ergeben haben.« Wir lachen beide, und ich erinnere mich daran, wie mein Vater ständig neue aufschreiben musste. Ich weiß, dass meine Großmutter den Zettel aufbewahrt hat, aber alle Sachen, die sie und meine Eltern besessen haben, sind in einem Lager untergebracht. Ich habe nicht vor, es zu besuchen.

Ich bemerke erst nach einigen Momenten, dass Logan mich fortwährend ansieht, und schaue zu ihm auf. Er wendet seinen Blick nicht ab. Seine Züge erinnern mich so oft an früher, als wir noch Kinder waren.

Er hat sich eigentlich gar nicht verändert.

»Wirst du mir irgendwann sagen, was passiert ist?«, fragt er in einem etwas ernsteren, aber noch immer sehr sanften Tonfall.

»Irgendwann bestimmt«, antworte ich leise.

»Wurdest du vergewaltigt oder so?«

»Was? Nein.« Ich schüttle rasch den Kopf. »Nein, auf keinen Fall«, murmele ich.

Er holt tief Luft und nickt dann langsam. »Na gut. Lass dir Zeit. Ich will dich auch nicht drängen.«

»Danke«, flüstere ich, lege die Karten auf dem kleinen Tisch ab und streiche unbewusst über die Verbände an meinen Handgelenken.

»Hast du deine Schichten in der Bar abgesagt?«

Ich schließe die warme Tasse heiße Schokolade vorsichtig in meine Finger. »Ja. Ich hoffe, die kommen ohne mich klar.«

»Kuro übernimmt sicher gern ein paar Schichten für dich. Der ist total in dich verknallt.«

Ich lache. »Ist er nicht.«

Knabenhaft schielt Logan über seine Brille zu mir. »Ist er. *Alle* sind verknallt in dich. An der Uni müssen sie bald einen Tycho-Crane-Selbsthilfeclub eröffnen.«

Unangenehm berührt kichere ich und spüre, wie die Wärme in meine Wangen schießt, obwohl sie schon vorher warm waren. Ich streiche mir durch das nasse Haar. »Und? Würdest du da auch hingehen?«

Logan lacht ein wenig zu energisch, um es wirklich ernst zu meinen. »Ich wäre der *Vorstand!*«

Rasch winke ich ab. »Ach, die anderen finden mich nur hübsch. Das ist was anderes, als in mich verschossen zu sein.«

»Du unterschätzt dich«, sagt er, öffnet sein Buch wieder und vergräbt die Nase darin.

Ich sehe ihn an, während er offensichtlich sehr bemüht ist, das Gespräch zu beenden. Ich weiß, dass er nett sein will, aber wenn er wüsste, was ich weiß, würde er nicht so viel von mir halten. So gut von mir denken.

Ich bin gleichzeitig froh, dass er das Thema so schnell beendet hat. Mich beschleicht immer die Angst, dass er auf uns beide zu sprechen kommt.

Ich liebe ihn, aber mir ist klar, dass meine Liebe zu Logan nur theoretisch ist. Ich liebe ihn so, wie ich alle Menschen liebe; nur die Idee von ihnen in meinem Kopf. Nicht, wie sie wirklich sind.

Ich liebe ihn, weil er meine Familie ist, doch manchmal befürchte ich, dass er das anders sieht. Dass ich mehr für ihn bin als seine Kindheitsfreundin. Aber wir sprechen nicht darüber, also weiß ich es nicht.

»Soll ich dich allein lassen?«, will er wissen.

Himmel, bitte nicht. Ich weiß nicht, ob ich schlafen kann, wenn ich allein bin. »Kannst gern noch bleiben.«

KAPITEL 21

WIE ES SICH ANFÜHLT, LEER ZU SEIN

Ich bin fünfzehn Jahre alt und liege auf dem Rücken in der großen Deckenburg, die Logan in meinem Zimmer gebaut hat. Die Lichterketten flimmern hinter meinem Sichtfeld, während mein Blick eher desinteressiert über die Buchstaben fliegt.

Logan ist mit seiner Familie unterwegs, und eigentlich ist das unser gemeinsamer Unterschlupf, aber irgendwie fühle ich mich heute allein. Also habe ich mich hierher zurückgezogen, um zu lesen.

Ich weiß, dass ich zu alt für so ein Ding bin. Und dass ich nie meine Freunde nach Hause bringen kann, wenn ich nicht will, dass sie sich über mich lustig machen. Aber das ist okay. Oma mag meine Freunde sowieso nicht.

Vielleicht sollte ich auf ihren Rat hören und mir ein Hobby suchen, weil mich das Buch nicht wirklich interessiert. Alle meine Freundinnen schwärmen davon, aber ich mag Lesen generell nicht – obwohl ich zumindest versuche, immer up to date zu bleiben, um nicht ausgeschlossen zu werden. Ich habe alle »Twilight«-Filme gesehen, »Die Tribute von Panem« gelesen, und jetzt lese ich »Shades of Grey«, weil gerade ein Film dazu herausgekommen ist und die ganze Welt darüber spricht. Vor allem alle aus meiner Klasse.

Ich werde einfach ein paar Rezensionen online überfliegen und mich der Meinung der anderen anschließen.

Das Buch ist zerfleddert, weil es schon vier meiner Freundinnen vor mir verschlungen haben. Mein Blick driftet von den vielfach betatschten Seiten zu meinem schwarzen Nagellack. Er ist total abgesplittert. Sollte ich ihn neu streichen?

Ein Klopfen unterbricht meine sowieso schon abschweifenden Gedanken, und Grandma steckt vorsichtig ihren Kopf durch die Tür, ohne auf meine Antwort zu warten. Das tut sie immer, also bin ich darauf vorbereitet.

So langsam wie möglich setze ich mich auf, schließe das Buch und lege es hinter meinen Körper. Wenn ich mich zu hektisch bewege, weiß sie, dass ich etwas Verbotenes tue. Ich bin mir nicht mal sicher, ob es verboten ist, dieses Buch zu lesen, aber meine Oma würde es zumindest nicht sehr gut finden.

»Tycho, Schätzchen«, sagt Grandma und setzt sich auf den Stuhl neben der Tür, faltet ihre runzligen Hände vor dem Körper und lächelt freundlich. Wie immer trägt sie ihr schwarzes Kleid. Seitdem meine Eltern gestorben sind, zieht sie keine andere Farbe mehr an.

Ich trage auch Schwarz. Sogar meine Haare sind schwarz gefärbt. Aber ich denke nicht, dass ich damit meine Trauer ausdrücke, so wie sie. Meine Freunde finden es cool, und ich hoffe einfach, dass ich es bin. Das ist alles.

»Hey«, sage ich und schaue sie fragend an, weil sie zunächst nichts sagt.

»Wie geht es dir?«

»Gut«, antworte ich. Wie immer. Es ist das, was automatisch über meine Lippen kommt, egal, wie es mir eigentlich geht. Ich glaube, die meisten Menschen wollen tatsächlich die ehrliche Antwort hören, aber ich will keine ehrliche Antwort geben.

Wie soll es mir schon gehen? Ich habe, glaube ich, vergessen, wie es ist, mich normal zu fühlen.

»Heute Nachmittag hast du wieder einen Termin bei Dr. Williams. Denkst du daran?«

»Na klar.«

»Hast du deine Aufgaben dafür erledigt?«

»Wie immer.« Ich lächle. In meinen Aufgaben für die Therapie musste ich mir überlegen, wie mein zukünftiges Leben aussehen soll. Ich sollte aufschreiben, ob ich Pläne oder Träume habe, und alles so konkret wie möglich beschreiben.

Ich habe geschrieben, dass ich einmal einen Mann, zwei Kinder – ein Mädchen und einen Jungen –, ein kleines Haus und zwei Hunde haben möchte. Ich denke, dass es das ist, was man von mir hören will. Dass ich vor einigen Wochen meine erste sexuelle Erfahrung mit einem Mädchen hatte, wissen weder er noch meine Oma. Ich weiß auch nicht genau, was das zu bedeuten hat, also habe ich nicht vor, es ihnen zu sagen.

Ich habe erst dazugeschrieben, dass ich gern Mutter und Hausfrau wäre, aber das erschien mir irgendwie zu unpassend. Ich denke nicht, dass mir das jemand glauben würde, mit meiner dunklen Kleidung und meinem Make-up. Also habe ich es geändert und beschlossen, dass ich in einem Büro arbeiten möchte. Vielleicht als Anwaltsgehilfin, das ist die Mutter einer Freundin. Ich schätze, das ist eine respektable Wahl. Und keine, die irgendeine Begeisterung voraussetzen würde.

Meine Oma lächelt warm. »Das ist schön, Liebes«, sagt sie leise.

Ich weiß, dass sie nicht glaubt, es ginge mir gut. Ich sehe es in ihren Augen. Aber sie sagt nichts dazu, als hoffe sie, ich würde ihr irgendwann von allein sagen, was ich eigentlich empfinde.

Ich denke nur nicht, dass ich das werde.

Ich denke nicht, dass ich das kann.

Und ich weiß nicht, ob ich mir wünschen sollte, dass wir mehr miteinander reden, oder ob es okay so ist, wie es ist.

Sie weiß, was ich getan habe. Sie weiß, dass ich die Mörder meiner Eltern über das Internet aufgespürt und vier von ihnen umgebracht habe. Sie weiß es.

Aber sie hat nie etwas dazu gesagt. Oder etwas deswegen getan. Sollte sie das nicht? Ich bin dankbar dafür, dass sie mich in Ruhe lässt, aber manchmal wünsche ich mir auch, sie würde mich anschreien. Ich hätte es verdient.

»Ich gehe auf den Friedhof, deine Eltern besuchen«, fährt sie fort. Ich wusste es bereits, als sie hereinkam. Sie trägt ihre Friedhofschuhe und ihre kleine Umhängetasche.

Ich mag nicht, wie sie *besuchen* sagt. Als würde sie sie dort treffen. Dabei steht sie nur an einem Grab und schaut sich einen Stein an. Das hat nichts mit Besuchen zu tun.

»Möchtest du mitkommen, Liebling?«

Jedes Mal fragt sie mich. Jedes Mal verneine ich.

Auch jetzt.

Die Enttäuschung auf ihrem Gesicht ist endlos. Manchmal habe ich das Gefühl, dass es sie von Tag zu Tag mehr verletzt, dass ich sie nicht begleite. Aber es ist eben so. Ich war seit der Beerdigung vor sieben Jahren nicht mehr auf dem Friedhof.

Ich habe damals nicht geweint, und ich habe immer noch Angst davor, es jetzt tun zu müssen. Ich will das alles in mir behalten. All die Trauer, die in irgendeiner Ecke meiner Gedanken lauert. All die Angst. Ich will das nicht fühlen. Das würde es realer machen.

Wenn ich nicht daran denke, dass sie dort sind, kann ich mir manchmal einreden, sie wären im Urlaub und irgendwo glücklich. Und wenn ich mir das einrede, kann ich sogar das Bild von ihren leblosen Körpern auf dem Küchenboden vergessen. Oder es zumindest als Albtraum abtun.

»Bist du dir sicher? Es wäre wirklich schön, wenn du ihnen ein paar Blumen bringst.«

Ich presse die Lippen aufeinander und verzichte darauf, zu sagen, dass das nichts bringt, weil sie sich nicht mehr darüber freuen können. Ich weiß, dass das meine Oma verletzen würde, und ich will ihr nicht noch mehr Leid zufügen. Ich weiß, dass es ihr nicht gut geht, und ich weiß, dass ich ihr manchmal zu viel bin.

»Nein, ich … möchte einfach nicht«, ringe ich mir also ab.

Ob sie sich auch manchmal wünscht, dass ich einfach verschwinde?

Einmal habe ich sie gefragt, und sie hat schrecklich geweint, aber sie hat es nicht verstanden. Ich will nicht sterben. Ich möchte verschwinden. Ganz vorsichtig und leise. Als hätte es mich nie gegeben. Das stelle ich mir ganz schön vor.

»Na gut. Das ist in Ordnung.«

Ist es das? Ich weiß es nicht genau.

Seitdem ich die Männer getötet habe, geht es mir ein bisschen besser mit dem Tod meiner Eltern. Einer ist zwar noch auf freiem Fuß, aber die vier anderen umzubringen hat mich irgendwie glücklich gemacht. Es hat sich angefühlt, wie ein Gleichgewicht wiederherzustellen.

Das Gesicht des Letzten habe ich mir eingeprägt. Die dunklen Haare, den Dreitagebart, die hellen Augen. Irgendwann sehe ich ihn vielleicht und kann diese Mission beenden. Aber das habe ich lieber auch nicht in meinen Zukunftsplan geschrieben.

»Hast du denn heute noch etwas vor?«

»Nach der Therapie wollte Logan vorbeikommen. Ist das okay?«

»Natürlich ist es das.« Sie lächelt breit und sieht mich so eigenartig an. Ich weiß nicht, was ihr Blick zu bedeuten hat. »Du magst Logan, oder?«

Ich kneife die Augen zusammen und schüttle leicht den Kopf. »Ja?« Selbstverständlich mag ich ihn. Wir kennen uns, seit wir geboren wurden. Natürlich streiten wir auch ab und an, aber das tut jeder.

Grandma nickt langsam und schaut auf ihre Hände hinab. »Hast du eigentlich schon mal einen Jungen geküsst?«

Ich reiße die Augen auf, dann bricht ein unangenehm berührtes Lachen aus mir hervor. »Ew, Oma! Darüber müssen wir nicht reden!«

Sie hebt die Hände, scheint aber etwas erleichtert von meiner Reaktion zu sein. Ich weiß nicht genau, warum. »Ich meine nur, dass es da ja … bestimmte Dinge gibt, die man beachten muss und …«

»Ich weiß!«, sage ich rasch, damit sie aufhört zu reden. »Das steht alles im Internet.«

»Tut es das?«

Ich nicke heftig, um ihr nicht das Gefühl zu geben, mich aufklären zu müssen.

»Ich kenne mich mit dieser Technik nicht so aus.«

»Glaub mir«, sage ich und rapple mich auf, um auf sie zuzutreten. »Ich weiß alles, was ich wissen muss.« Ich strecke die Hand aus, um ihr aufzuhelfen, dann verlasse ich mein Zimmer. »Also du gehst auf den Friedhof, und ich räume die Spülmaschine aus, ja?«, fahre ich energisch fort, damit sie gar nicht auf die Idee kommt, dieses Thema zu vertiefen. »Und ich schneide schon mal das Gemüse für das Abendbrot.« Alles, um nicht weiterreden zu müssen.

Grandma kichert leise, als sie Stufe für Stufe die Treppe hinter mir heruntersteigt. »Wenn du das gern möchtest.«

KAPITEL 22

WAS GEBORGENHEIT BEDEUTET

Mich in die hintersten Ecken von Räumen zurückzuziehen und zwischen Bergen aus Stoff zu verstecken hat mir schon immer geholfen, mich zu beruhigen. Als Kind half es mir, meine Angst vor Geistern zu bekämpfen, und jetzt hilft es mir, mich vor der Welt zu verbergen.

In die große Decke mit den Ärmeln gehüllt, in der Logans Mutter eigentlich immer herumläuft, sitze ich am hintersten Ende des Bettes, habe die Arme vor der Brust verschränkt und lausche mit geschlossenen Augen lauter Musik.

So fühle ich mich am sichersten.

Die Deckenburg im Raum erinnert mich an viele schöne Momente, aber ich möchte sie gerade nicht sehen. Denn sie bringt auch all die Erinnerungen an mein altes Zimmer, an meine Großmutter und meine Eltern mit. Und das sind alles Dinge, über die ich gerade nicht nachdenken möchte.

Vor allem jetzt, wenn niemand daheim ist.

Wir haben eine Ewigkeit diskutiert, bis ich Logan überzeugt habe, dass er ruhig zur Uni gehen kann. Ich liebe es, dass er für mich da ist, aber ich will auch nicht, dass seine Noten darunter leiden. Am Ende hat er sich widerwillig auf den Weg gemacht, mir aber hundertmal versichert, dass er sofort zurückkommen würde, sobald ich ihn anrufe. Ein Angebot, für das ich ihm überaus dankbar bin.

Seine Eltern sind auf der Arbeit, und seine Großmutter ist unterwegs. Wie immer. Und ich weiß nicht, wie viele Stunden vergangen sind, in denen ich einfach unbewegt hier sitze. Aber irgendwann, als ich es nicht mehr ertrage, allein zu sein, nehme ich mein Handy zur Hand, pausiere die Musik, klicke in die Kontaktliste und suche den Namen, den ich gestern bereits so lang angestarrt habe. Den Namen, an den ich heute schon so viele Male gedacht habe: Grayson.

Ich kann nicht einmal genau sagen, was ich mir davon erhoffe, ihre Stimme zu hören. Aber die Vorstellung bereitet mir ein warmes Gefühl, und sie hat mehrere Male gesagt, dass ich sie anrufen soll. Und obwohl ich Logan mit viel Nachdruck gesagt habe, dass er gehen soll, sehne ich mich so sehr nach einer Stimme.

Als ich den Namen anklicke und das erste Freizeichen ertönt, ziehe ich die Decke enger an mein Kinn und schließe abermals die Augen. Eigentlich ist es albern. Ich wollte nichts mehr mit der Behörde zu tun haben. Aber ich werde all die Dinge, die ich dort erfahren und gelernt habe, nicht mehr vergessen können.

Und vielleicht geht sie ja gar nicht ran.

Bereits nach dem zweiten Freizeichen erklingt allerdings ihre Stimme, und mein Herz macht einen Sprung.

»Tycho!« Grayson klingt überrascht und ein wenig außer Atem. »Ist alles in Ordnung bei dir?«

Ich bin verwundert, dass sie so aufgeregt klingt. Und dass sie besorgt wirkt.

»Ja, ich …« Ich will nicht lügen, also sage ich: »Ich bin nicht in Gefahr oder so. Ich wollte … mich nur melden.«

Ich höre ein erleichtertes Aufatmen am anderen Ende, dann ein leises Lachen. »Du hast mich erschreckt.«

Ich ziehe die Augenbrauen zusammen und kann nicht verhindern, dass sich ein mildes Lächeln auf meine Lippen schleicht. Hat sie sich wirklich Sorgen gemacht? Ich verstehe noch immer nicht, was sie an mir findet.

»Solltest du das nicht wissen?«

»Was …« Ich höre, dass sie einige Schritte macht. Nach einem leichten Windgeräusch im Hintergrund zu urteilen, befindet sie sich draußen. »Was meinst du genau?« Ihre Stimme ist so weich. Wie bringt sie die Energie auf, so nett zu mir zu sein, obwohl ich ihren Kollegen und ihrem Arbeitgeber so viel Schaden zugefügt habe?

»Halten die anderen dich nicht auf dem Laufenden über mich?« Ich achte bewusst darauf, nicht aggressiv oder provokant zu klingen. Ich hoffe inständig, dass es mir gelingt.

»Nein, ich … habe gerade einiges um die Ohren«, sagt sie, dann lacht sie leise. »Um mich bei den anderen einzuschmeicheln, hab ich angeboten, bei den Aufbauarbeiten zu helfen.«

Ein unangenehmes Gefühl breitet sich in meinem Magen aus. Sie beschäftigt sich jetzt also damit, mir hinterherzuräumen?

»Tut mir echt leid«, antworte ich leise. Mein Herz pocht doch aufgeregter als gedacht. Ich weiß nicht genau, warum.

Wieder vernehme ich einige Schritte am anderen Ende der Leitung. Im Hintergrund sind Rufe zu hören, gemischt mit dem Wummern und Dröhnen schwerer Maschinen. Das sind wohl die Aufbauarbeiten, von denen sie sprach. Sie scheint sich den Geräuschen nach davon zu entfernen.

»Kein Grund, dich zu entschuldigen«, sagt sie locker. »War ja meine eigene Entscheidung. Sowohl, dich reinzubringen, als auch, dich wieder rauszubekommen.«

»Danke«, sage ich leise. »Auch für den Brief.«

»Ja, ich …« Sie räuspert sich. »Ich wollte nicht aufdringlich sein. Ich kann mir vorstellen, wie überwältigend das alles sein muss. Ich bin damit aufgewachsen, aber … na ja, es hätte mich nicht gewundert, wenn du meine Nummer blockiert und den Brief verbrannt hättest oder so.« Sie lacht leise, und ich stimme sogar mit ein. Hätte wohl auch zu mir gepasst.

Ich weiß nicht, warum es mir so guttut, ihre Stimme zu hören. Warum ich nicht aufhören konnte, an sie zu denken. Aber irgendetwas an ihr lässt mich nicht los. Vielleicht weil sie mir geholfen hat, diese Panikattacke zu überwinden. Oder weil ich weiß, dass sie denselben Schmerz teilt wie ich.

Grayson schweigt, während ich über meine Gefühle nachgrüble. Ich höre nur den Wind und die Maschinen am anderen Ende.

Sie könnte das Gespräch beenden, wenn sie wollte, also warum sagt sie nichts? Will sie auch noch nicht auflegen?

Wenn das so ist, kann ich ja diese eine, widersinnige Frage äußern, die ich mir gestellt habe, seitdem ich herausgefunden habe, dass sie mich observiert hat. Auch wenn das etwas ist, das ich eigentlich nie tun wollte.

»Sag mal …«, setze ich an.

»Ja?«

»Du hast mich ja beobachtet. All die Zeit lang.«

Grayson seufzt. »Wie gesagt, nur in … öffentlichen Umgebungen.«

»Ich weiß, darauf will ich nicht hinaus.«

Sie wartet schweigend darauf, dass ich weiterspreche. Ich sammle mich kurz, um zu überlegen, wie genau ich meine Frage formulieren soll. Aber als ich zu lang brauche, entscheide ich, sie einfach so zu stellen, wie sie mir auf der Zunge liegt. »Was denkst du von mir?«

Das scheint sie so aus dem Konzept zu bringen, dass sie kurz lacht. »Was? Was meinst du?«

»Ich meine, ich …« Ich weiß nicht, wie ich es formulieren soll. Ich kann sie schlecht fragen, ob sie denkt, dass ich die Chance auf eine gewöhnliche Zukunft habe. Sie muss nicht mal glücklich sein, nur … gewöhnlich. Aber jeder würde auf diese Frage mit »Ja« antworten, egal, von wem sie kommt. »Ich meine, wie schätzt du mich ein?«

Grayson räuspert sich und entfernt sich offenbar ein weiteres Stück vom Gebäude, bis es ruhiger wird. »Ich … denke, du kannst dir denken, dass ich dich schon seit einer Weile echt mochte. Wegen allem, was ich gesehen habe. Ich maße mir aber nicht an, dich zu kennen.«

»Also glaubst du wirklich, dass ich ein guter Mensch bin?« Ich habe lang über ihre Worte nachgedacht, aber ich weiß ehrlich nicht, wie sie diese Behauptung belegen will.

Wieder das kleine Lachen am anderen Ende der Leitung. »Denkst du, ich hätte mit dir geschlafen, wenn du scheiße wärst?«

»Du hast nicht mit mir geschlafen«, sage ich lächelnd.

»Erbsenzählerei«, protestiert sie. »Ich hätte *fast*, und was mich abgehalten hat, war nicht meine Einschätzung deines Charakters.«

Meine Wangen werden warm, als ich mich daran erinnre, wie sich ihre Haut auf meiner angefühlt hat. Ihre Lippen auf meinen. Ihr Geruch erschien mir so vertraut. »Was dann?«

»Dass ich wusste, was ich dir antun würde.«

Also hatte es nicht an mir gelegen? Oder daran, dass sie sich nur an mich ranmachen wollte, um mich in einer verletzlichen Situation zu erleben? »Verstehe«, flüstere ich.

»Ich mag dich, falls du das hören willst«, fügt sie an. Ich weiß nicht genau, auf was sie sich bezieht, aber ich beschließe, diese Frage nicht zu stellen. Menschen reagieren eigenartig, wenn man sie fragt, was sie an einem mögen. Meistens ist es ihnen unangenehm, und ich will niemanden in so eine Situation bringen. Also sage ich nur »Danke« und frage mich, ob sie es wirklich so meint.

Ich hoffe es.

»Und was hältst du von mir?«, will Grayson dann wissen, aber an ihrem viel helleren Tonfall höre ich, dass sie es eigentlich nur zum Spaß meint.

»Gib mir Jahre an Security-Kameraaufnahmen von dir, und ich sage es dir!«, spiele ich mit, und wir lachen.

Und wenn sie mich wirklich kennt, weiß sie, dass ich ihr auch gern sagen würde, dass ich sie mag, aber irgendwie nicht kann. Ich konnte es noch nie.

Wieder tritt Stille ein, und ich überlege hektisch, was ich sagen soll, um nicht auflegen zu müssen. Grayson unternimmt allerdings auch dieses Mal nichts, um das Gespräch zu beenden. Ich bin regelrecht erleichtert, als sie zum Sprechen ansetzt. »Sag mal, willst du dich vielleicht mal wieder treffen?«

Ich presse die Lippen aufeinander und halte mich davon ab, die Luft scharf durch die Zähne einzuziehen bei der Vorstellung, dieses Haus zu verlassen. »Klar, gern.« Ich lache humorlos. »Wenn ich mich mal vor die Tür wage.«

»Wenn ich da bin, musst du dir keine Sorgen machen.«

»Das glaube ich dir sogar.« Ich habe zwar nicht gegen sie gekämpft, aber wenn sie nur halb so stark und schnell wie Hunt und Tate ist, hätten wohl nur wenige gegen sie eine Chance.

»Es fällt mir gerade noch schwer …« Ich will weitersprechen, aber ein unbestimmtes Chaos aus Scham und Angst überrollt mich wieder. »Ich brauch noch ein bisschen«, lenke ich leiser um.

»Na klar«, antwortet sie auf ihre sanfte Art. »Sag einfach Bescheid, wenn du dich wieder bereit fühlst, ja?«

»Mhm.«

»Du bist gerade bei Logan, oder?«

Warum fragt sie das? Aber es brächte eh nichts, zu lügen. »Ja. Warum?«

»Was ist das eigentlich zwischen ihm und dir?«

Ich schließe die Augen wieder und seufze tief. »Keine Ahnung. Er ist mein bester Freund, und … es klingt so bescheuert, wenn ich sage, er ist wie ein Bruder für mich. Aber wir sind wirklich zusammen aufgewachsen.«

»Das klingt gar nicht bescheuert.« Irgendwie wirkt ihre Reaktion etwas milder als all ihre Worte zuvor. »Ich freue mich, dass er für dich da ist.« Ich habe den Eindruck, sie wolle noch etwas sagen, aber sie fügt nichts mehr an, auch als ich einige Momente warte.

»Also die anderen starren mich schon böse an«, sagt Grayson nach einer Weile und lacht. »Ich freu mich, dass du angerufen hast.«

»Ich mich auch.«

»Lass uns später noch mal reden. Oder morgen. Ja?«

»Gern.« Ich bemerke erst jetzt, dass mein Atem viel ruhiger geht als zu Beginn unseres Gesprächs. Dass mein Körper sich entspannter anfühlt. »Du kannst mich übrigens auch anrufen, wenn du mal reden willst.« Ich komme mir lächerlich vor, das anzubieten, weil ich nicht gerade dafür bekannt bin, eine Hilfe für andere Menschen zu sein. Aber es erscheint mir viel zu egozentrisch, nur Hilfe zu verlangen.

»Ich komme sicher darauf zurück«, sagt sie mit einem eigenartig schelmischen Unterton, während ich mich emotional darauf vorbereite, mich zu verabschieden und wieder allein zu sein. »Gut. Dann bis später.«

»Wir hören uns.«

KAPITEL 23

WIE ES NORMAL WEITERGEHEN SOLL

»Guten Morgen, New York! Es ist der sechzehnte Januar, und ich will ja nichts sagen, aber …«

»Fresh *findest du gerade nicht so gut, Ash?«*

»Na ja, ich würde warm *gerade bevorzugen. So … zumindest mal über null Grad.«*

»Aber dann schmilzt ja der Schnee. Das wird sicher ätzend.«

»Fände ich tatsächlich besser. Aussuchen können wir es uns allerdings ohnehin nicht.«

»Und sich über das Wetter zu beschweren ist eh total angesagt, also reden wir doch mal über was anderes.«

»Jaja, schon klar.«

»So griesgrämig. Dir fehlen die News über Captain Wodka, oder?«

»Ja, Mann. Wo bist du, Captain Wodka? Wir hoffen, es geht dir gut!«

»Ihr geht's bestimmt gut. Sie ist bestimmt noch immer da draußen und lässt sich einfach nicht erwischen.«

»Denkst du wirklich, Janey?«

»Ja, da bin ich mir sicher. Unsere Zuhörer brauchen

auf jeden Fall keine größere Angst haben als vorher, wenn sie auf dem Heimweg sind. Wenn ihr euch aber trotzdem unsicher fühlt oder ihr etwas Auffälliges bemerkt, gibt es einige Tipps, Hilfestellungen und Möglichkeiten zur Selbstverteidigung. Alles findet ihr wie immer auf der Captain-Wodka-Seite auf unserer Website. Also passt auf euch auf, Leute!«

»Okay, danke für diese motivierende Ansprache, Janey.«

»Ironie?«

»Mein voller Ernst! Und nun weiter mit den freshesten Hits des Tages!«

Die frische Luft auf meinem Gesicht tut überraschend gut, als ich mich – nach einigen Tagen eingesperrt in Logans altem Zimmer – endlich wieder vor die Tür wage. Die Vorstellung davon, allein den Weg zu Whole Foods zurückzulegen und Obst fürs Frühstück zu kaufen, kam mir erschütternd beängstigend vor.

Tatsächlich empfinde ich es jetzt, da ich draußen bin, die Tüte mit dem Obst vor dem Körper haltend und die Sonne im Gesicht, als ganz okay. In den letzten Tagen war es ziemlich düster vor den Fenstern, was es mir schwergemacht hat, bessere Laune zu bekommen. Aber seit dem Gespräch mit Grayson – und denen, die danach folgten – fühle ich mich von Tag zu Tag etwas leichter. Und ich kann mich nicht ewig verschanzen.

Im Haus von Logans Familie herrscht aufgeregtes Treiben mit all den Vorbereitungen für das Sternenfest, das übermorgen stattfinden soll. Seine Großmutter ist so gut wie gar nicht mehr anwesend, und sogar seine Eltern haben Urlaub genommen, um zu helfen.

Ich bin dabei nicht wirklich eine Hilfe. Nicht, dass das

jemand erwarten würde. Aber wenn ich wenigstens das Frühstück vorbereite, fühle ich mich nicht ganz nutzlos.

Wie um diesen Punkt zu unterstreichen, atme ich tief durch. Einige Tage werde ich vielleicht noch brauchen, um wieder richtig auf die Beine zu kommen. Einige Tage in dem Zimmer mit der Deckenburg, die Tür immer einen Spaltbreit geöffnet und die Lichterketten eingeschaltet. Aber irgendwann werde ich in meine eigene Wohnung zurückkehren können.

Da bin ich mir sicher.

Ich gehe an einem Zeitungsstand vorbei, und auf einer der Tageszeitschriften ist mein Phantombild abgebildet. Das alte, das ich so sehr liebe. Auf diesem habe ich dunkle Haare. Es gibt eine Version mit der Wolfsmaske und eine ohne sie, aber ähnlich sehen mir beide nicht, bis auf meinen ungefähren Körperbau.

Auf dem Bild ohne die Maske habe ich ganz dunkle Augen, dabei sind sie eigentlich hell. Generell wirke ich aggressiver und bösartiger, als ich mich selbst wahrnehme. Als ich kurz stehen bleibe und es anschaue, ist es nicht das erste Mal, dass ich mich frage, ob ich wohl wirklich so aussehe, wenn die Dunkelheit überhandnimmt.

Mit einem überlegenden Geräusch auf den Lippen setze ich meinen Weg fort. Die News aus der Zeitschrift kenne ich schon. Viele Medien berichten darüber, dass Captain Wodka nicht mehr da ist. Die Menschen vermissen mich bereits, und ich muss mich selbst damit abfinden, dass sie mich von nun an wohl für immer vermissen werden.

Nicht, dass mein Status als fragwürdige Heldin mir besonders viel bedeutete. Es wäre mir sogar lieber gewesen, wären meine nächtlichen Aktivitäten gänzlich unbeachtet geblieben. Aber die Vorfälle haben spannende Diskussionen losgetreten, die über sämtliche Medien hinweg besprochen wurden. Und das finde ich okay.

Ich werfe noch einen Blick zurück zum Zeitungsstand, weil ich schauen will, ob ich die Headline erkenne. »*Captain, come back!*«, steht ganz fett über der Skizze.

Lächelnd drehe ich mich um, als mich jemand anrempelt und mir fast das Obst aus den Händen fällt. Mit einem verwunderten Laut auf den Lippen bleibe ich stehen und schaue einen Jungen an, der mich streng mustert.

»Hey, pass doch auf!«, bellt er und baut sich gespielt vor mir auf, um mir den Weg zu versperren.

Ich presse die Lippen aufeinander und kneife die Augen ein Stück zusammen. »Darf ich weiter?«, frage ich amüsiert und muss das Lachen unterdrücken.

»Du solltest dich eher bei *mir* entschuldigen, Lady«, empört er sich erst, stockt dann aber und mustert mich gleich darauf mit einem Blick, mit dem Kinder in seinem Alter nur Süßigkeiten ansehen sollten.

»Du bist ganz schön frech, was?«, frage ich und setze mich in Bewegung, ohne eine Antwort abzuwarten.

»Krieg ich deine Nummer?«, ruft er mir hinterher, und ich bleibe nach einigen Metern wieder stehen, drehe mich zu ihm um. Vielleicht lässt er mich in Ruhe, wenn ich ihm sage, dass seine Mutter gerade mit einer Tüte Bagels auf ihn zukommt.

»So versessen auf die erste Liebe, hm?«, scherze ich. Sein Selbstbewusstsein ist bewundernswert für einen höchstens Dreizehnjährigen.

»Ich hatte schon eine Freundin!«, prahlt er vielsagend.

Ich blinzle, irritiert darüber, was hier gerade passiert. »Na, dann hast du dein Lebenssoll ja erfüllt.«

Das scheint ihn leicht aus der Fassung zu bringen. Nahezu theatralisch verengt er die Augen zu Schlitzen, um böse zu mir aufzuschauen.

Gerade will er etwas erwidern, da erreicht seine Mutter ihn und packt ihn am Oberarm, um ihn von mir fortzuzerren, als wäre ich eine Bedrohung.

»Lassen Sie meinen Jungen in Ruhe!«, faucht sie.

»Ihnen auch einen wundervollen guten Morgen.« Ich lächele ihr breit zu und schaue ihr und dem Balg hinterher, nachdem sie sich umgewendet haben und davoneilen. Eventuell bin ich ein wenig zu stolz auf mich, diese Interaktion gemeistert zu haben. Das war ein Kind. Aber hey, ich hatte keine Panik. Das ist gut, oder?

»Tycho!« Logans Stimme hinter mir reißt mich aus meinen Beobachtungen. Ich wende mich fragend um. »Mischst du wieder die Fußgängerzone auf?«, will er wissen, kaum dass er zu mir aufgeschlossen hat und mir eilig die Tüte aus der Hand nimmt, als sei ich zu schwach, sie zu tragen. Der Blick seiner taubenblauen Augen liegt gespielt mahnend auf mir.

Ich schenke ihm ein herzliches Lächeln zur Begrüßung und mache eine wegwerfende Handbewegung. »Ich ziehe solche Leute einfach an.« Anders kann ich mir das auch nicht erklären. »Was machst du hier?«

Er zuckt mit den Schultern und legt seine behandschuhten Finger sacht auf meinen Rücken. »Ich wollte dich eigentlich begleiten, aber Oma hat mich belagert. Du warst so schnell weg, und ich hab mir Sorgen gemacht. Also bin ich dir einfach zu Whole Foods hinterher, ich weiß ja, welchen Weg du immer nimmst.«

Ich atme abermals tief durch und werfe einen Blick auf meine Stiefel. Jetzt macht er sich sogar schon Sorgen, wenn ich wenige Blocks weiter einkaufen gehe. Ich muss langsam etwas unternehmen, um meinen Ruf wiederherzustellen.

»Danke«, sage ich trotzdem ruhig und nehme den Beutel zurück. Wenigstens die Einkäufe tragen kann ich selbst.

Wir setzen uns gemütlich in Bewegung, und ich kann nicht abstreiten, dass seine Anwesenheit mich beruhigt.

»Oh, und ich wollte dich noch vorwarnen, dass nachher die Griechisch-Lerngruppe vorbeikommt. Wenn du die nicht sehen willst, können wir dich oben mit Essen und Trinken verstecken.«

Ich lache irritiert. »Vielleicht tut's ganz gut, wenn ich wieder mal unter Leuten bin«, sage ich. »Wissen sie, dass ich bei dir übernachte?«

»Ja, es fragen alle ständig nach dir.« Er zuckt mit den Schultern. »Ich vermute, dass sie nur kommen, weil sie hoffen, du bist da.«

»Ach was.«

Er zieht die Augenbrauen in die Höhe. »Ohne Mist. Ich hab schon so oft gefragt, und immer hatten alle was vor.« Bedeutungsschwer sieht er mich an. »Aber dieses Mal haben gleich alle ja gesagt.«

Ich schnaube und schüttle den Kopf ungläubig. Vermutlich übertreibt er nur. Ich weiß noch nicht, ob ich mich wirklich bereit fühle, aber irgendwann muss ich mich wieder voranwagen. Auch wenn ich möchte, dass Logan aufhört, sich solche Sorgen um mich zu machen. »Dann werde ich sie auf jeden Fall mit meiner Anwesenheit beglücken«, sage ich und beginne, mich innerlich für das Treffen zu wappnen.

Grayson: Wie geht's dir, Tycho? Wir haben heute Morgen erst telefoniert, aber ich wollte dich nicht unter Druck setzen. Ich würde dich wirklich gern wieder treffen. Es gibt so viele Sachen, die ich mal mit dir besprechen möchte.

Grayson: Ich habe einfach das Gefühl, dass du einige Sachen besser verstehen würdest als die Leute aus der Behörde.

Tycho: Sind die Leute aus der Behörde eigentlich die Einzigen, die du so kennst?

Grayson: Ja. Etwas peinlich, haha.

Tycho: Ach was. Lass uns gern mal treffen! Ich weiß aber immer noch nicht, wann ich wieder so richtig rausgehen kann. Werde morgen erst mal versuchen, eine Schicht in der Bar zu übernehmen. Kannst du da vielleicht?

Grayson: Da hab ich leider schon zu tun. Übermorgen?

Tycho: Da ist dieses Fest, auf das mich Logan und seine Familie eingeladen haben. Aber den Tag danach?

Grayson: Sieht gut aus. Dann abgemacht.

Tycho: Abgemacht :)

Ich schiebe das Handy, das ich unter dem Tisch vor den anderen versteckt gehalten habe, unter meine Beine und versuche, mich wieder auf den Stoff zu konzentrieren. Die Düfte von Kaffee und Früchtetees, die das Esszimmer von Logans Familie erfüllen, wirken recht beruhigend auf mich, obwohl die Gespräche mit so vielen Menschen auf einmal mir noch etwas zu überwältigend vorkommen.

Unsere Studienunterlagen liegen chaotisch verteilt auf dem Holztisch zwischen mir und meinen sechs Mitstudierenden. Mir war nicht klar, wer alles Teil dieser Gruppe ist, sonst wäre ich vielleicht doch in meine eigene Wohnung geflüchtet.

Neil sitzt mir schräg gegenüber und schaut immer wieder neugierig zu mir. Er ist so süß mit seinem Hemd und der Brille. Es tut noch immer ein bisschen weh, ihn aus meinem Leben gelassen zu haben.

Neben ihm sitzt Matilda, die offenbar inzwischen ihren Frieden damit geschlossen hat, dass das zwischen uns ein One-Night-Stand war. Zumindest verhält sie sich recht gelassen, was alles ist, das ich erwarten kann.

Neben mir sitzt Logan und neben ihm Ariel – seine Exfreundin. Die beiden leben so entspannt nebeneinanderher, dass ich es manchmal beeindruckend finde.

Die Einzigen, mit denen ich nicht ganz so viel zu tun habe, sind Rachel und Teddy, die an den beiden Kopfenden des Tisches Platz genommen haben.

Eine ziemlich chaotische Runde.

Ich habe Hausschuhe angezogen und meine Füße auf dem leeren Stuhl mir gegenüber abgelegt. Mein Haar, nur zu einem losen Dutt zusammengerafft, fällt immer wieder in hellen Strähnen in mein Gesicht. Ich bin zu faul, meine Frisur zu richten.

Ich halte meinen Blick auf die Texte vor mir gerichtet, ohne wirklich zu lesen, was dort steht.

»Geht's dir eigentlich gut, Tycho?«, durchbricht Neil

das konzentrierte Schweigen. Hat er bemerkt, dass ich gedanklich längst abgeschweift bin?

Ich schaue auf und erkenne, dass er mich durchdringend über den Rand seiner Brille mustert. Ich habe meinen Cardigan bis über meine Finger gezogen, also kann er nicht meine Verletzungen meinen.

»Ja!«, schließt sich Matilda ihm an, bevor ich etwas erwidern kann. »Wir haben uns echt Sorgen gemacht, als du nicht aufgetaucht bist.«

Überrascht schaue ich in die Gesichter aller am Tisch, während jeder Einzelne zustimmend nickt.

Haben sie sich wirklich um mich gesorgt? Es verwundert mich, dass es ihnen überhaupt aufgefallen ist. »Ich … hatte einfach Kreislaufprobleme«, sage ich sacht nickend und schaue entschuldigend in die Runde. »Aber es geht mir wieder besser.«

»War ja nur eine Frage der Zeit, bis das passiert«, sagt Matilda ruhig, noch immer mit einem Ausdruck ehrlicher Sorge auf den Zügen. Sie hat ihre roten Locken zu einem strengen Zopf gebunden und trägt einen Rollkragenpullover, der so warm aussieht, dass ich gern mit hineinkriechen würde. »Du machst so viel.«

Ich blinzle und kann nicht einmal verhindern, dass ein irritiertes Lächeln meine Züge einnimmt. »Ich mache doch gar nicht viel.« Was denken sie denn, was ich alles treibe?

»Na ja, dein Studium, dein Job«, beginnt Neil locker aufzuzählen.

»Und du bist ständig auf Partys unterwegs und kennst so ziemlich jeden!«, schließt Rachel sich an. Ich schaue zu ihr hinüber und frage mich, ob ich überhaupt schon einmal mit ihr gesprochen habe.

»Vor allem, weil du ja nicht arbeiten müsstest«, sagt Teddy, auf der hinteren Seite seines Kulis kauend, die Augen nicht von seiner Mitschrift abwendend. »Du hast doch ein Vermögen von deinen Eltern vererbt bekommen, oder?«

Ich schürze überrumpelt die Lippen. Nicht nur, weil er einfach so meine Eltern erwähnt, sondern weil sie sich wohl tatsächlich über mich unterhalten haben. Ihm persönlich habe ich das nämlich nie gesagt.

»Das war kein Vermögen«, antworte ich unangenehm berührt. Das mit meinen Eltern weiß inzwischen wohl jeder auf dem Campus. Ich habe es zu Beginn des Studiums vermutlich den falschen Plaudertaschen erzählt. Und obwohl ich keine großen Anstrengungen unternommen habe, es geheim zu halten, finde ich es nicht gut, dass sie das einfach so aufbringen, als sei es keine große Sache.

Vielleicht sollte es auch keine große Sache sein, immerhin ist es dreizehn Jahre her. Aber für mich ist es das.

Logan scheint zu bemerken, dass das Thema mich stresst. Er legt unter dem Tisch beruhigend eine Hand auf mein Bein und zieht sein Buch mit der anderen weiter zu sich heran.

»Wir päppeln sie auf jeden Fall auf, damit sie uns bald wieder auf dem Campus beehren kann«, schließt er das Gespräch.

Ich nicke ihm, aber auch den anderen dankbar zu. Und unangenehm berührt.

»Ich hatte mich ehrlich gesagt schon gefragt, ob du überhaupt zurückkommst oder ob du das … na ja, das Studienfach gewechselt hast«, sagt Neil langsam. Die Mischung aus Sorge und Interesse, mit der er mich mustert, lässt mich unsicher werden.

»Warum?«, will ich wissen und lege den Kopf etwas zur Seite.

Er lächelt schief. »Ich hab einfach immer den Eindruck gehabt, dass ein moderneres Fach eher was für dich wäre. Wie Medienwissenschaft oder …« Er macht eine wegwerfende Handbewegung. »Keine Ahnung, meinetwegen auch BWL oder so.«

»Stimmt«, pflichtet Rachel ihm bei.

Befangen lache ich und spüre, wie meine Wangen warm werden. Sie haben recht. So etwas würde wirklich zu mir passen. Oder gar nicht zu studieren.

»Du könntest auch leicht Social-Media-Influencerin werden«, überlegt Ariel verträumt. »Das wär doch voll das Traumleben. Durch die Welt reisen und Fotos auf schönen Inseln machen.«

»Ich biete mich freiwillig als Instagram-Husband an«, wirft Logan ein, und alle lachen. Mich eingeschlossen.

Noch bevor ich mir eine schlagfertige Antwort überlegen kann, unterbricht Teddy unseren Plausch: »Ich freu mich auch, dass du wiederkommst, Tycho. Aber können wir jetzt lernen? Ich hab nachher noch ein Date.«

»Oooh!« Rachel verzieht anerkennend den Mund, und Neil applaudiert mit übertrieben wohlgefälligem Blick. »Tatsächlich? Du datest außerhalb unserer Lerngruppe?«

»Wir haben uns erst zweimal getroffen!«, fährt Teddy lachend auf, dann schüttelt er amüsiert den Kopf. »Ihr spinnt ja.«

Ich muss mir tatsächlich das Lachen verkneifen und bin erleichtert darüber, dass wir nicht weiter über mich reden. Ich muss mein Leben und meine Gedanken noch ein wenig ordnen, bevor ich überlegen kann, wie es weitergeht.

»Dann gehen wir doch noch mal den Stoff der letzten zwei Kurse durch und beschäftigen uns dann mit den Texten«, schlägt Logan vor. »Wenn wir uns anstrengen, bekommen wir die Übersetzung heute schon fertig. Und danach können alle zu ihren Dates gehen oder mit Tycho reden.«

Ich presse die Lippen zusammen, um nicht noch einmal laut zu lachen, dann richte ich meinen Blick so starr wie möglich auf die Texte vor mir, um mich nicht wieder ablenken zu lassen.

KAPITEL 24

WESHALB MEINE PLÄNE NICHT FUNKTIONIEREN

In Logans Haus herrschte in den letzten Tagen mehr Aufregung, als ich es jemals erlebt habe. Obwohl er seinen Alltag offensichtlich so gewöhnlich wie möglich zu leben versucht, sind seine Eltern und seine Großmutter ausschließlich damit beschäftigt, das Sternenfest vorzubereiten.

Sowohl junge als auch alte Leute gehen ein und aus. Ich begegne ihnen manchmal, wenn ich mir in der Küche etwas zu essen oder trinken hole. Sie alle grüßen überaus freundlich, aber ich kenne keinen.

»Wenn ich einmal so alt bin wie deine Grandma, hätte ich auch gern so ein aufregendes Leben«, sage ich lächelnd und ziehe meinen Wintermantel enger um mich.

»Da musst du wohl doch der Religion beitreten«, scherzt Logan. Pudrige Schneeflocken haben sich in seinen Locken verfangen, und seine Wangen sind von Kälte rosig gefärbt. »Aber stell dich darauf ein, dass deine Enkel dann fliehen, weil so viel Trubel im Haus herrscht.«

Meine Schuhe auf meinen Stuhl gezogen und die dampfende Tasse Kaffee in der Hand, lächle ich zu ihm hinüber. Auf der Terrasse vor Logans Zimmer liegt der

Schnee hüfthoch. Wir haben uns so dick wie möglich angezogen, uns auf die vollgeschneiten Gartenstühle gesetzt und genießen die nahezu friedvolle Stimmung des Wintermorgens.

Der Ausblick auf den winterlichen Central Park auf der gegenüberliegenden Straßenseite hat etwas Zauberhaftes. Trotz des Verkehrs und dieses Grundrauschens, das man in der Stadt immer hört, könnte ich stundenlang hier sitzen und einfach nur schauen.

»Prost«, sagt Logan, hebt seine eigene Tasse und hält sie mir grinsend entgegen. Er nimmt einen Schluck, legt den Kopf in den Nacken und stöhnt theatralisch. »Endlich mal wieder Ruhe!«

»Danke hierfür«, sage ich, lehne mich nach vorn und nehme einen Donut aus der Packung, die ordentlich auf dem verschneiten Tisch steht.

»Mir tut das genauso gut, glaub mir.« Er beobachtet meine Bewegungen verträumt. »Wenn ich ein paar Minuten Frieden bekomme, reicht mir das schon aus.« Er deutet mit dem Kinn zu mir herüber.

Woher weiß er immer genau, was das Richtige zu sagen ist?

»Und ich wollte mal wieder in Ruhe mit dir reden«, fügt er an.

Ich versuche, mir nicht anmerken zu lassen, dass ich nicht wirklich bereit für tiefgründige Gespräche bin. Er tut so viel für mich und verdient es, dass ich ihn nicht hinhalte. Aber ich werde ihn wieder anlügen müssen, wenn er zu viele Fragen dazu stellt, was mir passiert ist. Also versuche ich, das Thema gleich in eine leicht andere Richtung zu lenken. »Gestern war wirklich gut. Der Spaziergang und die Lerngruppe waren toll.« Das ist nicht einmal gelogen. Die Gruppe war mir zwar noch ein wenig zu viel, aber ich habe es überstanden, und das hat mir etwas Selbstbewusstsein zurückgegeben.

Vielleicht hat Logan die Gruppe sogar extra eingeladen, um mich aufzumuntern. Oder um mich aufzutauen. Aber das weiß ich natürlich nicht genau, und ich will nicht nachfragen, um ihn nicht in Verlegenheit zu bringen, sollte es nicht so sein.

»Wirklich?«, will er wissen, einen ernsten Ausdruck auf dem Gesicht. Ich sehe ihn für einige Momente an, um zu ergründen, was er wohl von mir hören will. Es war naiv von mir, zu denken, ich könnte ihn von seiner eigentlichen Frage ablenken. Diese Methoden haben schon vor Jahren aufgehört zu funktionieren. Er kann mich lesen wie ein offenes Buch.

Ich nehme einen weiteren Schluck aus meiner Tasse, um Logan zu ermöglichen, seine Frage anders zu formulieren.

»Wie geht's dir?«, fragt er dann offen heraus.

Ich seufze, meine Tasse noch immer an meiner Unterlippe, weil ich die Frage eigentlich schon beantwortet habe. Ich weiß, was er fragen will. Was er wissen will. Aber ich bin noch immer nicht ganz sicher, ob ich ihm die Wahrheit sagen möchte. Und ich bin ebenso wenig bereit, zu lügen. Also antworte ich abermals auf die Frage, die er wirklich gestellt hat. »Es geht bergauf.«

»Hast du schon mit Dr. Williams gesprochen?«

Stimmt. Auch dafür habe ich mir keine Ausrede einfallen lassen. »Nein, ich … ich denke, wir passen nicht mehr zusammen.« Das ist zumindest nicht gelogen. *»Ich rufe ihn nicht mehr an, weil er einer Organisation angehört, die mich schon mein Leben lang beobachtet«*, würde an diesem Punkt auch etwas … speziell klingen.

Logan verzieht den Mund und nickt. »Hm, ja. Den Eindruck hatte ich auch schon.«

Er hat das lang vor mir gespürt, aber selten so direkt angesprochen. »Hm.«

»Willst du dir jemand Neuen suchen?«

Ich wiege den Kopf hin und her und strecke die Beine aus, um meine Schuhe auf den Berg aus Schnee auf dem Tisch zwischen uns zu legen. »Ich weiß nicht, ob ich noch mal jemandem meine komplette Lebensgeschichte erzählen will. Mit Ethan bin ich ja praktisch aufgewachsen, aber irgendwie hat sich das nicht … weiterentwickelt.«

»Verstehe ich auch«, sagt Logan. »Aber wenn du noch mal von vorn anfängst, ist das vielleicht auch ein guter Weg, alles aufzuarbeiten.« Er hebt etwas abwehrend die Hände. »Nicht, dass ich mich damit auskenne. Aber sag Bescheid, wenn ich dich bei der Suche unterstützen kann. N-nicht, dass ich dich drängen will oder so.« Er seufzt und fährt sich mit den Fingern über die Augenlider. »Sorry.«

Lachend schüttle ich den Kopf. »Schon okay, ich danke dir.« Ich habe eine Weile darüber nachgedacht, ob ich die kommende Frage stellen soll oder nicht. Aber wenn wir gerade schon bei dem Thema sind … Es kann nicht schaden. Und obwohl ich befürchte, ihm dadurch nur ein wenig mehr zur Last zu fallen, denke ich, dass er vielleicht das Gefühl von Kontrolle zurückbekommt.

»Ich würde gern erst mal darauf achten, nichts mehr zu trinken«, spreche ich es aus und lächle etwas unangenehm berührt. »Ich denke, dabei kann ich sicherlich Hilfe gebrauchen.«

Logans Augen weiten sich überrascht. Ich bin ein wenig verwundert, wie sehr er sich darüber zu freuen scheint.

»Dein Ernst?«, fragt er und schüttelt perplex den Kopf. »Du fragst mich, ob ich dir helfen kann?«

Ich ziehe die Augenbrauen hoch, und ohne mein Zutun wird mein Lächeln breiter. »Wenn das okay für dich ist«, stelle ich klar.

Logan breitet die Arme aus und schaut drein, als wäre es der beste Moment seines Lebens. »Klar, ich … ich weiß nicht, wie, aber ich helf dir gern.«

Seine Überschwänglichkeit bringt mich zum Grinsen. »Danke«, sage ich abermals, so warm, wie es mir möglich ist. Ich bin ihm so dankbar für alles, was er für mich tut. Ich kann es gar nicht verbalisieren.

Ich rucke mit dem Kopf zu ihm, nicht nur, weil ich von mir ablenken will, sondern auch, weil es mich wirklich interessiert. »Und wie kann ich dir helfen? Wie sieht's mit der Wohnungssuche aus?«

Er zieht die Augenbrauen hoch und lächelt verzweifelt. »Ich bin immer noch dafür, dass wir einfach zusammen nach Europa durchbrennen.« Er zwinkert, aber so etwas hat er schon zu oft gesagt, um es nicht auch ein bisschen ernst zu meinen.

Nach Europa durchbrennen. Jetzt erscheint mir das gar nicht mehr so abwegig. Weg aus dieser Stadt. Weg von dieser Behörde. Das wäre vielleicht ganz gut.

Ich frage mich, ob das wirklich eine mögliche Zukunftsvision für mich wäre. Ob ich ein normales Leben führen könnte, wenn ich aufhöre zu trinken. Wenn ich mich nie wieder dieser Dunkelheit hingebe. Im Grunde sollte es leicht sein.

Doch irgendwie kann ich mir einfach noch nicht vorstellen, dass das so funktioniert.

»Aber erst mal das Sternenfest hinter uns bringen«,

fügt er an, bevor ich auf den Vorschlag reagieren kann. »Dann sehen wir weiter.«

»Wo genau findet das eigentlich statt?«, gehe ich wiederum auf seine Umlenkung des Themas ein. Wenn er meine Grenzen respektiert, muss ich das mit seinen auch tun.

»Ist ziemlich cool. Wir haben eine alte Festhalle gemietet, die gerade hergerichtet wird. Die ist riesig.«

»Cool«, murmele ich, als die Aufregung in mir wieder ein wenig steigt. Ich bin noch nicht sicher, ob es eine gute Idee ist, als Außenstehende an einer Veranstaltung teilzunehmen, die allen Beteiligten so viel bedeutet. Aber jetzt ist es wohl auch zu spät, um einen Rückzieher zu machen.

»Heute Abend fahren wir noch mal hin. Willst du mitkommen?«

»Nein, ich …« Eigentlich wollte ich ihm das erst sagen, wenn es so weit ist, damit er es mir nicht mehr ausreden kann. »Ich wollte heute Abend endlich mal wieder eine Schicht in der Bar übernehmen.«

Wie erwartet setzt er seinen Donut ab und schaut mich entgeistert an. »Was?«, fragt er, noch mit halbvollem Mund. »Bist du dir sicher?« Er schluckt angestrengt und blinzelt einige Male zu oft. »Soll ich mitkommen, oder …?«

»Nein, nein, alles gut«, wende ich sofort ein. Mir wird klar, dass ich so angespannt war, dass ich selbst noch nicht von meinem Donut abgebissen hatte. Ich tue es schnell, um nicht so verkrampft zu wirken. »Ich bin sicher, dass ich das schaffe«, sage ich mit so viel Selbstsicherheit, wie ich aufbringen kann.

Ich denke wirklich, dass ich es schaffe. Der Gedanke, Kuro und die anderen wiederzusehen und damit einen kleinen Teil meines Alltags zurückzuerobern, kommt mir gut vor. Vielleicht wird es schwer, den Hin- und Rückweg allein zu bestreiten, aber wenn ich mich an die offiziellen Wege halte, sollte nichts passieren. Ich werde es so sicher wie möglich angehen.

Gemächlich stelle ich die Tasse in den Schnee vor mir und wische mir sacht mit den Fingerkuppen über die Mundwinkel, um mir noch ein wenig Zeit zu verschaffen. »Ich muss ja auch irgendwann wieder da raus«, erkläre ich mich weiter, weil Logan nicht ganz überzeugt scheint. Ich versuche, ihn so unschuldig wie möglich anzulächeln. »Außerdem muss ich ein bisschen Geld verdienen. Das von meinen Eltern wird nicht ewig reichen.«

Meine Versuche, dieses Thema aufzulockern, ändern allerdings nichts an der ernsthaften Sorge auf Logans Gesicht. Er schaut noch immer so intensiv zu mir herüber. »Wir können dir immer was geben. Das weißt du.«

»Ihr könnt mich nicht mein Leben lang finanziell unterstützen«, erwidere ich lächelnd. Ich hoffe, dass er weiß, dass ich ihm wirklich dankbar bin.

Er zuckt allerdings mit den Schultern und wendet endlich den Blick ab. »Wir sind reich. Wir können das.«

Erleichtert lache ich und widerstehe dem Drang, aufzustehen und ihn in den Arm zu nehmen. Ich weiß, dass er es ernst meint. Aber er weiß im Gegenzug, dass ich das Gefühl brauche, mich um mich selbst kümmern zu können, um mir nicht wie eine Last vorzukommen. Weil ich nicht allzu sentimental reagieren will, lege ich meinen Donut zurück in die Schachtel, sammle einiges an Schnee in meinen Händen und werfe den kleinen Ball nach ihm.

»Dein Ernst?«, fährt er gespielt empört auf, stellt augenblicklich seine Tasse fort und greift sich selbst etwas

Schnee. Noch bevor ich meine Arme schützend hochreißen kann, ist er bereits aufgesprungen, um mir eine große Handvoll ins Gesicht zu schmieren.

Ich schreie viel zu hoch und schiebe seine Hand lachend fort, obwohl ich wirklich erschrocken darüber bin, wie schnell er war. »Na warte«, knurre ich, greife nach mehr Schnee, ziehe Logans Kragen nach vorn und stecke ihn hinein.

Er schreit auf und schiebt mich lachend von sich, beugt sich nach vorn, sammelt beide Arme voll mit Schnee, und ich weiche so schnell wie möglich zurück, weil ich weiß, was er vorhat. Aber die hüfthohe Schicht macht mich langsam, und gerade als Logan seinen überdimensionalen Schneeball auf mich werfen will, öffnet sich die Tür der Terrasse – und sein Vater streckt den Kopf heraus.

Logan und ich frieren in unseren Bewegungen ein, und ich setze ein beschämtes Lächeln auf.

»Hallöchen«, sage ich und bin etwas erleichtert, als Logan seinen Schneeball fallen lässt.

Erst nach einigen Sekunden lacht Kay leise und sieht seinen Sohn an. »Ich muss euch leider unterbrechen, aber deine Großmutter braucht deine Hilfe, Logan.« Irgendwie hat er einen bedeutungsvollen Blick aufgesetzt, den ich mir nicht ganz erklären kann.

Logan fragt allerdings nicht nach, was es zu tun gibt, sondern nickt nur ergeben. »Komme.« Sein Vater verschwindet wieder im Haus, und Logan verzieht entschuldigend die Mundwinkel in meine Richtung, schiebt sich an mir vorbei und schnappt sich seinen Donut. »Sorry«, murmelt er und bewegt sich auf die Terrassentür zu.

Ich beobachte, wie er in sein Zimmer tritt, sich gar

nicht darum scherend, wie viel Schnee er mit ins Haus schleppt.

»Kein Problem«, sage ich laut und greife nach meinem eigenen Essen. »Dein Vater hat mir ja praktisch das Leben gerettet.«

Ich höre ihn von innen lachen, bevor ich mich seufzend auf meinen Stuhl zurückfallen lasse.

Es ist drei Uhr nachts, als ich mich von Kuro und den anderen im Hinterraum der Bar verabschiede und in die eisige Nacht hinaustrete. Nach der Hitze der Heizungen und all den Gästen im Barraum kommt mir die klirrende Kälte erfrischend auf meiner Haut vor. Trotzdem schiebe ich meine Hände in den Mantel, weil ich unter ihm noch leicht schwitze und mich nicht erkälten möchte.

Mich rasch in Richtung U-Bahn-Station voranbewegend, den Blick auf meine Füße gerichtet, fallen die Anspannung und Aufregung der letzten Stunden von mir ab. Ich hab mich ganz gut angestellt für alles, was geschehen ist. Ein paarmal war ich vermutlich etwas schreckhaft, aber Kuros alberne Sprüche haben mich meistens sofort aufgelockert.

Abermals atme ich tief durch.

Das war gut. Wenn ich das schaffe, kann ich alles schaffen. Jetzt nur noch schnell nach Hause.

Diesen Abend unterscheidet wenig von anderen Abenden, an denen ich von der Bar aus nach Hause gegangen bin. Nur dass ich mich heute nicht an den dunklen Wegen orientieren werde, sondern mich mitten unter die Menschen mische. Ich werde direkt zur U-Bahn gehen, und wenn ich doch zu unsicher bin, rufe ich mir ein Taxi. Ganz einfach.

Hoffentlich.

Ich hebe meinen Blick und versuche, mich an den Lichtern um mich herum und nicht an der Dunkelheit zu orientieren. An den Straßenlaternen, den Scheinwerfern der Autos, dem warmen Schein aus Fenstern und dem Leuchten von Handys, das die Gesichter der wenigen Menschen erhellt, die mir begegnen.

Um diese Zeit ist hier nicht mehr sonderlich viel los, und ich weiß nicht, ob ich das gut finden soll. In der Masse würde ich untergehen, aber sie würde mich vielleicht auch überwältigen. Bei so wenigen Personen habe ich eine bessere Übersicht, aber bin auch ein leichteres Opfer.

Durchatmen!

Mist, ich darf mich nicht in diesen Gedankengängen verlieren, dann wird das schon. Nicht mehr weit bis zur U-Bahn-Station.

Durchatmen. Wolken bilden sich vor meinem Gesicht, und ich folge ihnen mit den Blicken, bis sie sich auflösen. Der Himmel ist klar, aber Sterne sieht man nicht. Das tut man über dieser Stadt nie, sie ist selbst in der Nacht noch zu hell. Trotzdem ist es schön, und ich versuche, mich darauf zu konzentrieren. Tief und ruhig zu atmen. Mich normal zu fühlen, obwohl ich heute – zum ersten Mal seit langer Zeit – keine Möglichkeit habe, mich zu verteidigen.

Sonst habe ich zumindest kleine Flaschen mit Shots dabei, verdammt.

Aber noch fühlt es sich okay an.

Ob mein Leben wirklich so aussehen kann? So normal?

Ein großer Teil meiner verbliebenen Anspannung fällt von mir ab, als ich die schmale Treppe zur U-Bahn hinunterfliege, mein Ticket löse und zu den Gleisen hinabsteige.

Die B-Linie kommt in einigen Minuten, also hole ich mein Handy heraus, um mir die Zeit zu vertreiben. Social-Media-Apps habe ich noch immer nicht installiert, aber vielleicht ist jemand wach, mit dem ich chatten kann. Allein der Gedanke beruhigt mich.

Ich gehe meine Kontakte durch und schaue, von wem noch Nachrichten ausstehen, als ein kleiner Tumult weiter in der Mitte des Bahnsteigs losbricht. Ich schiele an den weiß und gelb gefliesten Pfeilern vorbei zu ihnen hinüber.

Bis auf mich stehen nur wenige Menschen am Bahnsteig. Die lauten Stimmen kommen von einigen jüngeren Männern und Frauen, die offensichtlich extrem betrunken sind. Sie schubsen einander hin und her, lachen laut und brüllen unverständliches Zeug. Und obwohl sie nichts Aggressives tun, macht mich das Durcheinander nervös.

Ruhe bewahren. Mir passiert nichts. Einfach Augenkontakt vermeiden und mich langsam von der Situation entfernen. Wenn ich einige weitere Menschen zwischen die und mich bringen kann …

Ich mache den Fehler, noch einmal zurückzusehen, um die Situation besser einzuschätzen. Alle aus der kleinen Gruppe aus drei Männern und drei Frauen haben zu mir aufgesehen.

Oh nein.

»Hey! Hey du!«

Verdammt. Ich tue so, als hätte ich sie nicht gehört, und gehe einige weitere Schritte zurück in Richtung der Treppe. Wenn ich vorgebe, sie gar nicht zu bemerken, lassen sie mich vielleicht in Ruhe.

Ich schaue auf mein Handy und öffne WhatsApp, um

ein paar Beiträge in Unigruppen nachzulesen. Einfach, um beschäftigt zu wirken.

Sollte ich jemanden anrufen? Wenn ich mit jemandem spreche, denken sie vielleicht eher darüber nach, mich blöd anzumachen.

Haben sie das Interesse an mir schon verloren? Ich wage es kaum, aufzuschauen, aber tue es trotzdem, nur ganz kurz.

Die Gruppe bewegt sich an den anderen Wartenden am Gleis vorbei auf mich zu. Wärme breitet sich in meinen Gliedern aus, und meine Kehle schnürt sich langsam zu. Verdammt. Ich weiß nicht, ob ich stehen bleiben soll oder nicht. Vielleicht wollen sie zur Treppe, gehen nur an mir vorbei, und ich stresse mich wegen nichts. Vielleicht falle ich ihnen erst auf, wenn ich versuche zu fliehen.

Aber vielleicht haben sie gerade wirklich mich gemeint.

Ich beschließe, die Situation besser einzuschätzen, indem ich einige Schritte zurück zum anderen Gleis trete. Damit gehe ich ihnen aus dem Weg, wenn sie zur Treppe wollen, und vielleicht fällt es nicht weiter auf. Vielleicht sind das nur ein paar betrunkene Tölpel, die ihren Spaß haben wollen. Wie ich sonst.

Als ich prüfend einen Blick zu der Gruppe werfe, schauen alle sechs mich eindeutig an und biegen leicht in die Richtung ab, in die ich mich bewegt habe. Und sie sind verdammt schnell.

Mein Atem beschleunigt sich, und jeder meiner Muskeln spannt sich an, als ich einen der jungen Männer erkenne, die sich mir nähern. Es ist einer der Kerle, die den Obdachlosen angegriffen haben. Einer der Kerle, die ich vor einigen Tagen verprügelt habe. Er hat noch blaue Flecken im Gesicht und blutunterlaufene Augen.

Oh nein.

Ohne darüber nachzudenken, renne ich los, auf die Treppe zu, zwei Stufen auf einmal nehmend. Ich höre seine Stimme in meinem Rücken: »Das ist sie! Los!«

Ich halte mein Handy fest, aber renne, so schnell meine Beine mich tragen, und schaffe es nicht, eine Nummer zu wählen. Angst überspült mich vom Scheitel bis zur Sohle. Wenn diese Leute mich einholen, bin ich geliefert. Vielleicht sogar tot. Oder sie händigen mich der Polizei aus, und jetzt – nach allem, was ich durchgemacht und beschlossen habe – kommt meine Identität doch noch an die Öffentlichkeit.

Nein! Das darf nicht passieren.

Ich schiebe mich an allen Menschen vorbei, die sich in der Zwischenebene zwischen den Gleisen sammeln, hechte aus der Station hinaus und versuche alles in meiner Macht Stehende, mit meinen flachen Turnschuhen nicht zu fallen, weil der Boden unter mir teils so vereist ist. Ich muss mich nicht umdrehen, um zu wissen, dass die Gruppe mir folgt.

Die kalte Luft brennt auf meiner Haut, und ich glaube nicht, dass ich je so schnell gerannt bin, aber drossle mein Tempo nicht, als ich über die Wege und Straßen hetze, um Ecken und durch Gassen, im Versuch, meinen Vorsprung zu vergrößern. Es gibt keine Läden, in die ich gehen kann, auch wenn ich mich hektisch nach einem Ort zur Flucht umsehe. Eine Bar, die noch geöffnet hat, ein Pizzaladen oder eine Behörde. Ich könnte versuchen, zum *DUST* zurückzulaufen, aber vielleicht haben Kuro und die anderen schon abgeschlossen und ich stehe vor verschlossenen Türen.

Die Schritte hinter mir werden lauter. Sie kommen

langsam näher, und als ich mich umwende, sehe ich, dass die drei Kerle fast bei mir sind. Noch im Versuch, den Abstand zwischen uns besser einzuschätzen, laufe ich fast in einen Fremden hinein, stolpere, kann aber in letzter Sekunde mein Gleichgewicht fangen.

Mist. Wohin soll ich? Ich kann nicht ewig rennen.

»Hey, wovor hast du Angst, Bitch?«, schreit eine der Frauen. »Hast du Angst?«

Verdammt, ja. Ich habe Angst.

Ich biege um eine Ecke, und eine Mülltonne fällt mir ins Auge. Einem Impuls folgend, greife ich im Laufen nach ihr und stoße sie hinter mir um. Das sollte kein großes Problem sein, aber meine Verfolger schreien empört auf, also konnte ich sie wenigstens etwas ärgern.

Wieder nach vorn schauend, versuche ich, meine einzige Chance zu nutzen. Ich schiebe mein Handy in die Hosentasche und stürze auf ein Baugerüst zu, das an einem vierstöckigen Gebäude vor mir angebracht ist. Ich springe, so hoch ich kann, klammere mich mit aller Kraft an der eiskalten Eisenstange fest und ziehe mich mit einem Ruck auf die erste Plattform hinauf.

Ich nehme mir nicht die Zeit, mich umzudrehen, sondern laufe auf den hölzernen Planken entlang, steige eine weitere Ebene hinauf und renne, bis ich an eine Feuerleiter komme, über die ich auf das flache Dach sprinte. Ein kurzer Blick zurück gibt mir zumindest die Hoffnung, dass ich sie noch abhängen kann. Sie haben offensichtlich Probleme, sich an dem Gerüst hochzuziehen, und helfen einander.

Vermutlich, weil sie keine Todesangst haben.

Meine Lungen brennen, als ich über die Dächer weiterhechte, ohne darüber nachzudenken, über die Lücke zwischen zwei Gebäuden springe und zur nächsten Feuerleiter renne. Ich habe das Gefühl, dass mein Körper von Sekunde zu Sekunde tauber wird. Das Adrenalin, das mich flutet, betäubt jede andere Empfindung.

Ich drehe mich noch einmal um und falle in der nächsten Sekunde fast vom Dach, fange mich gerade noch und schlittere an der Feuerleiter hinab. Ich nehme nur drei Stockwerke und springe, im letzten angekommen, über das Gerüst. Ein scharfer Schmerz durchfährt meinen Körper, als meine Füße und Knie auf dem Boden aufkommen, aber ich habe keine Zeit, mich darum zu kümmern, rapple mich auf und eile hinter eine der großen Mülltonnen weiter hinten in der Gasse.

Ich kann nicht mehr, brauche eine Pause und hoffe so sehr, dass sie nicht suchen, sondern weiterlaufen. Im Schnee sitzend, ziehe ich meine Beine an den Oberkörper und die Bluse über Mund und Nase, damit sie meinen Atem in der Nachtluft nicht sehen. Mein ganzer Körper zittert vor Angst und Aufregung, als ich ihre Stimmen vernehme. Ich sollte mein Handy wegen des Lichts nicht einschalten, aber mit einer Hand greife ich bereits in meine Jackentasche, weil ich nicht weiß, ob ich hier rauskomme. Ob ich es schaffe.

Es kostet mich drei Anläufe, den Regler für die Helligkeit ganz herunterzudrehen, und meine zitternden, eiskalten Finger schaffen es kaum, in den Chat mit Grayson zu klicken und ihr meinen Standort zu schicken. Ich wage es nicht, noch etwas zu tippen, als ich eilige Schritte auf den Stufen der Feuerleiter vernehme. Ich drücke das Handy an meine Brust und warte mit heftig pochendem Herzen darauf, dass die Gruppe weiterzieht.

Die Stimmen werden lauter, und ich versuche, so leise

wie möglich zu sein, auch wenn mein Atem noch immer schwer geht.

»Die ist bestimmt die Straße runter zur nächsten U-Bahn-Station!«, ruft einer der Typen.

»Oder zur Bushaltestelle.«

»Wir finden die Bitch! Ihr da lang, wir hier lang!«, ruft ein weiterer Mann. Ich glaube, es ist die Stimme desjenigen, den ich vor einigen Tagen fertiggemacht habe.

Dann entfernen sich die Schritte.

Ich wage es kaum, wieder zu atmen, geschweige denn, mich zu bewegen. Ich spüre nur, wie eine Träne meine Wange hinabläuft und ein Beben durch meinen Körper geht. Wie von einem Schluchzen, das ich nicht über meine Lippen lassen darf.

Nach und nach beginne ich, wieder mehr zu spüren: die Kälte unter mir, das Zerren in meinen Lungen, das Brennen meiner Haut. Meine Arme sind vor Angst so schwach, dass es mir kaum gelingt, auf das Handy zu sehen, es zu entsperren und Ray noch einmal zu schreiben.

Sie hat bereits ein »Komme!« in unseren Chat gepostet.

Ich starre die Nachricht an, bis Tränen mir gänzlich die Sicht verschleiern. Mein Inneres fühlt sich ganz warm an, so sehr bin ich von Dankbarkeit erfüllt.

Das Handy wieder an meine Brust pressend, stelle ich mir vor, sie wäre schon hier.

Reifen quietschen auf der Straße, und die Gasse wird in blendend helles Scheinwerferlicht gehüllt. Ein Sportwagen in mattem Schwarz fährt bis zu der Mülltonne, hinter der ich noch immer unbewegt sitze, und Ray steigt aus, ohne das Licht auszuschalten.

Das Auto ist so schön und sieht so teuer aus, dass ich meine Angst sogar kurz vergesse, um es anzuschauen. Und mich zu fragen, ob sie bei D.I.E.T. wirklich so viel verdient, dass sie sich das leisten kann.

Dann richte ich meinen Blick müde auf Ray, die die Tür hinter sich zuwirft und auf mich zustürzt. Ihr schwarzer Mantel mit den weiten Ärmeln und dem hohen Kragen ist definitiv nicht Teil ihrer Uniform. Trotz der Absätze ihrer Halbstiefel bewegt sie sich überraschend schnell über das Eis.

»Tycho«, sagt sie unterdrückt, schaut sich kurz in alle Richtungen um, dann hockt sie sich zu mir herab und legt ihre Hände auf meine Knie. »Ist alles okay?« Bevor ich antworten kann, greift sie nach meinen Armen und zerrt mich nach oben. »Du wirst noch krank«, sagt sie eilig. Sie lässt meine Arme nicht los, als sie vor mir steht und versucht, meinen Blick einzufangen.

Meine Beine sind taub von der Kälte, aber in all meiner Angst ist mir das gar nicht aufgefallen. Ich habe Schwierigkeiten, mein Gleichgewicht zu halten, als ich nicke. Am liebsten würde ich Ray vor Erleichterung umarmen.

»Alles okay«, lüge ich. Mein Herz schlägt noch immer viel zu schnell, auch wenn es mindestens eine halbe Stunde her ist, dass ich die Gruppe abgehängt habe. »Ich habe jemanden getroffen, den ich vor einigen Tagen …« Ich hole tief Luft und weiche ihrem Blick aus.

»Verstehe«, sagt sie und lässt mich langsam los. »Und du bist weggelaufen?«

»Habt ihr das nicht beobachtet?« Ich klinge wieder so vorwurfsvoll, dabei richtet sich das nicht einmal gegen sie. Mit den eiskalten Fingern streiche ich meine Haare aus dem Gesicht. »Ich …« Ich ringe mich dazu durch, sie anzusehen.

Ihr Gesicht ist erfüllt von Sorge, und ihre Haare werden von den Scheinwerfern hinter ihr beleuchtet.

»Ich weiß, dass du damit nicht mehr beauftragt bist.«

Sie nickt langsam. »Vielleicht hat Haruo nicht eingegriffen, weil er deine Reaktion testen wollte«, überlegt sie laut.

Ich trete einen Schritt zurück und verberge das Gesicht in den Händen. »Ehrlich?«, frage ich lauter. Ich weiß nicht, wohin mit mir. »Hätte er auch zugelassen, dass die mich zu Tode prügeln?«

»Auf keinen Fall«, fährt Ray sofort auf und geht mir einen Schritt nach, um abermals beruhigend ihre Hand auf meinen Oberarm zu legen. Ich lasse es zu, weil ich nicht die Energie habe, mich dagegen zu wehren.

Und weil es mir wirklich hilft, runterzukommen. Auch wenn ich ihren Worten keinen Glauben schenken kann. Wenn D.I.E.T. hier wäre, um mich zu überwachen, warum zeigt sich dann keiner der Agents? Wenn das ein Charaktertest sein sollte, könnten sie jetzt herauskommen.

Skeptisch schaue ich mich in der Umgebung um, aber es ist niemand zu sehen. Dann schüttle ich seufzend den Kopf. »Ich weiß einfach nicht, ob ich so leben kann«, sage ich leiser.

Ray zieht die Augenbrauen hoch und nimmt mein Gesicht sacht in ihre Hände. »Wie jeder andere Mensch«, sagt sie leise. In einem ganz anderen Tonfall als Haruo, aber das Argument tut trotzdem weh.

Ich mache mich vorsichtig los, trete jedoch nicht zurück. Nachdem sie in den letzten Tagen so viel für mich da war, fühle ich mich bei ihr zu sicher, um das zu tun. Auch wenn sie nicht ihre Uniform trägt. »Andere Menschen werden überfallen und ermordet«, sage ich leise.

Sie nickt sacht und wiegt dann leicht den Kopf hin und her. »Du ziehst Verbrechen magisch an.« Sie sieht sich um. »Vielleicht solltest du dir als Erstes eine sichere Arbeitsstätte suchen.«

»Das kann doch nicht die Lösung sein.« Ich gestikuliere ungeschickt. »Ich bin einfach hilflos, verstehst du das nicht?«

»Ich weiß, dass du ein Problem hast«, beharrt sie ruhig, »aber Alkohol zu trinken und sich sicher zu fühlen stehen bei gewöhnlichen Menschen in keinem Zusammenhang. Du darfst dir nicht einreden, dass du davon abhängig bist.« Sie ruckt mit ihrem Kopf zu ihrem Auto und nimmt mein Handgelenk. »Komm schon«, sagt sie sacht.

»Ich weiß einfach nicht, was ich machen soll«, sage ich müde, als Ray die niedrige Tür des Beifahrersitzes für mich öffnet und ich mich in den warmen Innenraum fallen lasse. Der Sitz ist auch mollig, und ich spüre, wie ich mich immer sicherer fühle, während ich mich tief hineinsinken lasse.

Ray läuft um den Wagen herum. Ich beobachte sie im Licht der Scheinwerfer und stelle mir vor, was vielleicht passiert wäre, wenn sie nicht dieser Behörde angehören würde. Wir hätten uns sicherlich nie getroffen, aber … sie ist wirklich cool.

Sie steigt ebenfalls ein und lässt den Motor an, wendet sich allerdings noch einmal ruhig zu mir um. »Willst du mit zu mir?«

Irgendwie ruft alles in mir »Ja!«. Nicht nur, weil ich mir kaum einen Ort vorstellen kann, an dem ich mich besser beschützt fühlen würde. Sie ist die Einzige, die so viel über mich weiß und auf meiner Seite steht.

»Ich weiß, die Behörde war scheiße zu dir«, sagt sie, bevor ich antworten kann, »aber ich werde noch mal mit ihnen sprechen. Vielleicht stellen sie dir einen Therapeuten oder Psychiater zur Seite, der dich richtig behandeln kann.«

Ich schüttle den Kopf, weil ich mir nicht vorstellen kann, dass sie gewillt sind, mir zu helfen. »Ich meine … klar. Wenn sie das wollen. Aber ich glaube es nicht.«

»Ich gebe alles.« Ray startet das Auto, sieht mich aber weiterhin intensiv an. »Wenn du dich hier unwohl fühlst, gibt es auch andere Büros der Behörde innerhalb des Landes. Sogar auf anderen Kontinenten.«

»Wirklich?«

Sie lacht. »Klar. Denkst du, Göttererben leben nur in New York?«

»Stimmt schon.« Ich wiege den Kopf hin und her. »Dann wandere ich vielleicht doch aus«, sage ich halb im Ernst, halb scherzend. »Hat es sich also gelohnt, all diese Sprachen zu lernen.« Die Vorstellung kommt mir schön vor, aber ich bin gleichzeitig sicher, dass sie einer Welt angehört, von der ich kein Teil sein kann. Dafür bin ich viel zu feige und unselbstständig.

Während ich grüble, beginnt Ray, den Wagen rückwärts und mit nur einer Hand am Lenkrad aus der Gasse zu manövrieren. Mit ihrer Art zu fahren und diesem Mantel bringt sie mich auf andere Gedanken.

»Also. Kommst du mit zu mir?« Sie lächelt entwaffnend und fährt auf die Straße ein. Bis auf ihren Sportwagen ist kein Auto zu sehen. »Ich schlaf auch auf der Couch.«

»*Ja!*«, will ich sagen. »Logan würde sich sicher Sorgen

machen«, antworte ich allerdings. »Und lang wird er sich nicht mehr mit Ausreden abspeisen lassen.«

Ray nickt und fährt los; viel schneller und weicher, als ich es gewohnt bin.

Ich sinke weiter in meinen Sitz hinab und vergrabe meinen Mund in meinem weiten Mantel.

KAPITEL 25

WORAUF WIR SCHON LANG GEWARTET HABEN

»Guten Morgen, New York! Es ist der achtzehnte Januar, und hier sind Janey und Ash von der NYC Fresh Morning Show für euch, wie immer mit den freshesten Hits des Tages!«

»Und wir wissen, dass es in letzter Zeit still um Captain Wodka geworden ist, aber auf den sozialen Netzwerken setzt sich gerade der CaptainStyle-Hashtag durch. Magst du uns erklären, was das ist, Ash?«

»Klar! Unter dem Hashtag CaptainStyle posten momentan viele Trainer und Coaches Videos und Kurse zur Selbstverteidigung. Einige Coaches bieten sogar kostenlose Kurse an, um Menschen zu helfen, die sich eine Teilnahme in einem Fitnessstudio nicht leisten können oder sich nicht trauen.«

»Der Wahnsinn, was sich da in letzter Zeit tut.«

»Total. Ich hab mir auch schon einige angeschaut, und die Aktion kommt wahnsinnig gut bei den Leuten an. Susie twittert zum Beispiel: ›Danke an alle, die sich unter dem CaptainStyle-Hashtag dafür einsetzen, dass alle eine Chance auf Selbstverteidigungskurse bekommen. Aus diver-

sen Gründen habe ich viele schlechte Erfahrungen in Studios gemacht. So hab auch ich eine Chance, daran teilzunehmen.‹

Bevor ich irgendetwas anderes dazu sage, erst mal: Jeder, der andere in Fitnessstudios diskriminiert, ist wohl ein absoluter Vollpfosten, oder was?«

»Ich krieg da auch 'nen Hals, wenn ich so was höre.«

»Susie, ich freue mich, dass du und so viele andere die Chance haben, sich stressfrei an den Kursen zu beteiligen, und dass alles etwas zugänglicher wird. Ganz viel Erfolg!«

»Und was wir natürlich auch wie immer dazusagen wollen: Selbstverteidigung zu beherrschen ist ein wichtiges Mittel für alle, um sich sicherer zu fühlen. Eine körperliche Auseinandersetzung sollte allerdings das letzte Mittel sein. Wenn ihr wissen wollt, was ihr tun könnt, wenn ihr euch in Gefahr befindet oder euch fürchtet, schaut auf jeden Fall auf unserer Website unter CaptainWodka vorbei. Dort findet ihr Hotlines, Links und Interviews, die euch hoffentlich helfen, euch durch solche Situationen zu navigieren.«

»Passt wie immer auf euch auf, und wenn ihr mehr zu dem Thema sagen wollt, schreibt uns eine Nachricht über unsere kostenlose NYC-Fresh-App oder ruft an. Wir freuen uns auf den Austausch mit euch!«

»Und jetzt weiter mit den freshesten Hits des Tages!«

»Ich bin total aufgeregt.« Logans Mutter steht mir gegenüber und richtet meine hochgesteckten Haare, während Buddy auf der Kommode neben mir sitzt und mich mit skeptischem Blick und wild wedelndem Schwanz mustert.

Die ganze Familie steht in der Wohnung, denn in einigen Minuten kommt der Fahrer, um uns abzuholen. Alle wirken total entspannt, aber ich zittere ein wenig. Mir ist klar, wie viel ihnen dieses Fest bedeutet und wie lang sie damit verbracht haben, sich darauf vorzubereiten. Ich habe zu große Angst, dass ich doch noch irgendetwas versaue oder dass etwas meinetwegen schiefgeht.

Alle sind in blutrote Roben gehüllt und tragen ihre Haare hochgesteckt, mit goldenen, blumigen Spangen darin. Die Gewänder erinnern an Umhänge mit Kapuzen, aber nicht weit geschnitten, sondern modern. Die Ärmel sind locker und leider nur halblang, sodass die Verbände an meinen Unterarmen noch zu sehen sind. Aber Logans Mutter hat sie erneuert, und auf eine eigenartige Weise passen sie zu der schneeweißen Ersatzrobe, die ich bekommen habe.

Sie ist simpel und gleichzeitig wunderschön. Ich fühle mich eher wie im Morgenmantel einer Braut als wie ein Gast auf einer Feier.

»Sicher, dass ich damit nicht auffalle?«, frage ich leise. Die letzte Nacht sitzt mir noch ein wenig in den Knochen, obwohl Rays Rettung mich wirklich beruhigt hat.

»Ach was, das fällt gar nicht auf«, sagt Logan, als seine Mutter von mir ablässt, um ihre eigenen Haare zu richten. Er kommt näher zu mir. »Mach dir keine Sorgen. Das wird total entspannt. Einfach nur feiern.«

Ich atme tief durch, nicke und streiche mein Gewand glatt. »Na gut«, murmle ich.

Logans Vater schaut zum zehnten Mal innerhalb der letzten Minuten aus dem Fenster, aber dieses Mal scheint er etwas zu sehen.

»Wir können los«, sagt er und geht rasch zur Tür hinüber. Wie einstudiert setzen sich alle in Bewegung. Logans Vater hält die Tür auf, und zuerst tritt seine Großmutter hinaus, dann seine Mutter, und als Nächstes schiebt Logan mich hindurch. Ich sehe mich unsicher um, als ich, nur in meine Robe gekleidet, in die Kälte hinaustrete.

»Keine Sorge, die Location selbst ist superwarm«, sagt Logan, legt seine Hand in meinen Rücken und schiebt mich auf die schwarze Limousine zu, die mitten auf der Straße gehalten hat.

Ich nicke und versuche, meine Aufregung mit Vorfreude zu verdrängen. Kostenloses Essen und Trinken. Was will man als Studentin mehr?

»So viele Menschen«, flüstere ich und sehe mich staunend in der Location um. Ich halte mich dicht an Logan, und er scheint von allem hier ebenso fasziniert wie ich. Wenn ich ihn bisher gebeten habe, von den Festen zu berichten, hat er es meistens als unwichtig abgetan. Er teilt den Glauben seiner Eltern und Großeltern nicht wirklich, aber er nimmt an den Veranstaltungen aus Respekt und Tradition teil, sagt er immer. Deswegen muss ich mir also zumindest keine Sorgen machen, dass er sich allzu weit von mir entfernt.

»Entspann dich«, sagt er leise lachend und zieht mich ein Stück weiter in die Mitte des halbrunden Raumes und von seinen Eltern fort, die in angeregte Gespräche mit Fremden vertieft sind.

Die Eingangshalle der alten Festhalle ist so groß wie die einer kleinen Messe. Alles sieht unheimlich sauber aus dafür, dass es sich um eine Art Lost Place handelt, den sie gemietet haben.

»Mache ich«, murmele ich und versuche, mich locker zu machen. Es kann ja nichts passieren, und die Stimmung ist bisher ausgelassen.

Die Wände sind hoch und die ebenso hohen Fenster

mit Blumen behängt und mit einem leichten Sichtschutz versehen. Von der Decke hängen Lichterketten mit unzähligen winzigen Lampen, die aussehen wie kleine Feen.

»Gibt es später irgendwelche Veranstaltungen? Wie 'ne Sternenschau oder so?« Nicht, dass man in New York viele Sterne sieht. Aber vielleicht etwas Symbolisches.

»Nee, nichts dergleichen.« Logan ruckt mit dem Kopf zu seiner Großmutter, die tief in der Menschenmenge versunken ist. »Oma hält eine Rede im Hauptraum.«

Anerkennend ziehe ich die Augenbrauen in die Höhe. Hier befinden sich so viel mehr Menschen, als ich jemals gedacht hätte. Es müssen mindestens vierhundert oder fünfhundert sein. Und seine Großmutter ist diejenige, die die Rede hält?

»So was wie eine Predigt?«

Er wiegt den Kopf hin und her und lächelt dabei peinlich berührt. »So was in der Art.«

Ich lege den Kopf schief, um seinen Blick neckend einzufangen. »Wird auch gesungen?«

Das bringt ihn tatsächlich zum Lachen. »Nein. Nein, nicht wirklich.«

Nicht wirklich. »Sehr ominös«, sage ich, lächle amüsiert und fühle mich tatsächlich etwas lockerer.

Logan schaut sich um, und sein Blick bleibt an den Seiten des ausschweifenden Raums hängen. Dort ist ein riesiges Buffet mit Getränken und Essen in allen erdenklichen Ausführungen aufgebaut. Wasser, Alkoholisches, Säfte, Limonaden. Und das Essen. Ich sehe Salate und Schokobrunnen. Seltsamerweise kein Fleisch.

Ist Logans Familie aufgrund ihrer Religion vegetarisch? Ich habe nie nachgefragt, weil das für mich immer normal war.

»Willst du was essen?«, fragt er, aber ich winke ab.

Alle Anwesenden sind in blutrote Roben gekleidet, genau wie Logans Familie. Der Teppich, der zu einer großen Doppeltür führt, trägt dieselbe Farbe wie die Gewänder.

Ich bin die Einzige, die heraussticht. Außer mir scheint es keinen anderen *Gast* zu geben. Zumindest habe ich niemanden gesehen, der auch Weiß trägt.

Und obwohl mir alle versichert haben, dass ich in meinem weißen Gewand nicht auffallen würde, bemerke ich durchaus, wie viele der Anwesenden mich aus dem Augenwinkel anschauen. Die Blicke wirken nicht abschätzend oder herabwürdigend, aber durchaus neugierig. Wenigstens besitzen die Menschen hier so viel Höflichkeit, mich nicht offen anzustarren, sondern wegzuschauen, sobald sie sehen, dass ich es bemerke. Trotzdem fühle ich mich ein wenig nackt unter ihrer subtilen Beobachtung.

Ich bin so in meine Observierung vertieft, dass ich leicht zusammenzucke, als ein Caterer sich uns von hinten mit einem Tablett nähert und uns Häppchen und Sekt entgegenhält.

Selbst die Caterer tragen Rot, wenn auch Anzüge mit Westen und nicht die eleganten Gewänder. Mein Blick liegt allerdings auf den winzigen Häppchen, von denen jedes einzelne aussieht wie ein kleines Kunstwerk. Ich bedanke mich leise und nehme eins, lasse den Sekt aber stehen und greife nach einer Champagnerflöte mit Orangensaft.

Logan nimmt ein Glas und schaut mich überaus verwundert an. »Echt?«, fragt er. »Sonst betrinkst du dich mit dem billigsten Zeug, aber Champagner lehnst du ab?«

Seine Empörung verwundert mich, weil er zugesagt hat, mir beim Trockenbleiben zu helfen. Aber ich versuche, es als Spaß zu nehmen. Vielleicht hat er nicht ganz begriffen, dass ich jede Form von Alkohol meinte und nicht nur meine Eskalationen auf Partys. »Ich halte mich nur an deinen Rat«, sage ich, stoße, ohne den Augenkontakt abbrechen zu lassen, mit meinem Glas an seins und setze den Orangensaft an meine Lippen. »Mir ist gerade einfach nicht danach«, füge ich dann weniger passiv-aggressiv an.

Und selbst wenn D.I.E.T. es nicht verboten hätte, fände ich es in Ordnung, nichts zu trinken. Hier fühle ich mich sicher. Unangenehm berührt, aber sicher.

Nur Logans Blick kann ich nicht ganz deuten. Ist er wirklich beleidigt, weil ich nicht mit ihm trinke? Obwohl er derjenige ist, der mir immer wieder ins Gewissen redet?

Aber ich sollte wohl auch nicht zu viel in seine Reaktion hineindeuten. »Alle diese Menschen gehören also eurer Religion an«, stelle ich fest, um vom Thema abzulenken. »Ziemlich beeindruckend.«

»Na ja«, sagt Logan, »so viele sind es gar nicht. Aber es ist schon eine entspannte Gruppe.« Er ruckt abermals mit dem Kopf zum Buffet rum, bevor er einen weiteren Schluck von seinem Sekt nimmt und mich mit knabenhafter Freude anschaut. »Du solltest wirklich mehr essen. Die Rede kann 'ne Weile dauern, und … die wird der Hammer.«

KAPITEL 26

WAS IN IHREM BLUT LAUERT

Ich weiß nicht, warum mein Herz mir bis zum Hals pocht, als zwei Männer langsam die großen Türen der Haupthalle öffnen und sich alle Anwesenden bereitmachen, einzutreten. Ich bin in letzter Zeit zu nervös.

»Es geht looos«, säuselt Logan neben mir und legt seine Hand sacht auf meinen Rücken, um mich voranzuschieben, während ich meinen Kopf recke, um zu schauen, wie es im Inneren der Halle aussieht.

In der Mitte befindet sich eine große Fläche – viel größer, als ich erwartet habe – und an den Seiten Ränge mit Tausenden von Plätzen. Die Sitze wirken verfallen, also werden sie wohl nicht genutzt werden. Aber wie es aussieht, haben alle Anwesenden gut in der Mitte des Raumes Platz.

Direkt im Zentrum der Halle hängt eine große Scheibe über dem Boden, an der Lichter befestigt sind, die alles in intensives rotes Leuchten hüllen. Auch hier gibt es überall die kleinen Sternenlichter, die alles magisch aussehen lassen. Im roten Schein sieht man nicht einmal die Kabel, an denen sie hängen, sodass es tatsächlich wirkt, als schwebten sie im Himmel. Sie sind allerdings nicht hell genug, um den roten Schimmer zu trüben.

Eine natürliche Lichtquelle gibt es nicht.

Wir schieben uns weiter mit all den anderen zusammen voran.

»Ist das die Bühne?«, frage ich Logan und deute auf eine kreisrunde Plattform, die sich unter der Scheibe befindet. Das Material leuchtet nahezu weiß im Gegensatz zum Rest der Halle, die nur aus Rot und Schwarz zu bestehen scheint.

»Ja«, flüstert Logan, mich noch immer durch den Strom aus Menschen führend. Wir bewegen uns wirklich langsam voran, was mich nur nervöser macht. Ich würde diese ganze Aktion gern hinter mich bringen, und umzingelt von all diesen Menschen steigert sich das Gefühl, in irgendetwas Fremdes hineingeraten zu sein. Etwas, das so unvorhersehbar ist, dass ich das Gefühl habe, die Kontrolle zu verlieren. Nur Logans Berührung erdet mich.

Im Versuch, mir einen besseren Überblick zu verschaffen, recke ich abermals den Kopf.

An den Rändern der Bühne und um sie herum stehen Metalleimer und etliche Blumen in Töpfen. So wirkt sie wie ein kleiner Altar. Zur Scheibe hinauf führen einige schwarze Leitern, an deren Seiten ebenfalls Lichterketten und Blumen angebracht sind. Was hat das alles zu bedeuten?

Logan hält mich zurück, als ich, gefangen von den Lichtern und der Optik des Raumes, weiter eintreten möchte. Ich richte mich nach seinen Bewegungen und bleibe mit ihm mitten im Gang, damit die anderen rechts und links an uns vorbeigehen können. Ich will ihn vorsichtig zur

Seite ziehen, um niemandem im Weg zu stehen, aber er beharrt darauf, genau hier zu bleiben, schüttelt mit einem Lächeln den Kopf.

»Schon okay«, sagt er. Angespannt stehe ich dort, während sich die ersten Anhänger gemächlich um die Plattform herum versammeln. Mit ihren Roben scheinen sie mit dem roten Licht des Raumes zu verschmelzen. Es gibt keine anderen Farben. Nur Schwarz und Rot.

Ich habe noch nie so etwas gesehen.

»Was genau passiert jetzt?«, flüstere ich. Einige Anwesende unterhalten sich auch noch leise, also hoffe ich, dass das okay ist.

Logan lehnt sich leicht zu mir herab. Mit seiner Hand auf meinem Rücken fühlt sich das seltsam an. Ich kann es nicht einmal genau begründen. Sie sitzt ein kleines Stück zu tief, und … seine Ausstrahlung hat sich verändert. »Wie gesagt, kommt erst die Rede«, antwortet er leise. »Dann folgen noch ein Gebet und … einige kleine Rituale, sozusagen.«

Ich lächle nervös. »Ich denke, es soll keine Rituale geben?«

Logan schmunzelt auf eine seltsame Weise. Wie man über ein Kind schmunzelt, wenn es fragt, ob sich Monster unter dem Bett verstecken. »Das ist nur so dahergesagt«, erklärt er beruhigend. Es funktioniert nicht ganz. »Das sind nur ein paar traditionelle Bräuche. Nichts Satanisches oder so.«

»Okay«, sage ich, trete von einem Fuß auf den anderen und versuche, das aufgewühlte Gefühl in mir herunterzukämpfen. Ich weiß gar nicht, woher es kommt. Ich werde immerhin nur zuschauen.

»Ein paar Mitglieder führen unterschiedliche Programme auf, und dann wird nur gefeiert und getanzt«, erklärt Logan genauer.

Ich atme durch und nicke, zumindest ein wenig beruhigt. Feiern und Tanzen klingt ganz gut. Obwohl ich das für gewöhnlich nicht nüchtern mache. Und ich denke, dass das vielleicht der Grund für meine irrationale Aufregung ist. Dass es mir hilft, offener und unbeschwerter zu sein.

Etwas, das ich offensichtlich nicht bin.

Gleichzeitig bin ich aber auch wegen all der kommenden Programmpunkte aufgeregt, weil sie mir vermutlich einen viel tieferen Einblick in diesen Teil von Logans Familie geben werden, mit dem ich bisher noch nichts zu tun hatte.

»Klingt gut«, murmele ich. Ich bin satt, zufrieden und bereit, alle Informationen, die ich gleich über diese Menschen gewinne, aufzunehmen.

»Das wird nett«, sagt er sacht.

»Muss ich irgendetwas Bestimmtes machen?«, flüstere ich so leise an Logans Ohr, wie ich kann, nachdem alle anderen Mitglieder eingetreten sind.

Wir stehen als Einzige noch nicht direkt auf der Fläche, sondern in dem Bereich, der zwischen den Rängen von den großen Doppeltüren zum runden Bereich der Festhalle führt.

»Du bleibst am besten hier«, sagt er. »Ich denke, von hier aus hat man den besten Blick.«

»Und du?« Er wird mich doch nicht allein stehen lassen, oder?

Er verzieht den Mund und sieht, noch immer diesen eigenartig amüsierten Ausdruck auf dem Gesicht, nach vorn.

»Ich muss mich leider umziehen.« Er zwinkert. »Aber du schaffst das schon. Okay?«

Er muss sich umziehen? »Machst du auch irgendeinen Programmpunkt?«, will ich wissen, aber er löst sich bereits langsam von mir.

»Das wirst du schon sehen.« Noch einmal wendet er sich zu mir um, um mich bedeutungsvoll anzusehen. »Okay?«

»Okay«, murmele ich, dann geht er langsam auf die Mitte des Raumes zu, und ich verliere ihn zwischen all den Menschen schnell aus dem Blick.

Ich streiche über meine Oberarme und beobachte, wie seine Großmutter gemächlich auf der Mitte der Plattform Stellung bezieht. Alles um sie herum wird langsam leise. Ich frage mich, ob sie eine Art spirituelle Führerin ist. Ich dachte immer, sie und seine Eltern wären nur Mitglieder dieser Religion, aber wie es aussieht, sind sie mehr.

Warum haben sie das nie erwähnt? Ich habe schon oft Fragen zu diesem Teil ihres Lebens gestellt, aber weil ich nicht viel mit Religionen anfangen kann, habe ich vielleicht nie genug gefragt. Jetzt schäme ich mich ein wenig dafür, dass ich offenbar so viel weniger weiß, als ich dachte.

Getaucht in das rote Licht der Scheibe über ihr, breitet Iota ihre Hände aus und sieht sich zwischen den Anwesenden um. Es ist totenstill, als sie mit klarer, lauter Stimme zu sprechen beginnt.

»Danke, dass ihr aus der ganzen Welt angereist seid, meine Kinder«, setzt sie an. Ich fühle mich irgendwie verloren abseits dieser Gruppe. »Diese Reise, auf der wir uns befinden, dauert schon seit Jahrhunderten an. Seit elf Generationen, wie ihr alle wisst.«

Elf Generationen. Einen Moment, warum klingelt da etwas bei mir?

Ich weiß, dass Logans Familie etwas speziell ist. Der Erstgeborene seiner direkten Vorfahren wird seit elf Generationen immer nach dem griechischen Alphabet benannt. Das hat er mir damals als Kind erklärt. Aber ich dachte, das wäre ein eigenartiger Witz innerhalb der Familie und keine religiöse Sache. Zumindest haben es alle immer so dargestellt.

So lang gehört seine Familie also bereits dieser Religion an?

»Wir wissen, dass unsere Welt und unser Universum aus mehr bestehen als Materie und mathematischen Gesetzen, die unsere Wissenschaftler zu entschlüsseln versuchen. Wir wissen, dass es Zusammenhänge gibt, die für andere Menschen nicht erkennbar sind. Und seit Jahrhunderten versuchen wir, uns diesen Zusammenhängen zu nähern. Ihre Natur zu erforschen und herauszufinden, was sie bestimmt. Was *uns* bestimmt und was unser Sinn ist.

Mit jeder Generation rücken wir dieser allumfassenden Wahrheit näher, die uns Aufschluss über unseren Platz in der Welt geben wird. Die uns Aufschluss darüber geben wird, was es bedeutet, ein Mensch unter Göttern zu sein.«

Götter. Wenn die von meinen Gesprächen mit dieser Behörde wüssten. Vielleicht würde ihnen das etwas mehr Aufschluss über ihre Realität geben. Ich lächle leicht, als ich das denke.

»Die Götter helfen uns, unsere Welt besser zu verstehen. Und eines Tages, wenn wir ihnen gleich sind – wenn der letzte Erbe ihnen in Macht gleicht –, werden sie sich uns zeigen und uns all ihre Wahrheiten offenbaren.«

Erben?

Warte, das …

Götter. Erben. Elfte Generation.

Nein. Ich habe aufgehört zu atmen.

Das kann nicht sein, oder? Nein, das kann nicht sein. Ist das der Kult, von dem die Psychologin bei D.I.E.T. erzählt hat? Ist das … Universal Heritage?

Nein, unmöglich. Ich lächle, weil ich mich darüber wundere, dass mir das überhaupt in den Sinn gekommen ist. Ich kenne Logan und seine Familie schon, seit ich geboren wurde, und wenn sie irgendeinem Kult angehören würden, der gegen eine geheime Behörde kämpft, hätte ich das bemerkt.

Oder?

Die Sache mit den elf Generationen kann Zufall sein. Aber die Erben? Die Götter? Ich weiß nicht.

Ich höre die nächsten Worte von Logans Grandma gar nicht, weil ich so darauf konzentriert bin, ruhiger zu atmen und mich davon zu überzeugen, dass alles gut ist.

Selbst wenn sie es sein sollten, können sie nicht wissen, wer oder was ich bin. Ich habe immerhin einen Großteil meines Lebens damit verbracht, sie über meine wahre Natur zu belügen, und sie haben mir nie Anlass zur Sorge gegeben, sie könnten etwas vermuten.

Das bedeutet, wir bringen diese Veranstaltung hinter uns, und wenn ich daheim bin, rufe ich Ray an, um ihr all die Fragen zu stellen, die mir durch den Kopf geistern.

Leider sind Handys und ähnliche Geräte hier verboten, sonst würde ich mich nach der Rede auf die Toilette entschuldigen.

»Das heutige Treffen stellt einen weiteren Schritt auf dem Weg zur Wahrheit dar«, sagt Logans Oma gerade. Ich versuche, alles, was sie erzählt, auf die Beziehung zu diesem Kult zu überprüfen, aber ich habe viel zu wenig Informationen zu Universal Heritage bekommen.

Ein Schauer überläuft mich von oben bis unten, als sie mich direkt ansieht und dann langsam ihre Arme nach mir ausstreckt. »Tycho. Kommst du bitte in unsere Mitte?«

Oh nein. Oh nein, nein, nein.

Alle Blicke wenden sich mir zu, und ich trete automatisch einen Schritt zurück. Warum sehe ich mich um, als wäre unklar, ob sie mich meinen? Natürlich meinen sie mich.

Wissen sie, was ich bin? Ein Teil von mir versucht noch, sich einzureden, dass das alles nichts zu bedeuten hat. Dass ich mir nur einbilde, sie würden irgendetwas über mich wissen. Vielleicht, weil ich einfach nicht glauben will, dass sie diese Vereinigung sind, vor der D.I.E.T. mich gewarnt hat.

Ein anderer Teil weiß, dass alle Beweise gegen diese Theorie sprechen.

Logans Großmutter lacht. »Komm, Schätzchen, du musst keine Angst haben. Wir wollen dir nur etwas zeigen.«

Ich stehe noch immer wie angewurzelt da. Hat Logan nicht irgendetwas von Ritualen gesagt? Hätte ich Sekt anstelle von Orangensaft getrunken, müsste ich keine Angst haben, mich in diese Situation zu begeben, aber so kann ich auf keinen Fall dorthin.

Gleichzeitig habe ich das Gefühl, dass ich einen anderen Grund als meine Paranoia brauche, um mich einfach umzudrehen und davonzulaufen. Diese Menschen sind meine Familie, und wenn sie doch etwas Unschuldiges vorhaben, wäre fortzulaufen eine komplette Überreaktion.

Mein Blick wandert durch die Menge, bis ich Logan

sehe, der direkt neben der Plattform steht. Er trägt jetzt eine schwarze Robe.

Wir sind die Einzigen, die etwas anderes tragen als alle anderen. Und zu meiner Überraschung grinst er breit und ruckt mit seinem Kopf zur Plattform, um mir zu signalisieren, dass ich mich losreißen und rüberkommen soll.

Wie von allein setzen meine Füße sich in Bewegung. Automatisch fühle ich mich etwas freier und leichter. Sie werden mir nichts antun. Egal, was dies ist, Logan würde mir nie Leid zufügen. Dafür hat er einen zu großen Teil seines Lebens damit verbracht, mich zu beschützen. Und wenn etwas geschieht, fliehen wir einfach. Gemeinsam sind wir sicher.

Ich halte den Augenkontakt zu ihm, um mich von den Hunderten von Menschen nicht einschüchtern zu lassen, die nach und nach zur Seite treten, als ich mich durch ihre Reihen auf ihn zubewege.

Logan lächelt jungenhaft, was mir etwas Sicherheit gibt. Ist das nur eine Art Streich? Eine Überraschung, die sie sich für mich ausgedacht haben, als ich zugesagt habe? Vielleicht wollen sie mir nur einen Schreck einjagen.

Als ich bei ihm ankomme, lehnt er sich ein Stück vor und flüstert: »Keine Sorge. Das wird total cool.« Er hält mir die Hand hin.

»Warum hast du mich nicht vorgewarnt?«, frage ich so leise wie möglich, weil noch immer vollkommene Stille herrscht.

Sein Gesichtsausdruck ist eindeutig verspielt. »Weil ich dich überraschen wollte.«

Ich nehme seine Hand und lasse mir von ihm auf die

kleine Bühne helfen. Die weiße Fläche ist vollkommen glatt.

Logan lässt meine Hand los, und seine Großmutter empfängt mich mit ausgestreckten Armen, eine Aufforderung, ihre Hände zu ergreifen. Ich bin skeptisch, als ich sie in meine schließe, und kann nicht verhindern, dass ich am ganzen Körper zittere.

»Was passiert jetzt?«, flüstere ich angespannt.

Oma Iota lächelt weise und nickt zufrieden, dann führt sie meine Hände so, dass ich mich umdrehe und in der Mitte der Bühne mit dem Rücken zu ihr stehe. Wieder schaue ich in Richtung der großen Türen. Dann schließt sie ihre Hände um meine Hüfte und leitet mich vorsichtig an, mich hinzuknien.

»Was passiert?«, wispere ich abermals und sehe mich zu ihr um. Ich denke nicht, dass sie mir etwas antun würden. Ich kenne diese Menschen mein Leben lang, und wenn sie schlimme Absichten hätten, hätten die schon viel früher durchgeschienen. Trotzdem kribbelt meine Haut vor Aufregung.

Ohne mir zu antworten, legt sie ihre Hände entspannt auf meinem Kopf ab und führt ihre Rede fort.

»Einmal pro Generation vereinigen wir uns, um eine neue Verbindung zu feiern und eine neue Kraft zu begrüßen«, sagt sie laut. Jeder Einzelne um uns herum sieht mich an. Jeder Einzelne. »Und heute ist der Tag gekommen. Willkommen in unserer Mitte, Tycho.«

Die Anwesenden wiederholen die letzten Worte im Chor. Ihre Stimmen hallen von den hohen Wänden des Raumes wider, und mir fährt ein Schauer durch den Körper. Ich spüre, wie sich die Härchen an meinen Armen aufstellen.

Sollte ich doch gehen? Ich kann gehen, oder? Warum habe ich das Gefühl, dass ich dafür einen triftigeren Grund brauche als Nervosität?

Mein Atem wird schwerer. Einige Menschen, die am nächsten an der Bühne stehen, setzen sich flüssig in Bewegung. Jeder greift einen der Eimer, die zwischen all den Blumen platziert sind.

Ich erkenne nicht, was sich darin befindet.

Ich vernehme Schritte, und als ich mich halb umwende, sehe ich, dass Logans Großmutter sich langsam von der Mitte der runden Bühne entfernt und auf den Rand zuhält, wo ihr einige Mitglieder die Stufen hinabhelfen.

Als ich mich umwende, sehe ich, dass Logan wiederum auf die Bühne tritt.

»Sagst du mir jetzt, was los ist?«, frage ich leise, während er sich gemächlich im Schneidersitz vor mir niederlässt und mich schelmisch anschaut. Sein in rotes Licht getauchtes Gesicht sieht aus, als hätte es keine Schatten. Als wäre alles ganz weich und warm. Seine dunkle Kleidung hebt ihn deutlich von den anderen ab, und ich frage mich noch immer, warum.

War das alles geplant? Dass ich die weiße Robe anziehe und er die schwarze? Woher wusste seine Familie, dass ich mitkommen würde? Es klang nie so, als würden sie auf meine Teilnahme bestehen.

Ich sehe in all die Gesichter, die mich anstarren. Die Personen mit den Eimern gehen die Treppe hinauf, sehen aber entspannt aus.

Logan wendet währenddessen seinen Blick nicht von mir ab. Er sieht so zufrieden aus. Richtig glücklich sogar. Ich weiß gar nicht, ob ich ihn so kenne. So gänzlich unbeschwert.

Ich lege meine Hand irritiert auf seinen Unterarm und lächle ihn bittend an. »Sagst du mir, was vor sich geht?«, will ich noch einmal wissen.

Er nickt versonnen und wendet sich dann kurz zur Menge um. Dort setzt sich jemand in Bewegung, der rasch auf die Bühne tritt. Auf dem Tablett, das er hält, befindet sich ein einzelnes, beschlagenes Glas mit einer klaren Flüssigkeit darin.

Logan nimmt es in einer lockeren Bewegung herunter und reicht es mir. Skeptisch rieche ich daran, und ein scharfer Geruch fährt in meine Nase. Auch von der Beschaffenheit der Flüssigkeit her bin ich sicher, dass es Alkohol ist. Wodka vermutlich.

»Was ist das?«, frage ich trotzdem, in der Hoffnung, er antwortet endlich auf eine meiner Fragen.

»Trink«, sagt er.

Ich ziehe eine Augenbraue hoch und lächle. »Ich vertraue dir, Logan, aber ich habe keine Ahnung, was hier los ist. Also trinke ich das nicht.«

Er legt den Kopf unschuldig wie ein Welpe zur Seite, zeigt sich aber einsichtig. »Verständlich«, sagt er, abermals ohne den Augenkontakt zu mir abbrechen zu lassen. Er ruckt mit dem Kinn zu dem Glas in meinen Händen hin. »Das ist Wodka«, bestätigt er meine Vermutung. Seine Stimme ist eigenartig. So leise, dass nur ich ihn hören sollte, selbst bei der Stille um uns herum. Aber gleichzeitig auf eine unbekannte Weise provokant.

Ich atme ein und presse die Lippen aufeinander, als meine Haut warm wird und ich beinahe spüre, wie sich Schweiß auf meiner Stirn sammelt.

Das bestätigt es, oder?

Das ist Universal Heritage.

Und sie wissen, wer ich bin.

Sie wissen es.

Mein Atem stockt, und ich glaube, dass Tränen sich in meinen Augen sammeln.

Logan weiß es.

Seit wann?

Er lehnt sich ein Stück nach vorn und legt seine Hand sacht auf meinen Oberarm, weiterhin mit diesem zufriedenen Ausdruck auf den Augen. »Hey. Alles gut«, sagt er ruhig. »Keine Sorge. Wir wissen es.«

»Ihr wisst es«, wiederhole ich, weil ich es nicht verarbeiten kann. Was soll ich tun? Was soll ich darüber denken? »Seid ihr Universal Heritage?«

Logan nickt langsam. Will er nicht einmal fragen, woher ich von ihrer Existenz weiß?

Ich habe keine Ahnung, wie es weitergehen soll. Als D.I.E.T. mir von diesem Kult erzählt hat, dachte ich, dass es sich dabei um irgendwelche Verrückten handelt, die sich in dunklen Höhlen treffen und satanische Rituale vollführen. Oder eben irgendetwas, was Kulte so tun. Ich hätte nie gedacht, dass es sich bei diesen Menschen um diejenigen handelt, bei denen ich praktisch aufgewachsen bin.

Dabei … dabei hätte ich es früher erkennen können, oder? Hätte ich es wissen müssen?

Sind das die Menschen, die … die Rays Eltern umgebracht haben?

Nein, das kann nicht sein. Ich sehe mich zwischen ihnen um, aber sie alle wirken so überaus freundlich mit ihren Blumen, ihren Lichterketten und ihren sanften Gesichtern. Vielleicht hat D.I.E.T. falsche Informationen. Wenn sie überhaupt Informationen haben, immerhin können sie nicht gewusst haben, dass Logan und seine Familie dieser Gruppierung angehören. Das hätten sie mir gesagt.

»Und ihr wisst, was ich bin?« Ich sollte ruhig bleiben, mehr Informationen sammeln und die Lage genau sondieren. Aber ich kann nicht. Ich fühle mich so … geschlagen.

Und so naiv. So endlos naiv.

Logan nickt langsam. »Es tut mir leid, dass ich dich damit so lang allein gelassen habe. Aber es gibt bestimmte Regeln, und ich durfte dir nichts von uns erzählen oder … davon, was wir tun und wissen.«

Ich versuche noch immer, ruhig zu atmen und meine Gedanken zu ordnen. Ich kann nicht verhindern, dass sich eine milde Art von Enttäuschung darüber in mir ausbreitet, dass er mir das verschwiegen hat.

Andererseits habe ich ihm auch vieles über mich verschwiegen. Und selbst wenn er davon wusste, sind wir dadurch quitt, oder?

Ich frage mich, was geschehen wäre, hätte ich mich ihm anvertraut. Dann hätten wir uns vielleicht früher über das alles unterhalten können.

Diese neuen Informationen fügen sich so gut in alles ein, was ich bereits wusste, dass ich mir blind vorkomme.

»Tut mir so leid«, wiederholt Logan leise, als ich nicht antworte.

»Schon okay«, lüge ich. »Aber warum jetzt?«

Er legt seine Hand auf meine. »Vertraust du mir?«

»Wie lang weißt du schon, was ich bin?« Das ist meine letzte Frage. Einfach, um in Erfahrung zu bringen, wie lang er schon so viel mehr weiß als ich.

»Erst seit wir fünfzehn sind«, antwortet er. Es wirkt

ehrlich, weil er bedrückt scheint. »Ich habe mich *so* lang mit meinen Eltern darüber unterhalten, weil ich es dir erzählen und mit dir über alles reden wollte. Aber sie hatten … wohl einen anderen Plan.«

Ich schaue auf unsere Hände hinab. »Ich wünschte auch, dass ihr mit mir geredet hättet.« Wie viele Menschen gibt es denn noch, die lang wussten, was ich bin, noch bevor ich es getan habe? Die nicht mit mir gesprochen haben, obwohl sie mir hätten helfen können?

»Hey«, flüstert Logan sacht und nimmt mein Gesicht in seine Hände. Mein Herz springt aufgeregt. »Jetzt ist es so weit, ja? Ab jetzt können wir immer über alles reden. Okay?«

»Okay«, murmele ich. Obwohl ich diese Situation am liebsten sofort verlassen würde, kommt mir die Vorstellung schön vor. Einfach über alles reden. Wie mit Ray. »Warum soll ich das trinken?«

»Weil wir wissen, wer du wirklich bist. Und du hier keine Angst davor haben musst, dich zu verstecken.«

»Diese dunkle Seite bin nicht ich«, wispere ich.

»Sie ist ein Teil von dir wie alles andere. Und hier musst du sie nicht verbergen. Hier musst du nichts verbergen, was du fühlst oder denkst oder bist.«

Ich kann nicht verhindern, dass meine Augen sich mit Tränen füllen. Als eine aus meinem Augenwinkel rinnt, wischt er sie sacht mit dem Daumen fort.

Ich kann nicht glauben, dass das wahr sein soll. Dass Menschen wissen, wer ich bin – dass sie mich einfach so nehmen, wie ich bin –, war alles, was ich jemals wollte. Und es fühlt sich so warm an. So richtig.

Aber das ist so irritierend und neu. Ich habe das Gefühl, mich erst sammeln zu müssen, um all das zu begreifen.

»Wir lieben dich. Alle«, flüstert Logan. »Genau so, wie du bist. Du musst nichts an dir ändern.«

Ich weiß, dass ich noch mehr weinen muss, wenn er so weiterspricht, also will ich meinen Blick senken und mich sacht aus seinem Griff lösen. Aber er bleibt standfest.

»Verstehst du?«, fragt er, und ich nicke sacht.

Ich verstehe es. Es ist genau das, was ich immer fühlen, immer hören wollte. Aber ich kann nicht glauben, dass das real ist.

Langsam führe ich das Glas an meine Lippen, und Logan lässt mein Gesicht los.

Es stimmt doch, dass ich in Sicherheit bin. Und wenn D.I.E.T. mit Universal Heritage solche Probleme hat, müsste U.H.R. mich vor der Behörde beschützen können, oder? Aber was ist dann mit Ray? Haben sie wirklich all diese Menschen getötet? D.I.E.T. hat mich bei so vielen Dingen angelogen, dass ich nicht weiß, ob sie mir das nicht auch erzählt haben, um mich zu beeinflussen.

Allein der Geruch des Getränks beruhigt mich. Ich wünsche, es wäre mehr, als ich die wenigen Milliliter hinterschlucke und schon kurz darauf durchatme. Meine Kehle brennt warm, aber es fühlt sich nach Geborgenheit an.

Ich sehe abermals all die Menschen um mich herum an und weiß nicht, warum sich eine solche Wärme in mir ausbreitet, als ich in ihre freundlichen Gesichter schaue. Sie finden wirklich okay, wer und was ich bin.

Sie finden es okay. Ich muss mich nicht für sie ändern. Ich muss kein schlechtes Gewissen haben. Ich kann einfach ich sein.

Ich denke nicht, dass ich mich jemals so gefühlt habe.

»Alles gut?«, will Logan wissen.

Ich atme noch einmal tief durch und wende mich zu seinen Eltern und seiner Großmutter um, die mich ebenfalls anlächeln. Ich bin noch zu verwirrt, um die Geste so offen zu erwidern, aber ich hoffe, dass sie den Versuch anerkennen.

»Alles gut«, sage ich.

»Willst du jetzt doch einen Champagner?«

Abermals sehe ich in die Menschenmenge. »Ich soll hier in Ruhe sitzen und was trinken, während alle auf das große Ereignis warten?«

Er lächelt und schüttelt sacht den Kopf. »Das *ist* das große Ereignis.« Er nickt erneut jemandem zu, der auf einem Tablett ein weiteres einzelnes Glas prickelnden Champagners bringt, den ich vorhin abgelehnt habe. Logan nimmt das Glas und reicht es mir.

Ich bedanke mich und schließe meine Finger darum. Ich bemerke die Prägung an der Seite erst jetzt, betrachte sie genauer.

Es ist das Zeichen, das Logan als unser Freundschaftssymbol auserkoren hat, als wir noch Kinder waren. Von dem er mir eine Kette hat anfertigen lassen, die ich immer trage.

»Das habe ich damals bei meiner Oma gesehen«, erklärt er, als ich ihn fragend anschaue, und ich nicke verstehend. Dann nehme ich einen kleinen Schluck. Das Getränk fühlt sich so gut an. So warm in meinem Inneren.

Logan streicht über meinen Arm und rückt ein Stück näher an mich heran. Ich denke, dass ich mich selten so wohl gefühlt habe, was eigenartig ist, bedenkt man diese Situation. Ich weiß überhaupt nicht, wie es weitergehen soll.

»Geht es dir gut?«, will er wissen, und ich nicke.

»Und dir?«

Wieder lächelt er breit. »Jetzt ja. Ich hab mir viele Gedanken hierum gemacht.«

»Hierum?«

»Um uns.«

Ich denke, gleich lehnt er sich nach vorn und küsst mich, so wie er mich ansieht. Und in dem Moment, in dem ich es mir vorstelle, tut er es tatsächlich.

Seine Lippen fühlen sich so weich auf meinen an. Wie ich es mir manchmal vorgestellt habe. Sein Kuss ist vorsichtig und forschend. Er schmeckt nach Sekt und den Erdbeerküchlein aus dem Eingangsbereich.

Ich bin nicht sicher, ob ich das gut finde.

»Hey, ich …«, sage ich vorsichtig und weiche ein Stück zurück. »Ich weiß nicht, ob das eine gute Idee ist.«

Sein Blick ist gar nicht enttäuscht. Er lächelt mich ganz warm an. »Alles gut.«

»Ich …« So viele Gedanken sprudeln durch meinen Kopf. Dass hier so viele Menschen sind, die uns gespannt beobachten, ist nicht einmal meine größte Sorge. Eher, dass … dass ich nicht weiß, ob …

Verdammt, ich weiß gar nichts mehr.

Logan rückt so nah an mich heran, dass unsere Knie einander berühren. »Du kannst dich entspannen, okay? Mach dir keine Gedanken. Du bist in Sicherheit.« Er lächelt. »Du bist angekommen. Du wirst bei uns immer sein können, wer du bist, ohne Angst haben zu müssen, dass dich jemand verurteilt.«

Wieder diese verdammten Tränen auf meinen Wangen. Ich mache mir nicht die Mühe, sie fortzuwischen, und er tut es auch nicht. Woher weiß er so genau, was er sagen muss, um mich zu beruhigen? Er hat es immer gewusst.

»Du kannst von jetzt an ein Teil der Familie sein, wenn du möchtest.«

»Ein Teil der Familie?« Er meint damit das, was ich denke, oder?

»Hör auf, dir so viele Gedanken zu machen«, wiederholt er. »Lass los.« Er greift nach meinen Händen. »Schließ die Augen.«

Ich weiß nicht, warum ich es tue.

»Denk nicht nach, okay? Erschreck dich nicht.«

Noch bevor ich fragen kann, was als Nächstes passiert, spüre ich ein Tröpfeln. Ganz warm. Erst auf meinem Kopf, dann auf meinen Armen und Händen. Logans Berührung beruhigt mich, trotzdem kann ich nicht an mich halten und öffne die Augen.

Eine dunkle Flüssigkeit regnet auf uns herab. Die Leute an den Leitern sind hinaufgestiegen und leeren offenbar die Eimer über der Scheibe, sodass die Flüssigkeit durch kleine Öffnungen zwischen den roten Lichtern dringt.

Ich schaue auf meine Hände hinab, sehe, wie die dunkle Flüssigkeit in das Sektglas neben mir tropft, in Logans Haar und auf meine Robe, die sich schnell damit tränkt.

Es fühlt sich wie warmer Regen an.

Nur dass es kein Regen ist.

Im roten Licht ist nicht genau zu erkennen, welche Farbe die Flüssigkeit hat, aber ich weiß trotzdem genau, was sie ist. Ich kenne den Geruch so gut wie mich selbst. Dieses Metallische, Lebendige darin. Es riecht nach schlagenden Herzen und Wärme unter der Haut.

Das ist Blut.

Ich hole tief Luft und will mich aufrichten, doch Logan, seine Hände noch immer um meine geschlungen, hält mich auf. »Alles gut«, sagt er leise. Die rote Flüssigkeit läuft aus seinem Haar hinab und fängt sich in den hellen Augenbrauen. Ich spüre, wie sie auch mein Haar und meine Kleidung tränkt.

Und je länger ich einfach dort sitze, atme, rieche, umso ruhiger werde ich – bis ich sogar ruhiger bin als zuvor. Mein logischer Verstand sollte mir sagen, dass ich fortsoll, aber all meine Instinkte sagen, dass ich hier richtig bin. Dass ich hier sein soll.

Und die Dunkelheit. So viel Blut.

So viel habe ich das letzte Mal gesehen, gespürt und gerochen, als ich die Mörder meiner Eltern getötet habe. Damals vor sieben Jahren.

Und ich habe es genossen.

Ich habe die Hölle gesehen, und als ich ihr entstieg, begrüßten mich der glasklare Himmel und die lodernde Sonne, um meinen blutüberströmten Körper warm in ihr Licht zu hüllen. Ich war hinabgestiegen in diesen Abgrund menschlicher Emotion, in den sich kein lebendes Wesen je begeben sollte – und ich war zu Hause gewesen. Das war mein Zuhause.

Das hier ist mein Zuhause.

Woher wissen sie es? Und warum finden sie es nicht schlimm?

Logan beugt sich noch einmal zu mir vor, um mich abermals zu küssen, und dieses Mal lasse ich es geschehen. Ich schmecke seine Lippen nicht mehr, sondern das Eisen und den bitteren metallischen Geschmack, der unsere Münder und Zungen benetzt.

Er streicht mir durch das feuchte Haar, und ich strecke meine Finger aus und greife nach seiner Kleidung, um mich an ihm festzuhalten. Versunken in diesem Moment, schließe ich die Augen.

Er hat recht. Warum nachdenken, wenn es sich so gut anfühlt? Es fühlt sich so gut an. Es muss richtig sein.

Nach einigen Sekunden löst Logan sich von mir, schließt mich sacht in den Arm und hält mich fest. Ich genieße es einfach. Inzwischen kann ich meine Augen kaum öffnen, ohne dass Blut hineinläuft, also blinzle ich nur einige Male ruhig in die Menge.

Bis mein Blick an jemandem hängenbleibt, den ich erkenne. Ein Bild baut sich vor meinen Augen auf, von dem ich dachte, es erfolgreich in den hinteren Bereichen meines Geistes verdrängt zu haben; ein Polizeifoto von vor sieben Jahren.

Dunkle Haare, helle Augen, eine dominante Nase und ein so markantes Kinn. Ein Gesicht, das ich niemals vergessen könnte.

Ich löse mich leicht von Logan, um den Mann anzusehen, der sich langsam einige Schritte nach hinten bewegt.

Das ist er. Der fünfte Kerl, der beim Mord an meinen Eltern dabei war. Der, den ich nicht erwischt habe.

Ich richte mich schwankend auf und lasse mich dieses Mal nicht von Logan aufhalten. Das kann unmöglich Zufall sein.

Logan steht ebenfalls auf und versucht, meinen Blick einzufangen, aber noch bevor ich mich entschieden habe, ob ich den Mann zuerst auseinandernehmen oder all die Fragen stellen soll, die mir auf der Seele brennen, fliegt die große Haupttür mit einem Krachen auf.

Das einfallende Licht ist so hell, dass ich zunächst gar nicht ausmachen kann, wer eintritt. Erst als sich meine Augen daran gewöhnen, erkenne ich sie.

Grayson.

Sie hält eine Waffe in der Hand, richtet sie auf die

Menge, bleibt aber sehr schnell mit ihrem Blick an mir hängen. Einige Sekunden lang starre ich sie einfach an. Niemand im Raum regt sich, und bedrückende Stille legt sich über alles.

Dann erhebt Ray das Wort. Ihre Stimme hallt von den hohen Wänden wider, während sie in aggressivem Tonfall ruft: »Tycho!«

Jeder Muskel in meinem Körper spannt sich an, als ich erkenne, wie sie mich ansieht.

»Gehörst du hier dazu?«, will sie laut wissen.

Ich wage noch immer nicht, mich zu bewegen, und brauche einige lange Momente, um meine Gedanken zu ordnen. Das alles ist zu viel für mich, aber …

»Logan«, sage ich daraufhin laut. Er steht noch immer hinter mir, und ich wende mich zu ihm um. Keinen Millimeter weiter, als ich muss, um sein in Blut getränktes Gesicht zu sehen. Das Tropfen über uns hat inzwischen nachgelassen. »Was hast du mir noch verheimlicht?«

»Was meinst du?«, will er wissen. All die Vorfreude, all das Amüsement ist aus seinen Zügen gewichen. Seine Stimme ist vollkommen tonlos.

Meine ebenso. »Habt ihr meine Eltern töten lassen?«

Dass er mich mit unverändertem Gesichtsausdruck anschaut und nicht gleich reagiert, ist mir Antwort genug. Wie von allein ballt sich meine Hand zur Faust. Ein heißer Schauer überflutet mich und spült alle Gedanken hinfort. Da ist es wieder; dieses dunkle Ding, das in meiner Brust brennt. Und dieses Mal verschlingt es alles.

Ich hole aus und springe von der Bühne, direkt in die Menge hinein. Das Beben, das meine Faust auf dem steinernen Boden erzeugt, lässt den Staub von der Decke fallen, und alle Anwesenden streben auseinander. Etwas in mir will nach ihnen greifen und sie mit bloßen Händen zerreißen, bis sie nicht mehr als Haufen aus Fleisch, Knochen, Haaren und Zähnen sind, die man nicht mehr als etwas Menschliches erkennen kann. Etwas in mir möchte dieses Gebäude einreißen und mich selbst mit allen Anwesenden unter den Trümmern begraben. Ich denke nicht, dass es mir dieses Mal gelingen wird, es zurückzuhalten.

Ich spüre eine Berührung an meiner Schulter und wirble mit erhobener Faust herum, ohne nachzudenken. Logan. Er weicht mir viel schneller aus, als ich es für möglich gehalten hätte, und mein Schlag geht ins Leere. Es sieht aus, als hätte er einen schemenhaften Schleier an der Stelle hinterlassen, an der er gerade noch gestanden hat. Schillernd wie ein Ölfilm.

Ich verstehe nicht, was ich sehe, aber ich denke, ich muss es auch nicht. Die Mitglieder des Kults streben weiter auseinander, als ich wieder auf Logan zusetze. Ich habe keine Kontrolle über meinen Körper.

»Wusstest du es?«, schreie ich und hole bereits zum nächsten Schlag aus. Logan weicht aus, scheinbar ohne sich zu bewegen. Ich taumle nach vorn, aber ich kann mein Gleichgewicht fangen, also setze ich ihm sofort nach. »Sag schon!«

»Tycho«, murmelt Logan langsam. Ich spüre, wie das Blut an meinem ganzen Körper zu trocknen beginnt. Wessen ist es? Warum habe ich mich das nicht gleich gefragt?

Logan weicht mir erneut aus, und ich stoße einen frustrierten Schrei aus, dann bleibe ich vor ihm stehen, die Fäuste so fest geballt, dass meine Knöchel schmerzen. »Sag schon!«, knurre ich. »*Wusstest du es?* Dass sie meine Eltern getötet haben?«

Wieder antwortet er nicht. Und ich habe das Gefühl – fernab vom Blut und alldem –, in ein Gesicht zu schauen, das ich gar nicht mehr kenne. Aus dem Augenwinkel erkenne ich, dass sich die meisten ganz zurückgezogen haben oder zumindest in einigem Abstand zu uns stehen.

Nur die Schritte einer einzigen Person sind hinter uns zu hören.

»Tycho, geh von ihm weg!«, ruft Ray. Ihre Stimme weckt irgendetwas in mir, das ich kurz verloren geglaubt habe. Ich folge ihrem klaren Befehl und versuche, die Dunkelheit in mir herunterzukämpfen, um einen klaren Gedanken fassen zu können.

»Wer bist du?«, frage ich leiser, an Logan gewandt, und schüttle den Kopf. Es ist unmöglich, dass er mir all diese Zeit etwas vorgespielt hat. Unmöglich.

Wieder antwortet er nicht und bewegt sich dieses Mal viel schneller, als ich sehen kann, auf Ray zu. Sie feuert einen Schuss auf ihn ab, der allerdings ins Leere geht. Sie kann nicht mehr ausweichen, als er sie am Kragen packt, mit der anderen Hand ihre Waffe wegschiebt und ein blaues Leuchten von ihm Besitz ergreift.

Ray reagiert blitzschnell und greift mit der freien Hand an ihre Hüfte, zieht etwas Spitzes heraus und sticht damit auf seine Hand ein.

Weil er sie festhält, kann er dieses Mal nicht ausweichen, und das Messer dringt in seinen Unterarm ein. Er schreit auf und lässt sie fallen.

Er will wieder nach ihr greifen, aber dieses Mal bin ich schneller und springe zwischen die beiden, stelle mich schützend vor Grayson.

»Dein Ernst?«, will Logan wissen. »Du beschützt einen God Slayer?«

Ich runzle die Stirn und schüttle den Kopf. So nennen die sich also? »Ich weiß überhaupt nicht, wer du bist«, grolle ich. Dann schiebe ich mich weiter rückwärts in Richtung der Türen. »Bleib hinter mir«, fordere ich Ray auf, die ihre Hand auf meine Schulter legt. Ich sehe aus dem Augenwinkel, dass sie mit der anderen wieder auf Logan zielt.

»Als könntest du mir mit dem Plastikspielzeug was anhaben«, sagt er. Ich habe ihn noch nie mit so arrogantem Gesichtsausdruck gesehen.

»Warte nur«, murmelt Ray hinter mir, während wir uns Schritt für Schritt in Richtung der Türen schieben. »Für dich habe ich noch etwas ganz Besonderes in petto.«

»Und du?«, ruft Logan uns hinterher, bewegt sich allerdings nicht von der Stelle. »Willst du dich wirklich auf deren Seite stellen? Auf die Seite von denen, die Menschen wie dich und mich töten?«

Ich presse die Lippen aufeinander und versuche weiterhin, die unbesiegbare Wut in mir zu bekämpfen. Es fühlt sich nicht an, als wäre ich noch ein Mensch. »*Ihr* seid diejenigen, die meine Eltern getötet haben«, knurre ich. Das Einzige, was mich davon abhält, mich vollkommen zu verlieren, ist, dass sein Anblick noch so viel Verwirrung in mir auslöst. Ein Teil von mir stellt sich vor, wie ich auf sein selbstsicheres Gesicht einschlage, bis nichts mehr davon zu erkennen ist. Ein anderer erinnert sich daran, dass er früher genauso dreingeblickt hat, wenn er sich den anderen Kindern in den Weg gestellt hat, um mich zu verteidigen. An all die Wärme, die ich gerade für ihn empfunden habe. Die ich immer für ihn empfunden habe.

Dieser Sturm aus vollkommen widersprüchlichen

Emotionen, der in meinem Inneren tobt, hindert mich daran, zu handeln.

Mein Herz sinkt etwas tiefer, als er uns doch gemächlich hinterherkommt.

Logan ist auch ein Erbe. Wenn ich den Worten von D.I.E.T. Glauben schenken kann, besitzt er mehrere Fähigkeiten. Und ich habe keine Ahnung, was genau sie sind, also weiß ich nicht, ob ich gegen ihn ankommen kann, falls er uns angreift.

Aber würde er das tun? Er ist immer noch der Logan, den ich kannte, oder? Zumindest ein Teil von ihm muss es sein. Er kann nicht über Jahrzehnte hinweg alles geschauspielert haben. Also: Würde er mich wirklich angreifen? Und wie soll ich ihn davon abhalten, Ray zu verletzen, wenn ich ihn nicht angreifen kann?

»Bleib stehen, Tycho«, sagt er ruhig. »Bleib hier. Dann lasse ich sie gehen, und wir können über alles reden.«

Ich erwarte fast, dass Ray gegen ihn anredet oder mir sagt, dass ich ihm nicht glauben soll. Aber sie sagt nichts. Hat sie einen Plan, wie wir hier rauskommen? Wartet sie auf etwas? Ich kann mir nicht vorstellen, dass sie allein gekommen ist. Zumal sie ihre Einsatzkleidung trägt und nicht ihre privaten Klamotten.

Wir gehen weiter, und gerade als ich überlege, Ray einfach zu packen und loszusprinten, steht Logan innerhalb einer Millisekunde direkt vor mir und greift meine Hand. Der Schleier, den er bei seinen Bewegungen hinterlässt, hängt noch einige Sekunden lang hypnotisierend in der Luft.

Ich bleibe stehen und schaue zu ihm auf, wie so viele Male zuvor in meinem Leben. Aber jetzt ist alles anders. Ich spüre eine so intensive Mischung aus Angst und

Schmerz in meinem Inneren, dass es mich zu überwältigen droht. Ich weiß nicht, ob ich lieber schreien oder weinen möchte. Am liebsten beides auf einmal.

Alles, was mich davon abhält, ist die Befürchtung, dass wir nicht rauskommen, wenn ich den Verstand verliere. Und wenn sie uns tatsächlich gefangen nehmen – mit was für Fähigkeiten Logan das auch immer anstellen würde –, würden sie mich sicherlich leben lassen. Aber Ray höchstwahrscheinlich nicht.

Ich muss mich also verdammt noch mal zusammenreißen!

»Ich meine es ernst«, sagt Logan, und ein Blick zeigt mir, dass Grayson tatsächlich zurückweicht.

Sein Blick wird ein wenig weicher. »Bitte bleib. Lass uns reden, dann können wir dir sicherlich viele Fragen beantworten.«

»Könnt ihr das?«, knurre ich und reiße meine Hand aus seinem Griff. »Denn bisher hast du mir die einzige Frage, die ich gestellt habe, nicht beantwortet.«

Er will etwas erwidern, aber Grayson unterbricht ihn. »Tycho, komm!«, sagt sie, und ich entferne mich einen Schritt von ihm.

Aus dem Augenwinkel sehe ich, wie sich einige Menschen auf den Rängen regen, und auf den zweiten Blick erkenne ich Logans Familie. Seine Großmutter schaut streng zu uns herab, und ich recke ihr die Nase entgegen.

»Logan!«, ruft sie, obwohl sie mich unentwegt anschaut. »Komm. Wir ziehen uns zurück.«

Ich sehe von ihr zu Logan und beschließe, eine letzte Sache zu versuchen, die mir durch den Kopf schießt.

»Du gehörst ihnen nicht«, sage ich so leise, dass nur er und Grayson mich hören.

Er lächelt überraschend locker. »Ich weiß.« Noch einmal sieht er von mir kurz zu Grayson, dann wendet er sich um. Ich frage mich, warum sie nicht auf ihn schießt. Aber vielleicht weiß sie, dass sie allein keine Chance gegen ihn hat. Vielleicht weiß sie mehr über ihn als ich.

Sobald Logan außer Sichtweite ist, macht sie einen Satz nach vorn und packt mich so fest am Handgelenk, dass es schmerzt. Sie zerrt mich in Richtung der Vorhalle und des Ausgangs, in einem Tempo, das ich kaum halten kann. Es fühlt sich an, als würden all meine Gedanken mich schwer machen. Ich würde so gern auf Pause drücken und einige Stunden über alles nachdenken, was gerade geschehen ist.

Oder aufwachen aus diesem Fiebertraum. Das wäre das Beste.

Im Vorraum warten einige schwerbewaffnete Personen auf uns, von oben bis unten in schwarze Einsatzuniformen gehüllt. Sie richten Maschinengewehre auf uns, und wenn ich nicht halluziniere, haben einige tatsächlich Schwerter und andere außergewöhnliche Waffen dabei.

Grayson rennt weiter, ohne auf sie zu achten. »Ihr könnt zugreifen«, schreit sie. »Ich habe es geschafft!«

Sie hat es geschafft? Warum ist sie allein da reingelaufen, wenn hier so viel Unterstützung wartet? Womöglich war sie die Vorhut, um herauszufinden, auf wessen Seite ich stehe.

Ich will Ray fragen, aber sie hetzt so schnell vorwärts, dass ich mich erst mal auf meine Umgebung konzentriere.

Sobald wir raus sind, stürmt die Einsatztruppe in die Halle und koordiniert sich untereinander mit lauten Rufen. Zwei weitere Polizisten öffnen uns die gewaltige Doppeltür, wir hechten auf einen hell erleuchteten Platz hinaus und werden vom Geräusch von Hubschraubern, Sirenen und Lautsprechern empfangen.

Ich strauchle und bleibe stehen, damit meine Augen sich an das Licht gewöhnen und ich mich umschauen kann. Ein eiskalter Wind weht um meinen knapp bekleideten und mit verkrustetem Blut verklebten Körper. Hunderte Menschen in Einsatzkleidung umzingeln das Gebäude und machen sich bereit, es von allen Seiten zu stürmen. Oder zumindest niemanden entkommen zu lassen.

Von einem Moment auf den anderen überkommt mich die unerwartete Sorge, dass all diese Menschen Logan und seine Familie wirklich überwältigen und töten werden. Ohne dass ich all die Antworten bekommen habe, nach denen es mich so verlangt.

Ohne dass sie mir in die Augen sehen konnten, um mir zu sagen, dass sie mein Leben zerstört und es in eine Lüge verwandelt haben. Mein Atem wird schwerer, und ich weiß nicht einmal, ob vor Wut oder Panik.

Aber Grayson durchbricht die Gedankenspirale, indem sie sich wieder in Bewegung setzt und mich souverän weiterzieht.

»Komm schon«, schreit sie mir über den Lärm hinweg zu. »Wir müssen dich hier wegschaffen!«

KAPITEL 27

WAS DER SINN VON ALLEM IST

Das Blut, in das mein Körper getränkt wurde, ist so verkrustet, dass ich es bei jeder Bewegung spüre. Also versuche ich, mich so wenig wie möglich zu bewegen, während Ray viel zu schnell über die Landstraßen fährt und alle zehn Minuten überaus knappe und hektische Updates mit Haruo austauscht.

Ich verstehe nicht viel davon. Die Lage ist wohl chaotisch, aber ich bin gerade wenig aufnahmefähig, also höre ich mehr als das nicht heraus.

Die Dunkelheit ist aus mir verschwunden, obwohl ich spüre, dass sich noch immer Alkohol in meinem Körper befindet. Aber ich spüre keine Wut in mir. Nur ein Durcheinander aus Gefühlen, die meinen Körper so aufwühlen, dass ich konstant kurz davor bin, mich zu übergeben. Noch kann ich es bei mir behalten, aber ich weiß nicht, wie lang ich das aushalte.

Ich weiß nicht, wie ich überhaupt etwas hiervon aushalten soll.

»Wie sieht's aus, Alpha?«

Jedes Mal, wenn Haruos Stimme über die Gegensprechanlage des Autos dringt, zucke ich zusammen. Auch dieses Mal. Ich habe meine Hände so fest zu Fäusten geballt, dass sich meine Fingernägel in das Fleisch meiner Handflächen graben. Durch den Schmerz muss ich nicht ganz so viel denken.

»Seid ihr schon raus aus der Stadt?«, fragt Haruo atemlos.

»Ja, ich sagte doch, du musst nicht alle fünf Minuten nachfragen«, bellt Ray und schüttelt gestresst den Kopf.

»Habt ihr …?«

»Ja, wir haben den letzten Tausch vorgenommen«, antwortet sie auf die Frage, bevor er sie gestellt hat.

Ich schaue aus dem Fenster und achte zum ersten Mal auf das, was ich sehe, anstatt sofort wieder in Gedanken abzudriften. Wir haben die Ausläufer New Yorks schon vor einer Stunde hinter uns gelassen und fahren über Landstraßen, durch recht beschauliche, verschneite Waldstücke und diverse Städte und Dörfer, deren Namen ich nie gehört habe. Ich habe nicht einmal darauf geachtet, in welche Richtung wir uns bewegen.

»Gut«, sagt Haruo etwas ruhiger. »Wir tracken euch, aber halten Abstand, um jede Form von Verfolgung auszuschließen.«

»Okay.«

Ich weiß noch nicht, wie genau der Plan aussieht, aber wir haben innerhalb und außerhalb der Stadt mehrere Male den Wagen gewechselt und sitzen inzwischen in einem silbernen Honda Accord, mit dem wir hoffentlich niemandem auffallen. Zumindest nicht so sehr, wie wir es in Graysons Sportwagen tun würden.

»Wie sieht es an eurer Front aus?«, fragt Grayson, und dieses Mal versuche ich, mich auf das Gesagte zu konzentrieren. Wenn das hier ein Fiebertraum ist, dauert er schon viel zu lang an. Inzwischen habe ich die Hoffnung darauf fast aufgegeben.

»Keine Verfolger mehr«, antwortet Haruo, und Ray atmet sichtlich durch. »Wir überwachen euch über den Satelliten. Sieht alles sauber aus.«

»Zum Glück«, seufzt sie und wirft mir – wie schon mehrere Male zuvor – einen besorgten Blick zu. »Und bei euch? Seid ihr auch in Sicherheit?«, fragt sie trotzdem an Haruo gewandt. Er hat bisher noch gar nicht mit mir gesprochen. Andererseits hat er auch keine abfälligen Bemerkungen in meine Richtung gemacht, was ja schon mal eine Verbesserung ist.

»Ja, wir sind in Sicherheit. Der Kult hat sich zerstreut, aber wir konnten viele Mitglieder festnehmen.«

»Und die Hauptfamilie?«

Kurzes Schweigen am anderen Ende. »Leider nicht. Wir wissen nicht, wie sie rausgekommen sind.«

Grayson atmet schwer aus. Ihr Griff um das Lenkrad festigt sich, und ich horche auf.

Die *Hauptfamilie* also. Wenn ich das richtig verstanden habe, geht es Universal Heritage darum, immer mehr Göttererben mit Fähigkeiten miteinander zu verpaaren, um ein übernatürliches Wesen zu erschaffen. In der Ansprache von Logans Oma klang es, als ob sie dadurch Weisheit erlangen wollen oder … irgendetwas in der Richtung.

»Okay, wir hören uns später, Alpha«, sagt Haruo, und sie verabschiedet sich ebenfalls. Dann kehrt Stille ein, und ich muss wieder diesen furchtbaren Gedanken nachhängen.

Nun, da ich klarer sehe, ergibt das mit Logan und seiner Familie so viel Sinn. Sie haben meine Eltern umgebracht, um die Kontrolle über mich und mein Leben zu erlangen. Die subtilen Beeinflussungen zu jeder Zeit, die Beziehung zu Logan. Ich war mit seiner Mutter sogar beim Frauenarzt. Vermutlich, weil sie überprüfen wollte, ob ich Kinder bekommen kann.

Verdammt. Übelkeit kribbelt in meiner Kehle, und ich presse die Finger auf die Lippen. »Grayson, halt an«, keuche ich.

»Das sollten wir nicht tun.«

»Ich muss kotzen!«, sage ich lauter, und sofort tritt sie auf die Bremse. Durch den plötzlichen Ruck wird mir noch schlechter, aber ich löse den Gurt, öffne die Tür und falle aus dem Auto. Ich schaffe es nicht einmal bis zum Straßenrand, lehne mich auf die Hände und übergebe mich.

Ich höre Rays Tür zuschlagen, als ich ein Stück wegrücke. Sie hockt sich neben mich und reicht mir ein Taschentuch, mit dem ich meinen Mund abwische. Nicht, dass es viel bringt.

Ich bin von oben bis unten voll mit Blut, und Ray sagt, dass wir keine Zeit haben, um anzuhalten, damit ich mich umziehen kann. Der Geruch kribbelt säuerlich in meiner Nase.

Noch einige Male huste ich, aber mein Magen ist zu leer, als dass noch etwas hochkommt. Ray hält ihre Hand beruhigend auf meinem Rücken, aber ich spüre die Berührung kaum.

»Wir müssen weiter«, drängt sie leise. »Ich würde wirklich gern über alles mit dir reden oder 'ne Pause einlegen, aber wir müssen weiter.«

»Okay«, ächze ich und lasse mich von ihr auf die Beine ziehen, um ins Auto zu steigen. Die blutgetränkte Robe fühlt sich an wie ein Kostüm, das ich nicht ablegen kann. Meine Haare sind ganz rot.

Sobald ich wieder sitze, schließt Ray die Tür hinter mir und hechtet um den Wagen herum. Für den Bruchteil einer Sekunde stelle ich mir vor, wie die Leute wohl reagieren würden, wenn wir so wirklich eine Pause an einer Raststätte einlegen würden. Ich in einem Gewand voll Blut, sie in ihrer Einsatzkleidung. Wir wären sicherlich ein Hingucker.

Ich kann mir sogar ein Lächeln abringen.

»Wir sind noch ein paar Stunden unterwegs«, sagt sie, setzt sich hinter das Lenkrad und fährt los, während sie sich anschnallt. »Aber die anderen sorgen dafür, dass Universal Heritage uns nicht folgt.«

Erst jetzt fällt mir auf, dass Ray auch blass ist. Stimmt. Diese Leute haben nicht nur meine Eltern getötet.

»Tut mir leid, dass du diese Scheiße durchmachen musst«, sagt sie trotzdem, den Blick auf die Straße gerichtet. »Ich hab keine Ahnung, was ich sagen soll, um dir zu helfen. Das ist so krank.«

Dagegen kann und will ich nicht argumentieren. Sie hat recht.

»Aber ich meine …« Sie seufzt und schüttelt leicht den Kopf. Ihre Haare springen nicht um ihre Schultern wie sonst. Sie hat sie wieder zu diesem strengen Zopf gebunden. »Wie konntest du dich auf diese ganze Scheiße einlassen?«

Diese Frage habe ich mir auch schon gestellt. Ich kann die Gefühle, die ich während dieses Rituals hatte, nicht mehr nachvollziehen, aber in jenem Moment kamen sie mir so echt und richtig vor. All diese wundervollen Dinge, die sie zu mir gesagt haben. All diese Versprechungen von Freiheit und Akzeptanz und Sicherheit.

Wenn ich nicht herausgefunden hätte, dass sie für den Tod meiner Eltern verantwortlich sind, wäre ich vermutlich sogar bei ihnen geblieben. Um dieses beschützte, warme Leben zu führen, das sie mir versprochen haben.

Ich habe keine Energie, um etwas Schlagfertiges zu erwidern oder mein Verhalten zu rechtfertigen. »Sie sind meine einzige Familie«, murmele ich also lediglich. »Waren«, korrigiere ich mich gleich. Auch wenn ich es noch nicht ganz glauben kann.

Mein Leben ist eine furchtbare Lüge, und im Nachhinein betrachtet waren diese Menschen für all mein Leid verantwortlich. Für alles, was ich durchgemacht habe.

Doch trotz des Alkohols in meinen Adern spüre ich nicht die überragende Wut, die mich einnehmen sollte, nun, da ich die Dunkelheit in mir habe. Ich spüre nur Leere. Als hätten einige Verbindungen und Verknüpfungen in meinem Hirn einander noch nicht gefunden.

»Woher weißt du, dass ich nicht dazugehöre?«, frage ich, aus dem vorderen Fenster schauend. Wenn ich an mir hinabsehe, muss ich mich vielleicht noch mal übergeben. Ich will nicht darüber nachdenken, mit wessen Blut ich getränkt wurde.

»Wir haben einen Erben in der Behörde, der erkennt, ob jemand lügt. Und er wusste, dass du die Wahrheit gesagt hast, als du meintest, du hättest nie von U.H.R. gehört. Dass du nicht wüsstest, was das ist.«

Ich atme tief durch. Also vertraut mir D.I.E.T. wirklich, und das ist kein Teil eines weiteren Plans.

»Außerdem hättest du keinen Grund, deine eigenen … du weißt schon.«

Stimmt wohl. »Wie konnten sie denken, dass sie mich damit herumbekommen?«, keuche ich. Ich habe nicht einmal Tränen in mir. Es ist, als würde mein Gehirn noch warten, dass ich mich entscheide, wie ich mich fühle.

»Das ist ihre Vorgehensweise«, sagt Grayson leise. »Sie töten nicht nur all ihre Widersacher, sondern meistens auch alle Freunde und nahestehenden Verwandten ihrer Opfer. Das haben wir herausgefunden.«

»Warum?«

Ray zuckt mit den Schultern und schüttelt dann den Kopf. »Wir wissen es natürlich nicht genau. Aber nachdem meine Eltern und … Haruos Frau umgebracht wurden, habe ich mich viel mit Sekten und Kulten beschäftigt. Es ist eine normale Vorgehensweise, dass sie ihre Anhänger sozial isolieren. Eine Methode, mit der garantiert wird, dass ihre Opfer keine Zuflucht haben, falls ihnen die Praktiken des Kults doch zu ungeheuerlich werden.« Sie seufzt. »Auch die Überschüttung mit Liebe ist eine alltägliche Taktik.«

Ich schlucke hart, um mich zusammenzureißen. Ich … eigentlich will ich mich nur in Luft auflösen.

Und Logan hat einfach mitgespielt. Wenn er nicht gelogen hat, dann früher nicht. Dann war unsere Freundschaft früher genauso unschuldig und fröhlich, wie ich sie in Erinnerung habe. Aber wenn er wusste, dass das der Plan war, seitdem wir fünfzehn waren … Welche seiner Aussagen waren dann überhaupt wahr? Was hat er getan, weil ihm wirklich etwas an mir lag, und was war da, um mich in die Falle zu locken?

»Was denkst du?«, fragt Ray, und ich schüttle den Kopf, so leicht es geht.

»Ich weiß es nicht«, hauche ich. »Es ist unglaublich, aber es … ergibt auch so viel Sinn.« Ich schätze, ich stehe unter Schock.

»Ja«, flüstert sie. »Aber mach dir keine Vorwürfe. Ich habe es auch nicht erkannt, obwohl ich dich und diese Familie so lang beobachtet habe.«

Mir keine Vorwürfe machen. Wie soll das möglich sein? Ich verstehe nicht, wie ich so naiv sein konnte, all diese Dinge nicht zu sehen.

»In all den Jahren, die es D.I.E.T. schon gibt, haben wir von Universal Heritage nur Spuren gefunden, wenn sie längst wieder verschwunden waren«, fährt Ray fort und schüttelt den Kopf über sich selbst, einen düsteren Ausdruck auf den Zügen. »Sie müssen irgendeine Fähigkeit haben, um ihre Handlungen zu verbergen. Aber dass sie sich direkt vor unseren Augen herumgetrieben haben … Keine Ahnung, wie sie das angestellt haben.«

»Mach dir keine Vorwürfe«, gebe ich halbherzig ihren Rat zurück. Ich meine es ernst. Aber ich habe auch nicht viel Klügeres zu sagen.

Sie nickt, dann löst sie eine Hand vom Lenkrad und legt sie auf meinen Oberschenkel.

Ich schiebe sie nicht fort.

»Hältst du durch?«, will sie mit ehrlichem Tonfall wissen.

»Ich denke schon«, wispere ich. »Und du?«

Als sie nicht antwortet, schaue ich zu ihr hinüber und sehe, wie fest sie die Lippen aufeinanderpresst. Einem Impuls folgend, lege ich meine Hand auf ihre.

Ich zittere am ganzen Körper, als ich in die große Badewanne des Safe House steige und mich voll bekleidet auf die kalte Keramik setze. Die Sonne geht gerade vor den Fenstern direkt neben mir unter, verschwindet hinter einem kahlen Wald und wirft ihre letzten Strahlen auf die verschneite Wildwiese vor dem abgelegenen Gebäude.

Ich kann das Aussehen dieses unheimlich luxuriösen Badezimmers kein bisschen genießen, als ich dasitze und auf meine verkrusteten Hände starre.

Rays Stimme dringt aus dem Flur des oberen Stockwerks. Sie hat gefühlt ewig damit verbracht, das Haus zu sichern, die Alarmanlagen zu überprüfen und mit den anderen von D.I.E.T. den Plan upzudaten. Erst nachdem sie noch einige Minuten lang telefoniert hat, tritt sie ein.

»Hey«, murmelt sie, sieht sich kurz in dem Raum mit den dunklen Fliesen und den vielen künstlichen Pflanzen um und kommt dann langsam auf mich zu.

Ich antworte nicht. Ich schalte gleich das Wasser an. Ich brauche nur noch kurz.

»Soll ich dir helfen?«, fragt sie sacht und stellt sich neben mich.

»Ich komm schon klar«, wispere ich, woraufhin sie nickt. Ich sehe es nur aus dem Augenwinkel.

»Also ja«, sagt sie und tastet nach den Hähnen. »Erschreck dich nicht«, sagt sie, als sie das Wasser aus der Dusche über mir einschaltet. Ich rege mich nicht, auch wenn es erst eiskalt ist und eine Weile vergeht, bis es warm wird. Die Flüssigkeit auf meiner Haut erinnert mich an das Blut, das von oben auf mich herabgetropft ist, und wieder wird mir schlecht.

Auf dem Weg hierher habe ich mich dreimal übergeben. Langsam muss es doch genug sein. Nur mein Körper sieht das wohl nicht so.

Ray hockt sich neben die Badewanne und legt ihre Hand auf meinen Rücken. »Soll ich dich allein lassen?«, fragt sie, aber ich schüttle den Kopf. Ich will nicht allein sein und sie sicher auch nicht. Ich nehme all meine Energie zusammen, hebe meine Hand und reiße mir endlich die Kette vom Hals, die Logan mir geschenkt hatte. Mit diesem beschissenen Symbol auf dem Anhänger.

Von wegen unser Freundschaftszeichen.

Ray nimmt sie mir aus den zitternden Fingern und lässt sie auf die Fliesen neben sich fallen, die andere Hand noch immer beruhigend auf meinem Rücken.

Das Blut an meinem Körper weicht langsam auf, aber es ist bereits tief in meine blonden Haare eingedrungen. Ich denke nicht, dass ich es heute herausbekomme. Vor allem nicht, weil ich meine Hände einfach nicht bewegen kann. Ich werde diesen Geruch niemals loswerden.

»Hey«, sagt Ray noch einmal und streicht mir über den Rücken. »Schaffst du das?«

Ich würde so gern etwas Schlagfertiges antworten. Etwas, das vielleicht verzweifelt klingt, aber von ehrlicher Stärke spricht. Etwas, das wenigstens wütend ist, wenn schon nichts anderes.

Aber ich kann nicht. All das würde sich anfühlen, wie mich selbst zu belügen. Diese Menschen. Sie waren meine einzige Familie. Dabei haben sie alles nur getan, um mich abhängig zu machen. Sie haben alles getan, um mich so schwach wie möglich zu halten.

Und ich habe es nie bemerkt.

Es kribbelt hinter meinen Lidern, und ich wünschte, ich könnte die Tränen hinter dem prasselnden Wasser verbergen, aber ich kann das Schluchzen aus meiner Kehle einfach nicht verhindern. Ich will die Finger auf mein Gesicht pressen, aber der eiserne, säuerlich-süßliche Geruch steigt mir so schnell in die Nase, dass mir wieder schlecht wird.

Verdammter Mist.

Verschwommen nehme ich wahr, wie Ray sich bewegt

und sich offenbar die Schuhe abstreift. Dann steigt sie zu mir in die große Wanne. Ich kneife die Augen zusammen, um nicht noch mehr weinen zu müssen, aber ich kann es einfach nicht aufhalten.

Dieses ganze beschissene Leben war eine Lüge. Und eine so verdammt unnötige. Und egal, wie wütend oder verzweifelt mich das macht, es gibt keinen Weg, das herauszulassen. Ich kann nur hier sitzen, schluchzen und hoffen, dass ich gleich aufwache. Oder nie wieder. Jetzt ist doch sowieso alles egal.

Ray schiebt sich weiter zu mir, zwischen meine Beine, und greift nach dem Shampoo und dem Duschgel neben mir. Ich bewege mich nicht, als sie nach meinem Arm greift und beginnt, mich von all dem Blut zu befreien.

KAPITEL 28

WIE WARM IHR KÖRPER IST

»Wie lang werden wir hier noch allein sein?«, frage ich in die Stille hinein, nachdem Ray und ich eine ganze Weile geschwiegen haben. Eigentlich haben wir nicht mehr gesprochen, seitdem sie zu mir in die Badewanne gestiegen ist und geholfen hat, das Blut von meinem Körper zu waschen.

Jetzt sitzen wir vor dem großen Kamin im modernen Wohnzimmer, und ich sinke weiter in die weiche Couch ein, während Ray mir gegenüber im Sessel mich aufmerksam beobachtet. Die viel zu große Kleidung, die vorherige Mitglieder der Behörde hiergelassen haben, hüllt mich ganz weich ein.

»Die anderen kommen vermutlich morgen oder übermorgen nach«, antwortet sie und fährt sich durch die nassen Haare. Meine tröpfeln auch noch auf den Stoff unter mir. Bis auf einen leichten roten Schimmer ist es uns gelungen, all das Blut aus dem hellen Blond zu waschen.

»Kommt ein bisschen darauf an, wie sich die Lage in New York entwickelt und als wie sicher sie es empfinden.«

»Verstehe«, murmle ich, den Blick auf das Feuer gerichtet. Die Wärme brennt förmlich auf meiner Haut. Ich stelle mir vor, wie es wäre, meine Hand ins Feuer zu halten. Es wäre sicherlich befreiend.

Es würde bestimmt dieses Chaos in meinem Kopf für eine Weile zum Erliegen bringen.

Aber Grayson würde das wohl nicht zulassen.

Das Safe House, in das wir uns zurückgezogen haben, liegt am Rand einer großen Wiese, die an einen Wald grenzt. Das Haus ist groß und eine Mischung aus Prunk und Modernität. Vieles ist aus Marmor und der Eingangsbereich gesäumt von einer Galerie mit vergoldeten Verzierungen. Überall stehen Pflanzen, vor allem im Wintergarten. Jemand muss also regelmäßig herkommen, um sich um dieses Gebäude zu kümmern.

»Die nächste Kleinstadt ist einige Meilen entfernt«, erklärt sie weiter. »Dadurch ist jede Bewegung hier für D.I.E.T. sehr gut nachvollziehbar.«

Ich nicke abermals. »Verstehe«, sage ich wieder. »Wie ist denn der aktuelle Stand?«, will ich wissen. Ich denke, langsam bin ich wieder bereit zu reden. Ich weiß nicht, was wir sonst tun sollen, denn ich denke nicht, dass ich heute Nacht werde schlafen können.

»D.I.E.T. hat von New York bis hierher überall Außenposten platziert, und sie beobachten die Mitglieder und die Hauptfamilie.«

Ich atme tief durch, weil mir jedes Mal etwas übel wird, wenn ich diese Bezeichnung höre. Die Hauptfamilie. Ich weiß nicht, wie ich aufhören soll, darüber nachzudenken, was sie mir angetan haben.

»Denkst du, sie kommen gegen sie an?«

Ray setzt sich etwas aufrechter hin und holt tief Luft, als müsse sie sich erst aus ihren Gedanken befreien, um sich auf das Gespräch mit mir einzulassen. »Ich weiß nicht«, seufzt sie. »Ich weiß nur, dass ich gern dabei wäre.« Sie kaut auf ihrer Unterlippe, als würde sie dazu noch mehr sagen wollen.

»Ich auch«, murmele ich, als sie sich nicht weiter äußert, woraufhin sie allerdings energisch den Kopf schüttelt.

»Auf keinen Fall. Wenn sie dich in die Finger bekommen, verschwinden sie wieder für immer.«

Ich verziehe den Mund überlegend. »Ich könnte sie von innen heraus zerstören.«

»Du weißt nicht, über welche Fähigkeiten sie verfügen. Das Risiko können wir auf keinen Fall eingehen.« Sie ballt die Hände zu Fäusten und wirkt mit einem Mal so angespannt, als würde sie jeden Moment aufspringen und losrennen wollen. »Ich habe …«, presst sie hervor und schüttelt den Kopf. »Ich habe so viel Zeit meines Lebens damit verbracht, nach diesen Menschen zu suchen.« Ich erkenne das Glitzern der Wut in ihren Augen. Diese Dunkelheit, die ich sonst so deutlich in mir spüre. »Wir müssen sie unbedingt erledigen, und ich …« Sie schluckt schwer. »Fuck, ich hasse es, dass ich nicht dabei sein kann.«

»Tu dir keinen Zwang an«, schlage ich ehrlich vor. »Wenn ich mich hier einschließe und mich in einem Raum mit ein paar Flaschen Whiskey einsperre, bin ich auch sicher, schätze ich.«

»Nein«, grummelt sie. Sie sieht mich an, aber ich weiß nicht genau, was ihr besorgter Blick mir sagen soll. Denkt sie, es ist wichtiger, bei mir zu sein? »Ich kann hier nicht weg.« Sie schüttelt den Kopf und blinzelt einige Male, dann scheint die Wut wieder zu verfliegen. »Ich sollte hier nicht weg. Dich zu beschützen ist die wichtigste Aufgabe.«

Sie sieht mich nicht an, als sie das sagt, und ihr matter Tonfall lässt mich daran zweifeln, dass sie selbst daran glaubt.

»Und die anderen jagen gerade die … Hauptfamilie?«, bringe ich über meine Lippen. Ich will einfach wissen, wie es weitergeht, weil ich selbst nicht sehe, wie es das jemals tun sollte. Wie ich je wieder in irgendein normales Leben zurückkehren soll.

Ich denke nicht, dass ich das kann.

»Im Grunde ist Logan der Einzige, den wir in die Finger bekommen müssen«, erklärt Ray ruhig. »Wenn wir ihn haben und ihn unschädlich machen, ist der Sinn des Kults vorerst verloren.«

»Können sie nicht einfach mit anderen Kindern weitermachen?« Ich verstehe das alles noch nicht ganz.

Ray schüttelt den Kopf. »Das ist etwas komplizierter. Die Kräfte von Erben gehen immer auf das erstgeborene Kind über. Danach schwinden sie bei den Eltern. Falls das Kind stirbt oder keine eigenen Nachfahren bekommt, bricht die Linie ab.«

»Und die Kräfte verschwinden?«

»Aus der jeweiligen Blutlinie schon. Es ist nicht so, dass sie auf Geschwister übergehen können oder so.« Sie wiegt den Kopf hin und her. »Manchmal haben wir aber auch beobachtet, dass dieselbe Kraft dann bei einer anderen Person irgendwo auf der Welt aufgetaucht ist.«

»Wie funktioniert das?«

»Das wissen wir nicht. Offenbar versucht U.H.R., genau das herauszufinden, indem sie ein Wesen erschaffen, das den Göttern so nahekommt, dass diese entscheiden, mit uns zu kommunizieren.«

»Und wenn es keine Götter sind, sondern irgendetwas Wissenschaftliches?«

»Wenn es so ist, besitzen wir noch nicht das Wissen oder die Technologie, herauszufinden, was genau dahintersteckt.«

»Wie frustrierend«, murmele ich.

»Findet U.H.R. anscheinend auch.«

Ich schlucke und spiele mit dem Kissen neben mir herum, damit meine ruhelosen Hände etwas zu tun haben. »Das bedeutet, ihr werdet Logan töten?«

Ray sieht zu mir herüber und überlegt wohl, was sie antworten soll. Das ist im Grunde Antwort genug. »Bei ihm ist das was anderes als bei dir«, murmelt sie. »Dir wollten sie Angst einjagen, und Haruo ist übers Ziel hinausgeschossen, weil wir schon echte … Probleme mit Kriegsgöttern hatten.«

Ich schürze die Lippen und nicke verstehend. Auch wenn ich es immer noch nicht akzeptieren will.

»Aber Logan ist das Erbe von Universal Heritage, und solange er am Leben ist, werden sie uns angreifen. Selbst, *wenn* wir einen Weg hätten, ihn gefangen zu nehmen – den wir noch nicht haben, weil wir nicht genau wissen, über welche Fähigkeiten er verfügt –, würde U.H.R. bis zu seinem Lebensende versuchen, ihn zu befreien.« Sie fährt sich angestrengt mit den Fingern über das Gesicht. »Und die sind sehr effizient in so etwas.«

Also ist es bereits entschieden. Mein Atem beschleunigt sich, als ungewollt so viele Erinnerungen an diesen jungen Mann durch meinen Geist wandern. Sein stolzer Blick, wenn er mich als Junge vor den anderen Kindern beschützt hat, obwohl er selbst oft einiges einstecken musste. Die Stunden, die wir gemeinsam auf dem Boden meines Zimmers lagen und uns den künstlichen Sternenhimmel angesehen haben. Die warmen Abende auf seiner

Terrasse, versteckt in unserer Geheimecke, in einer Welt, in der noch alles gut war. Seine dauerhafte Sorge um mich und meinen Zustand.

Seine dauerhafte Sorge, die ich inzwischen ganz anders zu verstehen weiß als früher.

»Es tut mir leid«, haucht Ray, aber ich weiß nicht, was ich davon halten soll. Sie soll nicht so tun, als sei mein emotionaler Zustand das Schlimmste an dieser Situation, während sie selbst so unruhig ist, dass sie nicht aufhören kann, ihre Hände aneinanderzureiben.

Ich kenne dieses Gefühl allzu gut. Diese Ruhelosigkeit, die einen fast in den Wahnsinn treibt.

»Ich würde gern noch mal mit ihm sprechen«, sage ich.

»Denkst du, reden hilft?«

Resigniert schüttle ich den Kopf. »Ich … ich weiß es nicht. Ich weiß nicht, wie viel von dem, was er gesagt hat, gelogen war. Aber er …« Ich frage mich, ob ich den Gedanken überhaupt aussprechen soll, weil er auch sinnlos sein könnte. Ich entscheide mich dafür, es trotzdem zu tun. »Er wollte schon länger umziehen. Er hat viel davon geredet, dass er überlegt, seiner Familie den Rücken zuzukehren, und dass er mit mir verschwinden will.«

Grayson verzieht nachdenklich den Mund. »Aber das könnte auch gelogen gewesen sein.«

Frustriert fahre ich mir mit den Händen über das Gesicht. »Ich weiß«, stöhne ich unterdrückt. »Ich weiß.« Aber warum hätte er mir das erzählen sollen, wenn es gelogen wäre? Es gibt keinen Grund dafür.

Als ich wieder aufschaue, sieht Grayson mich offen an. »Wie geht es dir inzwischen damit?«, will sie wissen. Die Frage trifft mich unerwartet, also schüttle ich den Kopf und lache leise.

»Du kennst mich ja«, sage ich sarkastisch lächelnd. »Ich bin die Meisterin der Verdrängung.«

»Das bist du«, murmelt sie. »Genau das bereitet mir Sorge.«

Nun setze ich mich ebenfalls ein Stück aufrechter hin. »Warum?«

»Weil der ganze Scheiß, den du unterdrückst, genau der Scheiß ist, der rauskommt, wenn du Alkohol trinkst.«

Ich lache abermals. »Du denkst, das geht weg, wenn mich jemand ordentlich therapiert?«

»Ja«, sagt sie vollkommen ernst. »Also los.«

Tief durchatmend sehe ich sie an. So ernst, wie sie schaut, könnte man wirklich meinen, sie wäre wütend auf mich. Höchstwahrscheinlich ist sie das auch ein wenig.

»Ich weiß nicht, was ich machen soll, okay?«, antworte ich ehrlich, mache eine wegwerfende Handbewegung. »Ich will sie alle in Stücke reißen, aber ich denke nicht, dass ich ihnen wehtun kann. Ich liebe sie. Vor allem Logan.« Ich schließe die Augen, weil jedes Mal, wenn ich seinen Namen ausspreche, all diese guten Gefühle über mich kommen und ich nicht weiß, wie ich sie aufhalten soll. Ich erinnere mich daran, wie wir uns als Kinder einmal so lang vor den Erwachsenen versteckt haben, dass unsere Großmütter die Polizei rufen wollten. Wie wir uns als Teenager in dunklen Ecken herumgetrieben haben, um das erste Mal gemeinsam eine Zigarette auszuprobieren. Wie ich beim Flaschendrehen auf ihn gedreht habe und wir uns peinlich berührt vor allen anderen küssen mussten. Und wie er seitdem nie wieder Flaschendrehen gespielt hat, auch wenn ihn alle deswegen uncool fanden.

Ich kann nicht einmal verhindern, dass sich ein trauriges Lächeln auf meinen Lippen ausbreitet, als ich an all diese Ereignisse denke. »Ich liebe ihn so sehr«, murmele ich. Zumindest die Person, die ich in ihm gesehen habe.

»Wie einen Freund oder wie einen Liebhaber?«, will Ray wissen. Sie hat sich inzwischen in ihrem Sessel vorgelehnt, ihre Unterarme auf die Oberschenkel gestützt und die Hände gefaltet. Will sie mich verhören?

»Ich weiß es nicht«, sage ich ehrlich. »Manchmal habe ich mir vorgestellt, wie es wäre, wenn wir einmal zusammenkämen. So richtig, meine ich.« Für immer, meine ich. »Aber wenn ich diese Überlegungen vertieft habe, kam es mir komisch vor.«

»Und du bist dir sicher, dass du ihn liebst?«

Irritiert schaue ich sie an, verwundert darüber, dass sie meine Gefühle infrage stellt. »Bitte?«

»Na, wie kannst du denn behaupten, ihn zu lieben, wenn du nicht mal zulassen kannst, dass er dich verletzlich sieht?«

Ich kneife die Augen ein wenig zusammen und schüttle den Kopf, nach wie vor verwirrt. »Er *hat* mich verletzlich gesehen.«

»Nicht wirklich«, antwortet sie, als würde sie mein Leben kennen. »Es gibt verschiedene Formen der Verletzlichkeit. Deine Fähigkeit ist krass, doch offensichtlich ist sie dein wundester Punkt, wenn du *nie* mit irgendjemandem darüber gesprochen hast.« Sie legt den Kopf schief. »Bei jemandem, den du liebst, sollte es dir nicht schwerfallen, auch so etwas zu offenbaren.« Sie runzelt die Stirn und weicht meinem Blick aus. »Liebe sollte einfach sein.«

»Ich denke nicht, dass sie das je ist«, murmele ich und lehne mich zurück. »Aber was weiß ich schon. Vielleicht hast du recht, und ich habe nie jemanden wirklich geliebt.«

»Das meinte ich nicht«, sagt sie leise.

»Ist auch egal.« Ich will dieses Thema beenden, weil es mich nur aufwühlt. »Ich weiß, du hast auch gelitten, Ray. Und es ist total klischeemäßig, das zu sagen. Aber alles in meinem Leben war eine Lüge. Und ich weiß einfach nicht, was ich machen soll.«

Sie nickt und sieht mich nur an. »Ja, das war es wohl.« Gemächlich erhebt sie sich aus ihrem Sessel und kommt auf mich zu. »Ich wünschte, ich könnte dir helfen«, sagt sie, als sie sich neben mich auf die Couch setzt.

Ich wende mich ein Stück ihr zu und überlege, ob ich sie fragen soll, wie sie damit umgegangen ist, als sie ihre Familie verloren hat. Aber das war wohl etwas anderes.

»Ich weiß nicht, wie ich jemals wieder …« Wie soll ich das sagen? Mir ist nicht einmal klar, ob das, was ich äußern will, wahr ist, weil ich mich so endlos leer fühle. »Wie ich jemals wieder jemandem vertrauen soll«, bringe ich trotzdem über meine Lippen.

Ray rückt ein Stück weiter heran und fängt meinen Blick ein, sagt aber nichts.

»Aber ich würde so gern«, spreche ich aus, und schon schnürt sich meine Kehle zu. So ein Mist. »Ich weiß, dass es schwach ist.« Meine Stimme zittert, und Tränen rinnen über meine Wangen. »Und dass diese furchtbaren Menschen offenbar wollten, dass ich so schwach werde. Aber ich *kann* nicht allein sein.« Ich schüttle den Kopf und kann nicht verhindern, dass ein leises Wimmern über meine Lippen kommt. »Ich will nicht allein sein. Doch jeder, der mich liebt, verlässt mich. Und jetzt habe ich niemanden mehr.«

Sacht legt Ray ihre Hand auf meinen Oberarm. Wie sie es immer tut. Es gibt niemanden, vor dem ich schon so oft geweint habe. Geht ihr mein Gejammer nicht langsam auf den Geist? Warum verschwindet sie nicht einfach?

»Ich kann mir nicht vorstellen, wie sich das anfühlen muss«, flüstert sie, während ich mein Gesicht in den Händen verberge und mir wünsche, ich könnte einfach unsichtbar werden. »Aber du wirst nicht immer allein sein.«

»Woher willst du das wissen?«, ächze ich. Ich weiß, dass es eine ätzende Frage ist, doch was soll ich sonst sagen?

Ich sehe sie nicht an, also greift Ray sacht nach meiner Wange und hebt mein Kinn an, um mich anzuschauen.

Es fällt mir schwer, mein total verweintes Gesicht nicht sofort vor ihr zu verbergen.

»Weil du jetzt die Wahrheit kennst«, sagt sie langsam und ernst. »Deine Eltern haben dich immer geliebt. Da bin ich sicher. Und deine Großmutter auch. Und diese Leute aus dem Kult, das … war alles eine Illusion, in der du gelebt hast.«

»Ja.«

»Jetzt kennst du die Wahrheit. Und du bist frei.«

Ich atme tief ein.

»Ich weiß nicht, zu was sie dich beeinflusst haben und welche Pläne sie genau für dich hatten, aber jetzt weißt du es wenigstens. Und du kannst Kontrolle über dein Leben übernehmen.«

Die Tränen versiegen nach und nach, während ich dasitze und zu verstehen versuche, was sie sagt. Als ich allmählich begreife, dass sie recht hat.

Ich kenne die Wahrheit, und sie macht mich frei. Auch wenn selten etwas so sehr wehgetan hat.

Und Ray war dabei. In diesem Moment, in dem ich am schwächsten war.

»Du bist frei«, sagt sie, und dieses Mal nicke ich.

»Das bin ich.«

Ray rückt so dicht auf, dass unsere Knie sich berühren, und auf einmal nimmt mich eine ganz andere Empfindung ein.

Ich wünschte, ich wäre nicht so abhängig von anderen Menschen. Ich wünschte, ich wäre diese klassische starke und unabhängige Frau. Aber ich weiß nicht, wie ich das sein kann. Graysons Nähe fühlt sich gut an, obwohl ich weiß, dass sie das nicht sollte. Obwohl ich weiß, dass es vermutlich nur so ist, weil ich mich im Laufe meines Lebens darauf konditioniert habe, Sex mit Geborgenheit und Verdrängung gleichzusetzen. Aber ich habe gleichzeitig nicht die Stärke oder den Willen, mich dagegen zu wehren.

»Ich vertraue dir nicht«, sage ich leise, damit sie zumindest weiß, woran sie ist. Ich weiß selbst nicht, was ich fühle. Ich denke, ich fühle mich sicher, aber das habe ich bei Logan und seiner Familie auch getan. Also kann ich es wohl nicht wissen. »Ich weiß nicht, ob ich je wieder jemandem vertrauen kann.«

»Ist okay«, flüstert sie. Dann lehnt sie sich vor und küsst mich. Kurz nur, bevor sie sich von mir löst, um mich forschend anzuschauen. Sie riecht noch genauso gut wie an dem Abend nach dem Barbesuch, obwohl sie dieses Mal nicht nach Whiskey schmeckt.

Ich taste nach ihrer Bluse, um Ray näher zu mir zu ziehen und ihr zu signalisieren, dass ich das auch gut finde. Aber so leicht lässt sie sich noch nicht überzeugen.

»Ja?«, fragt sie also einfach, und ich nicke, strenge mich an, nicht zu energisch zu sein.

Ray lehnt sich wieder vor und küsst mich etwas rauer,

intensiver. Ihre weichen Lippen erinnern mich so sehr an diesen einen Abend, dass ich sofort die Augen schließe und ein wenig entspanne. Es fühlt sich an, wie in eine alte Welt einzutauchen, obwohl alles hieran neu ist.

Sie schiebt mich ein Stück nach hinten in die Kissen, um sich über mich zu beugen. Abermals löst sie sich von mir und sucht mit ihren Blicken nach meiner Erlaubnis. Ich erteile sie ihr durch ein kleines Lächeln und einen sachten Zug an einem ihrer Hosenträger.

Meine Wangen prickeln warm, als sie mit ihren Fingern an meinem Kiefer entlangfährt. Einen weiteren Kuss auf meine Lippen pressend, drückt Ray ihren Körper enger an meinen, bis ich ganz mit dem Rücken auf der breiten Couch liege.

Ich schiebe die Beine auseinander und fühle das Material ihrer schwarzen Stoffhose durch die dünne Leggings. Ihr dunkles Haar fällt mir ins Gesicht und kitzelt meine Haut.

Solange sie damit beschäftigt ist, meine Hüfte enger an sich zu pressen, mache ich mich an den obersten Knöpfen ihrer Bluse zu schaffen. Meine Finger können sich gar nicht schnell genug bewegen, aber die Ungeduld macht es mir schwer, die Knöpfe zu lösen.

Bis ich an einen komme, an dem es nicht mehr weitergeht, weil ein Munitionsgurt einmal quer um ihren Körper gelegt ist. Ich betaste ihn einige Sekunden lang, dann muss ich einsehen, dass ich keine Ahnung habe, was ich tue.

Ich löse unseren Kuss sacht, und verwundert schaut sie mich an.

»Ich weiß nicht, wie ich das ganze Zeug aufkriege«, flüstere ich mit einem verlegenen Lächeln. Sie reagiert mit einem überraschten »Oh« und richtet sich auf, noch immer über mir kniend. »Sorry«, sagt sie schmunzelnd und beginnt, ihre Uniform abzulegen. Erst den Munitionsgurt, dann den Gürtel mit dem Holster, und als Letztes streift sie sich die Hosenträger ab.

Ich richte mich wieder ein Stück auf und stütze mich auf die Unterarme. Während ich ihr zusehe, wird mir klar, wie viel sich zwischen uns verändert hat. Letztes Mal haben wir beide nur eine Rolle gespielt. Jetzt sind wir nichts weiter als wir selbst.

Ray muss bemerkt haben, dass mein Blick weicher geworden ist. Ich kann es gar nicht erwarten, dass sie sich wieder zu mir herabbeugt.

Sie lässt sich allerdings Zeit. Ihren Kopf schiefgelegt, ein Lächeln auf den Lippen, öffnet sie die letzten Knöpfe ihrer Bluse quälend langsam und schiebt sie sich schließlich gemächlich von den Armen.

Danach rutscht sie ein winziges Stück zurück, damit ich mich ebenfalls aufrichten kann, um die D.I.E.T.-Jacke abzustreifen. Sie hilft mir, das Shirt über meinen Kopf zu ziehen. Einen BH trage ich nicht. Es gab keinen, der mir gepasst hätte, und die restliche Kleidung von heute würde ich am liebsten im Kamin verbrennen. Geschweige denn, dass ich sie noch einmal anziehen würde.

Ray unterbricht diesen Gedankengang, drückt mich sacht in die Kissen zurück und nimmt sich einige Momente Zeit, um an meinem Körper hinabzuschauen. Seltsamerweise fühle ich mich nicht verletzlich unter ihrem Blick. Ich fürchte mich nicht vor dem, was sie denkt, und ich fürchte mich nicht, dass sie mehr sieht, als sie sehen soll. Sie kennt mich.

Und das ist okay.

Ihre Hände gleiten zu meinen Brüsten. Nahezu neugierig schaut sie in mein Gesicht und beginnt, sie behutsam zu massieren. Ihr Mund trifft wieder auf meinen, und dieses Mal ist ihr Kuss gieriger, fordernder. Das Gefühl ihrer Zunge zwischen meinen Lippen und ihrer Finger an meinen Nippeln lässt meinen Bauch aufgeregt kribbeln. Ihre Bewegungen sind so rücksichtsvoll und verlangend zur gleichen Zeit.

Sie bewegt sich wie im Kampf; selbstbewusst und flüssig, sodass es mir nicht schwerfällt, mich an sie anzupassen.

Während sie sich rhythmisch an mir reibt, lasse ich meine Hände über ihr Top und ihren BH streichen, was ihr ein leises Seufzen an meinen Lippen entlockt. Ich möchte sie nicht schon wieder von mir drängen, um sie von ihren oberen Kleidungsstücken zu befreien, also bewege ich meine Hände direkt zu ihrem Hosenbund. Ich öffne den Knopf, schiebe sie ein Stück hinunter und lasse meine Finger zwischen ihre Beine gleiten.

Ihre Küsse wandern von meinem Mund zu meiner Wange, meinem Kiefer und meinen Hals hinab. Mein Atem wird wärmer. Meine Finger streifen sacht ihren Slip. Mit einem süßen Seufzen an meinem Schlüsselbein bedeutet sie mir, weiterzumachen, als meine Berührungen deutlicher ihr Ziel suchen.

Rays heißer Atem kribbelt auf meiner Haut. Als ich meine Hand in ihr Höschen schiebe und mit der anderen von ihrer Hüfte bis zur Wirbelsäule entlangfahre, um sie enger an mich zu pressen, hält sie gänzlich inne. Nach einigen Momenten stützt sie ihre Unterarme rechts und links von mir ab und greift mir ins nasse Haar. Ich beschleunige die Bewegungen meiner kreisenden Finger um ihren empfindlichsten Punkt und achte darauf, mich dem gleichmäßigen Kreisen ihrer Hüfte anzupassen.

Eine ihrer Hände gleitet hinab und umschließt mein Handgelenk, als wolle sie mir ohne Worte sagen, dass ich genau so weitermachen soll.

Ihr Atem wird schneller und schwerer. Sie vergräbt ihr Gesicht stöhnend an meiner Schulter, presst sich immer enger an mich. Mein Gesicht ruht an ihrem Schlüsselbein, und ich drücke einen kleinen Kuss darauf, während sie sich leicht unter meinen Berührungen windet.

Ich beschleunige das Kreisen meiner Finger ein weiteres Mal, und gerade denke ich darüber nach, die Position zu wechseln, als ein Beben und Zittern durch ihren ganzen Körper geht. Ein Stöhnen entfährt ihren Lippen, und ihr Griff in meinen Haaren festigt sich, aber ich höre nicht auf, bis die Anspannung ihrer Muskeln etwas nachlässt und sie sich zitternd ein Stück aufrichtet, um mich anzusehen.

Ich ziehe meine Hand zurück und setze ein unschuldiges Lächeln auf. »Das ging aber schnell«, wispere ich. Sie lacht erst, dann presst sie ihren Mund fordernd auf meinen und schiebt sacht die Zunge zwischen meine offenen Lippen.

Als sie sich von mir löst, bleibt ihr Gesicht direkt über meinem, ihre Hände in meinen Haaren vergraben. »Seit dieser Nacht bei dir stelle ich mir vor, wie du mich berührst«, flüstert sie und küsst mich wieder.

»Ich kann das eigentlich besser«, murmele ich amüsiert, und sie lächelt mich verschmitzt an.

»Du hast die ganze Nacht Zeit, um mir deine Fähigkeiten zu präsentieren.« Sacht beißt sie mir auf die Unterlippe, dann wandern ihre Küsse abermals weiter hinab.

Zu meinem Kinn, meinem Hals, meinem Schlüsselbein, bis sie die weiche Haut meiner Brüste erreicht. Ihren Mund schließt sie um einen meiner Nippel, und sacht spielt sie mit der Zunge daran, schickt einen Schauer nach dem anderen meine Wirbelsäule hinab.

Ray weiß, was sie tut. Ich spüre es sofort, und das macht mich nicht nur an, es fügt sich wie ein weiteres Puzzleteil in alles ein, was ich bisher über sie erfahren habe.

Ich streiche ihr erst durch das lockige Haar und seufze genießend, aber nach einer Weile wird der Druck, der sich in mir aufbaut, zu intensiv, als dass ich ihn viel länger aushalte. Ihre Brüste auf meinen Hüftknochen ruhend, ihr Körper zwischen meinen Oberschenkeln eingeklemmt, spüre ich jede ihrer Bewegungen. Ich schließe die Augen und bedeute ihr sacht mit einem Schieben an ihrem Kopf, dass ich bereit dafür bin, dass es weitergeht.

Ray versteht den Wink sofort und richtet sich auf, um ihre Hose und die Unterwäsche ungeschickt von den Beinen zu streifen. Nachdem sie sie gemeinsam mit ihrem Top und dem BH auf den Boden geworfen hat, beugt sie sich über mich und zieht an meinen Leggings.

Mein Herz schlägt viel zu schnell, während ich sie beobachte. Im Schein des Feuers schimmert ihre Haut so weich. Und wie sich die Muskeln unter ihr abzeichnen. Ich will jeden Zentimeter berühren.

Ich helfe ihr, die Hose von meinen Beinen zu streifen, und denke für einen erschreckenden Moment darüber nach, was sie wohl zu den Narben auf meinen Oberschenkeln sagen wird. Ich weiß, dass sie zu gerade aussehen, als dass man sie mit einem Unfall erklären könnte, und ich will nicht, dass sie die Stimmung durchbrechen. Ich will nicht, dass Ray innehält und darüber reden möchte.

Aber als wir meine Hose gemeinsam von meinen Beinen gestreift haben, hockt sie einfach kurz über mir und schaut mich mit weichem und gleichzeitig aufgeregtem Blick an.

Und wie sie mich ansieht, mustere ich sie ebenfalls. Ihre dunkle Haut schmiegt sich so weich gegen meine, obwohl ich die Bewegungen jedes Muskels spüre. Ich strecke meine Hände nach ihrer Hüfte aus, um sie sacht zu berühren, und überlege, ob ich ihr ein Kompliment machen soll.

Aber sie ist vollkommen fokussiert auf ihren nächsten Plan, also unterbreche ich sie lieber nicht. Mein Atem ist sowieso zu kurz und gleichzeitig zu schwer, als dass ich viel herausbringen könnte.

Sacht drückt sie meine Beine auseinander, und ich kann es gar nicht erwarten, ihre Lippen meinen Körper erkunden zu fühlen. Sie lehnt sich über mich, lässt den Augenkontakt aber nicht abbrechen. »Ist das cool für dich?«, will sie wissen, und ich nicke eilig.

»Mehr als cool«, ächze ich. Meine Haut brennt vor Hitze.

Das Erste, das ich von ihr spüre, ist ihr Atem, als sie quälend langsam beginnt, die Innenseiten meiner Schenkel zu küssen. Gemächlich arbeitet sie sich vor und nutzt ihre Hände zusätzlich, um über meine Mitte zu streichen. Mein ganzer Körper spannt sich vor Aufregung an, als sie endlich meinen empfindlichsten Punkt erreicht und leicht daran saugt. Ihre Hände umschließen meine Hüfte, und ich fühle mich so sicher unter den gekonnten Berührungen ihrer Lippen und ihrer Zunge. »Oh … Mann«, presse ich hervor, aus Mangel an besseren Worten. Ich denke nicht, dass ich je mit einer Frau geschlafen habe, die das so gut konnte, und ich will es ihr sagen, aber ich habe die Kontrolle über meinen Körper verloren.

Der Druck in meinem Inneren baut sich weiter auf, ich

hebe ihr erwartungsvoll die Hüfte entgegen und schaffe es, ein »Nicht aufhören!« über meinen Lippen zu bringen, kurz bevor mein Rumpf sich aufbäumt und ich komme. Es ist, als würden mein Körper und meine Gedanken gemeinsam explodieren, als ich mich unter ihren Berührungen zuckend winde – bis sich jeder Muskel nach einer scheinbaren Unendlichkeit entspannt.

Ray zieht sich zurück und streicht noch einige Male über meine Mitte. Ich weiß nicht genau, was passiert, weil ich noch immer dort liege, in die Kissen gedrückt und schweißüberströmt, aber kurz darauf ist ihr Gesicht wieder ganz dicht an meinem.

»Das musst du mir beibringen«, keuche ich atemlos. Ich glaube, ich bin noch nie so schnell gekommen, und als ich ihr verschmitztes Grinsen direkt vor meinem Gesicht sehe, werde ich wieder schwach.

»Ich würde dich so gern mit nach Hause nehmen«, flüstert sie. Ich fahre mit den Fingern über ihre Oberarme und liebe es, dass ich sie einfach berühren kann. »Da könnte ich dir noch ganz andere Sachen zeigen.«

»Das glaube ich dir sogar«, murmele ich und gehe in Gedanken all die Dinge durch, die sie noch mit mir anstellen könnte.

Ihr nächster Kuss ist sanfter und länger als zuvor, aber an ihren Bewegungen und wie sie sich rhythmisch an mir reibt, unsere Brüste und Hüften aneinandergedrückt, spüre ich, dass sie noch nicht fertig ist.

Und ich auch nicht.

Ich richte mich ein Stück auf, um ihr zu zeigen, dass ich jetzt oben sein will. Mit einem Blick zur Seite überlege ich, ob es nicht besser wäre, auf dem weichen Teppich vor dem Kamin weiterzumachen.

Ray gibt mir etwas Platz, ich ziehe die Decke neben uns von der Lehne der Couch und werfe sie auf den Boden.

»Verstehe«, murmelt sie verschmitzt und schiebt sich von mir, steht auf und greift auf dem Weg zur Decke nach ihrem Handy. Ich folge ihr mit zitternden Beinen, knie mich hin und nehme ihre Hand in meine, während sie anscheinend einige Nachrichten liest.

»Ich muss nur schauen, dass ich nichts verpasse«, flüstert sie, bückt sich aber schon wieder zu mir herab und legt das kleine Gerät auf den Boden neben uns.

Ich drücke sie umsichtig auf die Decke, und sie lässt sich von mir leiten. Dann lege ich mich schräg über sie und küsse sie langsam. Ich liebe es, wie ihre Lippen und ihre Haut sich anfühlen. Ich liebe das Kribbeln, das jede ihrer Bewegungen hinterlässt.

Ihre Hände liegen an meinen Wangen, sodass sie mein Gesicht sacht hält, als ihre Zunge in meinen Mund gleitet. Ihr Atem an meinen Lippen und das Feuer neben uns hüllen mich wärmer ein, als meine Kleidung es könnte.

Ohne den Kuss zu unterbrechen, schiebe ich mich ein Stück weiter über sie und drücke mein Bein zwischen ihre Oberschenkel. Intuitiv bewegt sie ihre Hüfte nach vorn, und als ich die Wärme ihres Körpers an meiner Haut spüre, beginnt sich das drängende Kribbeln in meinem Inneren wieder aufzubauen.

Mit meinen Fingerkuppen berühre ich sie. Ihren Mundwinkel, dort, wo unsere Lippen sich treffen. Ich will jeden Millimeter von ihr spüren.

Ray unterbricht den Kuss kurz, um verzweifelt zu stöhnen, und ich nehme es als Zeichen, weiterzumachen. Ich drücke mein Knie ein Stück weiter hoch, und sie beginnt sacht, ihre Hüfte daran zu bewegen.

Meine Hand wandert von ihrem Mund zu ihrem Kiefer, ihrem Hals bis zu der weichen Haut ihrer Brüste. Ich hätte nie damit gerechnet, sie einmal so zu sehen, sie so unter meinen Berührungen erschaudern zu lassen.

Als ich das Gefühl habe, dass ihre Bewegungen dringlicher werden, ziehe ich mich von ihr zurück. Mit halb geschlossenen Augen beobachtet sie, wie ich mich mit den Lippen zu ihren Brüsten vorarbeite und meine Finger wieder zwischen ihre Beine gleiten.

Ihre Haut schmeckt nach der leichten Schweißschicht, die sie benetzt. Langsam lecke ich die Flüssigkeit von ihren Brustwarzen, sauge behutsam an ihnen und genieße, wie Ray immer lauter atmet. Während meine Lippen mit ihrem Oberkörper beschäftigt sind, massieren meine Finger die Stelle zwischen ihren Beinen. Nur nach und nach beschleunige ich meine Bewegungen, bis sie beginnt, ihre Hüfte gegen meine Hand zu drücken.

Ich pausiere kurz und schiebe die Finger weiter nach unten. Gleichzeitig lasse ich von ihren Brüsten ab und schaue in ihr von Ekstase überwältigtes Gesicht. Eilig greift Ray nach meiner freien Hand, mit der ich mich neben ihr abstütze, und schaut mich mit einer Mischung aus Bitten und Verzweiflung an.

Mein Bauch kribbelt vor Aufregung, als mir klar wird, wie viel Kontrolle ich über sie habe. Dass sie mir gehört, in diesem Moment.

Ich brauche keine zweite Aufforderung, um weiterzumachen. Meine Finger wandern weiter, tiefer.

Ray schnappt nach Luft, und ihr Atem beschleunigt sich, ihr Griff um meinen Unterarm wird fester, während sie sich mit der anderen Hand in der Decke unter sich festhält.

Ich beginne einen langsamen Rhythmus, um meine

etwas überstürzte Reaktion vorhin wiedergutzumachen. Ihre Bewegungen passt sie mir an, und ich lehne mich über sie, küsse sie ein letztes Mal tief, bevor ich mich weiter an ihr hinabschiebe.

Meine freie Hand inzwischen mit ihrer verschränkt, beuge ich mich zwischen ihre Beine und suche sowohl mit meiner Zunge als auch mit den Fingern die richtigen Stellen auf und in ihr.

Sie stöhnt, ein tiefes Knurren in ihrem Hals. Ihre Reaktionen auf meine Berührungen rauben mir beinahe den Verstand. Meine Lippen an ihrem Körper und die Echtheit ihrer Haut fühlen sich richtig und vollständig an.

»Ah, weiter«, keucht Ray, fasst fest in mein Haar und bäumt sich mir entgegen. Ihre Schenkel presst sie enger an meinen Kopf, und ihre Hüfte zittert, als sie kommt. Ihre hinreißenden Geräusche und die tiefen Erschütterungen der Erleichterung, die durch ihren Körper rollen, erfüllen mich nicht nur mit Aufregung, sondern auch mit einem Hunger nach mehr.

Ich denke nicht, dass ich jemals genug davon haben werde.

Nach einer gefühlten Ewigkeit lehnt sie sich zurück, ihr Griff wird lockerer, und sie lässt mich frei, sodass ich mich sacht von ihr lösen kann.

»Sorry«, stöhnt sie. Der Schweiß auf ihrem Körper glänzt im Schein des Feuers, während ihre Brust sich aufgeregt hebt und senkt. »War das zu doll?«

Ich fahre mir mit der Zunge über die Lippen und richte mich ein Stück auf.

»Nein, war okay«, antworte ich ehrlich. Ich liebe es, wie leidenschaftlich sie ist. Und wie bestimmt sie mir zeigen kann, was sie will.

Ich seufze erschöpft und lege mich neben sie auf die Decke, als sie noch nach oben schaut und offensichtlich versucht, ihre Atmung wieder unter Kontrolle zu bringen. Ich lege meine Hand um sie, weil ich noch nicht loslassen will.

Das war schön, aber zu kurz. Ich hätte ihren Körper gern noch in mehr Positionen erforscht und berührt. Andererseits hat sie recht – wir haben heute eh nichts anderes vor.

»Das war gut«, keucht Ray erst nach einer Weile wieder und legt einen Arm leicht um mich. »Ich will dich wirklich mit nach Hause nehmen.«

Ich murmle etwas Zustimmendes, weil *gut* es nicht genau kategorisiert. Das alles fühlt sich an, als wäre ein Ungleichgewicht zwischen uns geradegerückt worden. Etwas Unausgesprochenes ausgesprochen. Es fühlt sich auf eigenartige Weise richtig an.

Wir liegen eine Weile nebeneinander und atmen, bis Ray abermals nach ihrem Handy greift und einen Blick darauf wirft. Ich drehe meinen Kopf so, dass ich sehe, was dort steht. Einige Nachrichten von Haruo mit unleserlichem Kauderwelsch.

»Was bedeutet das?«

»Alles im grünen Bereich so weit. Aber noch kein Fortschritt bei der Jagd.«

»Okay«, murmele ich. Sie legt ihr Handy neben sich, und ich schaue zum Feuer hinüber, das langsam herabbrennt. Wenn wir keine Scheite nachlegen, wird es ausgehen.

»Superkitschig mit dem Kamin«, sage ich, und Ray lacht überraschend auf.

»So kitschig«, sagt sie etwas lauter und setzt sich auf,

kriecht ein Stück hinüber, um nach ihrer Kleidung zu greifen und mir mein Top und meine Leggings zu reichen.

Ich stemme mich auch etwas auf, aber schaue sie irritiert an.

Sie deutet meinen vielleicht etwas zu enttäuschten Blick richtig und stellt klar: »Wir können ruhig weitermachen. Aber ich will nicht ganz nackt sein, falls doch was passiert.« Sie streift sich nur das Nötigste an Kleidung über – das Top und die Unterhose –, und ich tue es ihr gleich.

»Du bist der Boss, Alpha«, säusle ich, was ihr abermals ein Lachen entlockt.

»Ja, der Codename ist der Hammer.«

»Wie heißen die anderen?«, will ich wissen, als ich mir mein Shirt überziehe.

»Kann ich dir nicht sagen«, murmelt sie und setzt sich im Schneidersitz neben mich, lehnt sich an die Couch in ihrem Rücken.

»Habt ihr auch einen coolen Codenamen für mich?« Am liebsten würde ich mit ihr ins Bett verschwinden und mich an sie kuscheln. In meinem Kopf hält sie mich so fest, als würde sie mich nie wieder loslassen wollen.

Aber vielleicht will sie das ja gar nicht.

»Haben wir«, sagt sie mit einem Grinsen und scheint kurz zu überlegen, ob sie es mir verraten soll. »Intern nennen wir dich *Hard Liquor*.«

Ich verziehe anerkennend die Mundwinkel und nicke gefällig. »Okay, der ist echt cool.«

Mein Körper ist noch in Aufruhr. Ich lege mich zurück, um zur hohen Decke zu schauen und kurz zu fantasieren, wie cool es wäre, wenn wir jetzt angegriffen werden würden und Ray uns in Top und Slip verteidigen müsste. Das bringt mich wiederum auf einen anderen Gedanken. »Sag mal …« Ich richte mich ein Stück auf und wende mich ihrem fragenden Gesicht zu. »Hat Logan dich vorhin wirklich *God Slayer* genannt?«

Sie zieht die Augenbrauen hoch und scheint noch nicht ganz zu wissen, worauf ich mit der Frage hinauswill. »Ja.«

Ohne es zu wollen, breche ich in unterdrücktes Gelächter aus.

»Was?«

»Das klingt *so viel cooler* als D.I.E.T.-Agent!«, stoße ich aus, und nun stimmt sie in mein Lachen ein. »Eure Behörde hat echt 'nen bescheuerten Namen.«

»Ich weiß!«, sagt sie langgezogen und schüttelt den Kopf. »Es ist wirklich schlimm. Aber die meisten Götter haben irgendetwas mit Essen zu tun, da … keine Ahnung.«

»So peinlich«, sage ich lachend und lasse mich zurückfallen.

»Finden alle. Aber die Gründer waren angeblich ganz große Witzbolde.«

»Klar.«

»Und frag mal mich. Immer wenn ich an einen Polizisten gerate, der nicht weiß, was wir tun, und ich mich ausweisen muss. Und die denken alle, man verarscht sie.«

Wir lachen ausgelassen, und ich spüre, wie gut mir das tut. Dieser ganze Moment. Was für eine Last von mir abfällt und wie sich der gewaltige Knoten aus Verwirrung und Trauer langsam in mir löst.

Das hier ist echt. Ein wahrhaftiger Moment in diesem Chaos und ein Kontrast zu so vielem in meinem bisherigen Leben. Und das war es von Anfang an mit Ray, oder?

Sie hat mir nie gesagt, was ich hören wollte, und doch

immer das Richtige. Sie hat mir nie versichert, dass ich perfekt bin, wie ich bin, sondern mir angeboten, mir zu helfen, der Mensch zu werden, der ich immer gern sein wollte. Frei. Glücklich.

Und obwohl sie mir nicht von Anfang an die Wahrheit über alles gesagt hat, war zwischen uns nie diese Barriere, die schon immer zwischen Logan und mir bestand. Diese irrationale Vorstellung davon, ich dürfe mich niemals verwundbar zeigen. Ich dürfe niemals eine Last sein.

Sie hat mich an meinen schlimmsten Tiefpunkten gesehen und mir gezeigt, dass es in Ordnung ist. Dass ich trotzdem ich selbst sein kann, auch wenn andere Menschen erkennen, dass ich noch nicht die Person bin, die ich gern wäre.

Ray rückt ein Stück auf mich zu und bedeutet mir, dass ich mich umwenden soll, um meinen Kopf in ihren Schoß zu legen. Ich folge ihren Bewegungen mit einem warmen Gefühl im Bauch und genieße, wie sie sacht mit ihren Fingern durch mein feuchtes Haar fährt.

Eine Weile liegen wir so da, und keine von uns hat die Motivation, sich aufzusetzen und ein weiteres Holzscheit auf das Feuer zu legen. Ich fühle mich so wohl, dass ich am liebsten hier und jetzt einschlafen würde.

Nur ein kleiner Teil meiner Gedanken lässt mich noch nicht abschalten. Dieser kleine Teil, der nie Ruhe gibt.

Ist das alles überhaupt okay? Ich fühle mich so wohl, aber … das liegt an ihr. Mache ich mich von ihr abhängig?

»Was denkst du?«, will Ray wissen, als spüre sie, dass ich grübele.

»Ich wäre so gern unabhängiger«, murmele ich.

Ray hält in ihren Bewegungen inne und beugt sich ein Stück vor, um mich genau anzusehen. »Was meinst du?«

»Na ja, ich würde gern allein klarkommen«, sage ich ehrlich, und sie schaut mich auf eine Weise an, die ich zunächst gar nicht richtig deuten kann.

Dann wird mir klar, dass das ein Thema ist, über das ich auch mit Ethan viel gesprochen habe, und sie es vermutlich weiß.

»Das musst du aber nicht«, antwortet sie dann leise.

Ich verziehe den Mund und verschränke die Arme vor der Brust, weiche ihrem Blick aus. »Ich bin einfach nicht gern allein.«

Ray lehnt sich vor und haucht mir einen Kuss auf die Lippen, der viel sanfter, vorsichtiger ist als alle vorher. Ich genieße ihn mit geschlossenen Augen.

»Das ist in Ordnung«, haucht sie. »Niemand ist das.«

KAPITEL 29

WONACH DER NÄCHSTE MORGEN SCHMECKT

Ray und ich haben nicht geschlafen. Die Müdigkeit sitzt mir noch tief in den Knochen, als ich an den Tresen der luxuriösen Küche gelehnt stehe und zuschaue, wie sie Pancakes aus einer Fertigmischung zubereitet, die wir in den Regalen gefunden haben. Trotz der vorgemischten Zutaten ist der Geruch so gut, dass mir das Wasser im Mund zusammenläuft.

Im Kontrast zum leeren Kühlschrank ist die Kaffeemaschine voll mit Bohnen, und der Kaffee rinnt gemächlich in die Tassen.

Die Küche mit marmornen Arbeitsplatten und sauber polierten schwarzen Hängeschränken grenzt direkt an das Wohnzimmer an. Ein bisschen wie in meiner Wohnung, nur vermutlich zwei Millionen Dollar teurer.

Im Wohnzimmer riecht es noch immer nach dem Holz von letzter Nacht, und die Decken liegen vor dem Kamin, auch wenn wir in das große Doppelbett im ersten Obergeschoss umgezogen sind. Durch die große Fensterfront fällt das erste Licht der Morgensonne, das auf der verschneiten Wiese glitzert.

»Wie kann D.I.E.T. sich das leisten?«, frage ich leise. Immer wenn ich Ray ansehe, ist es, als würde ich noch ihre Berührungen auf meiner Haut spüren. Hin und wieder hat sie zwar mit Haruo telefoniert, aber mich dabei fest im Arm gehalten. Also war das gestern Nacht hoffentlich keine einmalige Sache.

»Wir sind eine der wichtigsten Behörden weltweit. Wir bekommen alles, was wir brauchen.«

»Okay, aber …« Ich lege meinen Kopf schief und schaue sie schmunzelnd an. »Warum ist euer Büro in New York dann von außen so eine Bruchbude?«

»Aus Tarnungsgründen. Immerhin weiß niemand, dass es uns gibt.« Sie zuckt mit den Schultern. »Aber dieses spezielle Gebäude hat angeblich auch eher uns ausgesucht als wir es.«

»Hat das was mit Amber zu tun?«

Sie nickt und sieht mich schmunzelnd an. »Ja, sie *ist* das Gebäude. Also das, in dem die Behörde sich befindet.«

Ich schnaube und schüttle etwas ungläubig den Kopf, obwohl ich nicht einmal so überrascht bin, wie ich vermutlich sein sollte. »Was?«

»Ich weiß auch nicht genau, wie das funktioniert«, sagt sie schmunzelnd und dreht die Pancakes noch einmal in der Pfanne. »Sie war schon da, als ich in die Behörde gekommen bin.«

Ich schüttle den Kopf und ziehe mich an der Küchenzeile hoch, um mich auf die Arbeitsplatte zu setzen. »Ich habe *so* viele Fragen«, murmele ich. Obwohl ich gerade gar keine Lust habe, alle zu stellen.

Ich bin müde, aber ich bin auch ruhig. Es muss etwas an diesem Haus sein. Oder an Ray. Ihrer Ausstrahlung. Etwas an ihrer Aura.

Sie sieht mich an, dann kommt sie langsam auf mich zu, schiebt sich sacht zwischen meine Beine, stellt sich auf die Zehenspitzen und küsst mich auf den Mund. Ich halte mich an ihrer Bluse fest, als ich den Kuss sacht erwidere und sie forschend mustere.

Was für ein seltsames Gefühl. Normalerweise bleibe ich nicht bis zum Morgen. Und lasse auch niemanden bleiben. Und wenn ausnahmsweise doch, dann nicht zum Frühstück.

Aber ich will das auch nicht überinterpretieren. Es fühlt sich gerade einfach gut an, und das ist alles, was zählt.

Sie streicht über meine Oberschenkel, schenkt mir ein Lächeln und löst sich dann wieder von mir. »Du solltest dir eine Hose anziehen«, sagt sie und deutet auf meine Unterwäsche, die nur von dem viel zu langen Shirt halb bedeckt wird. »Falls die anderen kommen.«

»Steht denn fest, wann es so weit ist?«

Sie wendet die Pancakes abermals, und endlich sind sie ein wenig brauner.

»Nein, noch nicht. Aber Haruo wird mich alle halbe Stunde updaten, ich schnappe mir einen der Laptops und arbeite im Wintergarten.«

»Okay.« Und was genau soll ich hier tun? Ich schätze, ein Spaziergang ist nicht drin, und mein Handy liegt noch in Logans Wohnung.

»Du kannst ja mitkommen, wenn's dir nicht zu langweilig ist. Es gibt auch 'ne Bibliothek.«

»Hm«, mache ich gedehnt, nehme meine Kaffeetasse und reiche Ray ihre. »Ich glaube, ich gehe noch mal ins Bett.« Ich sehe sie fragend an. »Wenn das okay ist.«

»Klar. Wenn du schläfst, kannst du wenigstens keinen Unsinn anstellen«, scherzt sie, und ich lache gekünstelt.

Obwohl ich mich noch immer so warm fühle, wenn ich sie ansehe.

»Scherz«, murmelt sie dann und nimmt endlich die Pfannkuchen heraus, um die nächste Füllung in die Pfanne zu geben. »Ich passe auf jeden Fall auf. Also kannst du beruhigt schlafen.«

Ich nicke ruhig und denke nach, ob ich die nächste Frage überhaupt stellen soll. Aber da wir gerade über Sicherheit reden, ist es vielleicht der richtige Moment. Falls es so einen überhaupt gibt.

»Ich hab gesehen, dass es dahinten eine Bar gibt«, sage ich also, und sie schaut skeptisch zu mir auf. »Wäre es okay, wenn ich zur Sicherheit eine Flasche mit ans Bett nehme?« Das hätte ich letzte Nacht schon gern getan, habe aber den Gedanken wieder verworfen.

Ray sieht mich eine ganze Weile an und scheint abzuwägen, wie sie antworten soll. »Ich will dich nicht verletzen«, sagt sie. »Aber ich denke nicht, dass die anderen aus der Behörde das gutheißen würden. Und ich ehrlich gesagt auch nicht.«

Ich schiebe mich wieder von der Arbeitsfläche, um ihr gegenüberstehen zu können. »Das verletzt mich nicht. Mir ist schon klar, dass du den Anweisungen folgen musst, und wenn es nicht geht, dann ist es eben so.« Ich schlucke schwer und reibe die Fingerspitzen zusammen. »Ich würde mich einfach sicherer fühlen.«

Abermals mustert sie mich, und dieses Mal macht es mich wütend, weil ich weiß, was sie denkt.

»Denkst du, wenn ich ausbrechen oder irgendetwas anstellen wollen würde, würde ich dich um Erlaubnis fragen?«

Sie seufzt und entspannt sich sofort. »Nein, das weiß ich ja«, sagt sie, dann macht sie eine wegwerfende Handbewegung. »Von mir aus. Aber wenn du trinkst, wirst du das Haruo persönlich erklären müssen.«

»Schon klar«, murmele ich.

»Wenn das alles vorbei ist, werden wir dir helfen«, sagt sie etwas ruhiger.

»Wie denn?«, frage ich sowohl neugierig als auch ein wenig ungläubig. Ich weiß, dass Ray mir helfen will. Aber dass die Behörde noch etwas anderes für mich tun würde, kann ich nicht ganz glauben.

»Ich denke, die meisten verstehen inzwischen, dass du mehr das Opfer des Kults bist als selbst eine Gefahr. Das war das größte Bedenken, das alle hatten. Vielleicht können wir dir helfen, trocken zu bleiben. Dir richtige psychologische Hilfe bieten.« Sie sieht mich ernst an. »Ich rede mit den anderen, wenn alle in Sicherheit sind. Und selbst wenn die Behörde dich nicht offiziell unterstützen will, hast du auf jeden Fall mich. Okay?«

»Okay«, antworte ich leise, und es überrascht mich selbst, dass ich nicht den Drang habe, ihr Angebot sofort auszuschlagen. »Danke.«

»Natürlich«, sagt sie leise.

Wie es aussieht, vertraut sie mir wirklich. Und ich weiß noch nicht, was ich davon halten soll, weil ich nicht weiß, ob ich diese Gefühle vollkommen ehrlich erwidern kann. Ich rechne nicht damit, dass sie mich hintergeht, aber es würde mich auch nicht überraschen.

Nichts würde mich an diesem Punkt mehr überraschen, aber … es klang gestern, als sei es okay für sie, dass ich so denke. Ich kann mir nicht einreden, dass alles gut werden wird, weil es dafür zu kaputt ist.

Aber wenn ich erst mal ein wenig schlafe … Wer weiß. Vielleicht sieht die Welt dann anders aus.

»Danke«, murmele ich also und nicke versonnen. »Für alles.«

Ein Krachen ertönt im unteren Stockwerk, und ich schrecke aus meinem leichten Schlaf, greife instinktiv nach der Flasche neben mir und setze mich aufrecht hin. Angespannt lausche ich in die Stille hinein, und mein Herz schlägt so schnell, dass ich mich wach fühle, obwohl meine Augen vor Müdigkeit brennen.

Nichts mehr zu hören.

Habe ich mir das nur eingebildet? War das der Wind, der an den Fensterläden rüttelt? Oder vielleicht hat Ray auch nur etwas fallen gelassen. Aber die Härchen in meinem Nacken und auf meinen Armen haben sich aufgestellt, und ich habe dieses Gefühl. Dasselbe, das ich in der Nacht hatte, als meine Eltern ums Leben gekommen sind.

Das muss Einbildung sein.

Einige Minuten lang sitze ich da und lausche angespannt, aber als ich nichts vernehme und die schlechte Vorahnung mich nicht loslässt, schraube ich den Deckel von der Whiskeyflasche und beschließe, auf meine Instinkte zu hören. Das warme Getränk brennt angenehm in meiner Kehle, während ich mich, die offene Flasche noch in der Hand, aus den Decken winde und barfuß auf die halb offen stehende Tür zuschleiche.

Meine Leggings liegt noch vor dem Kamin, und ich trage nicht mehr als das lange D.I.E.T.-Shirt und meinen Slip. Hoffentlich bilde ich mir die Bedrohung nur ein.

Ich schiebe mich neben die Tür und werfe einen Blick auf die Galerie. Von hier aus kann ich nicht sehen, was im Erdgeschoss passiert. Aber tatsächlich! Jetzt vernehme ich Stimmen. Keine von ihnen ist Rays.

Für einen Moment breitet sich die Hoffnung in mir aus, es könnten die D.I.E.T.-Agents sein, die gekommen sind, um uns zu unterstützen. Fast hoffe ich, dass ich gleich Haruos nervige Stimme vernehme.

Aber die, die ich im nächsten Moment höre, lässt mir das Blut in den Adern gefrieren.

Logan.

»Sucht sie«, weist er jemanden an, und Schritte entfernen sich.

Verdammter Mist. Wenn Logan hier ist, wo ist dann Ray? Konnte sie sich verstecken? Ist D.I.E.T. benachrichtigt?

Ich nehme weitere Schlucke aus der Flasche, dann trete ich auf leisen Sohlen auf die Galerie hinaus, von der aus ich in die große Eingangshalle hinabsehen kann. Und dort, mitten auf dem großen Teppich auf dem marmornen Boden, steht er. Gewöhnliche Kleidung am Körper, als wäre er in seine alte Rolle zurückgeschlüpft.

Mein Blick bleibt allerdings nur wenige Sekunden an ihm hängen, denn etwas viel Wichtigeres geht vor sich. Ray. Sie liegt regungslos neben ihm am Boden.

Es fühlt sich an, als würde mein Herz aussetzen, nur um dann umso schneller und wütender gegen meine Brust zu schlagen. Ich spüre, wie ich zu zittern beginne und so angespannt dort stehe, dass ich nicht einmal mehr blinzeln kann.

Ist sie tot? Ich erkenne nicht, ob sie noch atmet.

Ich habe das Gefühl, die Kontrolle zu verlieren. Wenn sie tot ist, gibt es nichts mehr für mich. Und dann kann ich nichts tun, als endlich loszulassen.

Bilder von verbrannten Landstrichen und postapokalyptischen Städten flimmern durch meinen Geist. Die

Welt getränkt in Chaos, die blutrote Sonne groß und schwer hinter mir aufgehend, verheißungsvoller Wind über brennender Haut.

Ich will hinabspringen und sie alle auseinanderreißen.

Kontrolle! Ich muss denken, sonst komme ich hier nicht raus. Ich atme einige Male angestrengt durch, um zu überlegen, was ich tun soll.

Bis auf Logan, der an seinem Handy ist, sehe ich keine weitere Person mehr, aber ich habe keine Übersicht darüber, wie viele es sind und was ihr Plan ist.

Weiß D.I.E.T., dass sie hier sind?

Es bringt nichts, darüber zu spekulieren. Ich habe zwei Optionen: mich so leise wie möglich verstecken und hoffen, dass sie wieder gehen, wenn sie mich nicht finden – wofür die Chancen relativ gering stehen. Oder Logan konfrontieren und verdammt noch mal schauen, ob Ray noch lebt und ich ihr helfen kann.

Ich habe nicht die geringste Ahnung, ob ich eine Chance gegen Logan hätte, sollte er versuchen, mich anzugreifen. Aber die Sache steht außer Frage. Ich muss etwas tun!

Ich setze die Flasche an, nehme noch einige Schlucke und hoffe sehr, dass die Mitarbeiter der Behörde mir das verzeihen. Ich spüre den Whiskey, den ich bereits getrunken habe, nach und nach in meinen Kopf steigen. Es geht schnell. So leise wie möglich stelle ich die Flasche ab und versuche, das Zittern zu kontrollieren.

»Logan!«, rufe ich von der Galerie und beuge mich vor.

Es bereitet mir eine gewisse Genugtuung, zu sehen, wie er zusammenfährt und sofort zu mir herumwirbelt.

»Da bist du ja«, sagt er ernst und verzieht den Mund. Dass er nicht sofort auf mich losgeht oder Unterstützung ruft, gibt mir mehr Selbstbewusstsein. Aber gerade als ich mich über das Geländer schwingen und hinabspringen will, geht ein Ruck durch seinen Körper, und nach nur einem Blinzeln steht er neben mir. Hinter ihm verläuft die Treppe runter bis ins Erdgeschoss diese ölige Spur, wie ein Abbild von ihm.

Er breitet seine Arme aus, aber ich stolpere irritiert einige Schritte zurück, hebe abwehrend die Hände.

Er sieht so getroffen aus, als ich zurückweiche.

War er schon immer so? Ich starre ihn an, aber ich weiß es nicht. Ich weiß nicht, ob sich tatsächlich etwas an seiner Art geändert hat.

Aber ich erkenne ihn nicht mehr. Er ist ein Fremder für mich.

Ray hatte recht. Es ist mit ihm wie mit jedem anderen Menschen. Vielleicht habe ich nicht ihn gemocht, sondern nur die Vorstellung von ihm in meinem Kopf. Und nun, da sein wahres Ich so sehr von dem abweicht, was ich kenne, ist die Blase zerplatzt.

»Hast du sie getötet?«, frage ich leise, bereit, ihn und alles um uns herum in Stücke zu reißen, falls er es getan hat.

Es wundert mich, dass er seine Helfer noch nicht gerufen hat, aber das ist vielleicht auch gut so.

»Nein«, antwortet Logan sanft. Ich sehe eine Mischung aus Verwirrung und Enttäuschung darüber, dass ich das überhaupt frage. Ich kann noch in seinen Zügen lesen. Nein, ich denke nicht, dass sie sich verändert haben. Er ist noch derselbe.

Und ich versuche, nicht zu viel Erleichterung zu verspüren. Immerhin könnte er lügen. Immerhin könnte das alles Schauspiel sein.

Hält er mich auf, wenn ich zu Ray hinuntergehe?

»Wie habt ihr uns gefunden?«

»Wir haben viele Kontakte. Es hat nicht lang gedauert, bis uns jemand über eure Route berichtet hat.«

»Wie viele Anhänger hat Universal Heritage?«, frage ich und schüttle perplex den Kopf. Er antwortet nicht, also gehe ich direkt zur nächsten Frage über. Der, die er mir noch nicht beantwortet hat.

»Wusstest du es?«

Er steht dort und sieht mich an, als würde er darauf warten, dass ich fortfahre.

»Wusstest du, dass sie meine Eltern getötet haben?«, spezifiziere ich also. Ich muss es wissen, um endgültige Klarheit zu bekommen.

Sofort wendet er den Blick ab. Also ja.

Es kribbelt in meinen Fingern.

»Ich wusste es nicht zu der Zeit, als es geschehen ist«, sagt er leise.

Er wirkt noch zu besonnen. Ich wünschte, er würde sich durchgeknallter verhalten, damit ich vor mir selbst rechtfertigen könnte, ihm unvermittelt die Zähne aus dem Mund zu schlagen.

»Als ich es herausgefunden habe, war es schon geschehen. Ich konnte daran nichts ändern.« Er sagt das, als würde ihn das von seiner Schuld freisprechen.

Ich atme schwerer, weil ich mich so sehr darauf konzentrieren muss, die Kontrolle zu behalten. »Aber du hättest es mir sagen können«, flüstere ich. »Du hättest mich warnen können. Du hättest mit mir fliehen können.«

Ein trauriges Lächeln schleicht sich auf seine Züge. »Das habe ich versucht.«

Mir sinkt das Herz etwas tiefer. Ich habe mich schon gefragt. Das waren also die ganzen Sprüche darüber, dass wir durchbrennen sollten, die ich nicht ernst genommen habe. Das waren die Versuche, eine eigene Wohnung zu finden. Ich habe ihn mit seiner Familie streiten gehört.

Er wollte sich von ihnen lossagen. Warum hat er sich dann anders entschieden? Warum hat er mich nicht gedrängt, mit ihm fortzugehen?

»Aber das ist jetzt egal«, fügt er an, als würde er auf meine Gedanken antworten, während ich all diese Überlegungen umherwälze.

»Warum?«, versuche ich, zumindest eine Antwort auf all die Fragen in meinem Kopf aus ihm herauszubekommen. »Warum hast du aufgegeben?«

Er mustert mich abschätzend und scheint eine Weile zu überlegen. Ich bin ein wenig erleichtert, als er sich tatsächlich dazu entscheidet, zu antworten.

»Wir wussten, dass du während deines Verschwindens bei D.I.E.T. warst. Wir haben es zumindest vermutet.« Er sagt das, als müsste ich wissen, warum das der ausschlaggebende Grund dafür war, dass er sich nicht mehr von seiner Familie lossagt. »Von da an war ich sicher, dass ich dich verloren hatte«, fährt er fort, als ich ihn weiterhin fragend anschaue.

Noch immer irritiert schüttle ich den Kopf. »Weil ich von da an nicht mehr zu einhundert Prozent abhängig von dir war, sondern Optionen hatte?«, versuche ich zu folgern.

Logan macht allerdings nur eine wegwerfende Geste mit der Hand, die mich erschrocken zusammenfahren lässt. »Ich habe meine Entscheidung getroffen«, schließt er das Thema. »Und du solltest das auch tun.« Er schaut mich nach wie vor ernst an. »Vielleicht ist es noch nicht zu spät für dich. Du weißt doch, wohin du gehörst.«

»Ich weiß, wohin ich *nicht* gehöre«, korrigiere ich und beschließe, mich in Bewegung zu setzen, weil ich nicht das Gefühl habe, dass er sich mir in den Weg stellen wird. Ich schiebe mich also an ihm vorbei und steuere auf die breite Treppe zu. Tatsächlich hält er mich nicht auf, sondern folgt mir lediglich rasch.

Hat er die Anweisung bekommen, mich nicht zu verletzen, oder tut er es auf eigene Faust?

»Sie schläft nur«, sagt er, als ich eilig auf Ray zusteuere. »Tycho, wir sollten verschwinden.«

Ich eile über den Marmorboden und den teuren Teppich, bis ich nah genug bin, um mich neben sie zu hocken. Erleichtert stelle ich fest, dass Logan zumindest in diesem Punkt nicht gelogen hat. Ray sieht, bis auf eine Schramme an ihrer Stirn, friedlich aus. Ihre Brust hebt und senkt sich regelmäßig, und ihre Haut ist warm, als ich meine Hand an ihre Wange lege.

»Wo willst du denn hin?«, frage ich leise, während ich in ihr Gesicht schaue und mich der überwältigende Drang überkommt, sie um jeden Preis zu beschützen. Ihre Berührungen der letzten Nacht haben sich anders angefühlt als alles zuvor. Ich kann das nicht verlieren. Ich kann *sie* nicht verlieren.

»Nach Hause«, sagt Logan.

»Ich habe kein Zuhause«, sage ich leise, ohne mich zu ihm umzuwenden.

»Du warst immer zu Hause bei uns, Tycho. Und du wirst es auch immer sein.«

Verdammt, wenn er damit weitermacht, so einen Schwachsinn von sich zu geben, kann ich die Dunkelheit nicht mehr lang im Zaum halten. Ich stehe auf und wirble zu ihm herum, muss mich zusammenreißen, nicht zu schreien. »Ich war nur bei euch zu Hause«, sage ich so langsam und deutlich wie möglich, »weil deine Eltern die Ermordung meiner Eltern veranlasst haben.«

Er schaut mich an, als hätte er so noch nie darüber nachgedacht. Überlegend, tatsächlich. Und ich frage mich, ob es vielleicht noch eine Möglichkeit gibt, ihn vom Einfluss dieses Kults zu befreien. Ihn zu motivieren, die Augen zu öffnen und sich von ihnen loszusagen. Ich weiß nicht, ob er Reue für seine Taten empfindet – zumindest erkenne ich davon nichts auf seinem Gesicht. Aber er stand so lang unter dem Einfluss des Kults, und vielleicht erreiche ich noch irgendeinen Teil in ihm.

Vielleicht kann D.I.E.T. ihm helfen, seine Familie hinter sich zu lassen. Vielleicht können sie ihn vor dem Einfluss seiner Verwandten und all dieser Anhänger beschützen.

Ich versuche es. »Warum gehen wir nicht einfach?«, frage ich ihn.

Er blinzelt irritiert, und ich deute auf Ray.

»Wir nehmen sie, und wir fliehen. Fort von deiner Familie. Von allem. Und wir fangen ein neues Leben an.«

Seine Züge werden eigenartig ausdruckslos. Das ist eine Miene, die ich noch nie an ihm gesehen habe. »Ich denke nicht, dass das möglich ist«, sagt er langsam.

Ich schüttle den Kopf und strecke meine Hand versöhnlich nach seinem Unterarm aus. »Warum? Wenn ich das richtig verstanden habe, bist du der Einzige, der die Kräfte besitzt. Und ich weiß nicht, was du kannst, aber gibt es wirklich etwas, das sie dir entgegensetzen könnten, wenn du dich entscheidest, dich abzuwenden?«

»Ich kann nicht«, sagt er, leiser dieses Mal. Und da manifestiert sich etwas auf seinen Zügen, das ich nicht wirklich deuten kann.

Ich lasse ihn wieder los und weiche einen Schritt zurück.

Vielleicht hat es keinen Sinn. Er steht mindestens genauso lang unter ihrem Einfluss wie ich, aber ihm haben sie nichts genommen wie mir. Ist es deswegen leichter für mich, zu sehen, wie falsch das alles ist? Dass ihre Liebe nur Manipulation ist?

»Du bist für sie nur ein Instrument«, sage ich.

Er runzelt die Stirn und ballt die Hände zu Fäusten. »Das bin ich nicht«, entgegnet er entschlossen.

Ich weiche nicht zurück, aber ich muss überlegen, wie ich mit Ray fortkann. Oder wie ich D.I.E.T. wissen lasse, dass wir Hilfe brauchen.

»Also, was ist der Plan?«, frage ich ihn, um weiter Zeit zu schinden. »Ich komme zurück in euer Haus, heirate dich, und wir bekommen ein Kind mit Superkräften und reißen gemeinsam die Weltherrschaft an uns?«

»Willst du das nicht?«, fragt er sacht.

Ich muss mich zusammenreißen, nicht zu abgestoßen zu reagieren, weil ich ihn nicht unnötig provozieren will. »Ich hab dich wirklich gern, Logan«, sage ich also. »Zumindest das an dir, was ich dachte, das du bist. Aber nein. Das will ich nicht.«

Er wirkt beherrscht, aber ich weiß, dass ich mich tiefer hineinreite. Ich bezweifle, dass ich einfach wegrennen kann. Erstens ist er offensichtlich extrem schnell, und zweitens hat er es auch geschafft, hier aufzutauchen, ohne dass D.I.E.T. es bemerkt hätte.

»Was willst du denn dann?«, fragt er vorsichtig. »Ich denke nicht, dass es etwas gibt, das wir dir nicht bieten können. Das *ich* dir nicht bieten kann. Familie. Sicherheit. Reichtum. Alles, was du willst.«

Was soll ich sagen? Ich will nichts davon. Aber das spielt in diesem Moment keine Rolle. »Ich möchte, dass ihr mich in Ruhe lasst«, sage ich also freundlich. So freundlich, wie es mir möglich ist. »Ich weiß, dass deine Familie viel Zeit damit verbracht hat, mich in diese ganze Sache reinzuziehen. Aber ich möchte das nicht. Also bitte, lasst mich in Ruhe.«

Mir ist natürlich klar, dass es nicht so einfach wird. Dass es nicht so einfach sein *kann*, dazu haben sie vermutlich zu viel Arbeit in mich gesteckt. Aber er wollte wissen, was ich will, also sage ich es ihm.

Wie erwartet, bringt mir meine besonnene Wortwahl nichts. Logans Blick verfinstert sich, und ich meine sogar, dass seine Augen dunkler werden. »Tut mir leid«, sagt er. »Aber nein.«

Unvermittelt streckt er seine Hand nach mir aus, und ich weiche in letzter Sekunde zurück. So schnell! Er muss es nicht mit voller Kraft versucht haben, sonst hätte er mich auf jeden Fall erwischt.

Einige Momente stehen wir einander regungslos gegenüber, während vermutlich jeder zu kalkulieren versucht, was der klügste nächste Schritt ist. Wenn ich nur wüsste, über welche Fähigkeiten er verfügt. Dann könnte ich einschätzen, ob ich eine Chance gegen ihn habe.

Soll ich es versuchen? Ich befürchte, ich werde es darauf ankommen lassen müssen.

»Logan, ich werde Grayson jetzt nehmen und gehen«, sage ich mit festem Tonfall. Entschlossen. Ich bewege mich nur so viel, wie ich muss, um bereit für jede seiner Bewegungen zu sein.

»Ich kann dich leider nicht gehen lassen«, antwortet er auf dieselbe Weise.

»Wenn du mich nicht gehen lässt, wirst du mich bekämpfen müssen«, flüstere ich.

Er antwortet nicht, und ich muss austesten, wie weit ich gehen kann. Als ich von ihm zurückgewichen bin, hat er sich zwischen mich und Ray gestellt. Im Versuch, seine Grenzen vorsichtig zu testen, mache ich wieder einen Schritt auf Ray zu.

Er greift mich nicht an. Noch ein Schritt, dann bin ich in seiner Reichweite.

Ich wage es, aber sofort streckt er seine Hand nach mir aus. »Du kommst jetzt mit mir!«, ruft er, aber dieses Mal bin ich vorbereitet und schlage seine Hand von mir. Nicht mit voller Kraft, aber trotzdem so hart, dass er erschrocken von mir taumelt.

Ich nutze die Chance und stampfe mit einiger Wucht auf den Boden, um ihn aus dem Gleichgewicht zu bringen, dann mache ich einen Satz auf ihn zu und stoße ihn mit der anderen Hand von Ray fort. Ich kann ihm nicht wehtun, aber er stolpert zurück, und das reicht mir.

Ich springe nach vorn, hebe Ray mit Leichtigkeit vom Boden auf und renne sofort los, in Richtung der breiten Ausgangstüren. Das ist meine einzige Chance. Dieses Mal habe ich das Überraschungsmoment nutzen können, aber noch einmal wird mir das nicht gelingen.

»Sie ist hier!«, stößt Logan den lauten Ruf aus, auf den ich die ganze Zeit gewartet habe.

Ich wende mich nicht zu ihm um, weil ich mich bereits fast an der Tür befinde und vielleicht mehr Spielraum habe, wenn wir erst mal draußen sind.

Ein Blinzeln später steht er allerdings bereits vor mir.

Ich bremse scharf ab, meine Hände fest in Rays Schulter und Kniebeuge gekrallt. Ich werde sie nicht loslassen. Ich muss sie hier rausbekommen.

»Ich will dir wirklich nicht wehtun«, sagt Logan und hebt warnend seine rechte Hand. Um ihn herum erscheint diese blaue Aura wie bereits ganz am Ende bei dem Ritual, als er Ray gegenüberstand. Kleine Blitze springen zwischen seinen Fingern umher.

Elektrizität? Ist das eine weitere seiner Fähigkeiten?

Verdammt, wer ist dieser Mensch?

Ich trete einen Schritt zurück und weiß, dass ich verschwinden muss, bevor seine Verstärkung kommt. Mir bleiben nur einige Sekunden. Ich muss ihn bewusstlos schlagen.

Gerade setze ich dazu an, Ray über meine Schulter zu legen, um eine Hand für einen Schlag freizubekommen, als Logan direkt vor mir steht, nur noch wenige Millimeter zwischen uns.

Bevor ich reagieren kann, legt er eine Hand auf meine Hüfte, und ein schmerzhafter Schock zuckt durch meinen Körper. Ich kann nicht anders, als mich zusammenzukrümmen, und sofort nutzt er die Chance und zieht Ray aus meinen Armen.

»Nein!«, schreie ich und stolpere ihm hinterher, noch immer gekrümmt. »Gib sie mir zurück!«

»Ihr passiert nichts, wenn du mit uns kommst!«, sagt er laut, bereits einige Meter entfernt.

Ich lache verzweifelt, und Tränen der Wut sammeln sich hinter meinen Lidern. »Du willst mich zwingen, dich zu heiraten und dein Kind zu bekommen?«

»Du wirst dich schon daran gewöhnen.« Er scheint absolut überzeugt davon, aber ich habe keine Zeit, länger mit ihm zu diskutieren. Aus den hinteren Zimmern nähern sich die Schritte seine Verstärkung. Und diese Menschen haben definitiv Mittel und Wege, mich zu betäuben, wenn sie es mit Ray geschafft haben.

Ich muss schnell sein, wenn sie mich nicht erreichen sollen, also mache ich einen Satz zur Seite, von Logan fort, hole mit der geballten Faust aus und schlage mit aller Wucht auf einen Stützpfeiler der Galerie.

Nicht nur der Stein zerbricht sofort in Millionen Teile. Der Riss breitet sich in der Wand und auf der Galerie schneller aus, als ich ihm mit den Augen folgen kann, und ein großer Teil kracht über einigen Doppeltüren herunter. Die Trümmer fliegen in alle Richtungen, und ich sehe, wie Logan von einem größeren Stein im Gesicht getroffen wird. Er reißt seine Wange unter dem Auge bis hinab zum Kiefer auf, und aus der klaffenden Wunde rinnt so viel Blut, dass ich tatsächlich erschrecke.

Ich habe gar keine Zeit, den Moment, in dem er schmerzerfüllt aufstöhnt, zu nutzen, denn schon in der nächsten Sekunde berührt er die verwundete Stelle mit der Hand – und sofort schließt sich die Verletzung. Bereits nach wenigen Sekunden sieht man bis auf das Blut an seinem Kragen gar nicht mehr, dass ihm etwas geschehen ist. Er kann sich heilen!

Das verglaste Dach über uns klirrt verdächtig, und ich nutze den Augenblick, in dem Logan nach oben schaut, um mit geballten Fäusten auf ihn zuzusetzen.

Er bemerkt es, kurz bevor ich ihn erreiche, und ist im nächsten Moment mehrere Meter von mir entfernt. Ich stoße einen frustrierten Schrei aus, als ich Stimmen hinter mir höre. Es scheint mir zumindest gelungen zu sein, die anderen davon abzuhalten, zu uns aufzuschließen, aber

Logan wirft abermals einen Blick nach oben, als ein weiterer Ruck durch das Gebäude geht und mir klar wird, dass ich vielleicht zu hart zugeschlagen habe.

Logan entfernt sich zu einem der Seiteneingänge hin, und ich renne los, wende mich um und sehe, dass zwei seiner Begleiter doch in die Eingangshalle vorgedrungen sind. Mist, ich werde ihn nicht mehr erreichen!

Während ein weiterer Teil der Galerie abbricht und mit einem ohrenbetäubenden Krachen auf den marmornen Boden fällt, bin ich abermals kurz abgelenkt und konzentriere meine Kraft auf meine Beine und mache einen Sprung auf ihn zu, um ihn zumindest zu Boden zu reißen. Ich kann nicht zulassen, dass er Ray mitnimmt.

Ich erwische ihn um einen Millimeter nicht. In einer fließenden Bewegung legt er Ray auf dem Boden ab und hält mir seine Hand entgegen. Die Elektrizität in seinen Fingerspitzen knistert so intensiv, dass mir ein Schauer über den Körper fährt. Meine Nackenhaare stellen sich auf. Als er seine Fingerspitzen aneinanderreibt, erzeugt es ein Geräusch wie von Hochstromleitungen.

»Willst du 'ne Ladung davon?«, fragt er, als ich stehen bleibe. »Die ist nicht so sanft wie die letzte.«

»Ganz schön bösartig, so was zu deiner Zukünftigen zu sagen«, keuche ich.

Das Gebäude über uns wackelt erneut, und ich verliere fast das Gleichgewicht, ebenso wie Logan. Ich versuche noch einmal, auf Ray zuzuspringen, aber er schiebt sich zwischen uns. Mist, ich schaffe es nicht!

Die zwei Männer hinter uns brechen durch die Trümmer, und ich weiß, dass mir keine Zeit mehr bleibt. Ich kann nicht Ray retten und Logan entkommen. Verdammt, ich schaffe vermutlich nicht mal eine dieser beiden Sachen.

Die Kerle hinter uns heben ihre Gewehre. Sie werden mir wohl keine tödliche Wunde zufügen, aber wenn sie es schaffen, mich ruhigzustellen, haben sie keinen Grund mehr, Ray am Leben zu lassen. Sie werden sie einfach töten und mit mir verschwinden. Das darf ich nicht zulassen.

Logan kommt auf mich zu und greift nach meinem Arm, aber ich weiche ihm aus. Noch in diesem Moment frage ich mich, ob er nicht schneller sein müsste. Ob es ihm nicht leichtfallen sollte. Ob er mich vielleicht absichtlich verfehlt.

Aber ich habe keine Zeit, darüber nachzudenken.

Ich springe zur Seite, überwinde die letzten Meter zur großen Doppeltür und werfe mich mit voller Wucht dagegen. Sie ist schwer, aber die Schlösser brechen unter der Wucht meines Aufpralls auseinander, und ich stolpere hinaus. Die Wucht hat dem Gebäude einen weiteren Ruck gegeben, und ich nehme mir eine Sekunde Zeit, um zurückzuschauen. Logan entscheidet sich dazu, Ray aufzuheben und aus der Eingangshalle zu fliehen, anstatt mich zu verfolgen, aber die anderen scheinen ihr eigenes Leben nicht als so schützenswert zu empfinden.

Ich springe hinter den offenen Flügel der Tür und werfe sie zu. Ich könnte der Wand hinter mir einen weiteren Schlag versetzen, aber wenn sie einstürzt, sterben diese Menschen. Und ich habe nicht genügend Wut auf sie, um das zuzulassen. Es sind auch nur hirngewaschene Opfer.

Stattdessen entscheide ich mich, auf einen kleinen Schuppen zuzurennen, der weiter hinten auf der Wiese steht. Ich stürze los, so schnell ich kann. Wenn ich hinter das Gebäude gelange, haben sie keine freie Schussbahn mehr. Dann kann ich mich in den Wald durchschlagen und dort zumindest Unterschlupf finden, um einen weiteren Plan auszuhecken.

Der Schnee brennt an meinen nackten Füßen, aber davon lasse ich mich nicht aufhalten.

Verdammt, was soll ich tun? Ich komme nicht allein gegen Logan an, und vielleicht sind diese Leute auch nur die Vorhut. Ich brauche die Unterstützung von D.I.E.T.! Selbst wenn Ray es nicht mehr geschafft haben sollte, sie zu benachrichtigen, müsste die Behörde inzwischen in Alarmbereitschaft sein, wenn sie so lang keine Updates mehr gegeben hat. Aber ich habe keine Ahnung, wie lang sie hierher brauchen und was ich bis dahin tun soll. Verdammt, ich muss Ray da rausbekommen. Ich muss einfach.

Ein Schuss donnert hinter mir, ich sehe ihn neben mir in den Schnee einschlagen und taumle erschrocken. Oh nein, nein, nein! Das klingt nicht nach Betäubungsmunition.

Ein weiterer Schuss, der mich nicht trifft.

Verdammt, die zielen auf meine Beine! Ich schaffe es vielleicht gar nicht bis zur Hütte.

Kurz bevor die Panik meinen kompletten Verstand einnehmen kann, kommt mir ein Gedanke, den ich vollkommen verdrängt hatte. Die Kette mit den Blumensamen, die mir Amber gegeben hat!

Ohne zu überlegen, reiße ich sie von meinem Hals, noch immer so schnell wie möglich rennend. Ich löse den kleinen Korken und schütte die Samen direkt in meinen Mund.

Und jetzt?

Verdammt, nichts passiert!

»Komm schon, Amber!«, keuche ich, während ich auf den Samen herumkaue und erneut zusammenzucke, als ein

Schuss hinter mir knallt. Er trifft in das Holz der Hütte einige Meter vor mir. Die können wirklich nicht zielen, und ich weiß nicht, ob mir das zum Vor- oder Nachteil gereicht.

Tatsächlich erreiche ich die Hütte. Ungebremst renne ich die Tür ein und drücke mich in eine der hintersten Ecken des alten Verschlags, um kurz Luft zu holen, aber die Angst sorgt dafür, dass ich hechle wie ein verfolgtes Tier.

Gerade greife ich nach einer alten Harke, um mich im Notfall auch auf Distanz zu verteidigen, als Amber vor mir erscheint. Sie tritt einen Schritt auf mich zu, wie durch einen haardünnen Riss, der im Dunklen leuchtet.

»Tut mir leid«, sagt sie. »Ich hätte dir sagen sollen, dass du dich in einem Gebäude befinden musst, wenn du mich rufst.«

Bevor ich es verstehen oder etwas erwidern kann, packt sie mich an den Schultern, und ein Ruck geht durch mich hindurch, viel stärker als der, als sie mich das erste Mal aus der Zelle geholt hat.

»Nein!«, schreie ich. »Wir müssen Ray mitnehmen!«

Aber es ist zu spät. Um uns herum materialisiert sich auf seltsam langsame Art die noch immer halb in Trümmern liegende Eingangshalle der D.I.E.T.-Hauptzentrale. Für eine Sekunde bin ich so desorientiert, dass ich denke, mich übergeben zu müssen. Mit viel Anstrengung gelingt es mir, nicht in den nächsten Mülleimer zu kotzen.

Als ich mit noch immer bebendem Atem und zitternden Gliedern zu ihr aufsehe, schaut sie mich nur irritiert an. »Tut mir leid«, wiederholt sie, dieses Mal leiser. »Ich habe immer nur wenige Sekunden.« Dann packt sie mich am Unterarm und zieht mich auf die Metallscanner und den Eingang der Behörde zu.

Ich beachte die Agents nicht, die erschrocken aufstehen

und ihre Waffen auf mich richten, als ich versuche, mich aus ihrem überraschend festen Griff zu befreien. »Nein, wir müssen zurück!«, schreie ich. »Wir müssen Ray holen! Logan hat sie gefangen genommen!«

Die Agents in ihren dunklen Uniformen wirken angespannt, lassen uns jedoch passieren. Jemand betätigt einen Alarm, aber als wir in den ersten Gang treten, erkenne ich, dass bereits vorher helle Aufregung geherrscht haben muss. Hinter den gläsernen Wänden sitzt niemand mehr. Alle hetzen herum, telefonieren, beteiligen sich an Besprechungen oder führen offenbar angespannte strategische Meetings.

»*Hey!*«, schreit Amber so laut, dass ich zusammenzucke. »Schaut mal, wen ich mitgebracht habe.«

Erst drehen sich einige, dann immer mehr Agents zu uns um und erstarren.

Ist hier deswegen so viel los? Wussten sie es also? Der Gedanke beruhigt mich, auch wenn ich nicht weiß, warum. Ray muss es gelungen sein, einen Hilferuf zu senden, bevor sie betäubt wurde. Vielleicht planen sie sogar schon, wie sie sie da rausholen. Warum auch immer sie sich damit so viel Zeit lassen!

Jetzt nicht vor Erleichterung weinen. Das habe ich in den letzten Tagen viel zu oft getan. Ich sehe niemanden, den ich kenne, und verdammt, ich würde mich gerade wirklich freuen, das bescheuerte Gesicht dieses Haruos zu sehen. Also frage ich laut: »Kann mich bitte jemand zu Agent Yoshida bringen?« Sie werden ja wohl wissen, wer ich bin. »Sie haben Grayson!«

Und ich konnte sie nicht retten. Ich konnte sie verdammt noch mal nicht retten.

KAPITEL 30

WAS ICH AUSRICHTEN KANN

»Kann ich mir bitte eine Hose anziehen?«

Ich musste nur wenige Sekunden auf Haruo warten, und jetzt zerrt er mich durch die Gänge, ohne auf meine Fragen zu antworten. Ich weiß, dass es dringend ist, aber jeder aus dieser Behörde beobachtet mich, und es ist mir doch unangenehm, halb nackt zu sein.

»Keine Zeit«, grollt er. Ich hatte durch Rays Worte den Eindruck gewonnen, dass er seinen Frieden mit mir geschlossen hat, aber dem ist offenbar nicht so. »Warum hast du sie überhaupt ausgezogen? Ihr hättet dauerhaft in Alarmbereitschaft sein sollen!« Er dreht sich zu mir um, ich reiße mich endlich von ihm los, und wir bleiben beide im selben Moment stehen, kaum ein paar Zentimeter voneinander entfernt. Das letzte Mal konnte er mich vielleicht wie Dreck behandeln, weil ich mich nicht wehren konnte. Aber jetzt kann ich und bin überaus bereit, es zu tun.

»Weil ich Sex mit deiner geliebten Kollegin hatte«, flüstere ich lächelnd, nur um ihn zu provozieren.

Das scheint ihn wütender zu machen als kalkuliert, was mich wiederum glücklicher macht als erwartet. Sein Gesicht wird eine Spur röter, und seine Faust zuckt, als wolle er mir jeden Moment eine verpassen. Sein Blick gleitet allerdings weiter zu meinen nackten Beinen hinab, und unter dem Rand des langen Shirts bleibt seine Aufmerksamkeit wohl an den Narben hängen.

Ich kneife die Augen ein wenig zusammen und ziehe das Shirt ein Stück tiefer. »Und es war so guuut«, säusle ich, um davon abzulenken, als sein Blick etwas weicher wird.

Er wendet sich auf der Stelle um und geht weiter. Dieses Mal, ohne mich herumzuzerren.

»Du bist so scheiße«, stöhnt er angestrengt.

Höchstwahrscheinlich denkt er eh, dass ich lüge.

»Ähm. Ich hol dir mal was zum Anziehen«, sagt Amber ruhig, die die ganze Zeit über neben uns entlangeilt. Dann verschwindet sie.

Ich folge Haruo durch etliche, gänzlich unterschiedliche Gänge. »Kann Amber sich nicht einfach zu Ray teleportieren und sie da rausholen wie mich?«, frage ich und muss mich anstrengen, mit Haruo Schritt zu halten. Meine Muskeln brennen noch von dem Sprint.

»Denkst du, wenn diese Chance bestünde, hätten wir sie nicht längst genutzt?«

Schon klar. »Hat Ray diese Samen nicht bekommen?«

»Nein. Die gibt sie nicht jedem.«

Ich presse die Lippen aufeinander in dem Moment, in dem Amber neben mir auftaucht und mir einen Hausmeister-Jumpsuit in die Arme drückt.

»Warum?«, frage ich an sie gerichtet. Irgendwie gehe ich davon aus, dass sie das Gespräch verfolgt hat.

»Ist ein besonderer Service für besondere Leute«, antwortet sie schwammig. Ich sehe Haruos Gesicht nicht, aber ich frage mich, warum er nicht darauf eingeht. Warum er keinen herablassenden Spruch bringt. Traut er sich nicht, Amber anzugreifen? Niemand scheint großartig ihre Aktionen infrage zu stellen.

Ich schiele zu ihr hinüber und würde sie gern nach ihren Beweggründen fragen. Oder sie auffordern, Ray diese Möglichkeit das nächste Mal einzuräumen, weil es so viel sicherer für alle wäre.

Aber der Umstand, dass Haruo nicht genau das tut, beschert mir eine seltsame Form von Respekt, die mich davon abhält. Höchstwahrscheinlich ist sie nicht so lieb, wie sie sich gibt.

»Kannst du mich zurückbringen?«, frage ich stattdessen und versuche gleichzeitig, das Tempo zu halten und in die Beine des Overalls zu schlüpfen.

»Andersherum geht das leider nicht.«

»Haben wir echt Zeit, uns noch zu beraten und loszufahren, um sie zu holen?«, frage ich direkt an Haruo gewandt weiter. »Wäre es nicht klüger, loszufahren und uns unterwegs einen Plan zu überlegen?«

»Wer sagt, dass du mitkannst?«, antwortet er tonlos, was mich dazu bringt, erneut einen Satz nach vorn zu machen. Ich packe ihn am Arm, doch er reißt sich sofort los. Ich hätte ihn festhalten können, wenn ich gewollt hätte, aber ich will nicht noch mehr böses Blut.

»Wir müssen uns erst besprechen«, sagt er überraschend ruhig, bevor ich eine Frage stellen kann.

»Woher nimmst du diese Ruhe?«, frage ich ihn.

Er bleibt so abrupt stehen, dass ich in ihn hineinlaufe und zurückstolpere. Sein Blick ist eiskalt. »Grayson und ich kennen uns, seit wir klein waren, und ich bin sicher, dass sie mir mehr bedeutet als dir!«

Ich weiche nicht zurück, als er meinem Gesicht so nah kommt, dass ich seinen Atem spüre. Irgendwie verstehe ich sogar, was er meint. »Dann beeil dich«, murmele ich provozierend.

»Das mache ich. Im Gegensatz zu dir führe ich mich dabei nur nicht auf wie ein kleines Kind.« Noch einmal mustert er mich von oben bis unten. »Reiß dich zusammen, ich bin auch nur vier Jahre älter als du.«

Ich schlucke angestrengt.

»Ich bin so ruhig, damit wir einen kühlen Kopf bewahren und sie verdammt noch mal retten können.« Er rückt so dicht auf, dass ich einen Schritt rückwärts tue und mein Herz ein wenig schneller schlägt. »Klar?«

Ich schürze die Lippen, als mir bewusst wird, dass er recht hat. »Klar«, bestätige ich knapp.

Der Kriegsraum, den D.I.E.T. für die Lösung des Konflikts eingerichtet hat, wirkt wie ein Bienenstock auf mich, als Haruo und ich durch die große Doppeltür eintreten.

So viele unterschiedliche Menschen versammeln sich hier; Special Units in voller Kampfmontur, Büroangestellte in Hemden und manchmal Jacketts, Polizisten und in einer der Ecken mache ich sogar einen Mann und eine Frau aus, auf deren Westen groß FBI zu lesen ist.

Die scheinen allerdings eher zu beobachten als mitzumischen.

An großen Karten werden Strategien ausgearbeitet, der Tür gegenüber ist ein gewaltiger Bildschirm, auf den verschiedene Pläne, Dokumente und Informationen projiziert werden.

Wie sich bei all dem Lärm jemand konzentrieren kann, ist mir ein Rätsel.

Als die meisten der Anwesenden bemerken, dass wir eingetreten sind, wird es allerdings still. So viele Blicke ruhen auf mir, dass ich Amber umso dankbarer für den Overall bin. Obwohl ich mich in den Hausmeisterklamotten ein wenig verkleidet fühle.

Er geht kurz sicher, dass er die Aufmerksamkeit hat, dann erhebt Haruo das Wort: »Amber hat sie gerade gebracht. Grayson konnten sie nicht mit rausbringen.«

»Fuck!«, höre ich einen Ruf aus der hinteren Ecke des Raumes. Ich erkenne seine Stimme, noch bevor ich zu ihm schaue: Tate! Die anderen Anwesenden hüllen sich in angespanntes Schweigen, die Blicke noch immer auf mich konzentriert.

Sollte ich etwas sagen?

»Gab es eine Gegenüberstellung?« Ich wende meinen Blick zu dem Mann, der sich uns langsam nähert. Der Direktor. Er wirkt viel ruhiger als alle anderen und sieht mich mit seinen dunklen Augen durchdringend an. Ich versuche das letzte Mal, dass ich diesen Mann gesehen habe, zu verdrängen und mich ganz auf die jetzige Situation zu konzentrieren. Ich muss, wenn ich Ray helfen will.

»Ich habe kurz gegen Logan gekämpft, aber … Keine Ahnung, ob man das einen Kampf nennen kann.« Ich sehe die Anwesenden an, die offensichtlich warten, dass ich mehr sage, aber ich bin noch zu aufgewühlt und zu nervös.

»Komm«, sagt Haruo und geht auf das vordere Ende des Raumes zu. Ich folge ihm, ohne mich umzusehen, versuche, meine Gedanken zu ordnen.

»Pass auf«, sagt er deutlich ruhiger. »Dass sie Ray haben, ist gut.«

Ich will etwas sagen, verkneife es mir aber, um mir anzuhören, wie er diese furchtbare Theorie weiterführen will.

»U.H.R. weiß vermutlich, dass sie dich mit ihr in der Hand haben. Das bedeutet, sie werden sie nicht töten, solange sie denken, dass sie dich mit ihr erpressen können. Verstanden?«

Ich nicke und gebe mir Mühe, ruhig zu atmen. »Verstanden.«

»Sie werden sich außerdem nicht vom Fleck bewegen, weil sie darauf hoffen, dass du zurückkehrst. Das bedeutet, wir haben eine Chance. Okay?«

»Okay«, wiederhole ich abermals und versuche, mich zu beruhigen.

Haruo schnappt sich einen Stuhl von einem der Schreibtische. Er schiebt ihn direkt vor den großen Bildschirm und dreht ihn so, dass er in Richtung Tür und zu allen anderen zeigt. Dann bedeutet er mir, darauf Platz zu nehmen.

Zögerlich folge ich seiner stillen Anweisung und lasse mich angespannt nieder, die Hände auf den Knien übereinandergelegt.

Amber hat sich in eine Ecke gestellt und beobachtet die Szene ernster, als ich sie bisher kennengelernt habe. Ich schaue mich nach Tate um, zu dem sich inzwischen auch Hunt und Alivia gesellt haben. Mir wird ein wenig schlecht vor Aufregung, als ich das Team vereint sehe.

Haruo zieht sich selbst einen Stuhl heran und setzt sich schräg vor mich.

»Wird das wieder ein Verhör?«, frage ich tonlos.

»Ja«, antwortet er ehrlich. »Aber dieses Mal anders. Du musst uns alle Fragen so genau wie möglich beantworten. Wenn wir Grayson da rausbekommen wollen, brauchen wir so viele Informationen wie möglich. Klar?«

»Klar«, murmele ich.

Viele der Anwesenden treten einige Schritte auf uns zu, mit ernsten Blicken und angespannten Gesichtern.

»Ray konnte noch einen Hilferuf absenden«, sagt Tate und baut sich bullig hinter Haruo auf. Bis auf den Helm trägt er eine schwarze Einsatzuniform. Sein Aussehen schüchtert mich vor allem wegen unseres letzten Aufeinandertreffens ein, aber wenn er noch negative Gefühle mir gegenüber hegt, zeigt er nichts davon. »Es war wohl ein Überraschungsangriff?«

»Ich weiß es nicht genau«, gestehe ich. »Ich habe geschlafen. Als ich aufgewacht bin, war Ray bewusstlos, und sie haben nach mir gesucht.«

Einige Agents werfen einander Blicke zu. Ich weiß, was sie denken. Sie vertrauen mir nicht. Aber das muss mir jetzt egal sein. Ich bin hier, um Ray zu retten, nicht um mich selbst in ein besseres Licht zu rücken.

»Hast du eine Idee, wie sie euch gefunden haben?«, fragt Haruo laut.

Abermals kann ich keine gute Antwort liefern. »Ich habe keine Fahrzeuge gesehen. Aber ich hab mich ehrlich gesagt auch nicht genau vor dem Haus umgeschaut.«

»Und gesagt haben sie nichts?«

Ich versuche, die ganze Konversation mit Logan in meinem Kopf durchzugehen. »Er sagte, sie hätten viele Kontakte. Und dass es nicht lang gedauert hat, bis ihnen jemand von unserer Route berichtet hat«, antworte ich.

»Wie viele Personen haben sich dort befunden?«

»Logan und mindestens zwei weitere Personen habe ich mit eigenen Augen gesehen. Die anderen habe ich unter Steinen begraben, weil sie mich angreifen wollten.«

Er zieht eine Augenbraue hoch.

»Ich denke nicht, dass ich jemanden wirklich getroffen

habe«, murmele ich. Aber sicher bin ich mir nicht. »Von den Stimmen her waren es wohl insgesamt noch vier bis sechs weitere.«

»Jemand von der Hauptfamilie außer Logan?«

Ich schüttle den Kopf. »Nein, die hätte ich erkannt. Und Logan hat sie eher herumkommandiert.«

Einige der Anwesenden machen sich Notizen.

»Und du hast echt gegen Logan gekämpft?«, fragt Tate wieder. Einige werfen ihm entnervte Blicke zu, als wäre die Frage unnötig, aber ich antworte trotzdem.

»Natürlich. Ich habe versucht, Ray zu retten.« Ich presse die Lippen aufeinander. »Aber eigentlich hatte ich keine Chance.« Und ich wollte ihm nicht wehtun, aber ich weiß nicht genau, ob ich es geschafft hätte, selbst wenn ich es wirklich gewollt hätte.

»Welche Fähigkeiten hat er?«

Bewegung geht durch die Menge, und die Anwesenden stellen sich aufrechter hin oder eilen zu ihren Laptops. Vielleicht, um mitzuschreiben.

»Aus seinen Händen sind Blitze gekommen«, beginne ich. »Und er konnte mir einen Elektroschock mit ihnen versetzen. Er hatte wohl auch Kontrolle darüber, wie stark die Ladung ist, obwohl er mich mit der stärkeren nicht erwischt hat.«

Ein Raunen geht durch die Menge, und Haruo lehnt sich ein Stück weiter in meine Richtung. »Beschreib genauer. Wie sahen seine Bewegungen aus, wenn er die Fähigkeit eingesetzt hat? Hast du noch etwas anderes beobachtet?«

Ich denke nach, aber ich habe das Gefühl, dass alles viel zu schnell ging. »Er war von einem leichten blauen Leuchten umgeben, wenn er sich darauf vorbereitet hat, das einzusetzen. Aber sonst hat er nichts getan, um die Blitze zu erzeugen.«

»Sie sind einfach an seinen Händen aufgetaucht?«

Warum bin ich so nervös? Vielleicht, weil ich weiß, dass sie aufgrund meiner Aussagen falsche Prognosen stellen könnten. »Soweit ich gesehen habe, ja.«

Haruo presst die Finger auf die Lippen und schluckt schwer. Ich habe keine Ahnung, warum, aber alle um uns herum werden ein wenig blasser. Was hat das zu bedeuten?

»Heißt das, er ist der Erbe von Thor oder so?«, frage ich leise. »Oder Odin?«

»Es gibt viele Götter des Donners und des Blitzes«, sagt Haruo. »Aber wir wissen, dass Universal Heritage sich die Götter in ihrer Blutlinie sehr genau aussuchen und ihnen Odin sicher gut gefallen würde.«

Ich schlucke angestrengt und muss versuchen, mich zu konzentrieren, nicht zu viel an Logan zu denken, an unsere Vergangenheit. Sonst verliere ich mich wieder.

»Was noch?«, drängt Tate weiter.

Ich erzähle von seiner Schnelligkeit und berichte, wie eigenartig es aussieht, wenn er sich bewegt.

Während ich spreche, treten einige Menschen näher – höchstwahrscheinlich irgendwelche Experten –, stellen abermals einige Fragen und schreiben alles nieder.

»Fuck!«, grollt Haruo, nachdem ich meine Beschreibung der seltsamen Spur, die er für einige Sekunden bei seinen Bewegungen hinterlässt, beendet habe. »Meint ihr, er hat Shezmu?«, fragt er in die Runde.

Ich blinzle, weil ich diesen Namen noch nie gehört habe, aber die angespannte Stimmung auch nicht durchbrechen will, indem ich frage.

»Es würde passen«, sagt Tate ernst. »Nach dieser Fähigkeit suchen wir verdammt lang.«

»Er konnte sich außerdem unheimlich schnell heilen«, fahre ich fort, nachdem ich einige Momente auf weitere Fragen gewartet habe. »Ich habe gesehen, wie ein großer Stein aus der Wand ihn getroffen hat und die Wunde an seiner Wange sofort geheilt ist. Und die war wirklich tief. Ray hat ihn außerdem gestern mit ihrem Messer getroffen, und seine Hand war heute ganz verheilt.«

Einige Menschen fahren sich angestrengt durch die Haare, und Haruo streicht über seine geschlossenen Lider. »Aber er war verwundbar«, stellt er fest.

»Ja.«

»Was noch?«

»Das ist leider alles, das ich beobachten konnte.«

Die meisten Gesichter, in die ich schaue, wirken enttäuscht und besorgt. Ich denke genau über alles nach, was ich gesehen, empfunden und beobachtet habe, aber es fiel mir wirklich nicht mehr auf.

»Das sind drei von mindestens elf«, stöhnt Haruo. »Wenn wir davon ausgehen, dass sie auch auf Erben wie dich gezielt haben, die mehrere Fähigkeiten vereinen, dann könnte er noch deutlich mehr haben.«

»Fuck«, murmelt Tate, und viele andere wirken überaus unzufrieden. Leise Gespräche entwickeln sich wieder, und ich frage mich, wie es von hier aus weitergehen soll. Reicht das aus? Können wir jetzt anfangen, einen Plan zu schmieden?

Ich weiß nicht, wie sich diese Situation lösen lassen soll, und inzwischen habe ich die Hoffnung aufgegeben, dass das nur ein bizarrer Traum ist, aus dem ich irgendwann aufwache. Es ist viel zu chaotisch, und ich habe alles, was gestern geschehen ist, noch nicht mal zu einem geringen Prozentteil verarbeitet oder durchdacht.

Ich denke nicht, dass ich eine Entscheidung treffen kann. Aber als für mehrere Minuten niemand mehr etwas zu mir sagt, beschließe ich, meine Gedanken auszusprechen, damit wir vorankommen. »Sollte ich mich ergeben, um Ray rauszubekommen?«, frage ich freiheraus.

Ich weiß nicht, was ich tun soll, aber wenn sie irgendeinen Plan haben, wie ich helfen kann, bin ich bereit, es zu versuchen. Egal, was es ist.

Die meisten Anwesenden schütteln energisch den Kopf, und auch Haruo, der sich mit Tate, Hunt und Alivia unterhalten hat, dreht sich wieder zu mir. »Auf keinen Fall«, sagt er überraschend ruhig. »Das ist genau das, was sie wollen. Wir sind ihnen seit Jahren auf die Spur. Einige von uns schon seit Jahrzehnten.« Er fährt sich durch die dunklen Haare und wendet sich wieder mir zu, zieht seinen Stuhl näher zu mir heran. »Das alles kommt für uns auch überraschend, und ich wünschte, wir hätten mehr Zeit, uns vorzubereiten. Aber die haben wir nicht.«

»Ich hätte wach bleiben sollen«, murmele ich, mehr zu mir selbst als zu all den Anwesenden. »Dann hätte ich sie beschützen können.«

»Nein, das ist nicht deine Schuld.« Er sieht mich nicht an, als er das sagt. Ich wundere mich trotzdem darüber, dass er meint, mich beruhigen zu müssen.

»Wie geht es weiter?«, will ich wissen.

Zunächst antwortet niemand, dann ergreift Hunt das Wort. »Wir haben noch nicht alle Informationen, aber wir sollten zum Gegenschlag ansetzen«, sagt sie und schaut in die Runde. »U.H.R. wird bereits einen Plan haben, wie sie uns aufhalten, und je mehr Zeit wir ihnen geben, umso schwerer wird es, gegen sie anzukommen.« Sie wendet sich an den Direktor. »Lass mich eine Einsatztruppe zusammenstellen«, bittet sie ihn klar heraus.

Er sieht sie an und braucht nicht lang, um zustimmend zu nicken. »Wir müssen diesen Kult ein für alle Mal besiegen«, sagt er. »Das ist das erste Mal in der Geschichte der Behörde, dass sie sich zeigen, und wir haben Jahre und Jahrzehnte mit der Vorbereitung auf diesen Moment verbracht. Die Situation ist alles andere als optimal, doch wir dürfen nicht zögern.«

Er wendet sich mir zu, und ich fühle mich etwas nackt unter seinem Blick.

»Wir haben noch nicht alle Informationen«, fährt er klar und deutlich fort. »Aber mehr zumindest als jemals zuvor. Das müssen wir nutzen.«

Die meisten nicken zustimmend, einige sehen jedoch nicht sonderlich begeistert aus. Es wagt allerdings niemand, seine Stimme zum Gegenwort zu erheben.

Ich werfe abermals einen Blick zu Amber, die nach wie vor in einer Ecke steht und mit verschränkten Armen und ernstem Gesichtsausdruck lauscht.

»Lasst mich kämpfen«, bitte ich und sehe jeden Einzelnen an. »Wenn ihr zu einem Gegenschlag ansetzt, will ich dabei sein. Ich will noch einmal versuchen, es mit ihm aufzunehmen.«

»Du schaffst das nicht allein«, sagt Haruo. »Du hast selbst gesagt, dass du nicht gegen ihn angekommen bist. Oder hast du einen Plan, wie du gegen seine Elektrizität und seine Geschwindigkeit bestehen kannst?« Seine Frage klingt eindeutig wie eine Provokation, aber ich höre auch ehrliches Interesse heraus.

»Als ich vorhin gegen ihn gekämpft habe, habe ich ihn fast erwischt! Und mein Vorteil ist, dass er mich nicht töten wird, wenn sie mich wirklich für ihren Kult beanspruchen wollen«, entgegne ich.

»Und wenn sie es sich anders überlegen?«

Ich sage lieber nicht, dass ich sowieso nichts zu verlieren habe. Das klingt unzurechnungsfähiger, als ich mich fühle. »Werden sie nicht.«

»Trotzdem«, grummelt Haruo. »Es ist zu gefährlich. Du bist stark, aber nicht so stark. Und wenn sie es schaffen, dich gefangen zu nehmen, verschwinden sie und tauchen wieder für Jahrzehnte ab.«

Ich ziehe die Augenbrauen hoch. »Du hast doch gesehen, was ich schaffe«, sage ich eindringlicher. »Ich habe noch nie einen Menschen mit voller Kraft geschlagen.« Noch nicht mal mit halber. »Er ist vielleicht schneller als ich und hat coolere Fähigkeiten. Aber ich muss ihn nur *einmal* mit voller Kraft treffen. Nur einmal.«

»Um ihn zu töten?«

Ich runzle die Stirn. »Es würde schon reichen, wenn er bewusstlos ist, oder?« Ich will ihn nicht töten. Ich denke nicht mal, dass ich das kann.

»Wir sollten sie auf jeden Fall in den Plan miteinbeziehen«, unterbricht Tate unser Gespräch und legt Haruo die Hand auf die Schulter.

Dieser lehnt sich zurück und seufzt, während er mich ansieht, offenbar überhaupt nicht zufrieden mit dieser Vorstellung.

»Ich stelle euch einen Raum für eure Besprechung zur Verfügung«, sagt der Direktor. »Und selbstverständlich jede Ressource, die ihr braucht.«

»Gut«, sagt Hunt und bedeutet mir mit einem Nicken,

mich zu erheben. Sie, Alivia, Tate und Haruo versammeln sich um den Direktor.

Ich stelle mich zögerlich in die Runde.

»Ich gebe euch fünf Stunden«, sagt er. »Dann will ich, dass ihr eine Strategie ausgearbeitet habt.«

Das Besprechungszimmer ist ein gewöhnlicher Meetingraum, aus dem einige Agents strömen, um uns Platz zu machen. Der lange Tisch in der Mitte hat viel zu viele Stühle für uns, aber wir setzen uns an das unterste Ende, und ich schaue in die Gesichter der Anwesenden.

Haruo hat sich neben mich gesetzt, aber wir sehen einander nicht an. Tate, Hunt und Alivia sitzen mir gegenüber, und neben Haruo hat überraschenderweise Amber Platz genommen. Sie hat auf dem Weg hierher nichts gesagt, und die anderen beachten sie so wenig, dass ich mich kurz frage, ob sie sie überhaupt sehen.

»Okay«, beginnt Tate. »Wir müssen davon ausgehen, dass deutlich mehr Mitglieder des Kults am Standpunkt sein werden, wenn wir ankommen. Ich schlage also mindestens fünf vollbesetzte Einsatzteams vor.«

»Bin auch dafür«, stimmt Hunt ihm zu. »Ich mach mir Gedanken drum, wie viele Agents wir insgesamt einsetzen sollten.«

»Geht klar.«

»Am besten wäre, wenn unsere Teams die anwesenden Mitglieder des Kults unschädlich machen könnten, während die Slayer sich um Logan kümmern«, sagt Haruo.

Die Slayer. Sie bezeichnen sich also selbst auch so.

»Und ein Team muss Grayson retten, damit sie sie nicht länger als Druckmittel einsetzen können«, überlegt Alivia leise. »Vielleicht wäre es sogar das Wichtigste, sie zuerst zu retten, um danach freiere Hand zu haben und nicht in eine Geiselsituation zu geraten.«

»Ich schätze, dass Logan Ray persönlich beschützen wird«, werfe ich ein. »Das hat er auch getan, als ich noch dort war.«

»Ja?«, will Alivia wissen, und ich nicke bestimmt.

»Die anderen haben nach mir gesucht, aber er ist die ganze Zeit bei ihr geblieben.«

»Dann müssen wir ihm so zusetzen, dass er von ihr ablässt«, murmelt Haruo. Nach der Sorge auf seinem Gesicht zu urteilen, ist er nicht sehr zuversichtlich, dass dieser Plan funktionieren wird. Aber ihm ist sicherlich genauso klar wie den anderen, dass wir es versuchen müssen.

Tate ruft eine Karte auf, die er auf die Wand vor uns projiziert, und wir drehen die Köpfe, um den Grundriss des Gebäudes genau zu studieren. Ich erkläre, dass die Kultmitglieder sich eigentlich nur im Wohnzimmer, im rechten Esszimmer oder im oberen rechten Bereich der Galerie befinden können, weil ich den Rest zerstört habe. »Sofern sie sich nicht die Mühe gemacht haben, all die Steine wegzuschaffen, sollten die anderen Bereiche nicht mehr zu betreten sein.«

Tate zieht die Augenbrauen ungläubig nach oben. »Das schöne Haus.«

Ich presse die Lippen aufeinander und ziehe sie zu einem ironischen Lächeln zusammen. »Das war leider ein Opfer, das ich bringen musste.«

»Okay, aber das ist schon mal gut fürs Teambriefing zu wissen«, übergeht Hunt unser Geplänkel streng.

»Wir sollten Logan so schnell wie möglich festsetzen. Vielleicht können wir dann einige seiner Fähigkeiten blockieren, wenn wir ihm keine Zeit lassen, seine Trigger zu erreichen.«

»Unwahrscheinlich«, murmelt Alivia. »Sie sind auf uns vorbereitet, also wird er sich ihnen dauerhaft aussetzen, wenn möglich.«

»Oder es ist wie bei Tycho, und er hat einen Trigger für all seine Fähigkeiten«, überlegt Haruo laut, und alle wenden sich mir zu. »Diese Fälle mit gepaarten Fähigkeiten hatten wir bisher so selten, dass kaum Statistiken vorliegen.«

»Das wäre ziemlich krass«, murmelt Tate und lehnt sich zurück.

»Ihr meint mit Trigger so was wie bei mir den Alkohol, oder?«, frage ich nach, nur um sicherzugehen.

»Oder bei Amber die Samen, ja«, bestätigt Alivia ruhig. Sie hat eine so weiche, entwaffnende Art im Gegensatz zu den anderen. »In neunzig Prozent der Fälle ist es ein Nahrungsmittel. Es können aber auch andere Einflüsse Kräfte aktivieren.«

»Also denkt ihr, er muss etwas zu sich nehmen, um seine Kräfte einzusetzen?«

»Höchstwahrscheinlich«, antwortet Tate. »Gibt es denn etwas, das er immer isst oder tut? Zumindest in gesteigertem Maße? Irgendwelche auffälligen Macken und Marotten?«

Ich verziehe überlegend den Mund, dann lache ich über meinen eigenen Gedanken. »Er liest immer Selbsthilfe-Ratgeber«, sage ich und schmunzle.

Tate macht sich Notizen, und die anderen nicken alle.

»Das war ein Scherz«, stelle ich klar, aber Haruo schüttelt sofort den Kopf.

»Nein, das könnte durchaus ein Trigger scin.«

»Was?« Ich kneife dic Augen zusammen und überlege,

welche Fähigkeit oder welcher Gott mit so etwas in Verbindung stehen könnte.

»Es wundert mich, dass du das überhaupt infrage stellst«, sagt er mit einem Hauch Abschätzigkeit in der Stimme. »Sonst noch was?«

Ich gehe unsere gemeinsame Geschichte durch, und verdammt, wenn irgendjemandem so ein Verhalten hätte auffallen sollen, dann doch wohl mir. Immerhin gibt es niemanden, der mehr Zeit mit ihm verbracht hat als ich. Aber mir fällt nichts ein, was außergewöhnlich oder abweichend der Norm wäre.

»Die Familie hat eine Katze, oder?«, fragt Haruo, und ich nicke.

»Ja, einen weißen Kater namens Buddy. Aber Logan hat nie viel Zeit mit ihm verbracht.«

»Könnte aber was sein«, murmelt Tate, konzentriert auf sein Tablet schauend.

»Sonst fällt mir nichts ein«, seufze ich. »Er hat sich eigentlich immer normal verhalten.« Rückblickend betrachtet vielleicht zu normal, aber wie soll man so etwas messen? »Tut mir leid.«

»Kein Grund, dich zu entschuldigen«, sagt Alivia, während Haruo überaus unzufrieden dreinschaut. »Er hat sich sicherlich alle Mühe gegeben, das vor dir geheim zu halten, also kannst du es gar nicht wissen.«

Warum fühlt es sich nicht so an, als wäre das wahr?

»Also können wir den Teil des Plans wohl vergessen«, sagt Haruo. »Ich würde ihn trotzdem gleich angreifen, selbst wenn wir nicht wissen, was seine Trigger sind.«

»Klar«, murmelt Hunt. »Mehrere Teams, die gleichzeitig zugreifen, könnte chaotisch werden, also brauchen wir eine Tech-Unit.«

»Die können wir im Wald verstecken«, sagt Tate und markiert den Ort auf der Karte. »Dort sollten wir uns treffen und die Teams um das Gebäude herum platzieren.«

»Ich hab eine Idee, die ich noch mit einem Techniker besprechen muss«, sagt Hunt gedankenverloren. »Also ein Team für Grayson, zwei Teams für die Anhänger, mit zwei Einsatzteams *on hold*, je nachdem, mit wie viel Widerstand sie zu rechnen haben.«

»Klingt gut«, stimmen alle zu.

Ich sehe in die Runde und überlege, ob ich meinen nächsten Gedanken aussprechen soll. Aber da für einige Sekunden niemand etwas sagt, wage ich den Schritt.

»Kann Amber nicht helfen?«, will ich wissen und schaue in alle Gesichter. Niemand reagiert, also wende ich mich direkt an sie. »Ich meine, dass jemand in das Gebäude gehen könnte, um die Samen dort zu kauen, und du holst Ray dann heraus. So geht das doch, oder?«

Ich schaue sie an, und dann abermals zu den anderen, aber es sieht aus, als wüssten alle bereits, dass das keine Option ist.

»Das funktioniert leider nicht«, speist Amber mich ab, ohne sich zu erklären.

Die Augenbrauen zusammengezogen, schüttle ich den Kopf und will noch nicht aufgeben. »Warum?«

»Ich habe nicht vor, mich mit denen anzulegen«, sagt sie langsam, als wäre sie gar nicht darauf vorbereitet gewesen, sich für ihre Absage rechtfertigen zu müssen.

»Warum?«, wiederhole ich. Ich bin so verwundert, dass sie nicht helfen will, obwohl es leicht für sie wäre.

»Stell ihr keine Fragen, du bekommst eh keine Antworten«, sagt Haruo nüchtern und will offenbar weitermachen.

Ich schaue Amber verwundert an, aber sie weicht meinem Blick aus. Ich verstehe es nicht. Mir hat sie doch auch geholfen. Sogar von sich aus. Aber die anderen scheinen dieses Verhalten gar nicht zu hinterfragen, während es mich frustriert.

»Es gibt doch auch andere Erben bei euch«, fahre ich trotzdem fort. »Werden die auch helfen?«

»Von denen ist keiner zum Kampf ausgebildet«, wehrt Hunt meinen Vorschlag schon ab, kaum dass ich den Satz zu Ende gesprochen habe. »Und nicht jeder hat so … schlagfertige Fähigkeiten wie du.«

Ich verziehe enttäuscht den Mund, als Hunt sich schon wieder an die Gruppe wendet. »Wir kümmern uns um Logan.«

Alle nicken, und ich blinzle schockiert. »Ihr allein wollt euch um Logan kümmern?«, frage ich und sehe jeden Anwesenden nacheinander an. »Habt ihr auch besondere Kräfte, oder …?« Ich weiß nicht mal, wie ich es formulieren soll, aber ich kann mir nicht vorstellen, dass sie ihn mit gewöhnlichen Schusswaffen besiegen können.

»Das klappt schon«, sagt Tate, ein sicheres Lächeln auf den Lippen.

Woher nimmt er dieses Selbstbewusstsein? Ich bezweifle, dass seine Muskeln ihm im Kampf gegen Logan helfen werden.

»Und was tue ich?«, frage ich weiter und schaue abermals in die Runde. »Bin ich bei euch?«

»Auf keinen Fall«, sagt Hunt und sieht mich überaus besorgt an. »Sobald sie dich bekommen, werden sie verschwinden. Wenn Logan so schnell ist, gibt es nur eine einzige Chance, ihn zu erwischen. Wir müssen ihn dazu bringen, gegen uns zu kämpfen. Und ich schätze, sobald sie dich haben, haben sie keinen Grund mehr dazu.«

»Das denke ich nicht«, mischt Haruo sich mit düsterem Blick ein. »Sie haben uns schon einige Male unvermittelt angegriffen, einfach um uns Schaden zuzufügen. Ich denke durchaus, dass sie auch Interesse daran haben, uns alle zu töten, selbst wenn sie Hard Liquor bekommen.« Er schaut zu mir. »Tycho, meine ich.«

Also nennen sie mich wirklich so. Ich kann nicht anders, als zu denken, dass Hard Liquor ein viel coolerer Superheldenname ist als Captain Wodka.

»Ich bin trotzdem dafür, dass wir sie hierlassen«, sagt Haruo.

Wie abgesprochen, schütteln die anderen drei die Köpfe.

»Nein, das wäre bescheuert«, sagt Hunt entschlossen. »Erstens kann es gut sein, dass sie in New York weitere Mitglieder stationiert haben, die versuchen werden, uns anzugreifen, sobald wir unsere Aktion starten. Zweitens ist sie höchstwahrscheinlich sicherer bei uns. Und drittens ist sie eine starke Kämpferin. Wir können sie gebrauchen.«

»Ich lasse hier niemanden rein, wenn sie angreifen«, mischt Amber sich selbstsicher ein.

Keiner sieht sie an, aber Haruo verdreht die Augen. »Klar«, murrt er. »Du lässt nur Leute raus, wenn du nicht sollst.«

Sie geht nicht darauf ein, und ich schätze, dass ich noch eine Weile brauchen werde, um zu verstehen, welche Position sie hier genau einnimmt. Aber das ist jetzt unwichtig.

Haruo wendet sich an Tate. »Ihr wollt wirklich Tychos Kräfte nutzen?«

Langsam wird mir unwohl dabei, dass sie über mich sprechen, als wäre ich gar nicht anwesend.

Niemand antwortet ihm, also zieht er die Augenbrauen

hoch. »Ihr wisst, dass sie das nicht unter Kontrolle hat, oder?«

»Ich hab's eigentlich ganz okay unter Kontrolle«, murmele ich. Ich habe noch nie jemanden angegriffen, den ich nicht angreifen wollte. Das ist doch schon mal gut.

»Du vertraust ihr nicht«, sagt Alivia, und er verzieht den Mund. Hat er Angst, dass ich mich doch gegen sie wende?

»Wir nehmen sie mit«, beschließt Hunt, die offenbar keine Lust hat, weiter darüber zu diskutieren. Tatsächlich sieht sie mich danach direkt an. »Ich würde sie aber einem der Ersatzteams zuordnen. Als Teil der Truppe, die eingreift, wenn wir Hilfe brauchen. Okay?«

Ich nicke entschlossen. Ich nehme alles, was sie mir vorschlagen. »Okay!«

»Dort können dich im Notfall auch die anderen Agents verteidigen, falls du angegriffen wirst.«

Ich atme tief ein und nicke verstehend. »Ihr erlaubt mir also, Alkohol zu trinken?«, will ich ganz sichergehen, und alle bis auf Haruo nicken.

»Nur dieses *eine* Mal«, schaltet er sich ein und sieht mich überaus streng an. »Und wenn wir es schaffen, dann das letzte Mal. Verstanden?«

Ich weiß nicht, ob ich darauf antworten kann.

»Wenn dieser Scheiß vorbei ist, wir Ray da rausbekommen und U.H.R. besiegen, gehst du zu den Anonymen Alkoholikern. Ich begleite dich persönlich hin, wenn es sein muss. Verstanden?«

Ich schlucke angestrengt, weil ich noch immer nicht verstehe, warum er sich mir gegenüber so verhält. »Verstanden«, murmele ich leise. Ich weiß nicht, ob ich es ehrlich meine, aber gleichzeitig zweifle ich nicht daran, dass er seine Drohung wahrmacht.

»Gut«, sagt Tate. »Dann müssen wir dir deinen Stoff besorgen. Hast du 'ne Lieblingssorte?« Er sieht mich an und blinzelt einige Male. »Wodka, nehme ich an?«

»Alles Hochprozentige geht«, antworte ich ehrlich. »Geschmack spielt keine Rolle.«

»Und wie bekommen wir dich am schnellsten betrunken?«

»Ich hab mal was von einer Alkohol-Sauna gelesen«, sagt Hunt und schaut mich interessiert an.

»Was?«, keuche ich. »Was soll das denn sein?«

»Na, Sauna-Aufguss mit Wodka anstelle von Wasser.«

Ich blinzle schockiert. »Also ich habe nicht vor, an einer Vergiftung zu sterben.« Ich lächle angespannt. »Aber danke.«

»In Alkohol getränkte Tampons«, sagt Amber, und jetzt drehen sich alle zu ihr um.

»Ich trinke es ganz normal durch meinen Mund, wenn das okay ist«, sage ich langsam und hoffe, dass ich darüber nicht diskutieren muss. »Aber danke für die kreativen Ideen.« Es ist unangenehm, dass keiner lacht und ich es mir verkneifen muss. Ray hätte sicher gelacht. Ich hoffe, dass ich ihr später von dieser eigenartigen Situation erzählen kann.

»Du brauchst Ausrüstung, falls es zum Kampf kommt«, fährt Tate fort. »Was hättest du gern?«

Die Frage kommt unerwartet. »Ich will mich vor allem gut bewegen können«, antworte ich also ehrlich.

»Du bist aber auch verwundbar. Wir dürfen kein Risiko eingehen.«

»Ich würde ihr eine normale Schutzweste geben«, sagt Hunt und betrachtet mich von oben bis unten. »Und einen undurchlässigen Anzug, mit dem es ihnen schwerer fallen sollte, dich zu betäuben.«

»Kugeln können die Dinger aber nicht abfangen«, erklärt Tate, »also halt dich zurück.«

»Als ich geflohen bin, haben sie mit richtigen Kugeln auf mich geschossen«, erkläre ich. »Sie wollten mich um jeden Preis festsetzen.«

»Vielleicht haben sie einen Heiler«, überlegt Hunt laut. »Höchstwahrscheinlich sogar.«

»Vielleicht kann Logan auch andere heilen. Er hat die Fähigkeit ja, es ist nicht selten, dass das übertragbar ist.«

»Wenn sie einen Anzug bekommt, am besten was nicht Leitendes«, sagt Haruo. »Für uns alle. Haben wir so was?«

Tate wiegt den Kopf hin und her. »Leider nichts, was so hohe Ladungen abfangen kann. Aber ein bisschen was Schockresistentes haben wir schon.«

»Ich bezweifle, dass er uns mit geringen Ladungen angreifen wird«, sagt Alivia, und ich nicke energisch. »Aber sicher ist sicher.«

KAPITEL 31

WIESO ICH NICHT GEWINNEN KANN

Im Auto riecht es nach billigem Lufterfrischer und Staub. Der Feldweg, über den wir holpern, ist so uneben, dass ich mich vermutlich übergebe, wenn wir nicht bald ankommen.

Aber ich darf nicht aufhören, also richte ich meinen Blick konzentriert nach vorn und nehme einen weiteren Schluck aus meiner Whiskeyflasche.

Die Landschaft vor den Fenstern ist schön. Zwischen den Bäumen hat der Schnee den Waldboden erreicht und ihn mit einer dicken Schicht bedeckt, durch die wir uns voranarbeiten. Trotzdem stehen die Stämme so dicht, dass ich kaum weiter als einige Meter schauen kann und dass es hier unten, trotz der kargen Äste und Zweige, überraschend dunkel ist.

Ich habe das Gefühl, jetzt schon so betrunken zu sein wie niemals zuvor. Es ist nicht nur die Aufregung, es ist auch die Angst, die so tief in meinen Knochen sitzt, dass jeder Schluck sich anfühlt wie ein kleiner Moment der Ruhe für meine Seele.

Die Beine auf dem Sitz an meine Brust gezogen, den

Blick aus dem Fenster gerichtet, fühle ich mich, als stünde mein Inneres in Flammen. Jeder Gedanke, der mir in den Sinn kommt, befeuert den Sturm aus schwarzem Feuer in meinem Inneren. Die Sorge um Ray. Die Wut auf Logans Familie. Die Enttäuschung und auch die Sorge um ihn. Dass ich nicht möchte, dass er stirbt. Dass ich es nicht sehen will. Dass ich aber auch nicht will, dass er und die anderen weitermachen können wie bisher.

Das alles macht mir Angst.

Ich nehme noch einen Schluck aus der Flasche. Bald ist sie leer, und eigentlich kann ich gar nicht richtig geradeaus schauen. Wenn das Auto noch über ein paar Hügel fährt, muss ich mich wirklich …

»Wehe, du kotzt«, murmelt Haruo neben mir, als hätte er meine Gedanken gelesen.

Ich schlucke angestrengt und grummle zustimmend, ohne ihn anzusehen. Ich verstehe, warum wir uns alle in dieses winzige Auto quetschen mussten, um eventuellen Außenposten des Kults auf den Straßen nicht aufzufallen, aber ein Wagen, bei dem man nicht jede winzige Erschütterung spürt, wäre sehr hilfreich gewesen.

Haruo, Alivia und ich sitzen auf der Rückbank, Tate steuert, und Hunt hat auf dem Beifahrersitz Platz genommen und führt dauerhaft koordinatorische Gespräche über ihr Headset. Die anderen haben bisher geschwiegen oder nur sehr nötige Dinge besprochen, also habe ich mir ebenfalls alle Fragen verkniffen.

Je näher wir unserem Treffpunkt kommen, umso unruhiger werde ich allerdings. »Was denkt ihr, wie unsere Chancen stehen?«

»Halb, halb, würde ich sagen«, antwortet Tate sofort, klingt jedoch nicht sehr zuversichtlich.

»Wir schaffen es auf jeden Fall«, entgegnet Alivia und lehnt sich ein Stück vor, um an Haruo vorbei zu mir zu schauen und mir ein Lächeln zu schenken. »Wir haben bisher alles geschafft.«

Haben sie das? Von dem, was ich über diese Behörde erfahren habe, haben sie auch schon ganz schön eingesteckt. Also ist ihre Prognose vielleicht nur so positiv, um mich zu beruhigen.

»Seid ihr sicher, dass ich nicht mit dem Team gehen soll, das Ray rettet?«, will ich wissen, weil ich die ganze Fahrt darüber nachgedacht habe, wie furchtbar es sein wird, im Wagen zu warten, während die anderen kämpfen.

»Sehr sicher«, antwortet Haruo allerdings grollend. »Und jetzt Klappe, Emo-Cheerleader.«

Ich werfe ihm einen überaus verwunderten Blick zu, sage aber nichts und schaue ebenfalls nach vorn.

Durch die Frontscheibe kommt eine Ansammlung weiterer Wagen in Sicht. Endlich. Die Autos sind alle so gewöhnlich wie das, in dem wir Platz genommen haben. Wir bilden das Schlusslicht, während einige der anderen hier bereits seit einigen Stunden warten. Um nicht aufzufallen, haben sich die Einheiten dem Safe House in großen und ungleichmäßigen Abständen zueinander genähert. Außerdem sind alle auf unterschiedlichen Routen mit vielen verschiedenen Abbiegungen gefahren und haben sich in den normalen Verkehr gemischt, was hoffentlich keine Aufmerksamkeit erregt hat.

Nur das Technikfahrzeug fällt aus dem Raster. Es ist als Lieferwagen mit bunter Aufschrift getarnt.

Tate fährt noch ein Stück vor, dann schaltet er den Motor aus und lehnt sich zurück.

Hunt setzt sich aufrechter hin und bespricht sich anscheinend mit den anderen Teamleads, dann schaltet sie einen Kanal frei, den wir alle hören.

»Okay, wir sind alle hier. Es geht also los«, höre ich sie sowohl über mein Headset als auch direkt vor mir.

»Noch mal für alle der grobe Ablauf. Fragen am Ende. Wir verteilen uns auf den markierten Punkten im Wald um das Gebäude herum. Sobald alle an ihren Standpunkten sind, loggt sich Winston in die Überwachungsmechanismen des Gebäudes ein und spielt Dauerschleifen auf die Überwachungsbildschirme, sodass wir nicht sofort bemerkt werden sollten. Vor allem in den Außenbereichen.

Wir wissen, dass Grayson Zugriff auf die Kamerabilder hatte und Logan es ebenfalls geschafft hat, ihrer Überwachung aus dem Weg zu gehen. Das könnte eine Fähigkeit von ihm sein, aber da wir inzwischen die Wärmebilder der Satelliten aufrufen konnten, können wir die Anzahl der Personen im Gebäude sicher benennen. Selbst wenn Logan oder einer der anderen in der Lage sein sollte, sich unsichtbar zu machen.

Wir haben festgestellt, dass sich dreiunddreißig Personen im Inneren befinden. Das sind mehr als zunächst angenommen, also werden wir ein Ersatzteam gleich mit reinschicken, damit wir zahlentechnisch überlegen sind.«

Sie macht eine kurze Pause, und ich versuche wirklich, mich auf ihre Worte zu konzentrieren, während ich an mir hinabschaue. Ich trage dieselbe Tarnkleidung wie alle anderen. Sie ist weiß mit einigen grauen und schwarzen Punkten, damit wir hoffentlich so lang wie möglich in der Winterlandschaft unentdeckt bleiben.

»Die Teamleads stehen ständig in Kontakt«, fährt Hunt fort. »Sobald eins der Einsatzteams entdeckt wurde, können wir ruhig etwas Krach machen, damit es dem Team, das Ray rettet, leichter fällt, verborgen zu bleiben.

Wir haben Grayson inzwischen auch lokalisiert. Sie befindet sich im Südost-Flügel des Gebäudes, bewacht von fünf Personen. Wir können allerdings erst bei direktem Sichtkontakt einschätzen, ob es gewöhnliche Kultmitglieder sind oder ob Logan auch unter ihnen ist. Alles klar so weit?«

Die Teamleads bestätigen, und ich nicke ebenfalls vor mich hin.

»Ihr kennt ja das Prozedere. Wenn Unterstützung benötigt wird, wird das zusätzliche Ersatzteam losgeschickt. Tycho, du handelst nur auf meinen Befehl, verstanden?«

»Verstanden«, murmele ich.

Sie wendet sich zu mir um und sieht mich durchdringend an. »Ich meine es ernst. Wenn du meine Mission versaust, ziehe ich dich persönlich zur Verantwortung.«

»Klar«, nuschele ich. Sie kann mir in diesem Zustand nicht drohen, aber ich denke eh, dass es nicht so weit kommt.

»Und noch mal für alle zum Mitschreiben«, sagt sie streng. »Wir machen heute *keine* Gefangenen. Wir holen unseren Agenten da raus. Das ist unsere einzige und oberste Mission. Haben wir es geschafft, bringt sich jeder in Sicherheit. Okay?«

»Jawohl!«

»Niemand – und ich wiederhole: *niemand* – stellt sich dem Erben in den Weg. Versucht nicht, gegen ihn zu kämpfen. Verteidigt euch, sollte er euch angreifen, aber flieht, sobald ihr die Chance habt. Keine Helden hier. Die Slayer werden sich seiner annehmen. Wir rücken mit den Teams aus und kümmern uns um ihn. Wie immer: Keiner mischt sich in unseren Kampf ein. Selbst wenn's schlecht aussehen sollte. Niemand geht dazwischen. Klar?«

»Jawohl«, wiederholen alle, und ich frage mich wirklich, wie dieser Kampf aussehen wird. Ähnlich wie der, den sie gegen mich in der Behörde geführt haben?

»Tycho, auch du nicht«, weist sie mich noch einmal gesondert hin. »Klar?«

»Klar«, stöhne ich.

Ein Teil von mir kann es kaum erwarten, dass all diesen furchtbaren Menschen auf die furchtbarste Weise eingeheizt wird, die man sich vorstellen kann. Dass sie und Logan für ihre Taten büßen.

Gleichzeitig gibt es nicht genügend Alkohol auf der Welt, um den Teil in mir, der noch bei Bewusstsein ist, darüber hinwegzutäuschen, wie schlimm es ist, was gerade passiert.

»Wir sind uns nicht sicher, ob die Hauptfamilie sich ebenfalls im Gebäude befindet. Achtet darauf. Es kann sein, dass die Mitglieder nach wie vor rudimentäre Fähigkeiten haben. Alles klar?«

»Alles klar!«, wiederholen alle im Chor.

Danach öffnen sie die Türen der Wagen, und die Einsatzteams steigen aus, um sich kurz in einem Kreis zu versammeln. Auch mein Team schließt sich ihnen an. Ich bleibe im Wagen sitzen und beobachte die Menschen, wie sie sich noch kurz miteinander besprechen. Sie haben ihre Sprachkanäle nicht geöffnet, also gehe ich davon aus, dass die Worte keine Relevanz für mich haben.

Obwohl eiskalte Luft hereinkommt und mein Anzug nicht sonderlich dick ist, sammelt sich Schweiß auf meiner Stirn. Mein Blick verliert ständig seinen Fokus, und ich weiß, dass ich aufhören muss zu trinken, wenn ich noch in der Lage sein will, zu laufen. Aber es fällt mir so schwer, mich nicht an dem Getränk festzuhalten.

Nach einigen Minuten trennen sich die Teams und gehen rasch in unterschiedliche Richtungen davon. Die Slayer drehen sich gemeinsam noch einmal zu mir um, und Hunt ruckt mit ihrem Kopf zum Technikwagen, um mir zu bedeuten, dass ich mich dort aufhalten soll.

Dann setzen auch sie sich in Bewegung.

»Macht ihr solche Großaktionen öfter?«

Im Technikwagen ist es dunkel, und ich beobachte alles über die vielen Bildschirme, die das Team – bestehend aus zwei Männern – in Windeseile aufgebaut hat. Jeder Muskel ist angespannt, als alle Teams nach und nach bestätigen, dass sie auf ihren Positionen angekommen sind.

»Was?« Der Kerl namens Winston dreht sich zu mir um. »Sprich deutlich, wenn du mit mir redest.«

Nuschle ich so sehr? »Ob ihr solche Aktionen öfter macht«, versuche ich so klar wie möglich zu fragen. Jetzt höre ich auch, wie undeutlich meine Aussprache ist.

»Wir haben keine Zeit, um Small Talk zu führen«, antwortet der Kerl nun wiederum, und ich blinzle irritiert zu seinem Assistenten. Der verzieht entschuldigend den Mund.

Es ist nicht so, dass ich mich mit ihnen anfreunden will. Ich suche nur nach einem Weg, die Stille zu überbrücken und mich davon abzuhalten, in Gedankenspiralen zu versinken. Aber ich verstehe schon, warum das unerwünscht ist.

Wir warten also schweigend, bis Hunt endlich das Signal gibt, Winston den Knopf für die Übertragung betätigt, Hunt Rückmeldung gibt und daraufhin alle losstürmen.

Auf den Bildschirmen sind mehrere Bodycams zu sehen, zusammen mit den eigentlichen Aufnahmen der Überwachungskameras. Es dauert nur wenige Momente, bis die Einheiten an ihren Positionen aus dem Wald brechen und mit erhobenen Waffen aus allen Richtungen auf das Haus zustürmen.

Mein Herz schlägt mir bis zum Hals, obwohl ich aufgrund all des Whiskeys in meinem Blut gar nichts mehr spüren sollte. Aber in so einer Situation habe ich mich noch nie befunden, und … es stand noch nie so viel auf dem Spiel.

Wenn sie es nur schaffen, Ray da rauszubekommen. Das ist alles, was ich will, also klebt mein Blick vor allem an den Kameras, die das Team verfolgen, das sich ein wenig hinter allen anderen hält, um sich im Eifer des Gefechts in das Zimmer vorzukämpfen, in dem sie untergekommen ist.

Die Kameras übertragen keinen Ton, sodass nur die Durchsagen der Teamleads zu hören sind, die konstant ihre Positionen durchgeben.

Mein Blick wandert zu dem ersten Team, das Sichtkontakt zu Kultmitgliedern hat. Es sind zwei junge Männer, die vor einer der großen Türen am Hintereingang positioniert sind und offenbar Wache schieben. Sie unterhalten sich so angeregt miteinander, dass sie die drohende Gefahr nicht wahrnehmen.

Nach zwei gezielten Schüssen sind sie tot und sinken leblos zu Boden.

Mir wird schlecht.

Ich kannte diese Personen nicht, aber ich kann nicht … das … das fühlt sich so irreal an. Ich presse die Fingerkuppen auf meine tauben Lippen, und der Techniker bellt:

»Wenn du kotzen musst, dann verschwinde aus meinem Wagen!«

Aber es geht schon. Es muss.

Jede Sekunde fühlt sich endlos an, und mein Blick huscht immer wirrer über die Bildschirme, in der Hoffnung, auf einem Ray zu sehen. Und Logan. Unter dem Einfluss von so viel Alkohol bin ich zu schwach geworden, um vor mir selbst leugnen zu können, dass ich hoffe, sie töten ihn nicht.

Das Team, das die Männer erschossen hat, positioniert sich am Hintereingang. Sie spähen in die Fenster und geben durch, was sie sehen.

»Haben klaren Blick auf die Eingangshalle. Von der Zerstörung der Galerie ist nichts zu sehen.«

»Was?«, schaltet Hunt sich ein. »Tycho, bist du sicher, dass du den Bereich zerstört hast?«

»Ja, zu hundert Prozent«, gebe ich durch, den kleinen Knopf an meinem Headset betätigend. Ich lehne mich ein Stück vor, um ebenfalls sehen zu können, was durch die Fenster zu erkennen ist. Aber tatsächlich. Alles scheint vollkommen intakt zu sein.

Wie ist das möglich?

»Die ganze rechte Wand lag in Trümmern, inklusive der Galerie. Ich habe mehrere Pfeiler eingerissen«, sage ich, ehrlich bemüht, so klar und deutlich wie möglich zu sprechen.

»Es sieht vollkommen intakt aus«, sagt der Teamleader. »Kein Zeichen einer Zerstörung.«

»Dann muss das eine seiner Fähigkeiten sein«, sagt Hunt. »Vielleicht ist er in der Lage, Steine oder große Gegenstände zu bewegen. Achtet darauf.«

Noch eine so starke Fähigkeit?

Meine Hoffnung, dass die anderen eine Chance haben, gegen ihn anzukommen, sinkt weiter.

Nach und nach geben alle Teams durch, dass sie auf ihren Positionen angekommen sind, und meine Anspannung wird von Sekunde zu Sekunde größer.

Auf einem anderen Bildschirm erkenne ich, dass es eine Gegenüberstellung mit zwei weiteren Kultangehörigen gibt, sobald der Teamlead übermittelt, dass sie Kontakt haben. Auch diese beiden werden sofort erschossen, aber wie es aussieht, gelingt es ihnen vorher noch, eine Durchsage machen.

Ich spanne mich an. Jetzt geht es los!

»Eliminiert!«, gibt der Teamlead sofort durch. »Aber wir sind höchstwahrscheinlich aufgeflogen.«

»Dann stürmen!«, ruft Hunt entschlossen. »Los, los, los!«

Die Teams an den drei Eingängen stürzen hinein; eins geht durch die Fenster des Flügels, in dem Ray sich befindet. Ich verfolge ihre Positionen auf der Wärmebildkamera und sehe, wie sich die Personen einander nähern. Ich kann gar nicht mehr stillsitzen.

Die Kultmitglieder innerhalb des Hauses beginnen umherzuschwirren wie Bienen in einem Stock.

Schüsse fallen, aber in den ersten Sekunden gibt es keine weiteren Toten. Soweit ich erkennen kann, sind die U.H.R.-Anhänger im Inneren des Gebäudes deutlich besser ausgerüstet als die ersten, die den Teams begegnet sind. Die Agents treffen auf so viel Gegenfeuer, dass viele sich in Deckung bringen müssen, um nicht direkt erledigt zu werden.

Es herrscht so viel Chaos, dass ich schnell Probleme bekomme, auseinanderzuhalten, wer gegen wen kämpft und wie es aussieht.

Ich richte meinen Blick also abermals auf das Team, das sich zu Ray vorkämpft. Gleichzeitig verstehe ich nicht, wie die Techniker so ruhig bleiben können bei so vielen Bildern, die sie auf einmal verfolgen müssen.

Es dauert einige Momente, bis ich meinen verschwommenen Blick ausreichend fokussieren kann, um zu erkennen, warum die beiden Techniker aufstöhnen. Und mir läuft trotz der Hitze in meinem Inneren ein eiskalter Schauer über den Körper. Logan befindet sich in dem Zimmer, in dem das Team ist. Und seine Familie ist bei ihm.

Sein wütendes Gesicht zu sehen steigert meine Übelkeit nur weiter. Mein Herz macht einen Aussetzer, um im nächsten Moment viel zu schnell weiterzuschlagen.

Logan stellt sich schützend vor seine Familie, und das Rettungsteam weicht augenblicklich zurück.

»Wir haben den Erben gesichtet«, gibt der Teamleader stöhnend durch. »Im Südost-Flügel.«

Nur kurz huscht mein Blick zu den Bodycams der Slayer hinüber, die sich sofort in die entsprechende Richtung in Bewegung setzen. Es wird nicht leicht für sie werden, sich zu ihnen durchzuschlagen, weil so viele Kämpfe innerhalb der Eingangshalle stattfinden, und es fallen viele Schüsse, vor denen die Slayer in Deckung gehen müssen.

Aber sie werden das schaffen. Hastig suche ich wieder nach den Aufnahmen des Rettungsteams, das von Logan angegriffen wird. Über die Kamerabilder sehen seine schnellen Bewegungen noch außerweltlicher aus.

Verzweifelt versuche ich, auf den verwackelten Bildern Grayson zu erkennen. Ich lehne mich noch ein Stück vor – bis ich sie endlich sehe, wenn auch nur für einen winzigen Moment.

Da sitzt sie, auf einen Stuhl gefesselt. Ich weiß nicht, was sie mit ihr gemacht haben, aber ihre Haare sind verwuschelt, und sie hat Blut an Mundwinkel und Nase. Sie wirkt schwach und …

Von einer Sekunde auf die andere erwacht die Wut in mir, so dunkel und groß wie erst einmal in meinem Leben. Mir wird klar, wie fest ich mich in die Lehne meines Stuhls kralle, als ein Stück abbricht und der Techniker sich zu mir umdreht.

»Hey!«, sagt er. Sein böser Blick prallt an mir ab. Ich spüre nichts mehr als Hass auf alle in diesem verdammten Haus, und wenn die Slayer nicht gleich anrücken, um Ray da rauszuholen, gehe ich los. Egal, was Hunt mir zu befehlen meint.

Auf den Kameras der Rettungseinheit ist kaum etwas zu erkennen, aber ich sehe Blut und Blitze, während die Männer und Frauen versuchen, Logan mit ihren Waffen auf Abstand zu halten und gleichzeitig zu entkommen. Jedes Mal, wenn jemand auch nur versucht, sich zu Ray durchzuschlagen, ist Logan sofort da, um sie zu blocken.

Es kommt mir vor wie eine Ewigkeit, aber nach wenigen Sekunden ist das ganze Team besiegt – ob tot oder bewusstlos, kann ich an ihren Bodycams nicht erkennen. Aufgrund des ganzen Bluts befürchte ich eher Ersteres.

»Verdammt«, flüstere ich. Sie hätten mich mitnehmen sollen. Sie hätten mir erlauben sollen, mich einzumischen.

Der Techniker lehnt sich vor, drückt auf einen Aktivierungsknopf und spricht direkt zu Hunt. »Das Rettungsteam ist ausgeschaltet«, teilt er ihr mit.

»Okay«, bestätigt sie knapp. »Ersatzteam auf Position. Ab in den Südost-Flügel mit euch!«

»Jawohl«, antwortet der Leader sofort.

»Team eins, gebt uns Deckung.«

»In fünf Sekunden!«, ruft der Teamführer zurück, und die Kameras der Slayer beginnen zu ruckeln, als sie sich nach Ablauf der Zeit aus ihrer Deckung stürzen und auf die große Doppeltür zustürmen, hinter der sich Logan und die anderen befinden.

Seine Familie verschwindet durch eine der gegenüberliegenden Türen, und Logan verliert keine Zeit und greift das Team an. Ich sehe nicht genau, was passiert, aber … ist es Alivia gerade gelungen, ihn abzuwehren? Sie hält etwas Leuchtendes in den Händen, das einen kleinen Blitz aussendet und ihn einen Schritt zurückdrängt. Obwohl der Effekt nicht groß war, war er sehr deutlich.

Erst nach einigen Momenten erkenne ich, dass die Waffe in ihren Händen der Stab sein muss, mit dem Hunt gegen mich gekämpft hat.

Erschrocken atme ich auf, als die anderen sofort das Feuer auf Logan eröffnen. Er weicht ihnen zwar mit Leichtigkeit aus, aber das Team setzt so schnell und aggressiv auf ihn zu, versucht, ihn zu umzingeln, dass es ihnen tatsächlich gelingt, ihn durch die Tür in den dahinterliegenden Flur zu drängen.

Ich richte den Blick auf das Rettungsteam, das – den knappen Anweisungen des Technikers folgend – durch ein Fenster in dem Raum bricht, sobald Logan ihn verlassen hat. Sie stürmen auf Ray zu, befreien sie von ihren Fesseln, zerren sie auf die Beine und schieben sie so umsichtig wie möglich durch das Fenster hinaus.

Und ich … ich halte es nicht mehr aus. Die Rufe der Techniker ignorierend, stürme ich aus dem Lieferwagen und renne durch den Wald in Richtung der Wiese. Es ist ein ganzes Stück, aber die Fußspuren der anderen sind trotz des Neuschnees deutlich zu erkennen. Es scheint meine Beine keine Anstrengung zu kosten, mich über gefallene Äste und Zweige zu befördern. Ich folge den Spuren taumelnd und stolpernd.

Das ist keine Einmischung. Nicht, wenn ich dem Team nur entgegenrenne, um Ray da sicher rauszuholen.

Als ich auf die Lichtung stürze, bleibe ich allerdings taumelnd stehen. Himmel, was ist in den wenigen Momenten passiert, in denen ich keinen Blick auf die Bildschirme und das Geschehen hatte?

»Er ist draußen bei uns!«, höre ich einen Teamlead über mein Headset schreien. Und ich sehe ihn vor mir, am anderen Ende der großen Wiese. Logan hat das Team eingeholt und alle zu Boden befördert. Der Schnee um sie herum ist getränkt mit Blut. Nur der Teamlead regt sich noch, und Ray erblicke ich zwischen den anderen nicht. Verdammt, ich muss näher ran! Welche der Personen am Boden ist sie? Logan tritt rasch auf den Mann zu, der sich gerade aufzurichten versucht, beugt sich zu ihm hinab und Blitze durchzucken die Luft. Sie sind so hell und heiß, dass ich sie sogar auf meiner Haut brennen spüre.

Er muss tot sein.

Ich stolpere einige Schritte weiter, aber er hat mich noch nicht gesehen. Rasch tritt er in die Mitte des besiegten Rettungsteams. Erst, als mich nur noch etwa zwanzig Meter von ihm trennen, erkenne ich, dass es Ray ist, nach der er greift. An den Haaren zieht er sie hoch. Sie ist bewusstlos.

Ich setze mich bereits in Bewegung, um auf ihn zuzustürmen, solange er meine Anwesenheit nicht bemerkt, da bricht Haruos Team aus der Vordertür und stürzt sich auf ihn. Sie warnen ihn nicht und rufen ihm nichts zu. Sie greifen direkt an.

Noch während er sich zu ihnen umdreht, feuert Tate die Waffe ab, die er auch gegen mich eingesetzt hat. Er trifft, und die elektrischen Fesseln mit dem leichten, goldenen Leuchten breiten sich sofort um Logan aus. Ich weiß, wie es sich anfühlt, von den Dingern getroffen zu werden, und bin überrascht, dass Logan nicht aufschreit.

Zumindest lässt er Ray los, bevor die Fesseln sich ein weiteres Stück enger um ihn ziehen und er offensichtlich auch seine Arme kaum mehr bewegen kann.

Mein Herz schlägt für einen Moment schneller, als ich denke, sie haben es geschafft. Ich zumindest habe mich aus dieser Situation nicht mehr befreien können.

Logan schreit auf und versucht, sich mit all seiner Kraft gegen die Fesseln zu wehren. Ein wenig Schnee wirbelt um ihn herum auf, aber die anderen drei sind bereits auf ihn zugestürzt, bevor er eine weitere Kraft einsetzen kann.

Haruo schnappt sich Ray in einer unglaublichen Geschwindigkeit, während Hunt und Alivia auf Logan zuspringen, Hunt weitere Fesseln in den Händen und Alivia den Stab, mit dem sie mich besiegt haben. Ohne zu zögern, lässt sie ihn auf Logan hinabfahren.

Ich weiß nicht genau, was passiert, aber eine Druckwelle aus Luft stößt sie noch in der Bewegung von ihm fort. Der Wind erreicht sogar mich, sodass ich mein Gesicht mit beiden Armen schützen muss, weil er so viel Schnee und Schmutz aufwirbelt.

Als ich wieder sehen kann, hat Logan sich bereits von seinen Fesseln befreit und sich vor Haruo und Ray bewegt, um sie ihm scheinbar mit Leichtigkeit abzunehmen.

Er hält sie fest und bewegt sich in seiner unglaublichen Geschwindigkeit direkt hinter Haruo, um ihm die Hand an den Hals zu legen. Noch bevor die anderen sich aufgerappelt haben, erscheinen die Blitze, und Haruo sinkt regungslos zu Boden.

Ich halte den Atem an, bin mit meinem verschwommenen Sichtfeld gar nicht in der Lage, den Bewegungen so schnell zu folgen.

Die anderen aus dem Team scheinen nicht aus der Fassung zu kommen, obwohl die Wahrscheinlichkeit groß ist, dass Logan Haruo getötet hat. Ich allerdings kann nicht mehr an mich halten und renne wieder los, weiter auf das Geschehen zu. Das alles ist zu viel für mich. Ich *muss* helfen!

»Tycho, halt dich zurück«, sagt Hunt über das Headset. Ich balle die Hände zu Fäusten und bleibe stehen. Etwas an ihrer Stimme vermittelt so viel Selbstbewusstsein und Sicherheit, dass es mir gelingt, mich zu bremsen, auch wenn es mich so wütend macht, dass ich mir auf die Innenseiten der Wangen beißen muss, um nicht frustriert aufzuschreien.

»Vertrau uns, okay?«, keucht sie, während sie Tate hilft, eine weitere Kugel für die leuchtenden Fesseln zu aktivieren. Alivia hat sich ebenfalls wieder aufgerichtet.

Nur Haruo bleibt regungslos liegen.

Vertrauen. Ich weiß nicht, was das ist, und nein, ich denke nicht, dass sie es schaffen werden; dass ich ihnen vertrauen kann. Ich denke nicht, dass sie ihn besiegen.

Eine Sekunde später steht Logan bereits vor ihnen und legt die Hand mit seiner Ladung auf Tates Brust.

Tate schreit auf, aber der Schock scheint von seiner Ausrüstung abgefangen zu werden, also schafft er es tatsächlich, stehen zu bleiben. Währenddessen greift Alivia Logan von hinten an und erwischt ihn mit dem Stab. Er lässt Ray fallen, und ich verkrampfe mich innerlich, als Alivia ihn in den Rücken trifft. Sie drückt die Waffe nach unten und zwingt Logan in die Knie.

Tate taumelt zurück, und Hunt, die direkt neben ihm steht, zieht ihre Waffe, zielt auf Logans Kopf und drückt ab.

Ich zucke zusammen, als der Schuss ertönt und in derselben Sekunde so viel Schnee um sie herum aufgewirbelt wird, dass ich nichts mehr sehe. Ich springe hinter den Schuppen, um der nächsten Druckwelle zu entgehen, die dieses Mal viel stärker ist als die vorherige.

Welche seiner Fähigkeiten ist das? Haben sie ihn trotzdem getroffen? Meine Gedanken wirbeln, und ich schiebe mich langsam am Holz der alten Hütte entlang, um zum Ort des Geschehens zu spähen, jeder Muskel bis aufs Äußerste angespannt.

Als der Schnee sich legt, erkenne ich, dass nur drei Personen stehen, und im ersten Moment entspanne ich mich, weil ich denke, dass es Tate, Alivia und Hunt sind.

Erst bei genauerem Hinsehen erkenne ich, dass Alivia am Boden liegt und Logan noch steht. Für ein Blinzeln nur, dann ist er hinter Tate und legt ihm die Hand an den Nacken, an die Stelle, die nicht von seinem Anzug geschützt ist. Hunt kann allerdings rechtzeitig ihre Waffe heben, um abermals zu feuern, sodass Logan nicht dazu kommt, Tate zu schocken, und die beiden sich aufrichten können.

Soll ich das Chaos nutzen, um loszulaufen und Ray zu holen? Sie liegt reglos im Schnee neben Haruo. Leben sie überhaupt noch?

Es wirkt ganz und gar nicht, als hätten Tate und Hunt

allein eine Chance, aber wenn ich dazwischengehe, wird alles vielleicht noch schlimmer, chaotischer.

Andererseits: Wenn ich mich Logan stelle, haben sie die Zeit, Ray zu retten und zumindest gemeinsam zu entkommen.

Noch während ich darüber nachdenke, setzen Tate und Hunt zum nächsten Angriff an. Auf diese Distanz sehe ich Logans Gesicht nicht, aber er wirkt, als würden sie ihn durchaus unter Druck setzen. Tate greift an seinen Rücken und zieht eine Art Schwert hervor, und Logan konzentriert sich offenbar so sehr darauf, die Elektrizität in seiner Hand zu bündeln, dass es Hunt gelingt, ihn von hinten mit ganzer Kraft zu Boden zu reißen, sodass Tate mit dem Schwert auf Logan zielen kann.

Logan gelingt es allerdings abermals, sich mit seiner unglaublichen Geschwindigkeit loszureißen, sodass das Schwert nur seine Wange streift. Noch während er sich in Sicherheit bringt, macht Hunt einen Satz und springt auf Alivias Waffe im Schnee zu.

Und erst jetzt sehe ich, dass Haruo sich wieder aufgerichtet hat und sich Logan von hinten nähert. Logan ist so fokussiert auf Tate und Hunt, dass es Haruo gelingt, sich auf ihn zu stürzen und ihm ein Messer an die Kehle zu halten. Es wirkt nicht, als würde er ihn nur bedrohen wollen, so schnell und aggressiv, wie er die Waffe führt, aber Logan bringt in letzter Sekunde die Kraft auf, Haruos Hand zu packen, während Tate erneut seine elektrischen Fesseln auf Logan richtet und trifft. Logan kann Haruo von sich stoßen, aber Tate aktiviert die Fesseln eine Sekunde später und lähmt Logan.

Ich beiße die Zähne so fest aufeinander, dass es in meinem Kopf schmerzt.

Hunt hechtet auf Logan zu, um ihn wie Alivia zuvor mit dem Stab zu berühren und in die Knie zu zwingen.

Logan stößt einen Schrei aus, und eine Sekunde bevor Haruo ihm in den Kopf schießen kann, zieht sich abermals der Schnee um die Gruppe herum zusammen, um in der nächsten Sekunde zu explodieren und alles von sich zu stoßen.

Wieder fällt ein Schuss, und wieder sehe ich nichts.

So ein verdammter Mist!

Als der Schneefall sich dieses Mal legt, steht Logan über Tate, der am Boden liegt und sich nicht mehr regt. Etwas daran, den Muskelprotz so leblos zu sehen, macht mir Angst.

Noch bevor Hunt sich sammeln kann, ist Logan bei ihr, stößt sie erst mit einem Schlag von sich weg, holt rasend schnell zu ihr auf und schockt sie mit einem Blitz, der das ganze Areal mit Licht erfüllt.

Haruo scheint endlich zu begreifen, dass sie keine Chance gegen ihn haben, und nutzt die Zeit, um sich aufzurappeln, auf Ray zuzurennen und sie weiterzuzerren.

Hunt, Alivia und Tate regen sich noch immer nicht. Ich bin sehr sicher, dass sie tot sind. Und Logan braucht weniger als einen Augenblick, um bei Haruo zu sein, der Ray in diesem letzten, verzweifelten Versuch in Sicherheit bringen will.

Aber nein.

Das lasse ich nicht zu.

Es war naiv von Hunt, mich zu bitten, ihr zu vertrauen. Und obwohl der Techniker in meinem Headset schreit, dass ich stehen bleiben soll, weil ich keinen Befehl bekommen habe, verselbstständigen sich meine Beine.

Das zischende Blitzen hat sich bereits in Logans Hand

aufgebaut, als er sich direkt hinter Haruo positioniert. Er kann nicht ausweichen, als Logan nach seinem Arm greift, weil er Ray noch immer hält, und als die Elektrizität ihn trifft, schreit Haruo auf. Im selben Moment schreie ich aus voller Kehle Logans Namen – und er erstarrt, hält Haruo zwar noch fest, lässt aber von seiner Attacke ab.

Langsam wendet er sich zu mir um, ebenso wie Haruo, der schlaff in Logans Griff hängt. Ich erwarte fast, dass Haruo mir einen bösen Blick zuwirft, und bin überrascht, dass er sogar ehrlich erleichtert scheint.

»Hör auf«, sage ich und nähere mich den beiden bis auf einige Meter.

Meine Sicht ist vernebelt, und ich kann mich kaum auf den Beinen halten, so betrunken bin ich. Es ist, als würde ich spüren, wie die Erde sich unter mir bewegt. Mein Inneres ist taub, und trotz der Kälte um mich herum ist mir brennend heiß.

Aber ich werde ihn aufhalten. Zumindest, um Haruo oder den anderen Teams ein wenig Zeit zu verschaffen, damit sie Ray fortbringen können. Dafür muss es reichen.

Es muss einfach.

»Lass sie in Ruhe!«, rufe ich laut. Ich höre selbst, wie unsicher meine Stimme klingt. Wie betrunken. »Du willst doch eh mich, oder?«

Logan lässt Haruo fallen, der stöhnend zu Boden geht. Verdammt, es sieht nicht aus, als könne er noch weit laufen. Kann er sich erholen und Ray helfen?

Logan bleibt genau an der Stelle stehen, als wolle er sichergehen, dass ich nicht zu den Verletzten durchdringe. Oder zu den Toten. Je nachdem. Und er sieht mich mit einem Ausdruck an, der sowohl Fürsorge als auch Mitleid widerspiegelt.

Beides macht mich noch ein wenig wütender.

»Tycho«, spricht er langsam meinen Namen aus. »Ich habe gehofft, dass du hier bist.«

Ich runzle die Stirn und wage es noch nicht, weiter auf ihn zuzutreten, in der Befürchtung, er könnte jeden Moment zu einem Überraschungsangriff ansetzen. Er hat die Slayer besiegt, und vor der Behörde bin ich nicht einmal gegen sie angekommen. Ich weiß nicht, ob ich gegen ihn bestehen kann.

Aber vielleicht kann ich ihn ablenken, damit ein Einsatzteam die anderen holen kann.

»Damit du mich gefangen nehmen kannst?«, will ich von ihm wissen.

»Nein, weil … ich hoffe, dass du dich mir doch noch anschließt.«

Ich werfe einen Blick auf all die besiegten Agents. Ich glaube, zumindest Hunt atmen zu sehen, aber bei den anderen bin ich mir nicht sicher. Haruo liegt noch zu Logans Füßen und atmet stöhnend. Verdammt, es sieht nicht aus, als könnte er wieder aufstehen.

»Niemals«, flüstere ich.

»Du willst also gegen mich kämpfen?«

»Ja«, presse ich zwischen meinen Zähnen hervor. Ich will eigentlich nicht, aber ich muss.

»Wenn du dich anders entscheidest, kann ich deine Freunde noch retten«, bietet Logan an und deutet mit einer ausladenden Bewegung seiner Hand auf das am Boden liegende Team.

Kann ich sie retten? Bedeutet das, dass er sie nicht getötet hat? Oder ist das nur eine Falle?

»Du kannst sie heilen?«, frage ich nach.

»Ich kann die Zeit für Menschen und Gegenstände zurückdrehen«, sagt er trocken. Als sei es das Normalste der Welt.

So hat er also das Gebäude wiederhergestellt. Wenn er die Zeit der Personen zurückdrehen kann, kann er sie dann auch wiederbeleben?

Ich schlucke angestrengt. »Denkst du wirklich, dass du mich dazu erpressen kannst, mit dir zusammen zu sein?«

»Denkst du wirklich, dass du es mit mir aufnehmen kannst?«, entgegnet er.

Ich denke ehrlich über seine Frage nach. Aber ich kenne die Antwort nicht. Jetzt, da ich ihm gegenüberstehe, glaube ich nicht, dass ich ihm wehtun kann. Geschweige denn ihn töten. Ich habe mir mein Leben lang beigebracht, nie meine volle Kraft auf Menschen anzuwenden. Und gerade fühle ich nicht einmal mehr halb so viel Wut in mir, wie es brauchen würde, um diese Hürde zu überwinden.

Dabei weiß ich, dass es unsinnig ist. Mir ist klar, dass ich auf Logan so viel wütender sein müsste als auf die meisten anderen meiner Opfer. Dass ich dieselbe flammende Wut ihm gegenüber empfinden sollte wie für die Mörder meiner Eltern. Vor allem mit so viel Alkohol im Blut.

Aber sein Gesicht. Seine ganze Präsenz. Ich habe sie mein Leben lang mit Sicherheit und Geborgenheit gleichgesetzt. Mein logischer Verstand hat begriffen, dass dieser junge Mann mich so lang belogen hat, aber irgendetwas in mir kann und will es nicht glauben.

Sosehr ich es auch möchte.

Ich bin einfach traurig.

Das einzige Gefühl, das übermächtig in meinem Inneren tobt, ist Reue. Nicht über etwas, das ich getan habe, sondern über diesen Zustand. Es ist enttäuschend, dass es so weit kommen musste. Ich kann den Grad an negativen Emotionen, die in mir wüten, nicht einmal in Worte fassen.

»Komm schon, Tycho«, versucht er es vorsichtig weiter und macht tatsächlich einige Schritte durch den blutbefleckten Schnee auf mich zu. »Wir gehen. Nur wir beide.« Logan streckt seine Hand nach mir aus, damit ich sie ergreifen kann.

Ich erinnere mich daran, wie oft er diese Bewegung ausgeführt hat, als wir Kinder waren. Wenn er mich vor anderen beschützt hat, um mir aus dem Staub am Boden aufzuhelfen.

Wie konnte es nur so weit kommen?

Seine Hand direkt vor mir, werfe ich einen Blick auf das Schlachtfeld, das er hinterlassen hat.

Und etwas in mir wacht auf. Ich balle die Hand zur Faust und schlage seine fort.

Ich muss gegen ihn kämpfen, ob ich will oder nicht. Ob er seine Meinung geändert hat oder nicht. Was er und seine Familie anderen und mir angetan haben, wiegt zu schwer.

Ein Ausdruck der Enttäuschung macht sich auf seinen Zügen breit, und er greift abermals nach mir, dieses Mal mit dem leichten Leuchten der Elektrizität, die seine Hand umrahmt.

Ich versuche, ihm auszuweichen, aber mein Gleichgewichtssinn spielt mir einen Streich, sodass ich zur Seite taumle, seine Finger mich streifen und mir einen Schlag verpassen, der durch meinen ganzen Körper zuckt. Ein erschrockener Schmerzenslaut entweicht meinen Lippen, aber der Strom ist nicht stark genug, um mich von den Beinen zu reißen wie die anderen.

Ich balle die Hand zur Faust und springe auf ihn zu, um mich für diesen Angriff zu rächen. Mein Schlag geht allerdings ins Leere, weil Logan innerhalb weniger Sekunden bereits mehrere Meter von mir entfernt ist. Ich bin so betrunken, dass ich das Gleichgewicht verliere und auf allen vieren lande.

Logan kommt rasch auf mich zu und will abermals die Hand nach mir ausstrecken, aber ich springe auf und will sie wegschlagen. Wieder treffe ich ins Leere.

Mit verschwommenem Blick stehe ich auf und sehe seine Hand an, die ich beim ersten Versuch erwischt hatte. Er berührt sie mit der anderen, und sofort beginnt die Rötung zu verschwinden. Er heilt sich.

Mist, es wird verdammt schwer, gegen ihn anzukommen, wenn er sich einfach regenerieren kann. Vielleicht sogar unmöglich. Was kann ich tun, um die anderen zu beschützen? Ich muss versuchen, ihn mit einem einzigen Schlag bewusstlos zu bekommen!

»Ich bitte dich, Tycho«, sagt er. »Komm mit. Du glaubst es vielleicht nicht, aber ich liebe dich wirklich. Alles an dir.« Sein Blick ist so voller Liebe, dass ich ihm sogar glaube. Ich denke noch immer nicht, dass alles nur Schauspiel war.

Aber das ändert nichts. Das darf es nicht! Ich muss die anderen beschützen. Ich *weiß*, dass es das Richtige ist.

»Mir ist klar, dass das alles neu für dich ist«, fährt Logan rasch fort und kommt abermals auf mich zu. Er muss sich so sicher fühlen, dass ich nicht gegen ihn ankomme. »Und dass es scheiße war, dir das nicht zu sagen. Aber so wird es in meiner Familie seit Generationen gemacht. Und ich … ich hatte einfach nicht die Kraft, mich gegen sie durchzusetzen.«

Ich kneife die Augen leicht zusammen und würde so gern seinen Worten glauben. Mich so gern fallen lassen, meine Hände nach ihm ausstrecken, mich von ihm in die Arme nehmen lassen und mit ihm gehen. Einfach, weil dann alles kurz gut wäre. Weil ich mich dann – wenn auch nur für einen Augenblick – der Illusion hingeben könnte, dass die Welt noch in Ordnung ist.

Aber ich kann nicht. Ich weiß, wie schwach das wäre. Und dass ich genau das nicht sein darf, wenn ich frei sein will.

Ich muss all diese Sentimentalität hinter mir lassen und ihn als das sehen, was er wirklich ist. Nicht als das, was ich gern in ihm sehen würde. Er ist derjenige, der über Jahre hinweg eingeweiht war, dass seine Familie den Tod meiner Eltern beauftragt hat.

Hinter meinen Augen kribbelt es, weil ich nun doch Wut in mir spüre.

Wenn ihm wirklich etwas an mir liegen würde, hätte er es mir gesagt. Sofort. Er hätte auf mich aufgepasst und mich vor seiner Familie beschützt.

Aber am Ende wollte er mich nur für seine eigenen Zwecke missbrauchen. So wie seine Familie.

Ich erinnere mich an all die Momente, in denen wir uns als Kinder gekabbelt haben. Er war immer stärker als ich, aber ich habe mich nie wirklich bedroht gefühlt, selbst wenn wir uns ehrlich darum geprügelt haben, wer das Fernsehprogramm aussuchen durfte. Ich habe mich nicht halb so bedroht gefühlt, wie ich es hätte tun sollen.

»Ich werde mich euch niemals anschließen«, sage ich so deutlich, wie ich kann. »Wenn du das willst, wirst du mich zwingen müssen.«

Eine ganze Weile sieht er mich an, ohne sich auch nur ein Stück zu bewegen. Und schließlich, als er seinen Gedankengang beendet zu haben scheint, wird sein Blick düster. »Gut«, sagt er vollkommen tonlos, als hätte er nun auch eine Entscheidung getroffen. »Wie du willst.«

Ich mache mich bereits auf einen erneuten Angriff gefasst, als er überraschend zu Ray hinübergeht und sie an den Haaren hochzerrt. »Und wie sieht es aus, wenn ich die Kleine töte?«, ruft er. »Und all die anderen aus dieser beschissenen Behörde? Was machst du dann?«

»Du willst also dieselben Taktiken anwenden wie deine Eltern bei meinen?«

»Es funktioniert ja!« Er hält Ray mit einer Hand neben sich hoch, und ich sehe, wie die Elektrizität sich in seiner anderen aufbaut.

»Nein!«, rufe ich und stürze auf ihn zu, obwohl ich weiß, dass ich keine Chance habe. Zu meiner Überraschung lässt er Ray los, als er zwar schnell, aber in keiner übernatürlichen Geschwindigkeit ausweicht. Mein Schlag streift seine Schulter, aber er hatte noch genug Wucht, dass Logan aufschreit und sich den Arm hält.

Ich bin nahezu verwundert darüber, dass ich ihn getroffen habe. Bis mir ein Muster klar wird, das ich bei seinem vorherigen Kampf schon beobachtet habe: Er scheint seine Kräfte nicht gleichzeitig einsetzen zu können. Zumindest nicht alle!

»Du kannst mich nicht besiegen!«, schreit er, und der schmerzvolle Ausdruck auf seinem Gesicht verschwindet bereits, als er sich heilt. Ich nutze diese Sekunde, um zu überlegen, wie mir meine Erkenntnis zum Vorteil gereichen kann.

Wenn er nicht gleichzeitig den Strom und die Geschwindigkeit einsetzen kann, kann ich ihn nur erwischen, wenn er zum Angriff gegen mich ansetzt.

Was wiederum bedeutet, dass ich einiges werde einstecken müssen. Aber das schaffe ich schon.

Noch während er dort steht und offenbar darüber nachdenkt, wie er mich überzeugen kann, setze ich wieder auf ihn zu. Wie erwartet weicht er aus, verschwindet dieses Mal ganz aus meinem Sichtfeld. Er muss hinter mir sein!

Ich bin auf seinen Angriff vorbereitet, wirble herum und schlage zurück. Er trifft mich mit seinem Strom am Arm, aber ich erwische ihn im selben Moment am Kiefer. Wieder nicht mit voller Wucht, aber hart genug, dass ich den Knochen brechen höre und er einige Meter entfernt im Schnee landet.

Bitte bleib liegen, bitte bleib liegen, bitte …

Ich knurre leise, als er stöhnend aufsteht und eine Hand an seinen brutal verschobenen Kiefer legt. Mit einem Knacken rastet er wieder ein, und sofort danach formt Logans Mund sich zu einem wirklich wütenden Ausdruck.

»Ich sage doch«, keucht er angestrengt und viel nachdrücklicher als zuvor. »So einfach funktioniert das nicht!« Er bewegt seinen Kiefer, und noch einmal knackt es so laut, dass mir ein kleiner Schauer über den Rücken fährt. »Aber du machst es mir echt schwer, dich zu treffen.«

Ich habe bereits meine Hand geballt, um zum nächsten Angriff auf ihn zuzusetzen, als etwas Eigenartiges in der Luft zu sehen ist. Wie eine flirrende Verzerrung, die sich um ihn herum konzentriert. Mit einem Ruck werden Schnee, Erde, Gras und einige Holzlatten des Schuppens an ihn herangezogen und in winzige Stücke gespalten. Bevor ich realisiere, dass das diese Fähigkeit ist, die er bereits vorher angewendet hat, explodiert der Ball, und Tausende Splitter fliegen auf mich zu.

Gerade rechtzeitig reiße ich meine Arme hoch, um mein Gesicht zu schützen. Trotzdem werde ich an mehreren Stellen von den kleinen Splittern gestreift, die schnell genug sind, um meinen Anzug an vielen Stellen aufzureißen und bis auf meine Haut durchzudringen. Gleich von mehreren Stellen aus breitet sich ein reißender Schmerz in meinem Körper aus, und ich kann nicht anders, als einen Schmerzensschrei auszustoßen, während ich zumindest darum ringe, mein Gleichgewicht zu halten.

Als der Wind sich gelegt hat und ich die Arme wieder senke, steht Logan schon direkt vor mir. »Entschuldigung«, murmelt er und greift nach meinem Arm.

Ich kann ihm nicht rechtzeitig ausweichen, und ein brennender Schmerz der Elektrizität macht sich in mir breit.

Schreiend gehe ich in die Knie, und ein so gewaltiger Schmerz durchrollt mich, dass ich denke, den Verstand zu verlieren. Jeder Zentimeter meines Körpers steht in Flammen – bis Logan überraschend loslässt und ebenfalls aufschreit.

Wimmernd sehe ich, dass Haruo seine Waffe gezogen und ihn tatsächlich an der Schulter erwischt hat!

Logan presst eine Hand auf die Stelle, an der er getroffen wurde, und hat die Kugel sofort in der Hand. Eine Sekunde später ist die Wunde wieder verheilt und sogar das Loch in seiner Kleidung verschwunden.

Und ein Blinzeln später befindet er sich bereits bei Haruo, packt ihn am Kragen, zieht ihn hoch und schockt ihn.

»Nein!«, schreie ich und springe auf ihn zu, hole zum Schlag aus und ziele auf seinen Arm. Tatsächlich lässt er

Haruo los, und bevor er fliehen kann, hole ich mit der anderen Faust aus und lande einen Schlag in seinen Magen. Ich spüre die Rippen unter meinen Fingern brechen, und obwohl die Elektrizität noch immer in meinem Körper kribbelt und der Schmerz mich leicht betäubt, durchflutet mich ein Rausch der Erleichterung.

Logan taumelt zurück und hält sich den Bauch. Verdammt, warum steht er noch? Warum kann er nicht einfach ohnmächtig werden, und diese Sache wäre vorbei?

Ich erinnere mich daran, wie oft wir uns den Bauch vor Lachen gehalten haben. Wie oft ich keine Luft mehr bekommen habe, weil er irgendetwas Albernes gesagt hat.

Logan heilt sich und schreit währenddessen aus voller Kehle: »Hör endlich auf zu spielen und mach ernst!«

Er weiß es. Er weiß, dass ich ihn nicht töten will. Er weiß, dass ich ihn nur davon abhalten will, die anderen zu töten. Dass ich die anderen nur in Sicherheit bringen will.

Und gleichzeitig muss er wissen, dass ich nicht aufhören werde, bis einer von uns nicht mehr in der Lage ist zu kämpfen.

Der Aufwand, den er zum Heilen benötigt, scheint dieses Mal größer zu sein, denn er taumelt einen Schritt auf mich zu. »Du bist so erbärmlich!«, schreit er. Blut hat sich in seinem Mundwinkel gesammelt und tropft in den Schnee unter ihm. »Du und dein scheiß trauriges Leben! Ich habe dich immer nur bemitleidet!«

Ich presse die Lippen aufeinander, und meine Wangen werden noch etwas heißer.

»Die ganze Zeit heulst du nur herum, dass deine beschissenen Eltern tot sind. Du kannst dich doch gar nicht mehr an sie erinnern! Und tu doch nicht so, als hätte es dein Leben zerstört! Sie haben dich nie geliebt, das weißt du genau! Wir haben es beide gehört, sie wussten von Anfang an, was sie sind und was du bist, und haben trotzdem nie mit dir darüber geredet. Oder? Und du hast sie auch nie geliebt, sonst hättest du sie wohl ein einziges Mal in deiner traurigen Existenz auf dem Friedhof besucht.«

Ich beiße mir so sehr auf die Unterlippe, dass ich Blut schmecke.

»Und dasselbe mit deiner Grandma! Ihr habt doch immer nur gestritten, als sie noch am Leben war!«

»Halt deinen Mund!«, schreie ich und stürze auf ihn los. Mein Blickfeld ist rot vor Wut. Ich sehe nichts anderes vor meinen Augen als die Vorstellung, wie ich auf ihn einschlage, bis er sich nicht mehr bewegen kann. Bis nichts mehr von ihm zu erkennen ist.

Logan weicht aus und versetzt mir noch einen Schlag, aber ich spüre den Schmerz nicht. Dann zieht er sich zurück und schleudert abermals die winzigen Splitter aus der Umgebung auf mich.

Etwas in mir hat sich verändert. Der Schmerz fühlt sich fast willkommen auf meiner Haut an. Es fühlt sich echt an und lebendig. Es fühlt sich wie ein kleiner Teil des Krieges an, der in mir tobt.

Dieses Mal halte ich mir die Arme nicht vor das Gesicht, sondern stürze direkt auf ihn los. Sein Ausweichen macht mich so wütend, dass ich das Gefühl habe, den Verstand zu verlieren. Er geht allerdings nicht auf mich los, sondern auf Ray.

Ich stehe deutlich näher bei ihr und bin rechtzeitig da, um ihn zu packen und wegzuzerren. Mit einem Ruck werfe ich ihn zu Boden und setze ihm nach, um auf ihn zu springen und zuzuschlagen.

Er hat seine Hand allerdings zu schnell gehoben und

trifft meine Faust mit einem Schock. Der winzige Moment, den ich brauche, um mich von dem Schlag zu erholen, reicht ihm, um aufzuspringen und sich mehrere Meter von mir zu entfernen.

»Du bist so traurig!«, ruft er. Ich renne auf ihn zu, aber er bewegt sich zu schnell fort.

»Nicht mal, wenn du wütend bist, schaffst du es, mich zu treffen. Findest du es nicht peinlich, dass du dir so lang etwas auf diese Fähigkeiten eingebildet hast, *Captain?*«

Ich balle die Hände so fest zu Fäusten, dass meine Fingernägel in das Fleisch meiner Handflächen schneiden. Blut tropft von meinen Knöcheln in den Schnee. Einen frustrierten Schrei ausstoßend, renne ich auf ihn zu, schlage seine Hand fort, mit der er angreifen will. Währenddessen trifft er mich mit der anderen, und ich lande einen Schlag, mit dem ich ihn allerdings nur streife, weil mein Körper sich vor Schmerz zusammenzieht.

Und obwohl mein Schlag ihn einen Meter zurückbefördert, steht er und heilt sich wieder. Ich bin so wütend, dass ich nicht verstehe, wie mein Körper noch zusammenhalten kann, während mein Inneres schon in tausend Teile zersprungen ist.

Und in meiner Wut bemerke ich die Bewegung in meinem Augenwinkel einen Moment zu spät. Ray! Sie hat sich aufgerichtet und muss an eine der umherliegenden Waffen gekommen sein!

Logan steht bereits vor ihr, als sie abfeuert und nur ins Leere trifft. Die Blitze an seiner Hand brennen so heiß, dass ich die Wärme auf meiner Haut selbst mehrere Meter entfernt spüre.

Wie von allein setzt mein Körper sich in Bewegung, als er Ray die Waffe aus der Hand schlägt. Das gibt mir die Zeit, zu ihm aufzuholen und zum ersten Mal mit aller Kraft zuzuschlagen, die ich noch versucht habe, in mir zu halten.

Er springt zurück, und mein Schlag trifft den weichen Boden. Die Erde bebt so heftig, dass das Gebäude neben uns knarzt und ächzt und der Schnee aus den Zweigen der umstehenden Bäume fällt.

Als ich mich direkt neben ihm wieder aufrichte, sehe ich ihm in die Augen. Dieser eine Moment fühlt sich wie auf die Endlosigkeit ausgedehnt an. Ich erinnere mich an all das Lächeln auf seinem Gesicht im Laufe der Jahre. Als kleiner Junge, als er sich schützend vor mich gestellt hat und trotz der Tränen auf seinen staubigen Wangen lächelte. Als Jugendlicher, als er der Einzige war, der mir das Gefühl geben konnte, einen Ort zu haben, an dem ich niemandem zur Last falle.

Ich packe ihn am Arm und werfe ihn abermals zu Boden, ringe die Hand hinunter, mit der er mich zu schocken versucht, dann hebe ich die Faust und schlage sie mit voller Wucht auf seinen Kopf nieder.

Und ich treffe.

Ich treffe.

Meine Gedanken setzen aus, als alles um uns herum noch einmal bebt und da nur Blut ist. Sein Körper erschlafft sofort, und ich muss nicht überprüfen, ob er tot ist.

Ich will mich von ihm wegbewegen, aber ich kann mich nicht rühren. Nicht einen Millimeter. Mein Körper gehört mir nicht mehr.

Nein.

Nein, nein, nein!

Silhouetten bewegen sich vom Haus aus auf uns zu, aber ich sehe nichts anderes als meine Faust in der blutigen Masse unter mir. Mir ist so schlecht, aber ich kann mich nicht einmal übergeben. Als wäre mein Körper in der Zeit eingefroren.

Erst als mich jemand an der Schulter berührt und mich von dem leblosen Körper wegzerren will, gelingt es mir, mich loszureißen und einen Schrei auszustoßen. Ich stoße die Person weg, krieche zu Logans Körper zurück, lege den Kopf auf seinen Bauch, kralle meine Finger in seine Kleidung und beginne zu weinen.

Es tut weh. Ich glaube nicht, dass jemals etwas so wehgetan hat. Ich glaube nicht, dass ich jemals wieder etwas anderes tun kann oder will, als hier zu liegen und zu weinen.

Ich glaube nicht, dass es von hier aus weitergehen kann.

KAPITEL 32

WAS SIEGE ANRICHTEN

Ich schaue auf meine blutigen Hände hinab, während ein Sanitäter meine Wunden desinfiziert. Es tut weh, aber ich rege mich nicht. Ich bin immer noch wie eingefroren. Meine Haut ist eiskalt und brennend heiß zur selben Zeit, genau wie meine Gedanken, was dazu führt, dass ich an alles und nichts denke.

Ich glaube, ich habe mich inzwischen etwas beruhigt, aber das reicht nicht aus, um das Gefühl zu bekämpfen, mein Leben wäre vorbei.

Ich kann nirgendwo hingehen.

Allein die Vorstellung, in meine Wohnung zurückkehren zu müssen, fühlt sich so unmöglich an, wie den Planeten zu verlassen. Ich kann unmöglich zur Uni gehen. Neil, Matilda und allen in die Augen schauen.

Es fühlt sich an, als hätte ich mit Logan meinen Platz in dieser Welt vernichtet. Und jetzt, da ich wieder etwas klarer denken kann, wird mir bewusst, dass er es darauf angelegt hat. Mir ist klar, dass Logan mich so provoziert hat, weil er wollte, dass ich ihn umbringe. Je länger ich darüber nachdenke, umso mehr Sinn ergibt diese Option.

Immerhin wäre es viel einfacher für ihn gewesen, wäre ich nicht wütend gewesen.

Das war klug von ihm. Ich hätte ihn niemals umgebracht, wenn er einfach dagestanden und sich nicht gewehrt hätte. Wenn er nicht immer wieder versucht hätte, auf Ray loszugehen. Ich denke, es wäre einfach für ihn gewesen, sie und die anderen viel schneller zu töten.

Er wollte sterben. Das ist die einzige Option, die für mich Sinn ergibt. Vielleicht, weil seine Situation genauso ausweglos war wie meine. Und vielleicht war dieser Teil von ihm auch der Teil, den ich dachte zu kennen. Den ich lieben gelernt habe.

Vielleicht hat der Kult ihn genauso kaputtgemacht wie mich. Aber jetzt …

Jetzt ist es vorbei.

Ich atme ein, schlucke schwer, und nach und nach spüre ich den Schmerz in meinem Körper deutlicher.

»Hey.«

Die sanfte Stimme lässt mich aufschauen, obwohl ich eigentlich keine Kraft mehr habe. Ray. Sie zu sehen gibt mir ein bisschen Leben zurück, aber ich habe weder die Energie aufzustehen noch ein Lächeln auf meine Lippen zu setzen wie sie.

Unter Protest des Sanitäters hockt sie sich auf den Marmorboden der Eingangshalle vor mich und schließt mich fest in die Arme. Sie ist genauso schwach auf den Beinen wie ich, und irgendwie halten wir einander. Ich schaffe es sogar, meine Arme zu heben, um die Umarmung zu erwidern.

»Du hast mich gerettet«, flüstert sie an meinem Ohr. Ihre Haare kitzeln an meinem Gesicht.

»Damit sind wir wohl quitt«, murmele ich.

Sie löst sich von mir, und der Sanitäter rappelt sich auf, um uns allein zu lassen.

Um uns herum herrscht geschäftiges Treiben. Die Agents werden von mehreren Sanitäterteams verarztet. Die Kultmitglieder, die noch leben, werden abgeführt, und jemand mir Unbekanntes organisiert das Ganze in der Mitte des Raumes, ruft Befehle in alle Richtungen.

Ray ignoriert alles und sieht nur mich an. Sie greift nach meinen blutverschmierten Händen, und ich schaue auf sie hinab.

»Ich würde dich gern fragen, wie es dir geht, aber … eigentlich weiß ich es ja«, flüstert sie.

»Hm«, mache ich. Ich denke nicht, dass ich meine Gefühle in Worte fassen könnte. Selbst wenn ich wollte.

Ich fühle mich wie damals in der Küche, als meine Eltern tot dort lagen und ich nur dastand und sie angestarrt habe, bis meine Grandma nach Hause kam. Ich fühle mich wie damals, als der Direktor mich aus dem Klassenzimmer rief, um mir zu sagen, dass meine Grandma an einem Herzinfarkt gestorben war. Ich fühle mich wie damals, als mir niemand mehr geblieben war. Als ich wusste, dass meine Existenz überflüssig geworden war.

Ich will nur hier sitzen. Mich nie wieder bewegen. Bis ich einfach verschwinde. Bis ich mich auflöse und nichts mehr von mir übrig ist.

»Es tut mir so leid, dass du das tun musstest«, sagt Ray leise. »Ich wünschte, ich hätte es dir ersparen können.«

Ich nicke sacht, aber ich weiß noch nicht, was ich darüber denke. Einerseits fühlt es sich richtig an, dass ich es getan habe und niemand anderes. Andererseits … hätte das ganz anders sein sollen. Das war alles nicht richtig.

»Wie geht es den anderen?« Es ist, als würde mein Mund diese Frage ohne mein Zutun stellen.

Sobald ich Logan besiegt hatte, sind die D.I.E.T.-Agents in Scharen auf die Wiese geströmt, um sich um die Verletzten zu kümmern. Die Rettungsteams waren tatsächlich tot. Aber die Slayer hatte er nicht umgebracht.

»Es wird eine Weile dauern, bis sie sich erholen. Aber sie werden es schaffen. Sie sind stark.«

Abermals nicke ich schweigend.

»Denkst du, er hat sie absichtlich am Leben gelassen?«, fragt Ray vorsichtig.

»Es wäre leicht für ihn gewesen, sie zu töten«, sage ich. Es ist nicht so, als würde ich bewusst sprechen. »So nah, wie er an ihnen dran war. Vor allem an dir. Mit der vollen Ladung wärt ihr alle sofort tot gewesen.« Ob er in der Lage gewesen wäre, mich zu töten, weiß ich nicht. Aber vielleicht schon. Vielleicht hat er auch mich bewusst am Leben gelassen.

Vielleicht konnte er mir genauso wenig wehtun wie ich ihm.

»Der Rest der Familie ist in Verwahrung«, erklärt Ray. Ich sehe sie noch immer nicht an. »Sie werden im Hauptquartier darauf geprüft, ob sie noch Fähigkeiten besitzen. Wenn nicht, übergeben wir sie dem FBI.« Sie legt ihren Kopf schief, um meinen Blick einzufangen. »Willst du sie noch mal sehen?«

Sofort schüttle ich den Kopf, wenn auch energielos. »Auf keinen Fall.«

»Ich soll dir ein Danke von Haruo ausrichten«, fährt Ray fort. Ich spüre tatsächlich etwas wie Überraschung in mir aufflackern. »Und auch von Tate und Hunt. Alivia ist noch bewusstlos, aber sie ist dir sicher auch dankbar.«

»Kein Problem«, murmele ich. Vielleicht sieht sie ja gleich ein, dass sie nicht mit mir reden kann. Ich bin viel zu beschäftigt damit, darüber nachzudenken, wie es weitergehen soll. Oder wie nicht.

Ich will mir nicht vorstellen müssen, wieder allein zu sein. Dieses Mal noch allumfassender als jemals zuvor.

Es kribbelt hinter meinen Lidern, und ich blinzle heftig, damit Ray die Tränen nicht bemerkt, die sich in meinen Augen sammeln.

Sie sieht sie natürlich trotzdem. Vorsichtig legt sie die Hand auf meinen Unterarm und sucht wieder meinen Blick, aber ich habe einfach nicht die Stärke, zu ihr aufzuschauen. Ich habe schon genug geweint.

»Der Sanitäter dahinten winkt aufgeregt«, sagt sie überraschend. Nun schaue ich doch auf und drehe mich um, um in die Augen des streng blickenden Rettungshelfers zu schauen. Neben ihm hat er den Tropf, auf den er nickend deutet. Der ist wohl für mich.

»Komm«, sagt Ray, rappelt sich angestrengt auf und schafft es tatsächlich, mich auf die Beine zu zerren. Dabei würde ich so gern sitzen bleiben. Oder mich auf den Boden legen und die Augen schließen, um noch ein wenig zu vergessen, dass ich nichts mehr habe.

Angestrengt schleift Ray uns beide weiter. Der Sanitäter kommt uns entgegengeeilt und greift mir unter die Arme, damit sie mich auf einem Stuhl niederlassen können.

»Wir räumen hier auf, und dann geht's in ein Krankenhaus«, erklärt sie und hockt sich vor mich.

»Okay.« Ich versuche, nicht weiter darüber nachzudenken.

»Danach kannst du gern in der Behörde schlafen. Wir haben ein paar Gästezimmer.«

Ich ziehe die Augenbrauen hoch, als der Sanitäter die Einstichstelle an meinem Handrücken desinfiziert.

»Gästezimmer, die keine Zellen sind«, stellt sie lächelnd klar. »Ich kann dir auch Gesellschaft leisten. Oder Amber.«

»O-Okay?« Ich weiß nicht, was ich davon halten soll. Aber in der Behörde zu schlafen kommt mir tatsächlich besser vor als die Vorstellung, allein in meine leere Wohnung zurückkehren zu müssen. Und in ein Leben, von dem ich weiß, dass es nicht mehr der Realität entspricht.

»Du kannst natürlich mit zu mir kommen, wenn du willst, aber …« Sie lächelt unschuldig. »Ich will mich nicht aufdrängen.«

»Danke«, ringe ich mir ab, und tatsächlich breitet sich ein warmes Gefühl in meinem Bauch aus. »Ich … ich denke darüber nach, wenn das okay ist.«

Mit aller Kraft, die ich aufbringen kann, strecke ich meine freie Hand nach ihr aus, und sie ergreift sie.

»Natürlich ist es das.«

KAPITEL 33

WENN ENDLICH DER FRÜHLING ANBRICHT

Drei Monate später

Der Regen hat aufgehört und wurde in der nächsten Minute durch sanften Sonnenschein ersetzt. Nach einer Ewigkeit ist es endlich Frühling geworden, und die Gräser und Blumen recken sich gierig dem Licht entgegen, nach all der Zeit, während deren der ewige Schnee sie gefangen gehalten hat.

Sanft perlen die Tropfen von den Blumen in der Vase neben dem Grabstein ab. Die Sonne spiegelt sich in ihnen, und das Zwitschern der Vögel legt eine friedliche Melodie über alles.

Ich mag den Regen. Man sieht die Tränen in ihm nicht, und das feuchte Gras unter mir ist angenehm kühl. Ich lege meinen Kopf auf die Knie und umschlinge die Beine seufzend mit meinen Armen.

In den letzten drei Monaten ist dieser Ort zu einer kleinen Zuflucht für mich geworden. Noch verstehe ich, warum ich früher nie hier war, aber ich wünschte, ich hätte gewusst, wie viel Wärme und Trost es spendet, meine

Trauer an diesem Ort fühlen und hier zurücklassen zu können.

Das Grab meiner Familie ist schön. Freunde meiner Eltern und Großeltern haben immer frische Blumen gebracht, selbst nach all den Jahren. Jetzt bin ich diejenige, die die Blumen bringt. Einige der Menschen, die regelmäßig herkommen, habe ich sogar getroffen und kennengelernt.

Eine junge Eiche spendet dem Platz Schatten.

Ich könnte ewig hier sitzen und an nichts denken. Die Stille an diesem Ort ist unvergleichlich friedlich.

Als ich aus dem Augenwinkel sehe, dass jemand sich auf mich zubewegt, weiß ich schon, dass es Ray ist.

»Hey«, grüßt sie, lässt sich neben mir im nassen Gras nieder und legt einen Arm um mich. »Alles okay?«

Ich lehne meinen Kopf an ihre Schulter und lächle müde. »Ja, klar.«

Sie muss gesehen haben, dass ich geweint habe, sonst würde sie nicht fragen. Ich komme nicht jeden Tag her, aber mindestens dreimal in der Woche. Am Anfang hat sie mich jedes einzelne Mal begleitet.

»Möchtest du drüber reden?«, fragt sie leise.

Ich weiß, dass ich nein sagen kann, aber ich weiß auch nicht, ob ich darüber reden möchte. Zumindest über das alles sprechen wir noch sehr selten. »Ich …« Ich kann das nicht aussprechen, ohne zu weinen, aber dieses Mal wische ich die Tränen nicht weg. »Ich dachte nur vorhin, dass sie … sicher traurig darüber wären, dass ich sie so lang nicht besucht habe«, flüstere ich.

Ray streicht über meinen Arm, und ich genieße ihre Berührung. Und dass sie nicht versucht, mich aufzumuntern.

»Ich weiß einfach nicht, ob sie wussten, dass ich sie liebe.« Ich lasse den Kopf sinken und versuche, mich vom

Weinen abzuhalten. Mist, es tut doch noch zu sehr weh, es auszusprechen. Ich habe so lang darüber nachgedacht, dass ich glaubte, ich wäre bereit, aber … ich bin es noch nicht.

Sofort legt Ray ihren Arm um mich und drückt ihre Wange an meinen Kopf. Eine Weile wartet sie, dann flüstert sie: »Sie wussten es.«

»Ich weiß nicht«, ächze ich.

»Sie wussten es«, wiederholt sie leise. »Aber es ist okay, wenn du das noch nicht glauben kannst.«

Ich drehe mich zu ihr um, und sie löst sich etwas von mir. Nun wische ich die Tränen doch fort, als ich sie ansehe. »Was meinst du?«, frage ich leise.

»Ich hab mich das auch lang gefragt«, antwortet sie dann. »Ob meine Eltern wussten, wie sehr ich sie liebe. Doch es ist okay, nicht gleich eine Antwort darauf zu haben.«

Ich verziehe den Mund. »Aber es tut so weh.«

»Den Schmerz zu ertragen ist eine der wichtigsten Lektionen, die wir lernen können«, sagt sie mit einem gepressten Lächeln und reibt mir wieder über den Arm.

»Das klingt wie etwas, das Logan aus seinen Selbsthilfe-Ratgebern vorgelesen hat«, sage ich lächelnd. Ich habe mein Leben damit verbracht, dem Schmerz aus dem Weg zu gehen, weil ich dachte, ich könnte es nicht. Ich könnte es nicht ertragen.

Aber ich bin noch hier, irgendwie.

»Ich bin da, okay?«, murmelt sie.

Nachdenklich nicke ich.

»Ich finde es schön, dass du so oft herkommst.«

»Danke, dass du hier bist«, flüstere ich, und sie lehnt sich wieder an mich.

»Immer.«

KAPITEL 34

WIE SICH HOFFNUNG ANFÜHLT

Sechs Monate später

»Komm schon, Kleine!«, sagt Tate laut lachend und stemmt wie eine überzeichnete Comicfigur die Hände in die Hüfte, als ich mich stöhnend aufrichte. Meine Arme schmerzen, und die Muskeln in meinen Beinen brennen vor Anstrengung, und obwohl ich weiß, dass ich keine Chance habe, habe ich nicht vor, aufzugeben.

»Nenn mich nicht *Kleine!*«, keuche ich grinsend, und er bewegt sich wieder auf mich zu. Ich versuche, seinen Angriff abzufangen, mit genau den Handgriffen, die er mir beigebracht hat – aber es funktioniert wieder nicht, und abermals wirft er mich auf den Boden des Rings. Ächzend entweicht die Luft aus meinen Lungen, als ich auf dem Rücken aufkomme und dieses Mal geschlagen liegen bleibe, während er sich aufrichtet.

»Komm schon, du schaffst das, Kleine!«, provoziert er mich, aber ich schlage lachend zweimal auf den Boden und schüttle den Kopf.

»Ich brauch 'ne Pause, Coach«, bringe ich atemlos über

die Lippen. Tatsächlich reicht er mir die Hand und hilft mir auf die zitternden Beine. Ich spüre den Schweiß in meinen Augen brennen und wische mir angestrengt über das Gesicht.

»Wie geht das?«, will ich wissen, schleppe mich zur Begrenzung des Kampfrings und hänge mich in die Seile, weil ich nicht mehr stehen kann. »Du bist immer noch verletzt und trotzdem so stark.«

»Also erst mal wiege ich hundert Kilo mehr als du, das muss man mit in die Überlegung einbeziehen«, sagt er lachend und lässt sich nun ebenfalls auf dem Boden nieder. Jetzt, da ich etwas mehr Zeit habe, ihn mir anzusehen, erkenne ich, dass er auch erschöpft ist.

Das beruhigt mich zumindest ein bisschen.

»Aber bei diesem Kampfsport geht es nur um die Technik. Und das erfordert Training, das habe ich dir schon hundertmal gesagt.«

»Ich denke trotzdem nicht, dass ich irgendwann gegen dich gewinne.«

»Es wird die Zeit kommen«, sagt er und legt die Hände aneinander wie ein weiser Sensei. »Da wirst du die Technik gemeistert haben, mein eigenes Körpergewicht gegen mich zu verwenden. Und dann bist du unbesiegbar.«

Ich rutsche weiter an den Seilen hinab, bis ich ebenfalls sitze, nach wie vor schwer atmend. »Klar«, stöhne ich ungläubig. Aber ich würde auch nie aufgeben, also muss ich ihm wohl glauben.

»Du brauchst auch ’ne Pause.« Er sieht sich in der großen Sporthalle um, die sich im untersten Stockwerk der Behörde befindet. Zu dieser späten Nachmittagszeit ist kaum jemand hier, doch diejenigen, die an den

Trainingsgeräten beschäftigt sind, nicken mir freundlich zu.

»Du trainierst schon den ganzen Tag, das ist nicht gut. Deine Muskeln müssen sich erholen.« Er deutet mit einem Rucken seines Kopfes auf mich. »Und wenn du so weitermachst, siehst du irgendwann aus wie ich.«

Ich lache laut und betrachte seine Muskeln, die noch immer wirklich beeindruckend sind, wenn auch aufgrund der Zeit, die er zum Genesen benötigt hat, etwas kleiner als am Tag unseres Kennenlernens.

»Das fände ich gar nicht schlecht«, gestehe ich grinsend.

»Du packst das schon«, versichert er mir. »Du stellst dich wirklich gut an. Man merkt, dass du Erfahrung im Kampf hast. Aber das steht dir manchmal auch ein bisschen im Weg.«

»Ich weiß, das hast du schon mal gesagt.« Mit einem erneuten Stöhnen reiße ich mich zusammen und rapple mich trotz meiner zitternden Knie auf. »Komm schon, eine Runde schaffe ich noch.«

»Nein, nein.« Er winkt ab und bleibt sitzen. »Wenn ich dich noch härter rannehme, bekomme ich Ärger mit Ray.« Er wiegt den Kopf hin und her. »Und die hat ihr Training bei mir schon vor langer Zeit absolviert. Die reißt mir den Arsch auf.«

Lachend bedeute ich ihm, dass er aufstehen soll, und tatsächlich folgt er meinem Wunsch. »Ray will sicher auch, dass ich mich im Notfall verteidigen kann. Und dass ich irgendwann eurem Team angehöre.« Das waren bisher zwar nur Witze zwischen uns, aber ich nehme das sehr ernst. »Also keine Zeit für Pausen.« Ich ziehe die Augenbrauen hoch. »Oder machst du etwa schlapp?«

Er kneift die Augen ein Stück zusammen. »Ich bin sieben Jahre älter als du. Warte mal, bis du in mein Alter kommst.«

Ich lache und nehme die Position ein, die er mir beigebracht hat, um einen Angriff abzufangen. »Los jetzt, alter Mann!«, rufe ich spielerisch. »Ich bin bereit!«

KAPITEL 35

WOHIN WIR AUFBRECHEN

Ein Jahr später

»Guten Morgen, New York! Hier sind Janey und Ash von der NYC Fresh Morning Show für euch, wie immer mit den freshesten Hits des Tages! Es ist der siebte Januar, und Mann, immer wenn ich aus dem Fenster schaue und die strahlende Sonne sehe, erinnere ich mich an diesen krassen Winter vor inzwischen genau einem Jahr. Geht's dir auch so, Ash?«

»Hundertprozentig. Aber ich bin gerade ein bisschen zu nervös für Small Talk, Janey. Du weißt ja, was jetzt kommt.«

»Oh ja, und unsere Zuhörer auch! Seit Tagen reden wir eigentlich über nichts anderes als das LIVE-Interview, das jetzt ansteht, und unsere Zuhörerzahlen gehen durch die Decke. Es ist der Wahnsinn.«

»Und um nicht weiter um den heißen Brei herumzureden, begrüßen wir ganz offiziell Captain Wodka bei uns.«

»Hallo, Leute!«

»Ich bin so aufgeregt!«

»Ich auch, haha. Ich verfolge eure Morning Show schon so lang, und ich hätte nie gedacht, dass ich mal ein Teil da-

von sein würde. Also danke, dass ihr mich hier bei euch habt.«

»Captain, wie dürfen wir dich ansprechen?«

»Genau so. Captain ist mir am liebsten.«

»Klasse. Uns wurde vom Direktor des FBI persönlich zugesichert, dass du es wirklich bist und dass wir leider keine persönlicheren Informationen über dich bekommen werden. Dass wir dir aber sonst jede Frage stellen können. Korrekt?«

»Korrekt.«

»Ich muss mich mal kurz einmischen, Janey. Captain, du klingst so freundlich. Es ist mir wirklich eine Ehre, persönlich mit dir zu reden, nach allem, was du für diese Stadt getan hast.«

»Danke, Ash, aber ich muss das an euch zurückgeben. Wie ihr wisst, habe ich meine Aktivitäten schon vor einem Jahr gestoppt, und ich habe auch nicht vor, auf diese Weise zurückzukehren. Was ich getan habe, war Selbstjustiz, und wie ihr ja sehr häufig in eurer Sendung gesagt habt, war das nicht richtig. Aber das, was ihr hier getan habt und die Menschen da draußen – alles als Reaktion auf meine Taten –, das war das wahrhaft Coole.«

»Ich habe Tränen in den Augen.«

»Reiß dich mal zusammen, Ash! Also Captain. Du sagst, Selbstjustiz ist falsch. Und offensichtlich arbeitest du jetzt mit dem FBI zusammen. Hat man dir gesagt, dass du dich öffentlich so äußern sollst?«

»Nein, Janey, das habe ich selbst erkannt. Ich habe dadurch nicht nur mich, sondern auch viele andere Menschen in Gefahr gebracht. Und um ehrlich zu sein, war ich vor einem Jahr an einem sehr tiefen Punkt in meinem Leben, an den ich lieber nicht zurückkehren möchte.«

»Wie kam es dazu, dass du zum FBI gekommen bist?«

»Es gab … sagen wir mal einen Fall, an dem wir gemeinsames Interesse hatten. Also haben wir uns zusammengeschlossen. Und das hat so gut geklappt, dass ich seitdem dort angestellt bin.«

»Es gibt aber keine öffentlichen Aufzeichnungen darüber?«

»Das dient vor allem dem Schutz meiner Identität. Ich möchte gern ein normales Leben weiterführen.«

»Das sei dir auch gegönnt. Ich freue mich, zu hören, dass es dir inzwischen besser geht. Und die Veränderung, die deine Taten in der Welt losgetreten haben, sind noch heute spürbar. Also war der Rückzug vielleicht eine gute Idee.«

»Er war eine Notwendigkeit, würde ich sogar sagen.«

»Gab es denn Strafen oder Konsequenzen für deine Handlungen?«

»Darauf kann ich nicht genauer eingehen, aber ja. Die gibt es.«

»Und … na gut, ich kann nicht länger um den heißen Brei herumreden. Die Frage, die die meisten Zuschauer uns ebenfalls gestellt haben, ist natürlich: Waren oder sind da übernatürliche Kräfte bei dir im Spiel?«

»Tatsächlich nicht.«

»Irgendwelche Drogen?«

»Na ja. Alkohol. Sonst nichts. Ich bin einfach ziemlich gut im Kämpfen, und … der Alkohol hat mich unüberlegt handeln lassen. Und dadurch hab ich mich in Situationen begeben, aus denen ich hätte fliehen sollen. Oder die Polizei rufen. Also eigentlich alles, was ihr den Leuten richtigerweise empfohlen habt.«

»Danke für diesen Einblick!«

»Eine weitere Frage, die unsere Zuhörer unbedingt von dir beantwortet haben wollen, ist, wie es sich für dich angefühlt hat, Captain Wodka zu sein?«

»Hm. Ehrlich gesagt ziemlich blöd. In dem Moment des Kampfes hab ich mich natürlich krass und überlegen gefühlt, aber am nächsten Tag hatte ich nicht nur einen Kater, sondern habe auch wirklich viel Reue empfunden. Und Angst, dass mich am Ende jemand erwischt.«

»Es gab auch ein Phantombild, das noch immer umhergeistert.«

»Das sieht aber gar nicht aus wie ich!«

»Echt? Oh Mann, ich würde dich so gern mal sehen.«

»Vielleicht laufen wir uns ja mal über den Weg.«

»Dann lass mich durch einen subtilen Hinweis wissen, dass du es bist, ja? Ich verrat's auch keinem.«

»Haha! Okay!«

»Na gut, dann noch eine letzte Frage: Wie geht es jetzt – abgesehen von dem ganzen FBI-Zeug – für dich weiter?«

»Ich bin in Therapie und lerne, meine Probleme auf andere Weise zu lösen.«

»Wow, das finde ich richtig gut!«

»Super, Captain!«

»Dafür habt ihr sicher auch Infos auf eurer Captain-Wodka-Website, oder?«

»Natürlich!«

»Außerdem habe ich vor, ein bisschen was von der Welt zu sehen, um mich von einigen schlimmen Erlebnissen zu lösen, die mir widerfahren sind. Einfach, um mal ein paar neue Eindrücke zu sammeln.«

»Das klingt wundervoll. Dann ganz viel Spaß schon mal auf deiner Reise.«

»Ja. Vielen Dank, dass du hier warst und unsere Fragen

beantwortet hast. Hast du Angst, dass jetzt Millionen Anrufe beim FBI eingehen, weil andere Leute Interviews mit dir haben wollen?«

»Ähm ... na ja, mein Vorgesetzter war ja dafür, dass ich das hier mache, also wird er sich damit beschäftigen müssen, wenn es so sein sollte.«

»Haha! Sehr gut.«

»Captain, ich wünsche dir ein ganz großartiges Leben. Und viel Erfolg bei deiner mentalen Genesung. Wir alle denken an dich und hoffen, du wirst glücklich.«

»Danke.«

»Möchtest du noch etwas sagen?«

»Ja, ich möchte mich wirklich bei allen bedanken, die aus meinen Handlungen etwas Gutes gezogen haben. Mir ist klar, wie viele Diskussionen losgetreten wurden, ob das, was ich getan habe, gut oder schlecht war. Ich habe darauf auch keine Antwort. Aber alles, was daraus entstanden ist – das beeindruckt mich noch immer. Mein herzlicher Dank an alle, die sich eingesetzt haben, um diese Welt ein bisschen besser zu machen. Ich möchte das auch tun, aber auf eine gesündere Weise. Und danke natürlich an euch, Janey und Ash. Eure Morning Show ist echt die beste.«

»Ich weine schon wieder.«

»Jetzt ist das Interview ja vorbei, also lass alles raus, Ash.«

»Ihr seid der Wahnsinn! Darf ich die Abmoderation machen?«

»Ähm ... na klar!«

»Na gut! Dann vielen Dank für deine Aufmerksamkeit, New York! Bleib, wie du bist. Und nun weiter mit den freshesten Hits des Tages!«

Mit geübten Handgriffen lockere ich die Schutzweste um meine Brust und setze mich auf meinen Stuhl an dem Schreibtisch neben Rays. Ich strecke meine Arme durch und ächze, als ich meinen Kopf in den Nacken fallen lasse.

»Geht's?«, will Ray lachend wissen und schaut von ihren Unterlagen auf.

»Drei Monate Probezeit, und die scheuchen mich alle immer noch rum, um die Drecksarbeit zu machen«, stöhne ich, was sie nur noch mehr lachen lässt.

»Da mussten wir alle durch«, sagt sie und schaut mich an, als wüsste sie genau, was ich gerade durchmache. »Nur noch neun Monate, dann bist du diejenige, die die neuen herumkommandiert.«

Ich presse die Lider zusammen und setze einen besonders leidenden Gesichtsausdruck auf. »Wenn du mich nicht jeden Abend vom Boden aufkratzen würdest, hätte ich längst gekündigt«, feixe ich weiter.

Natürlich würde das nie infrage kommen, aber die Möglichkeit im Kopf zu behalten hilft mir, meinen Verstand zu bewahren.

»Ging es denn?«, will sie wissen, und ich entspanne mich wieder ein wenig, drehe mich auf meinem Stuhl hin und her und lege den Kopf schief.

»Es war einfacher als das Radiointerview gestern«, gestehe ich. Alles hier ist einfacher als das.

»Ich hab's mir vorhin angehört. Du hast das echt gut gemacht!«

»Ja, ich …« Ich lächle peinlich berührt, als ich sie anschaue. »Ich war nur so aufgeregt.« Obwohl mir klar ist, dass es nur eine Kampagne war, um die Menschen wissen zu lassen, dass Selbstjustiz nach wie vor nicht der richtige Weg ist und die Regierung alles unter Kontrolle hat. Es war trotzdem schön, mich direkt an die Menschen wenden zu können, denen ich offenbar so viel bedeutet habe.

»Du hast das toll gemacht. Ich …« Sie stockt und richtet ihren Blick auf jemanden hinter mir. Ich drehe mich um, und als ich sehe, dass Haruo sich meinem Schreibtisch nähert, spanne ich mich automatisch ein wenig an. Obwohl er jetzt mein Vorgesetzter ist, hat sich unsere Beziehung nicht wirklich verbessert. Und ich denke auch nicht, dass sie das jemals wird.

Das ist okay für mich, aber ich habe keine Energie für eine erneute Standpauke.

Anstatt sich vor mich zu stellen und mir meine Fehler der letzten Tage aufzuzählen, zieht er allerdings eine kleine Münze aus seiner Tasche und legt sie auf meinen Schreibtisch.

»Glückwunsch zu einem Jahr nüchtern«, sagt er emotionslos und unternimmt offenbar Anstrengungen, mir in die Augen zu sehen und sich ein Lächeln abzuringen.

Ich tue dasselbe, auch wenn's mir ähnlich schwerfällt. Dann ziehe ich das kleine Ding heran und schaue die Eins auf dem glänzenden Gegenstand an, drehe ihn langsam in meinen Händen.

Der Tag, an dem ich gegen Logan gekämpft habe, war der letzte, an dem ich Alkohol getrunken habe. Es fällt mir nicht einmal sonderlich schwer, darauf zu verzichten.

»Ein Jahr ist das schon her«, murmele ich. Ich habe ganz vergessen, dass gestern der Jahrestag war. »Danke.«

Er nickt schweigend, und als er an mir vorbei zu seinem Schreibtisch geht, reibt er mir tatsächlich kurz über die Schulter und sagt: »Du schaffst das schon.«

Ich reiße die Augen auf und schaue zu Ray hinüber, die einen ähnlich überraschten Ausdruck auf dem Gesicht hat wie ich. Dann brechen wir beide in unterdrücktes Lachen aus.

»Ob ihr jemals eine normale Konversation führen könnt?«, fragt sie leise und lehnt sich zu mir herüber.

»Ich hab ehrlich gesagt noch immer das Gefühl, dass die Feindseligkeit vor allem von ihm ausgeht«, flüstere ich und schiele zu Haruos Schreibtisch, um sicherzugehen, dass er uns nicht hört. Er scheint bereits in Papierkram versunken zu sein, aber bei ihm weiß man nie genau.

»Wenn du nächste Woche seine Tochter und seine Schildkröte kennenlernst, siehst du ihn vielleicht mit anderen Augen«, schmunzelt sie.

Er hat mich tatsächlich zu seinem Geburtstag eingeladen, aber ich weiß noch nicht, was ich davon halten soll.

»Ich habe das Gefühl, dass ich schon viel zu viel über seine Tochter und seine Schildkröte gehört habe«, murmele ich, und Ray kichert.

Sie lacht und lehnt sich rasch von mir fort, um die Hände auf ihren Mund zu pressen. Einige Sekunden braucht sie, um sich zu beruhigen, dann schaut sie mich etwas ernster an. »Wie sieht dein Plan für heute noch aus?«

»Ich hab noch einen Termin bei Alex«, sage ich. Heute geht's mir gut, aber ich weiß inzwischen, wie wichtig es ist, meine Termine bei meinem Psychologen einzuhalten.

Ray sieht mich forschend an. »Habt ihr schon alles geklärt wegen der Reise?«

Ich nicke und lehne mich in meinen Stuhl zurück. »Ja, heute ist die letzte Sitzung hier. Er hat die Behörde in Europa informiert wegen meiner Medikamente und allem.«

»Super. Wann musst du da sein?«

»Vierzehn Uhr.«

»Ich fahr dich hin.«

»Musst du nicht.«

Sie lehnt sich nach vorn und schürzt die Lippen. »Will ich aber.«

Ich verziehe den Mund und ringe mich zu einem leisen »Na gut« durch. Es hat lang gedauert, bis ich gelernt habe, ihre Hilfe anzunehmen. Sie ist gut darin, mich zu überzeugen. Und ich werde besser darin, mich nicht schlecht zu fühlen, weil ich ihre Hilfe annehme, obwohl ich sie nicht immer brauche.

Es scheint sie außerdem glücklich zu machen.

»Wann kommst du nach Hause?«, fragt sie mich weiter aus.

»Ich weiß nicht genau, wie lang es gehen wird. Aber ich schätze mal, so gegen acht.«

Sie nickt. »Dann koche ich Abendessen. Und ich packe schon mal ein paar Sachen.«

Ich ziehe die Luft durch die Nase ein und nicke, um darüber hinwegzutäuschen, dass mein Herz bei dem Gedanken etwas schneller schlägt. Übermorgen geht es für uns nach Griechenland. Wir haben uns offiziell bei der zuständigen Behörde dort angemeldet und werden erst ein paar Wochen Urlaub auf Firmenkosten machen, um dann für ein Jahr den Behörden in Europa auszuhelfen.

Durch die Aktion vor einem Jahr haben Ray und ich etwas wie Kultstatus erlangt, wodurch D.I.E.T. praktisch gezwungen war, mich unter seine Fittiche zu nehmen.

»Aufgeregt?«, will ich von Ray wissen, um von meiner eigenen Nervosität abzulenken. Sie war selbst noch nie außerhalb Amerikas. Seit Wochen reden wir über nichts anderes.

»Total«, lacht sie. »Aber du bist dabei. Deswegen geht's.«

»Ich weiß nicht, ob ich dir helfen kann«, sage ich skeptisch. »Ich kenn mich da auch nicht aus.«

Ihr Blick wird weich, als sie mich anlächelt. »Das meine ich nicht«, sagt sie, ohne sich weiter erklären zu wollen. »Außerdem beherrschst du ziemlich viele Sprachen.«

»Wenigstens eine Sache, für die mein Studium gut war«, sage ich lachend und schüttle den Kopf. »Ich hab heute auch mit Neil gesprochen. Er wird sich um die Gräber kümmern.«

Ray lächelt sanft. »Das ist schön.«

Nachdem alles vorbei war und ich mich ein paar Wochen erholt hatte, habe ich Kontakt zu meinen Mitstudierenden aufgenommen. Die Nachricht von Logans Tod hat sie schockiert und diente mir gleichsam als willkommene Ausrede, um meinen Austritt aus dem Studiengang zu rechtfertigen und meinen Job in der Bar zu kündigen.

Mit Neil und Kuro halte ich seitdem Kontakt. Die beiden sind eine Verbindung zu einer Welt geworden, der ich mich nie zugehörig gefühlt habe. Jetzt nehme ich das anders wahr. Echter. Mit einem Gefühl der Freiheit, das ich vorher nie hatte.

Offiziell ist Logans ganze Familie bei einem Autounfall ums Leben bekommen. Es gab sogar eine Beerdigung, an der ich nicht teilgenommen habe. In Wahrheit wurden sie festgenommen und in einem Hochsicherheitsgefängnis des FBI weggesperrt. Ein ganzes Team bei D.I.E.T. ist seither Tag und Nacht damit beschäftigt, mehr über sie und ihren Kult herauszufinden. Sie wollen in Erfahrung bringen, über welche Fähigkeiten Logan verfügt hat, von welchen Göttern sie herrührten, wie genau der Stammbaum aussieht.

Die zuständigen Agents haben mir angeboten, mich über jede Neuigkeit zu informieren, aber mir ist schnell bewusst geworden, dass das noch zu viel für mich ist. Dass ich noch Zeit brauche.

Seufzend richtet Ray sich von ihrem Stuhl auf und zieht ihren Anzug zurecht. »Ich muss leider in ein Meeting.« Sie überwindet die wenigen Schritte zu mir, beugt sich herab und küsst mich sacht. »Ich hol dich nachher hier ab, ja?«

»Okay«, murmele ich und schaue ihr nach, während sie geht.

Gerade will ich mich den Unterlagen widmen, die ich für den nächsten Bericht brauche, als Amber neben mir auftaucht und ich vor Schreck zusammenzucke.

»Amber!«, keuche ich und sehe sie mit einer Mischung aus Belustigung und Empörung an.

Im letzten Jahr habe ich viel Zeit mit ihr verbracht, aber die Münze auf meinem Schreibtisch erinnert mich daran, wie ich damals noch über sie gedacht habe.

Ich habe nie herausgefunden, warum sie uns nicht hatte helfen wollen. Und manchmal denke ich, dass ich durchaus noch ein wenig sauer auf sie bin, weil alles anders verlaufen wäre, hätte Amber sich nicht geweigert, Ray zu retten.

Doch niemand anderes aus der Behörde scheint ihr böse zu sein, also zeige ich meine Enttäuschung ihr gegenüber nie. Zumal sie deutlich freundlicher zu mir ist als zu allen anderen. Vielleicht weil ich ein Erbe bin.

Aber ich habe gelernt – wie alle anderen hier –, diese Sachen nicht zu hinterfragen, weil ich sowieso keine Antworten erhalte.

Amber gratuliert mir ebenfalls zum Einjährigen, dann zieht sie Rays Stuhl zu mir heran und gibt mir ein Glas an einer Kette. Mit kleinen Samen darin. Wie das damals.

Ich nehme es entgegen, sehe sie aber fragend an. »Warum?«

»Wenn du in den schönen Gebäuden Europas bist, ruf mich auf jeden Fall mal, ja?«

Ich lache leise. »Was?«

»Die Gebäude, in denen sich die Behörden dort befinden, sind so alt und haben so viel Charakter. Ich wollte sie schon immer mal sehen.«

»Okay?«, sage ich gedehnt und lege mir die Kette um. Es wird schon nicht stören.

»Du musst nur eine kauen, ja? Und solange sie in deinem Mund oder deiner Speiseröhre ist, kann ich dortbleiben.«

»Das ist so seltsam«, sage ich und schüttle den Kopf darüber.

»Sag das nicht mir, ich habe mir das nicht ausgedacht.« Sie ruckt mit dem Kinn zu dem Chaos an Dokumenten auf meinem Schreibtisch. »Sehen wir uns morgen noch ein letztes Mal vor eurer Abreise zum Hausmeisterdienst?«

»Klar.« Ich bin das Mädchen für alles, und die meisten Agents scheinen es ganz gut zu finden, dass ich mich mit Amber beschäftige. Also tue ich es einfach.

»Na gut. Dann muss ich mich ja noch nicht verabschieden.« Mit diesen Worten steht sie auf und geht. Ich beobachte sie gedankenverloren durch die gläsernen Wände, bis sie im Gang verschwunden ist.

»Hey, Emo-Cheerleader«, ruft Haruo herüber und reißt mich aus meiner Tagträumerei. Das ist seine Lieblingsbeleidigung für mich. »Mach jetzt Mittagspause, ja?«

»Geht klar, Chef«, antworte ich lächelnd und achte darauf, dass er es nicht sieht.

ENDE

Tychos Geschichte ist vorbei.
Aber das FOOD UNIVERSE geht weiter.
Wir sehen uns in Buch 2: SPICY NOODLES!

DANKSAGUNG

Obwohl ich nicht mehr wirklich Alkohol trinke, habe ich früher (vor allem als Studentin) gern mal einen über den Durst getrunken. Schon nach kleinen Mengen Alkohol habe ich immer das Gefühl, unbesiegbar zu sein. Also jeden unter den Tisch trinken zu können. Weil dieser Größenwahn jedes Mal auftritt, wenn ich etwas trinke, war es gang und gäbe für mich zu sagen: *Wenn ich Alkohol trinke, fühle ich mich unbesiegbar!* Bis ich irgendwann dachte: *Wie cool es wäre, wenn man von Alkohol wirklich unbesiegbar werden würde!*

So ist die Idee zu diesem Buch entstanden.

Ich wusste von Anfang an, dass dieses Buch ernster werden würde, als der Klappentext vermuten lässt. Je länger ich mich mit der Idee beschäftigt habe, umso mehr ist die Alkohol-Superheldengeschichte eine Geschichte über Sucht, Aussichtslosigkeit, Hoffnung und Perspektivenfindung geworden. Mit vielen der Themen fühle ich mich auf einer emotionalen Ebene sehr verbunden, deswegen trägt dieses Buch eine sehr persönliche Komponente für mich.

Trotzdem fand ich die Idee zunächst zu skurril, um sie

jemandem zu erzählen. Als ich sie dann endlich meinem Agenten vorstellte, war er überraschend angetan davon.

Danke, **Klaus**, dass du Hard Liquor und die anderen Bände aus dem Food-Universe mit so offenen Armen empfangen hast. Ich hatte ehrlich Sorge, dass ich diese Bücher nicht schreiben kann, weil die Pitchs zu bizarr sind. (Ich liebe bizarre Pitchs! Aber geht es anderen Menschen auch so?)

Dass dann auch noch einer der größten Verlage Deutschlands *Ja* zu dieser Idee gesagt hat, war eine echte Traumerfüllung für mich! Danke also an die wundervolle **Julia Abrahams**, danke, dass du an meine Ideen glaubst und meine Geschichten so feierst. Und danke auch die tolle **Laura von Altrock**, die das Projekt nun betreut, mich bei meinem Schaffensprozess unterstützt und ebenfalls sehr mit Tycho mitgefiebert hat.

Ein riesiger Dank geht an die liebe **Klaudia Szabo**, die das Buch lektoriert und mir dabei geholfen hat, alles aus dem Text herauszuholen. Ohne dich wäre die Geschichte einfach nicht dieselbe.

Danke ebenfalls an die zauberhafte **Nicole Böhm**. Sie hat einige Jahre in New York gelebt und sich mehrere Stunden für mich Zeit genommen, um die Stadt noch echter und lebendiger zu beschreiben. Das hat mir so sehr weitergeholfen, weil ich der Stadt leider (wegen der aktuellen Situation) keinen persönlichen Besuch abstatten konnte. Ich hoffe, dass ich trotzdem irgendwann eine Führung von dir bekommen kann. Danke für alles!

Einen gewaltigen Dank auch an meine **Test- und Sensitivity-Leser:innen**, die den Text auf Herz und Nieren geprüft und mir bei vielen Details noch weitergeholfen haben.

Ein weiterer großer Teil dieses Werkes ist das endlos geniale Cover von **Alexander Kopainski**. Alex, du hast dich mal wieder selbst übertroffen und das coolste Cover geschaffen, das ich mir für dieses Buch vorstellen kann. Danke, Covergott!

Danke auch an alle anderen **PJS – Bianca, Laura, Nicole, Anabelle, Ava, Jesus, Nina und Tami –**, die bei jedem unserer Events mindestens ein neues Buch aus der Food-Universe-Reihe mit mir geplottet haben. Es war wirklich immer so lustig mit euch! Und danke auch für all die Co-Working-Sessions, PlayStation-Abende, Plauderstunden, Treffen und so weiter. Das hat mein Leben wirklich verschönert und mir immer viel Kraft gegeben.

Einen riesigen, großen Dank auch an meine **Patrons**. In den letzten Monaten war ich auf Patreon etwas stiller, weil ich mich so auf dieses Buch konzentriert habe, und ihr seid trotzdem noch da, um mich zu unterstützen. Das bedeutet mir wirklich viel. Dank eurer Unterstützung kann ich inzwischen sogar einen Tag in der Woche frei machen, und das hilft mir wirklich so sehr in meinem Leben. Einen besonders großen Dank an meine **Crazy Neon Patrons**: Agnes, Ann-Kristin, Barbara J., Barbara Mathis, bookish.sue, Chantal, Cindy Ullmann, Diana Theißen, Dominique Maier, Ered Lithui, Grit Kranke, Hendrik, Iris Utzinger, Isabelle Hänni, Jennifer, Jessica, Josephine Stöbe, Kerstin Barz, Lia-Zoé Uphoff, Marlo Mae, Momo, Moorhuhn, PaddyxChaos, Pia, Rike, Sandra, Sara Ruesch, Sarah, Sarah Martensen, Sarah Wirth, SkixXx, Strawberrynator, Tina Krabkrantham, Trudi Langer, Xenia und Ásdís Adams. Ihr seid der Wahnsinn.

Und zu guter Letzt wie immer ein Dank an meine

Leser:innen, egal ob Fan der ersten Stunde oder ganz frisch dazugekommen. Dafür, dass ihr mich unterstützt und zu mir haltet.

Was ist euer Lieblingsessen? Schreibt's mir bei Instagram an @mariegrasshoff, dann können wir uns darüber unterhalten! Und wer weiß, vielleicht bekomme ich eine Idee für ein weiteres Buch der Reihe. (Nicht, dass in meinem Kopf schon zehn weitere davon existieren würden. Haha.)